叶渭渠集

东莞学人文丛

东莞市政协 编

叶渭渠 著

SPM
南方出版传媒
广东人民出版社
·广州·

图书在版编目（CIP）数据

叶渭渠集 / 叶渭渠著. —广州：广东人民出版社，2019. 10.
（东莞学人文丛）
ISBN 978 - 7 - 218 - 13985 - 2

Ⅰ. ①叶…　Ⅱ. ①叶…　Ⅲ. ①日本文学—文学研究—文集
Ⅳ. ①I313. 06 - 53

中国版本图书馆 CIP 数据核字（2019）第 239558 号

YEWEIQUJI
叶渭渠集
叶渭渠 著

出 版 人：肖风华

策划编辑：王俊辉
责任编辑：杨冰然
责任技编：周　杰　吴彦斌
封面设计：艺文志工作室

出版发行：广东人民出版社
地　　址：广州市海珠区新港西路 204 号 2 号楼（邮政编码：510300）
电　　话：（020）85716809（总编室）
传　　真：（020）85716872
网　　址：http：//www. gdpph. com
印　　刷：广州市人杰彩印厂
开　　本：787 毫米 ×1092 毫米　1/16
印　　张：34
字　　数：560 千
版　　次：2019 年 10 月第 1 版
印　　次：2019 年 10 月第 1 次印刷
定　　价：110. 00 元

如发现印装质量问题，影响阅读，请与出版社（020 - 85716849）**联系调换。**
售书热线：（020）85716826　　**邮　购**：（020）83781421

《东莞学人文丛》编委会

总　序

东莞，古称东官，历史悠久，宋元以来，人才辈出，乃粤中文化重镇。

东莞历代著作如林，流风远近。秋晓“覆瓿”，荣列“四库”；梅村“花笺”，名传英德；子砺“县志”，誉满神州；豫泉“诗录”，独步岭南。迨夫民国，希白金文，素痴史学，尔雅篆刻，直勉书法，国人传颂。尤可贵者，每每世运相交之际，先贤节士们仗剑而出。熊飞抗元，袁崇焕抗金，张家玉抗清，蒋光鼐、王作尧抗日，爱国爱乡之精神至今仍为世人乐道。

文章之盛，赖载籍以延之；精神之续，赖时贤相授以传之。虽历劫不灭，东莞独特之文化实先贤所呵护之。所谓“维桑与梓，必恭敬止”也。

弘扬潜德之幽光，力大者举一邑之力，力小者举一人之功。人民政协团结各方，以文会友，致力于文史资料整理，力所能及，为乡邦文献延一线之脉。借建设文化名城之春风，乃搜集莞籍知名学人、艺术家著作，以为“三亲”史料之延伸。

是为序。

《东莞学人文丛》编委会

2012 年 6 月 1 日

翰墨因缘

喜逢笔会人 …… 423
忆与话剧人邂逅 …… 426
唐纳德·金与我 …… 431
伟哉，季羡林师 …… 435
俳句汉装欲斗艳——记俳句译家、汉俳创始者之一林林 …… 439
怀念恩师 …… 445
东方美的赞歌 …… 448
信州东山画赞 …… 452
芭蕉与禅 …… 456

学海荡漾

一缕缕香语——编《日本散文随笔》书系漫记 …… 463
表现美与表现战斗——川端康成与大江健三郎的比较 …… 467
川端康成与《雪国》 …… 470
加藤周一与中国 …… 484
译“物哀”一词考 …… 495
日本文明学习札记 …… 501
传统与现代——外国文学工作笔谈 …… 505
我的研究方法论 …… 508
研究文学史随想 …… 512
未来文学猜想 …… 515
一封永远激励着我的信 …… 520
以书会友　以信函交感 …… 522

后记 …… 525

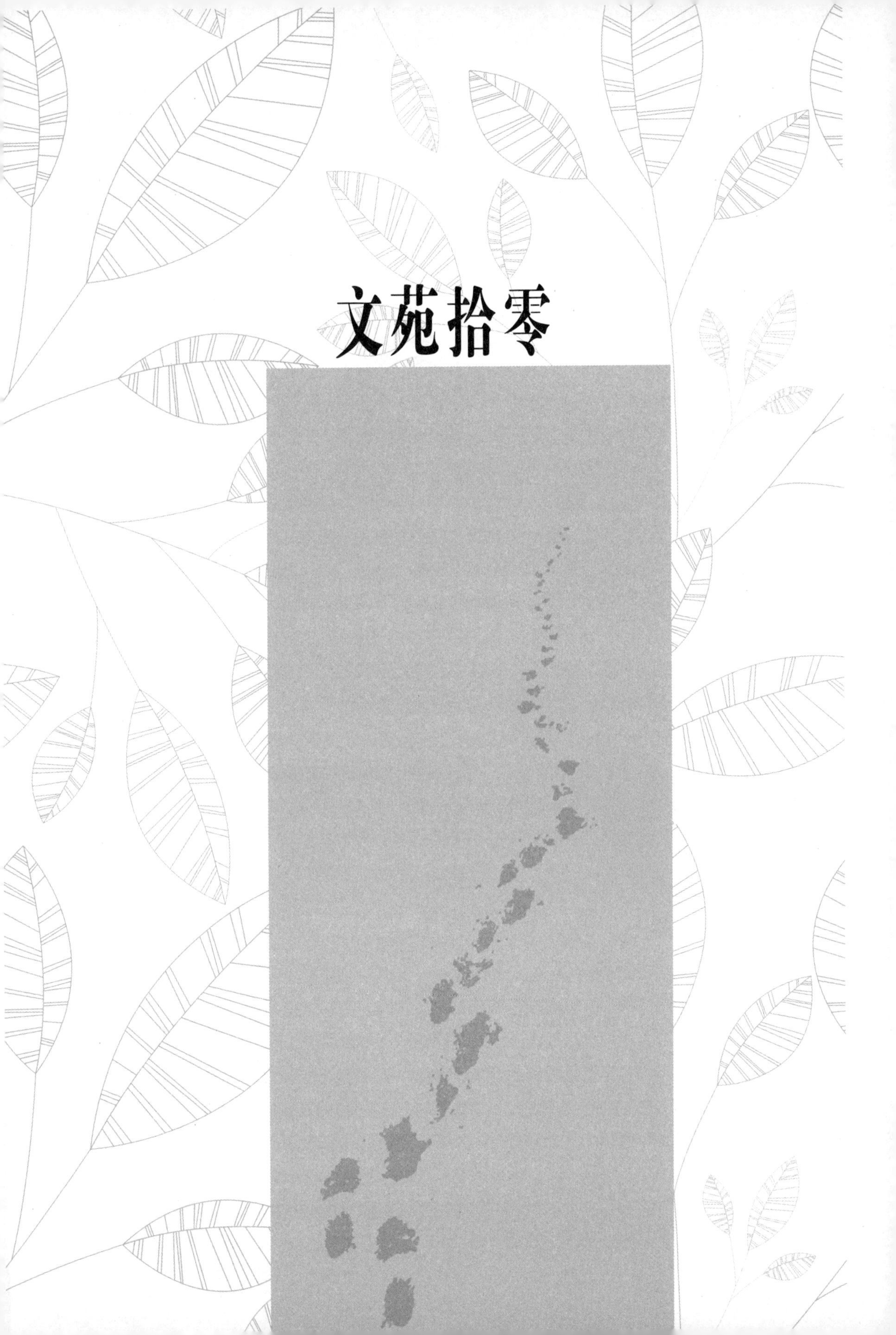

文苑拾零

目 录

文苑拾零

季羡林的“三十年河东”与“送去主义” …… 3
20 世纪日本文学回顾与思考 …… 15
川端康成文学的东方美 …… 25
《川端康成掌小说百篇》前言 …… 42
《雪国·古都》译者序 …… 45
日本的风土、民族性与文学观 …… 50
原初文艺与性崇拜 …… 61
日本文明的研究课题 …… 66
和洋文明调和的历史经验 …… 69
话说《源氏物语》 …… 85
源氏与唐明皇的风流情怀 …… 89
一休的狂气 …… 93
良宽的风流 …… 96
好色文学及其审美价值——以井原西鹤的“好色物”为中心 …… 99
凄惨的快乐：谷崎润一郎的文学 …… 105
血、死与爱：三岛由纪夫的怪异美 …… 110

作家逸话

紫式部的宫中生活 …… 119
像雨后彩虹的清少纳言 …… 124

业平、小町的恋歌 …… 128
芭蕉的“风雅之寂” …… 134
芥川龙之介生命的完结 …… 139
田山花袋的大胆忏悔录 …… 143
川端康成的感情生活 …… 146
谷崎润一郎的放荡感情世界 …… 165
加藤周一的眼睛 …… 177
大江健三郎的父子情 …… 182

遨游文学

京洛古韵 …… 187
宇治川的悲歌 …… 193
两宫漫步 …… 197
秋来访庵舍 …… 200
拾得良宽一醉梦 …… 204
小林文学碑的呼啸 …… 207
初秋伊豆纪行 …… 212
雪国的诱惑 …… 217
读《睡美人》的联想 …… 220
翰墨因缘 …… 223
知　音 …… 229
重访北国探知音 …… 232
墨缘浮想六记 …… 235
心灵的交感——大江健三郎与中国学者四人谈纪实 …… 246
我的求学之路 …… 250
译介三岛由纪夫文学的风风雨雨——读《从三岛由纪夫的国际会说起》随感 …… 259

欧洲之旅

伦敦行记 …… 267
来到了浪漫的巴黎 …… 272
夜游塞纳河 …… 275
艺术宝库罗浮宫 …… 278
石头交响乐：巴黎圣母院 …… 283
走进凡尔赛宫 …… 286
威尼斯宁静的水韵 …… 290
文化古城的魅力——访佛罗伦萨 …… 294
奇特的比萨斜塔 …… 298
永恒之城罗马 …… 301

美国遍历

纽约之行 …… 307
华盛顿杂记 …… 312
黄石的地热和喷泉 …… 315
奇伟的科罗多拉大峡谷 …… 317
走过“死亡谷” …… 320
亲近自然：幽山美地 …… 323
旧金山见闻 …… 325
旧金山湾的神秘孤岛 …… 329
访圣塔巴巴拉镇·丹麦城见闻 …… 334
恬静的阿瓦隆镇 …… 338
夏威夷，阿罗哈的吻 …… 340
来到美利坚最南端——基韦斯特 …… 344

阿拉斯加纪行……348
海之梦……352
冰川奇景与白夜现象……356
西雅图一日游……362

美洲纪行

枫叶国之旅……367
尼亚加拉大瀑布的壮景……370
维多利亚港的北美风情……373
尤卡坦半岛，风光这边独好……375
寻访玛雅文化遗址……379
加勒比海之旅……385
加勒比海上的日出……387
登上哥伦布发现的巴哈马群岛……389

东瀛文景

北海道之旅……393
上野赏樱……397
东京旧书店街淘书记……400
吃茶记……403
艺能巡礼……406
夸宏大与赞纤细……410
日人色彩观琐谈……414

季羡林的“三十年河东”与“送去主义”

季羡林在我国首创了东方学，推动了东方学研究和人才培养，成为我国东方学的奠基人。晚年，他站在一个新的高度，提出“三十年河东，三十年河西”的宏观分析论和“送去主义”的实践科学观，并且身体力行，在埋头撰写《文化交流的轨迹》和编选《东西方文化议论集》等学术巨著的同时，投入全副精力，编纂《四库全书存目丛书》《传世藏书》《神州文化集成》和《东方文化集成》等大型丛书，来弘扬中国传统文化和传播东方文化。

一

季羡林提出“三十年河东，三十年河西”以后，引起了学术争鸣，赞成者有之，反对者亦有之，这是在开明社会的正常学术现象。在这里，笔者也想就这个问题谈些看法，因为这是事关指导我们继续努力从事东方文化研究和传播工作的一种思想基础、一种思想动力。

“三十年河东，三十年河西”的论断，并不像某书评人所言“是一个大而空的论断”，季羡林是用唯物辩证方法论，总结了几千年来古代中国、印度、古希伯来、埃及、巴比伦以至伊斯兰阿拉伯三大东方文化体系和古希腊、罗马一大西方文化体系互相间盛衰消长的历史经验，并且认为思维模式是一切文化的基础，客观地分析了西方文化的分析思维模式和东方文化的综合思维模式优劣异同，然后用宏观的历史眼光作出东西方文化变迁“三十年河东，三十年河西”这样前瞻性的科学论断，并称之为“东西方文化互补论”。

毋庸置疑，西方文化是在几千年世界人类文化、包括东方文化发展的基础上建立起来的。其中以中国文化为例，儒学文化的“人为本”的古代人文主义哲学思想和“四大发明”——造纸、印刷、火药、指南针的古代先进技术，在某种意义上对于西方文化，特别是欧洲文艺复兴和发展起到了不可磨灭的历史作用。举几个具体例子来说，两千多年前西汉张骞出使西域，通过“丝绸之路”，开辟了一条东方文化传播到西方的通道，推进第一次大规模“东学西渐”的活动。15 世纪初明代郑和下西洋，打通了东西方海道，又一次实现大规模“东学西渐”，不仅扩大了东西方的贸易，而且再一次把东方文化传播到西方，促进了东西方的文化交流。16世纪西方传教士利玛窦来华传教的同时，苦心钻研儒学，向西方介绍儒家思想，对东西方文化交流作出了历史性的贡献，成为“沟通中西文化”的第一人，对于公元17世纪至公元18世纪的儒学西传及欧洲古典哲学产生了重大的影响。可以说，“西学东渐”之前，早已存在“东学西渐”的悠久历史。

当然，西方吸收古代东方文化，是在继承其古希腊、罗马西方文化传统的基础上进行的。它通过文化复兴，蒸蒸日上，无论在物质或精神方面，为人类创造了近代文明的辉煌，有许多东西是值得东方国家学习的。特别是前近代以来中国历史上出现过多次“文化危机”，比如清末受到西学的冲击、1905年废止科举制后、1919年“五四运动”中乃至“文革”10年，中国传统文化面临的际遇。19世纪起，“西学东渐”，我国清末以来的近代文化启蒙者从黄遵宪、康有为、梁启超、谭嗣同、严复，到孙中山、黄兴、蔡元培、胡适，再到陈独秀、李大钊等，直接或间接通过日本，学习西学之法，以图中国富强。尤其是1898年，康有为、梁启超、谭嗣同、严复提倡西学，推行“百日维新”和1919年“五四运动”呼唤拿来“德先生”和“赛先生”，也就是西方的“科学与民主”。但是，自此以后，我们便不断反复困扰在“全盘西化”或“全盘东化”中。美籍学者黄仁宇认为：“‘全取’或‘全弃’是中西文化交流不成熟的反映。”[1]用我们的话来说，这是在中西文化冲突中对两种不同文化缺乏自觉的认识。就是在中华人民共和国成立头30年，我们反对一个“全盘西化”，却又推行另一个“全盘西化”，从政治体制到经济体制都全盘照搬苏联的那一套模式，无论哪个“全盘西化”，都给我们带来深刻或沉痛的教训。正如季羡林指出的：“‘全盘西化’和文化交流有联系，‘西化’要化，不‘化’不行，创新、引进就是‘化’，但‘全盘’不行，不能只有经线，没有纬线。”[2]“人类历史证明，全盘西化（或许任何什么化）理论上讲不通，事实上办不到。但这并不影响我们向西方学习。我们必须向西方学习，今天要学习，明天仍然要学习，这是决不能改变的。”“想振兴中华，必须学习西方，这是毫无疑问的。”[3]可以说，这个“拿来”至今依然不变。当然，“拿来”应扎根在本国的文化土壤上加以吸收和消化，不是盲目照搬。

就笔者从事研究的对象——日本来说，在1868年明治维新以后，结束长期的锁国政策，是从向西方学习，开展文化启蒙运动开始的。当时日本就提出了“东洋道德西洋艺”的方针，所谓“艺”者，指技术文明。具体地说，也就是作为东方国家的日本，向西方国家主要学习西方技术文明，在经济上实现近代化，可是所谓“东洋道德”，就是当时日本无批判地继承本国的传统文化，仍然维持传统的封建天皇制政治体制，在近代化的道路上跛脚而行，最后在天皇制绝对主义体制下，对内实行专制政治，对外发动侵略战争。二战以后，日本展开第二次文化启蒙运动，在恢复战后经济，并经历经济高速发展的同时，努力建立现代政治体制。并开始结束长达 50 年的自民党一党独大的局面，实现了平稳的政党轮替，说明日本已经建立或是初步建立起民主与法制的公民社会。

日本大学问家加藤周一先生总结日本现代化的经验教训时早就指出：日本现代化最大障碍是封建的天皇制政治体制，他认为日本现代化，技术文明是重要的，然而这也只不过是一种手段，如果没有民主主义体制的保证，就很难实现这种手段。但是，如果现代化仅仅停留在这两个文化层面上而没有发挥日本传统文化的再生作用，要完成日本式的现代化也是困难的。因此，他提出日本现代化的模式就是：“日本现代化，只能采取民主主义原则、技术文明和日本文化传统相结合的形式。”[4]可以说，加藤周一的这一日本“现代化模式论”，是对日本文化思考的深化，也是值得我们现在迫切思考的一个重要的问题。

胡耀邦主政时曾找出“文革”灾难的根源，在于一言堂、家长制的封建主义，主张进行全面改革，即政治体制改革与经济体制改革相辅相成，缺一不可。温家宝作为一国总理，在 2010 年第十一届人民代表大会第三次会议上所作的《政府工作报告》中正式宣示：“我们的改革是全面的改革，包括经济体制改革、政治体制改革以及其他各领域的改革。没有政治体制改革，经济体制改革和现代化建设就不可能成功。要发展社会主义民主，切实保障人民当家做主的民主权利。”他还曾直接指出：“科学、民主、法制、自由、人权，并非资本主义独有，而是人类在漫长的历史进程中共同追求的价值观和共同创造的文明成果。”总书记胡锦涛也强调：“没有民主，就没有现代化。”这些都是有针对性的经验教训的总结，是严防“文革”中曾发展到极点的封建集权主义的回潮，成为实现现代民主转型和现代化的指针。可以说，经济体制和政治体制的改革跛脚而行，是实现不了现代化的。我们向西方学习，不仅是学习其科学技术和企业管理，而且还要根据中国国情，认真学习西方的其他优秀文化及实现现代化的历史经验与教训，吸取人类经过漫长历史形成的文化精神和普遍价值，认认真真地结束专制与人治、切切实实地确立民主与法治，以维持社会真正的长治久安、和谐与稳定。

但是，并非一切西方文化都优越，西方文化发展到今天，许多弊端也暴露出来，其根源正如上述季先生宏观性地概括指出的，东西方两大文化体系最根本的不同是思维模式方面的不同，其思维的基础一是综合，一是分析。综合者从整体着眼，着重事物间的普遍联系。分析者注重局部，少见联系。

西方文化体系所谓分析者，可以说是继承古希腊文化“天人二分”的分析思维模式，也就是“征服自然”，将人与自然分离，乃至人与人对立相争，这种分析思维在给人类带来很多福利的同时，也给人类带来了种种灾难，从环境污染到生态失衡，乃至如美国那样争霸世界等等。因而，要结合东方文化“天人合一”——我国的“天人合一”、印度的“梵我一如”、日本的“贯道一如”、朝鲜李朝的“天人相交为胜”等的综合思维模式，顺从自然，回归自然，与自然浑然一体，再创造新的文明，以造福人类。如果用一句话来概括东西方文化的不同，东方文化“天人合一”的理论基础是“和”，西方文化“天人二分”的理论基础是“争”。西方学者也承认：“在环境危机和生态平衡受到严重破坏的情况下，强调儒家的‘天人合一’，或许可以避免人类在危险的道路上越走越远。……中国传统的儒家思想强调‘天人合一’，人际关系的和谐，似乎可以弥补西方思想的局限，对于人类应付后现代社会的挑战，也许具有超越民族界限的价值和现实意义。”[5]因此，季羡林说：“人类到了今天，三十年河西要过，我们就像接力一样，在西方文化的基础上，接过一棒，用东方文化的综合思维方式解决这些问题。”在此观点的基础上，他主张：“在过去几百年来西方文化所达到的水平的基础上，用东方的整体着眼和普遍联系的综合思维方式，以东方文化为主导，吸收西方文化中的精华，把人类文化的发展推向一个更高的阶段。”[6]这是季老这一前瞻性的科学论断的基本点。

季羡林在谈到21世纪东西方文化“三十年河东，三十年河西”的关系时，虽然说过东方文化将逐渐“取代”西方文化，但他一再解释“取代”并不是“消灭”，而是“代之而起”，“消灭西方文化是根本不可能的，也违反人类社会发展规律的。正确的做法是继承西方文化在几百年内所取得的一切光辉灿烂的业绩，以东方文化的综合思维济西方文化分析思维之穷，把全人类文化提高到发展到一个更高的阶段。”[7]

因此，我们对季羡林的“三十年河东，三十年河西”的主张不能孤立地解读，必须联系他在关于东西方文化不同思维模式的基础上而提出的“东西方文化互补关系论”来思考，两者是不可分割的。其立论的基础是“文化交流论”。为此，季羡林反复说明他的主张，不是要消灭西方文化，西方迄今所获得的光辉成就，绝不能抹杀。他的意思是，在西方文化已经达到的基础上，更上一层楼，把人类文化提高到一个前所未有的高度。在此，季羡林引用德国学者奥斯瓦尔德·斯宾格勒（Oswald Spengler）有关文化有个青春、生长、成熟、衰败的过程，以及斯宾格勒和英国历史学家汤因比（Toynbee）两人有关反对“欧洲中心主义”的论述，在说明东西方文化需要的是交流，文化交流不独占山头后，特别言明：“我们既反对‘欧洲中心主义’，我们反对民族歧视，但我们也并不张扬‘东方中心主义’。如果说到或者想到，在21世纪东方文化将首领风骚的话，那也是出于我们对历史的观察与预见，并不是出于什么‘主义’。”[8]因而季羡林的着力点，所谓“取代”者，是“取代”“欧洲中心主义”，主张东西方文化的互补关系，实现“文化多元主义”。事实上，东西方文化是各有所长，也各有其短，是应该互补而且是可以互补的。而“文化多元化”是以“海纳百川，有容乃大”为前提的，不是以谁为中心，以谁来抹杀谁，这才得以最终走向和谐与融合。

二

季羡林为了实现这一宏愿，于20世纪80年代提出“送去主义”，也谈及“拿来主义”。关于“拿来”与“送去”的问题，鲁迅早于20世纪30年代就提出“拿来主义”，也论及“送去主义”。只是两位大师谈论的时代不同，强调的重点不同罢了。

鲁迅是针对“五四运动”，拿来了“德先生”和“赛先生”，也就是“科学与民主”。由于当时我国仍然实行“闭关主义”，“五四运动”的这个任务尚未完成，此时又有人提出比较偏颇的“打倒孔家店”的主张，以为这就是反对复古，其实是未能正确理解传统文化的精华与糟粕。传统文化是可以批判继承的，国人至今仍须努力。因此，其时鲁迅针对中国一向是所谓“闭关主义”，自己不去，别人也不许来的情况，重点提出了“拿来主义”，强调了“没有拿来的，人不能自成为新人，没有拿来的，文艺不能自成新文艺”。至于怎样“拿来”，鲁迅说：“我们要运用脑髓，放出眼光，自己拿来。”[9]换句话说，鲁迅的“拿来主义”，是以“以人为本”“独立思考”的精神作为基础的。

在新的历史时期，季羡林提出的“送去主义”，首先强调了鲁迅当年提出的“拿来主义”至今也没有过时，过去我们拿来，今天我们仍然拿来，只要拿得不过头。但他在中国和东方文化的现代转型时期，主张在“拿来”的同时，也提倡“送去主义”，而且将“送去主义”作为重点。这是新时代赋予人们的历史使命。

近代以前事实上的东学西渐，就是“送去主义”。当代英国学者约翰·霍布森著书《西方文明的东方起源》，就驳斥西方推行的“欧洲中心主义”，并详尽地论述了东学西渐对西方崛起的诸多贡献的历史，认为“东方（公元500年至1800年之间比西方更先进）在促进近代西方文明的崛起方面发挥了至关重要的作用。正是基于这一原因，我试图用‘东方起源的西方’来代替‘自主和纯粹的西方’的概念。东方通过两个主要步骤促进了西方的崛起：传播、吸收和掠夺。首先，东方在公元500年后缔造了一种全球经济和全球联系网，这些更为先进的东方‘资源组合’（resource portfolios），比如东方的思想、制度和技术，通过我称之为东方全球化的途径传播到西方，然后被其吸收。其次，1492年后的西方帝国主义导致欧洲人攫取了东方各种经济资源，从而使西方的崛起成为可能。简言之，西方并非是在没有东方的帮助的情况下自主地开拓自身的发展，因为如果没有东方的贡献，西方的崛起无法想象。”因此，他将“反欧洲中心主义论”和“欧洲中心主义论”进行深入的比较后，得出结论：“东方很大程度上促使了欧洲的崛起，我们需要用东方化西方的观点来取代纯粹西方的欧洲中心主义论观点。”[10]历史事实也是如此。

近代以来，东方许多国家沦为西方的殖民地、半殖民地，西方殖民国家对他们不仅在政治上施加压迫，在经济上进行剥削，在文化上强制性地推行“欧洲中心主义”，压制和破坏东方文化的传统精华，迫使东方文化走向衰微，以奴役东方许多国家和人民。东方文化传统本身也弊端丛生，东西方文化谈不上平等的交流，更无从实行文化互补关系。可以说，东方文化在内外因素的作用下，也是有个青春、生长、成熟、衰败的过程。直至二战结束后，东方国家和人民纷纷摆脱西方殖民、半殖民的统治，获得政治上的独立，以及经济上不同程度的发展，文化也正在复兴。东方文化崛起，突破了“欧洲中心主义”，重新屹立在世界文化之林，东西方文化才能平等地互相交流，共创人类的文明和世界的和平。笔者以为这正是季羡林提出“送去主义”的初衷，而不是要张扬什么“东方中心主义”。这样，才能有利于东西方文化真正的相互学习，取长补短，要做到这点，重要的不是像某些人只强调要治疗“文化自大症”。“文化自大症”无疑是要治疗，但也不能忽视要克服长期以来形成的“文化自卑症”，这样才能实现真正平等的东西方文化交流，实现“东西方文化的互补关系论”，实现“文化多元主义”。

季羡林提倡“送去主义”，“送去”什么呢？笔者以为这是吸取始于古代中国上述给西方“送去”的东西以及给朝鲜半岛、日本“送去”的宗教哲学思想、文献资料、汉字和医学、技术等更广泛的文化，构建东亚“大中华文化圈”的历史经验。特别是3世纪“送去”日本《论语》以来，日本以儒学“宽仁”“和为贵”来建构自己的伦理道德价值的历史经验，提倡首先是“送去”的理论和观点，按笔者理解，是送去东方传统文化的精华，也就是首先送去季羡林所强调的综合思维模式——“天人合一”，以及建构这一综合思维模式的理论基础——“中和”的儒家思想。这是东方文化的基本精神，也是古代人类文明的高度自觉。儒学四大经典之一的《中庸》解说：“喜怒哀乐之未发，谓之中；发而皆中节，谓之和。中也者，天下之大本也。和也者，天下之达道也。致中和，天地位焉，万物育焉。”这就是儒学首倡的“仁”“和为贵”“中庸之道”哲学思想。这种古代人道主义开端的“尚仁贵中”的思想和“人为本”的理念，对于人类文化的发展产生过并继续产生重大的影响。因为这不仅是关注人与人、人与自然的和谐，有利于今天全人类谋求的保持生态的平衡，而且是以和谐为准绳，有利于推动今天我国政府所倡导的建构和谐的社会、和谐的世界。

季羡林在一篇文章论述这个问题的时候，将他敬慕的国学大家钱穆写于1990年5月的最后遗稿《中国文化对人类未来可有的贡献》全文抄录下来，以说明“天人合一”这个命题有了全新的认识。以及“送去”“天人合一”的思想适逢其时。从这里也可以看出季羡林的本意。钱穆的文章最后这样总结性地写道：

> 近百年来，世界人类文化所宗，可说全在欧洲。最近五十年，欧洲文化近于衰落，此下不能再为世界人类文化向往之宗主。所以可说，最近乃是人类文化之衰落期。此下世界文化又以何所归往？这是今天我们人类最值得重视的现实问题。以过去世界文化之兴衰大略言之，西方文化一衰则不易再兴，而中国文化则屡仆屡起，故能绵延数千年不断，这可说，因于中国传统文化精神，自古以来即能注意到不违背天，不违背自然，且又能与天命自然融合一体。我以为此下世界文化之归趋，恐必将以中国传统文化为宗主。此事涵意广大，非本篇短文所能及，暂不深论。
>
> 今仅举“天下”二字，包容广大，其涵义即有，使全世界人类文

化融合为一，各民族和平并存，人文自然相互调适之义。①

德国学者卜松山在论述中国传统文化对现代世界的启示时，也从“天人合一”谈起，他说：对人与天的合一问题的解释，就是通过把“仁”理解为一种生命力。“这种力量的活跃，就生发出人道精神，帮助造成人与人之间、人与外部世界之间和谐相处。做到孔子所说‘四海之内皆兄弟’（《论语·颜渊第十二》）。或更进一步，达到如理学家们所称道的：人与天地万物为一家。”他进一步谈到中国传统文化具有世界性价值，还说：“特别是‘仁’即人类之爱（人道主义）的思想，它既是天赋的条件，又需要后天的修养，以达到人与人、人与万物为一家的目的。”[11]

可以说，季羡林提倡“送去”东方综合思维模式——“天人合一”的思想，是准确地把握住新一轮“东学西渐”的关键问题。

其次，笔者认为是“送去”文字与资料。季羡林说：“除了理论、观点之外，还应包括资料。”他主张，“要了解东方唯一的途径就是学习，学习资料首先是文字，也就是书籍。环顾当今世界，在‘欧洲中心主义论’还有市场的情况下，在西方某些人还昏昏然没有睁开眼睛的时候，有关东方的书籍，极少极少。有之，亦多有偏见，不能客观。”[12]这一“送去主义”的倡导，正为世人所重视，所传播。进入21世纪，“东亚中华文化圈”掀起“孔子热”，以及世界主要是西方国家陆续建立孔子学院和孔子课堂，传播儒家哲学思想和汉字，就从一个侧面反映了这个问题。据报刊报道，到2009年12月，全球88个国家和地区已建立了传播中华文化的554个孔子学院和孔子课堂。同年年底，我国拍摄的首部以孔子生平为题材的传记片《孔子》举世公演，亦可窥见一斑。与此同时，“送去”作为文化传播使者的汉语、承载历史文化的汉字。据报刊报导，目前海外有4000万人在学习汉文汉语，仅美国大专院校每天平均就有超过51500名学生。2008年哥伦比亚大学成立“全球中国连接”，哈佛大学、耶鲁大学、康奈尔大学、牛津大学等40多所全球顶尖名校纷纷设立分部。报刊还报道：美国留学中国的人数10年里增长6倍，2009年来自190个国家和地区的来华留学达23万多人。韩、美、日三国的来华留学人数居前三位。美国总统奥巴马提出美国将在未来4年送10万名美国青年到中国留学。如此等等。这些可以成为实现当前“送去主义”的初步基础，建构东西方文化交流的

① 钱穆（中国文化对人类未来可有的贡献），此稿乃钱穆逝后，由钱穆夫人胡美琦投寄香港中文大学《新亚月刊》，载于该刊1990年12月号。

重要基石。

正是基于这种“送去主义”的理念，季羡林倡导并亲自主持了跨世纪的文化大工程《东方文化集成》，以身作则带领“集成”各编的编委们，在东方学界同仁的大力支持下，克服了种种困难，走过了10多年的曲折历程，完成出书101种124本。可以说，季羡林的“送去主义”，有理论指导、也有实践意义，并非徒托空言。“东方文化集成”的意义是非常重大的，不仅分担将中国文化和东方文化向西方和世界“送去”的重要任务，也起到了不可忽视的“拿来”的作用。为什么这样说呢？因为“东方文化集成”在计划出书的500种中，中华文化编100种，而其余东方国家编400种，占多数。

东方许多国家也有过悠久的辉煌文化，在我国文化史上已有不少“拿来”，比如古代从印度“拿来”大乘佛教。近代，从日本“拿来”的就更多了，仅就资料来说，先觉者们于1907年翻译并由当时的上海商务印书馆出版了《新译日本法规大全》全81册。这部大全，是集明治时代中期至1905年制定的日本成文法的大成，是日本从封建社会向近代化社会定型的立法成果，它成为中国近代立法的蓝本，提供了近代中国建设民主与法治社会的参照系。1922年，鲁迅在《呐喊》的自序中也说过，在东京的留学生大多是学政法、理化的，他表示自己“梦很美满”，预备学成回国“促进国人对维新的信仰”。[13]尤其是20世纪东方国家摆脱殖民统治后，正在走向文化复兴，正在走向现代化。它们创造了许多值得我们“拿来”学习的经验。我们今天需要“拿来”的，不仅是西方的先进文化，也要“拿来”其他东方国家，特别是日本、韩国、新加坡等东方发达或发展中国家的优秀文化，共同学习，互相了解，共建和谐的世界。

总之，季羡林主持的《东方文化集成》以“送去”为重点，“拿来”也不能忽视。2007年3月，日本共同通讯社发的通稿《亚洲（第二章）——大国文化的走向》，谈及季羡林总主编的《东方文化集成》时写道：《东方文化集成》是“集东方国别史大成的事业，以取代迄今以欧洲为中心所编写的文化史、文明史”，“这是一项在文化方面取得世界领先地位的基础研究”，同时强调中国学界这种“再编写迄今用西方语言和思想所编写历史的动向，大概是企图用东方传统文化反过来照射内外吧”。[14]季羡林在《东方文化集成》总序中宣示：“世界人民、东方人民、中国人民的需要，是我们的动力。东方人民和西方人民的相互了解，是我们的愿望。东方人民和西方人民越来越变得聪明，是我们的追求。”“我们坚决相信，只要能做到这一步，人类会越来越能相互了

解，世界和平越来越成为可能，人类的日子会越来越好过，不管还需要多么长的时间，人类有朝一日总会共同进入太平盛世，共同进入大同之域。”如今，季先生往矣，我们东方学人将不知言倦地一代接一代地继续完成他的未竟事业。

在21世纪东方文化正在复兴之时，有美国学者提出这样的问题：“在西方文化统治世界文化两个多世纪以后的今天，世界各国的人们，包括西方的民众和精英，都在思索这样一个问题：西方文化是不是真的在不久的将来会退缩成为地域文化，取而代之的会不会是以中国为代表的东方文化的世界化?”[15]一些东方学者和西方有识之士与季羡林同声相求，同气相应，主张反对“欧洲中心主义”，提倡东西方文化平等交流，让东方文化走向世界。韩国资深学者金在烈在回答《中国社会科学报》记者采访时，特别提出这样一个问题：“19世纪以后，西方文明迅速成长和发展，它向东方强势进入，而东方固有的精髓被排挤且逐渐衰落。进入21世纪，随着东方社会本身有了物质方面的丰富积累，包括技术、知识、生产能力等方面，我们应该有对应西方文明的同等能力。到了这一步，未来的东方文明和东方社会将走向哪里?”他自我回答道：“我们应该带着我们自己的哲学和思想，带着我们关于人的、生命的、人与自然的思想精髓走向未来。在20世纪，东方文明和西方文明处于混合状态。对东方而言，这是段混沌期。我们必须跨过混沌期，对我们的文明再次整理和梳理，选择精髓，综合东西方文明。我们需要开展文明之间的对话，尊重多样化，包容多元文化，最终达到文明之间的和谐状态。”金在烈最后还前瞻性地说：“如果我们要选择一种未来的文明观，我想应该是和谐的思想。这种和谐正是东方几千年文明积淀的所有思想的总括，也是东方文明的精华所在。如果这种文明观能够被人类整体接受和认同，相信未来的人类社会能够实现整体繁荣。”[16]日本资深学者、早稻田大学前校长西原春夫在与我国旅日学者访谈时也言道：“21世纪，是亚洲的时代。但是，我不认为，仅仅是经济强大了，亚洲的影响力就会提升。我认为，在人类濒临存亡之时，亚洲必须带着哲学、道德、伦理等方面的解决方案登上历史舞台。”[17]日本另一位资深学者川村范行也著文说：“现在，我们迎来了一个新的历史转机：依仗实力与功利主义的西方霸道在21世纪初暴露出了它的局限，推崇‘德’与‘和’的东方王道即将开通。”[18]

一位中国社科院曾经采访过季羡林的友人，当面对笔者就季羡林作出了这样的评价：“季先生最具中国和东方情怀的学者，他对中国和东方传统文化怀有最大的敬意，同时也对中国和东方的未来怀抱极大的信心。民族认同并为之奋斗才是中国未来的希望，东方未来的希望。”笔者十分认同这一评价。可以预言，“三十年河东”“送去主义”者，乃在21世纪发展的未来，东方文化复兴，走向世界，重新在全球化时代焕发出新的生命力！当然，东方文化走向世界的过程中，也应不断自我革新、吸收西方的先进文化，走自强之路。这样，东西方文化平等交流，互相吸收，彼此相融，21世纪人类文化的前景将是光辉灿烂的！

参考文献

[1] 黄仁宇. 中国大历史 [M]. 北京：三联书店，2007.

[2] 季羡林. 东西方文化的互补关系 [A]. 三十年河东　三十年河西 [M]. 北京：当代中国出版社，2006.

[3] 季羡林. 从宏观上看中国文化 [A]. 三十年河东　三十年河西 [M]. 北京：当代中国出版社，2006.

[4] 加藤周一. 为什么需要“近代化” [A]. 加藤周一著作集7 [M]. 东京：平凡社，1984.

[5] 卜松山. 儒家传统的历史命运与后现代意义 [J]. 张国刚译. 传统文化与现代化，1994，(5).

[6] 季羡林. 21世纪：东方文化的时代 [A]. 三十年河东　三十年河西 [M]. 北京：当代中国出版社，2006.

[7] 季羡林. 东方文化与西方文化 [A]. 三十年河东　三十年河西 [M]. 北京：当代中国出版社，2006.

[8] 季羡林. 倡议编撰《东方文化集成》[A]. 三十年河东　三十年河西 [M]. 北京：当代中国出版社，2006.

[9] 鲁迅. 拿来主义 [A]. 鲁迅全集6 [M]. 北京：人民文学出版社，1981.

[10] 约翰·霍布森. 西方文明的东方起源（中译本）[M]. 济南：山东画报出版社，2009.

[11] 卜松山. 中国传统文化对现代世界的启示——从“天人合一”谈起 [J]. 张国刚译. 传统文化与现代化，1993，(5).

[12] 季羡林. 东方文化集成总序 [A]. 东西方文化议论集（上册）[M]. 北京：昆仑出版社，1997.

[13] 鲁迅. 呐喊 [A]. 鲁迅全集1 [M]. 北京：人民文学出版

社，1981.

[14] 亚洲（第二章）——大国文化的走向 [N]. 德岛新闻. 2007-03-15.

[15] 老三. 东西方世界文化观比较 [N]. 中国社会科学报，2010-03-09.

[16] 金在烈. 让东方文明走向世界 [N]. 中国社会科学报. 2010-02-23.

[17] 刘迪. 鸠山由纪夫——日本民主党政治的开幕 [M]. 北京：东方出版社，2009.

[18] 川村范行. 中国的未来充满希望 [N]. 中国社会科学报，2010-03-18.

《上海师范大学学报》（哲学社会科学版）2010 年 7 月

20 世纪日本文学回顾与思考

20 世纪日本文学的百年历史，是在明治维新后初步完成文学的近代转型的基础上展开的。在即将迎来 21 世纪之际，回顾日本文学走向现代化的百年历程，有许多课题是值得研究和思考的。本文重点探讨日本文学观念的更新、文学上自我的确立、审美理念的传承等三个问题。概括地说，这三个问题都与传统与现代结合这一主要课题密切相关。

文学观念的更新

明治维新这次不彻底的资产阶级革命，造成了日本政治文化的双重性格：一方面在政治制度、社会结构和文化形态上保留着浓厚的封建性；一方面带来政治上的某些改革和科学技术的进步动摇了旧的信仰和理念，冲击着旧的传统文化，促进了价值观念的变化。转型期的文学也面临着新旧的观念、价值观的矛盾和冲突。

明治维新以后，日本文学的现代化进程处于滞后的状态。江户时代的文学观念和价值观念仍占文坛的主导地位。也就是说，由武士运作和町人运作两大类文学占据着文坛的空间中心位置。前者是以儒教理念为基础的上流文学，比如汉诗文、和歌、雅文调纪行文，主要强调道德教化的功能，以功利和实用为目的。后者是以戏作为主的庶民文学，比如人情本、滑稽本、读本、狂歌等，不强调教化作用，而以娱乐为目的。尽管两者的文学价值观的出发点不同，但其立足点都是不承认文学本身的独立价值，实际上都是轻视文学，将文学视为“无用之业”。它们都不具备新文学的观念和精神。

同时，江户时代“文学”这个概念，以公认的幕府官学——朱子学为中心的儒学将上流文学作为首座，称为文学，而把戏作小说、俳谐、川柳、狂歌、净琉璃、歌舞伎等俗文学视为非正统的。因此“文学”是一个广泛意义上的概念，包括诸人文科学。福泽谕吉的《劝学篇》就强调文学是“近于普遍日用的实学”，而把戏作、俳谐等俗文学排除在外。

因此，近代文学的先驱者们首先努力摆脱江户时代遗留的旧文学观念。比如坪内逍遥首先明确小说是一种艺术形态，有其独立的价值，从而确立小说在艺术上的地位。同时强调小说只受艺术规律的制约，而不从属于其他目的。而且，他将小说作为第一文艺，批判了江户时代劝善惩恶的旧文学观。森鸥外引进西方文艺理论和美学批评，其"大至艺术全境，小至诗文一体"，整理当时混乱的文学理念，确立新的文学批评原理和审美基准。他们为更新文学观念，为引进西方现实主义文学和浪漫主义文学，以及为其后引进西方各种主义文学形态打下了初步的基础，大大推动了20世纪文学"文学革命"和"革命文学"两个方面的发展。

文学观念的更新是不会停止的。随着时代和科学的不断进步，文学观念是不断再更新的。20世纪文学更新的历程说明了这一点。20世纪初叶自然主义面对破坏旧信仰、旧理想的物质科学成果，对善和美的理想以及科学的真实，以科学精神的真伪来应对，首先将自然科学的精神直接运用到文学上，追求自然的真相。因此在引进象征主义以后，岛村抱月在《被囚的文艺》中就认为自然主义是"被知性囚禁的文艺"。不管怎么说，将文学与自然科学结合来思考，对旧的文学传统观念是带来一定的冲击的。

30年代开始，伊藤整、堀辰雄引进普鲁斯特"内心独白"和乔伊斯的"意识流"手法，而且将这种手法作为小说的新概念，定位在一种文学的主义上，并将其称为"新心理主义"。也就是说，文学与心理学、精神病理学发生交叉的关系，促使传统的以写实为基础的文学原理发生了带根本性的变化。阿部知二在《主知文学论》中进一步主张：文学要繁荣，必须重视科学的知性要素，有意识地采用科学（社会科学、自然科学、精神科学等）的方法，与我们的文明现象、时代精神相结合。所以他强调：以知性处理感情，在具体运作上尽力避免使用情绪的、感情的语言，而要有意识地将语言与知性直接结合，即将科学的方法运用到文学理论和实践上。

随着高科技时代的到来，文学与科学的交叉发展也结出了丰硕的果实。比如同为医学博士出身的加藤周一和加贺乙彦分别在理论和实践两方面做出了特殊的贡献。文艺评论家加藤周一运用医学和生物学的"杂交优生"和"进化论"等理论，反对纯化日本文化，不管是全盘日本化还是全盘西方化，他既承认"西方文化已经深入滋养日本文化的根干"，同时又肯定日本文化是在"土著文化深层积淀而形成的"，从而提出了"日本文化的杂种性"论点，并运用在文学批评上，强调了日本文学的土著世界观与外来文学思想上的对应与融合，创造出具有日本民族特质的文学来。小说家加贺乙彦大胆地将医学、精神医学、病态心理学引进文学创作中来。他的《佛兰德的冬天》《不复返的夏天》《宣判》等小说，在文学结构里，存在两个不同思维结构——医学的具象思维结构与文学的抽象思维结构的对立与对应，作家在这两者中找到了平衡，进而切断医学与文学的二律背反，在医学中的文学机制上倾注了巨大的热情，完全将医学变形为文学。

文学评论家秋山骏则以“病患者的光学”的观点来评论风见治的《鼻子的周围》，该小说描写一个病愈的麻风病患者在鼻子上仍留下病迹，不能在社会上过正常生活，最后造了一个新鼻子才免遭社会摒弃。作家通过“病患者的光学（视线）”来折射日常生活的孤独感和空虚感。秋山骏估计，出现这种文学现象也许是由于艾滋病新病菌的出现，“病患者的光学”发生作用。

产生新的主人公，文学也会发生变化，面临自我面貌大改观的局面。

在20世纪后半叶，知识经济的出现，“边缘学科”的交叉发展更趋强化。文学与其他学科，包括一些与思维空间相距甚远的自然科学的相互交流、渗透和影响，不断地更新知识结构和思维方式，也必将不断地更新文学观念。特别是作为文学结构主体的语言学，在20世纪前半叶发生了“语言学转向”的重大学术事件，使整个文化发展进入文本、语言、叙事、结构、张力语言批判层面。到了20世纪后半叶，人文理论与社会理论又出现语言转向后的“新转向”——由语言转向历史意识、文化社会、阶级政治、意识形态、文化霸权研究、社会关系分析、知识权力考察等，进入一个所谓的人文科学的“大理论”之中。同时，带来文化哲学诗学的转型。（参见王岳川《语言学转向之后》）这一现象也出现在文学理论研究和创作实践中，文学摆脱狭隘的传统界定，与更广阔的历史文化背景发生更深刻的联系。文学上的女性主义、后现代主义的解构主义、新历史主义等的出现，也可以从一个方面反映“语言学转向”带来文学观念的再一次更新。

最近笔者主编的日本女性主义者、女性文学批评家水田宗子的专著《女性的自我与表现——近代女性文学的历程》，就从多学科和相关边缘学科的视角出发，以“性差”作为切入点，论述了“性差”的文化与疯狂、婚外恋不同文化背景的不同表现和与传统的恋爱、婚姻和家庭观的关系、女性超越社会的性别角色与自我表现的联系、在性的意义上女性对生育希求与嫌恶的二律背反、女性的人体美与男性的性爱的正常与反常、女性表现深层的沉默等广泛的问题，并以此透视女性自我的精神世界，深入地挖掘女性的性与爱的深层心理诸相，以及形成“性差”结构的各种因素，包括民族、阶级、宗教、民俗、意识、制度诸综合因素。在这个基础上，作者进一步分析了“性差”概念的形成原因和“性差”文化结构的特征。而作者的“性差”概念，不仅是指男女性别差异，而且是包含更为深刻而广泛的文化内涵，包含男女性别特征和性机能差异的意义。恐怕可以说，这是以一种新的文学观念进行文学批评的尝试吧。

文学上自我的确立

20 世纪文学的中心主题，仍然是人性的解放和自我的确立。在日本，明治维新以后，其实现代化是从接受西方的人本主义精神和现代自我的价值观念开始的，而日本的现代自我又是在资产阶级革命不彻底性的、残存着浓厚封建的社会文化结构内发展，因而形成日本现代自我缺乏主体性和具有依附性、封闭性的特殊性格，削弱自我与表现的完整性和独立性，走向跛行发展的道路。

在这种自我性格的制约下，20 世纪以来日本文学仍在自我的确立和自我的失落的摆渡中，以自我的表现为中心展开，把自我的问题作为与社会关系问题来探求。岛崎藤村的《破戒》、夏目漱石的《我是猫》努力探讨人性的解放、自我主体意识的确立，并取得了很大的成就，推动了 20 世纪日本文学的发展，但也不可避免地存在其局限性。比如，藤村所描写的丑松在破戒之后逃避现实，到了美洲；在夏目的笔下，拟人化的猫，看到苦沙弥无力改变社会现状之后，自己也只好偷喝了啤酒，熏醉后掉进水缸淹死而终了；特别是芥川龙之介在社会对自我的重压下，无力抗争，最终因试图在调和社会与自我两者的矛盾中实现人生未成而走上自杀之路。

文学上的自我表现的局限性，在女性文学中表现得尤为明显，女性的自我价值超越历史和社会而被弱化。尤其是在男性作家笔下，女性形象的定位错误，女性缺乏独立的自我意识，而且女性的主体意识也是以男性的主体意识的延长的形式表现出来的。岛崎藤村的《新生》、志贺直哉的《暗夜行路》、高村光太郎的《智惠子抄》等就以男主人公与女性的纠葛来展现文学中女性自我失落的图像。即使女性作家，虽能从女性的视点来审视女性的自我，多角度地综合观察和把握女性的“生”的意义，以及女性自身的精神活动，在“人”的意义上发现女性自我存在的价值，但也存在不足的一面，比如宫本百合子的《伸子》和野上弥生子的《真知子》中的女主人公，她们追求女性个人的解放与社会的变革结合，揭示了日本的封建家族制度和女性自我存在矛盾的现实问题。与此同时，她们在恋爱、婚姻、家庭等一系列问题上也表现出其世界观的局限，由此而带来了作为新女性的自我成长的局限性。可以说，无论是作家自身还是作品中的主人公，其自我的软弱性格形成与上述明治维新后的社会文化结构的性格是不可分割的。因此，文学上的自我悲剧，不仅是个人的，也是社会造成的悲剧。

20 年代前半期，日本文坛主要由无产阶级文学和作为日本现代主义的新感觉派、新兴艺术派、正统艺术派等占据着，分别从“革命文学”和“文学革命”两个不同方向展开。前者探索着自我与社会的广泛联系，自我担当着重要的社会角色。小林多喜二的《为党生活的人》在这个问题上也表现出其正与负的两面。比如作家塑造的男主人公“我”，将个人与阶级、个性与阶级性融合为一，作为作家自我的实现，这无疑是成功的。但在处理“我”与恋人笠原的关系上，着重描写笠原服从性的一面，忽视了笠原自我选择的一面，这恐怕是在“政治首位论”“服从阶级斗争需要”的文学方针指导下产生的吧。正如小田切秀雄指出的：“这是革命文学运动背负的弱点。”后者则疏离社会，在主观的感觉世界中表现自我。川端康成在新感觉派时期就主张“因为有自我，天地万物才存在”，并通过了绝对化的主观和感觉来观察现实，反映扭曲和异化了的社会。横光利一的《蝇》《头与腹》就是具有代表性的作品。

在 20 世纪 30—40 年代中期战争的黑暗年代里，上述的种种自我与表现完全被绝对主义所扼杀，文学上自我的稀薄影子在喧嚣的战争文学中也随之完全消失。战后在呼唤新文学的强音中，《近代文学》以“确立近代的自我”的文学批评为先行，尊重人和自由，摆脱包括封建主义在内的意识形态对自我的束缚，以确立近代个人主义和文学的自律性。本多秋五在《艺术 · 历史 · 人》一文中就强调战后“文学最重要的问题，首先必须自立”，“没有自我内部涌现的兴趣和喜悦，没有自我本身个人内部喷发出的热情，艺术就会死亡”。可以说，战后日本文学也是围绕重新确立自我而展开的。

文学探索自我与表现，性与爱是个不可回避的课题，犹如美术不可缺人体画一样。作为先驱者，女诗人与谢野晶子率先在《乱发》中大胆地唱出：“你不接触柔嫩的肌肤/也不接触炽热的血液/只顾讲道/岂不寂寞”，从浪漫主义出发，热烈地赞颂了青春的性爱，对青春的自我觉醒、人和人性加以肯定，同时对旧观念、旧道德观进行了批判。诗人本人宣言“我的诗歌是扎根在我不止的恋爱上”。在《乱发》问世之前，日本现代文学还没有出现过如此深切地表现现代人的自我的精神世界。尽管如此，这种对人性的尊重只聚集在人的本能上，未能与自我主体意识更紧密联系。而且无论现实主义作家还是浪漫主义作家要求确立自我，大多放在追求自我个人内在的真实上。他们笔下的主人公也大多是“多余的人”。自然主义作家们更是放弃自我的主观，完全服从于纯客观的描写。田山花袋的《棉被》就是完全不介入主人公的内部精神世界，而对所经历的事如实地加以描写，“大胆而又大胆”地将自我的感情写得逼近自然的真，展现“露骨而又露骨”的自我的真。

但是，这个课题的探索，在封建主义的重压下步履维艰。典型的事件是1950年发生的最严重的一次政治权力干预文学的事件，伊藤整翻译出版劳伦斯的《查泰莱夫人的情人》被当局查禁，译者与出版者被东京检察院和法院以“贩卖淫书罪”为名起诉和判罪。这成为战后日本文坛具有重大意义的事件，引起了如何正确理解艺术和猥亵的关系问题的讨论。性爱文学是一个既具体又富原则性的问题，提出性与爱这个人类生活和文学艺术的重要主题进行探索，是具有深刻的意义的。作家以此为题材写了报告文学《审判》，围绕这一审判事件，揭示了人们抵抗旧秩序的压力和在法庭上抗争的事实，并通过这一事件的实际体验，具体地阐明他在文学理论上所论述的“生命与秩序的关系发展为组织与人的图式”的观点。许多作家都进行苦苦的探索，从谷崎润一郎的《疯癫老人日记》、川端康成的《睡美人》到三岛由纪夫的《美德的踉跄》（一译《心灵的饥渴》），都从不同角度，在道德与非道德的对立冲突中，用高涨的官能性来充实自我的不健全的存在感，喷涌着生命的原始渴求和力量。

可以说，作为自我存在的性与爱的表现，是一个未被完全成功开垦的处女地。正如美国作家诺曼·梅勒所评说的：“20世纪后半叶给文学冒险家留下的垦荒地只有性的领域了。”大江健三郎在这一领域里开辟了一块“性+政治”的试验田，创作了《性的人》《我们的时代》《日常生活的冒险》等，把性与政治和社会文化诸因素有机联系，反映了人性被压抑的现实和人们追求解放的愿望。他在《哭嚎声》中就让主人公在现实的压迫下，在孤独和焦灼中呼喊出：“我是人！”事实上，性现象的复杂性是社会现象复杂性的反映。当代许多作家以多样化的形式继续耕耘着这片处女地，剖析了20世纪妨碍自我解放的根源。

文学上探求自我，是不能舍弃深层的心理分析的。20世纪文学一个很大的变化，就是从传统的客观写实，转变到深层心理的分析。脱胎于自然主义又超越自然主义的“私小说”，既有纯客观地描写身边琐事的私小说，又有挖掘个人的心理活动的私小说，所以私小说也称心境小说。伊藤整的《神圣家族》、堀辰雄的《起风了》等都是利用新心理主义的手法，描写自我的心灵的孤独或感情的苦痛，以开拓人物更为深层的心灵世界，并将它上升到内心的审美层次。这时期，小林秀雄针对无产阶级文学的“观念意匠”、新感觉派的“感觉意匠”和自然主义的缺乏自我，在《种种意匠》《私小说论》中提出了“社会化了的自我”的著名论点，试图在理论上整合种种的意匠。这种私小说模式作为日本纯文学的主体，一直延续至今。

20 世纪 70—80 年代的“内向派”“透明族”诸文学新潮，或缺乏社会意识，只追求自我内心的不安和日常生活中非现实的东西，比如古井由吉的《杳子》、阿部昭的《人生一日》等；或从自我的立场出发，要求从封闭社会的禁锢中解放出来，追求所谓个性解放乃至性的彻底解放，比如村上龙的《无限透明的蓝色》、中上健次的《岬》等。尤其是“内向派”把现实抽象化，变成自我想象的东西，把人的精神和意识作为唯一的存在。因此在艺术手法上运用内心独白和意识流，着力描写人物的意识活动和深入追求人物的内心奥秘。可以说，私小说的传统在世纪末又有了新的发展。

审美理念的传承

20 世纪日本文学百年史，无疑是受西方文学重大的影响而发展起来的。但它不是一部纯西方现代文学的变迁史，而是一部东西（方）和洋文学的融合史。当然，在两种文学的传统与交流中，也反复多次发生过欧化主义和国粹主义两种极端的风潮，出现传统与现代的“摆渡现象”。新感觉派认表现主义为“我们之父”、达达主义为“我们之母”，主张全盘欧化。日本无产阶级文学虽然曾雄峙于文坛，但它也一度用另一种欧化形式出现，即全盘照搬苏联“拉普”理论，并无视日本历史传统的继承，连日本文学史也没有进行过研究，却提出“政治首位论”，将文学从属于政治。无论是“文学革命”或是“革命文学”，由于无视传统的传承，都无法永葆其生命力。战争期间，以保田与重郎为代表的日本浪漫派对“近代”的不信任乃至绝望，把“近代”一概视为“时代的颓废”，即将马克思主义和美国主义（他们将物质万能主义称作美国主义）都看做是“近代”的一种表现，需要统统打倒，用回归自己“故乡的历史”取而代之。他们以“古典近卫队”为己任，最后将“回归古典”与国粹主义合流。

这种传统与现代的“摆渡现象”，至今不能说已经终结。但是，百年的日本文学也的确在这两者的摆渡中，创造出基于传统再创造的交流模式，那就是

“冲突·并存·融合”的模式。建立这一模式的基础，是对传统美理念的传承。日本文学有着自己悠久的文学传统，确立了独自的民族美学体系，并形成以写实的“真实”、浪漫的“物哀”、象征的“空寂”和“闲寂”等属于自己的文学的观念形态，所以在引进西方文学主义形态时，就根植于传统文学观念形态的土壤中。也就是说，日本接受西方文学的影响，吸收创作技巧多于美学理念，就是吸收美学理念也是按照自己的审美传统而加以选择、消化和融合，实现通常所说的“日本化”。

19 世纪末期引进的西方现实主义、浪漫主义自不消说，20 世纪以来引进的自然主义也是按照日本式的审美方式来吸收和消化的。具体地说，它是从两个方面继承传统而将外来的西方自然主义日本化的。一是从审美理念上继承传统的“真实”文学意识。这一“真实”文学意识始于原始的自然的纯情，以主情为基调，以真实的感动为根本，体现在真实性和自然性上，即体现在朴素的自然的“真”上，以及人性根本的真实性上，是以个人感情的朴素自然的感动为主体的。因此，日本自然主义以主观感受为对象，追求的不是外面的写实，而是“内面的写实”。一是从文学形式上继承日记文学的传统。日本的传统日记文学，大多以自己的生活体验为主，在内容上以真事、真言和真情为中心。在表现上则重写实，既写外面的真实，也写内面反省的真实。日本自然主义者普遍如实地记录自己的生活特别是感情生活的体验，最忠实地继承了日本古代日记文学的表现人生的“真相”的传统。冈崎义惠谈到自然主义日本化时讲过这样一段话：“西方式的自然主义和人道主义的底流，深深地潜藏着日本式的现实主义和东方精神主义，因此可以认为这种潜藏力量正是保持历史的最根本的东西吧。”

这种文学的传统与交流，加上日本近代未能建立起成熟的市民社会，以及支撑市民社会的自由经济和个人主义思想，自我是疏离社会的，是闭锁在封建的社会结构和家族制度之中，沉溺于个人的日常生活、心理和心境之中。日本自然主义文学形成胶着于个人的“私”（ねたし）的领域倾向，通过自白式地表现自我破灭的私生活来显示作品强烈的真实性。这样便引发具有日本特色的“私小说”的自然生成，并超越自然主义而长期地在日本文坛占据着纯文学的主流地位，至今仍保持其发展的持续力。正如吉田精一所说的：“日本自然主义的确是接受欧洲思想的影响，但它不是像以前那样单纯作为外来的东西来介绍和宣传，而是在日本现实的基础上吸收消化，并以此为本进行新的创造。”可以说，日本近代文学以传统的审美理念为根基，通过自然主义吸收和消化西方自然主义文学，为日本近代文学的和洋结合提供了新鲜的经验。

从19世纪末期，森鸥外等引进西方诗学，到象征诗占据20世纪的日本诗坛，日本诗在构建诗型方法上，逐步摆脱了传统和歌、俳句的五七调音数律造句法，采取了口语自由体诗型这种新诗形式，而在诗的内部精神结构上，既吸收时代的诗学精神和近代诗的自我表现，又注意挖掘传统的审美理念。作为象征诗的先驱者，蒲原有明在象征诗集《春鸟集》的自序中提出在表现上要有新的形式，特别是强调了表现上的"共感觉"（即感觉交错）的重要性，同时强调芭蕉的俳句是"我国文学中最具象征性的东西"，即指芭蕉的俳句在"闲寂"的枯淡中已具有传统的象征性。三木露风也强调："象征诗是法兰西诗派的影响及于日本之后而传来的，但其精神从古昔就存在于日本。……当时，蕴藏在芭蕉心中的，正是这种精神。其诗的幽玄体，即今日所称的象征体。"注北原白秋在他的象征诗论《艺术的圆光》中论及诗的艺术价值和诗的民族性时说明诗的正风，正是以这种艺术精神为根基，诗人不应忘记东方艺术的根本意义。同时在万物观照上，真正传神的秘诀、象征的深义早已存在于日本的俳句或短歌中。

以二战结束、美国占领日本为契机，日本一度掀起美国化风潮，美国主义也流行于文学。战后初期，文学的摆子又倾斜到美国颓废文化的另一极端，将日本传统的古典统统视作封建的东西，并要破坏这些既有的一切东西。以坂口安吾、太宰治为代表的无赖派的"堕落论"和在文学观念和方法上的反近代传统，就集中地反映了这一极端的文学风潮。但是，从20世纪后半期的重要作家来说，川端康成、谷崎润一郎、三岛由纪夫这些传统派、古典派作家自不消说，就是坚持现实主义为主体创作方向的野间宏、接受西方现代主义强烈影响的作家如存在主义作家安部公房和大江健三郎等，也无不扎根在传统的土壤上。柘植光彦评说："战后文学的存在主义倾向，首先是自律地生成，其次是通过与萨特的邂逅产生巨大的旋涡。"从总体而言，日本作家在与西方文学的交流中，对传统文学的继承也是非常自觉的。就20世纪后半叶获诺贝尔文学奖的日本作家川端康成、大江健三郎来说，他们也是最终找到传统与现代结合这条路，才创造出自己的文学的辉煌。

川端康成是走过全盘接受西方现代主义和无批判地继承东方的佛教轮回思想两种极端之后，总结了自己的创作经验和教训，提出了应该"从一开始就采取日本式的吸收法，即按照日本式的爱好来学，然后全部日本化"（《日本文学之美》），并在实践上将汲取西方文学溶化在《源氏物语》以来形成的浪漫

“物哀”和“幽玄”的传统美理念之中，创造了像《雪国》《古都》《千只鹤》这样优秀的作品。大江健三郎创作伊始，倾心于萨特的存在主义，对《源氏物语》不感兴趣，可是他在实践中逐步认识到“民族性在文学中的表现”的重要性，现在他“重新发现了《源氏物语》”（《颁奖晚宴上的致辞》)，在他的获诺贝尔文学奖作品《个人的体验》《万延元年的足球队》中，运用了日本文学传统的想象力、日本神话中的象征性和日本式的语言文体，展现了作品的民族性格。

20 世纪日本文学的历史经验证明，日本文学走向现代，尽管存在一定的历史距离，但与过去的传统文学和审美理念之间没有明显的裂痕，而且是一脉相承的。作为西方传来的各种主义形态，从写实主义、浪漫主义、自然主义到象征主义、现代主义，无一不是在与传统的观念形态的写实的“真实”、浪漫的“物哀”、象征的“空寂”和“闲寂”文学理念和审美理念的接合点上酿造出来的。在这里，可以借用三岛由纪夫的一句话来概括，那就是“生于日本的艺术家，被迫对日本文化不断进行批判，从东西方文化的交汇中清理出真正属于自己风土和本能的东西，只有在这方面取得切实成果的人才是成功的”（《川端康成的东洋与西洋》)。

《日本学刊》1999 年第 6 期

川端康成文学的东方美

一

川端康成1899年生于大阪府三岛郡丰川村大字宿久庄，接近京都。川端康成“把京都王朝文学作为‘摇篮’的同时，也把京都自然的绿韵当做哺育自己的‘摇篮’”。祖辈原是个大户人家，被称为“村贵族”，事业失败后，将希望寄托在川端康成父亲荣吉的身上，让荣吉完成了东京医科学校的学业，挂牌行医，兼任大阪市一所医院的副院长。在川端康成一两岁时，父母因患肺结核溘然长逝。祖父母便带川端康成回到阔别了十五年的故里，姐姐芳子则寄养在秋冈义一姨父家。川端康成由于先天不足，体质十分孱弱。两位老人对孙儿过分溺爱，担心他出门惹事，让他整天闭居在阴湿的农舍里。这位幼年的孤儿与外界几乎没有发生任何接触，“变成一个固执的扭曲了的人”，“把自己胆怯的心闭锁在一个渺小的躯壳里，为此而感到忧郁与苦恼”。直到上小学之前，他“除了祖父母之外，简直就不知道还存在着一个人世间”。

川端康成上小学后，不到三年，祖母和姐姐又相继弃他而去，从此他与年迈的祖父相依为命。祖父眼瞎耳背，终日一人孤寂地呆坐在病榻上落泪，并常对川端康成说：“咱们是哭着过日子的啊！”这在川端康成幼稚的心灵投下了寂寞的暗影。川端康成的孤儿体验，因为失去祖父而达到了极点。

在川端康成来说，他接连为亲人奔丧，参加了无数的葬礼，人们戏称他是“参加葬礼的名人”。他的童年没有感受到人间的温暖，相反地渗入了深刻的无法克服的忧郁、悲哀因素，内心不断涌现对人生的虚幻感和对死亡的恐惧感。这种畸形的家境、寂寞的生活，是形成川端康成比较孤僻、内向的性格和气质的重要原因。这便促使他早早闯入说林书海，小学图书馆的藏书，他一本也不遗漏地统统借阅过。这时候，他开始对文学产生了憧憬。

1913年，川端康成升入大阪府立茨木中学，仍孜孜不倦地埋头于文学书堆里，开始接触到一些名家名作。从不间断地做笔记，把作品中的精彩描写都详尽地记录下来。他的国文学和汉文学成绩最佳，他的作文在班上是首屈一指的。1914 年 5 月，祖父病重后，他守候在祖父病榻旁，诵读《源氏物语》那些感时伤事的、带上哀调的词句，以此驱遣自己，溺于感伤，并且决心把祖父弥留之际的情景记录下来，于是写起了《十六岁的日记》来。这篇《十六岁的日记》既是川端康成痛苦的现实的写生，又是洋溢在冷酷的现实内里的诗情，在这里也显露了川端康成的创作才华的端倪。秋上，他就把过去所写的诗文稿装订成册，称《第一谷堂集》《第二谷堂集》，前者主要收入他的新体诗三十二篇，后者是中小学的作文。从这里可以看出，少年的川端康成开始具有文人的意识，已经萌发了最初的写作欲望。

这时候起，川端康成立志当小说家，开始把一些俳句、小小说投寄刊物，起初未被采用。到了 1915 年夏季，《文章世界》才刊登了他的几首俳句。从此他更加广泛地猎取世界和日本的古今名著。他对《源氏物语》虽不甚解其意，只朗读字音，欣赏着文章优美的抒情调子，然已深深地为其文体和韵律所吸引。这一经历，对他后来的文学创作产生了深刻的影响。其后他写作的时候，少年时代那种似歌一般的旋律，仍然回荡在他的心间。

1916 年第一次在茨木小报《京阪新闻》上发表了四五首和歌和九篇杂感文，同年又在大阪《团栾》杂志上发表了《肩扛老师的灵柩》。这一年，他还经常给《文章世界》写小品、掌篇小说。《文章世界》举办投票选举“十二秀才”，川端康成名列第十一位。对于立志当作家的少年来说，这是很值得纪念的一年。

川端康成于 1917 年 3 月茨木中学毕业后，考取第一高等学校，到了东京，开始直接接触日本文坛的现状和“白桦派”“新思潮派”的作家和作品，以及正在流行的俄罗斯文学，使他顿开眼界。他在中学《校友会杂志》1919 年 6 月号上，发表了第一篇习作《千代》，以淡淡的笔触，描写了他同三个同名的千代姑娘的爱恋故事。

事实上，川端康成成人之后，一连接触过四个名叫千代的女性，对她们都在不同程度上产生过感情。其中对伊豆的舞女千代和岐阜的千代，激起过巨大的感情波澜。

伊豆舞女千代是川端康成到伊豆半岛旅行途中邂逅的，他第一次得到舞女的平等对待，并说他是个好人，便对她油然产生了纯洁的友情；同样地，受人歧视和凌辱的舞女遇到这样友善的学生，以平等的态度对待自己，自然也激起了感情的涟漪。他们彼此建立了真挚的、诚实的友情，还彼此流露了淡淡的爱。从此以后，这位美丽的舞女，“就像一颗彗星的尾巴，一直在我的记忆中不停地闪流”。

岐阜的千代，原名伊藤初代，是川端康成刚上大学在东京一家咖啡馆里相识、相恋的，不久他们订了婚。后来不知为何缘故，女方以发生了“非常”的情况为由，撕毁了婚约。他遭到了人所不可理解的背叛，很艰难地支撑着自己，心灵上留下了久久未能愈合的伤痕。而且产生了一种胆怯和自卑，再也不敢向女性坦然倾吐自己的爱心，而且陷入自我压抑、窒息和扭曲之中，变得更加孤僻和相信天命。

1920 年 7 月至 1924 年 3 月大学时代，川端康成为了向既有文坛挑战、改革和更新文艺，与爱好文学的同学复刊《新思潮》（第六次），并在创刊号上发表了《招魂节一景》，描写马戏团女演员的悲苦生活，比较成功。川端康成的名字第一次出现在《文艺年鉴》上，标志着这位文学青年正式登上了文坛。

川端康成发表了《招魂节一景》以后，由于恋爱生活的失意，经常怀着忧郁的心情到伊豆汤岛，写了未定稿的《汤岛的回忆》。1923 年 1 月《文艺春秋》杂志创刊后，他为了诉说和发泄自己心头的积郁，又为杂志写出短篇小说《林金花的忧郁》和《参加葬礼的名人》。与此同时，他在爱与怨的交织下，以他的恋爱生活的体验，写了《非常》《南方的火》《处女作作祟》等一系列小说，有的是以其恋爱的事件为素材直接写就，有的则加以虚构化。川端康成这一阶段的创作，归纳起来，主要是描写孤儿的生活，表现对已故亲人的深切怀念与哀思，以及描写自己的爱情波折，叙述自己失意的烦恼和哀怨。这些小说构成川端康成早期作品群的一个鲜明的特征。这些作品所表现的感伤与悲哀的调子，以及难以排解的寂寞和忧郁的心绪，贯穿着他的整个创作生涯，成为他的作品的主要基调。川端康成本人也说：“这种孤儿的悲哀成为我的处女作的潜流”，“说不定还是我全部作品、全部生涯的潜流吧”。大学时代，川端康成除了写小说之外，更多的是写文学评论和文艺时评，这成为他早期文学活动的一个重要组成部分。

1924 年大学毕业后，川端康成与横光利一等发起了新感觉派文学运动。并发表了著名论文《新进作家的新倾向解说》。从某种意义上说，它起了指导新感觉派作家的创作方法和运动方向的作用。但在创作实践方面，他并无多大的建树，只写了《梅花的雄蕊》《浅草红团》等少数几篇具有某些新感觉派特色作品，他甚至被评论家认为是“新感觉派集团中的异端分子”。后来他自己也公开表明他不愿意成为他们的同路人，决心走自己独特的文学道路。他的成名作《伊豆的舞女》就是试图在艺术上开辟一条新路，在吸收西方文学新的感受

性的基础上，力求保持日本文学的传统色彩作了新的尝试。

川端康成从新感觉主义转向新心理主义，又从意识流的创作手法上寻找自己的出路。他首先试写了《针·玻璃和雾》《水晶幻想》（1931），企图在创作方法上摆脱新感觉派的手法，引进乔依斯的意识流和弗洛伊德的精神分析学，从而成为日本文坛最早出现的新心理主义的作品之一。在运用意识流手法上，《水晶幻想》比《针·玻璃和雾》更趋于娴熟，故事描写了一个石女通过梳妆台的三面镜，幻影出她那位研究优生学的丈夫，用一只雄狗同一只不育的母狗交配，引起自己产生对性的幻想和对生殖的强烈意识，流露出一种丑怪的呻吟。在创作手法上采取“内心独白”的描写，交织着幻想和自由联想，在思想内容上明显地表现出西方文学的颓废倾向。

翌年，川端康成转向另一极端，无批判地运用佛教的轮回思想写了《抒情歌》，借助同死人的心灵对话的形式，描绘一个被人抛弃了的女人，呼唤一个死去的男人，来诉说自己的衷情，充满了东方神秘主义的色彩。这种“心灵交感”的佛教式的思考与虚无色彩，也贯穿在他的《慰灵歌》之中。

川端康成的这段探索性的创作道路表明，他起初没有深入认识西方文学问题，只凭借自己敏锐的感觉，盲目醉心于借鉴西方现代派，即单纯横向移植。其后自觉到此路不通。又全盘否定西方现代派文学而完全倾倒日本传统主义，不加分析地全盘继承日本化了的佛教哲理，尤其是轮回思想，即单纯纵向承传。最后开始在两种极端的对立中整理自己的文学理路，产生了对传统文学也对西方文学批判的冲动和自觉的认识。这时候，他深入探索日本传统的底蕴，以及西方文学的人文理想主义的内涵，并摸索着实现两者在作品内在的谐调，最后以传统为根基，吸收西方文学的技巧和表述方法。即使吸收西方文学思想和理念，也开始注意日本化。《雪国》就是这种对东西方文学的比较和交流的思考中诞生的。

《雪国》的主人公驹子经历了人间的沧桑，沦落风尘，但并没有湮没在纸醉金迷的世界，而是承受着生活的不幸和压力，勤学苦练技艺，追求过一种“正正经经的生活”，以及渴望得到普通女人应该得到的真正爱情。因而她对岛村的爱恋是不掺有任何杂念的，是纯真的。实际上是对朴素生活的依恋。但作为一个现实问题，在那个社会是难以实现的。所以作家写岛村把她的认真的生活态度和真挚的爱恋情感，都看做是“一种美的徒劳”。对驹子来说，她的不幸遭遇，扭曲了她的灵魂，自然形成了她复杂矛盾而畸形的性格：倔强、热情、纯真而又粗野、妖媚、邪俗。一方面，她认真地对待生活和感情，依然保持着乡村少女那种朴素、单纯的气质，内心里虽然隐忍着不幸的折磨，却抱有一种天真的意愿，企图要摆脱这种可诅咒的生活。另一方面，她毕竟是个艺妓，被迫充作有闲阶级的玩物，受人无情玩弄和践踏，弄得身心交瘁，疾病缠身乃至近乎发疯的程度，心理畸形变态，常常表露出烟花巷女子那种轻浮放荡的性格。她有时比较清醒，感到在人前卖笑的卑贱，力图摆脱这种不正常的生活状态，决心"正正经经地过日子"；有时又自我麻醉，明知同岛村的关系"不能持久"，却又想入非非地迷恋于他，过着放荡不羁的生活。这种矛盾、变态的心理特征，增强了驹子的形象内涵的深度和艺术感染力量。从某种意义上说，这是相当准确的概括。

川端康成在《伊豆的舞女》中力求体现日本的传统美，《雪国》中对此又做了进一步的探索，更重视传统美是属于心灵的力量，即"心"的表现，精神上的"余情美"。《雪国》接触到了生活的最深层面，同时又深化了精神上的"余情美"。他所描写的人物的种种悲哀，以及这种悲哀的余情化，是有着这种精神主义的价值，决定了驹子等人物的行为模式，而且通过它来探讨人生的感伤，在一定程度上表现了作家强作自我慰藉，以求超脱的心态。作家这种朴质无华、平淡自然的美学追求，富有情趣韵味，同时与其人生空漠，无所寄托的情感是深刻地联系在一起的。

《雪国》在艺术上拓宽了《伊豆的舞女》所开辟的新路，无论在内容上还是在形式上都形成了自己的创作个性。它是川端康成创作的成熟标志和艺术高峰。它的成就主要表现在两个面：其一，在艺术上开始了一条新路。川端康成从事文学创作伊始，就富于探索精神。他在一生的创作道路上有成功的经验，也有失败的尝试，走过一条弯弯曲曲的道路。习作之初，他的作品大都带有传统私小说的性质，多少留下自然主义痕迹，情调比较低沉、哀伤。新感觉派时期，他又全盘否定传统，盲目追求西方现代主义文学，无论在文体上或在内容上都很少找到日本传统的气质，但他并没有放弃艺术上的新追求，且不断总结经验，重又回归到对传统艺术进行探索。如果说，《伊豆的舞女》是在西方文学交流中所做的一次创造性的尝试，那么《雪国》则使两者的结合达到了炉火纯青的地步。这是作家在《伊豆的舞女》中所表现出来的特质和风格的升华，它赋予作品更浓厚的日本色彩。其二，从此川端康成的创作无论从内容或从形式来说，都形成了自己的创作个性。川端康成早期的作品，多半表现"孤儿的感情"和爱恋的失意，还不能说形成了自己的鲜明艺术性格。但他经过不断的艺术实践，不断丰富创作经验，他的艺术才能得到充分发挥，其创作个性得到了更加突出、更加鲜明的表现。他善于以抒情笔墨，刻画下层少女的性格和命运，并在抒情的画面中贯穿着对纯真爱情热烈的赞颂，对美与爱的理想表示朦胧的向往，以及对人生无常和徒劳毫不掩饰的渲染；而且对人物心理刻画更加细腻和丰富，更加显出作家饱含热情的创作个性。尽管在其后的创作中，川端康成的风格还有发展，但始终是与《伊豆的舞女》《雪国》所形成的基本特色一脉相连的，其作品的传统文学色调没有根本变化。

这期间，川端康成还以他熟悉的动物世界为题材，创作了《禽兽》(1933)，小说描写一个对人失去信任的心理变态者，讨厌一切人，遂以禽兽为伴，从中发现它们爱情纯真的力量和充满生命的喜悦，以此联系到人与人之间的冷漠和寡情。作家的用意在于抒发自己对人性危机的感慨，呼唤和追求人性美。但作品拖着烦恼、惆怅、寂寞、孤独的哀伤余韵，表露了浓重的虚无与宿命的思想。这篇作品表现了人物瞬间感受和整个意识流程。但又非常重视传统结构的严密性，故事有序列地推进，在局部上却采用了延伸时空的手法，借以加强人物心理的明晰变化，更深入地挖掘人物的内心世界。这是在借鉴意识流手法和继承传统手法结合上所做的一次成功的实践。此外还写了《花的圆舞曲》《母亲的初恋》，以及自传体小说、新闻小说、青春小说《高原》《牧歌》《故园》《东海道》《少女港》等。由于受到战时的影响，他背负着战争的苦痛，一味地沉潜在日本古典文学中，徘徊在《源氏物语》的物哀精神世界里，在艺术与战时生活的相克中，他抱着一种悠然忘我的态度，企图忘却战争，忘却外界的一切。他离战时的生活是远了，但他从更深层次去关注文学。他根据战争体验，结合自己对日本古典的认识，加深寻找民族文化的自觉，对继承传统的理解也更加深刻。他进一步通过古典把目光朝向“民族的故乡”。

二

战后，川端康成对战争的反思，进一步扩展为对民族历史文化的重新认识，以及审美意识中潜在的传统的苏醒。他说过：“我强烈地自觉做一个日本式作家，希望继承日本美的传统，除了这种自觉和希望以外，别无其他东西。”“我把战后的生命作为余生，余生不是属于我自己，而是日本美的传统的表现。”也就是说，战后川端康成对日本民族生活方式的依恋和对日本传统文化的追求更加炽烈。他已经在更高的理论层次上思考传统与现代、本土与外来的问题。他总结了一千年前吸收和消化中国唐代文化而创造了平安王朝的美，以及明治百年以来吸收西方文化而未能完全消化的历史经验和教训，并且结合自己的创作实践，提出了应该“从一开始就采取日本式的吸收法，即按照日本式的爱好来学，然后全部日本化”。他在实践上将汲取西方文学溶化在日本古典传统精神与形式之中，更自觉地确立“共同思考东西方文化的融合与桥梁的位置”。

川端康成在理论探索的基础上，充分发挥了作家的主动精神和创造力量，培育了东西方文化融合的气质，并且使之流贯于他的创作实践中，使其文学完全臻于日本化。同时他的作品呈现出更多样化的倾向，贯穿着双重或多重的意识。在文学上获得最大成就的，可算是《名人》《古都》《千只鹤》和《睡美人》等作品。

《名人》同《雪国》是珠联璧合的佳作。他在《名人》中，一反过去专写女性感情的传统，而完全写男性的世界，写男性灵魂的奔腾和力量的美。作家塑造秀哉名人这个人物，着眼于“把这盘棋当做艺术品，从赞赏棋风的角度加以评论”。他十分注意精神境界的描述。所以《名人》虽然也写了棋局的气氛和环境，但主要是写人、写人生命运，而不是单单写棋，它突出地展示了秀哉名人在对弈过程中所表现的美的心灵。这部作品是川端康成创造的一种新的文学模式报告小说，他运用了名人告别赛的记录，对生活容体做出真实直接的再现，不能不束缚作家的想象的翅膀，但它又不是一般报告文学，而是运用小说的艺术手法，在事实的框架之内，也容许作家发挥自己的想象力，并不摒弃审美主体的意识渗透，而做出适当的虚构，将真实的纪录部分和靠想象力虚构的部分浑然融合为一体，以更自由、更广阔、更活跃和更多样的艺术手段，创造出独特的艺术世界。

川端康成出于对传统的切实的追求，写了《古都》（1961—1962），在京都的风俗画面上，展开千重子和苗子这对孪生姐妹的悲欢离合的故事。川端康成为贯穿他创作《古都》的主导思想，借助了生活片断的景象，去抚触古都的自然美、传统美，即追求一种日本美。所以全篇贯穿了写风物，它既为情节的发展提供了契机，又为人物的塑造和感情的抒发创造了条件。同时它也成功地塑造了千重子和苗子这两个人物形象，描写了男女的爱情关系，但其主旨并不在铺展男女间的爱情波折，所以没有让他们发展成喜剧性的结合，也没有将他们推向悲剧性的分离，而是将人物的纯洁感情和微妙心理，交织在京都的风物之中，淡化了男女的爱情而突出其既定的宣扬传统美、自然美和人情美的题旨。这正是《古都》的魅力所在。

作者在《古都》里对社会环境的认识是比较清醒的，他对社会、人际关系的认识和体验也是比较深刻的，这正是战后生活的赐予。他通过姐妹之间、恋人之间的感情隔阂，甚至酿成人情的冷暖和离别的痛苦，反映了存在身份等级和门第殊隔，揭示了这一贫富差别和世俗偏见而形成的对立现实。作品的时代气息，还表现在作者以鲜明而简洁的笔触，展现了战后美军占领下的社会世相，比如传统文化面临危机，景物失去古都的情调，凡此种种的点染，都不是川端康成偶感而发，而是在战后的哀愁和美军占领日本的屈辱感的交错中写就的。当时，他对于战后的这种状态，一如既往地觉得悲哀，也不时慨叹，但没有化为愤怒，化为批判力量，所以也只能是一种交织着忧伤与失望的哀鸣，也许这仍然是作者对时代、对社会反应的一贯的独特方式吧。同时，小说里还流露了些许厌世的情绪和宿命的思想，不遗余力地宣扬“幸运是短暂的，而孤单却是永久的”。对川端康成的小说创作来说，《古都》所表现的自然美与人情美，以及保持着传统的气息，具有特异的色彩。

自从《雪国》问世以来，川端康成的不少作品，在孤独、哀伤和虚无的基调之上，又增加了些许颓唐的色彩，然后有意识地从理智上加以制约。如果说，《伊豆的舞女》和《雪国》是川端康成创作的一个转折，那么《千只鹤》和《山音》又是另一个转折，越发加重其颓唐的色调。《千只鹤》对太田夫人和菊治似乎超出了道德范围的行动、菊治的父亲与太田夫人和千加子的不自然情欲生活，以及他们的伦理观等，都是写得非常含蓄，连行动与心态都是写得朦朦胧胧，而在朦胧中展现异常的事件。特别是着力抓住这几个人物的矛盾心态的脉络，作为塑造人物的依据，深入挖掘这些人物的心理、情绪、情感和性格，即他们内心的美与丑、理智与情欲、道德与非道德的对立和冲突，以及深藏在他们心中的孤独和悲哀。也就是说，他企图超越世俗的道德规范，而创造出一种幻想中的“美”，超现实美的绝对境界。正如作家所说的，在他这部作品里，也深深地潜藏着这样的憧憬：千只鹤在清晨或黄昏的上空翱翔，并且题诗“春空千鹤若幻梦”。这恐怕就是这种象征性的意义吧。

《千只鹤》运用象征的手法，突出茶具的客体物象，来反映人物主体的心理。川端康成在这里尽量利用茶室这个特殊的空间作为中心的活动舞台，使所有出场人物都会聚于茶室，这不仅起到了介绍出场人物，以及便于展开故事情节的作用，而且可以借助茶具作为故事情节进展和人物心理流程的重要媒介，而且赋予这些静止的东西以生命力，把没有生命、没有感情的茶具写活了，这不能不算是艺术上的独具匠心的创造。如果说《千只鹤》用简笔法含蓄而朦胧地写到几个人物的近乎超越伦理的行为，那么《山音》则是着重写人物由于战争创伤而心理失衡，企图通过一种近于违背人伦的精神，来恢复心态的平衡，以及通过这个家庭内部结构的变化，来捕捉战后的社会变迁和国民的心理失衡。作家塑造的人物中，无论是信吾的家庭成员还是与这个家庭有关的几个人物，他们的性格都由于战争的残酷和战后的艰苦环境而被扭曲了。但作家对此也只是哀伤，而没有愤怒；只是呻吟，而没有反抗。准确地说，他是企图用虚无和绝望，用下意识的反应，乃至无意识的行动来做出对现实的反应。尽管如此，作品还是展示了战争造成一代人的精神麻木和颓废的图景，还是留下战争的阴影的。如果离开战争和战后的具体环境，就很难理解《山音》的意义。

从总体来说，川端康成在写《千只鹤》和《山音》这两部作品的主要意图，似乎在于表现爱情与道德的冲突。他既写了自然的情爱，又为传统道德所苦，无法排解这种情感的矛盾，就不以传统道德来规范人物的行为，而超越传统道德的框架，从道德的反叛中寻找自己的道德标准来支撑爱情，以颓唐的表现来维系爱欲之情。这大概是由于作家在日常生活中经常受到不安的情绪困扰，企图将这种精神生活上的不安和性欲上的不安等同起来，才导致这种精神上的放荡吧。

《睡美人》让主人公江口老人通过视觉、嗅觉、触觉、听觉等手段来爱抚睡美人，这只不过是以这种形式来继续其实际不存在的、抽象的情绪交流，或曰生的交流，借此跟踪过去的人生的喜悦，以求得一种慰藉。这是由于老人既天性地要求享受性生活，而又几乎近于无性机能，为找不到爱情与性欲的支撑点而苦恼，以及排解不了孤独的空虚和寂寞而感到压抑。这种不正常成为其强烈的欢欣的宣泄缘由，并常常为这种“潜在的罪恶”所困惑。所以，川端康成笔下的江口老人流露出来的，是一种临近死期的恐怖感和对丧失青春的哀怨感，同时还不时夹杂着对自己的不道德行为的悔恨感。睡美人和老人之间的关系既没有“情”，也没有“灵”，更没有实际的、具体的人的情感交流，完全是封闭式的。老人在睡美人的身边只是引诱出爱恋的回忆，忏悔着过去的罪孽和不道德。对老人来说，这种生的诱惑，正是其生命存在的证明。大概作家要表达的是这样一个性无能者的悲哀和纯粹性吧。老人从复苏生的愿望到失望，表现了情感与理智、禁律与欲求的心理矛盾，展现了人的本能和天性。而作家的巧妙之处，在于他以超现实的怪诞的手法，表现了这种纵欲、诱惑与赎罪的主题。另一方面，作家始终保持这些处女的圣洁性，揭示和深化睡美人形象的纯真，表现出一种永恒的女性美。其作为文学表现的重点，不是放在反映生活

或塑造形象上，而是着重深挖人的感情的正常与反常，以及这种感情与人性演变相适应的复杂性。因此它们表现人生的主旋律的同时，也表现人生的变奏的一面，或多或少抹上颓伤的色彩。但这种颓伤也都编织在日本传统的物哀、风雅和好色审美的文化网络中。《一只手臂》实际上是“睡美人”的延长的形态。

从这几部作品就不难发现这一点：他在文学上探索性与爱，不单纯靠性结合来完成，而是有着多层的结构和多种的完成方式，而且非常注意精神的、肉体的与美的契合，非常注意性爱与人性的精神性的关系，从性的侧面肯定人的自然生的欲求，以及展现隐秘的人间的爱与性的悲哀、风雅，甚或风流的美。有时精神非常放荡，心灵却不龌龊。其好色是礼拜美，以美作为其最优先的审美价值取向，一也就是将好色作为一种美的理念。当然，有时候川端康成写性苦闷的感情同丑陋、邪念和非道德合一，升华到作家理念中的所谓“美的存在”时，带上几分“病态美”的颓唐色彩。而且其虚无和颓废的倾向，带有一定的自觉性。他早就认为“优秀的艺术作品，很多时候是在一种文化烂熟到迈一步就倾向颓废的情况下产生的”。

川端康成这几部晚期的代表作品，在表现人的生的主旋律的同时，也表现了生的变奏的一面。也就是说，他一方面深入挖掘人的感情的正常与反常，以及这种感情与人性演变相适应的复杂性，另一方面追求感官的享受和渲染病态的性爱，或多或少染上了颓伤色彩。但又将这种颓伤编织在日本传统的物哀、风雅、幽玄和“好色”审美的文化网络中，作为川端康成文学和美学整体的构成部分，还是有其生活内涵和文学意义的。

作为纯文学作家的川端康成还另辟新径，写作了一些介于纯文学与大众文学之间的中间小说，反映战后日本人的日常生活。《河畔小镇的故事》《微风吹拂的路》写出了战后时代变迁之中的男女的感情世界，以及他们或她们的现实的悲哀。《东京人》以一个家庭产生爱的龟裂的故事，反映了战后东京人的爱的困惑与孤独。《彩虹几度》以京都的风俗和情韵为背景，用哀婉、细腻而生动的笔触，叙说了像彩虹那样虚幻而美丽的异母三姐妹的爱恋与生命的悲哀，尤其是展示了姐姐由于恋人死于战争而蒙受莫大的心灵创伤和扭曲的畸形心态。《少女开眼》则以盲女复明的故事为主线，牵出盲女姐妹坎坷的命运，反映了当时上层阶级对平民阶层的压抑、歧视和侮辱的现实。

这类作品的内容大多是以战后为背景，在字里行间隐现了对战争和战后美军占领日本的现实的不满。比如《日兮月兮》写了战争给朝井一家造成夫妻离散、儿子战死的不幸，还写了美军占领下，日本传统的茶道、传统的纺织工艺，以及传统的生活习惯失去了真正的精髓，感叹日本文化遗产失去了光彩，大大地动摇了战后日本人的心灵世界。作家面对这种状况，发出了“总不是味儿”的慨叹！《河畔小镇的故事》通过青年店员这样一句话：“日本战败了，被占领了，可是燕子还是从南国飞回令人怀念的日本，没有变化。从外国来的家伙的态度，不也是没有变化吗?”作家以燕子喻人，并同美占领军对照，说明日本人怀乡的精神没有变，美军占领的态度没有变。他还巧妙地利用在战后的日本仍找到“龙塞”的情节，表明日本表面变化了，日本还是存在，日本还是不会灭亡，从中发现了在美军占领下潜藏在日本深处的真实，日本深处的古老文化还是根深蒂固地存在着。《东京人》开首就对美国的原子弹政策，特别是对美国在日本投掷原子弹以及战后投下十亿美元在冲绳修建核基地的政策加以抨击。还写了东京站前旅馆专辟外国人休息室，墙上悬挂着日本地图，却规定日本人不得入内，而年轻的美国大兵却可以挟带流着泪的日本女子大摇大摆地走进去，艺术地再现了日本山河遭践踏，日本人民遭损害的形象，作家对此不禁发出“真令人气愤”的声音。

归纳来说，川端康成文学的成功主要表现在以下三个方面：一是传统文化精神与现代意识的融合，表现了人文理想主义精神、现代人的理智和感觉，同时导入深层心理的分析，融会贯通日本式的写实主义和东方式的精神主义。二是传统的自然描写与现代的心理刻画的融合，运用弗洛伊德的精神分析法和乔伊斯的意识流，深入挖掘人物的内心世界，又把自身与自然合一，把自然契入人物的意识流中，起到了“融合物我”的作用，从而表现了假托在自然之上的人物感情世界。三是传统的工整性与意识流的飞跃性的融合，根据现代的深层心理学原理，扩大联想与回忆的范围，同时用传统的坚实、严谨和工整的结构加以制约，使两者保持和谐。这三者的融合使传统更加深化，从而形成其文学的基本特征。

三

川端康成的美学思想是建立在东方美、日本美的基础上，与他对东方和日本的传统的热烈执著是一脉相通的，其美学基本是传统的物哀、风雅与幽玄。

川端康成文学的美的“物哀”色彩是继承平安朝以《源氏物语》为中心形成的物哀精神，往往包含着悲哀与同情的意味。即不仅是作为悲哀、悲伤、悲惨的解释，而且还包含哀怜、怜悯、感动、感慨、同情、壮美的意思。他对物哀这种完整的理解，便成为其美学的基本原则，它在川端康成的审美对象中占有最重要的地位。他经常强调，“平安朝的风雅、物哀成为日本美的源流”，“‘悲哀’这个词同美是相通的。”他的作品中的“悲哀’就大多数表现了悲哀与同情，朴素、沉切而感动地表露了对渺小人物的赞赏、亲爱、同情、怜悯和哀伤的心情，而这种感情又是通过咏叹的方法表达出来的。即他以客体的悲哀感情和主体的同情哀感，赋予众多善良的下层女性人物的悲剧情调，造成了感人的美的艺术形象。作家常常把她们的悲哀同纯真、朴实联系在一起，表现了最鲜明的、最柔和的女性美。而且在许多情况下，这些少女的悲哀是非常真实的，没有一点虚伪的成分。这种美，有时表面上装饰得十分优美、风雅，甚或风流，内在却蕴藏着更多更大的悲伤的哀叹，带着深沉而纤细的悲哀性格，交织着女性对自己悲惨境遇的悲怨。作家在这基础上，进一步暧昧对象和自己的距离，将自己的同情、哀怜融化在对象的悲哀、悲叹的朦胧意识之中，呈现出一种似是哀怜的感伤状态。可以说，这种同情的哀感是从作家对下层少女们的爱悯之心产生的，是人的一种最纯洁的感情的自然流露。《源氏物语》所体现的“物哀”“风雅”成了川端康成文学的美的源流。

尽管川端康成受《源氏物语》的“物哀”精神的影响，多从哀感出发，但并非全依靠悲哀与同情这样的感情因素的作用，也有的是由于伦理的力量所引起的冲突结果导致悲剧。他塑造的某些人物，在新旧事物、新旧道德和新旧思想的冲突中酝酿成悲剧性的结局，他们一方面带上悲哀的色彩，一方面又含有壮美的成分，展现了人物的心灵美、情操美、精神美，乃至死亡的美。这种“悲哀”本身融化了日本式的安慰和解救。他笔下的一些悲剧人物都表现了他们与家庭、与道德，乃至与社会的矛盾冲突，这种悲壮美的成分，自然而然地引起人们的同情与哀怜。川端康成的这种审美意识，不是全然抹杀理性的内容，它还是有一定社会功能和伦理作用的，这说明作家对社会生活也不是全无把握的能力。这是川端康成美学的不可忽视的一种倾向。

当然，有时川端康成也将“物”和“哀”分割出来，偏重于“哀”，而将“物”的面影模糊，着意夸大“哀”的一面，越来越把“哀”作为审美的主体。他让他的悲剧人物，多半束缚在对个人的境遇、情感的哀伤悲叹，沉溺在内心的矛盾的纠葛之中，过分追求悲剧的压抑的效果，调子是低沉的、悲悯的。特别是着力渲染“风雅”所包含的风流、好色和唯美的属性，并夸张审美感受中的这种感情因素，把它作为美感的本质，乃至是美的创造。因而他往往将非道德的行为与悲哀的感情融和，超越伦理的框架，颂扬本能的情欲。在他的作品中，《源氏物语》所表现的王朝贵族那种冷艳美的官能性色彩是很浓厚的。川端康成的这种审美意识，决不单纯是个人的感觉问题，也是时代所支配的美学意识，它具体反映了战后这个时代的社会困惑、迷惘以及沉沦的世态。作家将这种日本的“悲哀”、时代的“悲哀”，同自己的“悲哀”融合在一起，追求一种“悲哀美”“灭亡美”。尤其在西方“悲观哲学”“神秘主义”的冲击下，川端康成在这种日本美学传统的思想中，找到了自己的根据，从而也找到了东西方世纪末思想的汇合点。这明显地带上颓废的情调。

川端康成继承日本古典传统的“物哀”，又渗透着佛教禅宗的影响力，以“生灭生”的公式为中心的无常思想的影响力，在美的意识上重视幽玄、无常感和虚无的理念，构成川端康成美学的另一特征。

川端康成深受佛教禅宗的影响，他本人也说：“我是在强烈的佛教气氛下成长的”，“那古老的佛法的儿歌和我的心也是相通的”，“佛教的各种经文是无与伦比的可贵的抒情诗”。他认为汲取宗教的精神，也是今天需要继承的传统。他向来把“轮回转世”看做“是阐明宇宙神秘的唯一钥匙，是人类具有的各种思想中最美的思想之一”。所以，在审美意识上，他非常重视佛教禅宗的“幽玄”的理念，使“物哀”加强了冷艳的因素，比起“物”来，更重视“心”的表现，以寻求闲寂的内省世界，保持着一种超脱的心灵境界。但这不是强化宗教性的色彩，而是一种纯粹精神主义的审美意识，

因此，川端康成美学的形成，与禅宗的“幽玄”的影响是分不开的，具体表现在其审美的情趣是抽象的玄思，包含着神秘、余情和冷艳三个要素。首先崇尚“无”，在穷极的“无”中凝视无常世界的实相。他所崇尚的“无”，或日“空”，不是完全等同于西方虚无主义经常提出的主张，指什么都没有的状态，而是以为“无”是最大的“有”，“无”是产生“有”的精神实质，是所有生命的源泉。所以他的出世、消极退避、避弃现世也不完全是否定生命，毋宁说对自然生命是抱着爱惜的态度。他说过：“在这个世界上，没有什么比轮回转世的教诲交织出的童话故事般的梦境更丰富多彩”。所以，川端康成以为艺术的虚幻不是虚无，是来源于”有”，而不是“无”。

从这种观点出发，他认为轮回转世，就是“生死不灭”，人死灵魂不灭，生即死，死即生，为了要否定死，就不能不肯定死：也就是把生和死总括起来感受。他认为生存与虚无都具有意义，他没有把死视作终点，而是把死作为起点。从审美角度来说，他以为死是最高的艺术，是美的一种表现。也就是说，

艺术的极致就是死灭。他的审美情趣是同死亡联系着，他几近三分之一强的作品是同死亡联系在一起的。作家将美看做只存在空虚之中，只存在幻觉之中，在现实世界是不存在的。也许是青少年时期在他的世界观、人生观形成过程中接触的死亡实在是太多，他在日常生活中“也嗅到死亡的气息”，产生了一种对死亡的恐惧感，更觉得生是在死的包围中，死是生的延伸，生命是无常的，似乎“生去死来都是幻”。因而他更加着力从幻觉、想象中追求“妖艳的美的生命”，“自己死了仿佛就有一种死灭的美”。在作家看来，生命从衰微到死亡，是一种“死亡的美”，从这种“物”的死灭才更深地体会到“心”的深邃。就是在“无”中充满了“心”，在“无”表现中以心传心，这是一种纯粹精神主义的美。因此，他常常保持一种超脱的心灵境界，以寻求“顿悟成佛”，寻求“西方净土的永生”，“在文艺殿堂中找到解决人的不灭，而超越于死”。从宗教信仰中寻找自己的课题。川端康成文学的情调，也是基于这种玄虚，给予人们的审美效果多是人生的空幻感。他说过：“我相信东方的古典，尤其佛典是世界最大的文学。我不把经典当做宗教的教义，而当作文学的幻想来敬重”。可见他的美学思想受到佛教禅宗的生死玄谈的影响是很深的。但他毕竟是把它作为“文学的幻想”，而不是“宗教的教义”，尽情地让它在“文艺的殿堂”中遨游。

由此可以说，“空、虚、否定之肯定”，贯穿了川端康成的美学意识，他不仅为禅宗诗僧一休宗纯的“人佛教易、进魔界难”的名句所感动，并以此说明“追求真善美的艺术家，对‘进魔界难’的心情：既想进入而又害怕，只好求助于神灵的保佑”；同时他非常欣赏泰戈尔的思想：“灵魂的永远自由，存在于爱之中；传大的东西，存在于细微之中；无限是从形态的羁绊中发现的。”从《十六岁的日记》《参加葬礼的名人》，到《抒情歌》《禽兽》《临终的眼》等，都把焦点放在佛教“轮回转世”的中心思想“生灭生”的问题上，企图通过“魔界”而达到“佛界”。与此相辅相成的，是这种宗教意识，其中包括忠诚的爱与同情，有时依托于心灵，有时依托于爱，似乎“文学中的优美的怜悯之情，大都是玄虚的。少女们从这种玄虚中培植了悲伤的感情”。在他的审美感受中，自然最善于捕捉少女的细微的哀感变化，没入想象和幻想之中，造成以佛教无常美感为中心的典型的“悲哀美”。他的作品也自然更多地注意冷艳、幽玄和风韵，有意识地增加幻觉感，以及纤细的哀愁和象征；还常常把非理性贯彻在日常生活、常伦感情中而做出抽象的玄思。正是这种宗教意识的影响和潜隐，形成川端康成的“爱”的哲学和“幽玄”的审美情趣，它既偏重微妙的、玄虚的，而又以冷艳为基础，带有东方神秘主义的色彩。

川端康成美学的依据，不是理性，而是非理性。他以感觉、感受去把握美，认为美就是感觉的完美性。而且常常把感性和理性割裂和对立起来，把创作活动视作纯个人的主观感受和自我意识的表现，孤立绝缘的心灵独白，以为主观的美是经过“心”的创造，然后借助“物”来表现的。这与禅宗的中道精神是相通的。由此他特别强调“色即是空，空即是色”，将“空”“色”的矛盾对立包容在“心”之中，可谓“心中万般有”。所以他的小说作为矛盾结构，更多的是对立面之间的渗透和协调，而不是对立面的排斥和冲突，包括真与假、美与丑、善与恶、生与死等等都是同时共存，包容在一个绝对的矛盾中，然后净化假丑恶，使之升华为美，最终不接触矛盾的实际，一味追求精神上的超现实的境界。对他来说，实际生活就像陌生的隔绝的“彼岸”世界，最后不得不走上调和折中的道路。这是川端康成审美情趣的一个重要方面。

对于川端康成的“幽玄”的审美情趣，如果剥去其禅宗“幽玄”的宗教色彩的外衣，也可以看出其“若隐若现、欲露不露”的朦胧意识的合理强调和巧妙运用。他按照这种审美情趣，着力在艺术上发掘它的内在气韵，造成他的小说色调之清新、淡雅，意境之朦胧、玄妙，形象之细腻、纤柔，表现之空灵、含蓄和平淡，富有余韵余情，别有一种古雅温柔的诗情，让人明显地感到一种“幽玄”的美。

从审美情趣来说，川端康成很少注意社会生活中的美的问题，就是涉及社会生活中的美，也多属于诗情画意、优美典雅的日常生活，比如纯洁朴实的爱情的美。他更多的是崇尚自然事物的美，即自然美。在审美意识中，特别重视自然美的主观感情和意识作用，他说过，看到雪的美，看到月的美，也就是四季时节的美而有所省悟时，当自己由于那种美而获得幸福时，就会热烈地想念自己的知心朋友，但愿他们共同分享这份快乐。这就是他所说的：“由于自然美的感动，强烈地诱发出对人的怀念的感情”；“以‘雪、月、花’几个字来表现四季时令变化的美，在日本这是包含着山川草木，宇宙万物，大自然的一切，以至人的感情的美，是有其传统的”。他强调的不仅要表现自然的形式美，而且重在自然的心灵美。

在《我在美丽的日本》一文中，他通过道元、明惠、良宽、西行、一休等禅僧的诗作，去探索日本传统自然观的根底。他引用明惠的“冬月拨云相伴随，更怜风雪浸月身”，和“山头月落我随前，夜夜愿陪尔共眠”“心境无边光灿灿，明月疑我是蟾光”的诗句，来说明他的“心与月亮之间，微妙地相互呼应，交织一起而吟咏出来的”，“具有心灵的美和同情体贴”。他“以月为伴”“与月相亲”，“亲密到把看月的我变为月，被我看的月亮为我，而没人大自然之中，同大自然融为一体”，甚至将自己“‘清澈的心境’的光，误认为是月亮本身的光了”。这种“看月亮为月”的心物融合，可谓达到了“有我之境，以我观物，故物皆着我之色彩”（王国维《人间词话》）的境界。

从这种自然美学观出发，川端康成在描写一般的、日常的、普通的自然景象时，经常是采用白描的手法；而描绘对象、事物、情节时，则更为具体、细致、纤巧、并抹上更浓重更细腻的主观感情色调。他写自然事物，不重外在形式的美，而重内在的气韵，努力对自然事物进行把握，在内在气韵上发现自然事物的美的存在。

川端康成审视自然事物之美，首先表现在对季节的敏锐的感觉。他的一些小说，是以季节为题，比如《古都》的“春花”“秋色”“深秋的姐妹”“冬天的花”，《舞姬》的“冬的湖”，《山音》的“冬樱”“春钟”“秋鱼”等等写了对四季自然的感受，忠实再现四季自然本身的美。而且以四季自然美为背景，将人物、情绪、生活感情等融入自然环境之中，同自然事物之美交融在一起，以一种自然的灵气创造出一种特殊的气氛，将人物的思想感情突现出来，形成情景交融的优美的意境，使物我难分，物我一如，将自然美升华为艺术美，加强了艺术的审美因素。

对自然事物的美，川端康成不限于客观再现自然事物的美，也不限于与人的生活思想感情发生联系，而且还与民族精神文化发生联系，使自然事物充满着人的灵气。这种灵气不是指客体自然事物，而是指主观的心绪、情感和观念，自然只不过是通过笔墨借以表达这种灵气罢了。譬如《千只鹤》中的茶道、《名人》中的棋道等就是与人心灵息息相通，与传统的文化精神息息相通，蕴含着人的复杂的感情和起伏的意绪。川端康成积极发掘传统文化的情韵之美，追求在这种美中传达出人的主观精神境界和气韵，形成他的审美情趣所独具的个性。

川端康成的创作的全过程，他是从追求西方新潮开始，到回归传统，在东西方文化结合的坐标轴上找到自己的位置，找到了运用民族的审美习惯，挖掘日本文化最深层的东西和西方文化最广泛的东西，并使之汇合，形成了川端康成文学之美。也就是说，他适时地把握了西方文学的现代意识和技巧，同时又重估了日本传统的价值和现代意义，调适传统与现代的纷繁复杂的关系，使之从对立走向调和与融合，从而使川端康成文学既具有特殊性、民族性，又具有普遍性和世界性的意义。用川端康成本人的话来说，“既是日本的，也是东方的，同时又是西方的。”可以说，川端康成这种创造性的影响超出了日本的范围，也不仅限于艺术性方面，这一点对促进人们重新审视东方文化具有重要的意义和启示性。可以说，他为日本文学的发展，为东西方文学的交流，做出了自己的贡献。1969 年诺贝尔基金会为了表彰他以敏锐的感受、高超的小说技巧表现了日本人的内心精华而授予他诺贝尔文学奖。

三岛由纪夫评论川端康成时写了一段话，它不仅对于认识川端康成文学，而且对于了解日本近现代文学发展内在的规律性和外在的必然性具有普遍的意义，现抄录如下：

“生于日本的艺术家，被迫对日本文化不断地进行批判，从东西方文化的混淆中清理出真正属于自己风土和本能的东西，只有在这方面取得切实成果的人是成功的。当然，由于我们是日本人，我们所创造的艺术形象，越是贴近日本，成功的可能性越大。这不能单纯地用回归日本、回归东洋来说明，因为这与每个作家的本能和禀赋有关。凡是想贴近西洋的，大多不能取得成功。”

《川端康成作品集》代总序

《川端康成掌小说百篇》前言

掌篇小说是川端康成文学世界的组成部分。

一般日本作家成材之路是从创作诗歌起步，而川端康成则是从创作掌篇小说迈出自己的艺术步伐。在新感觉派同人中，川端康成大力倡导这一艺术形式，认为这是“短篇小说的精髓”。他创作的掌篇小说最多，也最有成就，先后发表了四部掌篇小说集，共一百四十余篇，其中四分之三是在创作初期发表的。他的许多中长篇小说和短篇小说，都是经过掌篇小说的发酵、酿造过程，然后提炼、改造而成的。可以说，川端康成的掌篇小说是川端康成文学的酵母，也是川端康成文学的源头。

川端康成的掌篇小说创作，大体上是与他的小说创作发展的基本趋向是相呼应的，包含了他的小说创作的基本特色和一切要素，是川端康成全部创作的缩影。作家早期创作相当部分的掌篇小说，是描写孤儿的生活和感情的波折，如《拾骨》《向阳》《母亲》《相片》《脆弱的器皿》《走向火海》《处女作作祟》等，都带有强烈的自叙传色彩。作家的青少年时代的生活，不是由甘美，而是由苦涩、寂寞、忧郁编织成的，这种感情反反复复地在他的作品中宣泄出来，表现了作家的“孤儿的感情”和恋爱的失意，对爱的渴望，和这种渴望不能实现的悲哀。这类作品，只有像《雨伞》是少数写了恋爱生活的甜美的回忆。这类自传色彩浓厚的掌篇小说，是作家青少年期的实际生活的记录，但有些情节和细节又是虚构的，它们又不是作家的传记。这就是作家选择素材的一个特点。

川端康成文学中表现的对下层人物的那种淡淡的同情和哀怜，在他的掌篇小说，特别是掌篇小说集《我的标本室》得到了更加集中、更加充分的反映。如《玻璃》《海》《脸》《结发》《谢谢》《早晨的趾甲》《母亲的眼睛》《偷茱萸菜的人》等作品中的童工、劳工、小保姆、女艺人、艺妓、乞丐、捡破烂的、代书人、穷学生等渺小人物，都成为其关注的对象，从细微处剪影式地反映了他们的悲苦生活，代言了他们的疾苦与愿望，反映了他们对自由的渴望、生命的悲哀，抒发对人生的见解。这些作品比之作家的其他作品所反映的人物及其生活的层面都更为广泛，主题内容更为多彩。当时的无产阶级作家对这类作品都曾给予极高的评价。中野重治评论《我的标本室》时指出："这是一本好书，至少是很美的。"岛木健作评说："这些作品反映广泛而深刻的人生"，"带给人间温暖，直接触动人们的心胸。同川端康成后期的作品不同，象洗涤过一样清澈澄明，使人从中感受到美、思慕和悲喜的人性。"有的评论家甚至将川端康成的掌篇小说《玻璃》所反映的悲惨的劳动生活，与无产阶级作家时山嘉树的代表作《水泥桶里的一封信》相提并论。应该说，川端康成的这一掌篇小说群是值得重视的，它们不仅是川端康成掌篇小说的精华，而且也是川端康成文学最闪光的部分。

川端康成的小说，最多的是描写男女爱情。他的掌篇小说也不例外。尤其是描写少男少女之间的纯情，如《金琵琶和蝗虫》《树上》《秋雨》《少男、少女和板车》《相片》等更是妙笔生辉，写得那样纯真、那样美好，又那样朦胧极致，展示了他们之间的天真无邪的纯洁感情。但是，川端康成笔下的多数爱情故事，如《娘家》《夏与冬》《殉情》等等，都是写了追求爱情而不得，流露几许感伤的情调。作家本人也表白：这类掌篇小说"支撑着爱的悲哀"。还有一类以爱情为主题的掌篇小说，如《金丝雀》等是写了道德与悖德的矛盾冲突，揭示了男女的不正常爱恋的复杂心态，在某种程度上展露了他们对不伦行为的内疚心绪，与作家所写的长篇小说《千鹤》《山音》似是同出一类的。而这类小说发展至后期，就往往通过梦幻与现实、具象与抽象、过去和现在的交错手法，表现了对生、死、爱的颓废的情调。如《不死》《雪》等篇，无论从内容上或形式上，都与作家的长短篇小说《睡美人》《一只手臂》是十分相似，其颓废精神也是十分契合的。实际上都是写老人与少女超越时间、生死、现实与梦幻的界限，追求一种"颓废美""意境美"。

作家的掌篇小说的主题与题材，比他的其他形式的小说广泛得多，有写战争给人们的生活和爱情带来的创伤和投下的阴影的，如《竹叶舟》《五角钱银币》；也有日常生活中的讥讽虚情假意、或者讽喻人生的，如《人的脚步声》《不笑的男人》《厕中成佛》等，都蕴藏一定的人生哲理，让人沉吟回味，给人以启迪。

川端康成的掌篇小说之类，首先在于意境美。他不是以故事感人，而是以意境取胜，着力追求一种内涵深邃的意蕴。他写下层人物的悲苦生活，没有惊人的矛盾冲突；他写的男女的爱情，没有跌宕的情节，它们的故事都是蕴含在平凡的生活动态之中，在读者面前呈现一种深邃的艺术境界。这种意境美，贵在含蓄、贵在朦胧、贵在玄妙，还贵在尽量扩大和利用艺术空间，让人物在有限的篇幅内进行无限的活动，而意蕴犹存。

其次，在于人物感情富有美的内涵。川端康成的掌篇小说虽极短小，但它保持着小说构成的一切要素，所以他在故事设计、场景安排上更注意简化、浓缩化，而在人物塑造方面则突出人物的特征，尤其倾注于人物的心态流程，使人物的感情更加集中，更加富有美的内涵。就是说，他的掌篇小说虽然不是全景式的，不是全貌的，但也不失其表现主题的完整性。

再次，就是在于选择语言之精练。作家的掌篇小说语言简洁、凝练、清新，诗意蕴藉，很有旋律，很重感情，尤其运用纯粹的日本语言，以及日本便捷、轻灵的艺术形式之美，使作品具有艺术的力量，成为其掌篇小说美的魂灵。

由于有了以上特色，川端康成的掌篇小说虽然短小，但精悍，短者几百字，长者两三千字，却将从生活海洋中撷取来的一瞬即逝的小浪花，引向无穷的天地，美妙的艺术世界。

总括来说，川端康成的掌篇小说从内容至形式，都是与川端康成的整个创作一脉相承的。川端康成文学研究家长谷川泉先生说得好："川端康成的掌篇小说是川端康成文学的重要道标"，"叩开川端康成文学之门的钥匙，不是《伊豆的舞女》，而是掌篇小说。"

本集所选，是川端康成各个时期的重要的掌篇小说，尽量兼顾各种不同的内容、题材和表现方法，同时译文主观上尽可能还原其艺术特色，譬如具有新感觉派特色的作品就尽量保留其主观的感觉色彩，以及新奇的文体、华丽的辞藻等特色，但由于译者水平所限，恐难如愿，有待于读者的批评指正。

近几年来，译者翻译了《川端康成小说选》（人民文学出版社）、《川端康成散文选》（百花文艺出版社）、《川端康成谈创作》（三联书店），现在又将川端康成掌篇小说百篇译出，承蒙三联书店的出版，奉献给海内外的川端康成文学爱好者和广大读者，如果能够像长谷川泉先生所说的，用这把"钥匙"可以"叩开川端康成文学之门"，让读者从一个方面理解川端康成文学的话，那就是实现译者的最大心愿了。

译　者

一九八八年八月于北京

《雪国·古都》译者序

记得十余年前首次出版拙译川端康成的《雪国》和唐译《古都》的时候，经过了一段曲折才与读者见面。事过多年，计划收入拙译《川端康成小说选》中的《雪国》又几乎夭死腹中。当时有人甚至责难《雪国》是写什么“男女间的猥亵行径”“下流情调”，对其他的作品，如《千只鹤》的指责之激烈，就自不待言。这从一个侧面说明两个问题，一是川端康成文学的确是从风风雨雨中走过来的；一是企图让川端康成文学作为某种载体，采用单一批评模式，从他的作品的表面情节而不是从其深层的文化内涵来分析。

自《雪国》和《古都》中译本出版以来，经历了时间的检验，川端康成的文学及其文学精神，已为广大读者所理解与收容。它不仅为我国文艺界提供了有益的经验和教训，而且为我国广大读者提供了作为鉴赏的艺术精品。

多年来，译者读到的从名家到普通的工农读者的来信和著文，都对川端康成文学给予积极的评价。曹禺大师赐函云：“昨日始读川端康成的《雪国》，虽未尽毕，然已不能释手。”“日人小说确有其风格，而其细致、精确、优美、真切，在我读过的这几篇中，十分明显。”刘白羽大家著文称赞川端康成“创造了具有日本美、东方美的艺术”，“川端康成心灵中蕴藏着的日本古文化之美有多么深，多么厚”。最使我感动的是，一位“家住岳西县美丽乡道中村极为闭塞落后的收不到邮件”的农村青年张正升来函谈到“川端康成也是我最崇拜的世界文豪，以一管之见，他的作品中有一缕缕氤氲首尾的凄凉，构成了含蓄的悲剧美”。这些大人物与小人物说得多好、多中肯啊！

所以，我常常思考着如何看待川端康成文学的问题。

日本文学大师井上靖说过，川端康成的美的方程式是非常复杂的，不是用一根绳子就可以把它抓住的。我理解这句话的两个基点，一是川端康成的美的方程式是复杂的，比较难解；二是难解并非不可解，问题是不能用一种公式，而要用多种公式去解。那么要解开川端康成的美的方程式，首先就要从宏观出发。给川端康成文学以准确的定位。

川端康成在整个创作生涯中探索着多种的艺术道路。走上文坛之初，否定和排除日本传统，追求新感觉主义，甚至称表现主义是“我们之父”，称达达

主义是“我们之母”，事实上他并没有深入探索西方文学问题，只凭借自己敏锐的感觉，盲目醉心于借鉴西方现代派，即单纯横向移植。其后发觉此路不通，又全盘否定西方现代文学而完全倾倒于日本传统主义，不加分析地全盘继承日本化了的佛教哲理，尤其是轮回思想，即单纯纵向承传。最后开始在两种极端的对立中整理自己的文学思想，产生了对传统文学也对西方文学的批判的冲动和自觉的认识。这时候，他深入探索日本传统的底蕴以及西方文学的人文理想主义的内涵，并摸索着实现两者在作品中内在的谐调，最后以传统为根基，吸收西方文学的技巧和方法，于是便产生了《雪国》。

《雪国》是以日本传统文学的悲哀与冷艳结合的余情美为根基，展现了一种朦胧的、内在的、感觉性的美。虽然有颓伤的倾向，但也不能否定其净化的主要一面。所以这部名作不论是故事的展开，还是人物的塑造，都着眼于使美从属于心灵的力量。他写驹子的情绪、精神和心灵世界始终贯穿着哀与艳，写驹子的爱情没有肉欲化，而是精神化和人情化。

正是基于此，川端康成对驹子这个人物抱有丰富的同情心，在他笔下的驹子流露出来的是内在的真实的哀愁，洋溢着一种健康的生活情趣和天真无邪的性格。从表面上看，作家将这个人物装饰得十分妖艳、放荡，但却没有过多地展现她的肉感世界，而着眼于实际反映她内在的悲伤，带有深沉的哀叹。应该说，《雪国》中所描写的种种悲哀，以及这种悲哀的余情化，都是有着自己的理念，也就是有着日本文学主情主义的精神。它一方面深化了悲哀与冷艳之美、余情之美，一方面又接触到了生活的最深层面。其价值不仅在于决定驹子这个人物的精神结构和行为模式，而且通过它来探讨人生的惑伤。

这说明川端康成创造驹子这个艺术形象之所以取得成功，就是在东西方文化比较中，自觉地认识传统。整理出属于自己民族的东西，加以创造性运用。但是，川端康成并非单纯地回归日本，回归东方，而是吸收和消化西方文学的人文理想主义，特别是关于人的观念和艺术上的人道主义精神，并不留痕违地让它流贯于驹子血肉之躯中。让驹子作为一个独立的人来同命运抗争，努力摆脱艺妓的处境，争取获得普通人起码的生活权利和恢复做人的地位。比如，她勤学苦练艺技、追求普通女子应得的真正爱情等等都体现了这一点。川端康成不仅在文学理念上，还在文学技巧和方法上大胆引进西方的经验，融汇在自己的民族的东西之中。比如，吸收新感觉派的敏锐的感觉性，来增加日本文学传统的感受性的力度，去展现人物的思想感情。描写岛村在火车上陷入非现实的情绪世界，就是通过视觉和听觉感受的相互作用，从更深层面展露这个人物的心态和感受。又比如，充分运用乔伊斯的“意识流”手法，采用象征和暗示、自由联想，来剖析人物的深层心理，同时又用日本文学的严谨格调加以限制，使自由联想与有序展开两者巧妙结合，达到了完美的协调。小说描写暮景中的和白昼中的两面镜子的场景就是一例。作者把这两面镜子作为跳板，把岛村诱入超现实的回想世界，两面镜子中的驹子和叶子，都是属于岛村的感觉中产生的幻觉。这样将岛村的心情、情绪朦胧化，增加感情的感觉色彩和抒情性格。

可以说，《雪国》是在东西方文学的比较和交流中诞生的。它在艺术上开拓了一条新路，无论在内容上还是在形式上都形成了自己的创作个性。

战后，川端康成沿着《雪国》的路子走，而且又有新的发展和创造。这一时期，川端康成对战争的反思，自然扩展为对民族历史文化的重新认识，以及审美意识中潜在的传统的苏醒。他说过：“我强烈地自觉做一个日本式作家，希望继承日本美的传统，除了这种自觉和希望以外，别无其他东西。”“我把战后的生命作为余生。余生不是属于我自己，而是日本的美的传统的表现。”也就是说，战后川端康成对日本民族生活方式的依恋和对日本传统文化的追求更加炽烈。其最具特色的作品《千只鹤》和《古都》，就是在这种文化思想土壤里酿造出来的。

《千只鹤》中菊治与太田夫人及其女儿文子的关系，在道德与非道德的矛盾冲突中，企图超越世俗道德的规范，于是融入了日本式的“悲哀”，这悲哀又是与爱情和同情相通的。作家借此创造出一种幻想中的美，超现实的绝对境界，而且非常得当地运用传统的茶室作为人物的活动空间，以传统的“千只鹤”包袱和茶具作为铺陈故事情节的辅助工具，或者作为人物心理流程的重要媒介，联结各个人物的复杂关系，而且蕴含这些人物内心底里的情趣，象征这些人物的命运。作家企图将传统的形式美与作家主观认为的人物的心灵美统一，使违反道德的情欲变得合情合理，而实际上两者是很不协调的，因为这种爱情在实际生活中是很难被人认可的。他仅仅是满足和陶醉于一种畸形的颓废的病态而已。尽管如此，作家将传统的东西赋予生命力来加以装饰，这不能不算是艺术上的独具匠心的创造。

关于创作《千只鹤》的动机，川端康成在《我在美丽的日本》一文中说过：“我的小说《千只鹤》，如果人们以为是描写日本茶道的‘心灵’与‘形式’的美，那就错了，毋宁说这部作品是对当今社会低级趣味的茶道发出的怀疑和警惕，并予以否定。”这一思想，与作家战后对日本文化受到外国文化冲击的喟叹，以及对日本传统的执著追求的思想是一脉相承的。作家在这部作品中虽没有充分贯彻这一思想，但在其后另一部作品《古都》中却很好地体现了出来，并且对现实生活作出更有深度的艺术透视。

川端康成写《古都》是具有明确的目的意识的，他看到了战后京都和日本传统文化遭到了破坏，强调重现古都，“不仅是京都应负的责任，也是国家的责任，国民的责任。”在《古都》里，他所抒发的情怀，实际上是感时伤世，嗟叹日本传统面临的厄运，以唤起国人发扬民族文化精神的热忱，同时也是对战后美国化风潮的一种警告。但是，作家不留痕迹地将这一目的意识编织在古都的自然美与人情美之中。可以说，《古都》不仅在京都的风俗画面上展开孪生姐妹千重子和苗子的悲欢离合的故事，而且借助生活片断的景象去抚触古都的“内部生活”，首先是抚触古都的传统美。用川端康成本人的话来说，就是“追求残照在战败而荒芜了的故国山河的日本美”。

从《雪国》到《千只鹤》《古都》的问世，证明川端康成已经在更高的理论层次上思考传统与现代、本土与外来的问题。他总结了一千年前吸收和消化中国唐代文化而创造了平安王朝的美，以及明治百年以来吸收西方文化而未能完全消化的历史经验和教训，并且结合自己的创作实践，提出了应该“从一开始就采取日本式的吸收法，即按照日本式的爱好来学，然后全部日本化”。他在实践上将汲取西方文学溶化在日本古典传统精神与形式之中，更自觉地确立“共同思考东西方文化的融合与桥梁的位置”。

川端康成在理论探索的基础上，充分发挥了作家的主动精神和创造力量，培育了东西方文化融合的气质，使之臻于日本化。在这方面，川端康成的成功主要表现在以下三个方面：一是传统文化精神与现代意识的融合，表现了人文理想主义精神、现代人的理智和感觉，同时导入深层心理的分析，融会贯通日本式的写实主义和东方的精神主义。二是传统的自然描写与现代的心理刻画的融合，运用弗洛伊德的精神分析法和乔伊斯的意识流，深入挖掘人物的内心世界，又把自身与自然合一，把自然契入人物的意识流中，起到了“融合物我”的作用，从而表现了假托在自然之上的人物感情世界。三是传统的工整性与意识流的飞跃性的融合，根据现代的深层心理学原理，扩大联想与回忆的范围，同时用传统的坚实、严谨和工整的结构加以制约，使两者保持和谐。这三者的融合使传统更加深化。

川端康成的创作道路。是从追求西方新潮开始，到回归传统，在东西方文化结合的坐标轴上找到自己的位置，找到了运用民族的审美习惯，挖掘日本文化最深层的东西和西方文化最广泛的东西，并使之汇合，形成了川端康成文学之美。《雪国》《千只鹤》《古都》完成了这种美。正因为如此，1968 年诺贝尔文学奖评选委员会为表彰川端康成“以敏锐的感受，高超的小说技巧，表现了日本人的内心精华”，授予川端康成诺贝尔文学奖。瑞典皇家文学院常务理事、诺贝尔文学奖评选委员会主席安达斯·戈斯特林致授奖辞，赞扬川端康成“虽然受到欧洲近代现实主义文学的洗礼，但同时也立足于日本古典文学，对纯粹的日本传统体裁加以维护和继承”。他以《雪国》《千只鹤》《古都》为例，说：“从川端康成的《雪国》和《千只鹤》这两部作品，我们可以发现作家冷艳的插话里闪烁的光辉，卓越而敏锐的观察力以及具有精雕细琢的神秘价值，有些地方的写作技巧超过了欧洲。”《古都》则“以毫不夸张的感伤，动人心弦的手法，将神社佛阁、工匠荟萃的古老街衢、庭园、植物园等种种风物，敏锐而精细地表现出来。作品充满着诗情画意”。最后他特别强调：川端康成的功绩是“在战后全盘美国化的浪潮中，先生通过这些作品，以温柔的调子发出呼吁：为了新日本，必须保存某些古代日本的美与民族个性。”川端康成这三部作品获奖的重要意义是：“其一，川端康成以卓越的艺术手法，表现了具有道德伦理价值的文化意识。其二，在架设东方与西方的精神桥梁方面做出了贡献。”

三岛由纪夫评论川端康成时写了一段话，它不仅对于认识川端康成文学，而且对于了解日本近现代文学具有普遍的意义，现抄录如下：

“生于日本的艺术家，被迫对日本文化不断地进行批判，从东西方文化的混淆中清理出真正属于自己风土和本能的东西，只有在这方面取得切实成果的人是成功的。当然，由于我们是日本人，我们所创造的艺术形象，越是贴近日本，成功的可能性越大。这不能单纯地用回归日本、回归东洋来说明，因为这与每个作家的本能和禀赋有关。凡是想贴近西洋的，大多不能取得成功。”（《川端康成的东洋与西洋》）

总括来说，川端康成适时地把握了西方文学的现代意识和技巧，同时又重估了日本传统的价值和现代意义，调适传统与现代的纷繁复杂的关系，使之从对立走向调和与融合，从而使川端康成文学既具有特殊性、民族性，又具有普遍性和世界性的意义。用川端康成本人的话来说，“既是日本的，也是东方的，同时又是西方的。”可以说，川端康成这种创造性的影响超出了日本的范围，也不仅限于艺术性方面，这一点对促进人们重新审视东方文化具有重要的意义和启示性。

日本的风土、民族性与文学观

风土与社会文化形态

在人类历史的发展过程中，不同民族由于受到不同的历史、风土、社会的条件和文化宗教形态的影响，形成各自不同的国民性格以及相应的文学意识和美意识，即，各民族都有自己的基本性格和特殊的文学精神及审美情趣。同样道理，同一民族由于生活在同一历史、风土和社会条件和文化宗教形态的影响下，这些相同的诸因素的综合作用，渗透到民族的文化心理，铸造出其共同的基本性格和心理素质，育成其传统文学思想和审美意识的共同属性。在未分化为阶级之前，同一民族相同的性格特征又成为共同的文学思想和审美意识形成之源。而且它们具有相当长远的延续性、传承性和相对稳定性。也就是说，一个民族的基本性格及其共同的文学思想和审美意识的形成，是经过悠久的历史、风土和复杂的环境，包括自然、政治、经济、社会环境的铸造，与文化宗教形态的构成而发展起来的。所以我们考察日本文学思想、思潮及其源流美意识，离不开民族性格及其形成的历史、风土的基本要素。

远古以前，日本民族在远东一隅的列岛繁衍生息。关于它的历史，有许多古老的神话和历史传说，这些神话和历史传说大多是与日本的国土、皇族和民族的由来相联系，如《古事记》所记述的神代之初，伊邪那歧和伊邪那美男女两神奉天神敕令，从天上下凡，创造日本诸岛和山川草木，再生下支配这些岛屿与天地万物的天照大神、八百万神。历史传说中的日本民族以太阳为始祖，是太阳民族。所以古代日本人认为日本是神国，日本民族是天孙的民族，日本皇帝是天皇。而且在他们编造的神话中，天照大神统治下的八百万神都是忠义之神，他们没有对天孙采取任何敌对行动，也没有夺取其国土的欲求，都是归顺天孙，忠于天孙的事业。八百万神之间没有发生什么争夺，更没有发生什么战争。缘此，日本文化很少英雄神话，也很少英雄神。如果有英雄神的话，也是悲剧英雄的挽歌。日本神话中的天照大神是非常温和的，八百万神也是非常温顺的，没有像外国神话那样将太阳神作为勇者，专治各种妖魔鬼怪，或者各种妖魔鬼怪囚禁和杀害太阳神。总之，日本神话很少出现激烈的行动，一般都是平和的。

自古伊始，日本人的原始感情非常崇拜为他们开天辟地的太阳神，进而崇拜太阳神的御子孙，即作为先祖的天皇。在日本人眼里，天皇是“カミ”，即是神，是至上的，意指天皇在一切之上，高于一切，且认为天皇比佛还善，所谓“佛九善而皇十善”，天皇是十全十美的，后来被完全神化了。这些神话和传说，以及其后的文学艺术，反复地渲染这一主题，充分地反映了古代日本人的原始心理特征，对后世日本人的影响十分深远。

事实上，日本的国土和民族，同其他的国土和民族一样，无疑是按照自然界和人类发展历史的自然规律而诞生的。但在社会环境尚未确立其政治经济之前，日本人的原始性格的铸造和原始的文学意识、美意识的形成，很大程度取决于他们生活其中的历史和风土，包括地理位置、季节时令和其他自然条件，而且这些因素基本上固定不变，即使发生变化，也是在亿万年间缓慢地进行，这是自不待言的。

日本位于亚洲最东部，回环着浩瀚无际的大海，处在孤立之境。土地面积百分之七十是山地，百分之三十是平原。没有荒漠，更没有大荒漠。在日本列岛上，山岭绵延不绝，但山脉都很年轻，最高的富士山海拔也只有 3776 米。河流纵横交错，但河床都很短浅。冲积平原散落沿海地带，面积大都很狭窄，稍宽阔些的关东平原也只不过 200 公里左右。所以日本的自然景观小巧纤丽，平稳而沉静，再加上日本的地形南北走向狭长，南端与北端虽然存在着寒带和热带的气候风土的差异，但中央部则处在温带。尽管也有突发性的台风、大地震，但从整体来说，日本列岛气候温和，四季变化缓慢而有规律，基本上没有受到大自然经常性的严酷打击。同时雨量充沛，气候湿润，全国三分之一的土地覆盖着茂密的森林，展开一派悠悠的绿韵，在清爽的空气中带上几分湿润与甘美，并且经常闭锁在雾霭中，容易造成朦胧而变幻莫测的景象。整个日本列岛都溶进柔和的大自然之中。日本民族正是充分吸收这种自然环境和气候风土中的养分，形成其基本的性格。可以说，日本这种具有代表性的风土、这种具有特殊性的大自然，无疑成为孕育日本文化的基础之一，直接影响着日本国民的基本性格、原始的生活意识和文学意识。

在民族形态上，古代日本社会已经形成日本人种的单一化。日本民族的形成，与其他所有民族一样，是经过历史上无记载的长期的各种血统混合的过程。但是，日本在远东的终极，四面环海，在远古交通不发达的条件下，地理

上处于孤立的位置。从外边流入的人种如蒙古人种、马来人种等，甚少可能向外回流，就全部在这里定居下来，他们又与后来者融合、生活在这岛国封闭的坩埚里。其中最早的原住民阿伊努人，一度占据着整个或大部分的日本列岛。当地人与外来者长期混同，渐次同化了阿伊努人。也就是说，日本各人种渐次混同并融合其原始信仰，调整了民族的对立，最后成为一统的大和民族。他们的结合没有发生激烈的冲突，是比较和平地进行的。《古事记》的神话里，明晰地记载着大和族一统的历史，也平等地叙述了出云族的神话，它与大和族合并是通过谈判折中完成的。不管怎么说，日本在历史上很早就完成人种和民族的统一，没有发生过大规模的种族、民族的冲突。

在政治形态上，国家成立之后，日本国家几乎是由单一民族构成，没有像其他国家那样普遍存在着民族大迁徙和异族间的残酷斗争。就是发生同族的内部纷争，也往往以“国让”的妥协办法来解决。在日本神话中早就传说大国主神奉天照大神的敕令，将国土和平地让给皇孙的故事。即使在中世武家时代，也没有像中世纪欧洲和中国战国时代那种严重混乱的无中心状态。他们始终以皇室为最高中心，没有极端地破坏过社会的统一。所以日本在历史上维持着相对统一的平和的政治形态。也就是说，日本最初的政治形态，完全排除了种族的对立，以民族统一作为其政治统一的中心，其中贯穿日本皇室的权力，以天皇作为国家与民族统一的象征。而不是以武力作为民族统一和政治统一的中心。这种以皇室为中心的单一的民族统一形态和政治统一形态，对于日本民族的心理和性格形成的影响是很大的。而这一古老民族诞生的性格，延续成日本民族的国民性格和日本文化的性格。这种日本历史的特质成为直接生育日本文学及文学意识的根底。

在经济形态上，从距今七八千年的绳文时代，日本民族的狩猎文化就与大自然紧密相连。公元前2世纪至公元2世纪，大陆传入水稻，日本民族很快就脱离狩猎和渔猎，开始以农耕为主，日本神话大多以农业活动为中心也缘于此。《古事记》《日本书纪》描述的许多神都是与农业有关的太阳神、月神、风神、水神、稻谷神和“天穗同命”等神，以及将日本称为“丰苇原水穗国”，并描述了农耕的事和与农业有关的祭祀。这说明日本从悠远的神代开始就掌握原始农业技术，社会上占优势的是农耕文化的主宰者而不是宗教。尤其是在上述得天独厚的自然和风土的条件下所形成的人与农业、人与自然的关系不是对立，而是非常融合，加上农业集约性的影响，使作为原始农耕的经济形态自然地是以中和为中心的。

在这种以“中和”为中心的自然历史环境和政治经济形态下育成的日本文化存在构成复合型的可能性。而且事实上，日本复合型的文化形态表现在各个方面，我们以作为文学和文学意识始源之一的宗教信仰为例，日本民族的原始信仰是崇拜自然神和先祖神的神道，它是原始农耕社会的宗教实体，但其宗教共同的观念和礼仪以祭祀为核心，没有特定的教义，缺乏系统的宗教意识，神道的教权没有绝对化。在这里应该特别指出的是，古代以后大陆儒、佛、道传至日本，没有遭到神道的激烈抗拒，而且包容了儒、佛、道，多元并存。神道在和外来的儒、佛、道的融合过程中，形成了系统的宗教意识，由于融合自身有所发展，在本质上仍然保持着民族信仰的基本性格。我们透过《古事记》《日本书纪》以及《风土记》《万叶集》《古语拾遗》和以《延喜式》为中心的“祝词”等古籍中所载的神话、祭祀、巫术、习俗等可以在某种程度上了解这个国家在统一以前的原始神道精神，也可以了解到原始神道精神对日本民族性格、日本文学和原始文学意识的本质性的浸润。从这个意义上说，不仅仅限于宗教，而且日本文化史的结构也是以调和的形式展开的。

在这里必须特别指出，佛教禅宗在12世纪至13世纪传入日本以后，受到幕府的支持和保护，获得了巨大的发展，深入日本人的日常生活和社会文化的方方面面。它不仅对日本人的心理结构、人生态度，还对日本人的审美情趣、文艺创作思想带来了深刻的精神影响，比如不重形式重精神、不重人工重自然、不重现实重想象、不重理性重悟性、不重繁杂重简素、不重热烈重闲寂等等，形成日本文化的内核。日本文化和日本人的性格与禅并存融合为一体。有的西方学者甚至认为，日本文化和日本人的性格就是禅。

民族的基本性格特征

上述日本历史、风土和政治、经济、文化宗教形态，成为产生独特的日本国民性格的重要因素。那么哪些来自传统文化的国民性格直接影响和决定了日本古代文学意识和审美意识，以继续维护着日本文学精神和审美传统的特色呢?

第一，调和与统一的性格。

日本民族的国民性及其精神结构特质，具体表现在追求调和中庸性上。日本学者称这种国民性为“中正”的性格，即不偏为中，不曲为正。他们判断事物一般都采取相对主义、调和折中的态度，这是以“和”作为基础的，含亲和、平和、中和之意。大和族、大和国、大和魂之称谓，大概也缘于此。正如上述，日本民族史平和的发展，形成日本国民的“和意识”。可以称得上是圣德太子一篇“出色散文的”《十七条宪法》以“和为贵”开首，以“夫不可独断，必与众宜论”结束，说明作者的主体性的思考，是强调确立共同体的和，将调和与统一作为当时最高价值之一。直至近代明治维新以后，仍然强调其社会的基本精神是“以和求存于全体之中，以保持一体的大和”，即保持民族整体的大和。

日本的所谓“和”，表现在对事物观察上的一如性，即任何事物，比如生活与艺术、宗教与艺术都不看做是对立和分裂，而看做是一如的、结合融化为一的，就是把相异的东西综合为一。日本文化上的“和”是对伦理道德、宗教意识的高度感受的结果，具有浓厚的伦理道德和宗教意识的效果。这不仅是日本精神文化一个重要的范畴，而且是日本精神的力量所在。

日本民族以亲和的感情去注视自然，认为自然是生命的母体，是生命的根源，对自然的爱，带来人生与自然的融合，人生与自然密不可分。可以说与自然的亲和及一体化，与自然共生，成为日本民族最初的美意识的特征之一。这种美意识不是来自宗教式的伦理道德和哲学，而是来自人与自然共生，人与自然密不可分的民俗式的思考，所以日本民族对自然的感受方法与思维模式与西方民族是迥异的，他们把人看做是自然的一部分，人融进自然之中，主体的人与客体的自然没有明显的区别，自然与人相互依赖依存，可以亲和地共生于同一大宇宙中，人与自然是和谐的。

“和”的精神实际上是日本民族最初表露出来的精神结构特质。这种“和”的精神，经过千余年在广泛的社会心理的深层积淀，最后形成日本意识，即日本民族的思维模式，贯穿和影响着政治文化、思想、文艺、心理乃至社会整体生活，至今仍然作为人们的伦理道德和行为规范的重要准则。在日本，调和与统一被认为是最美的，乃至在文学上、美学上作为一种理想的追求，将“和”之美作为真善美的和谐统一的理想境界。

总之，从政治经济、社会文化上的“和”，到心理上、精神上的“和”，正是日本民族美的意识所追求的最高的“和”，也是最高的美。调和是日本国民性格基本的、主导的一面，也是日本文明赖以统一的精神基础。

第二，纤细与淳朴的性格。

日本民族生息的世界非常狭小，几乎没有宏大、严峻的自然景观，人们只接触到小规模的景物，并处在温和的自然环境的包围中，养成了纤细的感觉和淳朴的感情，对事物表现了特别的敏感和淳朴，乐于追求小巧和清纯的东西。比如他们喜欢低矮但显出美的小山、浅而清的小川小河，尤其是涓涓细流的小溪。喜好纤小的花木，国人以细细的樱花作为国花，皇室以小菊作为皇家家徽，国会也以小菊图案作为国会的象征。树木则喜爱北山纤弱的杉。从建筑艺术到日常生活用品也如此，崇尚纤细和淳朴，一切都讲究轻、薄、短、小。所以一些西方学者称日本文化的特征是“岛国文化”“矮小文化”。

表现在对四季的感受性上，显得特别敏锐和纤细，并且含有丰富的艺术性。比如他们在对季节微妙变化的感受中育成优艳的爱，而这种爱又渗透到自然与人的内面的灵性中，从而激发人们咏物抒情的兴致；他们在四季轮回，渐次交替的过程中，纤细地感受到自然生死的轮回、自然生命的律动，这种对四季的敏感，逐渐产生季物和季题意识，影响到其后的整个日本文学的命运。

日本民族对其原始文化基础的感受文化，尤其是色的感觉文化是非常敏锐和淳朴的。我们从古代文化神话和考古挖掘中就可以发现古代日本人的色彩感觉是很朴素的，在他们的色彩概念中只有白与黑、青与赤对称表现的色彩体系，尤其以白的色相作为其美的理想，以白表示洁白的善，表示平和与神圣。带上一定伦理道德的意味。其原始神道将白作为神仪的象征，白作为人与神联系的色，而且完全依赖自然现象来表达纯白的色。比如古代神社建筑是木造结构，不涂任何色彩，保持原木的白色。用玉串象征神风（风无色，即白）来拂除凡界的尘土，用神水（水透明，即白）来净垢、纯化等等。我们从上述日本民族的自然观和色彩审美中也可以看出日本民族性格的纤细而淳朴的表现，同时这种淳朴的特质与上述的和也是相通的。

第三，简素与淡泊的性格。

日本清幽的自然环境和淡泊的简约精神，对原初民族的简素淡泊性格的形成影响至大。比如日本文艺以柔和简约作为其外表，内里蕴涵着深刻的精神性的东西，这表现在文学思想和美意识中的“真实”“物哀”“幽玄”“风雅”之洗练的美的感觉以及形式之短小上。日本绘画之重线条的柔和性和色彩的淡泊性，整体结构表现出来的情趣之潇洒和韵味之恬淡。尤其是水墨画追求一种恬淡的美，画面留下的余白，不是作为简单的“虚”，而是作为一种充实的“无”，即让“无心的心”去填补和充实。所以水墨画将“心”所捕捉的对象的真髓，用单纯的线条和淡泊的墨色表现出来，表面简素，缺乏色彩，内面却充满多样的线和色以及多样的变化。日本音乐的旋律单调，却蕴藏着无穷的妙味，回荡着悠长的余韵。日本舞蹈的动作柔和、单调和缓慢，却显露出一种内

在的强力。日本语言一个母音只配一个子音，非常单纯，很少拗音和强音。

这种简约的好尚，具体化地运用在数字上是尊崇奇数，以奇数代表吉祥。由此延伸，在文学上也表现出对奇数运用的偏执。从和歌、俳句的格律到歌舞伎的剧名都避开偶数而采用奇数。尤其是文学表现上喜欢使用简约的数字，夸小不夸大，比如“色鱼长一寸”“苇间一鹤鸣”等，都是以最低的奇数来表示。

表现在衣食住等日常生活方面也如此，和服不仅色素，而且样式单一，无多样多褶皱，从衣领到下摆是一直线的，非常简洁。传统“日本料理”讲究清淡，生食，以保留原味。日本烟酒不浓烈，肥皂牙膏也是淡香。住宅建筑多原木结构、非对称性、不均齐的直线型，连家具也多是原木色和白色。

与日本民族生活密切相连的茶道，更具体地体现日本民族这种简素淡泊的性格特征。他们赋予茶道“空寂”的性格，追求形式与内容的简素的情趣。茶室多是草庵式，空间甚小，整体结构质素，室内布置简洁，壁龛只挂一幅简洁的字画，花瓶里只插一朵小花，造成茶室沉浸在静寂低回的氛围，让茶人按严格的茶道规范动作，在情绪上进人枯淡之境，并且在观念上不断升华而生起一种美的意义上的余情与幽玄，充分体现“禅心”的“无即是有，一即是多”的性格。

第四，含蓄与暧昧的性格。

日本民族性格不重理性而重实际，缺乏思辨哲学，对事物观察常常直接诉诸感觉和感情。日本文化形态的一切方面，都是从感性出发，但又以“感觉制约”作为原则，单纯表现主观的内在感情，具有很大的含蓄性和暧昧性，直接影响着日本民族的思维模式的定势。

从最能反映民族性格和文学性格的语言来说，日本民族语言的最大特色是具有极大的暧昧性，文章结构往往省略主语、宾语、述语，多代名词，读者（听者）主要依靠语气、语感、遣词用语、敬语乃至上下行文来体味对话的人物关系。在人际交往和思想交流中的用语，也是表现得非常朦胧和含糊，很少使用明确的肯定词或否定词，净讲模棱两可的话。作为语言艺术的文学，其语言的文学性往往在艺术上和审美上受到其民族语言特性的制约。语言含蓄，而且一词多义，含有极为丰富的思想和复杂的内容。比如“无赖”一词，在汉语中只有相近的二义：第一，刁钻泼辣，不讲道理；第二，游手好闲，品行不端。在日语中就含有四种完全不同的释义：第一，流氓、放荡；第二，不可靠、不可信赖；第三，爱的极致；第四，苦恼、痛苦等。所以在日本文学批评上严格界定“文学上的无赖性是不能用流氓、放荡来置换的”。尤其是美学用语，更是抽象而抽象，玄虚而玄虚，比如作为日本美形态的用语“わひ”（空寂）、“さひ”（闲寂）二词，朦胧含糊得令人捉摸不定，不易掌握其真义，甚至连日本人也往往分不清两者意义区别之所在，但通过日本美学语言这种用语的多义性和暧昧性，却让人从中可以感受到其民族的性格，可以感受到其美的感动中带有的民族特性。

含蓄的性格具体化地表现在文艺上，是不重形式而重意境，更重朦胧的格调。以日本美术为例，它甚少明晰清透，重隐约和模棱，尤其是文人画更具“超以象外，得其环中”，在淡墨中显其异彩。我国已故著名作家郁达夫就日本文艺美的特征曾经说过这样的话：日本文艺“能在清淡中出奇趣，简易里寓深意”，“专以情韵取长”，“而余韵余情，却似空中的柳浪，池上的微波，不知其所始，也不知其所终，飘飘忽忽，袅袅婷婷，短短一句，你若细嚼反刍起来，会经年累月地使你如吃橄榄，越吃越有味”。

民族性格与文学观

民族性格的构成是非常复杂的，具有双重性，有其美的一面，也有其丑陋的一面，有时美好与丑陋并存。我们在这里不是全面论述日本民族性格，而是简述其来自固有文化的，以及决定日本文学思想和美意识，以及继续维护着这种文学思想和审美传统特色的有关基本性格的几个特征，从中考察历史、风土、民族性格与日本文学观特质的关系。如上所述，日本的历史、风土影响着日本民族性格的形成，同时这些历史、风土、民族性格又制约着日本民族对美的思考和日本文学的内在气质。在历史的长河中，日本民族性格与日本文学及思潮混成一体，构成统一的日本性格与日本文学观的联系，是多层次的，涉及文学的形态、表现、美理念和思潮诸方面。

第一，在文学形态上的特质来说。

日本文学形态是短小型的。日本民族简素和纤细的性格最集中凝结在日本民族诗歌——和歌的短小形态上。从和歌形成过程的动机可以看出，它是根据两个原则构成的，一是从偶数形式到奇数形式，二是从长形式到短形式，最后确立短歌三十一音节，句调是五七五七七。日文是一词数音节，这样和歌的文字相当简洁。《万叶集》的四千五百一十六首和歌中，短歌占四千二百五十六首，长歌只占二百六十首，其中最长的柿本人麻吕的“高市皇子挽歌”也不过一百四十九句。而且，长诗兴起不久很快就衰落，分解为小形态。其后的俳句就更短小，只有十七音节，句调是五七五，这恐怕是世界诗歌形态中最短小的非对句性形式吧。从短歌到俳句的形式越来越小，且音数和句数都有严格的限制，但却可以准确地捕捉到眼前的景色和瞬间的现象，由于简练、含蓄、暗示和凝缩而使人联想到绚丽的变化和无限的境界，更具无穷的趣味和深邃的意义。小泉八云说它“正如寺钟一击，使缕缕的幽玄的余韵，在听者的心中永续地波动”。俳句形式短小而意味幽玄，很符合日本民族精微细致的性格，拥有广泛的群众基础。

日本物语文学作为最初的小说形式多为短篇，即使形式上的长篇，也很少汇集整体的构想，实际上仍由短篇合成。比如《源氏物语》以五十四回铺陈复杂的纠葛和纷繁的事件，它既是一部统一的完整的长篇，也是可成相对独立的故事，全书以几个大事件作为故事发展的关键和转折，有条不紊地通过各种小事件，使故事的发展与高潮的涌现，彼此融会。《伊势物语》是由一百二十五话和二百零六首和歌（有的版本为二百零九首）构成，没有一完整的、统一的情节。每话互相联系不大，且非常节约，多者两三千字，少者二三十字。《八犬传》九辑九十八卷一百八十回（外一回），虽是洋洋八百万言的巨作，写了八个武士的一个个曲折离奇的故事，但从实质上说，也是一个个小故事汇合而成，如果省略某卷回，并不影响整体结构。净琉璃、歌舞伎等古典戏曲也是分段式的小构想，很少统一的整体构思，但情调却是统一的。

第二，在文学表现上的特质来说。

日本文学表现之细腻丰富，与纤细、简约的民族性格不无关系。这种纤细、简约性格所形成的对美的追求，不仅表现在文学形式的短小上，而且表现在思想感情的纤细上。《万叶集》的短歌在尚未形成之时，就已经开始出现从种种形态渐次过渡到短歌形态的现象，它的短歌所抒发的纤细感觉和纤细感情，成为日本诗歌乃至日本文学的统一精神，这是日本民族独有的文学表现。

日本民族性格的含蓄性直接诱导出余情余韵的文学风采。日本文学作品，无论是诗歌、散文还是小说、戏曲，都尽量节约，压缩其内容，表现文学素材的主要部分，省略其他部分，而着力把握其神髓、神韵，并且通过含蓄性、暗示性、象征性来表现。最能体现这一文学精神的是作为象征剧的能乐，以幽玄作为其表现的第一原则。它充分发挥日本语言的含蓄和妙用双关语，且每场很短，篇幅不大，道白简洁，却包含着丰富的内容，其表演更是含蓄而颇具艺术深度，歌舞伎、净琉璃等戏曲也不乏这种含蓄、暗示、象征的文学表现。

日本民族性格反映在文学表现的特质上还有重视文学主观的抒情，如果分解这种抒情的主观性质，不难发现其纤细性和感伤性是非常强烈的。《万叶集》自然观照的歌表现出非常纤细的感情，尤其恋爱的思慕和别离之情所流露的哀愁之纤细、自然和纯粹，恐怕是其他民族不多见的。另外，对自然和人的理解，多是运用直观直觉的机能，感情因素多于理智因素，感觉因素多于理性因素，其文学表现的情调性、情趣性是很明显的。

文学表现的特质不仅反映在感伤性和情调性的感情上，而且也显现在理性制约上。从《万叶集》的和歌历程来看，不是全然是主观抒情，而且也有用客观反省与思考的形态表现的，如浦岛歌一类是最早的客观叙事的歌，后期的真间手名儿的歌，题词部分是客观叙述，歌部分是主观抒情。这种表现渐次向歌物语发展，它便成为第一部歌物语《伊势物语》的原型，出现了纤细的反省的理性倾向。从《万叶集》发展到《古今和歌集》，则以自然素材来表现，而且加上简约的理智解释。日本固有的“物哀”美意识，从“哀”到“物哀”的发展，在很大程度上是有赖于这种简约回环、以情绪为中心的表现。

第三，在文学美理念上的特质来说。

日本原初文学意识形成的一个重要契机，首先是对自然的感觉和对神的感动而引发的。《古事记》《日本书纪》以苇芽的萌生象征神的出现，又意味着春之到来，代表季节感的涌动。可以说，在佛教传入之前，日本神话传说，首先是日本民族对自然和神本能性的反应，是崇拜自然与崇拜祖先神相结合，将自然神化，以及自然与神一体化，它是经过自然神话进入人文神话的。正如日本民族尊重自然和神（作为真的存在）的心情非常强烈一样，日本古代文学对自然和神的观察力也是极其敏锐的，常常是本能地将自然与神联系起来观察自然美。这种文学美意识发展到一定阶段，将自然与人相连来审视自然美之后，开始与季节美感发生更直接、更自觉的联系。自然在日本文学不仅是一种素材，而且是一种美感。和歌艺术美的思想源泉就是摄取自然景物及其在四季中的变化。一些和歌集完全按照春夏秋冬四季来划分歌类，许多歌纯粹是季节歌。俳句更是“无季不成句”，将季物、季题规范化。在季节美感中，春之优艳、夏之壮大、秋之静寂、冬之枯淡，形成日本文学美意识的特型，尤以秋的咏题最多。因为秋的景物最适合日本民族的情绪性、感伤性的抒发，以它寄托自己的寂寥之情，容易令人涌上悲哀的情绪。这是日本文学对自然的一种感伤的见解。是民族思想感情与自然季物契合的原质。

其他文学种类也如此，描写人物的思想感情多与季节的推移相照应，对季节和季物是亲和与敏感，一般都带有浓厚的人情味，使自然人情化。自古以来，日本文学家以自然为友，以四时为伴，与自然接触，很了解自然的心即自然的灵性，人心与自然心相连，人的生命搏动与自然生命的搏动也是息息相通的。他们从一草一木，空中悬月中可以敏感地掌握四季时令变化的微妙之处，抚摸到自然生命的律动，乃至从一片叶的萌芽和凋落，都可以看到四季的不停流转，万物的生生不息，甚至可以联系到一切有生命的东西的命运。所以日本文学描写自然美，是用来表现人情美的。

季节美感产生日本原初文学美的特质，进而积淀成为日本文学思想的底流。从美理念来说，它酿成了文学的悲哀、幽玄、风雅的气质，孕育与之相应的日本特有的美理念——物哀、空寂、闲寂，三者形成日本民族的审美主体，而流贯于日本文学各领域，也成为日本文学思想的源头。

从日本古代文学思潮上的特质来说，原初的文学意识，既是对自然的真实感动，也是对人神的民族式的感动而产生的。这表现在对自然的崇拜和对神的崇拜的一致性上，它与日本民族原初的生活意识和美意识相契合，也与日本民族的调和性格相照应。

缘此，古代原初文学思想的基调是主情，即以情为中心，情占据着主要的位置，但又并非单纯由情，而是由情与理的结合展开的，达到了情与理的一致境地。我们从儒、佛、道文学思想与神道文学思想合流就可以发现这一点。神道将儒家的“志”、佛家的“空”、道家的“无”调和，在对立、并存、融合的过程中形成系统的文学思想，并有所发展，强调了“明、净、直、诚”，其基础是诚（まこと，又曰“真”）。这种调和型的文学思想，流贯于古代各个时期，由于它是多成分、多元素构成，在不同的历史阶段又具有新的特质。如古代前期以情——物哀文学思想为中心，中期以法（佛法）——幽玄文学思想为中心，后期以义理——劝善惩恶思想为中心展开，对于古代文学观的发展起着主导的作用。

《日本古代文学思潮史》

原初文艺与性崇拜

爱与性是人类生活和文学艺术的重要主题，人们将爱与性的完美结合作为一种美的存在而执著追求。爱与性的发展，受到不同时代、不同国家、不同民族和不同文化圈的宗教、道德、法律、风习，乃至审美意识的制约，在文化史、文学艺术史上留下多彩的内容。一般来说，在文学上探索爱与性，不完全是生理和心理的作用或伦理道德的规范，而是爱与性所具有的美学方面的意义。爱的内容非常广泛，但唯有男女异性之间的爱是与性结合，而且表现得最为亲密和最为热烈。但男女之爱不单纯靠性结合来完成，它有着多层的结构和多种的完成方式。也就是说，性是爱的结果，是心灵与心灵的契合，然后才能带来精神与肉体的完美结合。如果将性与爱的秩序颠倒，性就会变为纯粹的肉欲。如果将性与爱分离，人就会成为性的奴隶和工具。文学对爱与性的不同表现，也大致源于这种种对爱与性的不同态度。

日本土著原始神道的一个特征，是对生殖器的崇拜。从绳纹时代的遗址可以发现，男性土偶以石棒象征生殖器，女性土偶突出性器官部分。到了弥生时代，农耕的祭祀仪式将性器官作为农业生产力的象征，成为膜拜的对象。在大和飞鸟时代，明日香村石神出土的男女石人像，就塑造出类似道祖神那样的拥抱形象。

在日本的原始信仰中，性器官还是一种象征生命的力量，具有无比的咒力，连魔鬼遇上它也逃之夭夭。比如在《古事记》的神话中记述高天原和苇原中国被恶神起哄捣乱，灾祸齐发，天漆黑一片。天宇受卖命神以天香山的日影蔓束袖，以葛藤为发髻，手持天香山竹叶，扣空桶于岩户之外，脚踏作响，状如神魂附体，胸乳皆露，裳扣下垂及于阴部。于是高天原震动，八百万神哄然大笑。恶神被驱，天照大神即出岩户，高天原和苇原中国自然明亮起来。还有这样一个神话故事：两个女子被一群妖魔鬼怪追赶，她们乘船逃跑，魔鬼穷追不放，两女子走投无路，巧遇女神，女神让二女子露出羞部，自己并率先垂范，两女子照办，魔鬼们果然在一阵无掩饰的狂喜之后散去。据统计，在《古事记》的神话部分就有三十五处类似这样的性和性生殖器描写。

这种有关男女性器官的传说和神话故事很多，并于后世广为流传。在神道

仪式上，抬着神的性器官象征物游行，一方面作为一种驱邪的办法，一方面以此表示对神的崇敬，让神快乐，俗称“神乐”。这种敬神活动，奠定了民间的文化的基础，后来“神乐”演变为宫廷或神社祭神的一种舞乐，在近古时代，发展为古典戏剧能乐、狂言和歌舞伎中的一种舞乐或舞事。古代民族宗教——原始神道信奉生殖器，将它视为表现咒的一种力量。

土著原始神道对自然神的崇拜，也包括对性的崇拜。所以日本的起源神话是从爱与性开始的，历史传说中的自然神与人性息息相通，也是有人的欲求的。所以，日本古代文学对性的表现是非常坦率，也是非常认真的。比如，《古事记》中所描写的伊邪那岐和伊邪那美男女两神，奉天神敕令，从天而降，他们结合的过程是：伊邪那岐和伊邪那美下凡后，看见一对情鸽亲嘴，他们也学着亲嘴；目睹一对一结合，受到启发，于是这对男女神无从自掩地合二为一，最后生下日本诸岛、山川草木，以及支配诸岛和天地万物的太阳女神天照大神和八百万神。这男女两神的爱与性的结合，被称为“神婚”。《日本书纪》则以阳、阴二神的结合来表现类似的故事。因此日本古代的祭祀，并排摆上阴阳石，作为性结合的象征。以此相传，日本神是可以泰然地享受爱与性的快乐，不存在基于宗教原因的性禁忌。尤其是《古事记》《日本书纪》是敕撰集，更具有规范性的意义。

日本古代最早的爱与性的文学素材起源于上述“神婚”，也是很自然的了。这种“神婚”的特征是：男女的爱与性都是发生在漆黑的夜晚，因为古代日本人认为神的时间是夜晚，只有夜晚才能接触到神；同时日光、月光是神附于大地的咒力，在日月光下求爱是绝对禁忌的。所以《古事记》《日本书纪》所描写的男子到女子家求爱必须站在神的位置上，夜访早归，而且只限一夜，早晨分离后，他们的爱与性就结束，有时女子对男子的面目还来不及辨清呢。所以，“神婚”又叫“一夜夫”“一夜妻”。这是上古日本人的性的飨宴。

日本古代文学在原始神道这种精神的影响下，对爱与性采取的是非常宽容的、开放性的态度，并形成性解放的习俗。比如未婚或已婚的普通男女，于春秋两季选择佳日，在特定的山地郊野，举办“歌垣”，彻夜舞蹈，唱求婚歌，彼此相中，就举行性的飨宴。《释日本记》这样记载道：“男女集合咏和歌，约定为夫妻而性交也。”这种性解放的习俗，不仅限于贵族阶层，也普及于古代庶民社会，影响着日本人对爱与性的伦理观，以及日本文学的审美情趣。

《万叶集》第十二卷古今相闻歌类就集中收入许多“歌垣”上的咏歌。比如，这一卷的一首歌是这样咏唱的：“行人石榴市/街头立几时/当年同结纽/可惜解于兹"，如今还有大和时代三轮山西南麓最古老的城镇石榴市交通要冲一处古代"歌垣"的遗址。同歌集第九卷高桥虫麻吕的一首为登筑波岭的歌垣日而作的长歌中也唱出："鹫住筑波山，有裳羽服津/津上率往集/男女少壮人/来赴歌垣会/舞蹈唱歌新/他向我妻问/我与他妻亲/自古不禁者/即此护山神/只今莫见怪/此事莫相嗔。"这可以引证当时"歌垣"这种庶民社会的自由性爱习俗的存在。

古代最早的物语文学《竹取物语》《伊势物语》等也大多以爱与性作为主题，逐渐形成日本文学的"好色"的审美情趣。《竹取物语》叙述众多男人不分日夜来到辉夜姬家里，向辉夜姬求爱，均徒劳无益，于是心灰意冷，不再来了。然而其中有五个有名的人不肯断念，还是日日夜夜地梦想着，继续不断来访。作者将这五个热心求婚的人形容为"好色的人"，以此来表达他们的恋情之深，比如描写他们在辉夜姬家外面吹笛、和歌，非常社交性地、游戏性地表达自己的恋心。

《伊势物语》描写作为主人公原型的著名歌人在原业平的种种恋爱相，象征性地显示了当时好色的实态，比如第三十八话："……这时候，天下有名的好色家源至也来参观。他看见这边的车子是女车，便走近去，说些调笑的话。源至最爱看女人，便拿些萤火虫投进女车中去。车中的女子想：'萤火的光，照不见我们的姿态吧。'想把萤火虫赶出去。这时候同乘的那个男子就咏一首歌送给源至，歌曰：'柩车深夜出/断送妙龄人/可叹灯油尽/愁闻哀哭声。'源至回答他一首歌曰：'柩车行渐远/忍听哭号啕/不信芳魂游/也同灯火消。'作为天下第一的好色家的歌，未免太平凡了吧。"

从这里可以看出，作者所描写的五个有名的人和源至这种恋爱，是作为一种美的价值，与优雅和风情结合，这是原初"好色"所含有的特性。又比如《伊势物语》第三十二话："从前有一个男子，和住在摄津国菟原郡的一个有春心的老女通情。这女子察知这男子正在考虑，今后倘回京都去，大概不会再到这地方来，她就怨恨这男子无情。男子咏了这样一首歌送给她：'可恨情难忘/思君多苦辛/形同石矶岸/庐密满潮生。'女的回答他一首歌道：'君心深似江湾水/舟楫如何测得来。'一个乡下女子咏这样的歌，是好呢，还是坏的呢？总之是无可非难的吧。"

这话描写老女与业平的恋爱，没有肉体的接触，但她仍有"春心"，表达她的好色的洗练，她在性方面的旺盛，她的性欲仍然是非常强烈的。但不是盲目的本能的性冲动，而是将好色，即恋爱情趣与艺术和美完全融合。这是好色

理念的最重要特征，也是平安王朝文学的主要特质。最后一句“无可非难”，是作者对这种好色理念和审美情趣的肯定。在这两部物语之间问世的《古今和歌集》的五卷恋歌中，有不少歌，尤其是在原业平的歌也体现这种好色的审美情趣。

在原业平在右近马场骑射之日，行至该处，从车帘之下，依稀见一女子之面目而赋诗曰：“相见何曾见/终朝恋此人/无端空怅望/车去杳如尘。”在原业平去伊势国时，与斋宫宫人暗中相会。翌朝又无法遣人致意。正思念间，女方送来此歌：“君来抑我去/自觉已茫然/是梦还非梦/如眠又未眠。”在原业平答歌曰：“此心终夜暗/迷惑不知情/是梦还非梦/人间有定评。”

《三代实录》记载，在原业平“体貌闲丽，放纵不羁，略才无学，善作和歌”。当时的所谓才学，是指汉学尤其是儒学。业平的所谓无才学，就是没有或少有受汉学、儒学的影响。另据古注，在原业平与女性相交共三千七百三十三人，其好色自然不是专一对象，而是将热情倾注在众多的女性上。从这两首歌可以看出，其追求不仅是肉体的价值，而且更重精神的价值，更重精神与肉体的完美的统一。

《古今和歌集》序中做了这样的释义：“然而神代七世，时质人淳，情欲无分，和歌未作。逮于素盏鸣尊到出云国，始有三十一字之咏，今反歌之作也。其后虽天神之孙，海童之女，莫不以和歌通情者（中略）其业余和歌者，绵绵不绝。及彼时变浇漓，人贵奢淫，浮词云兴，艳流泉涌，其实皆落，其花孤荣，至有好色之家。”由此可见古代性崇拜育成的“好色”美理念，不完全是汉语的色情意思。“色情”是将性扭曲，将性工具化、机械化和非人化，而“好色”是包含肉体的、精神的与美的结合，灵与肉两方面的一致性的内容。比如古代文学以好色——恋爱情趣作为重要内容，即通过歌来表达恋爱的情趣，以探求人情与世相的风俗，把握人生的深层内涵，所以含有常情的一面，并不能理解为卑俗的文学，况且它与物哀、风雅的审美意识相连，是具有独特的美学价值和文学意义的。在日本古代文学中能称得上“好色家”的，必须具备两个基本的条件：一是和歌的名手；二是礼拜美，即在一切价值中以美为优先。可以说，“好色”不是性的颓废现象，而是作为一种美的理念。在《魏志·倭人传》中也认定“其俗不淫”。

从思想背景来说，古代日本社会信仰土著的神道，认为世界是神的大系，爱与性也是属于神的，以神的意志来行动。而神道对性爱是开放性的。比如，日本的歌始源于神的咒语，用歌来歌颂“神婚”，这便出现上述“歌垣”这种求爱的方式。是在神的名义下爱与性的解放方式，可见神道文化是肯定这种自由的性爱及其审美价值取向的。6 世纪严格禁欲的大陆佛教传入日本，日本佛教衍生出许多宗派，打破了传统佛教禁欲的戒律。尤其是平安时代初期，通过空海从中国引进的真言密教，其经典《理趣经》称男女性欲本来是“清净”的东西，通过交媾进入恍惚之境、一切自由之境，从而达到“菩萨”的境地；同时性交快感高潮的瞬间，进入超越的心理状态，就达到解脱的境地。真言密教这种清净、逐情而至悟达的思想，以及“男女合一”“色心不二”的性思想与日本本土上述神道的性文化意识的结合，对现世性欲的积极肯定，不仅对当时贵族的好色风习和好色思想的形成产生了重大的影响，而且加速了好色文学思想形成的过程。

另有一个不能忽视的因素，就是与性问题有关的医学思想的传播。比如，当时宫廷医官将中国传入的医学书分类为三十卷，书名为《医心方》，其中将性科学单独列为一卷《房内篇》，记载着持天的阳气的男人与持地的阴气的女人，通过相交，交换热能，可保持健康云云。它还记录了男性“一夜与十女尤佳”。这不仅成为贵族社会一夫多妻制的理论依据，而且成为支撑“好色”文学的科学思想。

古代的性崇拜和性解放意识，不仅影响着当时日本文艺创作，而且作为一种文艺思潮，超越历史和时代，而成为一种普遍的审美价值取向。

《日本文学史》

日本文明的研究课题

文明的定义，是指人类在生活和劳动实践中所创造出来的物质成果和精神成果的总和，特别是指人类在漫长的历史实战活动中所创造的学术、宗教和艺术的成果，并由此提升而凝聚成的伦理道德和政治文化思想的统一体。

人类活动创造了文明，文明的成果又推动了人类活动的发展。由于人类生活在不同的历史地理环境，不同的文化景观和不同的宗教文化形态之中，他们在漫长的历史实践活动过程中创造了丰富多彩的学术、宗教和艺术，并在相互交流中自然地逐渐形成了世界分属东西方的两大文明体系——东方文明渊源于中国、印度、埃及和两河流域的古代文明，西方文明渊源于希腊的古代文明——推动了整个人类社会的不断向前发展。

从世界文明的发展史来看，一个国家、一个地区、一个民族的文明的形成与发展，都是根植于本国、本地区、本民族赖以生活的自然、风土和人情之中，是自发育成的；同时又是在与他国、他地区、他民族的文明的交流中，丰富和发展自己的文明。作为世界文明有机组成部分的日本文明，也是沿着这一历史轨迹形成与发展，这是自不待言的。

日本文明与中国文明同属东方文明体系。在历史上，日本古代文明受到东方的大陆古代文明，特别是中国古代文明的影响甚大，近现代文明则接受了西方异质的现代文明的强烈冲击，这种日本文明的现象，在世界文明史上是鲜见的。但是，不能认为日本文明是外来的文明，是汉化的文明或欧化的文明。应该说，日本原初的文明仍然是自发生成的文明，而且经过历史的洗练和提升，形成自已的民族特质，原始神道就是在日本岛国的自然风土中培育出其“自然本位”和“现实本位”的本土思想，并由这种思想孕育出本土原初的色彩观和自然观——原始审美意识的萌芽。这一本土思想的原质成为孕青日本文明的河床。其后产生的原始的咒语、歌谣、祝词、神话、传说中所表现的言灵思想，也无不是根植于日本本土固有的神道信仰。

日本本土原始文明成因还有一个值得探讨的，就是国民性格形成，对于文明的自发产生与发展的关系问题。同一民族生活在同一的自然风土、社会条件和宗教文化形态下，这些相同的诸因素作用于民族的文化心理，会铸造出其相同的基本性格。基本的民族性格一旦形成，就必然会对其民族的实际生活乃至精神文明和物质文明产生直接的影响。尤其是在未分化为阶级之前，这种相同的民族性格特征，自然成为一个民族的共同文明形成之源。从这个意义上说，日本民族性格是形成日本文明特征的基础，反过来日本文明是日本民族性格的反映。

由此而产生的日本文明具有相当长远的延续性，传承性和相对的稳定性，并成为引进，吸收和消化外来文明的根基。

因此，我们研究日本文明，首先要研究存在于日本民族在生活实践中自力创造的宗教、艺术和学术的成果，以及由这些成果凝聚而成的起伏流动的文明精神。正是这种民族的文明精神，在日本文明发展史和对外文明交流史中发挥着主导的作用。

其次要研究日本与外来文明的交流的冲突与调和中，消化和吸收外来文明的优秀分子，创造性地发展自己的文明的历史经验。也就是说，研究日本文明在内外因素的历史联系中，其内在发展的自律性和外在交流的主体性。这两者是研究日本文明不可或缺的因素。

古代日本引进中国文明经过近千年的消化过程，至平安时代才完成了本土化。同时还不断地继续引进又不断地继续消化。从神佛融合、儒学朱子学日本化，到老庄思想变种、禅宗世俗化等等构建了自己的价值体系。从艺术精神到审美意识的主体性的坚持，到创造独特的文学艺术的民族形式，比如文学方面的和歌、物语、俳句、浮世草子等；戏曲方面的谣曲、狂言、能乐、净琉璃、歌舞伎等；绘画方面的大和绘，浮世绘等，都是在自己民族的风土中创造出来的、世界独一无二的文明财富。

明治维新以后近百余年，经过了两次文明开化，吸收西方文明至今仍处在不断消化的过程，还不能说已经完成了本土化的任务。近代的自我从确立到丧失，又艰难地再确立，就是典型的例子。尽管如此，它对于日本现代化的成功已经发挥并继续发挥着积极的作用。

当然，日本与外来文明——无论是与古代的中国文明或近现代的西方文明的交流中，从冲突到调和的过程反复交替地出现过“汉风化”、“欧化主义”的风潮和“国粹主义”的风潮，而且具有一定的周期性。这两种风潮的反复出现的周期，古代长些，近现代短些；其广度和深度也不尽相同。不过，日本文明发展的唯一出路，就是摆脱了两种将某一种文明绝对化的极端倾向，建立以“和魂汉才”“和魂洋才”为导向的、与外来文明交流和融合的发展机制，在坚持外在交流的主体性的情况下，保持两者的平衡而达到融合。这种机制必须建立在对两种不同特征的文明都有自觉认识的基础上，彼此取长补短才能完成。

日本文明创造性的发展，坚持了两个基本点：一是坚持本土文明的主体作用；一是坚持多层次引进及消化外来文明。可以说，在世界文明史上，没有任何一种文明像日本文明如此热烈执著本土文明的传统，又如此广泛摄取外来的文明；如此曲折的反复，又如此艺术地调适和保持两者的平衡，从而创造出具有自己民族特质的新的文明体系。我们研究日本文明，力求透过日本文明发展的史实及其表现出来的纷繁复杂的现象，从整体上把握日本文明发展的关键问题，即把握对上述两个基本点的坚持中出现的碰撞与冲突，调适与融合的积极内容，并在这个基础上阐明东西方文明体系间发生碰撞与冲突的不可避免性，和最终将走向更广泛更深入的交汇与融合的可能性，以及如何将这种可能性变为现实。这是世界文明不断发展的历史必然。

正如李大钊早就指出的："自间固有之文化，大抵因某民族之特质，与其被置之境遇，多少皆有所偏局。必有民焉，必于是等文化不认其中之一为绝对，悉摄容之，而与以一定之位置与关系，始有产生将来新文化之资格。若而民族于欧则有德意志，于亚则有日本。德人之天才不在能别创新文化之要素，而在能综合从来之一切文化之要素。日本人之天才亦正在此处。（中略）愚确信东西文明调和之大业，必至两种文明本身各有彻底之觉悟，而以异派之所长补本身之所短，世界新文明始有焕扬光彩、发育完成之一日。即介绍疏通之责，亦断断非一二专事模仿之民族所能尽。"（《东西文明根本之异点》）

日本文明这一历史经验是丰富的，值得总结和借鉴。

和洋文明调和的历史经验

一、对西方文明的认同与拒斥

日本走向现代化的历史事实证明，在政治经济、文化教育诸多领域，广泛吸收西方文明的成果，逐步实现传统自身的完善，对传统进行创造性的转化，建立一个新的交流模式，对于推动日本的现代化是至关重要的。

日本接受西方文明的影响，发生东西方文明、和洋文明的冲突，并非始于明治维新，而是始于前近代，即幕府时期，最后则是通过维新后百余年的历史，做出文明的抉择，建立日本与西方、传统与现代的文明结合的新模式。和洋文明的冲突与融合，贯穿于日本的现代化之全过程，大致可以分为三个阶段。

第一阶段是导入期，从引进技术开始表层文化的变革。日本幕府面临外患的危机，为追求用科技来达到“富国强兵”的需要，即使实行锁国政策的时候，也不断地吸收有实用价值的医学、地理学、科技和语言，乃至吸收德、英、法等国的洋学。当时洋学派对待西方文明的几种态度是：1. 只学习地理学和军事技术等在对外政策上，国防上不可缺少的东西，而排斥一切洋学的“穷理”。2. 在认识自然的领域，也承认洋学的“穷理”，但在哲学、认识问题的领域，则采取东方传统的儒学观念。3. 以洋学的“穷理”来代替以往的自然哲学，认识领域也尽可能吸收西方的自然科学成果。西洋虽无“道”，但在“艺”（技术）方面却是卓越的。连非洋学派也认为“西洋学说中也有一二可取”。

从总体来说，上述对待西方文明的论点，在学习西方技术的认识上是一致的。但围绕对待技术以外的西方文明，尤其是西方精神文明则存在差异，其中以上述第二种论点占主导地位，佐久间象山的“东洋道德西洋艺”则是比较有代表性的，其后桥本左内也提出“器械艺术取于彼，仁义忠孝存于和”，都强调了学习西方自然科学及应用技术，而保持固有的传统道德和文明精神。以横井小楠为代表的开国论者则进一步主张兴隆洋学，以反对封建的世界观。或废

忠君主义，建立西欧式的共和政治和文明生活，从而开始涉及制度和风俗方面的问题。

从历史发展的角度来看，作为前近代对待西方文明的代表论点——“东洋道德西洋艺”，是在锁国的情况下提出的，虽然对西方的文明缺乏全面的了解。但并未对西方的文明采取完全拒斥的态度。美国的日本文学研究家唐纳德·金谈及这一论点时指出：“在确认西方技术优于东方、而能确定西方道德究竟是优于还是劣于东方的时候，无论如何东方（包括日本与中国）需要有西方所没有的东西”，“当时最理想的就是借西方的东西来继续维护日本或东方自古以来的固有道德”（唐纳鲁·金、司马辽太郎对谈录《日本人与日本文化》）。可以说，“东洋道德西洋艺”这一论点的提出，是与挽救民族危机的理想紧密结合，欲图借西方技术来实现自身的强大，以抵御外患，它注意到技术和洋学的“穷理”的科学意义，而又担心在“西方的冲击”之下，会丧失日本文明精神和全盘欧化，在认识论上又保持东方的传统观念，吸收西方文明而又不丧失忧患意识，并成为两种文明最初交融的基础，是有其合理性的一面的。这对于当时坚持传统的主体性，吸收西方文明以维新、催发日本现代化的萌芽，以及最后确立以传统文明为根基、以西方文明为诱因的日本式的现代化模式，是起过一定的启蒙作用的。当然，过分夸大和肯定其主观目的的正确性，一味强调其合理的一面，而忽视东洋道德在社会功能上的二重性，忽视其消极的一面，缺乏对传统文明改造的自觉认识，无法突破传统的固有格局，因而这种认识与原来提出的愿望相反，导致随后的传统主义的泛滥。应该说，这一时期吸收西方文明局限在表面层次上，对西方精神文明基本上是采取拒斥的态度。

第二阶段是消化、大量移植期，由大量引进技术进而引进制度和生活方式等，开始了中间层次的变革并渐及深层次。明治维新以后，实行开国政策，在西方文明大量涌入的挑战下，在对待西方文明上出现了极其对立的不平衡的现象，反复交替地出现企图用西方文明排斥传统的“欧化认同论”，以及企图用传统来拒绝西方文明的“传统本位论”，这两种极端的对立，使东西方文明，和洋文明交流中的冲突，在更广泛的范围内展开。

明治维新使日本向西方大开门户，对西方文明产生一种新的特殊态度，同时积累了前近代吸收洋学的历史经验，并有了现代化的雏形，开始重视改革政治社会结构来迎接西方物质文明和精神文明的新挑战。在吸收西方科学技术和重实证的科学思想的同时，通过接受西方民主主义，部分选择西方的制度、法律和价值观念，使和洋文明处在冲突、并存和消化西方文明的新阶段。譬如，在体制上，资产阶级议会制与封建天皇制并存；在民法上，资产阶级财产法与封建的家族法并存；在价值观念上，摄取人文主义思想，承认人的主体性和人道主义精神，开始确立近代的自我，但又限制在内在的伦理传统规范之内，与东方传统的群体意识结合，并存于社会生活的各个方面。这一切都是“东洋道德西洋艺”在新的历史条件下，在高层次上的一种现象形态，并发展为上下统一的“和魂洋才”的口号，开始探索一个新的文明模式。但在构建新文明模式的过程中，一度出现过将日本传统的现代化仅仅看做是洋学向日本位移，陷入“全盘欧化主义”的机械一元论模式，即“冲突—认同”模式；此后又长时间地出现从日本中心论出发的复古的传统一元论模式，即“冲突—拒斥”模式，对西方文明，特别是西方精神文明采取抑制的态度，不仅没有充分利用西方文明改造传统的不适应现代的东西，反而使之更加强化，压迫着日本的近代自我和民主意识，即压迫着传统的创造性转化，产生现代化的逆向反应，导致传统文明中的封建性的深层积淀，最后出于一种政治的动机，与国家主义结合，将其推向了极致，大大地延误和推迟现代化的进程。

总之，在这一阶段，日本由吸收西方物质文明发展到部分吸收西方制度，法律、经济学等，并不完全排斥人文科学和社会科学的所有部门，但和洋文明是在严格的封建的制约下，在传统文明内在结构的多层次上展开了全面的冲突的，主要表现在以下几个方面：1. 在政治层面上，封建君主专制政体与近代君主立宪政体、民主政体的冲突，最后建立以绝对主义天皇制为中心的专制统治和西方强权政治结合的体制。譬如明治宪法明文规定了“万世一系的天皇统治”，“天皇神圣不可侵犯”，使议会的权限和国民的基本权利受到天皇大权的严格限制，同时，又规定“天皇通过立宪的条规行使其统治权”，使君主权受到一定的法律限制，保持一种紧张的平衡关系，等等。2. 在观念文化上，西方的人本主义与日本传统的权威主义、西方的民主自由思想与传统的专制思想发生冲突，最后强化日本传统的神权、皇权思想，严重压制现代文化所萌生的个性意识与主体精神。譬如，《教育敕语》鼓动人民的生活方式的欧化与传统并存，却又要求“完善道德力量”，规定天皇有权干预国民的道德观念和社会观念。3. 在经济层面上，西方近代资本主义工业经济与传统的地主经济、农业自然经济发生冲突，并由此而产生西方重理性的科学方法论与传统的重直觉的经验方法论的冲突。4. 在社会结构上，传统的家族制度与现代组织形态发生冲突，等等。围绕这几方面的冲突与平衡，日本在科技、制度以至部分风俗习惯、生活方式发生了很大变化，但仍未能进一步调整体制、法律乃至社会结

构和价值观念系统，以完全适应多元性的现代社会。同时，一旦失去上面几方面的紧张对立关系所保持的平衡，就会严重倾斜一方，昭和时代绝对主义的进一步强化，就是历史的证明。

在多种模式的抉择中，日本虽然触及古今和洋各种文明之间的关系问题，但未能辩证地解决在冲突中出现的复杂的文明变迁的实质问题，而往往采取了极端的思维方式，将两者的对立单纯化，譬如“冲突—认同”和“冲突—拒斥”模式，都走向各自的极端。但在这一阶段，也出现了由冲突走向并存、融合的发展趋势，探索和逐步建立起崭新的“冲突—并存—融合”的模式，在某些方面达到并存与结合（也多是外在的结合，而缺乏内在的融合）。某些方面又或认同，或拒斥。总的来说，这一文明模式充分肯定西方文明是传统转化的主要外在因素及其历史性的作用，同时又注意到传统文明的内在活力及其自身的可变性，是向现代转化的重要内在因素。可以说，其重要意义在于开始突破传统的一元论模式和机械的一元论模式。从权威主义与专制主义的束缚下解放出来，以现代精神文明改造传统的价值体系，对传统进行合理的冲击，逐步形成新的文明模式。它促进了日本近现代历史和社会的巨大变迁，加速了现代化的进程。

和洋合奏　彭城贞德画

第三阶段是并存融合期，进一步开展深层文明的变革。第二次世界大战以后，美国占领日本，强行进行民主化，变革天皇制、家族制，废除贵族制，并进行其他一系列政治经济改革，日本传统的社会秩序全面解体。对封建政治、经济、文化，特别是政治上、历史上、文化观念上的绝对主义天皇制的批判，促进了人们思想的解放和观念的变革。同时形成巨大的人文思潮，再次接受科学与民主的洗礼，人作为社会个体存在而全面觉醒，自由开放，猛烈地冲击着传统的价值体系，使和洋文明的冲突在前所未有的广度和深度上展开，使之逐步由外在的结合而达到内在的融合，日本传统的文明精神才具有更多促进现代化的积极因素。这一时期，虽然短暂地出现过将传统视作封建的东西，对任何传统价值观念都表示怀疑，而主张美国化的倾向，但是总的发展趋势是：吸收西方物质文明的同时，以西方精神文明为诱导力，对日本的传统价值观念作重新的思考，重新焕发传统文明的创造活力，在坚持传统创造性的主体下，全方位、多层次地引进西方现代文明，避免了“认同”与“拒斥”的极端模式，建立起一个崭新的“冲突—并存—融合”的模式，使多元化结构进一步扩大和系统化，使其文明体系具有更大的包容量和吸收能力，为和洋文明的并存与融合创造更为有利的条件。具体表现在采取政治上的西方体制、法制，经济上的西方市场体制和东方传统的社会结构的结合办法，保证西方文明与传统文明的结合，得以在日本人的特有的思维方式的基础上融合。这一模式确保深层文明的变化仍然根植于传统的基础上，对于完成日本式资本主义现代化的历史任务，无疑起到极其重要甚至是决定性的作用。

二、“冲突—并存—融合文化模式”的确立

上述三个阶段并非决然分割，而是互相交错，彼此相关的，而且还在不断地发展着。其程式是：和洋两种异质文明相撞，不平衡→对两种文明的自觉与反省→开始包容外来文明→两种异质文明分解、化合→创造与重新整合→新的平衡。从不平衡达到新的平衡这一程式的不断循环，是在和洋文明都发生变化和传统的延续中保持独特的平衡，最终将会达到完全融合与定型。但这一循环贯穿在日本近现代历史的所有时期，直至今日，还需要经过一个相当长的历史时期才能最终完成。

可以说，东西方文明、和洋文明交流的“冲突—认同”模式和“冲突—拒斥”模式，是无法完成这一程式的。因为前者否定日本文明传统的自律要素，而以西方文明作为决定的因素，实际上是“外因决定论”；后者则否定西方文明的他律要素，无视西方文明所具有的促进传统向现代转变的催化作用。总之，两者都未能正确把握东西方文明、和洋文明的对立价值是一个文明整体中

的综合因素，而不是并列因素，相反地把某一文明要素推向极端，因而未能为两种不同质的文明的融合提供一个综合因素，来建立一个融合的机制。正如日本学者加藤周一指出的："明治以来，一兴起企图使日本文化全盘西方化的风潮，便产生了主张尊重日本式的东西的反动。这两种倾向的交替，至今似乎依然没有停止。切断这种恶性循环的出路，可能只有一条，那就是完全放弃企图纯化日本文化的愿望，不管是全盘日本化还是全盘西化。"（《日本文化的杂种性》）所以，在两种异质文明的冲突中，首先必须排除将两者的对立单纯化，努力寻找其结合点，使之融为一体，这样就必须打破文明发展的单一模式，建立一个新的多元模式。"冲突—并存—融合"的模式就是最佳的抉择。

关于和洋文明的结合，有的学者认为是"和洋混合"，似乎把两者的结合看做是简单的嫁接，而没有把握两者从表层行为到深层价值结合的本质。周恩来谈到传统与创造问题时科学地指出，这种融合是化学的化合，不是物理的混合，不是两种东西"焊接在一起"。① 所谓化学化合是两种以上的元素经过溶解、生成、分解、化合而升华。也就是说，和洋文明两者都发生变化，否则就无从化合。日本现代在东西方文明精神交流中的这种变化，开始是从表面物质层次而及中层的制度层次，一超出这个范围，就不可避免地及于深层的整个价值观念和精神结构，最后创造出一个新的行为系统和价值系统。这种多层次的变化，在一元文化结构体系内，无论是传统的一元结构体系，还是洋学的一元结构体系，都是无法完成的。

可以说，东西方文明、和洋文明的冲突所产生的变化，没有离开日本社会文化背景及其传统文明的基础，但传统文明结构对西方文明存在适应与不适应的两重性。西方文明要素的持续影响，对于日本传统的社会结构、价值系统所带来的巨大撞击，必然引起对传统的文明结构再解释→再构造→再创造，形成化合的基因。在这一过程中，两者可以并存，互相比较，即使西方文明、也使传统文明的基本特性变质，产生可能化合的元素，但要达到化合还需要有一个多元性的混合过程，一个长期顺应的过程。在多元性的混合状态下，需要坚持日本传统的创造性主体，同时需要注意传统存在反作用的影响。在这混合的过程中，择优而从，适者生存，包容、并存或融合。这只有"冲突—并存—融合"的多元模式才能完成。可以说，要组合这样一个"冲突—并存—融合"的模式，对传统的创造性转化是基本条件，接受西方文明则是转变中的重要环

---

① 《周恩来论文艺》，人民文学出版社 1949 年版，第 99 页。

节。东西方文明、和洋文明的结合形成新的文明实体，就不是两种文明的联合体，而是相化合的产物，是“你中有我，我中有你”的难解难分的文明复合体。

这里还有一个值得探讨的问题，那就是日本文明究竟是“模仿型”，还是“创造型”？有的学者认为日本文明是模仿而缺乏创造性。毋庸置疑，在这一“冲突—并存—融合”的模式中，日本文明接受外来文明有一个混同、模仿的过程，但最终融合而重新构建一个文明实体，它是立足于日本传统的再创造，即主要是坚持以日本文明创造性的主体为中心，以传统文明内在的合理性制约着西方文明，又以西方文明来补充和充实自己，并在两者的融合中创造出来的。这不是单纯的模仿所能完成的，这种融合本身就包含着创造的意义。只有这样，现代的日本文明才能逐步达到成熟的地步。正如印度诗圣泰戈尔在《日本精神》一文中谈到的：与外来文明融合中，“日本创造了一种具有完善形态的文明”，“日本文明不仅是从单纯适应的能力出发，而且是从内在的灵魂深处产生出来的”。应该说，正是日本传统这种本质性的东西，保证了日本文明的创造性，而不是单纯的模仿。

这“冲突—并存—融合”的模式，建立了日本与西方，传统与现代的结合机制，但这种多元文化的结合、融合，经历明治维新后百余年的历史，至今也不能说已经完全融合、定型了，它将贯穿于日本的现代化的全过程。我们可以从日本的社会结构和文化形态两个方面，来考察这一文化模式的结合机制。

首先，日本对外来文明之所以表现出巨大的包容力，是因为日本社会结构是复合形态。日本社会由多元要素形式构成的，是一个开放性社会，基本上不具有封闭的性格。历史上的日本社会结构，无论从生产形态还是从政体形式来看，都是复合型的。现代社会也是西方政体与日本传统社会结构的复合，其权力结构长期追求和维持传统与现代各种要素的平衡，东方与西方多种要素的兼容并蓄，有可能使传入的西方文明产生重大的变异，以融入日本文明之中，对包容西方文明发挥着重要的作用。

同时，日本社会以“和为贵”作为规范，追求和谐与统一，所以存在于日本社会相异的东西，并非要决个“东风压倒西风”，或者“西风压倒东风”，比较容易使两者相辅相成，配合适中。这种社会心理特征，也为东西方两种文明交流建立起一种双向的关系，一种具有深刻意义的既对立又并存发展的关系，为两者的融合——从表面层次而及中高层次的变革，从传统社会向现代社会的转变，提供了较大的选择性。

其次，日本文明结构也是复合形态，具有一种重要的吸收外来文明的内部机制。日本文明具有重层性，其根底含有多种复合的要素，譬如日本文明具有复合性，含有原始本土文化和神道文化、中国儒道佛文化、西方基督教文化、人文主义乃至马克思主义等要素，其自身没有形成强固的文明思想体系；对外来文明的抗拒性并非强烈。同时，作为日本文明复合性的标志，还有复合文字（汉字、假名、外来语）、复合宗教（佛教、神道教、基督教）、复合民俗（生活上的双重方式），等等，所以对各种不同质的文明要素的适应性很强，表现出巨大的包容性，易于用全面引进的方式接受异质文明。

可以说，日本的社会结构和文明形态之所以具有开放性和包容性的本质特征，是因为这种文明一旦形成，又反过来改造社会结构。日本复合的社会结构产生了与之相适应的并存融合型的文明形态，对外来文明的选择与包容产生重大的作用，更能适应多元化的现代社会的发展，从而促进社会结构的变革，推动现代化的进程。

再次，日本人的这种包容多元化心态的形成，有着数千年吸收中国文明经验的积累，以及近现代经过明治维新和战后民主改革，从上而下或从下而上形成一股强烈的变革潮流，培育了国民的强烈的开放意识、改革意识的特殊的包容文化心态，对异质文明一般能够采取宽容随和的态度。具体表现在日本国民既有执著传统的精神，对自己的传统感到自豪，同时又大胆吸收外来文明，不以为耻，相反常常感恩于外来文明，认为中国文明是日本文明的母胎，日本现代受惠于西方文明，等等。所以他们从心理到行为都具备接受外来文明的自觉，而这种自觉又是与对民族文明传统的自觉相一致的。

就以现代化而言，日本对东西方文明，和洋文明的审视和比较，经过明治和战后的两次启蒙，就更冷静、更具自觉性，实现了从两极的单一模式解放出来，对模式的选择更趋自觉和多元性，其目的性也更明确，学习西方是为了改造完善和丰富传统，而不是向西方认同；继承传统，是为了创新，而不是选择过去和全面继承过去，因而适应了大众的包容心态，取得大众的共识和自觉的支持。

总括地说，在现代化的进程中，日本文明之所以能置身于世界现代文明的潮流，在西方文明像潮水般涌来时，做出一个又一个面向现代化的抉择，巧妙地吸收、消化和融合适于自身现代化的东西，是有赖于建立“冲突—并存—融合”的多元模式，构建了开放的社会结构和文明价值体系，树立了多维的价值观，比较适应现代发展的潮流和趋势，来迎接“西方的冲击”，以及西方文明的挑战。

三、现代化中日本文明的抉择

日本文明在走向现代的过程中，碰到“西方的冲击”问题，不断反复出现欧化主义与传统主义的思潮，不断在东西方文明的冲突中寻找自己的位置，作出自己的文明的抉择。所以说，日本文明的现代的道路并不是平坦的，而是非常坎坷与曲折的。日本前近代，幕府实行了二百余年的“锁国”政策，推行传统主义，在对待西方现代文明方面，借鉴西方技术的认识是一致的，但对待西方精神文明则基本上采取拒斥的态度。这时期相继出现的“踏圣像事件”“寺证制度”“五人组制度”等排斥西方宗教的事件，就是最明显的例子。

正如前述，明治维新以后，为了推进资本主义现代化，恢复开国，提出“文明开化”的口号，并根据现代化的需要进一步吸收西方自然科学、技术文明，在表面层次上借鉴西方的文明。但是却严格限制在残存的封建结构和文化结构，以及政治的允许的范围之内，因而给日本现代化带来了消极的影响。在明治中期至昭和年代的政治环境下，在以政治化的天皇制为大一统的思想模式的影响下，日本企图通过保存国粹，实行所谓传统的神道国教化与国家的现代化相结合的政策，用神权来粉饰天皇，规定“大日本帝国由万世一系的天皇治之一”，建立和巩固天皇制的绝对主义。同时在思想界以三宅雄次、志贺重昂的政教社为中心，从批判明治初期推行的欧化政策出发，指出西方化的“非国家主义”，不符合《教育敕语》的精神，从而掀起一场反对西方现代文明的运动，并且提倡国粹主义，狂热地鼓吹狭隘的民族主义。以高山樗牛为代表的日本主义者则主张“君民一体，忠君爱国”，强调个人与自我单方面对天皇及天皇国家的绝对服从，以此建立自我与社会的新关系。乃至战争期间，以此作为日本文明的根本规范。

日本国家权力利用和强化这种传统一元论的思想模式，将日本的保守性、封建性推向极限。从日本文明现代化的经验来说，企图从日本传统的文明与西方现代的文明的对立中保守传统主义，往往是失败的。日本传统主义的发生，不仅是文化上的原因，而且是出于政治上的动机，企图通过文化上的传统主义与政治上的民族主义的结合，来促进国家主义目标的实现。

日本走向现代的初中期，以上述历史为背景，给日本现代化带来极大的局限。但是，阻力还来自另一方面，那就是彻底的反传统。彻底的反传统必然直接引发出欧化主义，即“全盘西化”的另一极端倾向。日本的欧化主义，只强

调日本文明的现代意义，而忽视传统作为现代化的根基，即传统的创造性转化是保证日本现代化具有日本特色的基础。日本反传统文明的欧化主义思潮始于明治维新，而贯穿日本现代化的不同历史阶段，尤其在明治初期和二战结束后初期，出现了两次反传统文明的欧化、美国化的风潮。

第一次的欧化风潮，是维新后一旦开放，人们发现西方拥有先进的科学技术、民主制度等现代文明，对传统文明产生了极端的自卑感，在整个价值判断上以西方文明为基准，企图以欧化来解决现代化与传统文明的问题。福泽谕吉的“脱亚入欧”论，就是这一思维模式的典型代表。欧化论者发现西方文明对于改造传统文明，促进传统文明走向现代化具有重要意义，这虽有其积极的一面，但他们未能在整体上正确把握传统文明也有其适应现代化的一面，因而主张完全摆脱传统文明，从科学技术到制度、风俗习惯、价值观念乃至生活方式等一切方面都要学习西方。天皇亲自穿西装、吃西餐为国民示范，森有礼主张将英语作为日本国语，有人甚至提倡日本人与洋人通婚以改良人种，等等。

第二次的美国化风潮，是发生在二战结束，日本无条件投降后，美国占领日本，日本人从民族优越感猝然转向民族自卑感，以为日本传统文明比美国现代文明绝对落后，在反思和批判政治上、历史上、文化观念上的天皇制传统的同时，却又将日本传统文明一概视作封建的东西，主张全面否定日本的传统文明，企图用美国文明来代替日本文明，甚至有人主张与其进行种种不彻底的改造，还不如干脆让日本成为美国的一个州。

在日本现代化的过程中，出现上述传统主义和欧化主义两种极端，是有其历史原因的。首先，这是由日本资产阶级民主主义革命的历史独特性造成的。明治维新是自上而下的改良运动，在确立现代国家体制时，采用君主立宪制，明治宪法规定了天皇的统治权，其政治结构和社会结构保存着极大的封建性，在政治上和文化上有较大的可能固守传统的东西，加上传统文明在自身发展的过程中有其惰性作用，人们也容易接受传统的东西，而对相异于传统文明体系的西方文明多持怀疑的态度。而且经过中日甲午战争和日俄战争的两次胜利，以及现代工业革命的成功，产生了对本国和本国文明传统更大的盲目狂信，对传统文明中的封建的东西也当做“国粹”来加以高扬，企图从中找到自傲的东西来振奋“民族精神”，尤其是与政治上的国家主义结合，更是如此。但是，每当其传统的政治结构和文化结构发生根本动摇或解体的时候，又发现其传统文明的封建性的落后一面，为传统文明背上沉重的包袱，对固有的价值体系产生了怀疑和困惑，甚至企图全面借助西方文明来促进反传统，以全盘欧化来解决传统文明与现代化的问题。尽管如此，日本传统文明的封建性是比较根深蒂固的，在日本历史上出现的两种极端主义的较量，欧化主义就不及传统主义激烈和长久，对日本现代化的影响也不及传统主义。

从思想的原因来看，就是对日本传统文明缺乏自觉的认识，对西方文明缺乏足够的了解，同时对这两种异质文明传统也缺乏比较和深入的历史性的分析。这样就容易在一定的历史条件下盲目推崇传统，宣扬国粹主义，而忽视传统文明中落后腐朽的因素；而在另一种历史的条件下又容易盲目迷信西方，赞美欧化主义，将一切西方文明都视作先进的东西。因此，在日本现代化的过程中，是不断地克服国民的劣等意识、民族虚无主义，同时又不断克服妄自尊大、惟我独尊的民族优越感，即克服两种极端的思想根源。可以说，只有自觉地认识日本传统文明，才能客观地对待西方文明；反过来，只有深刻了解西方文明，才能更好地引进西方文明，完善自己的传统的东西。日本现代化，就是在思想文化上克服上述两种极端的倾向，走向对传统文明也对西方文明的自觉。重要的是，对传统文明的再认识，以及对西方文明的比较选择。这里就存在一个如何认识日本文明的价值，以增强对日本传统文明的自信问题。彻底反传统文明，不可避免地会瓦解文明传统中最核心的民族精神，并挫伤民族的自信心；全盘继承传统文明，则不可避免地会盲目排斥外来文明并丧失改造传统的力量。解决这个认识问题，自觉地克服明治以来所存在的将现代化等同于欧化，以及将现代化与传统文明截然对立两种倾向是至关重要的，这就需要通过东西方文明的横向比较和传统与现代文明的纵向联系，来把握日本文明的特质，这样才有可能完成传统的创造性转化，发挥传统的创造性的主体作用。

总之，实现现代化，文明的抉择是重要的问题。多种文明的存在，是进行文明抉择的基本前提。当然，这个问题的解决，不可能一朝一夕，而需要相当长的历史阶段。也就是说，需要贯穿现代化的始终，即现代化的全过程。

日本发展现代化是在技术文明、民主主义体制和传统的再创造三个文化结构层面上交错或同时地进行的。从这一视点来考察，日本战前并没有实现真正意义上的现代化。主要理由有两点：一是战前日本社会体制并未完全实现民主主义；二是作为现代文化主体的自我并未真正确立。也就是说，政治体制上、文化观念上存在根深蒂固的东方传统的专制主义，因而战前日本虽然技术文明达到一定的发展程度，但并不完全具备现代社会和现代国家的性格，即并不完全具备现代性的内在素质。

毫无疑问，日本现代化是从吸收西方的技术文明开始的。对现代化来说，

技术文明是重要的，然而也只不过是一种手段，没有民主主义体制上的保证，就很难完全实现这种手段。但是，如果日本现代化仅仅停留在这两个层面上，而没有立足于日本传统创造性转化的基础上，没有以日本文明传统的合理因素作为根本并发挥其主体作用，那么要完成日本式的现代化也是困难的。即使在技术文明和民主主义体制这两个层面上实现了现代化，也只能是西方式的现代化，即全盘西化。加藤周一就这一历史经验进行了总结，提出了日本现代化的模式："日本的现代化，只能采取民主主义原则、技术文明和日本文化传统相结合的形式。"（《近代化为何必要》）日本这一"现代化模式"的重点，是强调日本文明传统应成为日本现代化发展的内在动力机制，是日本式的现代化的重要的决定性因素。也就是说，日本式的现代化是以西方的民主主义作为基础，以高度的技术文明作为手段，以日本民族的传统文明作为根本，在经过创造性转化的传统的价值体系内实现的，从而确保日本现代化没有全盘西化。虽然不能说日本文明传统是日本式现代化的唯一推动力，但也不能低估其在日本式现代化中所起的动力机制和导向机制的作用。

一般来说，物质文明是人类文明所具有的共性的一种反映，可以超越国家、民族、地域和政治体制的界限，为他国、他民族所接受和传播。尽管如此，引进西方物质文明也不是囫囵吞枣，而需要一个吸收、消化和改造的过程，最后使之为己所用。如果不考虑自身文明传统的特点，一味模仿西方物质文明，也可能产生南橘北枳的结果。日本学习西方的物质文明尚且采取如此态度，学习西方的精神文明更是不能照搬，全部拿来。每个国家、民族都有其各自的传统，都有其各自的价值体系和精神文明，而且受到各自不同政治制度和意识形态的制约，就是政治制度和意识形态相同，不同民族间的文化结构体系也不尽相同，所以现代化只能在自身的价值体系范围内完成。

概而言之，日本现代化的历史经验证明，现代化必须根植于传统，而传统本身必须现代化。即日本现代化的发展，只能通过借鉴和引进西方文明中的优秀成分，在自身传统文明加以改造的基础上实现。如果不以日本的文明传统作为根基，丢掉传统文明，只学习西方的科技文明和民主主义，就只能建成西方式的现代化，而不可能建成日本式的现代化。但是，如果日本文明传统不以吸收西方文明作为先决条件，促进本身的创造性转化，完善日本传统文明的主体，传统文明中的消极因素就会压抑西方科技文明和民主主义，成为（而且已经成为）现代化的绊脚石，或者导致（而且已经导致）现代化的畸形发展。可以说，日本现代化，首先受到"西方的冲击"——西方文明和现代化的诱发，学习西方的东西（包括科技文明和民主主义），加以消化，为己所用，成为日本现代化的组成部分。与此同时，借助西方文明对日本文明的传统进行改造，并渐有创造，然后用其制约着西方文明，逐渐选择最适合于日本的现代化模式。用一句话来概括日本现代化的经验是：吸收西方文明的同时，发挥传统文明创造性的主体作用，除了建立上述和洋文化“冲突·并存融合”的文明模式以外，还要构建“西方民主主义，科技文明、日本文化传统相结合”的现代化模式，走自己独特的现代化道路。这就是日本文明在现代化中的最佳抉择。

四、日本的历史经验

从整体来看，日本现代化的全过程，日本文明的主体并未丧失而且经过改造与转变，充分发挥了活力，也就是说，日本式现代化之所以成功，主要原因是吸收西方文明的同时，发挥了日本文明传统的创造性的主体力量。传统创造性转化是具有重大的意义的。

日本传统文明是日本民族在漫长的历史发展过程中形成的。这是由民族的、历史的独特价值体系所形成的日本精神，是日本文明的主体，其自身具有强烈的传承性和延续性。近代以来，日本传统文明受到“西方的冲击”和欧化主义思潮的影响，置身于西方文明的潮流之中，但它吸收西方文明方面并没有“全盘欧化”，而经过百余年的抉择，使传统文明与西方文明达到或并存或融合的程度，在其中保持和发扬传统的创造性主体。即经过与西方文明的结合，更新其深层的主体内在结构，包括心理结构、思想模式、价值观念、行为模式等。可以说，日本的现代化，既打破文明传统的束缚，又维系文明传统的根本，文明的传统与现代不是断层或决裂，而是继承和延续，剔除的只是不适应现代化的部分，而保持其深深扎根于日本国民意识中的传统的创造性主体。

所以，在现代化过程中，并不是需要不需要继承的问题，而是如何继承的问题。众所周知，传统文明有精华也有糟粕，不能全盘继承。全盘继承传统与“全盘默化”一样，不可能建设日本的现代化。不仅如此，还可能产生阻碍和破坏的作用。在这一点上，日本是有沉痛的历史教训的。正如前述，明治中期开始，日本曾站在排外的立场上，从批判明治初期的欧化主义出发，转到批判包括现代文明在内的现代化运动，全面肯定包括政治、历史、文化观念上的天皇制传统。可以说，这一时期，在“尊皇攘夷”的口号下，鼓吹和保存国粹主义，吸收西方文明局限在技术和某些制度上，在深层方面依然强固传统的封建性主体，绝对主义天皇制的传统的主体并没有受到根本性的冲击，且产生了极其消极的影响。以日本传统文明价值体系的中心范畴的“忠”来说，表现在以天皇制政体为中心的文化观念上，就是对天皇的绝对忠诚，对绝对主义天皇制的绝对信仰，以及对绝对主义天皇制国体的绝对服从，并以这种盲从为“美德”，积聚而形成国民意识。昭和年代的统治阶级正是以一切手段利用这种对天皇效忠的国民意识，来推行其侵略计划，而相当一部分国民依据“忠”的处世原则，表现出惊人的接受战争的意识，所以在日本就没有出现像欧洲那样的抵抗运动。甚至在战争结束接受无条件投降的现实时，很大程度是依赖于天皇的一纸停战诏书。直至战后，美占领军为了稳定局势，笼络人心，也不得不以新宪法的形式，肯定天皇为日本国的象征，并保持象征性的天皇制。由此可以看出，忠诚天皇和天皇制问题，既是政治问题，也是文化问题。明治维新后的几十年历史，日本未能完成向现代民主主义体制的演进，未能完全确立民主主义和近代自我，而走向天皇制绝对主义，最后走向封建军国主义，除了政治、经济因素之外，文化观念上的绝对主义天皇制传统的因素也是不可忽视的。可以说，这一封建性的传统的主体成为日本昭和历史悲剧的文化根源，并导致日本现代化走上了歧路。

所以，战后日本改变其战前的现代化曲折轨道，使其走上资本主义现代化的正常发展道路，最后促进日本政治经济的高速发展，在真正意义上推进日本式的资本主义现代化，其中最重要的是：除了战后构筑起新的政治、经济构架外，在思想上、文化上批判封建主义，批判根植于国民自身内部的封建性意识，同时，以健全民主主义，确立近代的自我的文明批评为先行，进而发挥文明传统创造性的主体作用。

日本现代化的历史说明，日本传统文明的优秀因素是可以为现代化所用的。日本传统的文明所需要的是改造，而不是取消，也不可能取消。改造日本传统的文明，首要条件就是大胆而善于吸收西方文化，借助西方文化的精华来改造日本传统中不适合现代化发展的部分。只有这样，传统才不会成为一具僵尸，才能得到补充、丰富和发展，产生适应现代化的新的因素和活力。

总之，从纵向的联系来考察，日本传统与现代化是对立而又是统一的。日本传统不是在总体上不适合现代化，传统中也有符合现代化的因素，而且其内涵也可以发生变化。从横向的联系来考察，日本是以其自身传统的创造性转化，来实现现代化的。因此，要解决好传统文明与现代化的关系，似乎应从这样一个基本点出发，就是对传统的改造与转变要建立在东西方文明的横向联系，以及传统文明与西方现代文明的纵向联系的真正理解上，两者密切相关，不能割断。

也就是说，实现传统的创造性转化，吸收西方现代文明是重要的不可或缺的条件之一。坚持传统文明，并不是排他主义。日本文明具有包容性和并存性，它与继承性和延续性相辅相成。它在现代化过程中是全方位、多层次地引进西方现代文明的。

西方现代文明，首先是将人置于文化的中心位置，实现人的现代化，即人的思想、观念、心理结构和行为模式的现代化。作为西方文明的核心的近代人文主义，特别是基督教关于人的理念和艺术上的人道主义，在明治维新以后大量涌入日本，促进了日本的思想、文化的变革，从古代以来崇拜偶像转而崇尚个性，从相信神的力量转为相信人的力量，促进近代的自我觉醒，自觉认识人格的自由、平等和尊严，弘扬人性和确立个性和自我。但这种思想、文化的变革，受到根深蒂固存在于日本传统文明中的封建保守性格的制约，个人的自由欲求大多集中在自我内部，集中在个人的感觉和感情的自由解放上，即从空想来充实自我，而未能确立真正意义的近代的自我。尽管如此，对于西方以人为本的哲学思维的移植，促进日本人的思考方法从近代的封建性解放出来，加强自省意识，产生肯定自我的认识，出现了重新肯定日本文化的自我意识的运动。仅此一点，对于长期延续封建文化、维新改革不彻底、缺乏个性自由、急需建立现代民主的平等意识的日本现代文明来说，也是具有重大意义的。

但是，从皇权、神权的封建传统到人权的近代这一转变，没有在文明的更深层次上进行并使之现代化。所以基本上保留了文化观念上的绝对主义天皇制，没有从根本上改变作为文化结构体的主要部分的传统的价值体系，以致到了明治中期，从欧化政策又转向国粹主义，最终使日本走上封建军国主义的道路。作为现代化的主要目标，人的现代化没有完成，反而使自我与个性受到极大的压抑乃至丧失。战前日本现代化进程中遇到的困难，不是学习西方技术文明的不得力，而是政治社会体制的绝对落后，更重要的是文明上的非现代化。因此在战后要完成现代化，主要也在这里，不仅要废除政治上的绝对主义天皇制，而且要批判文化观念上的绝对主义天皇制，真正确立现代的自我，重新构筑新的价值体系，这是新的历史任务，也是时代的要求。

因而，日本要实现人的现代化，在滋润传统的天皇制的土壤上是不可能完成的，只有接受西方的现代文明的挑战，改变封建的政治体制与现代经济体制相结合的政治经济结构，批判和否定绝对主义天皇制，实现民主主义，并发扬日本文明传统的合理内核，才能扫清现代化的路障，真正确立日本的民主主义和现代的自我，充分发挥日本文明主体的创造性和活力。

因此可以说，吸收西方现代文明和坚持日本传统文明创造性主体，这是对立的而又是统一的。日本现代化的进程说明，吸收西方文明中的优秀的东西，才能使传统得到不断的改造，丰富和发展，产生适应现代化的新因素和新活力。譬如，日本传统文化的缺乏个体的自主意识，不仅压制人的独立思维和创造能力，而且抑制人性、人格自由的发展。所以日本传统文明的现代化，首先是从认识自我的价值，树立一种健全个性的自我意识，发展近代的自我。也就是说，明治维新以后，日本吸收西方文明所追求的目标是尊重人的价值，确立个人的地位。但是，由于当时日本资产阶级保守势力与封建势力之间达成某种妥协，压制了这种文化思想启蒙运动，再加上日本传统文明本身存在异常顽强的封建性，封建文化传统的深层积淀，并与其后全面实现的封建军国主义紧密结合，严重压制日本现代文明所萌生的个性意识和主体精神。刚刚确立的脆弱的近代自我渐次丧失，文化的主体也渐次丧失，以至于战后美国占领当局推行民主改革的过程中，还需要进行一次新的文化思想启蒙运动。

这次新的文化思想启蒙运动，是以批判绝对主义天皇制、提倡主体论为开端，重新提出文明的主体和现代的自我。日本文明再次从神威和权威的羁绊中解放出来，重新确立自我的主体，在自我的价值、使命、能力上获得一次新的认识，在文明的现代性的含义上获得一次自觉的认识。日本现代自我的确立，日本人取得自我心理平衡和行为的稳定，可以比较充分发挥其才能，随之加强了对社会责任感和历史的使命感。这种在新的文明开放环境下所造成的日本人的现代自我精神，比战前传播得更深入，显得更成熟，乃至普及而成为一种民族心理，并支配着人们的行为。从历史发展的观点看，至少可以说这种现代的文化精神对于个性解放，发挥人的独立人格和独立力量，以及提高现代人的文化素质等起了很大的作用。

可以说，日本现代化的历史就是东西方文明冲突与调和的历史，为世人提供了许多丰富的经验，以面对21世纪的文明的挑战。

话说《源氏物语》

译界老前辈丰子恺先生于20世纪60年代初已将日本古典名著《源氏物语》翻译完毕交出版社付梓，译界老前辈楼适夷先生对丰译十分赞赏，唯时任编辑持不同意见，再加遇上特殊的年代，丰译《源氏物语》未能适时问世。特殊时期后，这部译作的出版问题又重新提上了日程。编辑部主任让我初审，我以原文对照审阅，虽未卒读，然已沉醉在原作者紫式部的神笔和丰子恺的传神译笔之下，不禁拍案叫绝。大概是由于对丰译曾存在歧见，主任为慎重起见，又让我送请老专家、日本文学研究的第一人刘振瀛先生审读，取得认可后，终于在20世纪80年代初与读者见面，广受欢迎，至今已出第四版，发行凡数十万册，这是始料未及的。

这部距今千余年前问世的外国作品之所以受到我国读者如此青睐，自是原作通过一个个悲恋的小故事，构筑起一幅平安王朝盛极而衰所展露出的哀愁的历史画卷，给人一种纯日本式的美的愉悦。同时，原作无不深受中国文化的影响，读者不也可以从中看到古代中日文化交流的结晶和汲取美的精神食粮吗？我负责编辑这部巨著的时候，深深地感受到这一点。

在学界常常听到这样一种议论，仿佛日本古代文学的生成和发展都是受到了中国文学的影响，从而否定了它们自力生成的因素。一部古代日本文学的历史仿佛成为一部中日文学交流的变迁史而不是交流的融合史。是这样的吗？当时我不太明白，平素也没有太多考虑这个问题。但是，深入接触《源氏物语》以后，我开始觉得有考虑的必要。于是我不断思考这个问题，又不断试图从《源氏物语》中寻找这个问题的答案。因为我通过感受和观察，觉得《源氏物语》在这一个问题的两个方面——根植于本土文化的土壤和吸收中国文化的滋养——都是颇具典型性的。如果借用日本一位学者形象比喻的话来说，两者的关系就是根与叶的关系问题。机会来了，有一年作为访问学者，我们有意识地带着这个问题，专程到《源氏物语》的诞生地——京都住了一段时间，寻找《源氏物语》的根。

在调查中，我首先发现，“真实”与“哀”这个日本土生土长的美意识，经过历史的积淀发展为“物哀”，形成了日本文学的审美价值取向，影响着千

百年来日本文学和文化的发展方向。人们都知道从“哀”到“物哀”的演进，是经紫式部之手完成的。她的《源氏物语》正是以“哀”和“物哀”作为基调。我翻阅资料，发现《源氏物语》出现的“哀”字多达1044次，“物哀”二字13次，就证实了这一点，并且进一步说明作者是凝练了所有的艺术技巧，在其塑造的各种不同人物形象中对“物哀”做了最出色的表现——表现了人在爱恋中的真实感动，包含喜与悲、乐与哀、怜悯与同情的感情。《源氏物语》在“知物哀”即在调和人性这点上发现美和创造美。我以为这种“知物哀”之情，纯粹是日本式的感情，它形成了日本美的传统。丰译《源氏物语》的传神，正是忠实地传达了至今仍保留着的这种日本情调，这种日本美的情愫，的确是难能可贵的。我想过，这不也说明《源氏物语》继承和发展日本的文学传统吗？我也想过，日本文学不就是根植于自发生成的土壤里吗？日本作家常常从《源氏物语》中感受到一种乡愁，恐怕也是出于这个缘故吧。

当然，我们中国读者读《源氏物语》，比起西方读者来，更容易体会它的魅力之所在。究其原因，除了上述表现了日本美的传统之外，恐怕就是它还与中国文学和文化有着切不断的血脉联系，更能从中感受到东方美的存在与发现的幸福吧。难怪有人将《源氏物语》比作日本的《红楼梦》。事实上，《源氏物语》比《红楼梦》早七个多世纪问世，一个是在10世纪末11世纪初，一个是18世纪中后期，两者之所以存在可比性，恐怕就在于它们源于同质的儒佛文化。我在拙著《日本文学思潮史》中已对《源氏物语》与《红楼梦》受容儒佛文化的异同进行了比较研究，在这里只想谈谈《源氏物语》与中国文学和文化的历史联系。我在丰译本的前言曾这样写过：“作者在继承本民族文学传统的基础上，广泛地采用了汉诗文，单是引用白居易的诗句就达九十余处之多；此外还大量引用《礼记》《战国策》《史记》《汉书》等中国古籍中的典故，并把它们结合在故事情节之中，所以具有浓郁的中国古典文学的气氛，使中国读者读来更有兴趣。”

事隔多年，我又写了一篇《中国文学与〈源氏物语〉》，着重谈到白居易及其《长恨歌》对《源氏物语》的影响，尤其是第一回《桐壶》更有赖于《长恨歌》而成立。从作品的结构来看，《长恨歌》内容分两大部分，一部分写唐明皇得杨贵妃后，贪于女色，荒废朝政，以致引起安史之乱；一部分则写唐明皇与杨贵妃的爱情，唐明皇对死去的杨贵妃的痛苦思念。《源氏物语》也具有类似的两部分内容，一部分描写桐壶帝得更衣、复又失去更衣，把酷似更衣的藤壶女御迎入宫中，重新过起重色的生活，不理朝政；一部分则描写桐壶帝的继承人源氏与众多女性的爱情生活。

白居易和紫式部这两部分都是互为因果的两重结构，前者是悲剧之因，后者是悲剧之果。他们都是通过对主人公渔色生活的描述，进一步揭示各自时代宫廷生活的淫靡，来加深对讽喻主题的阐发。所不同的是：白居易是通过唐明皇贪色情节的展开，一步步着重深入揭示由此而引发的“渔阳鼙鼓动地来”，即指引发了安禄山渔阳（范阳）起兵叛唐之事，最后导致唐朝走向衰微的结果。而紫式部则通过桐壶帝及其继承人源氏耽于好色生活，侧面描写了他们对弘徽殿女御及其父右大臣为代表的外戚一派软弱无力，最后源氏被迫流放须磨，引起宫廷内部更大的矛盾和争斗，导致平安朝开始走向衰落。从这里人们不难发现，白居易笔下的唐朝后宫生活与紫式部笔下的平安朝后宫生活的相同模式，而且他们笔下主人公的爱情故事也是互为参照。如果更确切地说，紫式部是以白居易的《长恨歌》的唐、杨的爱情故事作为参照系的。

从人物的塑造来看，就更可以看到两者相似的地方。《长恨歌》对唐明皇的爱情悲剧，既有讽刺，又有同情。比如白居易用同情的笔触，写了唐明皇失去杨贵妃之后的哀念之情，这样主题思想就转为对唐、杨坚贞爱情的歌颂。《源氏物语》描写桐壶帝、源氏爱情的时候，也反映出紫式部既哀叹贵族的没落，又流露出哀婉的心情；既深切同情妇女的命运，又把源氏写成是个有始有终的庇护者，在一定程度上对源氏表示了同情和肯定。也就是说，白居易和紫式部都深爱其主人公的“风情”，感伤的成分是浓重的。再看看《源氏物语》，紫式部无论写桐壶帝丧失更衣，还是写源氏丧失最宠爱的紫姬，写到他们感伤得不堪孤眠的痛苦时，都直接将《长恨歌》描写唐明皇丧失杨贵妃时的哀伤情感，移入自己塑造的人物的心灵世界。

两者对照来读，我发现很多这种例子。最明显的是，《长恨歌》中用“夕殿萤飞思悄然，孤灯挑尽未成眠。迟迟钟鼓初长夜，耿耿星河欲曙天”这样一句，来形容唐明皇失去杨贵妃，他从黄昏到黎明，残灯空殿，忧思无诉，挑灯听鼓，备感夜长，实难成眠。作者这短短的一句，便将主人公内心深处荡漾的感伤情调，细致入微地写了出来。紫式部在《源氏物语》中写到源氏哀伤紫姬之死时，则做了这样的描写：

> （天气很热的时候，源氏在凉爽之处设一座位，独坐凝思）看见无数流萤到处乱飞，便想起古诗中“夕殿萤飞思悄然”之句，低声吟诵。此时他所吟的，无非是悼亡之诗。

之后，紫式部又写了源氏一再吟歌述怀：“我有愁如火，燃烧永不停”；“但见空庭露，频添别泪痕”；“恋慕情无限，终年泪似潮”；“今秋花上露，只湿一人衣”，以渲染主人公的感伤情调，同时表达了作者对主人公的深切同情……

话说《源氏物语》，不由地落入沉思：紫式部不是在与中国文学的交流中，产生了对本国文化的反省与自觉，接着在以本土文化思想为根基，汲取自己的营养，并加以创造，才获得这样辉煌的吗？我们不是也可以发现中日文学源远流长的交流，是有着实实在在的心魂交流的吗？紫式部创造的美，是超越时空去拥抱一切爱美的人的啊！

2000 年春写于美国加州费利蒙

源氏与唐明皇的风流情怀

白居易的《长恨歌》，写了唐明皇与杨贵妃的风流情怀。无独有偶，紫式部受白居易的《长恨歌》的影响，她的《源氏物语》也写了源氏与众多女性的风流情怀。对于白居易的《长恨歌》究竟是讽喻诗还是感伤诗，众说纷纭。一说这篇长叙事诗主旨在讽喻，根据历史真实，写了天宝后期由于唐明皇耽于淫乐，而导致安史之乱的爆发，招来惨重的灾祸，造成绵绵的长恨，作者借此批评了唐明皇的荒淫误国。一说主题是表现和歌颂爱情，写了李隆基和杨贵妃的深情，作者借此表达了对唐杨的同情与哀怜。又有一说是以上两者的论据难以成立，即既非讽喻，也非感伤，而是通过唐杨的爱情故事，告诫世人不可重色纵欲，以免招来终身长恨的悲剧。对于《源氏物语》是讽喻还是感伤，也众说纷纭。不过，紫式部从另一角度写源氏三代的爱情悲剧，既有讽喻，又有同情，恐怕不能说与《长恨歌》所表现的讽喻性与感伤性不无影响吧。从文学观来说，两者都坚持了写实与浪漫的结合，所不同的是，两者各自根植于自己民族文化的土壤上，对审美观做出自己的解释，创造出各自的文学之美罢了。

从思想结构来说，《长恨歌》的思想结构是重层的，讽喻与感伤兼而有之。这对于《源氏物语》的思想结构形成的影响是巨大的，而且成为贯于全书的主题思想。过去一些学者将《长恨歌》和《源氏物语》的思想结构都归入感伤类，强调了作品的主题的“爱情说”。这一观点，尚有值得商榷的地方。主要是，这两部作品并非纯爱情类，而是通过爱情的故事，展开各自时代的历史画卷，具有明显的讽喻性。这一点，似乎可以举出以下一例为证：

《长恨歌》的讽喻意味表现在，对唐明皇的荒淫以及与其密切相关的种种弊政进行揭露，开首就道明“汉皇重色多倾国”，以预示唐朝盛极而衰的历史发展趋势。《源氏物语》也与这一思想相呼应，通过源氏上下三代人的荒淫生活及贵族统治层的权势之争，来揭示贵族社会崩溃的历史必然性。作者写到源氏为从须磨复出，官至太政大臣，独揽朝纲，享尽荣华时，让他痛切地感到“盛者必衰”的无常之理。作者不无感叹“这个恶浊可叹的末世……总是越来越坏，越差越远”。

两者的相似，并非偶然的巧合，而紫式部是有着明显的模仿白居易的《长恨歌》的目的意识的。她在《源氏物语》开卷“桐壶”就道出了这一讽喻的主题思想：

> 这般专宠，真叫人吃惊！唐朝就因有这种事儿，弄得天下大乱。这消息渐渐传遍全国，民间怨声载道，认为此乃十分可忧之事，将来难免闯出杨贵妃那样的滔天大祸来呢……如今更衣已逝，（桐壶天皇）又是每日哀叹不已，不理朝政。这真是太荒唐了。

于是，紫式部对源氏又做了如下一段描述：

> 他想：试着古人前例，凡年华鼎盛，官至尊荣，出人头地之人，大都不能长享富贵。我在当代尊荣已属过分，全靠中间惨遭灾祸，沦落多时，故得长生至今。今后倘再留恋高位，难保寿命不永，倒不如入寺掩关，勤修佛法，既可为后世增福，又可使今生消灾延寿。

白居易还描写了贵族社会妇女在一夫多妻制下，年貌盛时被玩弄、衰时被遗弃的悲运，来折射贵族王朝内部的倾轧。紫式部也以贵族社会一夫多妻制下妇女的这种悲剧命运，来隐蔽式地反映贵族王朝两派的争斗和盛极而衰的历史必然趋势。两者都常以讽喻的手法，对此加以借题发挥，来达到其讽喻的最终目的。

从作品的结构来看，《长恨歌》内容分两大部分，一部分写唐明皇得杨贵妃后，贪于女色，荒废朝政，以致引起安史之乱；一部分则写唐明皇与杨贵妃的爱情，唐明皇对死去的杨贵妃的痛苦思念。《源氏物语》也具有类似的两部分内容，一部分描写桐壶天皇得更衣、复而失去更衣，把酷似更衣的藤壶女御迎入宫中，重新过起重色的生活，不理朝政；一部分则描写桐壶天皇的继承人源氏与众多女性的爱情生活。

白居易和紫式部所写的这两部分都是互为因果的两重结构，前者是悲剧之因，后者是悲剧之果。他们都是通过对主人公渔色生活的描述，进一步揭示各自时代宫廷生活的淫靡，来加深对讽喻主题的阐发。所不同的是：白居易是通过唐明皇贪色情节的展开，一步步着重深入揭示由此而引发的“渔阳鼙鼓动地来”，即指引发了安禄山渔阳（范阳）起兵叛唐之事，最后导致唐朝走向衰微的结果。而紫式部则通过桐壶天皇及其继承人耽于好色生活，侧面描写了他们对弘徽殿女御及其父右大臣为代表的外戚一派软弱无力，最后源氏被迫流放须磨，引起宫廷内部更大的矛盾和争斗，导致平安朝开始走向衰落。从这里人们不难发现白居易笔下的唐朝后宫生活与紫式部笔下的平安朝后宫生活的相同模式，而且他们笔下主人公的爱情故事也是互为参照，更确切地说，紫式部是以白居易的《长恨歌》的唐杨的爱情故事作为参照系的。

就人物的塑造来说，《长恨歌》对唐明皇的爱情悲剧，既有讽刺，又有同情。比如白居易用同情的笔触，写了唐明皇失去杨贵妃之后的哀念之情，这样主题思想就转为对唐杨坚贞爱情的歌颂。《源氏物语》描写桐壶天皇、源氏爱情的时候，也反映出紫式部既哀叹贵族的没落，又流露出哀婉的心情；既深切同情妇女的命运，又把源氏写成是个有始有终的庇护者，在一定程度上对源氏表示了同情和肯定。也就是说，白居易和紫式部都深爱其主人公的“风雅”甚或“风流”，用日本美学名词来说，就是“好色”，其感伤的成分是浓重的。比如，在《源氏物语》中无论写到桐壶天皇丧失更衣，还是源氏丧失最宠爱的紫姬，他们感伤得不堪孤眠的痛苦时，紫式部都直接将《长恨歌》描写唐明皇丧失杨贵妃时的感伤情感，移入自己塑造的人物的心灵世界。

最明显的一例是，《长恨歌》中用“夕殿萤飞思悄然，孤灯挑尽未成眠。迟迟钟鼓初长夜，耿耿星河欲曙天”这样一句，来形容唐明皇失去杨贵妃，他从黄昏到黎明，残灯空殿，忧思无诉，挑灯听鼓，倍感夜长，实难成眠。作者在这短短的一句，便将主人公内心深处荡漾的感伤情调，细致入微地写了出来。紫式部在《源氏物语》中，写到源氏哀伤紫姬之死时，做了这样的描写：

> （天气很热的时候，源氏在凉爽之处设一座位，独坐凝思）看见无数流萤到处乱飞，便想起古诗中“夕殿萤飞思悄然”之句，低声吟诵。此时他所吟的，无非是悼亡之诗。

之后，紫式部又写了源氏一再吟歌述怀，曰：“我忧愁如火，燃烧永不停”；“但见空庭露，频添别泪痕”；“恋慕情无限，终年泪似潮”；“今秋花上露，只湿一人衣”（第四十回“魔法使”）；同时在写到薰君寻找其思慕之人时，也借用典出《长恨歌》中唐明皇寻找杨贵妃亡灵的事，让薰君说出：“为了寻找亡魂在处，即使是海上仙山，亦当全力以赴”（第四十九卷“寄生”）之语和重提唐明皇叫方士到了蓬莱岛，只取得些细钿回来的故事等等，以渲染主人公的感伤情调，同时表达了作者对主人公的深切同情。

可以说，在白居易笔下的唐明皇与在紫式部笔下的源氏，他们的风流情怀是拥有共同的鲜艳，也有不同的特异色彩。虽然他们都一样的风流。

《日本文学史》

一休的狂气

一休，全名一休宗纯（1394—1481）。一休的狂气，在日本近古文坛是出了名的。

传说一休是后小松天皇之私生子，天皇弥留之际，还呼着一休的名字。但一休的身世至今仍是一个谜，他一生并无与其父接触，父亲对他来说，只是一具幻影。六岁入寺为僧童。十三岁学赋诗，每日一首，持之以恒。当时写作的《长门春草》，今仍保存下来。这时已显出他赋诗的天才。青年时代修禅，当时五山十刹为最高等级，他却脱离五山禅寺的生活，而成为五山文学的特异的存在。之所以采取如此决定，他在《狂云集》的一首诗中有所透露，即“山林富贵五山衰，惟有邪师无正师。欲把一竿作渔客，江湖近代逆风吹”。这些诗充满了对五山衰落的慨叹，表现出对当时禅林腐败和堕落风俗的讥讽和批判，以及对庶民疾苦的关心和同情。

脱离五山禅寺后，一休在关山派隐士谦翁宗门下修禅。其师谦翁殁后，由于失去精神的支柱，过度哀伤，痛不欲生，冥想一周，难以解脱，便在琵琶湖投水，自杀未遂。获救后，他投入大德寺派的华叟宗昙门下继续参禅修行，这一门派十分贫困，派祖华叟对弟子要求非常严格，一休在此修禅开悟，其师授予“一休”号。一休学得其师清贫孤高的精神，并且加以大胆发挥，对其宗门的贫困现状，满怀悲愤，发出狂诗云：“极苦饥寒迫一身/目前饿鬼目前人/三界火宅五尺体/是百忆须弥苦辛”。因此，一休自称是“疯狂的狂客”，自号为“狂云”。他的诗集命名为《狂云集》。

一休的一生，为宗教和人生的根本问题而苦恼。他的法兄养叟让画师绘画了其师华叟顶相并乞赞，最后将此赞作为“印可语”，向他人吹捧其师已认可自己“修行得道”。其师大怒，一休也愤然痛斥其法兄这种作为。其师叟顶逝后，法兄当了住持，他决心离寺，给养叟题诗一首：“将常住物置庵中/木勺笊篱挂壁东/我无如此闲家具/江海多年蓑笠风”。这首诗是附在寺庙什物明细表之后，其用意是很明显的，以“如此闲家具”对他来说已是无用之物，表明他对当时禅林世风日下的揶揄，在平淡的诗句中隐露其强烈的对现实挑战的意味。在《自戒集》中，他也谈到了自己离开寺庙是与法兄养叟的紧张对立的原因。

一休还曾为宗教与人生的诸多纠葛而大声疾呼："倘有神明，就来救我。倘若无神，沉我湖底，以葬鱼腹!"后来有一次，由于他所在的大德寺的一个和尚自杀，几个和尚因此而被牵连入狱，一休深感有责，人山绝食，并再一次试图自杀。

在《狂云集》中还收入了许多爱情诗，赞美性爱，超俗的自然，高吟出："学道修禅失本心/渔歌一曲价千金/湘江暮雨楚云月/无限风流夜夜吟。"这种求道修禅"失本心"，而风流逸事却"夜夜吟"，表明他已然作为一个自由人，正萌生着"自由诚可贵，爱情价更高"的超前现代意识。

在爱情诗中，咏盲女阿森的爱情诗约有二十多首。于文明二年（1470），年已七十六岁的一休，与四十岁的盲女阿森邂逅，谓阿森是"一代风流之美人"，于是两人由相爱而同居于一休的寺院，他咏了与盲女的爱情诗二首，反映了他与阿森"伴吟身""私语新"的缠绵的情爱，人虽老，春心未灭，作为破戒僧，他发出了狂气，大胆誓言：如果忘却这份爱情，将在"永劫"中变成"畜生身"。

一休的"狂气"表现不仅于此，尽管他受到佛界的斥责却仍要进一步向宗教的传统——禁爱欲、禁酒肉挑战："住庵十日意忙忙/脚下红丝线甚长/他日君来如问我/鱼行酒肆又淫坊"；"美人云雨爱河深/楼子老禅楼上吟/我有抱持接吻兴/竟无火聚舍身心"。在这里酒肉、美人、爱河、拥抱接吻、淫坊（妓院）都成诗人歌，在这类诗中写到花颜甚至裸体（《寄御河古开浴》），但却绝不渗入任何生理的因素，有的是形而上的、不羁的风流和狂气，成为彻头彻尾的反传统体制、反传统道德的异端者。他的先辈大和尚对其近乎放荡的狂言进行了严厉的斥责，其门下也深表愤慨，一休对此作偈进行了解释道：

> 同门老宿，诚余淫犯肉食，会里僧嗔之。因作此偈，示众僧云。
> 为人说法是虚名
> 俗汉僧形何似生
> 老宿忠言若逆耳
> 昨非今是我凡情

当然，一休赞美的是正常的人欲和常情，乃至达到痴和狂的程度，但他绝非赞美淫坊。这可以以他批评京城妓院的性行为无异于牛马鸡犬，其昌盛乃是亡国的征候为证。（《叹王城淫坊》）因此，一休就在宗教感情与爱欲感情、自赞与忏悔的矛盾与对立中，有时向僧戒、世俗挑战，并为此而自赞，有时也妥协并为此而忏悔。同一人曾做过这样的自赞和忏悔两种诗，在《自赞》诗曰："华叟子孙不知禅/狂言面前谁说禅/三十年来肩上重/一人荷担松源禅"。另外在《忏悔拔舌罪》称："言锋杀戮几多人/述偈题诗笔骂人/八裂七花舌头罪/黄泉难免火车人。"

为了自赞与忏悔，一休曾狂言："佛界易入，魔界难入"。于是，他冲破禅宗的清规戒律，抱着"魔界难入"的心情，决定要闯"魔界"，追求恢复人的本能和生命的价值，以及艺术的真、善、美。他写许多狂诗，批判禅林的种种腐颓现状；写许多恋爱诗，大胆而直率地表露了自己的真情。

的确，一休宗纯明知"魔界难入"，又要闯入"魔界"，这正是他的"破戒"意志的表现，也是他的"狂气"所在。最后，一休在辞世之前，留下了《辞世诗》一首，表示"十年花下埋芳盟/一段风流无限情/惜别枕头儿女膝/夜深云雨约三生"。

最后汉诗人一休宗纯仍未能忘怀他的"风流无限情"，誓言"云雨约三生"，而他作为"云雨"（禅僧）要三生与盲女阿森相爱，其痴痴之情，跃然诗中。可以说，这是一休的疯狂、风流一生的自画像。

《日本文学史》

良宽的风流

良宽（1758—1831）是日本近古江户时代的汉诗人、歌人。原名荣藏，法号良宽。从少年起就勤奋好学，读私塾，习儒学。正如他的诗所云：“一思少年时，读书在空堂。灯火数添油，未厌冬夜长”。十八岁时，他做了见习名主，不久便出家，云游各地，托钵坐禅。他之出家，自谓“世人皆谓为僧而参禅，我即参禅而后为僧”，其动机是复杂的。他不满幕府的体制，忧时愤世，在出家歌中愤然咏出：“现今人世是无常，五脏六腑在燃烧”，但他不是因为无为或厌世，而是独爱逍遥，因此歌又曰：“并非逃遁厌此世，只因独爱自逍遥”。他参禅余暇，专心读书，理头赋诗作歌。中年回故里，不归家，也不皈依任何宗门，更不依附官寺五山十刹，而蛰居附近闲寂的空庵，渡过孤独清贫的岁月。

良宽虽身为僧，但仍保持一颗春心。佛教东传，与本土的神道融合，佛教日本化，重视现世而不重来世，重视此岸而不重彼岸，所以日僧不是禁欲主义者。良宽也不例外，也是识人间烟火的。他写了以数千百计的汉诗中，也不乏写美女的诗。他的《草堂诗集》就收入了好几首。其中《南国》诗所颂的越后美人，与李白的《越女词五首》赞少女的歌所流露的情感也是相似的。良宽的《南国》诗曰：

南国多佳丽
翱翔绿水滨
日射白玉钗
风摇红罗裙
拾翠遗公子
折花调行人
可怜娇艳态
歌笑日纷纭

良宽的赞少女诗，不仅写出了少女的佳丽和艳态，而且展露了少女的春心，表现少女在羞涩、朴素中透露出的一丝真情，在舒畅、真率中更露出的一颗青春的心。

不仅如此，良宽在实际生活中也是十分风流的。他曾与饭馆女佣寄子，有过一段特别的交情，良宽弥留之际，寄子向他索取遗物，留作纪念。他便以自然寄情，留下了一首闻名遐迩的绝句：

秋叶春花野杜鹃，
安留遗物在人间。

这成为风流的良宽“弥留之际回赠寄子的恋歌”。川端康成谈到良宽的这首和歌是他之最爱时说：这首诗“反映了良宽自己这种心情：自己没有什么可留作纪念，也不想留下什么，然而，自己死后大自然仍是美的，也许这种美的大自然，就成了自己留在人世间的唯一的纪念吧。这首歌，不仅充满了日本自古以来的传统精神，同时仿佛也可以听到良宽的宗教的心声”。也就是说，良宽这首和歌充分表达了日本传统的歌心，同时也准确地捕捉到良宽的禅心，使歌心与禅心达到天衣无缝的结合。

良宽潜心修禅，最后“回首七十有余年，人间是非饱看破”。他的心得到了净化，诗心、歌心也得到了升华。良宽的“腾腾任天真”的诗人一生：纯真恋心、诗心歌心，就像梦一般的美。

良宽一生自由脱俗，可谓风流不羁。他还有一段美丽动人的风流逸话，就是与贞心尼的爱恋。六十九岁的晚年良宽因体弱衰老而迁至岛崎村，当二十九岁的贞心尼在他面前出现并表示热烈时，他偶然获得如此纯真的年轻的心，内心深深地感到欣慰，情不自禁地低吟起爱情歌来，歌曰：

望断伊人来远处，
如今相见无他思。

良宽的这首诗，“既流露了他偶遇终身伴侣的喜悦，也表现了他望眼欲穿的情人终于来到时的欢欣。‘如今相见无他思’，的确是充满了纯真的朴素感情”。

良宽殁后，贞心尼还编了良宽歌集《莲之露》，其中收入不少良宽与贞心尼的爱恋赠答歌，反映了他的浪漫与风流的情怀。其中也收入良宽不久于人世时所吟的绝命之作：

谓言贸然断绝饭
只为等待安息时

这首歌，是答贞心尼的赠歌。贞心尼赠良宽的歌，曰：“禅师病情严重时，闻断饭药来吟诗。谓言无效断饭药，亲自等待雪消融。”

这一赠一答，说明良宽与贞心尼长相厮守，他们在苦痛之中，彼此的心更加贴近。在他们相恋的翌年，良宽在贞心尼的悉心照料下圆寂了。

《日本文学史》

好色文学及其审美价值

——以井原西鹤的“好色物”为中心

井原西鹤（1642—1693），原名平山藤五，出生于大阪一个富裕的町人家庭，父母早逝。师从俳谐师西山宗因后，取其作为俳谐师的母方井原之姓，改名西鹤。青年丧妻，盲女儿也先他而去，家庭遭遇的不幸，曾一度削发出家，对其人生产生的影响：一是将家业托付别人掌管，自己从町人家业的俗事中摆脱出来；一是专心埋头于文学，特别是遍历各地，关心世态与人情。

西鹤是个多才多艺的作家，身兼俳谐、浮世草子、净琉璃的创作者，曾一度经商，熟悉商界的种种内情，这种町人生活的体验，对于其后他的文学创作打下厚实的生活基础。他的文学创作活动可以分为三大部分：一是俳谐，少年的西鹤志向俳谐，从点评俳作开始步入俳谐界，后以鹤永俳号，发表发句，归属贞门派，后不满贞门的保守性，转向以宗因为代表的谈林派，也创作了不少句，并结集出版，与俳谐新风呼应。他为悼念他的亡妻，首先发表了俳谐集《一日独吟千句》，其后发表《俳谐大句数》以及编辑俳谐集《飞梅千句》等。延宝末年（1681）他的俳业达到顶峰期，翌年其师宗因逝后，加上俳坛的论争不止，他的大句数俳谐也开始趋向散文化，就渐渐地淡出俳坛。二是净琉璃，创作了《历》《凯阵八岛》等，以及角色评论集，与他在俳谐和浮世草子的业绩相比，则大为逊色。三是浮世草子，西鹤因有感于俳谐的形式已不能充分表现町人的生活，于是抱着革新的精神和社会问题意识，转向散文世界，将其才能发挥尽致，在文学史上建立小朽功绩。

四十一岁的西鹤，开始创作浮世草子，分为四大类：一是“好色物”，二是“武家物”，三是“杂话物”，四是“町人物”，其中“好色物”和“町人物”，不仅在西鹤的个人创作史上，而且在近古文学史上，都占有重要的地位。

西鹤首先发表的《好色一代男》，是他成为小说家的处女作，也是在近古文学史上开创“浮世草子”时代的划时期的作品。小说以町人社会的新兴为背景，以青楼为舞台，描写了富商梦介沉迷于好色之道，不顾家业，携三个青楼女子游乐于京城。其中一女生下梦介之子，取名世之介。故事就从世之介受其父“熏陶”，他七岁时的一个夏夜，女侍熄灭灯火，他让女侍靠近他，并说

“你不知道恋爱是在黑暗中进行的吗?”这样“灯火熄灭恋情生”的喜剧形式开始，描写世之介此时懂得收集美人画、好奇于自己富于魅力的部位，产生朦胧的性意识，到少年后，饶有兴致地偷听男女的情话，看到俊俏的寡妇就想象着紫式部再现于人世而顿生爱慕之情，涉足青楼去体验“初欢”的乐趣，不受家庭和身份的约束，追求恋爱的自由和纯真的爱情，并且从青楼女子那里了解到辛酸的社会世相，比如有与熟客真心相恋的青楼女子，被发现后惨遭凌辱，仍对恋人深怀相思之情；有被皇族公子玩弄爱情后而被抛弃的女佣；有家贫而被卖身于青楼的男妓，倾尽了人世间辛酸的风流韵事等。世之介成年后，旅行各地，从京城下濑户内海，至九州中津，又返回大阪，复又赴佐渡、酒田、鹿岛、仙台、信州、岛原、江户、长崎等南北各地，过着风流自在的生活，乃至穷困潦倒，到了陋巷破屋也不减平时的风情，艳闻四起。比如，与寡妇一夜欢而产下一子又遗弃之后，联想到歌人小野小町所吟咏的可怜的人世。目睹有的青楼女子为摆脱苦海而削发为尼，从此远离尘世。世之介与父母断绝关系后，他无依无靠，更是流浪四方，纵情游乐，有时出入高官显贵的游乐场，谈歌、拨琴、点茶、插花，乐道男女美事；有时放荡于不同地方的青楼，谈论姿色，熟知各地各等级青楼男妓的情意、女妓的风情和这行当的种种规矩，也尽见所有阶层的女色；有时贫困至极，也要过一夜忘形之欢，或垂涎于美貌的女巫、渔家女，乃至闯关卡被疑为贼人而被捕入狱还与隔墙牢中的女子传递情书。父亲辞世，他继承了其父遗产，仍倾注于情爱，成为烂熟的“粹人”，即“风流人”，达到町人唯一的自由世界，乃是因果报应，如此等等。作品还写了一个有夫之妇拒绝好色男的求爱而谨守贞操，一些世故的男人死守家中的金钱而不到青楼这种地方。全书以世之介一生遍历全国各地青楼为主轴，人到花甲之年，身边无父母妻儿，孤身一人，觉得这个俗世已无可留恋，不想再沉迷于色道，便乘坐一艘新造的“好色号”，从伊豆半岛启航，开赴女护岛，从此音讯全无了。

这部作品的文体，以近于口头语文章的通俗文语体为主，插入某些和歌、谣曲、汉诗文等，从小说结构的五十四回，到角色模式两代的好色，都模仿了紫式部的《源氏物语》，以世之介继承其父的好色一生为主轴，细致地描写了地方的民风习俗，勾勒出鲜明的各种人物性格的轮廓，不时以俳谐式的谐谑笔调，讽刺轻佻的现世，以及现世的价值规范和行为准则之诸相，加深风流情趣的文化内涵。小说结构五十四回构成一部统一而完整的长篇，但各回又自成相对独立的故事，以世之介好色一生为经，各地方风俗为纬，从不同视角编织出一幅町人现世的多彩样相图，一幅江户时代町人社会风俗文化的缩影图。如果说，紫式部将贵族的源氏这个人物理想化的话，那么，西鹤则将町人的世之介理想化。换句话说，《好色一代男》就是近古的“俗的《源氏物语》”。

继《好色一代男》之后，还写了《好色二代男》（本题《诸艳大鉴》）。它是《好色一代男》的续篇，全四十回，模仿《源氏物语》中的源氏在“云隐”之后，由其继承人熏君继承其血统的故事，设计了主人公世之介遗弃之子世传，在正月第一个梦就梦见了从女护岛飞来了作为世之介的使者——美面鸟，向自己秘传色道，而成为现实中的好色“二代男”，游兴于以京都、大阪、江户为中心的青楼，接着展开了与世传无关的青楼各种逸闻和名妓的逸事，并透视青楼游兴与金钱的关系，表明在金钱力量的支配下已无真情，连恋人也不可信的悲剧，男子为了证明自己对女子的真情，只有使自己破产，或者下决心殉情。最后为了对应，写了已去世变成菩萨的青楼女子接迎了世传的有幸往生而结束。即全书只有前后两回与世传有关，其他三十八回是一个个与世传无关的短篇，实际上是一部短篇集。作者就这样采取观照的态度，用自己手中的笔，挥洒浮世的种种复杂的“人心”诸相。在这里，他在肯定人性自由的同时，也揭示了人性丑恶的一面，而不像《好色一代男》那样一味赞颂人性之美。

井原西鹤以爱欲的自由和人性的解放为主题，贯通了当时流行的“粋”（いき，即风流）的美学思想。他的好色文学就是“粋”的美学的形象化。换句话说，他的作品大多对“男色”，即男子与青楼女子的爱欲，采取肯定的态度，加以赞美，并称他们“双方都是上好，是人人也模仿的‘粋’”，始终称赞人性的美，即使是揭示丑恶的一面，也是作为在封建制度下人性的一种扭曲，是性的自白。

西鹤的“好色物”以“男色”作为主题开始，但还以女色为主题，写了《好色一代女》《好色五人女》等系列作品，描写了女子得不到真正的爱而殉情，或者揭露了男女地位高低的不平等，比如官宦与青楼女子，小姐与男仆之恋，低贱一方被对方背弃，或者触犯封建社会严格的等级制度，低贱一方被对方处死、或自己殉情，总之是低贱一方受害或与殉情相连，所以有人主张低贱者对待恋爱不能太认真。

《好色一代女》是与《好色一代男》以男性为主人公相对应，以女性为主人公。全篇是一个相对统一的长篇，以老尼回忆和忏悔自己一生，描写了自己作为公卿近侍出身的宫女，少女时代在宫中受到贵族好色环境的影响，过早地“知恋爱”，对年轻的宫廷武士爱得如醉如痴，有违宫廷禁忌，武士为此丧命黄

泉，她被逐出宫门后，沦落岛原青楼，人到中年还有一种激越的性冲动，经历了种种男女之间的情事，比如与有妇之夫堕入恋情、与主家老爷偷情或同床共枕、与破戒僧人为妻、与老头子做爱感到人到暮年诸事无常，有时被逼身兼女佣和小妾两种角色等等。她与无数男人的交往只是风流一夜，没有遇上一个真情的人，以及侍奉富贵之家时所目睹的女人忍受变幻无常的惨状，对世情有了清楚的了解，深知女人之薄命可谓如汉诗所咏“一双玉臂千人枕，半点朱唇成客尝”。于是，作者借苏东坡的句“男女淫床，互抱臭骸”，来表达深沉的人生慨叹，最终写了女主人公待到老来时，深感浮世的恋情、烦恼互为因果，活在人世间短暂无常，思昔叹今。在大云寺里，面对千姿百态的五百罗汉像，似是一生曾相遇过的千百无情男人的脸，茫然若失，投河自尽被救起，最后上山削发为尼。她皈依佛门后，在没有罪恶的净土中，忏悔自己所犯的罪孽。最后用女主人公这样一段话，结束这一悲惨的故事：

> 我一生既无丈夫又无子女，只是一个孤身的女人。对我来说，已无须有什么可隐瞒的事。所以我要把我的一切，从心中的莲花的开放到枯萎都一无遗漏地倾诉出来，即使有人说我是一个飘忽不定的浮萍，一个出卖色相的女人，也不会使我已经清澄的心，再变得混浊了。

同年此前写就的《好色五人女》，是由五个独立的短篇构成，以当时流行歌谣、戏剧故事为蓝本，以町人家庭为背景，虚构出五个女人有违封建社会通行的“义理”，比如违反身份差别的约束，私下订终身，为恋爱殉情，或被称以“通奸”而私奔，乃至遭判处死刑的悲剧故事，间或也插入感情异化的人间喜剧，内容虽不尽相关联，但都贯穿了在封建社会下的爱欲受到“义理”压抑这个主题，而且作为问题意识提了出来，强调了不是个人的原因，而是封建的家族制、家长制的礼教束缚所导致的，同时将“好色”（恋爱极致）的美意识形象化。在作者笔下，《好色五人女》尽展了女性为爱而生，也为爱而死的人间现实，对五个女主人公表达了或哀怜或欣羡之情，还不时地流露出恋爱的无常观。西鹤对当时“好色”女子的殉情这样解释说：

> 这类殉情，既非义理，也非人情，而是出于不自由，这是根据无情而在是非的极点上形成的。这种殉情无一例外的都是青楼女子，身

为官宦巨贾的男人，即使迷于恋情，难道他们会去殉情吗？

从西鹤这段话来看，他的“好色”审美情趣，首先是将爱与性放在反封建“义理”、反礼教的特异位置上，始终追求爱与性的自由表现，以赞美的笔触来展现女性包括青楼女子大胆的情爱，以及隐秘人间爱与性的悲欢、风雅和美。尽管他笔下的“好色”的描写，大胆、露骨和放荡，但正如他说的，好色者，“纵使放荡，心灵也不应该是龌龊的”。也就是说，西鹤的好色，主要放在精神性方面，而不是性的生理本身，即着重追求自由与肯定人性，尤其是从性的侧面肯定人的自然的生的欲求，表现出风流的情趣。可以说，西鹤的“好色物”，是乐观、健康和明快，是对恋爱自由的肯定，显示了上升期町人的人文精神。这是与近古初期脱离现世、追求来世的彼岸思想截然不同，而与当时的现世主义时代思潮是息息相通的。其次是揭示女性在爱与性方面所遭遇的不同的悲剧命运，尤其是暴露了官宦巨贾与无数女子和青楼女子的艳遇，却无用情专一者，更谈不上为女子而殉情。

江户时代，以井原西鹤为代表的通俗文学产生“好色物”不是偶然的，是有其历史文化的背景，那就是当时存在以武士阶级为代表的封建性的儒学理想主义，和以町人为代表的前近代性的现世主义思想两种对立潮流，后者以人为本位，重视人的自然生命，人的本能性，追求自我满足、享乐和个人生活的充实，反映了这一时期人文主义的萌芽，性意识的自觉到了烂熟的程度，“好色”形成一种可以被广泛接受的风潮。坚持“好色”文学理念者企图超越时代、超越一切道德，将“好色”视为人文主义之道，这种观点占据主流的地位。所以，所谓“好色”，是一种恋爱情趣，而且是属于精神性的，而不是追求性本身。也就是说，主要从性的侧面肯定人的自然的生，享受现世的人生。本居宣长以“出淤泥而不染”的荷花来比喻“好色”者，并将“好色”作为生命的深切的“哀”，用“物哀”这一概念将平安时代的“好色”观念与当时的宿命观统一，概括其美的本质，赋予其普遍的文明价值和精神特征，由此“好色”的理念有了新的认同，以表现纯粹精神性的新内容为主体。

在日本文学史、美学史上，将近古这一时期纯粹精神性的“好色”的美理念，首先提升归纳为“粋”（すい）。一般地说，通俗文学发展前期的假名草子、浮世草子追求的美理念称“粋”。从江户时期“好色”文学思潮发展的脉络来看，将男女“知恋爱”的“好色”情趣作为纯粹精神性的，是始于假名草子和浮世草子，“粋”一词始见于假名草子的《青楼女评判记》《秘传书》，

及至西鹤的浮世草子，采用“粹”的称谓就普及了。但这种男女的恋爱大多发生在青楼女子与男子身上，所以“粹”作为理想的存在，一种美理念，也限定在青楼内的男女情爱关系上使用，而在青楼以外的男女关系是忌用这个词的。从这个词的语源、语义来考察，最早源于“纯粹”“拔粹”“生粹”，意思是通人情，特别是指通晓青楼或艺人社会的情事。通俗文学发展中期以山东京传为代表的洒落本、式亭三马为代表的洒落本、滑稽本称“通”（つう），后期以为永春水为代表的人情本称“雅”（いき），其内容大致是相通的，只不过不同时期、不同文艺形式，其称谓有所不同罢了。可以说，日本的“好色”的理念是有其风雅甚或风流的特殊含义的。也可以说，在近古文学上，类型化的通俗文学应有其历史意义。

可以说，井原西鹤一生看尽了浮世，也写尽了“好色物”。他在五十二岁辞世前，写下辞世吟：

> 浮世之月尽观矣
> 末尾两年绰有余

井原西鹤以这样的绝句，结束了自己浮世的一生。

《日本文学史》

凄惨的快乐：谷崎润一郎的文学

谷崎润一郎发生了“让妻事件”后，与丁未子结婚不到两年又分居，与松子相恋。由松子介绍他住进了京都高雄山的神护寺地藏院。谷崎开始写作《春琴抄》，这时松子始终悄悄地相伴在他身边。此时两人虽然还未同居，然而已进行精神上的交流。换句话说，谷崎是沉醉在与松子炽烈的感情碰撞中完成这部日本现代文学史上的杰作的。

《春琴抄》的故事描写了出生在大阪道修町一家中药材商家里的一个女孩阿琴，聪颖而貌美。双亲视她为掌上明珠。但九岁上，不幸患眼疾，双目失明。她很有音乐天赋，拜春松为师，每天由药店的伙计温井佐助牵着手去学艺。她精心于琴弦之课业，习得精湛的技艺，最后成为女琴师，自立门户。阿琴也因此得了“春琴”之名。佐助比她大四岁，虽然他一次也没有看见过春琴那生辉的双眸，但已被春琴的神奇风韵所吸引，他觉得她失明的双眼，比睁开的双眼更亮、更美。于是，佐助在内心深处暗藏着对春琴烈火般的崇拜和爱慕之情。佐助陪伴春琴学琴，好春琴之所好，培养了对音乐的兴趣，偷偷地自学，每次拿起琴来，也要学着盲人闭上眼睛来练习。这是愿与春琴在各方面融为一体迸发出火热感情的结果。当春琴知道他有志于音乐之道后，便教授他学习三弦琴，两人结成了师徒关系，春琴也全然忘却盲人生活的孤寂。在春琴父母的安排下，佐助成了盲女春琴的领路人。

二十一岁的春琴怀了孕，人们认为她的对象肯定是佐助，而且生下来的婴儿酷似佐助。佐助在春琴父母的严厉追问之下，违背了他与春琴的君子协定，颔首承认了。春琴父母认为既然生米已成熟饭，试图凑成这门婚事。可是，春琴为了讲究门第和师徒关系，为了保持自己的自尊心，她不愿让人将她和佐助看成是夫妻，始终矢口否认。佐助屈从春琴，也否认了。因此，春琴产下的头一个婴儿就被别人领养了。姿色绝伦的春琴，脾气乘僻，受人怨恨。某夜。一贼人闯入室内，将水壶向春琴劈头盖脸地扔去，浇了春琴一脸滚烫的开水。春琴的面容，猝然被毁坏，变得丑陋了。佐助为了保持他所爱慕的春琴的美形象，用针刺瞎了自己的双眼。之后，佐助双手扶地对春琴说：“师傅，我已经瞎了，一辈子看不见你的脸了。”于是，春琴问道：“佐助，是真的吗？”两人

沉默了下来。佐助的内心，仍保持着春琴的完美的面影，一直侍候在春琴身边，死而后已。佐助感到这是他一生中最大的幸福。除春琴外，他未曾染指其他女人而了此一生。春琴逝后十几个星霜，佐助才将自己失明的原委告之于人。故事最后以这样一段话，结束了这一纯真的爱情悲剧故事：

> 春琴与佐助除了上述产后就送给了别人的孩子之外，还生下二男一女。女儿分娩后死亡，二男孩还在襁褓中就送给了河内的农家。（略）佐助以八十三的高龄逝世。他在（春琴逝后）二十一年的孤独生涯中，在自己的脑海里全新地塑造了一个与昔日的春琴完全不同的春琴，而且越来越绰约多姿。据说，天龙寺的峨山和尚听闻佐助自己用针刺瞎了自己的眼睛一事，赞赏他大彻大悟，瞬间判断内外，化丑为美，并说：“庶几高手之所为也。”

作者在全篇小说中，无一句写到春琴和佐助的夫妻闺房秘事，最后只借用天龙寺和尚的话点到为止，更着力于凸现“瞬间判断内外，化丑为美”这句话，意在肯定佐助的行为，即春琴遭人毁容后，佐助当机立断，马上自残双目，在瞬间马上“化丑为美”，才得以确保他们两人的世界，才得以达到从美变为丑，又从丑化为美的至福境界。可以说，春琴、佐助俩人“化祸为福”了。

因此，在谷崎的笔下，春琴、佐助尽管彼此没有公开向对方打开自己的爱的心扉，但两人相互是非常默契的。可以举出两个例子来说明：

一例是：盲人是经常处在黑暗之中。春琴双目失明，也是在黑暗中弹奏三弦琴的。佐助向春琴学琴，为了体验春琴盲人苦痛的心境，共受盲人春琴同样的痛苦，自己也总是闭上眼睛来弹奏的，并且认为“自己能与春琴置身相同的黑暗之中，是无上的快乐”。作者的“阴翳美”也在其中了。因此，当他目睹春琴遭人毁容后，马上自残，变成盲人，不是心血来潮，也不是一时冲动，而是有其思想基础和心理准备的。也就是说，为了爱的奉献，这不是偶然的，而是有其必然性的。

另一例是：春琴在公开场合，表面上为了“门当户对”“身份悬殊”的旧传统，不愿公开与佐助的身份，而在非公开的场合，却实际上是过着充满爱的“夫妻生活”，连生了四儿女。而佐助自残失明，则是献身的爱不可避免的一种考验。他们是在内心的暗自理解中，各自采取行动的。这更是发展两人关系，两人心心相印的关键所在。在这里，可以看看做者对于佐助自残失明后的一段描写：

> ……佐助用手摸索着走进春琴的闺房，在春琴面前顶礼膜拜说：“师傅，我已经成了盲人，终生再看不见您的容颜了。”
>
> “佐助，是真的吗？”
>
> 春琴只说了这么一句，便长久地沉默下来。佐助从来没有享受过这样快乐的时光。（略）春琴的“佐助，是真的吗”这句简短的话，似乎在佐助的耳边喜悦地旋荡着。他们两人在相对无言中，发挥了唯有盲人才具有的第六感的功力。（略）于是，佐助感到自己迄今与春琴虽有肉体关系，但两颗心却被师徒关系所隔，如今两人才心心相印，汇合成一股热流。

这两例充分说明，作者是避开春琴和佐助的“门第”“身份”乃至佐助对春琴容貌的纠葛，让他们两人是在互相默契中，在观念上去构筑爱的世界的。

进而言之，佐助是以牺牲两只眼睛、封闭自己的视觉作为代价，以求在观念上永远保持春琴作为“永恒的女性”的形象，来永远获得和维持这种超越门第和身份的爱。于是，佐助明白：“今天失去了视察外界的眼睛，却睁开了洞察内界的眼睛。啊！这才是师傅真正所在的世界！”可以说，在这篇小说中，作者以其高超的艺术，奇特的想象力，突现春琴和佐助真正的爱，既是在现实中真实的爱，又是观念中理想的爱这一主题。

同时，《春琴抄》反映了作者以为：美，本来应该是眼睛所看到的、视觉官能所捕捉到的，这种美一旦消失，要保持其美的唯一办法，就是毁掉产生美的生理感觉之源——眼睛，使美幻觉化，在幻觉中将美置于人工的乐园，即所谓追求“凄惨的快乐”。也就是说，佐助双目失明，在视觉上，他虽然失去对春琴的美的实感，然而他继续侍候春琴，通过为春琴按摩，以触觉作为媒介，抚触春琴的肉体，在观念上仍未失去对春琴的美的实感。最后，作者以春琴逝后二十一年，佐助在孤独生涯中，才向其左右夸耀春琴的“崇高的肉体”，在自己的脑海里完成了对春琴的全新塑造，至耄耋之年，仍然在观念上摇荡一个仿佛并非人体，而是绰约多姿的幻影，心灵上获得爱的慰藉，仅此而已。总之，作者从写实突破，到了空想的世界，又在空想与现实的接合点上，创造自己独特的艺术，创造自己独特的美。谷崎本人在《异端者的悲哀》开头就

写道：

> 他（佐助）愿意徘徊在睡眠与觉醒的中间世界，尽可能地在半意识状态中摇荡，朦胧地眺望着美丽的白天鹅的幻影，让他的心灵体味一种不可思议的喜悦和快乐。

谷崎的这段话，就进一步点明他的意图：这种昏暗和朦胧的美的实感，带来的是一种不可思议的“凄惨的快乐”！并且说明，作者对唯美浪漫的追求，抱有强烈的主观热情，所以他创造了一种摇荡情绪的气氛，让主人公沉溺在官能和唯美的虚构世界、梦幻般的美的世界。在这里，更清楚地说明，谷崎已完全从初期作品那种恶魔主义式纯肉体美的追求：转向微妙的精神与肉体的交流，达到灵与肉的统一，充分发挥了唯美的浪漫性。作者在结尾强调“（佐助）在自己的脑海里，全新地塑造了一个与昔日的春琴完全不同的春琴，而且越来越绰约多姿”，其意在于：作者要让佐助在两个相爱的盲人的昏暗世界中，保持对“春琴”这个“永恒的女性”的形象。这虽是谷崎润一郎文学永恒的主题，但作品在灵与肉的完美结合中，在“阴翳”的世界中，使其艺术得到了进一步的升华，从而酿造了谷崎润一郎文学的独特的美——古典式的“阴翳美学”。

最后，作者在展现古典的世界方面，主要表现在：一是继承古典木偶净琉璃、歌舞伎中“殉情”故事，将爱与死崇高化，以及将受虐与施虐的肉体刺激美化，其手段就是通过“阴翳”的视觉效果，在昏暗中求其美，而且绝对化，以彻底实现感觉上的快乐主义，追求现世的快乐、现世的爱，而不像是前期作品那种纯肉体的恶魔主义的。二是在选择小说文体和文章表现法问题上，费尽苦心地继承日本古代物语文学的文体形式，特别古代物语那种“枯淡随笔式”的写法。他在《〈春琴抄〉后记》一文中，用全部篇幅来议论这个问题，反省他迄今热衷于孤立追求“对话的洒脱、心理的解剖、场面的描写那种极尽工巧与精美”，质疑道“这是艺术吗”？进而强调了采取日本古代物语体的形式，使叙事部分和对话部分很好地起承转合，有机地统一起来，达到“难以分辨的程度”，充分运用“这种写法烘托出了日本文字的美感”，这样才能将真实感烘托出来，给人一种最为真切的感觉，一种最为至高至洁的艺术享受。也许此文意犹未尽，谷崎翌年又写了《文章读本》，详细论述了小说文体和文章表现法这一问题。佐藤春夫认为谷崎润一郎是“在无言中充满了反西洋的气势”

（《论最近的谷崎润一郎——以〈春琴抄〉为中心》）。应该说，这是谷崎润一郎回归传统的重要一环。

日本文学评论界围绕春琴的“毁容”问题，有“佐助加害说”“春琴自害说”和“两人默契说”等诠释和解读，并掀起了一场论争。但是，“通过论争，提出了这样的问题：这部作品的结构，除了表层的情节外，读者通过阅读，可以感知作品背后还有另一重世界，那就是发现作品具备重层的结构。从包含了另一个领域的作品结构来考虑，恐怕佐助决心自残失明，是为了完美化长期以来在自己的观念中所塑造的春琴的形象。在春琴来说，为了进一步巩固她与她自己依靠感觉在内心中塑造的佐助的形象（崇拜自己的佐助）的关系，并使这种关系永恒不变，她希望佐助失明。他们两人虽然抱有共同的愿望，但两人之间本来就存在着难以逾越的精神性的甚或社会性的障碍。在这样严峻的现实之下，为了实现他们的共同愿望，他们必须采取在不改变任何现实的关系的条件下，让内实发生变化的手段。这样，就要通过所发生的当然的现实事件（贼人的犯罪行为），将所歪曲了的‘现实’，以‘非现实的’逆转行为（失明），来促使它复原为与‘现实’等价的关系。而使这种关系成为可能的媒介，就是‘贼人’的存在意义。佐助顺应春琴的切实愿望，同时又不伤害她的矜持，领会春琴的心意，他必须将失明的行为作为自己的意愿，在暗地里完成。两人隐藏在‘事实’的阴翳中的意思，即在这样的故事的条件下，明示‘真相’是不可能的，事件应是一切都在‘现实’的深层里发生。一切事件都是‘非现实’的。因此，作者的叙述，可以让读者想象其中包含着的深奥之谜的行为，同时在叙述中又逐渐暗示‘似乎是真实’的，通篇就只能作为贼人所为来描写了。因为真实是太过于‘非现实’的缘故。”（永荣启伸《谷崎润一郎评传》）也许这可以视作日本文坛对谷崎润一郎的《春琴抄》论争的小结吧。

谷崎润一郎写作《春琴抄》的同时，写就了艺术随笔《阴翳礼赞》，从创作和理论两方面，完成了建构谷崎文学美的世界——阴翳的美学世界。《春琴抄》《阴翳礼赞》的诞生，标志着谷崎润一郎文学更加成熟。此时谷崎润一郎文学追求的，是凄惨的快乐！

《插图珍藏本·谷崎润一郎传》

血、死与爱：三岛由纪夫的怪异美

三岛由纪夫是一个怪异的鬼才。他是在战后走上日本文坛的。战争末期，三岛成为“怀疑派”“时代的落伍者”，曾“积极要把日本引向战败”。可是一旦日本战败的事实摆在面前，他又陷入一种困惑、虚脱和失落的状态。他说：“（1945 年）夏天的观念将我引向两种极端相反的观念，一是生、活力和健康，一是死、颓废和腐败。这两种观念奇妙地交织在一起，腐败带有灿烂的意象，活力留下满是鲜血的伤的印象。”他就是在这两种观念交织下，摸索和构建自己的怪异文学，开始了他的创作生涯的。

三岛的第一部长篇小说《盗贼》（1948），在这样的两种逆反的观念中酿成了。作品描写明秀和美子失恋，他们心中盘踞着爱的终了的阴影。明秀不断地想着“死”，他追求“爱”与追求“死”联系在一起，与同样被恋人背叛的清子殉情，就是为了将他们瞬间燃起的激情变为冷彻的精神而持续下去。因此明秀将失恋自杀作为一种“快乐的游戏”，并在这种“快乐的游戏”与死的意志“缓期执行生的快乐”的对立中，迫使那两个背叛爱的人都失去青春年华，自己却成了“盗贼”。它宣扬了胜利的死，就是永恒的爱。在技巧方面，三岛在浪漫、唯美与古典主义的基础上，融合法国早熟小说家拉迪盖所描写的少年男子之爱的诗意与反常的表现，“尝试在心理的构图中盗窃青春的神秘和美”（百川正芳编《批评与研究·三岛由纪夫》）。评论界对这部作品褒贬不一，但都认为它“仍是列于三岛文学主流之列的作品”。川端康成对于他将“古典和现代结合在一起”寄予了极大的期望。事实上，它已显露三岛的怪异文学的雏形。

继《盗贼》之后，三岛续写了《假面自白》（1949）、《爱的饥渴》（1950），继续关注男性之爱的诗意和反常表现之魅力，构筑所谓“男性美”和男性“夭折美学”的基本文学结构。他在其后的作品中，将男性的性倒错推向一个新的怪异领域，以实现再构筑其理想中的男性美的宏愿。完成《仲夏之死》（1952）之后，又一口气完成《禁色》（1953），描写一个老作家桧俊辅的三次婚姻的不理想，又被几个情人所背叛，他发现了英俊青年悠一是个不能爱女性的性倒错者，就利用悠一的美的力量，对背叛过他的几个女性进行了报复。但悠一却试图不再借助俊辅的力量，按照自己的意志行动，通过自己的力量去摸索一条构筑“现实的存在”的路。俊辅的计划失败了。这时俊辅表白自己也爱着悠一，他给悠一留下巨额遗产自杀了。

三岛在这部作品里竭力在观念上树立男性美的理念，并通过构筑主人公俊辅与悠一两人关系的精神结构，以推翻男人必须爱女人的古老公理，进而以日本武士时代爱恋女子并非男子的所为来作为他的“理论”依据，企图创造出一个男人可以爱男人的“道理”。所以作家安排俊辅发现决不爱恋女性的悠一之时，看到了自己青春的不幸所铸造的幻化为实体的形象出现了——这就是悠一的希腊大理石雕像般的肉体。于是作为作家的俊辅，便使悠一的毫无欲求却又在生活上产生怯懦的心理，在精神上达到生的破坏力与生的创造力的平衡，在绝望中产生爱。三岛由纪夫的《禁色》，抹去其表层的价值，可以发现他在深层中所要表述的真正意义在于以肉体为素材向精神层面挑战，以生活为题材向艺术挑战，以及宣扬“在绝望中的生就是美”。人们从中不也可以看出其美学的中心思想的逆反性“精妙的恶比粗杂的善更美”吗？作家本人说，这部作品是他的“青春的总决算”。一位文学评论家说，三岛的《禁色》具有挑战的精神，与谷崎润一郎向自然主义挑战的作品相比，“也是不逞至极的”、“很了不起的，最为地道的小说。”从此三岛开始迈进其创作的新阶段，进一步展开更为怪异的文学世界。

三岛以希腊古典肉体美的体验为契机，他觉得比起内面的精神性来，更应重视外面的肉体性，重视生、活力、健康与死、颓废、腐败两种观念奇妙的交织，并将肉体的改造与文体的改造放在同一的基准上，写下了《潮骚》（1954）、《恋都》（1954）、《沉潜的瀑布》（1955）、《幸福号出航》（1956）、《金阁寺》（1956）、《心灵的饥渴》（原名《美德的踉跄》，1957）、《镜子之家》（1959）等，更是陶醉于希腊古典式的男性艺术，也更惊愕于古希腊的“精神”反而没有占据肉体所占有的空间。“希腊人相信‘外面’，这是伟大的思想。希腊人思考的‘内面’，总是保持与‘外面’的左右对称。”他后来主张“所谓男性的特征，就是肉体与知性”。可以说，他在希腊找到了自己古典主义的归宿。

三岛的内心便出现两个相反的志向，一是必须活下去，二是明确知性向明朗的古典主义倾斜。他体味到“两个相反志向”同时共存的幸福，开始明白比起内面的精神来，更要重视外面的肉体和健康。他比较了日本与希腊肉体美的差异的体验，在《阿波罗之杯》中这样记录：“希腊人相信美的不灭，他们将

完整的人体美雕刻在石上。日本人是否相信美的不灭呢？这是个疑问。他们顾虑有一天具体的美会像肉体一样消灭，总是模仿死的空寂的形象。”这种希腊的体验，对三岛其后的创作影响是很大的。

这是三岛第一个创作旺盛期，三岛文学走向一个新的高峰。用作家本人的话来说，“我感到我完全结束自己一个时期的工作，下一个时期又在开始了，我感到自己仿佛也在成熟起来了”。这一成熟时期创作的《恋都》《沉潜的瀑布》《幸福号出航》《心灵的饥渴》，与同时期问世的《潮骚》《金阁寺》是交相辉映的。

《恋都》以女主人公真由美虽受到美国人的恋慕，却仍思念着战时已殉死的恋人，最后知道恋人自决未遂，两人终成眷属的故事为主线，展现了战后美占领下的种种世相和一个个有爱也有泪的爱情故事，构建成一幅“恋都”的图景。《幸福号出航》则从一对异母兄妹敏夫和三津子的种种逆反的行为构筑他们不知命运如何的爱恋，为了“哪怕逃到地狱也不分离”，乘上“幸福号”帆船，离开了日本。她们与《心灵的饥渴》的女主人公节子相对照，节子受父母之命与仓越结婚，夫妇生活发生龃龉，没有什么感情的反响，于是与昔日的恋人土屋幽会，自以为任何邪恶的心只要停留在心上，就仍然属于美德的领域。当她怀了土屋的孩子之后，认为自己原先的想法和行为是“伪善”的，可是又觉得“只要生活在伪善的背后，对呼唤美德的人就不会感到心灵的饥渴”。最后她在美德的踉跄中回到了“没有回响的世界”。在这里，作家对“恋都”和“幸福号”的人们的爱的反常心理，以及节子“心灵的饥渴”的深层心理进行了三岛式的思考。

在美学的追求上，三岛非常倾注于逆反的性爱、异常的性欲的深层心理的挖掘，从隐微的颓唐中探求人性的真实，而且常常是通过一种极限的语言或极限的表现，来表达他所谓的“美的对抗”的精神。比如，在《沉潜的瀑布》中，主人公城所升是个无感情的人，以即物的态度去对待对男人从不动情的显子，他试图与显子构建起完全脱离情感的“人工的爱”。可是当城所升发现显子动情了，便大失所望。显子明白过来后彻底绝望，投身小瀑布自尽了。其他如《纯白之夜》的恒彦之报复妻子别恋等等故事，也无不是在他的这一独自的浪漫与唯美的网络中编织的。

此后三岛更是陶醉于希腊古典艺术的“人工的爱”，因为他觉得：“古代希腊没有什么‘精神’只有肉体和知性的均衡，‘精神’正是基督教的可恶的发明。当然这种均衡即将被打破，但在可能不会打破的紧张中发现美的存在。”

他在《镜子之家》中特别强调“希腊人的美的肉体，是日光、海军、军事训练和蜂蜜的结果，但是现今自然的东西已经完全死亡，希腊人达到肉体所拥有的诗的形而上的东西，就只有依靠相反的方法，即为了肉体而锻炼肉体的人工方法”。这部小说就是用这种人工方法，构建女主人公镜子经历与四个男人的爱情纠葛的框架，让镜子面对丈夫，承受心理压力，悟到“镜子之家”应该解体，理智地让四个男人与镜子之家在地理上和心理上保持距离。作家又试图在这个故事的背后，通过这四个不同性格的男人——画家重感受性、拳击家重行动性、职员重世俗性、演员重自我意识——所表现的意志和所遭遇的挫折，展现一个时代虚无主义的感情世界。三岛由纪夫研究家奥野健男说，这部小说是“古典主义的心理小说的典型”。它是三岛的文学思想和美学思想的集大成。三岛在这种对日本和西方古典主义美学产生强烈的冲动之下，在文学上探索着多种的艺术道路，集浪漫、唯美与古典主义于一身，特别采取了日本古典主义与希腊古典主义结合的创作方法。首先传承中世武士文化传统，从男性肉体美、男性的活力、男性的殉死的审美情趣中获得日本古典的情绪性和感受性，以此构筑他理想中的男性美；其次借鉴希腊古典主义，不重精神而重肉体与理性的均衡，憧憬希腊艺术的男性造型的宏大气魄、对生的积极肯定，以及艺术的严谨的完美性。也就是说，三岛的文学作品将中世日本武道的善的意义上以死相赌的悲壮精神，与古希腊艺术的享受生的乐天精神相结合，形成其内面两种极端相反的概念，比如生与死、活力与颓废、健康与腐败等对立的东西交织，来构建其文学空间，选择他的作品题材和风格。这表现在《宴后》（1960）、《爱的疾驰》（1963）、《午后曳航》（1963）、《肉体学校》（1964）等优秀作品，最后以超长篇巨作《丰饶之海》（1965—1970）四部曲：《春雪》《奔马》《晓寺》《天人五衰》等作为绝笔之作，将他的浪漫、唯美与古典主义发挥到了尽美之境，为他的文学生涯画上了句号。

如果说，三岛20世纪50年代的作品“也在成熟起来了”，那么60年代的作品，比如《宴后》《爱的疾驰》《肉体学校》《春雪》等，就达到更臻于烂熟的程度，其怪异的鬼才更是发挥到了极致，完全使生命和肉体存在于创作之中。在《爱的疾驰》中的作家大岛在一对年轻恋人的纯爱的得→失→得的循环中涌现灵感，完成了他的小说《爱的疾驰》的创作；《宴后》的雪后庵旅馆女老板阿数深深地迷恋上原外相野口，她在野口的妻子故去后，与野口结了婚。阿数在筹集资金支持野口竞选时，却遭与她同居过的一个男人散布谣言而使之落选。野口与阿数离婚，阿数重新经营雪后庵，从得失中，又走向孤独，在野口家建墓的幻影破灭了。《肉体学校》的女主人公妙子将自己的生活建立在虚妄之上，迷上大学生千古的肉体的威严、爱上千古的冰冷，并欲图独占千古。而千古却与另一女子聪子邂逅、同居，并建议妙子彼此承认第三者的关系。妙子无奈，另找了一个肉体壮实的政治家平敏信，发现千古有的只是一躯美丽的肉体。于是，她从幻想中清醒过来，坚决与千古分手，在“得得失失”中宣告她从男人的肉体世界走出来了。这些作品再一次展示了三岛追求男性肉体二律背反的美学，出色地完成了浪漫、唯美、古典三者构成的美的方程式。

《春雪》是三岛文学艺术美的升华。它描写清显与聪子的爱情纠葛，因为清显在对聪子的爱慕中孕育着一种不安的情绪，聪子没有把握住他的感情，只得接受皇上的敕许，与治典亲王订了婚。此时清显通过友人本多与聪子保持联系，向聪子求爱，聪子在惶惑中与清显发生了关系。结局是清显忧郁死去，聪子削发为尼。作者的这部作品在纯爱中也贯穿了“优雅的犯禁”和“亵渎的快乐”的对立，并在这种对立中发现美、创造美，又毁灭了美。三岛向来对生非常憧憬，但对死也非常固执。在三岛看来，死也是生的出发点。于是他通过生生死死的轮回来寻找归宿，尤其是对死的述怀充满了悔恨与谛念，带来了肯定与否定的二重性，最终一切皆空。比如聪子和本多到了四部曲的故事结束之时，已经老迈，聪子对尘世的一切寥无记忆，本多走向老丑的绝境。作家情不自禁地道出“人是要死的，肉体是要衰老的，为什么要等到老丑才死呢？”这时候，他们两人什么也没有，既没有记忆，也没有过去，直面的是宿命的孤独，已是虽生犹死之人。这部超长篇最后的一切存在都化为乌有，导向绝对虚无和绝对空寂之境，梦与轮回的主题也空无化了。也就是说，作家在佛教无常与文学虚妄的连接点上，展开宗教心理和审美心理的透视，浸润着东方艺术的神秘色彩。三岛本人曾总结说：“《春雪》是王朝式的恋爱小说，即写所谓‘柔弱纤细’或‘和魂’”。川端康成把《春雪》誉为现代的《源氏物语》，是作者“绚丽才华的升华”。

短篇集《走尽的桥》中的各个短篇小说，也与上述中长篇名作佳篇相辉映，彼此血脉相连，合成了一个完整的三岛小说世界。三岛的散文随笔《残酷的美》《太阳与铁》两卷，将会给人一种新鲜而充满活力的美的享受。三岛是个多才多艺的作家，他不仅写了在日本现代文学史上占有重要位置的小说，而且写了许多剧种的优秀剧本，并致力于日本古典戏剧能乐和歌舞伎的现代化，还在散文随笔园地结出了丰硕的果实。

三岛的散文随笔丰富多姿，有海外游记、美学探幽、文艺随想、自我画像、作家日记、作品自解、人生自白等内容和形式。长期以来，三岛的小说创作，与其说由纯粹的、抒情的、抽象的结构来支撑，不如说是由理性思维和逻辑思维所支配，他本人就常常强调“抽象的结构，只有通过内在理论才能运动”。他还以为小说家“必须使感情和理智很好地结合起来”，在两者的平衡中创造美。他的古典主义正是从这里产生的。他的散文也是如此，“保持了百分之百的感情和百分之百的理智”。一般来说，写散文要更多地重抒情、重感受性，如何整合理与情两者的关系，达到浑然的统一，是一个难点。但散文又并非纯粹感情的表现而与知性无缘，散文是要“观古今于须臾，抚四海于一瞬”。在这方面，三岛在知性上下功夫，切断了感情与知性的二律背反，在抒情散文的文学机制上，表现了对知性的巨大的热情，创造出一个具有情与理兼容的散文世界。

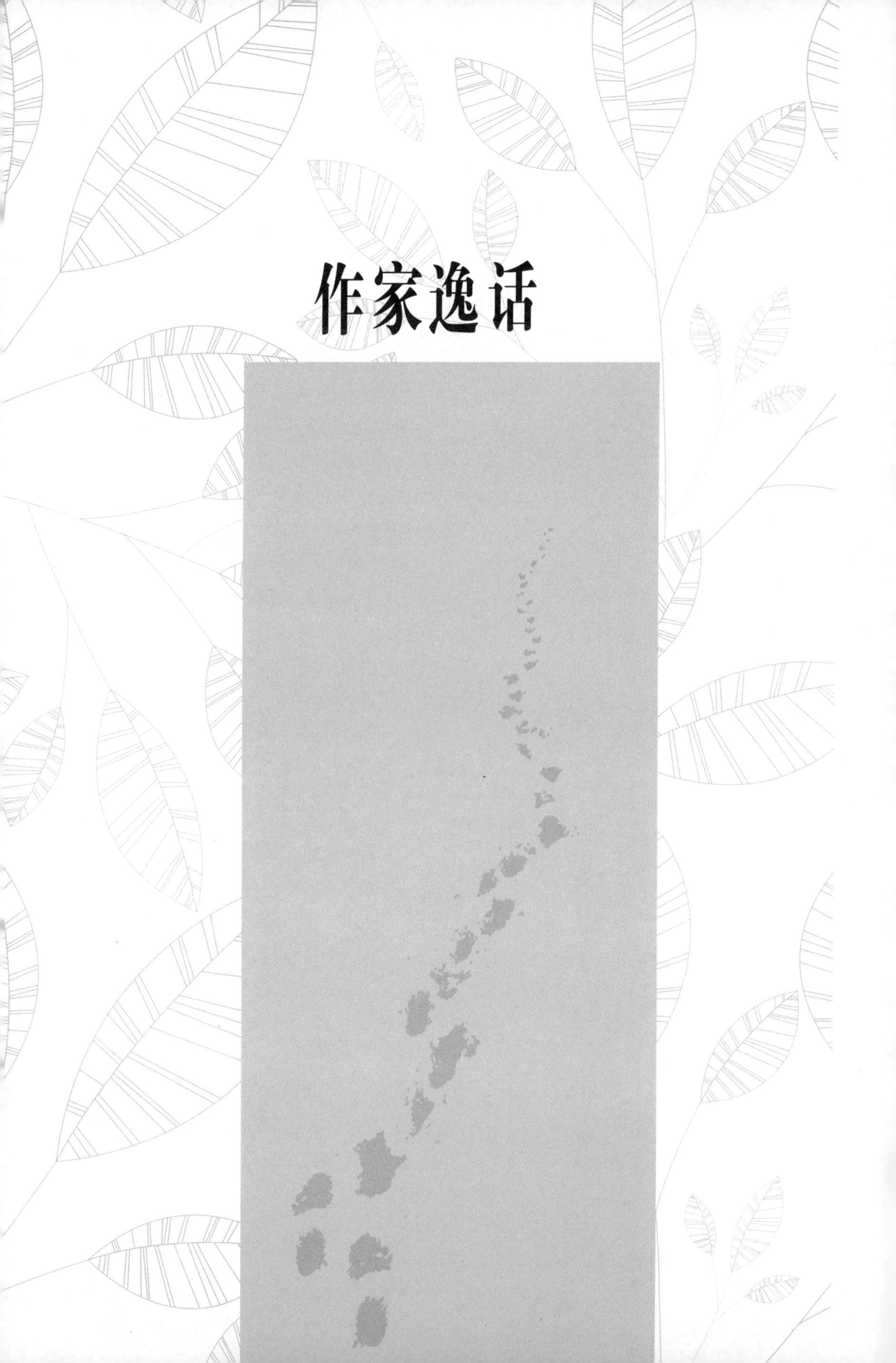

作家逸话

紫式部的宫中生活

紫式部是被誉为古代日本文学的高峰之作的《源氏物语》作者，她本姓藤原，原名不详，一说为香子。因其父藤原为时曾先后任过式部丞和式部大丞官职，故以其父的官职取名藤式部，这是当时宫中女官的一种时尚，以示其身份。后来称紫式部的由来，说她由于写成《源氏物语》，书中女主人公紫姬为世人传颂；一说是因为她住在紫野云林院附近，因而改为紫姓。前一说似更可信，多取此说。

紫式部出身中层贵族。先祖除作为《后撰和歌集》主要歌人之一的曾祖父藤原兼辅曾任中纳言外，均属受领大夫阶层，是书香门第世家，与中央权势无缘。其父藤原为时于花山朝才一时受重用，任式部丞，并常蒙宣旨人宫参加亲王主持的诗会。其后只保留其阶位，长期失去官职。于长德二年（996）转任越前守、后越守等地方官，怀才不遇，中途辞职，落发为僧。为时也兼长汉诗与和歌，对中国古典文学颇有研究。式部在《紫式部日记》《紫式部集》中多言及其父，很少提到其母，一般推断她幼年丧母，与父相依为命，其兄惟规随父学习汉籍，她旁听却比其兄先领会，她受家庭环境的熏陶，博览其父收藏的汉籍，特别是白居易的诗文，很有汉学素养，对佛学和音乐、美术、服饰也多有研究，学艺造诣颇深，青春年华已显露其才学的端倪。其父也为她出众的才华而感到吃惊。但当时男尊女卑，为学的目的是从仕，也只有男人为之。因而其父时常叹惜她生不为男子，不然仕途无量。也许正因为她不是男子，才安于求学之道，造就了她向文学发展的机动。

紫式部青春时代，时任筑前守的藤原宣孝向她求婚，然而宣孝已有妻妾多人，其长子的年龄也与式部相差无几。紫式部面对这个岁数足以当自己的父亲的男子的求婚，决然随调任越前守的父亲离开京城，远走越前地方，逃避了她无法接受的这一现实。此时，她的家道也中落。不料，宣孝穷追不舍，于长德三年（997）亲赴越前再次表示情爱的愿望，甚至在恋文上涂上了红色，以示“此乃吾思汝之泪色”。这一痴情打动了紫式部的芳心，翌年她离开了父亲，独身返回京城，嫁给了这个比自己年长二十六岁的宣孝。婚后生育有一女，名叫贤子。结婚未满三年，丈夫染上流行疫病而逝世。从此紫式部芳年守寡，过着孤苦的孀居生活。她对自己人生的不幸深感悲哀，对自己的前途几陷于失望，曾作歌多首，吐露了自己力不从心的痛苦、哀伤和绝望的心境。其中一首歌悲吟道："我身我心难相应，奈何未达彻悟性。"

其时一条天皇册立太政大臣藤原道长的长女彰子为中宫，道长将名门的才女都召入宫中做女官，侍奉中宫彰子。紫式部也在被召之列，时年是宽弘二、三年（1005—1006）。紫式部入宫之后，作为中宫的侍讲，给彰子讲解《日本书纪》和白居易的诗文。当时，贵族社会以男性学汉文视为高贵，男尊女卑，女性是不让学汉文的。她在进宫之前，在家中读汉诗文，也是尽量不在侍女面前阅读的。所以，她给彰子侍读白居易的诗文，是悄悄进行的。紫式部在日记中也写道："这件事是尽力避人耳目，专门利用中宫身边无人的时候，悄悄地给中宫侍讲了白居易的诗文。中宫也为这件事保密，只有道长大人察觉，还给中宫送来了汉文书籍。"

这样，她在宫中才有机会显示自己的才华，博得了一条天皇和中宫彰子的赏识，受到天皇赐她一个"日本纪的御局"的美称，获得了很优厚的礼遇，比如中宫还驾乘车顺序，她的座车是继中宫和皇太子之后位居第三，而先于弁内侍、左卫门内侍。因而，她受到中宫女官们的妒忌，甚至接到某些女官匿名的"赠物"，对她加以揶揄。同时，有一说，她随从彰子赴乡间分娩期间，与藤原道长发生了关系，不到半年又遭到了道长的遗弃。这种说法，是否成立，无法考证。不过，从紫式部的日记里，也透露出这位才女与藤原道长的一些隐秘的关系。

在《紫式部日记》开卷第三篇，日记的主人就用委婉的笔调记录了某天清晨，藤原道长在庭院里漫步，顺手摘了一枝盛开的女郎花，隔着挂帐，递给了她。她看见道长的身姿之美，觉得自愧弗如。此时她听见道长说道："以此花作歌不宜迟罗！"于是紫式部作歌，曰：

女郎花艳添朝露
露珠偏心愧弗如

道长马上答歌曰：

一视同仁白露珠
女郎花艳人更美

紫式部对藤原道长求爱的暗示，虽言自己不如花艳，藤原道长在答歌里情痴痴地表白，他对花和人都是“一视同仁”，觉得花艳人更美，充满了对紫式部的情爱。

在《紫式部日记》中有一段日记，她还以《谁人不欲攀》为题，敞开了自己的心扉透露这样一段带上几分神秘色彩的事。日记写道：中宫御前有一套《源氏物语》被道长大人发现了，道长大人给她写了一首和歌：

梅子盛名诱人摘
淑女才气人好逑

她给道长大人和歌作答：

不尝梅子味何来
谁人不攀实意外

接着，在题为《敲门人》的日记中，她记录了自己睡着时，听见敲门声，心里非常害怕，没有回应。翌日早晨起来，发现了道长大人塞进来一首和歌，于是她又回了一首赠答歌。

藤原道长的歌：

叩门胜似秧鸡啼
彻夜待开好凄寂

紫式部的歌：

秧鸡啼鸣系无意
生怕懊悔把门开

短短两句赠歌与答歌，两人的情怀已跃然纸上。

还有紫式部在宫中，是与一位女官同住一室，中间挂着一张帐帘相区隔。这给道长知道了，他半认真半开玩笑，意有所指地隔帘对紫式部说：“情人来了怎么办？”紫式部虽说自己听后觉得刺耳。实际上，又怎么样呢？从以上这些来来往往的歌，不是隐约可见他们两人的痴痴情怀了吗！

在宫中，紫式部有机会直接接触宫廷的内部生活，对贵族社会和一夫多妻制下存在不可克服的矛盾和衰落也有较深的感受，悲叹人生的遭际，使她时常感到悲哀、悔恨、不安与孤独。于是作歌“凝望水鸟池中游，我身在世如萍浮”，以抒发自己无奈的苦闷的胸臆，还另赋一首“独自嗟叹命多舛，身居宫中思绪乱”，流露了自己入宫后紊乱的思绪。她在《紫式部日记》里也不时将她虽身在宫里，但却不能融合在其中的不安与苦恼表现了出来。

从以上情况可以看出，紫式部长期在宫廷的生活体验，以及经历了同时代妇女的精神炼狱，孕育了她的文学胚胎，厚积了第一手资料，为她创作《源氏物语》打下了坚实的基础。在这里也离不开她与藤原道长的联系，道长十分关爱她，在她写《源氏物语》的时候，道长动员了擅长文笔多人，帮助她书写手抄本。他们大概是以此来试图共同分担在爱情与求道之间的苦恼吧。紫式部坎坷的人生体验，必然会在她的心底深深地落下了投影。

紫式部在完成《源氏物语》后，本人也曾产生过是否落发为尼的矛盾念头。在宽弘六年（1009）正月的日记所载一书简中，曾这样自白过：

> 周围的人说三道四。我只想不怠地习经奉阿弥陀佛。假如心上毫无厌世的话，那么我就不会为了出家去不懈怠地念经。只是，一心想出家，恐也难乘上极乐净土的云，不由又产生动摇，心乱如麻，我为此徘徊着。

长和二年（1013）彰子立为皇后，晚年的紫式部仍侍奉其左右，还著有《紫式部集》，这是她自撰的私家和歌集，收入了从少女时代至晚年的歌作，很少写当时流行的四季歌和恋歌，而以吟咏生离死别的哀伤和与宫中少数女官交友的歌题为主，其中与夫宣孝有关的歌约占一半。这是她一生欢乐的憧憬与梦想的歌唱，也是悲哀的失望与绝望的咏叹。这些文字，这些和歌，一扇又一扇地打开了自己宫中生活悲欢交杂的心扉。紫式部在《紫式部集》最后一首歌这样吟道：

> 何必嗟叹此世道
> 似观山樱无忧虑

这集中反映了紫式部晚年的孤独心境，她在预感到死期之将至，像她本人写到源氏之死时，不胜其悲，书中第四十一回只有“云隐”题目而无正文的结局一样，也哀叹自身如“夜半月影云隐中”。因此，近代著名的浪漫派女歌人与谢野晶子评价这部歌集时说：“在《源氏物语》里早已隐现这部私家集的影子了。”可以说，这部《紫式部集》以和歌的形式，将《源氏物语》的文化精神延长，同时也生动地记录了紫式部自己的人生片断。

紫式部的《源氏物语》《紫式部日记》和《紫式部集》，都是女作家本人在宫中生活或写实或形象的记录。它们相互映照和生辉，这使紫式部这个名字，不仅永载于日本文学史册，而且1964年联合国教科文组织将她选定为“世界五大伟人”之一，享誉世界文坛。

《源氏物语图典》导读

像雨后彩虹的清少纳言

清少纳言是日本三大随笔集之一《枕草子》的作者，平安时代的后宫女官、著名随笔家，还是三十六歌仙之一。人们称她为清女，她与紫式部、和泉式部并称为平安时代的三大才女，都有很高的汉学修养。她的曾祖父、祖父都是著名歌人，父亲是《后撰和歌集》的编撰者之一，当代屈指可数的著名歌人。

清少纳言可谓中层贵族书香门第出身，自小受到家庭教养的严格训练，爱读《白氏文集》《蒙求》《汉书》等中国典籍，对和歌和汉学有很深的修养。她经常参加一条天皇的中宫定子（后被册立为皇后）在后宫举办的文学聚会，当时并称四纳言的藤原公任、藤原斋信、源俊贤、藤原行成也是常客。在文学聚会上，清女表现出非凡的学识，才气洋溢，带有几分男性的刚毅性格。这里有这样一个故事：在一次文学聚会上，藤原斋信朗读白居易诗句："兰省花时锦帐下"，要求与会者对下旬，她机敏地吟歌对应："谁会寻访斯草庵"。还有她与藤原行成围绕孟尝君的鸡鸣故事，来住书信互相对歌，结果行成输了，可谓巾帼不让须眉。出席者对她的天禀机智，无不惊叹不已，于是为定子所钟爱，她也对定子产生敬慕之情，两人建立了互信的关系。这是促成清少纳言入宫侍奉中宫定子的重要原因。她入宫后，虽得到定子的宠爱和庇护，却受到公卿和官人的妒忌和白眼，这在权力圈内是很自然的事，恐怕中外概无例外。

由于内大臣藤原道隆和道长兄弟围绕宫中的权力而争斗，道隆失败，于长德二年（996）道隆之子伊周、隆家以对花山天皇的"不敬罪"被流放，作为道隆之女的中宫定子先被幽禁，后被逐出宫，寄居在伯父家。这时，宫中谣言四起，后宫同僚中伤清女外通政敌道长。清女愤然辞去宫仕，幽居家中。直至宫廷权力斗争结束之后，定子重返宫中，她也回宫侍奉忧郁致病的定子。她与定子两人关系之密切，可谓"异体同心"。长保二年（1000）冬，带病在身的定子生产第二公主后，结束了二十五岁的短暂生命。此后，与定子对立的道长之女、紫式部所侍奉的中宫彰子，曾恳切地挽留她侍奉在自己身边，她断然拒绝，不为新贵效力，完全退出宫中的生活，始终坚守"做人一就是一"的信条，由此可见其为文为人的一斑。

的确，在平安王朝后宫的女官中，清少纳言的个性独具魅力。她与平安时代女性特有的优雅性格相反，具有不服输的坚强性格。她屡屡直接顶撞当时宫中像斋信、行成这样堂堂的须眉，揶揄生昌、方弘这样的才子，嘲笑他们是愚才，表现出一种傲慢的讥讽态度。从这方面来说，她似乎是个重理性胜于重感情的人，是一个冷峻的女性。但是，实际上，她却又富有人情味，对人会倾注温暖的同情，有时感动落泪，有时热情奔放。诸如，她对中宫定子的景仰、赞美的态度，对定子不幸遭遇的同情等，都流露出她的女性爱来。清少纳言这种性格，跃然《枕草子》全书的字里行间。

清女本人的婚姻生活并不美满。在缺乏才气的橘则光以殉情的决心，向十七岁的青春年华的她下跪求婚时，她觉得则光虽是连和歌也不懂的庸才，但有一股纯情，便打动了她的芳心，最终于天元五年（982），与则光结婚，翌年产子，名则长。夫妻两人由于文化素养的差异，性格、情感的不合，以及牵扯上官场人事的纷扰，于婚后三年离异。此前一年，老父元辅病逝。这两件事，使她悲痛与怨恨交织，成为她的人生转折，清女晚年命运不济。曾有文献记载，清少纳言落魄之后，与宫中官人同乘车来到自己的宅门前，目睹屋宇破坏的情景，借用燕王好马买骨的故事，对宫中官人说了一句“不买骏马的骨!”同时，推测她晚年可能削发为尼，闭居于叫“月轮”这个地方的山中，曾留下了这样一首哀叹自己晚年悲凉的和歌，歌曰：“老者望月空悲切，隐居山中甚孤寂”。这短短两句和歌，清女将自己晚年隐居山中的悲怀吐露无遗，恐怕也可以从一个方面佐证她这段晚年的人生的经历吧。

清女在随笔《枕草子》中，多记录了一些她在宫中的生活，折射了宫廷里的喜怒哀乐的故事。有一段这样记道：她刚进宫侍奉中宫定子不久，中宫问她：“你想念我吗?”她回答说：“为什么不想念呢。”这时，传来了一声喷嚏声。中宫质疑说：“你是说了假话吧?”回到女官房里，女官拿了一首歌让她看，歌曰：“真话假话谁知道，上天又无英明神”。清女哀怨地咏道：“想念心浅也难怪，为了喷嚏受牵连，不幸，不幸啊。”于是，她以“喷嚏”为题，将这讨人厌的、可恨可叹的事写了一段，描述了她埋怨打喷嚏的人使自己受了连累的事情。这看似是琐碎的事，不也从一个侧面反映了宫廷里的人际纷繁吗。

清女在写《枕草子》的时候，引用了《文选》《新赋》《史记》《汉书》《四书》《蒙求》等汉籍中的不少中国典故。她的“假的鸡鸣”，借用《史记》“孟尝君列传第十五”中孟尝君“半夜至关（函谷关），关法鸡鸣而出客，孟尝君恐追至，客之居下坐者有能为鸡鸣，而鸡齐鸣，遂发传出”的故事，写了行成到中宫职院，已是深夜，翌晨他给清女写信道："后朝之别，实是遗憾。本想彻夜不眠地畅谈昔日的闲话，然天亮鸡鸣所催，便匆匆归去。"清少纳言读信后，写回信道："半夜的鸡鸣，是孟尝君的鸡叫声吧？"行成随即回信道："在半夜里孟尝君的鸡鸣，使函谷关的门打开了，三千食客好不容易才得脱身，书里是如是说的。可是昨夜却是与你相会逢坂关啊。"

于是，两人又以逢坂关为题对起赛歌来，清少纳言歌曰：

纵令夜半装鸡鸣
岂能混过逢坂关

她以为孟尝君假的鸡鸣，骗得了函谷关的守关人，也骗不了逢坂关的细心的守关人啊！最后行成认输了。这里，清少纳言反复地借用孟尝君深夜函谷关鸡鸣的故事，以比喻自己是不会被行成这样的男子突破自己的"关"的，很有风情，其含义是有趣而深刻的。

清少纳言对白居易诗文，更是运用自如，活用得最多。给我印象最深刻的一例是：在一次文学聚会上，斋信让她对白居易诗"兰省花时锦帐下"的下旬，她谙熟白氏诗《庐山草堂雨独宿寄友》诗下句是"庐山夜雨草庵中"。但她认为，斋信是由于"听了什么人无中生有的谗言，对于我说了许多坏话"，而且"把（我）清少纳言这个人完全忘掉了"，由此产生龃龉，不将自己算在女官之列，试图借此轻蔑她，所以，她只用白居易诗的"草庵"二字，来接下句，用和歌答曰："谁会寻访斯草庵"，回敬了斋信，以示自己已被你这个头中将憎恶了，有谁还会到自己的草庵里来呢。从此，这位官至头中将的大男子，"把脾气也完全改过来了"。

清少纳言对中宫弹琵琶这段描写，也是给人留下深刻印象的：

带光泽的黑色琵琶，遮在袖子底下，非常的美。尤其白净的前额从琵琶的边里露出一丁点儿，真是艳美绝伦。我对坐在贴邻的女官说："从前人说'半遮面'的那个女人，恐怕还没有这样的美吧？何况那个人又只是一介平民呢。"

清女描写中宫抱着琵琶，现出前额的姿态，于是马上引用白居易《琵琶行》诗中的"千呼万唤始出来，犹抱琵琶半遮面"句，形容其美无比。

特别是书中最著名的“香炉峰雪”一段，记录了这样一件事：大雪纷扬，女官们在垂下帘子的宫里，侍候中宫时，围炉谈闲话。中宫说道：“少纳言呀，香炉峰的雪怎么样啊?”其他女官对中宫的句还没有领会过来，少纳言却立即站了起来，将帘子卷起来。中宫看见笑了。大家都对着她说：“你当中宫的女官最合适了。”因为作者清少纳言听了中宫问“香炉峰的雪怎么样啊?”马上联想到白居易《香炉峰下新卜山居》中的“日高睡足犹慵起，小阁重衾不怕寒。遗爱寺钟歌枕听，香炉峰雪拨帘看”句，就聪慧而机敏地领会了中宫的问话，是暗示要把帘子卷起来。由此可见作者对白居易诗之熟习，背诵如流。这段“香炉峰雪”成为日本文坛的千古佳话。

但是，清少纳言的许多经历还是不明也不白的。正如一位日本学者所说的：她的经历“犹如挂在雨后天空的彩虹，异常灿烂绚丽，可是它的两端却像没人水中似的，有许多地方弄不清道不明”。不管怎样，从以上清少纳言的家庭生活的阅历和宫廷生活的体验见闻，可见她的确像雨后的彩虹，多么的灿烂，多么的绚丽!

《枕草子图典》导读

业平、小町的恋歌

日本古代歌坛，有六位著名的歌人，史称“六歌仙”。其中男歌仙在原业平、女歌仙小野小町最风流，写的恋歌最多，也最有风情。

在原业平（825—880），一般文献记载，业平的父亲是平城天皇的皇子阿保亲王。历史书《三代实录》（901）是这样描写他的：“体貌闲丽、放纵不拘。略无才学，善作和歌。”当时所谓才学，是指汉学尤其是儒学。也就是说，业平没有或少有接受汉学、儒学的影响，曾与三千七百多女性相交，其好色自然不是专一的对象，而是将热情倾注在众多的女性上，以“好色家”而著称。在这里的“好色”二字有着特殊的含义。从语源来说，奈良时代的“色”字只含有色彩和表情两层意思，到了平安时代，“色”字的含义扩大，增加了华美和恋爱情趣的内容。日语的“色，好み”的“好み（このみ）”不是“好”的训读，而是含有选择之意。“好色”是一种选择女性对象的行为，不完全是汉语的色情意思。因为“色情”是将性扭曲，将性工具化、机械化和非人性化，而“好色”是包含肉体的、精神的与美的结合，灵与肉两方面的一致性的内容，好色文学以恋爱情趣作为重要内容，即通过歌表达恋爱的情趣，以探求人情与世相的风俗，把握人生深层的肉涵，并不能理解为卑俗性，况且它与物哀、风雅的审美意识相连，是具有独特的美学价值和文学意义的。当时能称得上“好色家”者，必须具备两个基本条件：一是和歌的名手；二是礼拜美，即在一切价值中以美为优先。可以说，好色不是性的颓废现象，而是作为一种美的理念。

日本古代的好色文学理念最早出现于《竹取物语》和《伊势物语》，后者的主人公原型就是在原业平，这部歌物语的歌，是以在原业平的歌为中心的。在这两部物语之间问世的《古今和歌集》的五卷恋歌中，在原业平的歌也体现了这种好色的审美情趣。集子收入业平的歌共三十首。其中恋歌最多，占十一首；四季歌、羁旅歌次之，各四首。在恋歌中就体现了当时贵族社会的“好色”审美情趣、一首题序写道：“在原业平在右近马场骑射之日，行至该处，透过车帘依稀见一女子朦胧的面影，赋此歌。”歌曰：

依稀相见苦思恋
怅望伊人却了情

在原业平与恋人（佚名）相赠的恋歌，常常以托梦寄情表现出来。业平的歌在小序中说，“相逢伊人翌晨咏此歌相赠”：

昨夜梦中幻境虚
今朝愈觉影依稀

伊人的答歌，序说“业平朝臣巡伊势国时，与斋宫人悄悄幽会，翌朝又无法遣人致意。正思念间，伊人送来一首歌”，曰：

君来我往若虚影
是梦是醒难说清

这个斋宫人实为斋宫恬子，他们过了一夜，业平作歌答曰：

暗淡心绪困惑情
是梦是醒世人言

伊人（佚名）以无题作歌答道：

心绪困惑不足言
莫如梦中更鲜明

当时伊势神宫的斋宫是严禁女子与男性接触，皇宫的后宫更是如此。业平冲破禁忌，悄悄与二条后高子、三条后、斋宫恬子等幽会，更具神秘性和优雅性。比如他在一首恋歌的词书交代：

（词书）偶与住在五条后宫西厢的伊幽会叙谈，某年 1 月 10 日，闻伊隐居他处，然未能再相见。翌春，梅花怒放，月色清幽，回忆去岁西厢，卧席仰望月儿，至月斜时，感咏此歌：

已非昔时月与春
惟我本人仍独身

歌人在原业平与五条后于后宫西厢幽会后，转年仍未能再相见，卧在月光映照下的铺席上，回忆最后分别的往事，惆怅万分，直至月儿倾斜，天将黎明，辗转反侧，未能成眠，发自肺腑地用感叹调咏出此歌，表达了自己的深深的思慕之情和纯粹爱的追求。这是当时贵族男女相交作歌的典型。《伊势物语》也有记录这件事情。

在原业平的恋歌常常使用隐喻法，以自然物象来寄托恋情。比如，细雨春物比春心，月色比美好的忆恋，朝露比悲伤的泪滴等等，举一首《无题》的恋歌为例：

秋野朝露沾湿衣
莫如偶逢夜涕泣

歌人业平以露隐喻泪，他的衣衫湿了，疑是朝露滴湿，却原来是夜等伊人未逢，悲伤得被泪水濡湿了。业平除四季歌、恋歌外，最具代表性的是收入集中的唯一一首哀伤歌《病弱时咏》，表现了在生死之交的心路：

终走此路早有闻
昨日今日何多思

总体来说，在原业平的歌虽其词不足，但其歌热烈奔放，又多愁善感，尤其是恋歌“心深”，给人留下悠悠的余情和无穷的艺术想象空间。纪贯之在《古今和歌集》序中对他的歌总评价是：“其心有余，其词不足。如萎花虽无色仍留余香。”这是很贴切的。由此看来，在原业平的审美情趣，追求的是重精神的价值，幽玄的风雅美也尽在其中。这在平安时代的贵族社会里，被认为是理想文明的象征。还有上述《古今和歌集》使用悬词、缘语、歌枕等修饰法和词书等的表现技法，在原业平都起了很大的作用，对于提高和歌的艺术表现手段做出了自己的贡献。

小野小町（生卒年月不详，推算是834－883），六歌仙中唯一的女性。其祖父小野篁、其母是衣通姬，可谓歌人世家出身。其他经历未详，传说是仁明天皇的更衣（后宫女官，奉侍天皇御寝）。《古今和歌集》收入她的十六首歌，恋歌占了十二首，是本歌集中恋歌最多之一人。她的恋歌也多以梦中的对象来吟咏，其中两首这样哀切地咏出：

梦里相逢人不见
若知是梦何须醒

假寐依稀见恋人
莫如梦中来相会

小町的这两首恋歌，纤细哀婉地咏出在梦中流溢的一股淡淡的雅情，这是她的恋歌的特色之一。但也有例外，就是她希望梦与现实拉近距离，让爱不再沉浸在梦的空幻而回到现实中，使爱更真切，而不再是梦里相求：

纵然梦里常相会
怎比真如见一回

这首歌直率地表达自己的恋心之深切。尤其是朝臣安倍清行在引用《讲法华八经》经文中的“以无价宝珠系其衣里”，作歌“无价白玉系衣袖/不见伊人泪涌流”一句，赠小野小町。小町以更激越的感情答歌，唱出自己炽烈的青春的爱恋：

痴泪如珠湿衣袖
恰似江水滚滚流

传说小野小町是绝世佳人，其貌美如玉，有“玉造小町”之称，但晚年日见“衰老之状”。所以她的恋歌另一特色，就是表现更具实在感，并且以悲调咏出：

世间人心似色花
恋情易变心如麻

这是晚年的小町托花色易变来慨叹自己容姿衰老，人的恋心似花色随时间流转而易变。她在一首春歌中也表达了同样的心情：

> 花色易变人衰颜
> 人世弹指一挥间

小町的恋歌，年轻时感情如此丰富，如此激越，晚年时又如此忧郁、如此感伤，充满了风雅的浪漫精神，在古今歌中是鲜见的，作为好色的行动半径虽比不上在原业平广泛，但其歌的精神内涵比在原业平深刻得多。传说，年轻时在宫中，向她求爱者甚众，但衰老后却受恋人冷落，死后弃尸荒野，连风吹进她的眼帘都响起了悲鸣声。这些传说故事，与在原业平的传说故事一样，多作为物语、能乐等文学作品的题材。

当然，在对待好色文学的审美观念上，也存在两种截然不同的价值判断。纪贯之编纂了《古今和歌集》，他的假名序和纪淑望的汉文序，在对待好色理念问题上持异议是相同的，但在程度上则存在微妙的差异。假名序称：

> 现今世上，关于色、人心，如花似锦，无实之歌，惟有不像样的内容。如此，好色之家湮没无闻，不为人知矣。

汉文序则曰：

> 人贵奢淫，浮词云兴，艳流泉涌，其实皆落，其花孤荣，至有好色之家，以之为花鸟之使，乞食之客，以之为活计之媒，故半为妇人之右，难进丈夫之前。

对两序这段话进行比较，可以看出：前者仅是一种轻描淡写的客观叙述，至多是对好色的慨叹，语调是非常温和的。因为纪贯之等编纂这部集子时也明白，敕撰和歌集本身是试图用国风来对抗汉诗集，如果无视好色的歌，就无从谈论那个时代和歌的潮流。而后者则从儒学的道德观出发，将好色之家比作“乞食之客”，是“妇人之右”，大丈夫不屑一顾，这种批评语调是非常严厉的。很明显，汉文序的意图是要将和歌提高到中国汉诗的同样水平，故而以中国儒家的道德标准来衡量日本的好色情趣，有意贬低事实上已经作为日本独自的文明价值所形成的好色的美理念。当时敕撰集选歌，在对待在原业平的态度上也反映出来。在原业平的歌，从《后拾遗和歌集》到《千载集》一首也没有采录，《古今和歌集》收入了十首，这反映了《古今和歌集》率先推动了和歌歌风的转变，适应了平安朝贵族社会新的审美价值取向。

在《古今和歌集》中，在原业平、小野小町的恋歌，其好色的性格是非常典型的，对同时代的“女房文学”起到规范性的作用。紫式部的《源氏物语》就是在这个基础上，将好色的审美情趣推向高潮。

《日本文学史》

芭蕉的“风雅之寂”

松尾芭蕉有日本“俳圣”的称誉。他出生于伊贺上野乡。生平未详，一说他已娶妻成家，一说他终生独身，因为他的著述和门人的记述都无涉及他的家庭生活情况，故难以定论。自幼丧父，家境清贫，受俳人北村季吟的启蒙，开始作句。二十九岁上，他到了江户，目睹当时武家政权和町人金权的统治，不满金权政治横行于世，于是他超然于繁杂的仕官，主动诀别政权和金权，决然离开了喧嚣的江户，到了荒凉的隅田川畔的深川，甘于忍受在底层生活的清贫与困苦，隐居草庵，从此参禅，彻悟人生，潜心作句，并将此作为自己终生的事业。芭蕉从草庵生活开始探索新的句风，草庵也成为芭蕉开展俳谐新风运动的据点。他作以下具有新风的《富家食肌肉，丈夫吃菜根，我贫》一句：

清晨冬雪彻骨寒
独自啃食鲑鱼干

芭蕉以富家食肉，贫家吃菜根来对比，说明人虽清贫志不移，在寒冷的早晨，独自啃鲑鱼干，也别有一番风味在心头。这一句写出了他人也道出了自己的贫苦景况。芭蕉的句，还写了贫穷渔家的清苦、耍猴汉的苦楚、可怜歌女的哀悲、路人的饥寒、贫僧的凄苦等等。这些句，已孕育着“诚”与“闲寂”的审美意识，从中可以感受到芭蕉的新句风——“蕉风”的胎动。

晚年的芭蕉以旅行来抚慰自己孤独的心，同时观察自然与人生。他隐居草庵的人生体验，以及旅行对大自然的切身感受，成就了芭蕉，写下了代表“蕉风”的不朽名句《古池》，句曰：

闲寂古池旁
青蛙跃进池中央
扑通一声响

这一句是写于芭蕉庵之后，如果从表面来理解，古池、青蛙入水、水声三者似是单纯的物象罗列，不过如果从芭蕉的“俳眼”来审视，古池周围一片幽寂，水面的平和，更平添一种寂的氛围。但青蛙跃进池水中，发出扑通的响声，猝然打破这一静谧的世界，读者就可以想象，水声过后，古池的水面和四周又恢复了宁静的瞬间，动与静达到完美的结合，表面是无穷无尽无止境的静，内里却蕴含着一种大自然的生命律动和大自然的无穷奥秘，以及俳人内心的无比激情。

这说明芭蕉感受自然不是单纯地观察自然，而是切入自然物的心，将自我的感情也移入其中，以直接把握对象物生命的律动，直接感受自然万物内部生命的巨大张力。这样，自然与自我才能在更高层次上达到一体化，从而获得一种精神的愉悦，进入幽玄的幻境，艺术上的“风雅之寂”也在其中。

还有，芭蕉旅行奥州小道，来到山形藩领地的立石寺，置身于景色佳丽而沉寂的意境，心神不由地清净起来，作句一首，以慰藉他的孤寂悲凉的旅心：

一片静寂中
蝉鸣声声透岩石

这一句的俳谐精神与《古池》是相通的，都是具现了芭蕉的“闲寂”的典型佳句。芭蕉以“闲寂”为基础，将自然与人生、艺术与生活融合为一，达到“风雅之诚”“风雅之寂”。这个“诚”与“寂”，较之物质的真实，更是重视精神的真实，是作为精神净化的艺术的真实，从而创造了俳谐的新风。

芭蕉热爱大自然，对自然美的感动，成为他追求的“风雅之诚”“风雅之寂”的原动力。他的“风雅”，不是风流，也不是物质和官能的享乐，而是一种纯粹对自然景趣的享受，向往和憧憬闲寂的意境。这种意境既包含了孤寂、孤高、寂静和虚空，又内蕴单纯、淡泊、简素和清贫。

在旅次，芭蕉不止一次地说过，“若死于路上，也是天命”。旅中病倒，大概他已预感死期将至，临终前四日，还切望于闲寂的风雅，写下一首辞世名句《病中吟》：

旅中罹病忽入梦
孤寂飘零荒野中

据其弟子其角记载：“师悟道：‘荒野之行，心中涌起梦般的心潮，正因为执迷，切身感到病体已置于风雅之道’。”可以说，芭蕉的俳句展现了一种闲寂美、风雅美，这种美是在永恒的孤绝精神之中产生的。而这种孤绝的精神又是在自然、自然精神和艺术三者浑然一体中才放射出光芒。

芭蕉一生写了千首俳句，他在创作实践中发现“风雅”“闲寂”之美，开拓了一个时代的新俳风，完成了创造一个时代的日本美。芭蕉在俳句方面对传统美的传承与创造，的确是个“登峰造极者”，世人尊称他为俳圣。

芭蕉不仅在俳句创作方面，而且在俳论方面也做出了巨大的贡献。他既扬弃贞门、谈林俳论只注重“俳言”和“滑稽”的旧风，以及超越贞门、谈林俳谐的观念性，又摄取上岛鬼贯从新的视点来思考“真实”（まこと）文学论的生命，以及运用禅学“本来无一物”的哲理思想，继承和创造性地发展了鬼贯的“诚”的俳论，在“诚”的自觉的基础上，探寻俳谐的艺术本质。

芭蕉的俳论是通过对上述传统俳谐思想的自觉和本人严格的艺术实践建立起来的。他在俳谐创作实践和俳谐理论两个方面，创造性地丰富和发展了闲寂、风雅的文学思想和美学思想。芭蕉生平很关注从理论上指导其弟子进行俳句的创作，但他生前未系统整理和发表过一册俳谐论著，大多数论述都是只言片语，散见于他的随笔、俳文、序跋、评句、书简中，尤其是集中反映在俳谐纪行文《笈小文》上。同时，他殁后由其主要弟子记录在自己的论著中，主要代表作有去来的《去来抄》、土芳的《三册子》等。芭蕉俳论包括俳谐的本质论和美学论，主要内容由“风雅之诚”“风雅之寂”“不易流行”三部分构成，是融会贯通，不可分割的。而且三者其本为一，都是建立在“诚”即“真实”俳谐思想上。三者之中，“风雅之诚”是基础，是根本。它不仅将自古以来的“真实”文学美学思想提高到一般艺术的真实性上，而且使这一时期的俳谐获得更高更深刻的艺术性，大大地丰富俳论的内容，形成当时俳谐的全新理念，成为一个时代的俳谐新趋向。革新俳谐便成为时代思潮的中心。上述《富家食肌肉，丈夫吃菜根，我贫》，就是他的真实论的重要艺术实践。可以说，芭蕉的“风雅之诚”是对人生的深刻思考的结晶，同时贯彻了写实的“诚”的俳谐理念。

作为日本文学传统基本精神的“诚”（“真实”），是流贯于各个时代的。芭蕉强调“风雅之诚”正是继承了这种传统的“真实”精神，但他并没有把“诚”（“真实”）精神绝对化，而是与时俱进，提倡“风雅之寂”。这是在禅思想和老庄思想的导向下，在全面参与的关系中，深化“风雅之诚”，从而使“诚”的内涵获得更大的延伸。因此，芭蕉的俳论同时主张“风雅之寂”，强调风雅与禅寂相通，具有孤寂与闲寂的意味。

芭蕉在《笈小文》中强调“风雅乃意味歌之道”，写道：“西行的和歌，宗祇的连歌，雪舟的绘画，利休的茶道，其贯道之物一如也。然风雅者，顺随造化，以四时为友。所见之处，无不是花。所思之处，无不是月。见时无花，等同夷狄。思时无月，类于鸟兽。故应出夷狄，离鸟兽，顺随造化，回归造化。”

从芭蕉这些论述来看，芭蕉俳谐的风雅精神，首先是摆脱一切俗念，“出夷狄，离鸟兽”，回归同一的天地自然，采取静观的态度，以面对四时的雪、月、花等自然风物，乃至与之相关的人生世相。其次，怀抱孤寂的心情，以闲寂为乐，即风雅者也。文中所说“顺随造化”，“回归造化”的“造化”，就是“自然”，是“以四时为友”，人与自然的调和。芭蕉认为心灵悟到这一点，一旦进入风雅之境，就具有万般之诗情，才能在创造出“风雅之诚”的同时，也创造出“风雅之寂”来。

换句话说，风雅本身，就是孤寂，就是芭蕉的所谓“俳眼”。从这点出发，以静观自然的心情静观人生，则人生等同于自然，达到物我合一，真实的初心与纯粹的感情相一致，即人物才能得“物之心”，达到“物我一如”之境而显其真情，这样才能把握物的本情。

然而，自然是随着四季推移而变化的，所以把握自然的本质，不应是眺望原来的自然，而是要将凝视自然所获得的本质认识，还原于原来的自然之上。这样凝视物象所把握的东西，就是“闲寂”（さび）。“闲寂”就成为芭蕉观照自然的根本。“闲寂”是当时流行的美理念，它是继古代写实的真实（まこと）、物哀（もののあはれ）和中世纪的幽玄“空寂”（わび）之后，而成为中世纪后期流行的新的文学理念和美学理念。

上述芭蕉的名句《古池》，就是通过“闲寂”的独特表现力，产生艺术性的风雅美、余情美。换句话说，“风雅之寂”的精神基础是“禅俳一如”，以禅作用于自然之美和艺术之精神。他在旅次以“四时为友”，“顺随造化”，通过对自然的观照，自觉四季自然的无常流转，进而感受到“诸行无常”。因此他竭力摆脱身边一切物质的诱惑，以“脑中无一物为贵”，“以旅为道”，以及以大自然作为自己的“精神修炼场”，在俳谐思想中培植“不易流行”的文艺哲学思想。从这个意义上说，“不易流行”成为其“闲寂”的思想结构的基石。

芭蕉俳论的“不易流行”是芭蕉风雅观即“风雅之诚”与“风雅之寂”

的中核。

关于“不易流行”说，按芭蕉本人的解释是：“万代有不易，一时有变化。究此二者，其本一也。”土芳在《三册子》中按其师的本意作了如下的说明：“师之风雅，有万代不易的一面和一时变化的一面。这两面归根到底可归为一。若不知不易的一面，就不算真正懂得师之俳谐。所谓不易，就是不为新古所左右。这种姿态，与变化流行无关，坚定立足于‘诚’之上。综观代代歌人之歌，代代皆有其变化。且不论其新古，现今看来，与昔日所见不变，甚多令人感动之歌。这首先应理解为不易。另外，事物千变万化，乃自然之理。作风当然也应不断变化。若不变，则只能适应时尚的一时流行，乃因不使其心追求诚也。不使其心追求诚者，就不了解‘诚’之变化。今后不论千变万化，只要是发之追求诚之变化，皆是师之俳谐也。犹如四时之不断运行变化，万物亦更新，俳谐亦同此理也。”

由此观之，“不易”是万古不变的东西，即现象千变万化，然其生命是万古不易的。在文学美学思想来说，也是流贯于日本文学美学历史长河的“真实”（诚，まこと），这是有其传统的。而“流行”是随时代推移而变化，自然也是随着四季流转而变化的。所以，把握自然的本质，不应是眺望原来的自然，而是以凝视自然所获得的本质认识，还原于原来的自然之上。

芭蕉的结论是：

> 句，有千载不易之姿，也有一时流行之姿，虽为两端，其根本一也。之所以为一，乃是汲取风雅之诚也。不知不易之句难以立根基。不知流行之句难以立新风。（去来·许六记录，《俳谐问答》）

可以说，芭蕉主张的不易的“诚”与流行的“寂”，正是根基与新风的关系。穷究芭蕉俳论都归为这两者，而这两者又归于同一根源，就是不易的风雅之道。这样，松尾芭蕉从根本上解决俳句不断革新的理论问题。芭蕉这一俳谐的根本文学理念和美学理念，带来了俳句的重大转机，在近古俳谐史、文学史上建立了一座丰碑。

《日本文学史》

芥川龙之介生命的完结

每个作家的思想都具有时代的特质。它是受到个人的境遇和社会、阶级的制约的。同样，每个作家的作品所表现的思想，也是受到历史、时代、阶级的制约。芥川充分认识这一点。他说过：

> 我们不能超越时代。不仅如此，我们也不能超越阶级。我们的头脑里已被打上阶级的烙印。（中略）我们与在各自不同的气候下、各自不同的土壤上发芽的草一样不会变化。同时我们的作品也是具备了无数条件的草的种。若从神的眼光来看，我们的一篇作品，恐怕可以显示我们的全部生涯。（《文艺的、过于文艺的》）

> 他生活在“时代的不安”下，个人接触到许多不合理的实际，自然地流露对社会上的利己主义不满，对资本主义的现实不满，感到周围的现实都充满不调和，加上患神经机能障碍症，精神和肉体都受到折磨，产生一种厌世的思想。进而对社会和对人生感到幻灭，认为“周围是丑恶的，自己也是丑恶的。人凝视眼前这些东西而活是痛苦的。然而，人又强迫自己这样活着”（1915 年 3 月 28 日致恒藤恭书简）。

由此引出他对生的态度的三部曲：首先以为肯定生，必然地要肯定丑。在他看来，善与恶不是相克，而是相关的。因此，生是建立在不合理的基础上的。所以“若是始终贯以理性的话，我们就必须满腔地咒诅我们的存在”。其次主张善与恶永远地背负争斗的命运，因为征服了恶，善才能成立；对善的反抗，恶才能成立。没有恶，也就没有善。征服恶之后而来的和平是美的。因此，最后，在他的眼里，“恶也好，同恶的斗争也好，都属人生的必要。这样，已经将同恶的斗争名为善，为什么不可以将恶本身称为善呢？另一方面，将恶称作恶者，为什么不能也将善叫作恶呢”。（1914 年 1 月 21 日、1915 年 3 月 28 日致恒藤恭书简）

他这样从理论上理解“生”和观照“生”。然而现实是人生的善恶是相克的，只有抑恶才能扬善。在现实碰壁之后，他对社会和道德的怀疑与日俱增，不能自拔，于是企图逃避生、逃避现实。所以，他要竭力追求另一个观念性的理想主义的世界。但他不是个消极主义者，而是冷静的旁观者。他曾经这样自问自答：

你为什么攻击现代的社会制度？
因为我看见资本主义产生的恶。
恶？
我认为你不承认善恶的差别。那么你的生活？

这说明他不能不冷眼观察现实和审视人生。不过，他虽然努力去寻找时代和社会的病根，但却没有力量去解决现实的丑恶问题。于是，他企图调和现实与理想之间的距离，从现实寻找理想的可能性，企图从艺术中拂去不调和的人生。

芥川龙之介的人生观的形成，一方面是由于上述的个人和家庭的遭遇，另一方面，也许是更重要的方面，是由于他的成长处在如前所述的昭和末期到大正时期这一激荡与平和、闭塞与明朗对立的历史时期，面对的是“时代闭塞的现状”。个人、家庭、社会三方面的境况，使他陷入人生苦恼的深渊，同时他又不堪忍受现实的丑恶，作为人生的旁观者，为了埋头观照现实，他又不得不从精神上用合理主义武装自己，期望使自己成为一个“精神上的强者”。他出于对资本主义体制、道德和现代社会的种种束缚不满，因而对马克思主义抱有一定的兴趣。但他不相信通过与资本主义斗争可以改变人的命运。

可以说，他的人生观基于个人主义，对于社会和人生采取一半肯定，一半否定的态度。他一再解剖自己的世界观，在《一个傻子的一生》一文中既承认“看到了资本主义的罪恶”，“攻击现代的社会制度”，但却又“害怕他们所蔑视的社会”。所以他强调“最光明的处世方法是既蔑视社会的因袭，又过着与社会的因袭不相矛盾的生活”。他为此常常苦恼于宿命，他在《侏儒的话》中表示“一半相信自由意志，一半相信宿命；一半怀疑自由意志，一半怀疑宿命”。“古人将这种态度称作中庸。中庸就是英文的 soodsense。我相信，如果没有 soodsense，就没有任何的幸福。”可以说，以中庸之道来统一自由意志与宿命的矛盾，是芥川人生观的核心。

芥川人生观的这种“败北意识”的思想弱点——近代世纪末的时代思潮，在描写他的半生的《大导寺信辅的半生》已露端倪，到了晚年的《侏儒的话》《一个傻子的一生》等更典型地体现了出来。他谈及这个问题时还说过这样一段话，“遗传、境遇、偶然——主宰我们命运的毕竟是这三者”（《侏儒的话》），所以决定他的命运的，“四分之一是我的遗传，四分之一是我的境遇，四分之一是我的偶然——我的责任只是四分之一”（《暗中问答》）。换句话说，他只有四分之一的能力来主宰自己的命运，实际上他已不能主宰自己的命运，于是企图笃信基督教来寻找精神的寄托，但现实的压迫使他受到更大的折磨，他无法再相信上帝能再创奇迹来解救他的不幸的命运。他的“临终的眼”已流泻出悲怆的光。于是他在“落寞的孤独”之中，写下了遗书《给一个旧友的手记》，披露了一个自杀者的心理：

> 我痛切地感到我们人类“为生活而生活”的悲哀。如果甘于从痛苦中进入安眠的话，为了我们自身，即使不幸福，但无疑也是平和的。不过，我什么时候能勇敢地自杀还是个疑问。对这样一个我来说，唯有自然比什么都美。你爱自然的美，你会笑我想要自杀的矛盾吧。然而，自然的美是映现在我的临终的眼里。我比别人更发现、更爱且更理解美。仅此，就是在双重的痛苦中，我多少也满足了。

最后他表明：

> 我有义务对任何事实都必须老实地写。我也解剖了我对将来的漠然的不安。

芥川致久米正雄的这封遗书，说明自己“对将来的漠然的不安”之后，就抱着“希望已达之后的不安，或者正不安时的心情”（鲁迅语），于1927年三十五岁上，服下致命的安眠药，结束了风华正茂的年轻的生命。

岛崎藤村在《芥川龙之介君的事》一文中说：“芥川君的苦恼的怀疑，是我们同时代人的怀疑。他的苦闷，也是我们同时代人的苦闷。对于那么恼于苦恼的人，我们需要寄予哀惜之情。”

宫本显治在《败北文学》一文指出：“一是他闭锁在旧道德的氛围，一是他在精神上有耻于自己既承认资本主义，又安于生活在其中。（中略）这样，芥川氏将他生理的、阶级的规定所产生的苦恼，来替代人类永恒的苦恼。”

唐木顺三在《芥川龙之介论》中道出：“芥川是时代的牺牲者，他一身背负着世纪末的渊博学问，不堪忍受旧道德的重荷，在新时代的黎明中倒下了。”

总之，正如日本文学史上评价他的：“他的一生是失败的一生也。他的历史是蹉跌的历史也。他的一代是薄幸的一代也。然而，他的生涯却是男子汉的生涯。”“他的赤诚是他的生命也。他临死犹如抱着一团火似的赤诚，火似的赤诚遂使他与其爱的北陆健儿一起从容而死。虽死犹生。应该说，他的三十一年的生涯，始如斯有光荣，有意义，有雄大，有生命。”的确，“死于人而静，死于人而粉黛。死于人而肃然正襟也。卒然与生相背，遽然与死相对，本来的道心动于此，本然的真情现于此”。

芥川龙之介不满社会对自我的重压，又无力抗争，企图在调和两者的矛盾中来实现自己的人生，最终失败了。

综观作家的短暂的一生，他在忧郁、苦恼、怀疑与不安中，以吞吐古今东西方、和汉和洋艺术的胸怀，展示了一个丰富多变的文学世界，为日本近代文学做出了多方面的贡献。而他的特殊的人生阅历、波折的生活根基、全面的艺术修养，正是构筑他的艺术金字塔的宽厚地基。芥川龙之介的生命的完结，是时代不安的象征。然而，他的事业却是“男子汉”的事业，是不会完结的。

芥川龙之介以其不朽的业绩，为近代日本文学画上了一个清晰的句号。

《日本文学史》

田山花袋的大胆忏悔录

田山花袋（1872—1930）是日本自然主义文学的鼻祖，他宣告日本文学一个新时代的开始。

从爱好文学开始，田山花袋就倾倒于尾崎红叶和幸田露伴，其后与岛崎藤村、国木田独步相交，受到他们的影响，舍弃空想而重写实，此时，田山花袋转向倾心法国小说，特别是左拉和莫泊桑的作品。他读了莫泊桑的十一卷短篇集英译本共一百五十余篇后，深受冲击，“仿佛被它当头一棒，觉得自己的思想上下完全颠倒了”。他在感想集《西花余香》中写道：

> 这种自然、忠实地描写自然，以作者的狭隘的主观之情来描写，这是自然的原原本本，是赤裸裸的、是大胆的。因此他的作品自然受到某一时代的道学先生所斥责。然而，他却为此而获得不朽之名。
>
> 欧洲大陆的自然主义暴露人性的极端，是否毫无借鉴之处，这是属于审美学上的大疑问。虽然没有论及，但我们应该承认从这些所谓不健全的作品中，还可以发现其惊人的人生真理的发展，不得不令人愕然胆寒。

从以上可以看出他初步的自然主义观，不单是左拉的客观性的自然主义，而且是莫泊桑带主观性的自然主义，并且试图以此作为自己的文学的目标。他在《野花》的序文中，批评了当时日本文坛的作者由于“小主观”而牺牲自然的现象，同时指出莫泊桑、福楼拜的某些作品虽然有某些不自然，表现了自然派某些恶弊，但他们由于没有夹杂作者的小主观，总会在某些地方可以窥见大自然的面影，着实地显示了人生的趣味。因此他大声疾呼：

> 希望明治文坛今后少些色情，随意写些人生的秘密，恶魔的私语也好。这样即使朦胧，但自然的面影也可以显现于明治文学吧。

接着他写了《露骨的描写》，成为日本自然主义理论的第一声。他在文章中主张日本文学要像19世纪革新以后的欧洲文学，如易卜生、托尔斯泰、左拉，特别是妥思托耶夫斯基的《罪与罚》那样“大胆的描写”“露骨的描写”，并且指出“事愈俗文愈俗，想愈露骨文愈露骨，这是自然的趋势”，作为技巧就是要“展现隐蔽的东西”。他以再现自然的无技巧主义为理想，为日本自然主义的诞生大声呐喊：“露骨更露骨，大胆更大胆，让读者不禁战栗。”这篇文章可以看做是花袋的自然主义的宣言。1906年花袋担任《文章世界》的主笔之后，更以此杂志为阵地，大力鼓吹日本式自然主义，发表《事实的人生》一文，进一步主张“依照事实的原本，自然地描写事实”。从整体来说，田山花袋主张的自然主义，在强调以“露骨的描写”，作为实践其随意写些“人生的秘密”“恶魔的私说”的一种手段；同时，又超越于纯客观，混杂主观的要素。从这里孕育着日本式自然主义的独特的性格。

田山花袋作为日本式自然主义文学的先驱之作的《棉被》，就是在这种情况下完成的。《棉被》描写一个中年文学家竹中时雄收留了一个十九岁的女弟子横山芳子，时雄为她艳美的容姿、温柔的声音所倾倒，对她产生了爱慕之情，但为其妻子所嫉妒，且遭芳子的父亲所反对，时雄只好把自己的爱欲强压在心头，终日郁郁寡欢。芳子离去以后，时雄独自走进芳子的卧室，并躺下来盖上芳子的棉被，埋头闻着棉被上留下的芳子的余香，一股性欲、悲哀和绝望的情绪马上袭上心头。这是田山化袋本人的一段实际生活的原本记录，时雄实为田山花袋本人，芳子则是其女弟子冈田美知代的化名。美知代很早就认识田山，爱读田山的作品，多次给田山写信表示崇敬之意，而田山正厌倦与妻子生活，很快就对美知代产生了特别的感情，但他拘于道德的束缚，未能向弟子表达自己的爱，就沉溺于空想与感伤之中，从而采取了这种近乎变态的举动，来表达自己对女弟子的爱欲、不安与绝望的情绪。这种无所顾忌地暴露自己生活中最丑恶的部分，大胆而勇敢地违反明治的伦理道德，使舆论哗然，文坛受到了很大的冲击。

但是，自然主义评论家岛村抱月马上做出肯定的反应：“这一篇小说是有血有肉的人、赤裸裸的人的大胆的忏悔录。在这方面，明治有小说以来，早在二叶亭、风叶、藤村等诸家就露端绪，至此作就最明白且有意识地呈露出来。自然派的一面是没有矫饰美丑的描写，并进一步倾向描写丑。此篇无憾地代表了这一面。所谓丑，是难以自己的人的一种野性的声音。而且它与理性的一面相照应，是赤裸裸地向公众展示不堪正视自我意识的现代性格的典型。”正宗白鸟也说：《棉被》对人生的态度和创作态度都是划时代的，“是这个时代的代表作品”，“如果没有《棉被》，就不会出现像近松秋江、岩野泡鸣那样有趣的小说”。

《棉被》打破了一般小说通常的表现手段，没有着重以事件为中心来安排小说结构，而完全按照作家本人所主张的“舍弃小主观”“露骨的描写”的精神，来展现主人公之恋的心理径路，以反映作家本人的生活、思想和吐露自己的主观的感情。《棉破》这种写自己的感情的自然和写自己最直接的经验的定式，对日本自然主义文学的发展方向产生了决定性的影响，它与岛崎藤村的《新生》一起形成日本独特的“私小说”模式，推动了以“私小说”为主体的日本纯文学的发展。

可以说，渲染人的动物性和肉欲的本能，是田山花袋文学一个主要特征。作家长期脱离社会，完全沉浸在自我之中来“暴露现实的悲哀”。这里所谓“现实”，既包括一些平凡人物的卑小行为，也包括赤裸裸的兽性的丑。他们作品往往把自己的隐私，自己内心的卑鄙、龌龊，甚至在家族亲友面前也难以启齿的丑恶，都暴露在光天化日之下。他将自己的丑恶灵魂和行为暴露在读者面前之后，就进行所谓“忏悔”和“告白”。正如上述，《棉被》就是把时雄对女弟子的畸形爱欲等等丑事赤裸裸地暴露出来，然后公开“忏悔”，企图以此来拯救自己的丑恶灵魂，净化个人的心灵。

的确，田山花袋的文学既是“露骨的描写”“恶魔的私说”，也是作家赤裸又大胆的忏悔录！

《日本文学史》

川端康成的感情生活

川端康成的同性恋

川端康成从小就失落了爱，他对爱如饥似渴，即使是对同性的爱。也就是说，他抱有一种泛爱的感情。祖父在世时，一次带他走访一友人家，他同这家的两个男孩相亲，一个比他大一两岁，他称之为哥哥，一个比他小一岁，他称之为弟弟，一见之下，就马上显得非常亲密。他觉得仿佛是对异性的思慕似的，心想：少年的爱情大概就是这样的吧。从此他像从与祖父两人过去的孤寂生活中摆出来似的，无时不渴望与这两位少年相会，特别是夜深人静，这种渴望的诱惑就更加强烈了。如果多时不见他们，就仿佛有一种失落感。川端康成后来回忆起这件事时，把这种感情或者情绪称为“心癖”，也就是天生的倾心。但是，他认为这还不是同性恋。

他上茨木中学五年级的春上，学校寄宿的同室来了一个叫小笠原义人的低年级同学。当这个小笠原第一次站在他跟前时，作为宿舍室长的他睁大那双从小养成的盯视人的眼睛，惊奇地望着小笠原，觉得是他有生以来第一次看到这样“举世无双”的人。尤其是后来他知道小笠原本来体弱多病，受到母亲的抚爱，就马上联系到自己不幸的身世，心里想：世间竟有这样幸福的人吗？恐怕世间不会有第二个这样幸福的人了吧？他觉得小笠原的幸福，正是因为他有温暖的家庭，有像母亲这样的女性的爱抚，所以他的心，他的举动都带上几分女人气。这就是川端康成与这个年方十六的少年邂逅的第一印象。

有一次，川端康成发高烧仰卧在床上，下半夜两点多钟，迷迷糊糊之中，听见小竺原振振有词地吟诵什么。他微微地睁开了眼睛。小笠原和另一位室友来到他床边，他赶紧闭上眼睛，又听见小竺原喃喃地念着什么。川端康成心里想，如果让小竺原知道自己在听着他祈祷，就会像触及他的秘密似的，让他害羞，所以一动不动，装着睡熟的样子。不过，他的脑海里还是泛起这样一个问题：难道小竺原在信奉一种自己所不了解的什么教？小笠原替川端康成更换额头上的湿毛巾时，川端康成才有气无力地睁开了眼睛，独自苦笑。后来川端康成试探着问小竺原他念的什么，小竺原若无其事似的笑着说，这是向你所不知道的神做祈祷，所以你的病才痊愈。他接着对川端康成大谈起自己所信奉的神来。谈话间，川端康成没有弄清楚神的奥秘，便向他提出一连串问题。小竺原被问得走投无路时，就托词他自己也说不清楚，回家问问父亲再说吧。川端康成尽管不相信小竺原信奉的神，但为小竺原为自己向神祷告这份情感动不已。

从此，他们两人变得非常亲近，几乎是形影不离。川端康成总是与小笠原同室，而且别人占有他贴邻的床位，他都誓死不让，一定要安排小笠原睡在他的邻铺。他有生以来头一次体验到生活的舒畅和温馨。于是，他决心“在争取从传统势力束缚下解放出来的道路上点燃起灯火”。

寒冬腊月的一天，东方微微泛白，宿舍摇响起床铃之前，川端康成起床小解，一阵寒气袭来，他觉得浑身发抖，回到室里，立即钻进小笠原的被窝里，紧紧地抱住小笠原的温暖的身体。睡梦中的小笠原睁开睡眼，带着几分稚气的天真的表情，似梦非梦地也紧紧地搂着川端康成的脖颈。他们的脸颊也贴在一起了。这时，川端康成将他干涸的嘴唇轻轻地落在小笠原的额头和眼睑上。小笠原慢慢地闭上眼睑，竟坦然地说出：

“我的身体都给你了，爱怎样就怎样。要死要活都随你的便。全都随你了。”

川端康成在日记这样记载着：

> 昨天晚上我痛切地想，我真得好好地亲我的室员，让我更真诚地活在室员的心里，必须把他更纯洁地搂在我的胸前。
>
> 今天早晨也是这样，我的手所感触到的他的胸脯、胳膊、嘴唇和牙齿，可爱得不得了。最爱我的，肯把一切献给我的，就只有这个少年了。

从此他们每天晚上都是如此，亲昵于温暖的胳膊和胸脯的感触。川端康成觉得他真的爱上小竺原了。他情不自禁地对小竺原说：“你做我的情人吧？”小竺原不假思索就说：“好啊！”他们相爱了。实际上他开始了与小笠原义人的同性恋。川端康成后来回忆说，也许可以说这就是“初恋”吧。他甚至觉得小笠原比少女具有更大的诱惑力，他要和这个燃烧着爱的少年编织出更加美好的爱之巢。

当时同室的另一个男同学对小笠原也有爱慕之情，甚至在川端康成不在室里的时候，就钻进了小笠原贴邻的川端康成的被窝里，与小笠原套近乎，还将

手伸进小笠原的被窝里，轻柔地抚爱小笠原的胳膊，想干出那种“卑贱的勾当”。但小竺原不理睬他，并严厉加以拒绝，他只好回到自己的床上。事后川端康成知道后，尽管他很妒忌，心里不是滋味，但他不想向小笠原提问此事，小竺原却主动告诉了川端康成，并大骂那个同学不是人。川端康成听着，内心不能不受到很大的震撼。他觉得这是小竺原对他的信赖和爱慕，他油然生起一种胜利感，激动得紧紧拥抱着小笠原的胳膊进入了梦乡。因此他对小竺原的爱和对那个男同学的恨迅速朝两个极端发展。最后对那个男同学的愤怒越来越强烈，甚至到了要和他断交的程度。

在中学寄宿期间，川端康成与小笠原一直维持这种同性爱的关系。川端康成企图以这种变态的方式得到爱的温暖和慰藉。不管怎么说，他多少拾回了一些人间的爱，它深深地震动着这位失落了爱的少年的心灵，川端康成在茨木中学毕业后离开了故乡，到东京上了第一高等学校，即大学预科一年级之后，平时他们唯有依靠书信来维持彼此的感情。他接到小笠原的来信，仿佛听到长廊上响起麻里草鞋的声音，小笠原就站在他跟前似的。他不仅把小笠原的每次来信读了又读，而且完全进入了恍恍惚惚的精神状态。一次小竺原来信写道：“我和你分别之后，一想到从此以后的路需要我一个人单独走才行的时候，就觉得一片茫然似的。真是迫切希望哪怕与你一起再多待一年，再依赖你一年该有多好啊！”川端康成读到这激动处，甚至情不自禁地尽情亲吻对方的来信。

很久以后，他们的爱恋仍给川端康成留下一丝丝切不断的余韵余情。他写了一篇二十页书信体的作文，其中一部分写了怀念与小笠原那段深情的爱恋生活。同时，他将这部分寄给了小笠原，以表露自己的心绪：“我想和往常一样亲吻你的胳膊和嘴唇。让我亲近你的纯真，你一定以为这不过是被父母拥抱着那样的吧。也许如今连那样的事全都给忘了。但是接受你的爱的我，却不是你那样一颗纯真的心。”他坦露他自己从幼时起就游荡在淫乱的妄想之中，从美少年那里得到一种奇怪的欲望。这是由于他的家中缺少女性的气息，自己有一种性的病态的毛病。

文中还写道：

> 我眷恋你的指、你的手、你的臂、你的胸、你的脸颊、你的眼睑、你的舌头、你的牙齿，还有你的脚。
>
> 可以说，我恋着你。你也恋着我。你的纯真的爱，用泪水洗涤了我。

川端康成在文中还写道，在他们两人的世界里，他的“最大的限度”就是愉悦对方的肉体，而且在无意识中发现了新的方法。对方对他的“最大的限度”没有引起丝毫的嫌恶和疑惑，而且天真无邪地自然接受了。他感到小笠原是他的“救济之神”“守护神”。他还说，小笠原是“我的人生的新的惊喜”，与他一起生活，“是我精神生活上的一种解脱”。

小笠原中学毕业后，没有升学，就进入京都大本教的修行所。但他不是为了要排解心中的苦恼和忧郁而求神；而且从他一度的反抗来看，也不是甘拜在神的脚下，大概是因为他父亲是大本教的重要人物，他从小受到家庭的宗教教育，顺从了父亲的安排的吧。川端康成去了东京，随着时光的流转，小笠原像变了一个人似的。头一个假期，川端康成回京都时，还去修行所所在地嵯峨探望他。当时身穿深蓝色裙裤留着长发的小竺原正在修行所二楼专心阅读经书以及教祖撰写的解义书、祈祷书，听说川端康成到来，十分高兴地相迎。他让川端康成与他一起住在二楼，有时对川端康成宣讲“镇魂归神”的教理，还充满信心地谈论大本教的奇迹。川端康成听他讲解时的心情，就像幼儿园的孩子听老师讲童话故事的心情一样。有时他去拜殿作晨祷，川端康成或在床上静听朗朗的祷经声，或呆呆地读大本教的书。他觉得大本教作为宗教，是没有深度的玩意儿，但对一些人来说，它的教义具有很强的刺激性，是会使人兴奋的。

在嵯峨期间，川端康成访问嵯峨无人不知的小笠原家。小笠原又谈了许多神的奇迹，还让川端康成看了一种“土米”，并介绍说，所谓土米，是根据神示，从秘藏于山中“灵地”的一种像粟粒的天然土粒，是神赐给大本教教徒的，每天吃上两三粒便可充饥。众所周知，当时由于日本发动侵略战争，给各国人民造成深重的灾难的同时，也给日本国内人民带来极大的苦难，人们正受到饥荒的威胁，于是大本教制造了这样一个神话。川端康成是不相信的。但碍于旧日“恋人”之情，他咬着牙根，苦苦地吞下了四五粒像是药丸大小的“土米”，一股土味立时涌上心头，难受至极。他觉得也许他不是信徒，他的肚子还是饿了。川端康成虽然没有接受这些教理，然而他觉得显然与小笠原这个“神”已经成为一个姿影，但这个姿影的一半分离在远方，自己的心也已碎裂，内心底里充满了自己亲手制造出来的空虚。川端康成还目睹修行所的其他青年人大多带上一副沉郁的脸，而小笠原仍然天真无邪，一家人都是一副明朗的脸，而且寂静的喜悦之情流溢全身，他也就宽心了。

在嵯峨停留期间，川端康成看见小笠原与一伙修行的少年在山涧瀑布和谷溪中斋戒沐浴的情景，只觉得奔泻下来的瀑布飞溅的水花打在自己爱恋着的少

年身上，他身体周围白蒙蒙地画出了一个不可思议的圆晕，恍如在他身后罩上的后光。少年被瀑布濡湿了的脸带着柔和的颜色和丰富的法悦，一副天生的近乎无心的自然状态。他生平第一次亲眼看到可以说是灵光的东西，觉得简直就像一尊慈悲平和的像。这时，川端康成心旷神怡，觉得在瀑布下的小笠原简直像是换了另一个人似的。他肉体美与精神美达到了完美的统一。小笠原离开瀑布，来到了川端康成身旁，似乎忘记自己的脸被瀑布的水花打湿，向川端康成张开微微的笑脸。川端康成后来这样描述当时他的心境：

> 清野以前不是归依于我了吗？但是，表现在以瀑布飞溅的水花为后光的他的身体与脸上的精神境界之高，我是无法与之相比的。我惊愕了。很快我就产生妒忌。

川端康成在嵯峨与小笠原共同生活了三天，小竺原除了向他宣讲教义之外，没有就彼此的感情生活好好畅谈过，他实在再待不下去了。他离开嵯峨的时候，小笠原坐在一块大岩石上，静静地目送着川端康成远去。川端康成返回东京，回忆自己在大本教修行所生活几天，简直透不过气来。小笠原信教的心，并不令他羡慕，也不使他嫉妒。之后小竺原给他的来信，很少谈及他们之间的事，而大谈特谈大本教的预言，什么“天地之先祖如不出现并加以守护，整个世界将成为泥海”，什么“天地之神为了不使这个世界毁灭，已经经受了很久的痛苦”云云。他读小笠原这些信时，没有感到压迫，也没有感到理性的反驳，只认为这是无稽之谈。他觉得自己是个异端者，小笠原对他不信奉大本教的神很不理介。反之，他要将小笠原拉回到中学时代的心情是困难的。而小笠原想洗他的心也是不可能的。他们两人的感情逐渐拉开了距离，从此他就再没有见过小笠原了。

川端康成当了作家之后，在他的作品里提到与小笠原这段生活经历。尤其是《少年》《汤岛的回忆》更直接而详尽地描写了这段情缘。也就是说，这件事，他在中学时代写，在大学预科时代写，在大学时代也写。不过，在作品里，川端康成将小笠原的名字隐去，而用了清野的称谓。

但是，川端康成写了自传体小说《少年》之后，将《汤岛的回忆》原稿、旧日记和小竺原的来信统统付诸一炬。

川端康成落入同性的爱河，是他长期孤儿生活形成的一种变态的心理所使然的，这对川端康成思想、人生观的形成和创作生涯都产生了不可忽视的长期影响。他自己是这样总结这段生活的："我原来的室员清野少年归依了我。由于他对我的归依，我才能够更强有力地使自己净化、纯正，考虑新的洁身慎行。（中略）莫非我不望着在归依这面镜子中所映照的自己的影子，自己的精神就会带上阴影？"（《少年》）

川端康成五十岁时所写的《独影自命》这样回忆道，"这是我在人生中第一次遇到的爱情，也许就可以把这称作是我的初恋吧"，"我在这次的爱情中获得了温暖、纯净和拯救。清野甚至让我想到他不是这个尘世间的少年。从那以后到我五十岁为止，我不曾再碰上过这样纯情的爱"。

川端康成与四个千代的爱与怨

川端康成的生活道路是坎坷的。他自幼失去了一切家人和家庭的温暖，没有幸福，没有欢乐，自己的性情被孤儿的气质扭曲了。他需要得到人们的安慰与同情，渴望得到人间的爱的熏陶。他从小就充满爱的欲望，祈求得到一种具体而充实的爱，表现在他身上的就是对爱情如饥似渴的追求。他曾经说过："我没有幸福的理想"，"恋爱因而便超过一切，成为我的命根子"，对女性的爱也非常敏感，致使他对女性产生了泛爱。

川端康成上小学时，比他低一班的女同学宫胁春野的声音格外优美，他走过教室窗边，这位少女朗读课文的清脆悦耳的声音久久萦回在耳旁，他内心不禁涌起一股友爱和欢情。在茨木上中学时，他与同宿舍的男同学小笠原义人发生过同性恋，企图以这种变态的方式得到爱的温暖和慰藉。这是川端康成长期孤儿生活所形成的一种变态的爱的心理。川端康成成人之后，一连接触过四个名叫千代的女性，对她们都在不同程度上产生过感情。

第一个名叫山本千代，是川端康成家乡女子学校的四年级学生。千代的父亲山本千代松曾借给川端康成的祖父一笔钱，川端康成的祖父刚刚故去，他便两次学校的宿舍找川端康成，不让未成年的川端康成争辩，硬要川端康成在借据上签字画押，将这笔借款改到川端康成的名下，甚至限定川端康成当年年底归还，并规定本息的数额。山本松做了这件不义之事遭到了川端康成家以及乡亲们的唾弃和指责，把山本千代松叫作"鬼"。川端康成家也就同他疏远了。山本千代松大概感到愧疚吧，他临终之前，叮嘱千代要还给川端康成五十元作为谢罪。千代根据父亲遗言，送还给川端康成五十元，并欢迎川端康成到她家中做客。于是川端康成便到老家久宿庄拜访了千代家，承蒙千代家的热情款待，并被挽留小住了三天。千代姑娘天真地对川端康成说：“你就把我的家看做是你自己的家吧。随时都可以来！”川端康成听罢，心头涌上了一股暖流，一股在孤寂生活中没有感受过的人间爱的温暖，在他的心灵上，自然激起一丝丝感情的涟漪。后来他才发现千代只是出于礼貌，别无他意，也就深为自己自作多情而愧疚了。

第二个千代，就是伊豆舞女千代。这是川端康成1918年上大学预科第一高等学校的时候，到伊豆半岛旅行途中结识的。那年川端康成已十九岁，已经感到需要女性，而且还颇为强烈。是年10月30日，他没向学校请假，也没告诉同学，就拿着山本千代归还的五十元钱，悄悄地离开学生宿舍，独自到离东京不远的伊豆半岛，做了“上京以后第一次可以称得上是旅行的旅行”。他走后，同宿舍的学友以为他“自杀”，便向警察局报告他失踪了。这位孤寂的年轻人，离开繁荣的城市，来到这个景色瑰奇的山村，从修善寺到汤岛旅途，同巡回演出艺人一行相遇，其中一个舞女提着大鼓，远远望去，十分显眼。他觉得她的眼睛、嘴巴、头发和脸部轮廓，都艳美得令人惊奇。他两步一回头地窥望她，产生了一股淡淡的旅情。当他听见有人喊这舞女叫“千代”，心中不由一愣，觉得虽属偶然，但颇奇异，委实有点不可思议。他刚摆脱第一个千代的影子，现在又遇上第二个千代，顿时产生了自己今生注定逃不出千代咒缚的宿命感。第二天晚上，舞女一行来到他下榻的汤本馆表演，川端康成坐在楼梯半道观赏在门厅翩翩起舞的舞姿，还得知这位舞女才十四岁。第三回，他们在天城山的茶馆又不期而遇，他不由自主地陪伴舞女等巡回演出艺人一行到了汤野。路上他听到舞女跟同伴说他是个好人，这对平素受人怜悯的川端康成来说，第一次得到这样的平等相待和赞誉，便感激不尽。其时，他同舞女一行人的交往中，又了解到舞女的身世，从同情而油然生起一种纯真的感情。于是，他们从修善寺、汤岛邂逅起，经汤野，同行五六天一直转辗到了伊豆半岛南端的下田港。

一路上，舞女说“好人”这个词清爽地深深留在他的心田上，给他带来了光明，他从汤野到下田，一直想他能够作为好人而同她们结伴旅行，这样就够了。他在下田客栈的窗际，仍陶醉在舞女所说的“好人”的自我满足之中。

恰巧是舞女的兄嫂的婴儿途中夭折第四十九天，他们做法事，也让川端康成参加，聊表他们的温煦之情。但是，川端康成的头脑里盘旋着的是“千代”。因为在法事会上，他的脑海里总是拂不去千代松的死这件事。翌日早晨，从下田港乘船返回东京，舞女坐舢板送他，还给他买了船上吃的和香烟等。他怀着依依之情，分外真切地喊了一声：千代！他上了轮船，依着凭栏，眼睛直勾勾地盯视着舞女，对吐出“你是好人”这句话的舞女倾注了感情，使他流下了愉悦的热泪。可以说，川端康成和舞女是由相互了解而同情，由同情而萌生了纯洁的友情。他们彼此都产生了朦胧的倾慕，淡淡的爱意，但无论是川端康成还是千代，都没有直接把这种感情流露出来，只是把它深深地埋藏在心中。在川端康成来说，他感到对一个刚认识的人竟表现出如此天真，这是他最幸福的时刻，他们分别时，他承受着悲伤，也承受着幸福。他说：尽管同千代分别使他感到悲伤，然而他这时候还打算在不久的将来去大岛舞女千代的家乡同她相叙，没有觉得是永久的别离。

他告别了舞女千代，回到学校当晚，一向落落寡合的川端康成一反常态，他在烛光下神采飞扬地向周围的同学谈起同舞女千代巧逢奇遇的故事，谈了个通宵达旦。他说：从此以后，这位“美丽的舞女，从修善寺到下田港就像一颗彗星的尾巴，一直在我的记忆中不停地闪流”。

舞女千代回到大岛不久，就结束了艺人的生活，随其父母在波浮港经营小饭馆去了。第一高等学校时代，川端康成同她之间还有过短暂的通信（有些文章，川端康成说“所谓‘还有过短暂的通信’，是言过其实，实际上只是舞女的哥哥寄来过两三封明信片而已”），欢迎川端康成来大岛。川端康成在下田告别的时候，也是下决心寒假去大岛和她重逢的，但当时他手头拮据，结果没有去成。之后，他就再没有她的信息了。

川端康成对这两位千代恐怕还谈不上是恋爱吧。但是，她们对川端康成的生活和感情，多少留下了感情的涟漪。他为了从这两个千代的精神束缚中摆脱出来，便想移情于另一个少女白木屋酒馆的女招待。川端康成作了这样的记述：

> 那时在一高文科学生中间流行着这样的风潮，他们起劲地往三越和白木屋酒馆去会见女招待，我们也每天逛这些酒馆，在那儿喝咖啡、果汁，一坐就是两三小时。在这不宜久留的地方长待，只是为了“试试胆量”。十九号女招待有一双大而晶亮的眼睛，有着苗条的身材和质朴的品格。我把她比作纸牌上的西方少女，管她叫青丹。她是我们最喜欢的女招待。

这时，川端康成遇到了同班的学友与他竞争这个女招待。在事情开始之时，他与这个学友相约，不管怎样竞争，最后彼此都要通报结果。然而结果是，这个女子已经有了未婚夫。初时他们两人对此一无所知。学友冒冒失失地向少女求爱的时候，遭到少女很体面地拒绝。川端康成未贸然去碰这个问题，学友却将自己的冒失和失败的结果告诉了川端康成，并且带笑地咬着他的耳朵说："她叫千代!"川端康成在这之前没有探听过这女孩子的名字，当他知道这位少女也叫千代的刹那，一阵恐怖感袭上了心头，甚至想把这位学友当场痛打一顿，乃至想杀死他！也是这一刹那，他觉得周围天旋地转，简直像跌落了无底的深渊。从这一天起，他的心好像变得古怪了。

1920 年，事有凑巧，刚上大学的川端康成同第四个千代相识、相恋，掀起了更加炽烈的感情波澜。这第四个千代，原名伊藤初代，初代（ほっと）的地方语音读作千代（ほらよ），所以人们把伊藤初代也称作伊藤千代，川端康成便常把她叫作千代了。这个初代，出身于岩手县若松市第四普通小学的勤杂工家庭。由于家境贫寒，她只有小学三年级的文化程度。她的母亲过世之后，父亲伊藤忠吉就把初代带回老家江刺郡岩谷堂町去了。初代为了减轻家庭的负担，独自离开家乡，来到了大城市东京谋生，在东京本乡一家咖啡馆当女招待。川端康成同他的学友经常进出这家咖啡馆，一次极为偶然的机会，他同初代相识，彼此由最初的好感而达到进一步的了解，感情逐渐加深，两颗年轻的心直接碰撞在一起了。

不久，初代由父亲做主，给岐阜县澄愿寺的一个主持收作养女，离开东京到岐阜去了。翌年，即 1921 年，川端康成结束了大学一年级的学业，暑期回大阪省亲。9 月 16 日日本东京途中，在京都站下了车，与学友三明永无一起到岐阜去会见初代。这是川端康成第一次到岐阜。到达目的地后，他们两人在站前旅馆租了一间房子，由三明永无去澄愿寺把初代叫到旅馆里来。初代时而同三明攀谈，时而又同川端康成搭话，显得落落大方，和蔼可亲，使川端康成初时的紧张心情很快就缓和下来。于是川端康成主动邀三明和初代到长良河畔一家饭馆用餐，席间他兴致勃勃地同初代攀谈家常。谈话间，初代流露了她在澄愿寺受人差使，厌倦那里的生活，很想离开岐阜的心情，并表示了对川端康成的爱慕之意。

川端康成心领神会，觉得初代有意委身于自己。他第一次有了爱，第一次体会到爱情的温馨，它像春天的细雨，滋润着这位青年创伤的心田。他带着初恋的喜悦心情回到东京后，马上奔走相告他的另外两位至好学友铃木彦次郎和石滨金作。陷入初恋的川端康成仿佛驱散了他生活中郁积的悒郁情绪，使他暂时忘记了寂寞，似乎真的沉醉在难得的幸福里了。他想到两人的感情已经成熟，应不失时机地同初代订立婚约。10 月 8 日，川端康成便同三明第二次到了岐阜。在夜间的车厢里，他们挤在修学旅行的女学生当中。少女有的背靠背，有的把脸颊靠到贴邻少女的肩上，有的把下巴颏落在膝盖的行李上，在疲劳中熟睡了。川端康成心事重重，难以成眠，一个人睁开着眼睛，企图从这些妙龄少女的一张张睡脸中，寻觅到一张形似千代的面孔。他没有寻找到，心情有点焦灼，闭上眼睛，任凭脑子去搜索。可是，还是没有捕捉到。他就让思绪自由驰骋，上次访岐阜后返回东京的半个月里也是如此，因为非亲眼看见千代就不能捕捉到，所以急于寻找也无奈。他终于从想入非非的兴奋中，心情如释重负地渐渐平静了下来。

他和三明赶岐阜之前，他担心半月之内两次到岐阜，容易被初代的养父认为是不够稳重，所以他同三明商量好，先由自己给初代去信，说明自己到名古屋修学旅行，顺道来探望她，以此敷衍她的养父母。然后，川端康成由三明陪同，直接到了澄愿寺。可是，川端康成同伊藤初代一见面，就意外地羞愧起来，好像失落了什么。他自己不好意思张口向初代求婚，让三明替他先说，他自己到寺庙大院里同和尚下围棋去了。等川端康成再次同初代见面时，他劈头就问初代："你从三明那儿听说了吧?"说罢他叼在嘴里的烟斗撞击着牙齿，发出咯咯的响声。初代倏地刷白了脸，脸颊隐隐约约地泛出一片红潮，应了一声："嗯。"川端康成立即问道："那么，你是怎么想的?"初代说："我没什么可说的。如果你要我，我太幸福了。"就这样，川端康成同伊藤初代订立了婚约。这件事对于川端康成这样一位多愁善感的作家，无疑产生过激励的作用，增加了他对生活的希望和信念。

当天晚上，川端康成他们就泊宿在澄愿寺。翌日，他同初代合拍了一张订婚纪念相之后，便满怀喜悦之情，同三明一起返回东京。他马上给大阪茨木的亲戚川端康成岩次郎去信征求同意，不料岩次郎从门第观念出发，反对这桩婚事。川端康成愤然地说："不能说大学秀才娶大家兰秀就幸福，娶贫家姑娘就不幸福嘛!"川端康成待人接物一向随和，他对这件事如此激愤，是谁也不曾预料到的。这说明他对千代爱之深沉，也表明他在婚姻问题上的强烈的自主意识。川端康成下定决心，即使遭到亲戚的反对，他也要同初代结合。为了征得初代的父亲忠吉的谅解，他同铃木彦次郎、石滨金作、三明永无来到了遥远的东北农村岩手县若松，他们在若松第四普通小学出现的时候，伊藤忠吉看见四个大学生来造访，不禁愕然，了解川端康成他们的来意之后，他才把他们领进了传达室。川端康成不谙东北话，由铃木彦资郎担任翻译。谈话间，川端康成不时地将袖管拉到掌心，然后把手伸进被炉里，因为他害怕忠吉看见他那双瘦骨嶙峋的手腕。同行人对忠吉隐瞒了川端康成的父母是患肺病死亡的事实，而是说川端康成父亲是在日俄战争中阵亡的。川端康成听后，倏地涨红了脸，苦笑了笑。他心里嘀咕：我这样弱不禁风，人家会将女儿许配给我吗？当伊藤忠吉看见川端康成和初代的订婚照片之后，热泪夺眶而出，颤抖地表示了尊重初代的选择。川端康成喜出望外。他回到东京的第四天，便高高兴兴地独自一人前去拜访了他的恩师菊池宽。用川端康成本人的话来说，就是“以年轻人求爱的气势请求他帮忙”。他告诉菊池宽说：“我领了一个姑娘。”菊池宽摸不着头脑，问道：“你领了一个姑娘，是指结婚吧？”“哦，不是现在马上结婚。”川端康成刚想辩解，菊池宽带笑地抢着说：“瞧你，一块儿生活了，还不是结婚吗？”川端康成本来以为谈到结婚问题的时候，菊池宽会规劝他。菊池宽了解到他快要成婚，只说了一句“现在就结婚，你不会被压垮就好”，便问了问姑娘的年龄和住所，便主动地表示自己即将出国访问一年，妻子要返回老家，可以把自己已经预付了一年租金的房子借给他结婚之用，还答应每月给他提供五十元生活费。川端康成去菊池家，原来只希望从菊池那里拿到一封介绍他搞翻译工作的信，岂料菊池如此厚待，完全出乎他的意料之外，因为他觉得就当时来说，他与菊池宽的交情，绝非已经到了能够听见这种亲切话语的程度。他简直像梦幻一般，几乎都听呆了。

之后，川端康成把他的几位好友邀到《新思潮》同人杂志的一位同人家中，当众宣布他将同初代结婚的事。当时石滨金作感到：“如同晴天霹雳！”在座在人马上做出决定，为川端康成举行一个“送别独身会”。川端康成激动得眼泪都几乎流了出来。就在川端康成忙不迭地筹备结婚事宜的时候，也就是说在订婚不到半个月的一天，他接到初代来信说：她准备同一位遭受家里迫婚的姑娘一起出走东说，请川端康成给她寄汇车费。川端康成不愿意让那姑娘来，也不愿意这样草率结婚。于是他给初代回了一封信，表示了上述的意思。10月23日，初代回信仍然坚持原意，接着11月7日又来了一封“非常”的信，信中这样写道：

> 我虽然同你已经结下海誓山盟，但是我发生了“非常”的情况，我绝对不能告诉你，请你就当这个世界上没有我这个人吧！我一生不能忘记你和我的那一段生活，你同我的关系等于0！我很对不起你。

川端康成读罢这封“非常”的信，有如晴天霹雳，他心想：所谓“非常”的情况是指什么呢？是有了新欢还是有了什么不能明言的秘密？他像掉了魂似的立即跑到三明永无那里去，让三明替他筹措了一笔旅费，连夜乘上最后一班车赶赴岐阜。次日他一走下车，就径直奔向澄愿寺，看见在寺里的初代脸无表情，充满了痛苦的神色。当时，初代的养母就在他们俩身旁，初代对川端康成的谈吐不像过去那样亲切，而且显得十分局促。这次谈话，毫无结果。川端康成找了一家旅馆住下，给三明永无拍了一封电报，让三明赶来岐阜，他就昏昏沉沉地入睡了。次日三明到来，把他唤醒，他就伏案给初代写信，写了好几个钟头，足足写了二十多页纸。川端康成将信连同为初代准备好到东京的旅费一并给了三明转交初代。三明从澄愿寺回来后向川端康成报告：初代读信后，心情恢复了平静，她准备明年正月离开岐阜上东京。川端康成回到东京不久，初代又来信，大意是：我写了那样一封信（指“非常”的来信），十分抱歉。我从三明那里听说一切了。我让你挂心，很对不起，我将于正月初一离开这里到东京去云云。川端康成满以为问题解决了，在失望之中又迎来了新的希望。于是又为初代备起嫁妆来。24 日又接到初代的一封信：

> 你并不是爱我，你只是想用金钱的力量随心所欲地作弄我。读了你的信，我就无法相信你了。……不管你说什么，我也不去东京。即使你来信，我也不看。我把自己忘却，也把你忘却！我要老老实实地生活。我恨你的心！

伊藤初代连同川端康成给她的旅费也如数地退了回来。川端康成万万没有想到这样一个残酷的现实会落在自己的头上。他觉得遭到初代所不可理解的背叛，使他的心儿乎都破碎了。

1922 年 3 月初的一天，川端康成听说初代已经离开岐阜来到东京，先后在本乡的“巴黎”咖啡馆和浅草的“阿美利加”咖啡馆找过初代一次，她压根儿不予理睬。川端康成知道再接近她也无济于事。他的初恋像雷电一般一闪即逝。这年冬天，川端康成遭到了人所不可理解的背叛，很艰难地支撑着自己，心灵上留下了久久未能愈合的伤痕。

川端康成为了排遣胸中的郁闷和痛苦，多次乘火车外出旅行，还不时地眷恋着初代。他说：“我这样做，并不是要把她忘却，而是为了坐在火车里，犹如腾云驾雾，使现实感变得朦胧，以求创造出有关她的美丽的幻想。她纵令在

肉眼未能望及的世界里消失了，但他也并不感到失去了她，还幻想着有朝一日在漫长的人生旅途上的某个地方同她相会。”“她即使这样破坏了婚约，我还是始终对她抱有好感。”“我多么想使自己的这种心情毫无责备、埋怨、憎恨、轻蔑的心情，直闯进她的心窝啊！”伊藤初代单方面撕毁婚约的“非常”原因是什么？世人有着各种各样的估计和猜测。有人说可能是寺庙的养母打算将初代嫁给自己的外甥，所以在她面前讲了许多川端康成的坏话，强烈反对这门婚事。也有人说是由于门第、年龄的殊隔，或是川端康成的身体孱弱，其貌不扬等等。真正的原因是什么，川端康成当时没有弄清楚，恐怕一生也不曾弄清楚。这是一个永远无法解开的谜。

一连遭遇四个千代，最后落得如此不幸的悲伤结果，川端康成认为自己染上了“千代病”，呻吟于命运的安排，总觉得这是“千代松”的亡灵在“作祟”，是他的处女作《千代》在“作祟”。他甚至认为是自己家人的亡灵扶助他，让他邂逅千代的，也就是说千代都是幽灵招来的。这几个千代，“当然都是幽灵，至少是靠亡灵的力量驱动的幻影”。再加上伊藤初代又是丙午年出生，传说“丙是太阳的火，午是南方的火，火加上火就要倒霉”，因而他也认为是“丙午姑娘”在作祟。川端康成从此下决心以后不再同名叫千代的女子相恋了。后来他写了《处女作作祟》在《文艺春秋》1927 年 5 月号上发表，开头一行就写道：“这像是假，其实确是真的。”后来收入全集版和文库版时，他把这一句删掉了。他“本人仿佛要从千代的咒缚中摆脱出来似的”。

川端康成经过这几次的失意，心中留下了苦闷、忧郁和哀伤，留下了难以磨灭的伤痕。这份伤痕经过了多少岁月，仍然未能拂除，而且产生了一种胆怯和自卑，他再也不敢向女性坦然倾吐自己的爱情，而且自我抑、窒息和扭曲，变得更加孤僻，更加相信天命了。

这一“非常”事件之后两三年，关东大地震，几乎大半个东京被熊熊的火舌所吞噬。川端康成第一个想到的是千代，担心千代能不能逃脱这一劫难。一周里，他天天带着水壶和饼干袋落魄地沿街寻找，希望以锐利的目光，在几万惶恐不安的避难者中寻找着一个千代。在本乡区政府门前贴着一张广告的每一个字清晰地跳入他的眼帘：“佐山千代子，到市外淀桥柏木 371 井上家找我。加藤。”川端康成一见其中的“千代”“加藤”两个名字，他很快联想到加藤其人是小伙子吧？千代是不是已经和他结婚了呢？于是他就感到步履格外沉重，不由得蹲了下来。他承认他得了“千代病”，只要一提起千代这个名字，他就会涌上一种无以名状的特别的感情。

他在《处女作作祟》里是这样详细地叙述他与第四个千代的爱与怨：

一两年后，我又新恋一位少女。她叫佐山千代子，但是与她订婚仅两个月，这期间连续出现了不祥的激变。我乘火车去告诉她准备结婚，这趟火车轧死了人。在这之前我与她相会的长良川畔客栈，在暴风雨中被刮倒了二楼而停止营业。千代子凭依长良桥的护栏，凝神望着河川对我说："最近一个与我同龄的、身世与我相似的姑娘，从这里投河自尽了。"归途，我服用了近乎毒药的安眠药，从东京站的石阶滚落下去。为了取得她的父亲的同意，我一到东北的镇子上，就遇上这个镇有史以来第一次流行伤寒病，小学停课了。回到上野站，看到了原敬在东京站被暗杀的号外。原敬的夫人的生身故乡竟是千代子父亲所在的镇子。

"我家前的伞铺的小姐和店铺的年轻男人相恋，但刚一个月前，这个男人就死了。小姐发疯了，说话渐渐变成那个男人的腔调似的，昨天也死去了。"千代子来信这样写道。岐阜市六名中学生与六名女学生破天荒地集体私奔。为了迎她，刚迁到租来的房子，房东就让我看晚报，报道横滨扇町的千代子因是丙午年生而悲观自杀、千代太郎在巢鸭自杀了。我把装饰在我房间壁龛上的日本刀拔了出来，闪闪发光，我马上联想起岩男的女儿落地的手指。岐阜下了六十年来罕见的大雪。还有，还有……

尽管这等事接二连三地发生了，我的恋情却变得愈发炽烈。但是，千代子还是走了。

"这里很阴郁，还是到有前途的地方去吧。"

我这样想。然而，她来到东京一家咖啡店当女招待，那里是暴力团滋事行凶的中心。我经过那家咖啡店，泰然地目睹有的人被砍流血，有的人被摔伤身骨，也有的人被勒颈勒得昏死了。千代子茫然地站立在那里。此后她两三次从我的眼中消失，我又不可思议地两三次找到了她的住处。

两三年后的大地震时，我目睹大半个东京市都被火浪所吞噬后。首先想到的是：

"啊，千代逃到哪里了？"我拎着水壶，带着饼干袋，在街头徘徊了一周。发现区政府门前贴了一张启示，上面写着"佐山千代，来市

外淀桥柏木371井上家。加藤。”我看了以后，腿像麻木似的变得沉重，我就地蹲了下来。

我得了“千代病”。一提起名叫千代这个少女的名字，我就有几分迷恋了。今年是不见佐山千代第三个年头，我从秋天到冬天一直住在伊豆的山上。当地人说要给我找对象。是东京文光学园高等部的才女，文雅秀气，容貌百里挑一。眉目清秀，聪明伶俐，淳朴可爱，还是造纸公司课长的长女。丙午年生，二十一岁。佐山千代子。

“丙午年的佐山千代!”

“是啊，是佐山千代。”

“愿意，当然愿意。”

两三天后，东京友人来告诉我，佐山千代又出现在咖啡店里。

“如今千代子已经二十一岁了。脸庞稍胖，个子长高了，像一个美丽的女王。喂，你有没有勇气再到东京与那个女子周旋呀?”

此后我听说她读过我的一篇短篇小说，看了根据我唯一的一个电影脚本拍摄的电影。友人煽动我的情绪以后，补充了一句：

“她说：我的一生是不幸的啊!”

不幸是在情理中。她也被我的《处女作作祟》缠身了。

他痛苦地承认，“穿越了情感浪潮的顶点，我不能不接受这种心灵上的变化”，并且把他与第四个千代的爱情失败归咎他的处女作《千代》在作祟。其后四五年，川端康成仍未能从心中拂去这第四个千代的影子，他们的订婚纪念日的故事之发生，就是最好的明证。事情是这样的：

川端康成投稿某一报社，报社发表时，想配上一张作者像。川端康成自以为其貌不扬，平时很讨厌照相，所以并没有单独的个人相，记者来取相片时，他就将与千代合拍的订婚纪念相剪下自己的一半交给了记者，叮嘱用毕务必交还，可是报社最终却没有归还给他。他一看见剩下的另一半的千代的相片，还总觉得她美极了，实在可爱。在他的一生中，他没有信心还能找到这样的女子。他便遐想起来：如果她在报上看到刊登的他的相片，一定会自问同这样一个男人谈过恋爱，纵令是短暂的，自己也是暗自悔恨的吧？如果报上将两人的合影原封不动地刊登出来，她会不会从某处飞回自己的身边呢？现在他最美好的纪念、最珍贵的宝物全毁了。他这才从幻想中回到了现实，他清醒过来，明白至此一切都宣告完结了。

他们的命运之绳，终于被切断了。可是此后很久，他们彼此还是依恋着。千代从岐阜出走时将川端康成给她的信随身带走。川端康成每次听到“阿美利加”咖啡馆的名字的时候，每次到浅草的时候，每次想要写作的时候，尤其是每次想到女人和恋爱的时候，无端漂泊的思绪就总归结到千代，千代的影子长久地留在他的心里，他不无慨叹：怎样才能把在自己心里继续活着的她拂去了呢？

结婚与成家

川端康成从东京帝国大学毕业不久，1924 年 5 月就遇上了征兵。他身体本来就很瘦弱，同伊藤初代的婚约破裂之后，终日郁郁寡欢，身体健康每况愈下。他自幼就有虚荣心，爱面子，不愿在人前认瘦，更不愿意征兵体格检查不合格，耻笑于人。于是，在征兵体检之前，他到伊豆温泉疗养了近一个月，每天吃三个鸡蛋，以加强营养。还特地提前两天赶到设置体格检查站的镇子去静养，以恢复路途的疲劳。但是，检查时，他的体重仍然不超过四十公斤！军医检查他的体格后，严厉地叱责说：“文学家这种身体，对国家有什么用！”这种奚落，大大地刺伤了他的自尊心。川端康成身体瘦弱，加上其貌不扬，多次失意，在恋爱问题上也产生了一种自卑感，总觉得爱是朦胧的、不可捉摸的、可望而不可即的。同伊藤初代决裂一年多来，他一直沉溺在失恋的哀伤之中。在这失意之余，1926 年 5 月，一次极为偶然的机会，川端康成在《文艺春秋》社的菅忠雄家里，第一次遇见了当年十九芳龄的松林秀子。阿秀是青森县人，她的父亲松林庆藏是该县三户郡八户町的一个鸡蛋商，阿秀兄妹长大成人之后，他就赋闲在家，一杯清茶一份报地打发着日子，后来当了消防队的小头头。一次，他在抢救邻村的一场大火中，以身殉职。庆藏死后，阿秀迁到伯父家。但伯父家也烧得只剩下一个仓库。所以男士住在仓库里，女士和孩子们住在伯母的亲戚家。这时候已在东京的长兄，让他们举家迁到东京，依靠长兄生活了一两年。一次《文艺春秋》社招募职工，阿秀去应考，监考人见她年轻，了解到她的身世，连一个安身之地也没有，甚是可怜，便介绍她住进菅忠雄家，一边工作一边替菅家料理家务。就是因为这个机缘，她才同川端康成邂逅。他们第一次相会时，川端康成头戴灰色礼帽，身穿和服外衣，眼睛炯炯有神，给阿秀的第一印象甚佳，秀子觉得他为人诚恳，非常亲切，是个爱读书的人。此后他们有过多次接触。是年夏天，川端康成还特地邀她一起到逗子海边欣赏大自然的风光，倾诉自己对秀子的爱慕之情。正巧这时候菅忠雄得了肺病，搬到镰仓疗养，他在征得秀子同意之后，让潜居在汤岛的川端康成回到东京，也住在他家，为他看家。川端康成迁进来时，行李家什非常简单，除了带一床祖母家徽的棉被、文库版的书和一张折叠小桌之外，还有六七具祖父母视为至宝的佛像和先祖的舍利。秀子对川端康成如此敬重亲人十分感动。川端康成迁来以后，就与秀子朝夕相处，有了更多的接触机会，加深了了解。一年后，他们由恋爱而结合了。

他们的结合，遭到了菅忠雄的反对，理由是川端康成是书香门第出身，又是最高学府东京帝大毕业，且已小有名气，前途无量，而秀子无论门第还是学历都不及川端康成，担心秀子父亲不会同意。因为菅忠雄本人有过这方面的不幸的生活体验，不想川端康成他们重蹈自己的路。但川端康成他们义无反顾，并且得到了挚友横光利一等人的积极支持，也得到恩师菊池宽的谅解，并马上馈赠二百元礼金，作为他们旅行结婚之用。川端康成本来喜欢购物，觉得秀子身无一物。拿到这笔钱后，就为秀子采购，从和服、腰带、白麻布蚊帐到太阳伞、木屐，而且都是选购高级品。手头的钱都几乎花光了，原来准备夏天到日光旅行的计划也只好取消了。

这样一个几乎是一无所有的家，也突然遭到小偷的光顾。那天晚上，川端康成在铺席上还没有人梦，朦朦胧胧地听到从旁边的屋子里传来了脚步声。他起初还以为是住在楼上的尾井下楼来了。说时迟那时快，铺席那边的拉门已经被悄悄地拉开了。川端康成屏住气息，心想：难道是尾井想偷看人家夫妇的卧态吗？但细心一看拉门那边，正站着一个连衣服也像是“蹭满了米店里的白面粉”似的小伙子，在搜挂在拉门上边的外套的内口袋。他马上明白过来：是小偷！他不敢言声，心里嘀咕：要是把外衣拿走就糟糕了，明天穿什么呢。这时，小偷一个箭步走到了他的枕边。他的目光与小偷的目光猛烈地碰撞在一起，小偷小声冒出了一句话：“不可以吗”，便掉头逃跑了。这时候，川端康成才起身追到了大门口，妻子秀子也被吵醒了。他们检查的结果，只被偷去了外衣内口袋里的一只钱包，但是里面没有多少钱，却虚惊了一场。也许可以为他们穷困的生活增添一件意外的回忆吧。

他们两人共同生活以后，川端康成的挚友横光利一、片冈铁兵、池谷信三郎、石滨金作都成为他们每天的座上客。他们有时闲聊文学，有时各自写稿。秀子忙里忙外，有时为他们做饭，有时外出用餐，她感到这简直成为“梁山泊”。尤其是川端康成不会理财，月月收不敷出，最后把秀子的存款都取出来用了。秀子夫人在《回忆川端康成》一文说，她和川端康成的“生活”就这样热热闹闹地开始了。他们就这样没有办理结婚手续，就在菅忠雄的家同居了。

北条诚注意到川端康成家谱中没有川端康成的结婚纪录，就问川端康成什么时候结婚的？川端康成似笑非笑地说：是啊，什么时候呢？以前的事都忘了，说什么时候都可以吧。实际上，川端康成和秀子是先同居了一段时间才办结婚手续的。秀子后来解释说：用现在的结婚形式来谈我们当时的结婚就不好办了。我们是自然而然地结合的。按一般惯例，要举行仪式和办理手续。但是，当时并不那么严格，我们两人不受这个框框的约束。同时川端康成讨论去官厅，嫌办手续太麻烦。后来还是一次偶然的机会，大宅壮一委托我们当监护人，照顾一个从他家乡来的小学生，当监护人需要有户籍，这才委托川端康成的表兄田中岩太郎办理登记，田中让我们在结婚登记表上登了字，差人送到区公所，很快就办好了。秀子说：“早知道办理结婚手续如此简单，我们早就登记了。”直到他们两人结合六年之后，到 1931 年 12 月 2 日才办完结婚手续，5 日正式入了户籍。按日本人的习惯，入籍之后，妻子改称丈夫的姓，阿秀也称作川端康成秀子了。

他们两人迁出菅忠雄家，光靠川端康成的一点稿费，经济十分拮据，生活难以为继。他们每月都为房租水电费用而伤脑筋，常常交不起房租，少时拖欠一两个月，多时拖欠四五个月，不知来回搬了多少次家。大概也可以称得上是“搬家名人”了吧。

据说，两人婚后三四年间，川端康成夫人多次流产，后产了一女婴，只有川端康成见了一面，秀子连见也没有见一面，幼婴就夭折了。川端康成当时没有工作，靠写作生活，手头拮据，还是池谷信三郎典当了他的妻子的宝石戒指等物，帮助结算了秀子的住院费。他们两人后来一直没有生育子女，只收养了表兄黑田秀孝的三女政子为养女。

表兄原来的家在淀川边上的一个村庄里，这村庄也是川端康成母亲的老家，祖母也是这个家的人，而川端康成的祖父是养子，所以从这时起川端康成家的血统实际上已经断绝，现今是延续着祖母和母亲的血统。从这个意义上说，连这回领养的政子，黑田家有三代女人进了川端康成家。孩子的母亲也以孩子和川端康成之间的血缘关系为重。这孩子落户川端康成家也就是很自然的事。

领养之时，政子已是十二岁。川端康成夫妇亲自赴大阪黑田的家领回收养

的孩子，但他们比约定的时间迟到了两个多钟头，政子上电车站接了三次都没有接到，有点焦急了。当她一听见他们夫妇踏进门槛的脚步声，就哇的一声哭出来向川端康成扑将过去，紧紧地抱住了他。此时此刻，他和政子完全沉浸在一种甘美的平静之中。孩子对他这样深厚的感情，这是他压根儿也没有想到的。因为他与孩子的母亲谈定领养这个孩子，才见过这孩子三四次面，而且时间很短暂。川端康成是重感情的人，他听说是孩子自己决定愿意离开母亲而做他们的养女，对于幼小的心灵来说，并不是能轻而易举地下得了决心的。他十分珍视孩子这份淳朴自然的真情，心中暗想：将来我们和孩子之间的关系无论发生什么龃龉，我都必须跳越过去，而不能忘记感谢她。

政子到了镰仓川端康成家，立刻就与养父母亲密无间，时而缠住他们，时而向他们撒娇，不仅从没有让他们受过领养孩子应付出的操劳之苦，而且给这个孤寂的家庭带来了乐趣，带来的新鲜的气息。秀子夫人时时禁不住高兴地说："真是个好孩子！"但是川端康成却表现得非常随便和轻松。他说，"这次领养孩子，我也没有认为这具有改变我情绪的意义"，"它好像也直率地表明了我独自的属于我本人的生活态度"。

自幼失去家庭，川端康成总算结束了自祖父病逝后近二十年的只身漂泊的生活，第一次有了自己的家，第一次得到了爱。

选自《冷艳文士川端康成传》

谷崎润一郎的放荡感情世界

死火山里燃烧的爱

谷崎润一郎自幼就萌生着一种怪异的感情。他从七八岁就潜藏着喜欢同性爱这种意识。当时他的母亲带他去看少年歌舞伎，他就对出场的少年演员颇为动情。这里有这样一段背景：日本歌舞伎诞生之初，由歌舞伎的鼻祖阿国演出“女歌舞伎”，青楼女子群起效仿演出“倾城事”，所谓“倾”（日语“倾”，读作“かぶき”，汉字写作“歌舞伎”）即自由放纵好色之意。她们将由于江户儿的现世思想而产生的好色风俗彻底舞台化。当局以这种“女歌舞伎”影响人伦道德和社会安定为由，禁止“女歌舞伎”，女角改由美少年演员扮演，于是出现了“少年歌舞伎”，但这仍不失“女歌舞伎”的青春魅力。当局又取缔了“少年歌舞伎”，让年纪较大的男演员来扮演，并且让他们把前额至头顶的头发，剃成“月代头”，以减少肉体的魅力。

幼小的润一郎过早地就为这些“少年歌舞伎”的青春与肉体的魅力所吸引。同时对小学时代同班的美少年、浅草公园杂耍场上表演踩球的美少年，都为之动情、陶醉。乃至在东京文京区团子坂看见用菊花装饰的木偶的假美脸和假肉体，也会引起他一阵激动，木偶的脸、木偶的肉体都长久地留在他的脑海里。这种怪异的性欲，准确地说，这种怪异的同性欲已经在七八岁的小孩子身上萌动了。

按照谷崎润一郎的说法，这还不算是“初恋”的经验，他真正有了像是初恋的情感，应该是在读高等小学到中学三四年级，与某位美少年交往的时候。即使这样，也只不过是一种朦胧的憧憬，没有产生什么深刻的影响。换句话说，他正要步入而尚未步入同性恋的误区。

十一二岁上，他与两个年龄与他相仿的女孩子玩耍时，嫌对方妨碍了他，便对女孩子使了个坏心眼。女孩子很委屈，一边瞪大眼睛盯着他、咒骂他，一边逃离了他。后来谷崎润一郎写回忆文章《关于我的〈少年时代〉》时，自以为：“恐怕那是我‘性觉醒’的行为吧。”

润一郎真正的初恋，是1907年在北村家当学仆的第五年，与这家的侍女、纯洁而美丽的福子邂逅以后的事。他们相知相爱，彼此通信，互赠照片，共赴温泉，尽情地享受初恋的快乐。他曾赠情诗给这位少女，诗曰："奥州温泉共浴时，吾妹肌肤如凝脂""吾妹同游箱根地，秀发芳香沁心脾"。不幸，好景不长，他与福子的情书被主人发现，遭到了解雇，他一度与福子到了福子的故乡箱根。不久，这位少女在自己故乡某温泉疗养地，因心脏病（一说肺病）离开了人世，永别了她的情郎谷崎润一郎。这对于初尝爱情滋味的谷崎润一郎的打击是很大的，使他的心潮久久难以平复。很久很久以后，他还惦挂着在她常随身携带的背包里，一定还保留着自己给她的照片，一定还保留着自己给她的情书。因为这位初恋的少女给他的照片和情书，他一直保留在自己的箱子里。后来他在《死火山》一文中，动情地写道："这爱恋，像在死火山内里温暖地燃烧着一样，我应将它凄楚地封住在意志的铁壁里。"

在放荡生活中第一次结婚

谷崎润一郎是个放荡不羁的人，他也自白：他自己"生来便有着病态般的性欲"，他"只想为自己的快乐而生存"，是"为了充实自己的快乐而跟女人谈恋爱"。因此，他在放荡的生活中，虽曾与两三个女人有过"交往"，但也不过是affectation（矫揉造作），自己未曾感受过真正意义上的恋爱，原因是他认为真正的恋爱是带几分精神性的。换句话说，他的恋爱，重视"崇高的精神"更多于"崇高的肉体"。

这时候，中止多年的放荡生活回到父母家中的润一郎，在父母家中生活，又感到很不自在，很不安逸，总想回到昔日的放荡生活。可是，他对过去的放荡生活也有几分厌倦，转念又想，总不能如此生活下去，应该有个属于自己的家，自己的书房，安下心来从事自己的创作。于是，他产生了要建立自己的家庭的意念。他在写给其弟精二的信中，就作了这样的忏悔道：

> 我要放弃无意义的放荡生活。那种生活，不能为艺术而带来三文钱的利益。我痛切地后悔自己。认识"女人"是重要的。但是，普通的玩女人，是决不能深刻认识"女人"的。我长期放荡之后，体验了这一点。
>
> ……不能这样下去了。好歹我得建立自己的家庭，暂时闭锁在书

斋里，潜下心来，静静地思考。这就是说，作为建立自己家庭的道具之一，就是娶个妻室。

就是在这种茫然中，谷崎润一郎于1915年5月与艺妓出身的石川千代结婚了。是年润一郎三十岁，千代二十岁。润一郎成家之后的一段时间，大约是十个月吧，他认识到有了妻室、有了家庭，应该约束和纠正自己过去的恶习，于是完全自觉地终止了放荡的生活，让父母也放心了，自己的良心也得到了某种慰藉。可是，另一方面，有了家室，他又觉得是个累赘，产生一种“被投入桎梏之中的感觉”。

在这种新的矛盾环境下，谷崎润一郎一方面认为，如果他的恶魔主义倾向在这种家室的拖累中得以改变是件好事；另一方面又觉得，如果能够打破这种拖累的束缚，获得一种依靠迄今的（恶魔主义）倾向的力量也未尝不是好事。换句话说，谷崎润一郎的这次结婚的目的，其一是为了给自己的放荡生活画上句号；其二是建立自己的家庭，给自己的艺术创造带来一个“转换方向”，即带来一个转机。

于是，谷崎润一郎自白：“我的大部分生活，是完全为我的艺术而努力。我的结婚，终究也是为了更好更深化我的艺术的一种手段。”然而，这种只为达到自己艺术追求的目的、将妻室作为自己家庭的“道具”的、没有爱情的婚姻，注定会带来双重失望的结果。

他结婚一年后，他的弟弟精二结婚的时候，他就对他的弟弟说：“就我自己的结婚来说，目下后悔不已。不仅是结婚问题。就我自己作为艺术家的立场来说，也是处在极迷茫和悲哀之中。”这时期，他一连写了《花魁》《亡友》《美男》《恐怖时代》等几部“有伤风化”的作品，遭到禁止发行。此时连《中央公论》也将他定为“需要注意的人”，对发表他的作品非常慎重。

润一郎与千代结婚翌年3月14日，他们生下了长女鲇子。千代是一位温顺、贤淑的妻子，非常细心地照顾谷崎润一郎的父母。但在结婚两年后，润一郎已与妻子分居了。究竟是什么原因，众说纷纭。一说是与妻子千代同居，不堪忍受在闭锁的家庭里，没有创作的气氛和激情。用谷崎本人的话来说，就是：“对我来说，她的存在，成了一种悲哀的音乐。我之所以越来越疏远她，也许这是一个原因吧。为什么呢？对那时候志向于色彩强烈的、没有阴翳的、华丽的文学的我来说，她奏出的悲伤的音乐——实际上是一种无聊的、单纯的、催人莫名落泪的调子——是禁忌的。我不是对她生气，而是对这种音乐生气。有时我感到我不甘愿被它打败。”（《给佐藤春夫谈过去半生书》）；一说是千代的妹妹静子经常出入谷崎家，她非常纯真，谷崎认为自己应该培养她成为理想女性。小姨静子的出现，使谷崎觉得妻子的存在，是一个“障碍”。他甚至说：“就一般女性来说，我还是颇能评头品足的，可是谈到妻子，就立即产生一种无从谈起的心绪。”（《谈谈荆妻》）

于是，他将妻子和女儿送到了父亲家里，自己与静子开始过着同居的生活。转年就传来了昔日的情人福子逝世的噩耗。他仍未能忘怀初恋之情，为了散心，便决心访问中国。岂料出发前夕，发生了一桩意外的事，那就是十七岁的静子，突然离他而去，当了艺妓。谷崎访问中国北京、汉口、九江、庐山、南京、苏州、上海、东北等地两个月，回到东京后，仍心系静子，多方劝说静子回到自己身边。于是，静子再次回到了谷崎在曙町的家中，与恢复同居的妻子千代、女儿鲇子、妹妹伊势和二弟终平等六人同住。谷崎润一郎与千代、静子姐妹同住在一个屋檐下，毕竟是无法“和平共处”的。尽管妻子千代对他们的关系仍蒙在鼓里，但在谷崎眼里，妻子是个“障碍”，每次回到家里，对妻子千代十分冷淡，有时甚至残酷，比如妻子不留心，找不到衣服柜子的钥匙，他就借题发挥，动手殴打自己的妻子，俨如一个“暴君”。

这期间，谷崎润一郎发表了推理小说《被咒诅的戏曲》《中途》，它们的共同主题是杀妻的故事。因此，平野谦敏锐地感觉到这些作品“介入了谷崎润一郎的现实的事件”（《昭和文学私论》）。此前，谷崎写过题为《已婚者与离婚者》，宣称追求“理想的离婚”，而“不能忍受寻常离婚的条件”。那么，谷崎润一郎究竟想干什么呢？他二度与妻子千代分居。在他的脑子里，正在对离婚进行探索性的思考。

让妻事件

谷崎润一郎在曙町只居住了十个月，1919 年 12 月，他离开繁荣的东京，迁居交通不便的神奈川县小田原町。表面理由是长女鲇子患了气管病，需要有一个气候温暖的环境疗养，同时他的前辈、曾激励过他的北原白秋也住在小田原，彼此有个照应。深层的原因是否是在家庭生活陷入低谷的时候，想到与初恋情人踏遍了足迹之地——小田原，来寻找昔日的激情，对文学创作进行新的探索呢？这点文献无记载，只是个猜测。

事实上，正是在此时此地，发生了日本文坛有名的“小田原事件”。什么是“小田原事件”呢？就是有关自然主义作家正宗白鸟与妻子章子、谷崎润一郎与妻子千代和唯美派作家佐藤春夫的三角关系。事件的起因和经过是：当时外界盛传正宗白鸟之妻章子与一记者发生不伦关系，章子访问谷崎家，谈到决意与正宗白鸟离婚的事。谷崎力表赞同她与白鸟离婚。白鸟犹豫，有点依依不舍。而谷崎仍让章子坚持离婚。白鸟对谷崎这个态度甚为不满，最后与谷崎绝交。

这一事件发生后不久，章子访问谷崎家，将谷崎润一郎的妻子千代一直蒙在鼓里的谷崎与静子的事，告诉了千代。千代抱怨谷崎，而这时谷崎正在为他担任剧本顾问的“大正活映株式会社”拍摄自己编写的电影《雏祭之夜》，本人亲自操纵剧中剧的木偶，十分忙碌。接着又拍摄他的电影剧本《肉块》，一时找不到饰演剧中混血女子的角色，谷崎看中了静子，认为静子美貌，肢体丰满，是很适合担当这个女角色的演员，于是便起用了静子，取艺名为叶山三千子。他们两人双双在拍摄现场，更是形影不离，长时间不在家中。

恰巧此前，佐藤春夫与女演员川路歌子婚变，与女演员米谷香代同居，岂料其弟与米谷香代又有染，婚姻并不如意。佐藤家就在小田原谷崎家邻近，于是他为了排解胸中的积郁，天天上谷崎家安慰千代，表达对谷崎的冷酷态度的不满。并且由对千代的同情而产生了爱情。佐藤春夫在一首题为《感伤风景》的诗中，这样吟咏道：“两人乐融融的，闪烁的目光碰在一起了。啊，恋人的目光，多么美的宇宙！”从这首诗可见春夫与千代两人情爱之深了。佐藤春夫为了逃避围绕千代问题与谷崎润一郎产生纠葛的苦恼，到中国台湾和福建旅行去了。从中国归国后，佐藤春夫叩访了小田原的谷崎宅门，本想解决两人的矛盾，却没有料到谷崎向春夫提出了“让妻”的建议。春夫将谷崎这一建议告诉了千代，千代也同意了。一说千代听了春夫的话，最初十分生气，后来也认同了。谷崎给佐藤春夫的书简坦承，他之所以给佐藤春夫“让妻”，“最初的动机，是她的存在妨碍我的恋爱生活”，“她是可怜的，愿你能给她幸福”。润一郎和春夫达成了口头让妻的君子协定之后，谷崎与静子很快就离开小田原，到了箱根去。但是，谷崎在从箱根回到小田原之后，突然翻案，取消君子协定。为什么润一郎突然取消这一口头君子协定呢？一说是谷崎与静子的恋爱没有成功，谷崎又恢复对千代的爱欲，被称为一件“悲壮的差事”。在谷崎取消协议后，春夫一怒之下，给谷崎写了一封表示“我要永远和你争下去”，“直到成了白发人，我也要争到千代”的信，他接着又写了一封信，连同给谷崎的信一起寄给千代，声言“这是我给谷崎的绝交书和挑战书”，由此“你我也成为敌我了”。就这样，佐藤春夫于1921年3月，宣布与谷崎润一郎绝交了。冢春夫与谷崎绝交之后的心情，从春夫在《我们的结婚》一文中可以窥其一斑。他在这篇文章中这样写道：“我与千代的感情最白热化之时，谷崎的想法改变了。对我来说也好，对千代来说也罢，这都是相当悲伤的事。本来我祝愿千代的幸福，是建立在夫妻之间。可是，千代有时考虑孩子，有时考虑丈夫的希望，以泪洗面，这也是她不得不舍弃对我的感情的原因。因此，我一边鼓励千代，一边激励自己，试图从这旋涡中逃脱出来。”

春夫怀着失恋的悲伤心情，写了小说《受伤的蔷薇》，并将他从事十年的诗作，汇集出版了处女诗集《殉情诗集》，序文这样写道：“在人生的路途上，来到爱恋的小小阴暗的树影下，我的思绪愈发落寞，我的心犹如败落在棚架下的蔷薇在呻吟。心中的事，眼中的泪，意中的人，儿女之情，极其困扰着我，多少让我偶尔成诗。”

作为诗人佐藤春夫的人生路途的不幸，给他的创作带来了机运。《殉情诗集》收入的初期诗作，表现其哀婉的痴情。他的诗采用七五或五七为主调的传统诗体，又融会了近代的思想感情，内中有的诗纤细、委婉而幽怨地咏唱了恋爱失意的悲伤心情，他的《水边月夜歌》就咏道：“恋爱的苦恼，让月影的寒冷渗入我心。正因为知物哀，才面对水月兴叹。即使我觉得虚幻无常，但我的思绪却非泡影。我尽管卑微，但也要驱散哀愁，为了你。”

佐藤春夫在《秋风一夕话》中评论文坛及诸家现状，还涉及对谷崎润一郎的评价，提出了谷崎润一郎“伪恶观”，主要论点是：（一）文坛有人提出谷崎润一郎是“有思想的艺术家”还是“无思想的艺术家”的问题，他指出：“即使是唯美主义、官能主义，也是一种思想。于人生，以美作为第一价值，或主张认识人生唯有尊重官能而不能尊重官能以外的其他东西，这种态度怎么能够不是思想呢。”因此他的结论是，“润一郎决不能称为无思想的艺术家”；（二）论述构成谷崎润一郎文学的悲剧的两大要素“恶”与“爱”，强调了没有罪的自觉，就不存在恶的意义；只有将世俗的恶正当化，才会由此产生更高的善恶的意义。相反，没有自我解剖、自我省察，就没有思想；（三）论述润一郎的艺术特点就是极度的夸张，并且指出其新浪漫主义的夸张，不是格外内在性的暗示性的东西，乍看可以发现勇敢的反道德的精神，但仔细地看，作为对社会挑战，决不是强有力的，只能是一个伪恶家。艺术家的伪恶，与宗教家、政治家的伪善是一样的。

谷崎润一郎与佐藤春夫因“让妻”事而绝交。这期间，春夫一直提议

“掩饰的和解”，试图恢复两人的友谊。润一郎于1923年连载小说《神·人之间》，将这一事件小说化，作品人物添田、积穗、朝子，分别是谷崎、佐藤、千代的化身。故事讲述朝子当艺妓时，为一老爷子当了小妾，不久老爷子故去，添田与这个朝子结了婚。但标榜恶魔派的添田虐待了她，让她想起了三者的关系。然而到了最后，危笃的添田向积穗忏悔就死去了。与朝子结婚的积穗也自杀了。只有在两人之间徘徊的、拥有一颗纯真之心的朝子还留在人间。透过这个半真实半虚构的故事，不是也可以窥见谷崎润一郎在绝交的状态下的心境吗？但是，他们的绝交的状态，一直延续至1926年9月，最后由佐藤春夫主动提出，两人才实现了和解，相好如初，谷崎将妻子“让”给了佐藤，前后达五年半的时间。这就是成为日本文坛笑谭的“小田原事件”的始末。

谷崎润一郎早已言说：“我的心想到艺术时，我憧憬恶魔的美。我的眼回眸生活时，我就受到人道警钟的威慑。”“小田原事件”，不就验证了谷崎润一郎的预言了吗！事实上：事后相隔多年，谷崎发表了对爱情的一番议论，说什么“处女中光彩照人的美人，多数在结婚不久，她的美就会犹如梦幻一样消失了”。(《恋爱与色情》）透过谷崎润一郎这种恋爱观，也从中找到这一事件的答案了。

最后润一郎和春夫两位文豪还挥毫写下和歌以警醒：

津国木桥长又长
相思河啊桥难渡　润一郎

纵令河流有涸时
不问鸳鸯河深浅　春夫

世态无常鸳鸯河
沧海桑田诚可厌　润一郎

人妻和服垂双袖
兜短情长多可怜　春夫

他们的“离”与“合”经过磨合，得到双方亲人和子女同意后，于1930年8月18日，由谷崎润一郎、千代、佐藤春夫三人联名签订了这样一份正式

“让妻协议书”，给挚友上山章人见证：

> 我等三人合议，达成千代与润一郎分手，与春夫结婚，润一郎之女鲇子与母同住。双方和好如初，并在上述谅解的基础上进一步增进深厚的情谊。……

世人恐怕少有这样的离婚和结婚的形式吧？谷崎、千代、佐藤三人就是这样少有的形式：谷崎与千代离婚，千代与佐藤春夫正式结婚了。世人评说：长达十年的三人心中的纠葛，终于解决了。恐怕可以说，这是佐藤和千代的纯粹爱情的胜利，同时也是谷崎和佐藤的深厚友谊的胜利吧。谷崎润一郎与佐藤春夫又恢复了密友的关系，其后谷崎还将长女鲇子许配给春夫的外甥竹田龙儿，成为亲戚呢。

所谓“小田原事件”，就这样以谷崎润一郎、千代、佐藤春夫三人的戏剧性转变而圆满落幕了。但是，事情还未完全结束。这样前所未有的事，当然是一件大新闻，自然引起大小报纸的报道，它们大多用了“从烦恼走上新路”“谷崎润一郎夫人与佐藤春夫结婚”“夫人既离婚，就联名通知亲友”等醒目的大字标题。文坛大多数人同情谷崎润一郎，而批评作为女性的千代，指责“这是不伦的行为”。矫风会的女士甚至提出“应当坚决痛斥千代的行为”，谷崎润一郎十分不愉快，给佐藤春夫发去一封电报，表示“有许多客人频频来拜访我，关西人大多都认知这是个人的事，看法公平。但是，东京以及其他远方则有许多同情者寄来慰问信，表示对此事无法理解，使我感到困惑。如此，千代是可怜的。我也很感伤，（略）这种不合理的同情，使我甚感不愉快也”。佐藤春夫也无奈，仅表示：“就算以为合理的事，只要它是不同于习俗，仅此就会惹起世俗的议论啊！”这件事，还殃及谷崎润一郎的长女鲇子，她就读的圣心女子学院以不能容纳这样不伦家庭的子女为由，勒令她退学，或者住校监督，态度非常强硬，没有折中的余地。他们只好让鲇子退学，跟随佐藤春夫和千代迁到东京，就读东京私立女校去了。佐藤春夫为了这次“小田原事件”，他一度异常苦恼，整天嗜酒，最后患了轻度脑溢血。

女性崇拜者的再娶与再离

谷崎润一郎与千代离婚以后，他迁居关西，经友人介绍，认识了好几位女子，据说介绍人与这些女子，都是与文坛无关的人。当新闻记者追问他再婚的问题时，他提出了“再婚七条件”，即：一，是关西女子；二，是留日本发型；三，尽可能是业外人士；四，是二十五岁以下的初婚者；五，虽不够上是美人，但手脚是奇丽的；六，是不追求财产与地位的人；七，是老实的家庭妇女。新闻记者都觉得这是很普通的条件，这可能是谷崎放的烟幕弹，而他心中肯定还隐藏着不愿告人的理想爱情与婚姻吧。

这时候，谷崎润一郎聘请了有一定教养的浅野游龟子、江田治江这两名关西年轻女子，当了他的助手，用谷崎的话来说，是“方言顾问”，协助谷崎将当时创作的《卍》改成大阪方言。这期间，一位名叫古川丁未子的大阪女子专科学校（今大阪女子大学）英语专业的学生，曾与浅野游龟子一起去访问过谷崎润一郎。过了不久，浅野游龟子因结婚而辞职。谷崎找了几个大阪女学生，成立一个小组，继续做这项工作。此时，二十五岁的古川丁未子也作为小组的一员，经常出入谷崎家。古川丁未子毕业后，愿望是当新闻记者，这时正好文艺春秋社的《妇女沙龙》杂志征聘女记者，于是她通过谷崎向当时文艺春秋社社长菊池宽推荐，最终实现了自己的志愿。不久，丁未子辞职，来到谷崎家当了润一郎的私人秘书。于是，两人朝夕相处，还外出地方旅行，度过快乐的时光。古川丁未子对谷崎十分感激，而谷崎对古川丁未子则产生了爱恋之情。他情不自禁地给古川丁未子写了一封表白自己心扉的情书，情书写道：

> 目前，我有自信我的艺术不负于任何人。我写的东西，即使一时得不到社会的承认，但也相信后世会承认的。但是仅满足于此，我有点寂寞。我过去虽有两三次恋爱的经验，但未相遇到一位无论在精神上或肉体上能真正奉献一切而足以令我爱的女子。这是我唯一的不满。直白地说，我需要的，是与我的艺术世界中的美理念一致的女性，她将成为我的实际生活和艺术生活完全一致的爱。（中略）从更高深的意义上来说，我被你的美征服了。我期望你的存在的全部，成为我艺术和生活的指南，作为我光明的愿景。

作为少女，古川丁未子被谷崎润一郎这番甜蜜的话语打动了。她与谷崎润一郎终于在 1931 年 4 月 24 日正式举行结婚典礼。婚礼在谷崎家举行，仪式很简单，只有润一郎、丁未子、证婚人冈成志夫妇和丁未子的一位亲戚参加。新婚后，谷崎为偿还债务，将自己的房子卖掉，夫妇借住在高野山龙泉院内的泰云院古寺里，谷崎从早上 6 时起床，到夜半 12 时，都埋头伏案创作《盲人的故事》。起初丁未子与作家一起生活，日子过得还快乐，有时去参观寺庙的斋戒生活，有时去听僧侣诵经，没有觉得不自由的样子。可是，润一郎达到了追求“实际生活和艺术生活完全一致”的时候，新妻丁未子在这座圣山的大寺庙中却觉得孤寂无聊，征得谷崎的同意，丁未子写信给她的女友，请她的女友来高野山陪住。润一郎在《倚松庵随笔》中也说他与现在的丁未子夫人的生活，“处在应是互相满足的状态”，他自己仍如往常一样，没日没夜地伏案写作。可以说，谷崎对他和丁未子的婚后生活，还是十分满意的，他认为自己开始体味到真正的夫妻生活，是一对“实际生活和艺术生活完全一致”的夫妻。然而，也就是在这时候，他已经意识到自己比新妻年长二十七岁，年龄相差太大，是一个问题。但是，这不是一个关键的问题。关键的问题，也许是他以为自己与丁未子的结合，最后未能完全达到激发他“更大的艺术创作热情”吧。

事有凑巧，谷崎在《盲人的故事》付梓之际，画家北野恒富画卷首插图时，谷崎让画家以根津清太郎的夫人松子为模特儿，谷崎让松子在封面、扉页上题字，以这样的形式表达了对松子的思慕，这又勾起了他多年前与这个津根松子的邂逅往事的回忆。

谷崎润一郎认识根津松子，是在 1927 年通过芥川龙之介来大阪参加改造社的讲演会时介绍认识的。当时润一郎与龙之介两人在谈论文学，松子默默地侧耳倾听，并被润一郎的文学才华深深地吸引住了，而松子给润一郎的第一印象：她是个美女，十分亲切。他不仅写小说时常常浮现出松子的形象，小说中不断出现松子的形象，而且新婚不久的他，在脑子里唯一翻来覆去涌现的女性，就是这个松子。而松子呢？她参加谷崎润一郎和新妻丁未子、佐藤春夫和新妻千代一起到道成寺赏樱后所写的一篇文章就透露：“三十年前看见的这些樱花的风情和色香，映现在我们两人眼里仍未能消逝。樱花盛时又相遇，这时的心情，也是格外适合这种情景啊！”在这里，松子所言的此前映现在他们两人眼里的风情和色香云云，不也表明如今她对谷崎仍未能忘怀，眼下的现实又激活了昔日她对谷崎的深深的感爱之情了吗？而且根据松子回忆，那天晚上，“在昏暗中，（她）与谷崎拥抱、接吻了”。这是松子告诉她的友人稻泽秀夫，并嘱咐稻泽秀夫在她在世时不要公开。这是稻泽秀夫于 1992 年撰著的《秘本谷崎润一郎》（限定百本）里透露出来的。

入秋后，天气渐寒。谷崎润一郎夫妇去到高野山，没有购买房子，通过根津松子的帮助，准备搬到松子丈夫开设的根津商店店员宿舍里暂住。在他们下山之前，润一郎接到松子来信，说有些不愉快的事，想与他面谈。什么麻烦事，信中没有言明。一说是她的丈夫是个放荡家，另有了情人——松子的妹妹信子，松子已与他分居，成为有名无实的夫人。当时，丁未子不了解这一情况，曾对她的友人高木治江说："根津家有点麻烦事，松子多次写信给润一郎，信中流露她很寂寞、很苦恼的情绪。我曾劝润一郎会见她一次，听听她怎么说。"高木治江听罢，马上产生一种不祥的预感。因为她看见谷崎读松子来信后那副不开心的样子，回顾谷崎过去的爱情与婚姻，注意到谷崎要求于丁未子的，不仅是做个良妻，而且比起要求美丽的、可爱的、可亲的来，还要求"能给予自己光辉精神的、崇高感激的"妻子。这时候，恐怕丁未子也不曾意料到，这会成为自己与润一郎"事实上离婚"的问题吧。

谷崎润一郎在小说《各有所好》中写道：他要"不断创造新的女性美"，"实际上是再娶与再离，这就是女性崇拜者的做法"。他还表示："妻子既不是神，也不是玩具。"实际上，他是将"妻子"既看做是"神"，又看做是"玩具"。正如永荣启伸所说的："既是神又是玩具的妻子，是（谷崎润一郎婚姻）续存的条件。"（《谷崎润一郎评传》）野村尚吾更直接地写道："谷崎想通过与丁未子结婚，使其作风发生变化。然而其作风的变化，不是由丁未子，而是完全由另一个女子——松子的影响而触发的。生活的表面，一点也看不出来，一点现象也没有表现出来。但是，内里看不到的泉水，结果却以强大的力量在涌动着。对新婚的丁未子来说，甚是不幸而悲哀的事态，在高野山的生活中已悄悄地发生了。……谁也没有注意到，恐怕连当事人也没有预料到，这种（在高野山的）幸福生活，只不过是一个在薄冰上舞蹈的幻影。"（《谷崎润一郎传记》）

在这里，不是也可以窥见在谷崎润一郎的眼里已经存在"能给予自己光辉精神的、崇高感激的"根津松子的影子了吗？事实上，谷崎润一郎与丁未子结婚翌年即 1932 年 7 月初，早已将自己的书斋雅号称作"倚松斋"，来寄托对松子的依恋。9 月 2 日谷崎给松子的书简中也公开吐露了自己这样的心扉："这四五年来，托你的恩泽，开辟了我的艺术道路！对我来说，没有我崇拜的高贵的女性，我就难以进行创作。……今后托你的恩泽，我的艺术天地一定会变得更好，更丰富。就是你不在我身边，我一想起你，就涌起了一股无尽的创作力。"

就这样丁未子给谷崎扔下了"为了你的艺术，那就分手吧"一句话，就搬到自己的妹妹家里，谷崎通过她妹妹，每月按时付给她生活费。丁未子就成为谷崎的恋爱与文学观下的牺牲品。谷崎结束了与丁未子尚不到两年的夫妻生活。上述说谷崎与丁未子“事实上的离婚”，乃因为当时两人只是分居，丁未子过着独身生活，而润一郎与松子早就同居了。直至1934年4月，松子与根津清太郎协议离婚后，恢复原姓名森田松子。森田松子于翌年1935年5月3日才正式办理人谷崎家户籍的手续，改名谷崎松子，算是正式结婚了。谷崎后来总结说：

> 我发现要求创作家过一般的结婚生活是不合理的。我也有与C子和T子两次婚姻的失败，体会到了这一点。其原因是：艺术家虽然会不断梦见自己憧憬的、远比自己高超的女性，然而，当她成为自己的妻子以后，一般的女子就会好像剥掉了那层镀金，完全成为比丈夫平凡得多的女子。因此，不觉间他又要寻求另外的新女子了。（《倚松庵随笔》）

谷崎与松子结婚后，松子有了身孕，谷崎担心有了孩子，会走第一个妻子的路，他们美满的艺术家庭就会崩溃，他的创作欲望就会衰退，因为他想象着松子产子后会产生的纠葛，就不寒而栗。所以，他反复动员松子堕胎，松子不忍割舍，一时难以下决心。但结果，松子为了谷崎和谷崎继续保持艺术创作的热情，还是听从了谷崎，做了人工流产。谷崎润一郎不无感叹地说：“她比起对腹中子的爱来，对我和我的艺术的爱更深。”（《雪后庵夜话》）

谷崎润一郎在生活上“脱胎换骨”，与松子相亲相爱，度过了晚年。在文学上也“脱胎换骨”，开始新的创作转折，因为他认为通过与松子的爱，他涌现了更大的艺术创作的激情。当然，这是以牺牲丁未子、牺牲松子的腹中子作为代价的。这就是谷崎润一郎在实际生活上和艺术上的“异端者的悲哀”！

《插图珍藏本谷崎润一郎传》

加藤周一的眼睛

“我害怕加藤周一那双检察官般的眼睛。他每说一句话，我就觉得自己像顽皮的学生在教员室里听老师的训斥一样。”这是作家三岛由纪夫在战后一次文学座谈会上，与加藤周一先生邂逅的第一印象。乍看加藤先生的眼睛在盯视人的时候，的确是瞪得很圆很大，就像检察官的眼睛，带着一种威慑的力量。但十余年前我第一次看见加藤先生这双瞪圆的眼睛时，却没有留下害怕的感觉。相反的，他那双眼睛就像主持正义和公道的检察官的眼睛，充满睿智的光。尤其是与他讨论学术问题的时候，你与他那双眼睛一接触，就仿佛从那里可以得到启迪，得到智慧和力量。加藤先生的眼睛圆大，但却非常深沉。他是医学博士，他的眼睛像检测肿瘤的HX微电脑，也像新型的“长眼睛”的光学手术刀。他巧妙地将医学家的眼睛与文学家的眼睛做了最科学的调适，用它来审视社会与人生，观察人与自然、人与人纷繁的纠葛，并且通过自己独特的定式表现出来。

近两年来，我们用了一部分时间翻译加藤先生的经典著作《日本文学史序说》，从书中的每一句话、每一个字里，都可以感受到那双经过调适的眼睛透射出来的光芒。具体地说，加藤先生将他特有的医学与文学的眼光聚焦到最适当的位置，来审视日本文学的历史。众所周知，当今时代，是科技高度发达的信息时代，随着边缘学科的出现，文学与其他学科，比如哲学、美学、宗教学、伦理学等人文科学，自不用说有着不可切割的血脉联系，而且与相距甚远的医学、生物学等也有着互补作用。加藤先生正是在文学与边缘学科的对应关系中，找到了最佳的接合点，从而发挥他那双“文学眼”和“医学眼”的重层作用。比如，他在一定限度内发挥文学与边缘学科之间的对应与互补的效用，不仅将哲学、宗教学、语言学、历史学等，而且大胆地将医学、生物学的“杂种优生”和”进化论”的原理引进文化论和文学论，创造性地提出了“日本文化的杂种性”的理论，同时，以这种理论指导日本文学史的研究。即研究日本文学史上的本土思想（加藤周一先生称为土著世界观）与外来思想的相互对立与调适、变质和融合，从而形成日本文学的民族特质。

换句话说，加藤先生摆脱了狭隘的文学概念，将文学与诸多边缘学科作为

一个合成体，一个相互作用、补充和融合的有机合成的整体，来建立其文学史研究的科学理论，并且以这种科学理论作为基础，创造出一种文学史研究的方法论，从而构建起独有的文学史研究体系。

作为独创的文学史研究的理论和方法论而结晶的《日本文学史序说》，突破固有的带惰性的单一研究模式，在史的结构框架内，以思想史为中轴，纵横于文学的社会性、世界观的背景和语言及其表述法等几个互相联系又不尽相同的环节中，并有重点地切入作家和作品，进行多向性的、历史的动态分析，通过纷繁复杂的文学现象，来把握日本文学发展的根本规律。这样，可以从宏观上准确地把握文学整体内涵的文学思想，对其深层的文化思想做出历史的解释。也只有这样，才可以从微观方面对各种文学现象、各个作家和作品，做出更符合客观实际的分析。

记得十年前，同加藤先生就这部文学史交换意见时，由于对其特色和意义体会不深，发言带上几分感想式的和随意性的色彩。加藤先生没有言语，只是将那双曾令三岛由纪夫害怕的眼睛向我直接逼将过来，仿佛对我的发言要打上负一百分似的。但是，我没有像三岛那样觉得“害怕”。相反地，我从他那闪烁的目光中，看到了一种既严厉又慈祥的批评。因为那双眼睛仿佛在说：再好好思考吧。事隔十年，通过学习与研究日本文化与日本文学的关系，以及写作《日本文学思潮史》时对文学思潮史研究的“立体交叉”研究方法论的思考，再读《日本文学史序说》，尤其是多次在北京、东京，乃至京都与加藤周一先生就建立真正的文学史研究体系进行了无法计时的长谈，对加藤周一先生的文学史研究的指导思想，就有了进一步的自觉认识。1993 年我们访日时，加藤先生又重提《日本文学史序说》在我国翻译出版的问题，因为它已被译成英、法、德、意四种语言出版，韩国学者正在翻译韩语。所以加藤先生当时最期待的是出版汉译本和俄译本，并且向有关机关申述：“作为这部著作的译者，叶、唐两先生是最为难得的合适人选。”我还记得，加藤先生与我们探讨这个问题的时候，那双又圆又大的眼睛也是直勾勾地逼视着我们。可以看出，这是对我们的期待，也是对我们的信任。

可以说，这部专著是加藤先生那双敏锐的知性的眼睛长期观察的结果，加藤先生走上文坛伊始，就开始思索日本文化与文学问题。他与中村真一郎、福永武彦合著的《文学的考察——1946》，通过与欧洲文学、文化和思想的比较，对战时的日本社会文化进行激烈的批判，同时对日本文化和文学的传统与现代充满了理性的思考。尤其是加藤先生经历过一个艰难的思索过程。战后初期他出于对日本天皇制绝对主义的憎恶，在批判以其为代表的封建文化的同时，将西方文化等同于民主主义，从而提倡全面学习西方文化，存在将传统文化全盘舍弃的倾向。但他留欧之后，将西方文化作为参照系数，用一只眼睛看西方，一只眼睛看日本、也看东方，重新调整了焦距，他的视点自然就落在一个新的方位：首先肯定西方科学技术和民主主义的普遍意义，其次自觉认识日本传统文化及其再创造的不可或缺，传统文化也是有着不可忽视的特殊意义的。从而，他的眼睛在两者的碰撞中找到了调适焦点的所在。上述的“杂种文化论”就是通过这双眼睛的长期审视，从日本文化的一元观转向多元观的结果。

正如加藤先生在《日本文化的杂种性》一文中指出的“明治以来，一兴起企图使日本文化全盘西方化风潮，便产生了主张尊重日本式的东西的反动。这两种倾向的交替，至今似乎依然没有停止。切断这种恶性循环的出路，恐怕只有一条，那就是完全放弃企图纯化日本文化的愿望，不管是全盘日本化还是全盘西方化。”也就是说，加藤先生在“杂种文化”的理论中，既承认“西方文化已经深入滋养日本的根”，同时又肯定使西方文化思想体系发生变化的“这种力量的主体是土著世界观”，即传统文化，从而揭示了和洋文化的冲突变化（广言之，包括和汉文化冲突变化）的基本结构特征。其后加藤先生写了《杂种日本文化的希望》等十二篇文章，结集出版了评论集《杂种文化》，继续探讨日本与西方社会文化的现象，更明确地提出日本文化的基本特征是日本固有与外来西方这两个文化要素深深的交融，并结为一体。加藤先生以其锐利的理性的目光直视这个事实，进一步肯定“杂种文化”的积极意义。这一观点成为加藤先生的文化观、文学观的核心，是他观察一切社会文化现象的坐标轴。这种观点，在其后的文化、文学理论和创作中被加以延伸和深化。上述的《日本文学史序说》就是这一过程的最终成果。加藤先生这双经过历史磨炼的“批评眼”，变得像新型手术刀上的“光学眼”，穿透病人的组织层来观察病灶并使用锋利的手术刀来切割病根一样，无情地透视病态的社会和病态的现代，解剖日本社会和文化的不合理现象，从批判天皇制、军国主义，到呼唤人性的回归、正义的伸张。而且用这一“批评眼”透视日本现代化的历史经验与教训，分析了日本现代化过程出现的欧化主义与国粹主义思潮的弊害，以及只注意科技的现代化，而忽视民主主义的建设，忽视传统及其再生的现代意义，因而产生的历史大倒退。诚然，阻碍日本现代化的是天皇制和家长制的封建意识，日本建设现代化，技术文明是重要的，然而这也只不过是一种手段，如果没有民主主义体制上的保证，就很难实现这种手段。但是，如果日本现代化仅

仅停留在这两个文化层面上，而没有立足于日本文化传统的创造性转化的基础上，以日本文化传统的合理部分作为根本并发挥其主体作用，那么要完成日本式的现代化也是困难的。即使在这两个层面上实现了现代化，也只能是西方式的现代化，即全盘西方化。所以，加藤周一先生在《现代日本文明史的位置》《现代化何以必要》《关于“赶上”先进国过程的结构——日、德现代史比较》等文章中，总结了日本现代化的正负面的历史经验，建构了日本现代化模式。“日本的现代化，只能采取民主主义原则、技术文明和日本文化传统相结合的形式。”可以说，提出这个问题本身，就是对日本文化思考的深化。

在现代化过程中解决传统与现代的关系，当然也包括文化、文学的传统与现代的关系。加藤先生的眼睛也没有放过这个问题。他非常注意传统的两重性，即传统文化存在非现代性的一面，比如非民主的体制和价值观，同时又存在与现代可适性的一面，比如风土、语言、艺术等。他强调传统文化应去除的是非民主的部分，而保留与现代相适应的部分。在这个基础上，他强调“日本的传统，对于日本来说是创造的希望”，在走向现代化过程中，“时代的变化越剧烈、广泛，创造优秀的艺术就越要在传统艺术的结构中完成”。

如果结合我国现代化过程产生的种种现象，深入思考加藤先生的上述论点的话，那么就不难感到日本传统文化、文学走向现代化，首先是确立对传统的自信，其次是对西方文化的自觉认识。也就是说，一方面，从传统中吸取有益的养分，增加现代文学的深度和多样性；另一方面大胆而善于吸收西方文化，特别是传统中所缺少的现代意识，在更高层次上对传统进行自觉的再创造。这样，传统才能发挥其内在的积极意义并产生新的活力。

加藤先生以诗歌和小说创作起步而迈上文坛，一发而不可收地展开了丰富多彩的文学活动。他的诗歌在充分发挥抒情功能的同时，也非常注意注入知性与理性的因素。比如，他追求诗歌的抒情性的同时，又没有完全将精力放在诗的押韵上，而是深深地思考诗的表现密度和语感的微妙味道两者的邂逅问题，并且将其思考的结晶，凝聚在其诗笔之中。我们从他创作的短歌和现代诗中，不难发现它们既受到外来诗学理性主义的影响，又有日本歌学传统的自然感情和季节感觉的滋润，正是这二者的有机结合培育着它们的根干和枝叶。按加藤先生的观点，根干是土著世界观即本土文学思想，枝叶是外来文学思想。

他的杂文自不待言。他的游记，比如《意大利印象》《墨西哥谷地的古代》《印度问题》，也是作为旅行者的思想而不是作为一般游记记录下来的。所以，他的游记都是在感性的世界里，展开知性的思索和理性的批判，有着自己独到的风格。

他的小说特色，与以情为核心的传统模式全然不同，是以知性为核心的“知、情、理”结合体，也是文学与诸多边缘学科的复合体。比如，从他的短歌、诗到小说、自传体小说，在抒发爱情的时候，也带上几分知性和理性的思考。比如，长篇小说《在一个晴朗的日子里》，通过作家自己的战争体验，描写了医师土屋太郎、亲友之姐秋子、诅咒天皇制的反战论者荒木等几个人物在战争末期对生活的态度，抗议在枪口下的世界扭曲和扼杀人性的事实，以及描写了战败后人们打破沉重的枷锁所带来的解放感和对未来的期待感，其中穿插了动人的恋爱故事。自传体小说《羊之歌》是从叙述祖父辈开始，围绕着自己的经历、交友、恋爱以及自己的思想形成与发展的过程而展开故事的，其中贯穿了明晰的知性和理性的分析口特别是其中的《京都的庭园》一篇，从在京都爱上了“她”写起，联系到京都庭园的美，从日本的悠久文化又联系到西方文化。为了考察东西方文化的异同，告别了母亲，也告别了恋人，游历法国，寻求新的知识。但作者自己没有想到后来长期在欧洲生活，更没有想到随着岁月的推移，自己的生活发生了根本性的变化：自己亲自为之做过手术的母亲逝去了。回到京都的庭园，但没有回到自己相信是那么爱恋着的她的身边。这里写得非常真切，也非常动情。

总而言之，加藤先生处理文学的知、情、理的关系时，不失作为文学要素的情，而又充分发挥知性、理性在文学中的效用，非常巧妙地调适三者之间既对立又统一的有机联系，建构一个知、情、理的文学机制，从而形成加藤文学世界的独特性，并创造出辉煌成就。说到这里，我的眼前又浮现出加藤周一的那双眼睛，充满了情，显示了他感情的丰富和生命力的旺盛；也充满了知与理，表现了深刻的观察能力和冷静的分析能力。加藤周一的眼睛，印在我的脑海里很深、很深……

1995 年春于北京团结湖寒士斋

大江健三郎的父子情

世间许许多多的故事，有喜有悲，有悲喜交集，也有乐极生悲的，唯很少听说有悲极而乐的。但是，日本小说家大江健三郎的故事，却是悲极生乐，而且这不是小说家虚构的，而是小说家本人实际生活中一个真实的故事：他的脑功能障碍儿阿光听懂鸟类的语言了。我听了这个故事，心灵受到强烈的震撼，不由得提起笔，将这悲极生乐的故事写出来。

这个故事得从头说起：大江健三郎生于爱媛县一个森林覆盖的山谷间的小村庄，童年时代，就在那片大森里度过。林中自然的绿韵，成为哺育他的摇篮。当时，他最爱读马克·吐温的《哈克贝里·芬历险记》和拉格洛芙的《尼尔斯历险记》，从这两个历险的故事中，他感受到两个预言，一个是将能够听懂鸟类的语言，另一个是将会与野鹅结伴旅行，于是他便泛起一种官能性的愉悦，自己的感情也仿佛净化了。所以他说，这两个故事的预言，占据了他的内心世界。因而孩童时代的他为自己找到了合理的依据，时常在林木的悠悠的绿的簇拥下进入预言的梦乡。谁会知道，其后二十余年，他的绿色的梦果然成真了。他的听懂鸟类语言的预言，也在现实中出现了。

这就是大江婚后，他们的爱情结晶了。他的夫人怀孕近三百个日日夜夜，他们夫妻期盼着抱一个健康的胖娃娃。岂料孩子一生下来，就是脑功能障碍儿，处在濒死的边缘上。对大江来说，这确是有如晴天霹雳，其受到的打击是凡人都可以想象出来的。他每天守候着静静地躺在医院的特殊无菌玻璃箱里、面对那个毫无生存希望的亲骨肉，曾经在脑子里闪烁过：是放弃，还是尽全力让他的生命延续！这是死与生的抉择，是一个痛苦的抉择。在一闪念之间，望着孩子那个脑袋、那张脸，他想起埃利德亚的一句话："人类生存是不可能被破坏的。"于是他产生了一个坚定的想法"既生之，则养之。"几个星期过去了，孩子仍活着，他确实存活下来了。于是大江在直面痛苦的自觉之后，接受了孩子存在的事实。阿光的小生命虽然延续下来了，但他听不懂人类的语言，也听不懂世上的一切语言。

作家为了自己的生存，也为了尽一份社会的责任，埋头伏案写作的同时，还与爱妻分担一份抚育孩子的责任。一年过去了，两年过去了……阿光的脑功能障碍仍然没有什么变化。阿光来到人世的第六个年头，大江带着六岁的阿光回到自己孩提时生活过的森林谷间的小村庄作短暂居住。一天，他与阿光漫步在撒满阳光的林间，不停地传来百鸟的啾啁鸣啭，这鸟声又不断地传入阿光的耳膜里。阿光的脸部表情露出了喜色，他竟对鸟类的歌声做出意想不到的反应，第一次用人类的语言，结结巴巴地说出：

这是……水——鸟！

大江顿时抑制不住自己的激动感情，不由得仰天脱口呼喊出：

儿子听懂鸟类的语言啦！

阿光生平第一次发出的断续的话声，大江情不自禁地发自肺腑的呼喊声，在谷间、在林中回荡，在整个天空久久地旋荡。它们像一首歌，动天地，撼鬼神，也搏击着作家自己的心。因为他看到了儿子阿光的希望，就好像在黑暗中看到一缕曙光。

从这时候起，大江感受到儿子为自己实现了自己幼时的能够听懂鸟类语言的预言。也从这时候起，他决心让儿子学习作曲，让他把鸟类的歌声与人类所创造的音乐相结合，走向巴赫和莫扎特的音乐世界。于是他与爱妻全身心扑在这项人类伟大的人文工程上，对这个“可悲的小生命”给予最大的人道主义的关怀。最后，他们终于成功了。阿光成为一位小有名气的作曲家，在人间谱写着令他的小生命苦苦地存活下来的音符。

阿光这个“可悲的小生命”诞生的意外事件，以及从阿光的音乐中感受到的“阴暗灵魂的哭喊声”，成为小说家大江的文学生涯的一个重大转折。从阿光诞生的那一年起，大江多次赴广岛，亲眼目睹原子弹爆炸的受害者多年后仍然面临着死亡的威胁，他的脑子里涌现一个个即将宣告死亡的“悲惨与威严”的形象。这一个个形象又与阿光的“可悲的小生命”的形象叠印在一起，使他品尝到藏在自己心底的精神恍惚的种子和颓废的根被从深处剜了出来的痛楚。于是他把两者命运的生与死有机地联系起来，进行“具有普遍意义的人性”的双重思考，以最大的爱心和耐心将濒死的幼小生命培养成一个很有造诣的作曲家，又以最大的热情和毅力投入全人类最关心的反对核武器的运动。可以说，从年轻时代的成名作《个人的体验》，到晚年获诺贝尔文学奖后问世的三部曲

《燃烧的绿树》，都是聚焦在他与脑功能障碍儿之间、与原子弹受害者之间共生的感情上创造出来的。这是对人类生命的关怀。

我听了这个由极悲生乐的“听懂鸟类的语言”的故事，做这样的长考：人类应如何超越“生的定义”这一文化的差异而生存下去呢？

唐月梅作 原题为《听懂鸟类的语言》

遨游文学

京洛古韵

东山魁夷先生写了随笔《京洛四季》，赞颂了古都的四季，尽抒京都春、夏、秋、冬四季风物之美，真是幸福。我没有享受到东山先生的这种幸福，但毕竟也在京都度过金秋，亲自抚触到京洛文化的悠悠古风韵，遍踏经过近千年后今仍留存的古典《源氏物语》的文学遗迹，也可以算是一种幸运吧。

嵯峨竹林

嵯峨位于洛西，傍依古都胜景岚山，《源氏物语》的主人公源氏的活动舞台之一，就在嵯峨。一天，我们专程寻访嵯峨。车抵嵯峨站，映入眼帘的是岚山的苍绿，在云气弥漫之下，仿佛罩上一层薄薄的轻纱，首先给人一种日本特有的朦胧美的感觉。下车徒步不远，就踏上一条由砂石铺成的神路，直接置身于茂密的竹林间。确切地说，神路周围一带都是大竹林，简直就是坐落在一片林海云气中。

日本人将这里的竹，称作“真竹”。竹身修长，竹节短小，竹子有的垂直，有的倾斜，短枝细叶，相交相叠，错落有致，显出微妙的层次，浓淡相宜地晕映着广漠的绿野。林间竹摇风起，处处觉着清凉。我不由得想起古代许多文人墨客都写过或吟过这里秋天的竹和雨。俳圣芭蕉的一首俳句，更是出色地形容了此种景象，句曰：

嵯峨绿竹多
清凉入图画

心中吟哦着这芭蕉句，我仿佛与绿竹、清凉一起也走进了硕大的自然画框里。走在竹荫的神路上，远近响起高低不同的滴水声，疑是降雨了。细察，却原来是被雾霭濡湿了的竹叶落下的水滴。这声音就像奏出秋竹、秋雨的交响，在我的耳际悠然地旋荡。可是又似一切归于空无，归于平静，让我冥冥幽思，悠然浮起物语文学鼻祖《竹取物语》中的竹姑娘辉夜姬的故事来。它叙述了伐竹翁在竹筒中发现一个三寸小女孩，盛在竹篮里抚养，三个月后成为艳美的少女，取名辉夜姬。从此老翁伐竹时常发现竹节中有许多黄金，成了富翁，许多皇亲贵族来向辉夜姬求婚，乃至皇帝亲自上门抢亲，辉夜姬都不应从。最后在皇帝的千军万马的包围之中，穿上天衣升天，回归月宫了。伐竹翁是否在这片大竹林中伐竹，辉夜姬是否在这里的竹筒里诞生，肯定无史可查，这个志怪传奇的故事和楚楚动人的人物也无疑是纯属虚构的。但置身在这种清幽的意境中，尽情展开想象的翅膀，给它平添几分闲寂与幽玄的情趣。

野宫风情

穿过长长的神路，便是野宫，外面围着一道小柴垣。拾级而上，里面至今仍如《源氏物语》里所描写的，各处建筑着许多板屋，都很简陋。野宫门前立着一座用原黑木造的鸟居。鸟居者，类似我国的牌坊，所不同的是，它们最初是木造结构的。据说，这是日本的第一座木鸟居，材料使用很难得的柞木，日本人称之为“真木”。虽然现今每三年更换一次木材，但仍然保留着原木带树皮的鸟居的原始形式。

所谓“真木”，真者就是自然与真实，日本人自古以来爱自然，嫌人为，这是日本人对美的一种特殊感受。所以真木鸟居都含有丰富的艺术性。自远古王朝以来，许多男男女女为了摆脱权力纷争或爱情纠葛，都躲避到嵯峨野来。这种犹存的古风韵又把我们带回到近千年前《源氏物语》的世界。源氏之妻葵姬与妃子六条彼此嫉妒，六条妃子为了切断与源氏的情丝，与女儿斋宫下伊势修道之前，来到这里“洁斋”。9月六条行将赴伊势之际，此时已痛失爱妻葵姬的源氏，又为六条妃子之事伤心，为了表达他的一片真情，于是不顾禁忌，擅越神垣，踏入野宫这块斋戒之地，在秋夜的野宫廊下隔帘与六条妃子相晤，两人愁绪万斛。加上其时凉风忽起，秋虫乱鸣，其声哀怨。此情此景，最好互相吟歌表达他们的情怀。源氏吟道：

从来晓别催人泪
今日秋空特地愁

六条妃子勉强答歌曰：

寻常秋别愁无限
添得虫声愁更浓

这赠答歌实是感伤至极。当我立在古朴真木鸟居前，原木的芳香扑鼻而来。神橱里幽微的火光闪烁地映入眼帘；凄厉的秋虫声和竹风声盈溢于耳，不禁令人领略到那个时代的世态炎凉与无常。我边走边想着作者紫式部笔下所描绘的源氏与其妃子六条在这里幽会的缠绵悱恻的情景，仿佛还可以听见他们两人心灵的颤动。当年为悲恋而哭泣的六条妃子之所以躲到嵯峨的心情，也就不难理解了。

今天我们站在日本古代文学的遗址上，抚触到一颗流贯于悠久的传统文化的日本心，思索着它的源流，感受到野宫古风的余情余韵。

式部故居

清晨，秋雨刚止，天色放晴。打开窗户，极目眺望，远处岚山峰峦，经过一场夜雨的冲刷，浓淡有致地着上靛蓝色，洁净得可爱。我怀着极大的兴趣走访紫式部故居。

紫式部的故居遗址，据四迁善成著的《河海抄》记载：式部的旧址“正亲町以南，京极西颊，今东北院向也”。著者此书是于贞治年初（1362—1368）奉二代将军足利义诠之命撰写的，书名取自《史记·李斯列传》中的“河海不厌细流，故能成其深”。这是一本《源氏物语》的注释书，乃紫式部殁后三百余年所著，似应接近历史的事实。唯年代久远，物换星移，现今式部故居何在，考古学家和源学家众说纷纭。

如今根据考古学家角田文卫考证，推断的紫式部宅邸遗址是“平安京东郊中河之地”，即现在坐落在上京区寺町广小路上。也许就是当时《河海抄》所载之地吧。我们驱车按址寻访，来到了卢山寺前下车，走进寺院境内，穿过绿树掩映的小径，踩踏沙砾的脚步声，在幽静的天空清脆地回响。走不多远，就是一座高台木造结构的古老建筑物，古雅的灰白墙与境内杂木林参差的群绿，在雨后秋阳的辉映下，洋溢着一股秋的自然的清新气息，仿佛呼吸到的都是绿似的。我们抱着亲切的心情，走进了这位伟大的女作家生活和工作过的地方。

现在宅邸内陈列着据说是紫式部遗物的复制品、手稿墨迹复制品和《源氏物语绘卷》的断简等，展品十分丰富，很有史料价值。我们一边细心观看，一边认真做笔记。紫式部这位才女正是在古都这一隅写下了名留千古的《源氏物语》《紫式部日记》《紫式部集》，创造了平安时代文学和文明的辉煌。我立在这一隅，从中感受到了平安时代的气息，整个身心完全沉浸在紫式部的《源氏物语》所描绘的平安王朝的美的世界和光源氏那不朽的故事中。这瞬间，也只有在这瞬间，眼前展现出一幅悲哀的平安时代的历史画卷。也许这是由于出自占据着我心灵的、对紫式部和她的《源氏物语》那份情结吧。

展厅和院内一律禁止拍照，当管理人员知道我们是源学研究者，特别是知道我们来自与紫式部文学有着血缘关系的一海之隔的邻国时，便欣然破例地让我们在高台走廊上，拍摄了立在庭院花草丛中的“紫式部宅邸址”碑和“紫式部显彰碑”，以作为对这位于1964年被联合国教科文组织选定为“世界五大伟人”之一的文豪的纪念。

据考证，这座宅邸是紫式部的曾祖父权中纳言藤原兼辅卿（堤中纳言）所兴建，故宅名为“堤第”。紫式部原名为藤原，名字不详，一说为香子，是宫中的女官。因其父兄曾任式部丞，按当时的习俗，宫中女官往往以父兄之官衔为名，以示身份，故称为藤式部。后来她写了《源氏物语》，书中女主人公紫姬为世人传颂，遂改称紫式部。她的曾祖父、祖父、父亲都是歌人，父亲兼长汉诗，对中国古典文学造诣颇深。幼时的她，正是在这宅邸里接受家庭的文学的熏陶。后来孀居的她，应左大臣藤原道长之召，入宫当了天皇中宫的长女彰子的“侍讲”，教授汉文学，尤其是讲解白居易的诗。因而紫式部有机会直接接触宫廷的生活，对宫廷内幕和妇女的不幸有了更多的了解，孕育着她的文学的胚胎。这时的她，在这宅邸里以其神来之笔，撰写了世界最早的一部长篇小说，完成了古典的“物哀”日本美的创造，影响着一千年来自己民族的审美价值取向。我们怀着一股崇敬之情，用毛笔在留言册上写下这样一句话：“紫式部是世界的伟大文学家，我深为她的《源氏物语》所感动”。然后依依不舍地离开了这诞生伟大作家和伟大作品之地。

谒式部墓

我们参观紫式部故居的翌日，乘兴拜谒了紫式部墓。紫式部墓之所在，《河海抄》也记载道：“式部的墓在云林院白毫院之南，小野篁墓之西也。”我们穿过白毫院之南的喧闹的堀川大街上的一条不长的小巷，避开了尘世的喧哗，通过一扇小门，进入高墙围绕着的无人的静寂空间，紫式部墓就展现在我的面前。

紫式部墓只立了一块简素的墓碑，虽说是伟人的墓地，却是一堆土坟，由苍劲葱茏的长青松柏护掩着。据史籍记载，白毫院原是云林院的后院，寺院毁于应仁之乱（1467），天正年间（1573—1591）墓前的一座十三层供养塔移至千本阁魔堂。据友人说，它如今还残留在千本大道鞍马口下西侧的这一寺院里。

这位冠绝古今的伟大女作家，超越历史的距离和时间的推移，静静地长眠在大和万古不变的风土中。正如古籍记载的，式部墓之西侧的确还并立着一块显示“小野篁墓”的墓碑。入门处摆放着留言册和柱香。我题写了“伟哉紫式部，名垂千古”几个字，点燃了一枝心香献在墓前。

立在紫式部墓前，面对这千古遗迹，百代盛衰，我思绪翩跹：一个在封建枷锁束缚下的弱女子，为什么竟能用她的笔，写下了如此众多妇女在爱情和婚姻问题上的如此悲惨的命运？它，又让我溯源到紫式部的青春时代。当一个已拥有几个妻妾和二十六岁的长子的筑前守藤原宣孝向她求婚时，她面对这个岁数足可以当自己父亲的男子，便决然地与赴越前任职的父亲一起离开了京城，逃避了她无法接受的这一现实。可是，当宣孝追赶到越前再次向她求婚时，她的芳心被打动了。婚后翌年，她生了女儿贤子，再过一年丈夫宣孝辞世，她的短暂的结婚生活，由于失去了爱的对象，使她对现世的爱憎得到了净化。也许正是这种命运的邂逅，激发了她创作《源氏物语》的热情吧。

谒紫式部墓，我的心情久久平静不下来。回到住所，情不由己，又拾起携带在身边的《源氏物语》读了起来。紫式部在“宇治十回”写到浮舟受爱情困扰之时作歌慨叹：“身如萍絮难留住　欲上山头化雨云”；“身生此世浑如梦　不赴古川看二杉”。读至此，紫式部的心与浮舟的心，在我的脑海里叠印在一起了。

我掩卷遐思，不由得透过二楼的窗，把视线投向掩没在屋宇与树丛之中的紫式部墓的方向，远方日头的阴翳掠过我的心间。我也恍若步入幻境，是宁静，也是激情。

残篇断简

日前我们造访龙谷大学的时候，承蒙该校文学系主任秋本守英教授的热情接待，并就《源氏物语》进行学术交流。我们谈紫式部的不朽的功绩，也谈

《源氏物语》的世界地位和与中国文学的历史联系。

秋本教授知道我曾担任丰子恺中译本《源氏物语》的责任编辑，眼下在做《源氏物语》与《红楼梦》的比较研究课题，我们的谈话更投入了。突然间，他离席领来了图书馆馆长介绍给我们，让我们进入古籍书库。这个书库虽不大，但双重铁门，就像一个坚固的大保险铁柜，库中只收藏古籍。进库要穿上白大褂，戴上白口罩、白帽、白手套，要求俨如一个医生进入无菌的手术室一样严格。

我一步入书库，馆长立即从一个大保险柜轻手取出作为日本国宝珍藏的《源氏物语》的残篇断简，不紧不慢地放在一张铺上洁白桌布的大书桌上，由馆长亲手轻轻翻页。赫然面对，我暗暗称奇。馆长大概看见我的诧异神色，很快做了肯定的解释。的确，若非亲眼所见，是没有人会相信这真是近千年前紫式部的手迹！

我屏住气息，目览那残篇的迤丽手迹，那断简的古典密度的表现，仿佛透出哀伤的吟歌声和凄厉的哭声，合成一种不可名状的音调，久久地在我的心间回响。这时候，不由得让人心中浮起一个个物语的悲恋故事，以及展开一幅幅平安王朝的历史画卷。心想：假如没有作家紫式部的悲剧命运，假如没有封建时代一夫多妻制下千千万万妇女的悲剧命运，假如没有平安王朝盛极而衰的历史演进，会有紫式部笔下众多像浮舟这样的悲剧人物形象吗？我想：如果不懂得《源氏物语》的深刻的文化内涵和美学底蕴，就不可能正确解读这部世界上最早的长篇古典小说。这部影响着近千年间的日本文学的“物哀”精神和古典美，深深地渗透到我的内心底里。我还想：丰子恺先生如此传神把将它翻译出来，正是准确地把握了这一点，才能如此妙笔生辉。丰子恺先生在《译后记》将这一点写了出来，实是独具慧眼。

我们在古都探访了紫式部及其《源氏物语》的遗迹，还寻访了从平安朝的皇宫——御所、14、15世纪室町时代的金阁、银阁和历代的古刹，摩挲京洛的千年面影，我的心被这些古迹的魅力所感染，被这些不朽的古文化之美所震撼。结束这次京洛文化之旅，情不自禁地作试诗一首，以兹纪念。诗曰：

京洛文化古风韵
悠悠牵动旅人心

《扶桑掇琐》

宇治川的悲歌

在京都月余，天天为研究课题查阅文献、搜集资料，与有关学者交流学术，少有余暇。但寻访有关《源氏物语》的文学遗址也是我们的研究计划的有机组成部分。所以离京都赴东京前数日，我们集中走访了作者紫式部的故居，拜谒了紫式部的陵墓，参观了这部小说的大舞台——平安王朝的皇宫等。尤其令人不能忘怀的，是走访了宇治市与《源氏物语》有着密切关系的地方。

宇治市位于京都的东南，平安时代的皇室贵族在那里兴建了不少山庄别墅和游猎场。它又是与静冈齐名的日本茶产地。但我们向往的，是女主人公之一浮舟投河自尽的宇治川和源氏原型之一的源融氏的宇治山庄旧址。

访宇治市那天，一场秋雨刚过。我们仍按计划从京都三条站乘上京阪宇治线电气列车至中书岛，再倒一站车就到达宇治市。出站走不多久，便到了川流于宇治起伏丘陵间的宇治川和横跨两岸的宇治长桥。据记载，宇治长桥由奈良元兴寺高僧道登兴建于大化二年（646），堪称日本第一桥，全长153米。我们站立在宇治长桥上，顿觉宇治川中水势汹涌，其声凄厉可怕，不禁勾起了对《源氏物语》女主人公浮舟的悲惨故事的回忆。当时浮舟曾经遥望着宇治长桥，抱着悲伤的心情，对将要遗弃她的人说："浮舟随叠浪，前途不分明。"浮舟之名也是由此而来的。

紫式部笔下的浮舟实是可怜。她是宇治亲王奸污了一侍女所生下来的，母女遂被亲王遗弃。浮舟长大后，在遭源氏的继承人薰大将和丹穗亲王的爱情作弄后，由于身份卑微，复被薰大将藏匿在荒凉的宇治山庄，然而仍旧摆脱不了他们两人的羁绊。一回薰大将来到宇治，浮舟满怀忧惧，薰大将赠歌安慰她曰："千春不朽无忧患/结契长如宇治桥"，然后说，"今日你可看见我的真心了吧？"浮舟答曰："宇治桥长多断石/千春不朽语难凭"。最终浮舟这个弱女忍受不了现实的无情，纵身跳进了宇治川流中。她意外得救后，隐居在小野草庵。她习字的时候，还写了一首歌："我欲投身随激浪/谁将木栅阻川流？"如今上游还有"宇治桥姬"的遗迹，相传那是守护宇治桥的女神化身。

踏上宇治桥头，首先想到桥姬的传说不知与浮舟的故事是否有什么历史的联系。宇治十回从桥姬写起至梦浮桥结束，一说浮舟从桥上跳水自尽。这样，桥就象征着生死界。守护宇治桥的女神桥姬与浮舟就有了联系的依据。一说桥姬是宇治桥下的守桥神，与山边的离宫神相恋，每天夜里离宫神悄然而来，与桥姬神相会，但时间短促，黎明的曙光，把宇治川上的浓雾驱散，男女两神只好悲伤地别离。宇治人很爱这个美丽动人的传说，他们觉得宇治川的流水声仿佛是离宫神悲哀别离而去的脚步声。因此人们认为如今黎明时分，宇治川流水声特别哀切和凄厉，也许是由于这个缘故。在这里也有一说，桥姬是浮舟，离宫是指熏大将和丹穗亲王两人。

如今在宇治川左岸还有桥姬神社遗址。传说兴建宇治桥时，从上游樱谷将濑织津姬请到桥上的三间处，开始在这里兴建了社殿。明治三年（1870）一场大洪水把神社殿宇冲垮，现在只有两柱黑木乌居悄然立在遗址的石堆上，还残留了昔日的孤寂和凄冷的神影。

记得早些时候与中西进教授交谈，他认为浮舟可以作为桥姬来考虑，其理由是《源氏物语》两次出现桥姬的名字，一次在“桥姬”卷，熏君给大君赠歌曰：“浅滩泛小楫，滩水沾双袖/省得桥姬心/热泪青衫透”。一次在“总角”卷，丹穗亲王给中君赠歌曰：“恩情无断绝/艳似桥姬神/恐有孤眠夜/中宵泪沾襟”。大君、中君相当于浮舟的姐妹，并以她们比喻桥姬，桥姬在这里的一生，也就是浮舟的一生。我补充了一点，中君对丹穗亲王的答歌“因缘长不绝/誓约信今宵/愿得恩情久/长如宇治桥”，也反映了丹穗亲王与浮舟在这里的一段情。丰子恺先生将这些歌译得非常美，准确地表达了人物的那份哀情。

宇治桥二百米的河川中央、昔日宇治山庄的东北方向，有一个叫橘岛的浮岛。《源氏物语》中描写丹穗亲王与浮舟常划小舟到这里幽会，丹穗亲王面对所谓绿色千年不变的橘树，吟诗一首曰：“轻舟来桔岛/结契两情深/似此常青树/千年不变心”。可是，浮舟对这表白不无忧惧地答诗云：“岛上生佳橘常青不变心/浮舟随叠浪/前途不分明”。我们立在宇治桥三间处，凭栏远眺，这小岛形似一大岩石，掩映着许多常青的橘树，在浓雾的笼罩下，迷迷蒙蒙，仿佛轻抹上一层薄薄的面纱，愧羞在人前露出她的庐山真面目。可是她的姿影倒映在水上，简直就美得像一幅淡雅的水墨画。

13 世纪初镰仓时代问世的名著《平家物语》“宇治川夺魁”一节中，在叙述二武士于橘岛争当宇治川的先锋，也有一段对宇治川和橘岛的精彩描写，但我对这些武夫之争的故事毫不感兴趣，也无心去考究，还是溯宇治川而上，企图寻找到浮舟投川的地方。其实即使有浮舟这个人物的原型，也已经历了悠悠岁月，何况又经过小说上的渲染，谈何容易。川的左右两岸雄峙朝山、真尾山，峰峰没入苍茫的烟云里。不用说，蜿蜒起伏的丘陵也都深锁在云雾中。远山近川展现出一派日本式的朦胧美，真如《源氏物语》中所描写的一派“云探山峻兼秋雾”的景象。

我们愈往上游走，云雾就愈浓。灰白色的天空，一望无际。长雨过后，宇治川的水量更丰，川面胧朦得也好像无边的境界。空气凝重，飘忽的细雨时下时止，可谓恍如苏东坡诗云“山色空蒙雨亦奇”之景象。立身此地，眺望着笼在远远两岸山峦上的蒙蒙雾霭，听见伴风飘来的凄厉的川涛声，以及空中飞鸟的悲鸣，凡人不免触景生情，涌起一股无可名状的空寂感。

我第一次看到雾中的景色是那样的空蒙，那样的忧郁，又那样的虚无缥缈，难怪有人说秋天会使人多愁善感，此刻自己仿佛也投身《源氏物语》的凄楚的故事中，陷入了淡淡的哀愁。我在川边流连徘徊，竟然泛起了苍凉的思愁。小说的浮舟是否会随着那段历史的终结而消逝？可以说，宇治川的流淌，见证了不灭的历史。一个近十个世纪前的女作家用敏锐的目光，以宇治川的确实存在，构建了这样一个楚楚动人的故事，并且展示了平安王朝一段盛极而衰的历史。那个时代即使相隔近千载，现在看到了这条川，仍然觉得女作家笔下的功力是非凡的。

宇治川左岸有块广阔的土地，据说是源氏的原型源融的别墅，也就是紫式部所写的“宇治十回”的舞台——宇治山庄。紫式部曾多次访问过这个山庄，并且从这里眺望过宇治川的自然景象，这就不难想象她之所以选择这里作为她最用心力塑造的浮舟的活动舞台了。其后阳成院将源融别墅改建了行宫，称宇治院。又其后成了藤原道长的宇治别墅，称平等院，一直沿至今日。我们也顺道前往参观了平等院。这是 11 世纪中叶的一座大庭园，据说占据了当时宇治町的一大半面积。这是平安时代遗下的唯一建筑物。园内建筑，以凤凰堂为主体，还散有各式院、堂、塔。它采用了借景造园法，以御堂、阿字池为中心，依托宇治川的清流和园前的群山作为背景，人造景物与自然景观浑然相融，真是美的极致。踏足其间，用心灵去感受，去仔细谛听，仿佛还可以听到浮舟的哀号，也还可以听到紫式部在絮语平安王朝那段历史的悲剧故事……

有关源氏的原型是源融的问题，与中西先生交流，他是持否定态度的。游平等院，却无心观赏它的古老建筑和秀丽的景物，而仍在遐想着源氏其人，那就是如果将这个人物分解的话，也不完全是虚构的。式部在《紫式部日记》中所列举的源氏的史实，与道长以及伊周、赖通等人的性格、容貌、言行、境遇乃至某些事件都是十分相似的。所以有一说源氏流放须磨，是以道长之长子伊周左迁作为素材的。思索这个问题，不仅在于追寻源氏这个人物的原型，还在于思考紫式部通过丰厚的生活体验，敏锐地观察到当时社会的世相，以这个社会盛极而衰的转折期为背景，以源氏的恋爱生活为焦点，从内面揭示了历史发展的必然趋势。所以这部古典名著的影响才得以超越时空，流传至今。

从宇治返回京都的列车上，回忆起数天前与硕学者加藤周一先生围绕日本文化与文学正式访谈时的一段话："一部优秀文学作品，无疑是反映问世时候的社会背景、时代精神，却又能超越历史，但同时也会受到历史局限。《源氏物语》通过男女的爱情生活，反映社会的变化，它不是肤浅的言情小说。"

的确，影响着近千年日本文学的《源氏物语》，有着丰富的文化内涵和很高的审美品位。如果不把握这点，是很难理解它的真髓的。

宇治的寻踪，学者的交流，一直在我的思索中延伸，在我的工作中继续。

《扶桑缀琐》

两宫漫步

在这里所说的两宫，是指京都的桂离宫和日光的东照宫。

一些人提起桂离宫，也许就会很容易地联想到它像颐和园、避暑山庄等中国离宫那样，首先也许会想象映现眼前的是一扇厚重的大门，围上一堵高大的红墙，显露出威严和豪华的气派。一位散文家访问日本后撰文称：来到日本，没有到过东照宫就不算是到过日本。这也许是一种误解。事实上，桂离宫和东照宫反映了和汉两种不同的审美价值取向。

桂离宫又称天皇的“无忧宫”，是智仁亲王兴建于1620年的八条宫家的别墅，花费三十五年的岁月才完成，位于京都近郊。1958年有机会随代表团访日，第一次游览桂离宫时，发现与我国的离宫建筑迥异，不禁愕然。但随团游览，走马观花，加上对日本人的审美意识一知半解，第一印象只是桂离宫虽是离宫，却没有丝毫的威严感和豪华感。

时隔四十年，我们经过系统学习日本美学史，作为学者重访桂离宫，就带着一种审美的情趣，一种中日美学比较的审视意识，漫步于这座简朴但占地约五万六千平方米的日本离宫，感受就大不相同。桂离宫的竹编的门，芭茅草葺的屋顶，连着大门的是一堵竹篱笆，与北面的穗篱笆相连，由纤细的竹枝和一劈为二的大竹组合，俗称桂垣和穗垣，是桂离宫有名的篱垣。它显现出一种不均衡的美。

走进里首，掩映着一片茂密的树林和竹林，仿佛进入了一派寂境，首先给人留下质朴、轻巧和清纯的印象。离宫中央，引桂川的水营造了一个“心”字池，池畔屹立着古书院、中书院、御幸御殿、月波楼、松琴亭、赏花亭、园林堂、笑意轩等建筑群，多集中在西侧，雁行式的配置。这些建筑物矮小，却十分精巧，是清一色的白木结构，草葺或树皮葺人字形屋顶，加上白墙、白格子门，排除一切人工装饰、涂色和多余之物，且布局简练，洁净利落，一切顺其自然，将其推向朴素、简明的极限。同时建筑物各异其趣，彼此相辅相成，使整个建筑群自由地融会结合，但各部分建筑又具不同样式，保持各自的艺术独自性。东侧主要是池与泉。庭园整体与外部自然景物达到了高度的调和。

作为桂离宫中心部的上述建筑群，与起伏的地形、水池、岛、桥、石、树等有机组合，使人工性与自然性极其巧妙地调和起来，融为一个完全不可分割

的空间，使造型与空间浑然一体。创作者为了实现整座离宫的整体性，非常注意着力体现纯正清雅的精神；既表现皇家的尊贵又发扬简素的传统空间艺术美的特质；同时，充分发挥这样众多的建筑群的各自的机能性，如书院、御殿、茶室、观景台等等功能，使其各具实用性而又达到完美的统一。

时值秋季，红叶山的枫树，枝丫披上了红叶，漫天尽染红彤彤。与红叶山对峙的苏铁山上，凤尾松高耸，枝叶亭亭如盖，漫空笼翠。秋阳相辉，满眼是红又是绿。这种景观，更富于色彩的变化，给人一种红叶绿叶两悠悠的闲情逸致。尤其是园中简朴自然的建筑融入大自然的秋景中，当落叶纷飞时，使人涌现一缕缕淡淡的哀愁。这是符合日本人在秋的时节表现多愁善感的审美性格的。

我们漫步园中，深感它的明显特色是：质朴而近乎自然，非对称性而近乎不完整乃至残缺，且小巧而几近纤弱。这种审美情趣不重形式而重精神，是从禅宗“多即是一，一即是多”的思维方法的启发而产生的。它表现的平淡、单纯、含蓄和空灵，让人们从这种自然的艺术性中诱发出一种空寂与闲寂的效果，产生一种幽玄的美。当我们欣赏日本的建筑艺术时，也许只有把握它这种传统的美学精神，通过反复不断的观照，静静的冥想，才能进一步体味它在自然的简素中所展现的细部的精细美和内部潜在的精神美吧。如果只从形式来观赏，乍看就会觉得它实在平凡无奇，简单得恍如一户户农舍，绝对体味不到它在至简至素的状态中所显现的美的意境。

日本民间流传这样一个故事：兴建桂离宫时，日本建筑艺术又掀起模仿中国建筑艺术的第二波，尤其是权势者纷纷效仿中国建筑那种恢宏壮丽的建筑模式。可是当时承担桂离宫设计的建筑师小堀远州为了保证这座桂离宫体现日本建筑的艺术精神，竟敢冒天下之大不韪，向皇家提出“三不条件”：（一）不能下达任何有关设计的旨意；（二）不能催促工程进度；（三）不能限制建筑经费。其实创作者的真正意图集中在设计精神上，即确保这一艺术设计的绝对的创作自由，以摆脱当时某些设计者屈从权势而建造宏伟、华丽的中国式皇家建筑风格，坚持运用日本至简至素的传统精神和传统技法，以图保证这一建筑达到最大单纯的艺术效果，最大限度地具现日本独特的传统美。

一位西方学者参观桂离宫后，将欧洲的宫殿与桂离宫对照，说：欧洲的宫殿，规模大的自不用说，即使规模小的，也以其奢华、艳丽而突出强调宫廷生活与庶民阶级的明显差距。日本的桂离宫虽然也有宫廷生活，但这里完全否认从欧洲建筑所看到的那种阶级差距，它比任何日本建筑更具纯雅的趣味和优美的结构。实际上，桂离宫最具庶民性。

桂离宫相承伊势神宫的古典建筑文化的传统，是一庭园与建筑的综合艺术，被称为“日本独一无二的天才建筑”，“冠绝文化世界的唯一奇迹”。在日本建筑艺术发展史上，是继伊势神宫之后达到的第二个高峰，它与伊势神宫珠联璧合，堪称为日本建筑艺术的精品。

与桂离宫的建筑模式相反，位于日光的东照宫（俗称日光庙）模仿中国皇家建筑的浮华模式，它既没有伊势神宫那种单纯的结构和高度的明澄，也没有桂离宫那简洁的设计和材料的质朴的美，而一味追求一种过度的装饰和过度的浮华的美。

东照宫兴建于 1634 年，是德川将军家的建筑。其建筑艺术思想是放在夸耀恢弘壮伟的内里所蕴含的权势高贵和威严力，是靠权势构建的艺术。整座东照宫沿袭了桃山时代的豪华色彩，到处都人工饰上金器，泥金画，屋檐瓦敷金箔，屋柱深赤色，屋顶斗拱也涂红、绿、蓝、黑、白、金等，墙壁、门扇上雕有龙狮花鸟，充满了富丽的色彩和华美的雕刻，显得金碧辉煌，代表将军建筑艺术的追求，但却有违日本自古以来形成的建筑艺术的传统美。

大概是由于受到观光宣传的误导，或者不大熟悉日本人的美意识本质的方面，有的外国游客参观东照宫之后，赞叹不已，以为它是代表日本建筑艺术的美。但是，在日本人的美意识中，只有伊势神宫和桂离宫才堪称代表日本建筑艺术美的双璧。我们到了东照宫，乍看东照宫会引起一阵赞叹，但它不堪冥想，一回味就什么也没有了。而面对桂离宫，如果没有思维，就什么也不能发现。也就是说，欣赏日本空间艺术，要用心去体味和感受，才能领略其美。可以说，日本人对空间艺术美的追求，与其他文化形态的美的追求一样，强调精神而无视形式，努力在任何简洁的形式中寻求精神实质的东西，其美的价值和意义也在于此。

一位外国学者参观桂离宫和东照宫得出这样的结论：在同一时代，日本拥有两种绝对的对立物，呈现了一面世界上独一无二的镜子。也就是说，这里有以自由的精神创造的自由艺术，也有唯命是从的杂多因素的累积，而且这绝非限于艺术。日本的建筑文化要高扬的莫过于桂离宫，低下的莫过于东照宫。东照宫是未能消化的舶来品，与此相反，桂离宫是从精神上消化、吸收了当时存在的一切影响而产生的作品。

我漫步桂、东照两宫，深有同感。

《樱园拾叶》

秋来访庵舍

中秋时分，我们走访了芭蕉庵和落柿舍。这庵舍是芭蕉及其弟子去来曾居住之处，我们想到那里去直接抚触俳圣那颗闲寂风雅的心，去直接体味他及其弟子的俳句所表露的真情。

说起芭蕉庵，有深川和洛东两处。一处是中年的芭蕉不满金权政治横行于世，超然于繁杂的仕官，离开了喧嚣的江户，先到了江户郊外荒凉的隅田川畔的深川，甘于忍受着最底层的生活困苦，隐居草庵。正是从草庵的生活开始，他潜心作句，钻研俳论，开创了俳谐的一代新风——“蕉风”。芭蕉门下为表达对恩师的崇敬之情，在庵门前移植了一棵芭蕉树，长得茂盛，便起名芭蕉庵。门人在芭蕉叶下赏中秋明月，芭蕉写了《移植芭蕉词》：

新庵院内赏明月
月光洒满芭蕉叶

并吟咏此句以助兴。此庵两次毁于江户的一场大火。芭蕉为两度重建此庵又作了《二度建置芭蕉庵》：

身如古柏不凋零
闲寂草庵听雪声

我从这些句中切身领会到俳人的意境，对他的一生经历风雪而不屈不挠的人格更觉伟大，他的一生轻蔑名利的隐士生活更感动人心。

我走访的芭蕉庵是位于洛东佛日山金福寺境内的一处，原是铁舟和尚居住的草庵。芭蕉晚年，孤身到各地旅行，在漂泊的生活中进行艺术的探索。他来到洛东金福寺，结识了铁舟和尚，住在佛日山后丘的这间草庵里，与铁舟和尚谈禅，吟句，论闲寂风雅之道。两人情投意合，铁舟和尚遂将此无名的庵称作芭蕉庵。

此后过了七十年，崇敬芭蕉的俳人与谢芜村再访金福寺时，目睹此庵已经完全荒芜，十分惋惜，遂于安永五年（1776）重建，并于此处主持句会。这点，与谢芜村在金福寺的遗文《洛东芭蕉庵再兴记》中有详细的记载。这篇遗文是芜村学习了芭蕉的《幻住庵记》和《嵯峨日记》有感而作。这是一篇传世的名文，如今成为俳文学的教材之一。

芜村正是在这里继承芭蕉的俳业，写下了许多杰句，并在重建芭蕉庵三年之后，于六十四岁上画了一幅非常传神的“芭蕉翁像”，唱出“耳目肺腑铭感深/魂牵梦系芭蕉庵”的佳句，以寄托对先师芭蕉的敬佩和怀念之深情。可以说，此庵寄托了两代名俳人的诗情，是他们在艺术上达到圆熟的地方。

秋阳辉映，半掩在苍翠的古树下的芭蕉庵，虽经荒废而重建，且时移代换，但至今古风犹存。这间草庵面积狭小，泥墙、竹窗、木板门，立着几根原木的柱，支撑着芭茅草葺的庵顶。立在庵前，不禁忆起芭蕉清廉高洁的一生，仿佛芭蕉闲寂风雅的诗心搏击着我的心。我不由得深深感到，芭蕉不是消极无为的隐士，相反他确保了自我，确保了精神的独立与自由，纯粹地献身于文学艺术。可以说，这是芭蕉对人生的一种积极的姿态。

我们还拜谒了建于佛日山后丘上的芭蕉墓，墓距芭蕉庵左侧数十步之遥。我们沿着碧绿森森的小径，走到芭蕉墓前。这是一座古朴的土坟，坟前立着一块同样古朴的碑，上面书写着“芭蕉翁墓”几个苍劲的字。此时我脑子里浮现出芜村的《芭蕉翁墓述怀》句：“我死葬碑旁/亦愿作枯芒。”这是芜村拜谒芭蕉墓之后的述怀，抒发了后生对这位俳谐先师尊敬崇拜的心情。我们在墓前献上一束素白的小花，也聊表对这位名垂千古的伟大俳人的怀念之情。

访芭蕉庵而不访落柿舍，是芭蕉文学游踪的一大憾事。于是我们马不停蹄地从洛东跑到洛西。

落柿舍是蕉门十哲之一的向井去来的家屋。据说，原先是一个名叫三井秋风的隐居地，去来是从他手里买过来的，位于洛西嵯峨小仓山上。现留下芭蕉《先手后手集》一文的真迹记载，它是坐落在“下嵯峨灌木丛中”。后人重建于1775年，编了一部《落柿舍日记》，记录了它的变迁。据云：菊亭家在庭院前发现了一块上书“落柿舍”三个字的匾额，便将它搬到嵯峨小仓山麓的弘源寺旧址，在那里再修建了落柿舍。去来留下了“落柿舍句”的墨迹，还有去来的《落柿舍手稿》和落柿舍句的短册。去来辞世后，每年在他的忌辰都修缮一次。

芭蕉结束奥州小道之旅后，经伊贺上野、奈良，漂泊京都期间，曾一度客居此舍，并继名文《笈小文》《奥州小道》《幻住庵记》之后，在此写了另一

篇有名的俳文《嵯峨日记》，记录了自己隐居读书、作句，在这种清寂的自然环境下闲居的心境，以及与去来等高门弟子在共同的艺术生活中思考创新俳谐的实情。

芭蕉与去来这对师徒的关系是很不寻常的。芭蕉超越贞门、谈林俳谐的俳风，创立了“风雅之诚”“风雅之寂”和“不易流行”新风。但芭蕉自己未发表过系统的俳论专著，他的观点只是片言只语散见于讨论句、俳文或书简里。他的创造性的俳论，都是通过他的高足著书论说而承传下来的。去来的《去来抄》是其中重要论著之一，它对于蕉风俳句的理论建设是重大的。

我们来到了嵯峨小仓山，那里散落着一户户古老的民家。山下一间简素而窄小的茅草屋舍，沐浴在秋阳之下。屋前舍后周围的柿树挂满了红色的果实，几乎把枝丫都压弯了。梧桐树、朴树、枫树、樟树、斛树、山茶花、梅花杂在柿树之间，万绿丛中，阳光辉映，柿子的鲜红与屋墙的灰白十分调和，显示出一种闲寂的美。这时，我想起芭蕉在他的《嵯峨日记》一文最后吟了这样的句：

梅雨连绵涸色纸
灰白壁面留痕迹

这俳句充分表达了芭蕉客居落柿舍时对自然与人生的彻悟的心境。据说，以芭蕉为首，当时的诸家俳人还写了许多有关落柿舍的发句和连歌，合集出版达数卷之多。可见落柿舍在俳人的心目中不亚于芭蕉庵。

“落柿舍”这茅草屋舍的名字，缘于江户时代某商人与舍主相约好买此庵前种的柿子，可是一夜之间一阵大风把几十株柿树的柿子全部吹落了，舍主故取此名。舍门还挂着一块原木的横匾额，书写着这一舍名。但这块匾额是否是菊亭家发现的那一块，无从考证。不过还是给人一种古韵悠悠的感觉。眼下门前的灰白墙上悬挂着一顶斗笠和一件蓑衣。我不明白那具有什么象征的意义，询问了看守屋舍的人。他说，当时去来挂上这两物件是表示舍主在屋之意。

庭院围着一堵低矮的竹篱笆，院内立有去来的关于岚山的句碑。句曰：

柿子屋矮近树梢
苍翠岚山相辉照

落柿舍的情状与以附近岚山为背景的自然景象，正如句中所吟，浑然一体，尽闲寂幽玄之极致。庭院里立着俳人塔，还留下明宪皇太后的御歌碑和西行、高浜虚子等俳人、歌人的歌碑、句碑。如今许多游嵯峨的人，是为了写作俳句而专门访问落柿舍的，为此院内设置了一个投句箱，收集全国俳人的句。置身其间，如临歌境、句境，别有一番情趣。

从落柿舍走出来，穿过通向二尊院的曲曲折折幽静的小径，约百米处便是去来的墓，坐落在杂树丛中。墓碑是一块高四十英寸的自然石，上面只刻着“去来”两个字，简朴而素洁，比起那些皇帝的陵墓来，更能展现俳人的俳格和人格的力量。

《扶桑掇琐》

拾得良宽一醉梦

诗僧良宽有两段美丽动人的故事，深深地打动了我的心：一是与峨眉山下桥桩邂逅；一是与贞心尼的爱恋。对这两桩故事，过去略知一二，不闻其详。北大出版社约请我和月梅翻译柳田圣山著的《沙门良宽》，给我们送来了原作，开卷之余，我们深为作者笔下的宽良所动，不忍释手，挑灯夜读。

读罢，掩卷体味良宽及其诗的精髓，良宽的禅心与诗心是息息相通的，两者在内在情绪上达到了浑然的契合。读柳田文，译良宽诗，让我们摩挲到良宽及其诗的恬淡、幽玄和虚空的心，也抚触到良宽的让人神往的故事，留下了无尽的余情余韵。

第一桩是19世纪的往事：文政八年（1825），一根刻有“峨眉山下桥”几个篆刻字的木桥桩，长八尺七寸余，围宽二尺九寸，从四川青衣流到长江，沿江流向东中国海，经对马海峡、能登半岛，到达宫川滨。这桥桩从中国西南部漂流到日本，轰动一时。良宽是不是亲眼看见？现今无从考证。但他得知后，十分感动，乘兴作七绝《题峨眉山下木桥桩》一首：

不知落成何年代
书法遒美且清新
分明峨眉山下桥
流寄日本宫川滨

这段绮谭，在良宽之弟由之著的《八重菊日记》，以及川端康成写《雪国》时参考过的铃木牧之著的《北越雪国》里也曾记载过这件事和良宽的诗。一百六十余年后的今天，柳田圣三将良宽的这首七绝诗作了一块诗碑，从宫川滨按原来的水路，流还四川，立于峨眉山麓。这一往一来的故事，实在是像诗一般的美。

我们在京都拜访柳田圣三先生时，他还兴致勃勃地谈起良宽的这首诗。他说：他读了良宽的这首诗，马上联想起唐代李白的《峨眉山月歌》，所以他以为良宽一定是联想起李白这篇诗作，兴之所至而写了自己这七绝的吧。柳田先生当场吟李白这首“峨眉山月半轮秋/影人平羌江水流/夜发清溪向三峡/思君不见下渝州”的诗，然后解释道：日本人信仰峨眉山是普贤的圣地，那里的桥桩不期从彼岸漂流到锁国的日本人的眼前。他们的这种信仰与李白的诗叠合在一起了。李白是月的诗人，据说他在叫采石矶的地方，泛舟长江，欲捞映在水中的月，落水淹死了。可以说，这是李白漂来的。良宽同这样一位李白邂逅，感动之余，作了他的这首七绝。诗人兼禅学家柳田先生越谈兴致越浓，尽情地张开了他想象的翅膀，让它自由翱翔。他谈良宽从草庵到草堂，又谈草庵雪夜之作，仿佛把我们带到了一个五彩缤纷的诗的世界和爱的世界。

我们步出柳田圣山的研究所，他的助手、汉诗专家棚桥篁峰先生驾车送我们回住所。我们已从这种如幻似梦的诗心中，诱发了我们要从草庵到草堂去探幽的决心，以拾回对良宽与贞心尼那段动人的爱情的醉梦。结束了京都两个月的立命馆大学客座研究员的工作，到了东京，我们便做了一个寻访良宽文学之旅的计划。

我们来到了良宽写作《草堂诗集》的越后（今新泻）出云崎故里，草庵已不复存在，现在立了一个碑亭，并建立了良宽纪念馆。这里，也是良宽晚年与贞心尼相厮长守之地。这与川端康成所写的名篇《雪国》的舞台是同一个越后地方。据说，在良宽青年时代到过的、冈山西南郊的圆通寺内，仍保存着良宽草堂，遗憾的是无暇远去中国地方。良宽前半生在故里雪乡所作诗集取名《草堂诗集》，大概也是与李白的《草堂集》有关吧。事实上，柳田对良宽与李白的诗缘的分析，并非全无依据。良宽虽身为僧，但仍保持一颗春心。佛教东传，与本土的神道融合，佛教日本化，重视现世而不重来世，重视此岸而不重彼岸，所以日僧不是禁欲主义者。良宽也不例外，也是识人间烟火的。他写了以数百计的汉诗、和歌中，也不乏写美女的诗。他的《南国》之歌所颂的越后美人，与李白的《越女》赞少女的歌所流露的情感也是相似的。

良宽潜心修炼禅，他的心得到了净化，诗心也得到了升华。六十九岁的晚年良宽，当二十九岁的贞心尼在他面前出现时，偶获如此年轻的纯真的心，情不自禁地低吟起爱情歌来，歌曰：

望断伊人来远处
如今相见无他思

良宽还有一首作为绝命之作的歌永留人间，歌曰：

秋叶春花野杜鹃
安留遗物在人间

良宽写这首爱情歌，据由之的《八重菊日记》载：是良宽“弥留之际回赠寄子的恋歌”。据说，寄子是一饭馆女佣，与良宽有特别的交情，她向弥留之际的良宽索取遗物，以留作纪念。良宽遂留下了这一闻名遐迩的绝句。

川端康成获诺贝尔文学奖，在斯德哥尔摩瑞典文学院做题为《我在美丽的日本》的纪念讲演，特别谈到良宽的这两首和歌是他之最爱时说：前一首，“既流露了他偶遇终身伴侣的喜悦，也表现了他望眼欲穿的情人终于来到时的欢欣。‘如今相见无他思’，的确是充满了纯真的朴素感情”；后一首，“反映了自己这种心情：自己没有什么可留作纪念，也不想留下什么，然而，自己死后大自然仍是美的，也许这种美的大自然，就成了自己留在人世间的唯一的纪念吧”。川端康成这一解说，多么美，多么深邃啊。它充分表达了日本自古以来的传统的歌心，同时也准确地捕捉到良宽的禅心，使歌心与禅心达到天衣无缝的结合。

最后贞心尼还编了他们的赠答诗歌集《莲之露》，收入良宽年七十有四、日益衰老、不久于人世时所吟的绝命之作，一首贞心尼赠诗曰：“禅师病情严重时/间断饭药来吟诗/谓言无效断饭药/亲自等待雪消融”。良宽答诗：“谓言贸然断绝饭/只为等待安息时。”这种一赠一答，说明他们在苦痛之中，彼此的心更加贴近了。

在良宽作诗之地，回味良宽的诗，也怦然心动，涌起一股诗情，试吟一句，以作结语：

身在越后草堂中
拾得良宽一醉梦

《樱园拾叶》

小林文学碑的呼啸

来到小樽小林多喜二文学碑前，小林文学碑的呼啸，使我胸中的热血在沸腾，心灵的深处在呼唤：小林多喜二啊！您的名字是永远那样光辉，永远和无产者联系在一起。

我学习日本文学，首先阅读的作品，是小林多喜二的《蟹工船》。我从事日本文学工作，首先翻译出版的作品，也是《蟹工船》。我一遍又一遍地阅读着《蟹工船》，一行又一行地翻译着《蟹工船》的时候，我的心随着书中情节的发展而震颤，我的脉搏随着小说人物的遭遇而跳动。我被蟹工船的悲壮斗争场面，被蟹工船上的"结巴""学生"等一个个劳苦大众的形象深深地、深深地吸引了。

青年时代，我读着这部书，给我上了《资本论》活生生形象教育的一课。这部书激励着我在大时代的洪流中不断搏击与奋进。读着这部书，我懂得了小林多喜二是那样生活、那样工作、那样追求伟大的理想，从中汲取了极大的教益和无穷的力量。

来到日本，自然要寻访培育小林多喜二成长的"故乡"。小林多喜二虽然出生在秋田县北秋田郡，可是四五岁上他就到了北海道，在小樽住了二十余年，养育他的故乡应该是小樽。小林多喜二也说："说实话，我也是把小樽看成自己真正的故乡。"来到小林多喜二的故乡，自然要遍踏"蟹工船"所在的舞台。

于是，深秋时节，我们来到了北海道的首府札幌。首先访问了昔日"蟹工船"事发地、北海渔业基地函馆。我们在当地最大的报社北海道新闻社函馆分社的记者矢岛先生的热情向导下，驱车到了函馆湾的一个码头。现在，那里泊满了一艘艘机动渔轮，充满了现代的气息。主人大概知道我是《蟹工船》的译者，准确地说，是第二代、第三代的译者，因为老前辈潘念之、楼适夷两先生曾经翻译过，便指着码头对我说：这里就是当年蟹工船停泊的地方。接着，他滔滔不绝地讲述起蟹工船的血泪史来了。

关于蟹工船的历史，日本小林多喜二研究家手冢英孝在《小林多喜二传》

有过这样一段文字记载：蟹工船被称为北洋渔业的牢房。它是把拥有罐头厂设备的工船作为母船，把渔船上捕获的螃蟹在工船上的工厂内制成成品，实际上是一座座移动的罐头厂。从1920年开始试验，到1925年前后，规模逐渐扩大，变为大型的母船。蟹工船在1925年仅有9艘，1926年12艘，1927年达到18艘。船上的渔夫、杂役超过了4000人。产量也由1925年的84000箱增加到1927年的330000箱。当时北洋渔业的规模也在逐渐扩大，1927年已拥有汽船44艘，帆船72艘，共有47万吨渔船出海捕鱼，捕鱼工人达20000人左右。在北洋渔业当中，蟹工船的劳动条件是最恶劣的。

如今，几十年过去了，函馆码头已经现代化。渔轮也已经现代化。昔日蟹工船的面影已经荡然无存，残酷地把这里的血、这里的泪都抹掉了。可是，过去的历史事实是永远抹不掉，人们还是记忆犹新。矢野记者的解说，仿佛又把我拉回到《蟹工船》问世的20世纪20年代末。那时候，日本卷入世界资本主义危机的旋涡之中。北海道的渔业资本家利用这次危机所造成的工人失业、农民破产的严重情况，更廉价地雇佣劳动力，驱使他们到蟹工船上，干囚犯般的繁重劳动，对他们进行史无前例的极其野蛮、极其残酷的原始封建剥削。《蟹工船》实际上就是这段资本主义的剥削史的缩影，是形象艺术的记录。

我站在函馆码头，一边倾听矢岛记者的解说，一边把视线移向前方翻滚着波涛的海面，似乎不时盈耳的都是远处的津轻海峡的海潮声，我思绪万千。突然间，仿佛忽在咫尺，又忽在远处，传来了渔工的“喂！下地狱啰!”的凄厉的震天撼地的呼喊声。转眼间，仿佛时而眼前，时而远方，出现了一张张可怜巴巴的渔工的脸，漂荡着那艘破破烂烂的“博光号”蟹工船。于是我更是幻觉如泉涌。“蟹工船”上的一桩桩泪汪汪、血淋淋的故事，又开始在我的脑海里汹涌起伏，又一次把我带回到小林多喜二半个世纪前写下的《蟹工船》的世界。

一个个函馆贫民窟的十四五岁的孩子被驱上了“蟹工船”，一个个老渔工像猪一样滚在狭窄昏暗的粪坑般的舱铺上，被颠颠簸簸的“蟹工船”带到鄂霍茨克海、带到堪察加海，面对着像玻璃渣子一样锋利的风浪，在渔业资本家的代理人监工的棍棒下、枪口下，干着牛马般的劳动，过着猪狗不如的生活。最后他们把自己的生命作“廉价”的赌注，进行着自卫的挣扎、搏斗。一个杂工被大浪卷走了，一艘满载四五百人的“秩父号”蟹工船葬身鱼腹，更多的渔工被殴打、折磨致残、致死。在资本家及其走狗监工的眼里却若无其事，他们轻巧而又不含糊地说："你们这号人，一两条生命算得了什么！"

这是多么凄凉和悲惨的世界啊！

哪里有剥削，哪里就有反抗。哪里有压迫，哪里就有斗争。颠簸在大海上的孤舟也不例外。特别是一些"蟹工船"上的渔工被风浪刮到苏联海岸，接受了"赤化"，他们回到"蟹工船"上以后，把无产者、无产阶级、无产阶级国家的道理宣扬开了。这像火种一样燃遍了整艘"蟹工船"，照亮了渔工们的心。他们行动了。他们在十月革命的影响下，由怠工而罢工，由自发斗争而进行有组织的斗争，终于把监工打翻在地。资本家却勾结帝国海军，把渔工的斗争镇压下去。但是，这不是尾声。觉醒了的渔工们知道"摆在眼前的是你死我活的搏斗"，他们要"再来一次！"

这又是多么壮烈的伟大的世界啊！

我不知在函馆码头伫立了多久，但我想着想着，不由一阵悲愤压在我的心头，又一阵兴奋呼唤着我，要不是矢岛记者喊我一声"咱们该走了吧"，把我的思绪打乱，也许我会落入更深的沉思与更久的默想。矢岛记者大概看出我对于"蟹工船"仍恋恋不舍，离开函馆码头之后，他把我们引领到一幢很有北方建筑特色的函馆图书馆，向一位年过半百的女馆长介绍了我们的来意之后，女馆长将该馆收藏的有关当年"蟹工船"的珍贵历史资料都拿了出来，让我随意翻阅。摆在我眼前的大正十五年（1926）9月8日的《函馆每日新闻》和《函馆新闻》，分别以醒目的大字标题：《"博爱号"蟹工船惊人的残酷虐待大事件、活地狱般的暴虐》《残忍的虐待渔工、从堪察加回来的杂工口中透露的事实》，详尽地报道了"博爱号"蟹工船上的渔工和杂工所遭受非人虐待的悲惨事实，以及两名警察殴打摧残两名渔工致死的经过。这报道的一个个字跳入我的眼帘，就像一根根针扎进我的眼睛。我悲痛，我同情，我更多的是愤怒！

大概是我脸上流露了这种感情的变化，主人特意用深沉的语调向我说明：小林多喜二的《蟹工船》就是根据这段报道，进行了相当周密的调查，乃至直接与蟹工船的渔工见面，听取了他们的生活和斗争事迹，还从渔业工会那儿获得了大量第一手具体资料然后写就的。

是啊！《蟹工船》不是虚构的故事，而是活生生的事实，是过去不久的历史。正如小林多喜二在《蟹工船》附记最后一句话所概括的，"这是资本主义侵入殖民地史的一页"。

小林多喜二在这部杰出的著作里，深刻地剖析了其根源之后，发出了无产

阶级的呐喊："不愿被宰割的人们联合起来!"这不是一句空泛的口号，这是无产阶级通过革命斗争实践总结出来的真理，是时代的最强音!

我记得，小林多喜二为第一个中译本、潘念之译的《蟹工船》作序时曾经说过："日本无产阶级在蟹工船上遭受的极其悲惨的原始剥削和从事囚犯般的劳动，难道不正是和在帝国主义的锁链束缚下被迫从事牛马般的劳动的中国无产阶级一样吗!""中国无产阶级的英勇奋起，对近邻的日本无产阶级是一股多么巨大的鼓舞力量啊!"

我还记得，小林多喜二在一封信里谈及《蟹工船》的创作问题时，曾这样写道，"无产阶级必须反对帝国主义战争"。"可是为什么要这么样？在日本能有多少工人了解这个问题？今天一定要弄清这一点，这是当前最紧迫的事。"

这可以说是小林多喜二写作《蟹工船》的动因，是《蟹工船》所以闪烁"不愿被宰割的人们联合起来"的光辉，是小林多喜二身上闪烁着的"全世界无产者联合起来"的光辉!

在函馆图书馆里，我做了这样的联想。回到旅馆里，心情依然久久不能平静下来。不断地联想、思考，思考、联想。我感到愤怒的震颤，也感到振奋的激动。我的思路仍旧停留在"不愿被宰割的人们联合起来!""全世界无产者联合起来!"的口号上。因为这是小林多喜二，不！这是千千万万无产者先烈用鲜血和生命换来的宝贵经验啊！它呼唤着我、你、他，呼唤着无产者光辉的未来！我们要珍惜它，发扬它，迎着它的呼唤而前进啊!

翌日，我们来到了小林多喜二生长、生活、工作过近二十年的小樽市，首先到了小樽山上的小林多喜二文学碑前。这座文学碑的碑面是用赭红色的大理石砌成，上面展开一本赭色大理石雕出的书卷，左书角上铸刻着小林多喜二的头像和"小林多喜二纪念碑"几个金光闪闪的字，右书页中央写着作家狱中日记的一段话。整座文碑巍峨宏伟，傲然屹立在小樽山上。我在日本各地，看过许多文学纪念碑却从未见过如此巨大的。地面是红土层，在漫天纷飞的红叶映衬下，碑身显得通红似火，仿佛是小林多喜二火红的生活和战斗把漫山映红，把整个天空和地面尽染成红彤彤的颜色。我随手摘取了一枝最美最殷红的枫叶，摆在书卷之上，默默祈祷，寄托深深的哀思，寄托我们对这位伟大的日本无产阶级文学家的怀念与敬仰。

我恭敬地默立在这座宏伟的小林多喜二纪念碑前，注视着这本巨大的书卷，仿佛《防雪林》《一九二八年三月十五日》《蟹工船》《在外地主》《工厂支部》《转折时期的人们》《沼尾村》《为党生活的人》等一部部不朽的巨著又浮现在我的眼前。不知为什么，那一瞬间我似乎听到小林文学碑的呼啸，似乎接触到了那在血泊中的伟大的小林多喜二的心灵。

秋日黄昏来得总是很快，不觉间红日西沉。山间变成了一片银灰色，文学碑上也披上了晚霞的彩衣，高高地耸立在剩下一抹残阳的茫茫天际上，像是给半天空镶嵌上美丽的五彩花纹。我的耳畔仿佛仍然回荡着“书卷”中最后的呼啸、最后的呐喊。

我久久地恭立在那里，直至天色完全昏暗了下来。

《樱园拾叶》

初秋伊豆纪行

9月，东京已有几分秋意。

抵达日本不几天，川端康成研究家长谷川泉先生邀我去做一次“文学散步”。他知道我爱川端康成文学，更偏爱《伊豆的舞女》，于是他放下繁忙的工作，拖着术后初愈的老躯，拄着手杖引我踏足川端康成度过青春时代的“第二故乡”、孕育《伊豆的舞女》的摇篮——伊豆半岛。

从东京坐了2小时10分的国铁东海道线电气列车，到了伊豆半岛的修善寺。长谷川先生的学生驾着小汽车来迎我们。我们的车子穿过汤川桥，也就是川端康成学生时代同舞女初次邂逅的地方，开始爬上了天城路，如今又称414号国有公路。伊豆之行就从这里开始了。

伊豆半岛位于日本中部东南、静冈县境内，东西分别濒临相模、骏河二湾，南面与太平洋相接，北面则依傍富士、足柄、箱根诸山，在406平方公里的半岛上，伊豆山绵延起伏，狩野川纵贯其中，依山而流。打开日本地图，可以清楚地发现，伊豆半岛状似一片巨大的绿叶，伊豆山峦的绿林像是密密麻麻的叶网，狩野川则是主脉，四散的支流、无数的溪涧是它的支脉。山峦、树林、苍穹的色彩，都是一派南国的风光，实在幽美极了。有人说，伊豆由山与水构成，确乎如此，一点也不夸张。难怪川端康成称伊豆为“南国的雏形”，是“有山有水的风景画廊”。

我是第二次访问伊豆了。第一次是在1981年夏末与月梅一起，由已故著名剧作家久保荣的女儿久保麻纱陪同前往的。但今次给我的印象，却依然像上回一样新鲜。

我们的车子沿着山路迂回盘旋，从车窗外飞过去的是山也是水。山，碧绿碧绿。水，湛蓝湛蓝。山水交相辉映，满眼是绿又是蓝，加上头顶碧空，仿佛漫天飞舞着悠悠的绿韵，简直像置身在一个绿色的世界里。我的头脑里，也恍如变成一泓清水，顿觉清爽万分。怪不得当年抱着生活创伤的川端康成，一来到这里就感到“身心洁净得就像洗涤过一样”。

车子翻过几座山岭，到达了旅行的第一站汤岛。汤岛是伊豆最出名的地方。汤岛温泉与箱根、汤河原齐名，同属富士火山带。这里的温泉水，量丰质佳，乃是温泉胜地。它由世古、落合、西平、汤端几个温泉组成，沿溪而布，露天的温泉浴场，星星点点，多得不计其数，不问昼夜，水量都是满盈盈的。在青山蓝天的自然色彩衬托下，是很有诗情的。这里历来是文人墨客的来往之地。现代培育了像川端康成、中河与一、井上靖、尾崎士郎、宇野千代等众多名家，况且又是川端康成写下名篇《伊豆的舞女》的地方，孕育川端康成文学的摇篮。我虽曾造访过这里，但依然是神往的。

来到汤岛，自然是下榻川端康成的《伊豆的舞女》问世的“汤本馆”。安顿下来，刚过5点，不知是山间雾气太重、是露天温泉蒸气太大，抑或是初秋山间黄昏来得早，周围已渐次昏沉下来。眼前如烟似雾，迷离一片，恍如从天降下一幕轻纱。山的绿变成朦胧，水的绿也变成朦胧，尽管还残留着绿色的余韵，但柔和之色渐渐消退。一切景物都变得迷蒙，失去了它们的轮廓，开始分不清了。

我们刚放下行囊，长谷川先生就楼上楼下忙乎起来。他时而摔掉拐杖，双手紧紧抓住楼梯扶手（我当然从旁用力搀扶），吃力地爬上二楼，走到川端康成当年撰写《伊豆的舞女》所在的、仅有四铺席半宽的房间，兴致勃勃地讲起川端康成文学如何从这里起步，创造出拥有独特魅力的美的世界。他时而又下楼，神采飞扬地指点着我观看楼梯半道，谈论当年川端康成坐在那里聚精会神地观赏舞女在门厅跳舞的情景。我们在门厅合照以后，他一边充满深情地娓娓谈起川端康成与舞女之间建立起来的真挚情谊，一边指着挂在墙上他题写的一幅字让我看，上面书写着：“伊豆旖旎的景色，同川端康成文学的抒情融合在一起，从而在川端康成的文学作品中展开了拥有独特魅力的美的世界。”我告诉他，我写《东方美的现代探索者——川端康成评传》的时候引用过这句话，他又情不自禁地述说起川端康成与伊豆所结下的不解之缘来了。若不是学生来请我们共进晚餐，也许老先生的话头还止不住，在继续讲述川端康成与舞女这段动人的故事呢。

餐罢，汤本馆的女主人取出几张日本纸帖，恭请长谷川先生挥毫，他不假思索地挥笔写了“邂逅”二字相赠。然后，又苍劲几笔，写下“一草一花”“柳绿花红”等川端康成句，让我从中选一，以兹纪念，很有情致。回到房间，两人促膝坐在“榻榻米”上，又闲聊了一会儿，话题仍然离不开川端康成。不过，这回主要是与长谷川先生商量为拙著《川端康成评传》撰写序文以及挑选川端康成照片作插图之事。等长谷川先生入浴时，我拿起他刚赠予我的《伊豆的舞女》初版刻印版，重读了一遍。此时此境，再次回味这篇美文，我不禁回想起上次在汤本馆同伊豆人交谈时，她介绍说：这位舞女现今仍活着，她觉得川端康成笔下的舞女形象太美了，如果让人看见自己如今的老态，有损于舞女的形象。也就不愿公开自己的身份了。几十年的岁月过去了，她的心地仍然像川端康成所描写的一样善良、一样富有人情、一样的美。1981 年至今，又过去了五个春秋，她是否依然健在？我惦念着。此时，我完全溶进了《伊豆的舞女》的委婉而含蓄的抒情世界里。

也许是自然美、人情美给我留下的印象太深刻了，这一晚我净是做着绿色的梦、美好的梦。夜半醒来，迷迷蒙蒙，听见滴滴雨声，增加了一种说不出的甜美的感受。

清晨起来，打开格子门，走出阳台，凭窗凝视。昨晚以为是秋雨，却原来是一片湍湍急流声，如今像滂沱大雨，又像瀑布倾泻，以山壁为背景，回声之大，恍如千军万马在奔腾呼啸。加上秋虫啁啾鸣啭，彼伏此起，不绝于耳，构成一曲绝妙的大自然交响乐。我们住在二楼的房间，这道湍溪从窗下淌流，有如一条白色游龙，忽而急速泻下，忽而缓缓淌去，粗细有致。溪中多石，或大或小，或高或低，流水淌过，水石相搏，做成一股磅礴的气势，发出更响的更微妙的流水声，多么迷人啊！

日本近代唯美派诗人北原白秋曾以《溪流唱》为题赋，专门赞颂过伊豆的此番美景。我沉吟着北原的诗，抬眼望去，伊豆山峦与昨天乍到时所见迥异，它以鲜明的轮廓展现在眼前，在晨光照耀下，山峦、绿林远近层次分明，呈现为墨绿、深绿、浅绿、嫩绿、碧绿，并不时变换着颜色，泛出熠熠的闪光，与翻腾而过的碧绿溪水相连，给人一种无法形容的绿色的生机。我陶醉了。经老先生提醒，我才匆匆盥洗，吃早餐，赶忙踏上新的旅程。

下一站是汤野，也是川端康成与舞女有缘重逢的地方。小轿车在天城路向南行驶，中途参观了“昭和森林”，这里有雅致的博物馆、文学馆。文学馆里设有川端康成、井上靖这两位大文豪的陈列室，还摆有其他受过伊豆孕育的作家的陈列品。我们还参观了伊豆半岛最大的瀑布“净莲瀑布”，之后匆匆地爬上天城岭。道路虽经新修拓宽，但山路还是弯弯曲曲，贴近天城岭，满山遍谷万木苍苍，林木中有桧、榛、栎、栌、松、毛竹，还有许多叫不上名字。其中尤以被誉为自古以来与日本人“共存”的杉树居多。杂木林亭亭如盖，漫空笼翠。在秋风吹拂下，枝丫轻轻摇曳，树叶沙沙作响。这些当年的“见证人”仿佛在向我低语着当年川端康成在天城山这二十多公里的山路上追赶舞女，与舞女一行结伴旅行的故事。

到了天城隧道北口，我们下了车。小说主人公“我”小憩的茶馆已经无影无踪。现今北口一侧修筑了一座很有意义的文学碑，成块碑石成半拱形，中间留下一条明显的自然沟痕，象征着主人公“我”同舞女之依依惜别。碑石左边雕有川端康成的头像，右边刻有《伊豆的舞女》开头一句话：“山路变得弯弯曲曲，我心想快到天城岭了。这时骤雨白亮亮地罩在茂密的杉林上，以迅猛之势从山脚下向我追赶过来。”立碑者独具匠心，因为只有这段文字最能充分表达川端康成当时急于要见舞女的心境，仿佛连雨点也在催促着他去追赶舞女似的。这碑、这话，确乎增添了这座文学碑的抒情性。

为了照顾长谷川先生的腿脚不灵便，我们乘车穿过了天城隧道。我还记得，上回访问这里时，是撑着伞徒步“走进黑漆漆的隧道，冰凉的水滴滴答答地落下来。前面就是通向南伊豆的出口，露出了小小的亮光”，我们那时的心情，仿佛就踏着川端康成和舞女的足迹走过来似的。如今安然坐在车厢里，也就没有这种感受了。

出了隧道南口，就是南伊豆了。顺崖边围着一道白色护栏的山路行驶不远，通过河津七瀑布环形天桥，它高高悬在山谷之中，环行上下三圈，从一座山飞越到另一座山，蔚为壮观。据说，修建这座三层环行天桥，耗资四十五亿日元。驶过这天桥，转眼间就到了汤野。当年川端康成和舞女是翻山越岭，沿河津川的山涧下行十余公里才能到达这里的。

在汤野，我们本想在川端康成投宿过的福田家歇息、用餐，碰巧老板娘上东京去了，全天歇业。女招待看我们是远道而来，将我们让进店堂，用茶水招待。我偶然抬头，发现壁上挂着一幅字轴，书写着“天上人间再相见”几个字，落款是川端康成，没有记明年月。我问长谷川先生是哪年书写的？他说：大概是晚年吧。可见川端康成的多愁善感，对舞女的情思并没有因为时间的推移而有所消减。尔后，在女招待的向导下，我重巡福田家。这座纯日本式的楼房已有近百年的历史，虽然部分扩建，但全楼仍然保持着当年的风貌。庭园精巧幽美，布局雅致匀称，加上满院樱树，颇具日本庭园的特色。对着门厅处立了一尊姿态优美的舞女塑像，旁边辟了一泓池水，放养了十余尾鲤鱼，有红有黑，也有红白、黑白相间，色彩绚丽。时而将身子挺出冰面，时而又成群向我脚边簇拥而来，勃勃有生气。日语里，“鲤”与“恋”是谐音，包含着充满恋情的意思。院里左侧立着一座川端康成文学碑，据长谷川先生介绍，这是最早建立的一块碑，显得十分古朴。像这样的川端康成文学纪念碑和塑像，在伊豆还有好几处。然后，女招待引我上二楼参观一间靠边的房间，对我说：“这是川端康成先生年轻时住过、晚年时常来写作的地方。”她透过窗户，伸手指点隔着一条小河的斜对岸的一间小屋说：“那就是当年舞女一行巡回艺人泊宿过的小客店旧址。”川端康成所描写的夜雨听鼓声一段经历，就是在这里发生的。那时候，缠绵的雨引起了他对舞女的无限情思。夜雨中他听见鼓声，知道舞女还坐在宴席上，心中就豁然开朗；鼓声一息，他就好像要穿过黑暗看透安静意味着什么，心烦意乱起来，生怕舞女被人玷污，表示了他对舞女关注之深沉，爱护之真切。汤野这家小客店曾经被大火洗劫，如今建筑物已面目全非，但风韵犹存，仍然飘荡着一种令人爱恋的氛围。

从汤野到川端康成与舞女分手的下田港，还有一段路程，因为要赶乘4时许的国铁伊东山手线电气列车返回东京，只好割爱不去了。伊东山手线是沿伊豆半岛东部海岸而行，面临相模湾。我早就读过德富芦花的名文《相模湾落日》《相模湾夕照》，久已向往相模湾黄昏之美。如今有机缘亲临其境，也可以弥补未能到下田这件感事之一二吧。

我们是从河津站上车的，为人细心的长谷川先生安排我靠窗而坐，好让我尽情饱览一番相模湾的落日景象。列车一驶出车站，眼前便出现了波光粼粼的海面。放眼远眺，海天一色，相连之处，烟霞散彩，舞女的故乡大岛忽隐忽现地突现在海面上，罩上了几分神秘的色彩，使它像舞女一样更富有迷人的魅力。车行至真鹤，迎面一片红霞，太阳开始西沉了。相模湾此时的景色美极了，真如德富芦花所描绘的：天边燃烧着的朱蓝色的火焰，逐渐扩展到整个西天。一秒又一秒，一分又一分，照耀着，照耀着，仿佛已经达到了极点。天空剧烈燃烧，像石榴花般明丽的火焰，烧遍了天空、大地、海洋。……太阳落一分，浮在海面上的霞光就后退八里。夕阳从容不迫地一寸又一寸，一分又一分，顾盼着行将离别的世界，悠悠然地沉落下去。

此刻这派格外迷人的暮景，无穷地变幻着它的色彩，充满着自然的灵气，我不觉完全沉醉其中，与伊豆的山与水，与川端康成的《伊豆的舞女》融合为一体。可以说，这种与自然、文学的契合，达到了忘我之境地。黄昏的景色在窗外移动着。我的思绪也随着窗外流动的景物飘然远去，但却没有消逝……

《雪国的诱惑》

雪国的诱惑

“穿过县界长长的隧道，便是雪国。”

这是川端康成的名篇《雪国》开首的名句，它的美，川端康成文学的美，深深地吸引着我。记得多年前文艺大师曹禺先生出访东瀛之前，让我介绍几篇当代日本文学佳作。我试推荐几篇，《雪国》便列其中。诚如大师当时赐教云：“昨日始读川端康成的《雪国》，虽未尽毕，然已不能释手。日人小说确有其风格，而其细致、精确、优美、真切，在我读的几篇中，十分显明。”

多年来我一直盼望访问《雪国》的舞台。最近为研究日本古典名著《源氏物语》访问日本，终于实现了这个企盼已久的愿望。

《雪国》的舞台在新泻县越后汤泽。埼玉县的挚友矢野先生知道我喜爱川端康成文学，尤其是《雪国》，便邀我们赴汤泽一游，并亲自驾车相伴前往。那天天空下起蒙蒙秋雨，车子驶上关越高速公路约莫三十分钟，进入群马县境，时而蜿蜒行走在蒙上烟雨的山间，时而又笔直地飞驰在平原上。沿途路经许多名川大山，诸如绿油油的荒川、利根川，碧森森的子持山、大峰山、迦叶山，并且穿越不计其数的长长短短的隧道。车窗外烟雨纷飞，整个车窗就像镶嵌上一幅幅不断变换着景物的山水画，其美无比。此时，《雪国》那段车窗玻璃上女人的实影和窗外自然景物的虚影之重叠、变幻的美文，不由得浮现在我的脑际：

> 黄昏的景色在镜后移动着。也就是说，镜面映现的虚像与镜后的实物好像电影里的叠影一样在晃动。出场人物和背景没有任何联系。而且人物是一种透明的幻象，景物则是在夜霭中的朦胧暗流，两者消融在一起，描绘出一个超人世的象征的世界。

如今这段受到称赞的美文，正把我们带去《雪国》的诗一般的抒情世界。

由于途中在吉冈町小憩，行车近两个半小时方才穿越川端康成所说的县界，即群马、长野、新泻三县交界的长长的关越隧道，据说全长10962米，新开凿于崇峻的谷川山。以前火车是绕山穿行于清水隧道，如今在这旧隧道旁已新修筑了三条公路、铁路隧道，余两条叫新清水和大清水，四条新旧隧道几乎是平行的。驶出关越隧道的出口，便是越后汤泽。如是冬季，就会展现出一派雪景。可现在是初秋时节，还没有川端康成所描写的那番雪国的景象。但隧道南北的气象却是迥异。隧道南侧仍是飘忽着蒙蒙烟雨，隧道北面这侧却是万里晴空。据同行人介绍，这是因为越后汤泽四面群山环绕，受到地势影响的缘故。冬天之成雪国，原因也在此。

汤泽虽是个小地方，却拥有悠久的历史。八百余年前源赖纲的家臣献给越后弥彦神社的地图上，就已经记载着汤泽的名字。源氏战国时代，这里是古战场。川端康成写作《雪国》时下榻的高半旅馆，也有八百年的历史。那时候，汤泽是一块未开垦的处女地，高半便成为从东北到关东的驿站。如今散布着众多的有名温泉浴场和滑雪场，夏冬季节游人如梭。

从1934年至1936年，三年间，川端康成多次来这里搜集素材、体验生活和创作《雪国》，都有意躲开这两个时间，而固定在春秋两季。听当地人说，川端康成这样安排还有一个原因，就是这个时候，《雪国》主人公驹子的原型松荣不像旅游旺季那么忙，让她有更多时间陪伴他。

松荣原名小高菊，出身贫农家庭，一家九口，生活无着，她十一岁那年，自己什么也不知道就被卖到汤泽当艺妓。川端康成了解到这个受损害的少女的辛酸生活和不幸命运，在心中萌发了创作的激情，他笔下的驹子纯情悲恋的故事就是在这里酿造出来的。

我们找到了高半旅馆，主人热情地欢迎我们。据记载，原来这是二层木造结构，茅草葺屋顶，典型的日本式建筑。如今修建成多层洋式建筑物，形式全然现代化，风情已全非。可幸旅馆主人将昔日川端康成下榻的“霞间”还保留下来，而且还原于本来的面目，《雪国》的风韵尚存，让人感到仿佛川端康成与松荣在这里邂逅时那两颗年轻的心仍在跳动着。我看见了两张松荣的照片，一张是平常打扮，相貌非凡、淳朴自然，另一张艺妓装扮，带上几分妖媚，活生生地展现了这位少女的性格特征，不禁浮现出川端康成笔下的驹子两重性格的形象来。对《雪国》的驹子的评价，是不能用非此即彼的简单化模式的。我对她的遭际悠然泛起同情之心。

我们乘上可搭载166人的世界最大的缆车，到了海拔一千多米的汤泽高原。站在高原上，放眼眺望，近山的绿在柔和的秋阳照耀下，而远山的绿却罩在蒙蒙烟雾中，近处层次分明，远方却一派苍茫。绿色的亮度差、彩度差的变化，呈现出碧绿、深绿、墨绿、浅绿、白群绿，还有其他说不出来是什么绿的绿。悠然地徘徊在绿色的世界，面对远方那朦胧的北国隧道口，看到了三国岭那方和这边相距遥远的世界的另一个“超人世的象征的”世界。此时我再也不能抑制自己的思绪，不觉间仿佛进入十余年前对《雪国》艺术再创造的意境了。

《雪国的诱惑》

读《睡美人》的联想

世界文艺名作中，不乏以“睡美人”命名。唯川端康成的《睡美人》，其美的方程式比较难解。但是，难解并非不可解，问题是如何解。

记得一位日本学者说过一段话，大意是如果有慧眼的人，不必卒读《睡美人》，就可以知道里面没有写老丑的东西。否则，就只剩下老而不知丑了。

近读一篇题为《川端康成的无奈》的文章，评川端康成的《睡美人》，作者提出了研究的视点：不应过分关注它的表面情节，而要透过作品表面去探索其深处。我觉得作为探讨川端康成这部名作的基点和起点，这是十分必要的。

我之所以觉得有必要，一是长期以来，我们对待性文学大多是用“禁欲眼”来看待；改革开放以来，又或多或少地出现某种“纵欲眼”。如果用这两种眼中的无论哪一只来读川端康成的《睡美人》，都不可避免地会出现偏颇。如果同时兼用这两只眼来读它，就会一忽儿说川端康成写了女体美，很抒情，并让中国青年作家去模仿；一忽儿又说我国许多人被川端康成的女性美蒙蔽了眼睛，并斥之为“嗜痴成癖”，自觉不自觉地走进了批评的怪圈。出现这一种的现象，恐怕是缺乏“慧眼”。也就是缺少净化了的眼、平常的眼，也就是历史的、美学的“批评眼”。

另一是习惯于将文艺作为某种载体，采用单一的批评模式，从表面情节来分析批评，往往做出非此即彼的结论。文学，包括性文学，是文化的复合体，如果不从文化的深层内涵，包括各自的传统美意识来挖掘，就很难把握其真髓。对美结构比较复杂的《睡美人》更应从多视角来审视，才可能做出比较客观的评价。而且文学涉及许多边缘学科。比如性文学，至少涉及性科学、心理学、精神病理学、伦理学、美学等。它们之间有相应性、互补性，也有制约性，这就要求对诸方面的不同层次的立体交叉关系，做综合的分析和比较研究。否则就会简单化。

从 20 世纪 70 年代末翻译和研究川端康成文学开始，我自己也有正面和负面的实际体验。举例来说，80 年代初出版川端康成译作所写的译本序，对《睡美人》一类作品的批评，就曾陷入过误区。当然，这里有历史的客观原因，但主要是个人的主观因素，未能正确把握文艺的批评精神和方法。自 1984 年开始撰写《川端康成评传》，我不断学习与探求，才获得文学上的初步自觉。对有关《睡美人》一章的《生的变奏曲》反复琢磨、推敲，做了多次修改，尚未尽人意。不过，在观念上是有所更新的。论著发表后，一位学者在著文做出肯定评价的同时，还指出“试图更新观念，恰是最难突破更新的”。

这一章关于《睡美人》的论点大致是：川端康成的《睡美人》从文学的角度，写了主人公江口老人面临找不到爱情与性欲的支撑点的苦恼，以及受到性压抑而落入的空虚、寂寞和颓伤。又写了老人常常因为强烈的欢欣的宣泄而被“潜在的罪恶”所困惑。因此，江口老人与睡美人的关系完全是封闭式的，没有任何精神和情感的交流。江口老人在睡美人的身边只是引诱出爱恋的回忆，忏悔着过去的罪孽和不道德。对江口老人来说，这种生的诱惑，正是其生命的存在的证明。作家一方面，着力挖掘老人从复苏生的愿望到失望，以及情感与理智、禁律与欲求的矛盾心理；另一方面，保持这些睡美人的圣洁，提示和深化睡美人形象的纯真，表现其一种永恒的女性美。作家为了追求精神上超现实境界的心理的泄露，便以忧郁、感伤、虚无和颓唐为基调，通过超现实的怪诞的手法，表现了生命的原始渴求、诱惑、力量与赎罪的主题。所以立论是，它既是生的主旋律，也是生的变奏曲。这两者既矛盾又有不可分割的联系，但在艺术上处理得当，也不是不可以调和的。川端康成正是在这一点上，做出川端康成式的思考和努力。

所以《睡美人》的确不是写老丑。人虽老，但本能的性意识并没有泯灭，既天性地要求享受性生活，又丧失性机能，这是一个很普遍而又很常见的性科学问题。川端康成只不过用文学做出反应罢了。川端康成的作品，也包括《睡美人》在内，带有几分虚无与颓废的色彩，而且具有一定的自觉性。当然，也有他自己的解释。但川端康成写女性，只写女性的美丽与悲哀。这悲哀又是日本式的思考，即是继承了“物哀”“风雅”甚或“风流”的审美传统。即使是写性文学，也是按照日本文学传统的“纵使放荡，心灵也不应是龌龊的”（井原西鹤语）精神，十分注意把握分寸的。他从来没有写女体，更谈不上写什么女体的抒情性。如果它真有“对女体的描写与风景的描写和人物情绪结合得非常好”，那中国青年作家大可不必就此点去模仿他来弥补自己的不足。相反，川端康成也从来没有写什么“不堪入目”的东西，大可不必怕“被蒙蔽眼睛”，用一种平常心态去读，去分析，辨别其优劣就是。

这使我联想到一个问题，就是如何对待川端康成文学的问题。川端康成无疑取得了伟大的文学成就，这种成就不仅属于日本的，同时也是属于东方的、世界的。但川端康成是日本作家，川端康成文学在日本文化土壤里育成，况且他的作品又是由复杂的美方程式构成的，有其局限性，所以学习川端康成文学，一是从宏观把握川端康成的文学定位，即他在东西方文化比较中寻找到日本文化的根，探索到传统文化再创造的理念和方法，并以此来确立自己的历史方位；一是从微观分析其文学思想、审美情趣、个人风格、作品主题和创作方法等。简单地说，就是从总体上来把握，才能涵盖川端康成文学全部深奥的底蕴，深化对川端康成文学本质的认识。

于是又很自然联想到川端康成在《日本文学之美》一文中，谈到日本吸收中国和西方文化的历史经验时说过的一段话："从一开始就采取日本式的吸收方法，即按照日本式的爱好来学，然后全部日本化。"

今天我们学习川端康成文学，也包括学习世界各国文学，不也可以做这样的思考吗？

《樱园拾叶》

翰墨因缘

学者之间彼此文字交往多了，共同语言多了，自然“同声相求，同气相应”。我们与加藤周一先生相交二十余载，正是结下了这种不解的翰墨因缘。广而言之，也许还可以说与中国学者和中国读者结下了很深的缘分。

我还记得二十余年前在东京上野毛加藤宅邸初次见加藤周一先生，他那双眼睛盯视你的时候，又大又圆，透露出几分威严的光芒。难怪三岛由纪夫战后不久第一次与加藤周一邂逅，与加藤的眼睛碰在一起的时候，觉得有点害怕。他说：“我害怕加藤周一氏那双检察官般的眼睛。他每说一句话，我就觉得自己像个顽皮的学生在教员室里听老师的训斥一样。”我觉得加藤周一的眼睛是非常深沉的，充满了睿智的光。每次与他探讨学术问题的时候，他无论是静静地倾听我们的讲话，还是用深沉的声音对我们叙谈自己的见解，都是瞪大他的眼睛，直勾勾地盯视着我们的。我们仿佛从那里可以得到启迪，得到智慧和力量。

最早认识加藤周一，是读了他与中村真一郎、福永武彦合著的《文学的考察——1946》，又读了他的《日本文化的杂种性》《现代日本文明史的位置》《现代化何以必要》等文章，了解到加藤周一通过与欧洲文化、思想的比较，对战争期间集中表现出来的、以天皇制绝对主义为代表的封建文化、思想进行有力的批判，与此同时，却又将传统文化等同于封建文化，将西方文化等同于民主主义，从而提倡全面学习西方文化；但他留欧之后，在西方看东方，对日本文化的传统与现代进行了充满理性的思考。在传统与现代的摆渡中，提出了“日本文化的杂种性”的理论，他反对企图纯化日本文化，不管是全盘西方化还是全盘日本化，并强调必须切断这种恶性的循环。在这里，加藤非常注意维持日本传统文化的合理部分，同时吸纳和消化西方现代文化，来改造传统文化存在非现代性、非民主性的一面。他说过，“日本的传统，对于日本来说是创造的希望”，“时代的变化越激烈、广泛，创造优秀的艺术，就越要在传统艺术的结构中完成”。他在其后的传统文化与现代化理论探索中，又将这一“日本文化的杂种性”加以延伸和深化，就现代化问题提出了“科技文明＋民主主义＋传统的再创造”的文化模式。我想：这对于走向现代化的国家来说，是具有

普遍的意义的。这使我深为敬佩。

我就是从这里开始与加藤周一先生结下了翰墨之缘的。

改革开放之初，传统与现代的关系问题就引起国人的关注，成为学界讨论的热点。我写的第一篇有关传统与现代化问题的文章《日本文化与现代化》就提及了加藤周一这些独创性的论点，刊登在《人民日报》上；我指导的第一个研究生就选了《加藤周一的文化论》作为毕业论文，并取得了预期的成果；我主编的第一套丛书“日本文化与现代化丛书”全10卷，就将《日本文化的杂种性》作为其中一卷收入其中。这套丛书是与加藤周一先生合作主编，他给予“物心两面”的极大支持。这套丛书对于推动日本文化研究和现代化的理论探索，是起到了很大的推动作用的。我们的翰墨缘，就是建立在这种学术基础上的，这种学问的交流所培育出来的友情是深厚的。我每次访日，加藤周一每次来华，我们都相叙畅谈学问，进行心灵对心灵的交流。有一回，我们承蒙住友财团赞助到加藤先生执教的京都立命馆大学做访问学者，分别在京都和东京两地进行了难以计时的长时间对谈，内容非常广泛，从日本文化、文学的杂种性，到“和魂汉才”“和魂洋才”的提出，第三世界文化走向世界等。尤其谈得最多的是加藤周一著的《日本文学史序说》，我们就此深入探讨了建立真正的文学史研究体系问题和学术规范问题。这不仅对于我们正在撰写的《日本文学史》具有理论性参考价值，更对于我国学界重写文学史、重写学术史有现实意义的。这次的学术对谈录，整理在《世界文学》上发表了，很荣幸地受到同行的赞赏，认为这是两国学者真正对等的学术访谈。

对我来说，与这样一位硕学者结下翰墨因缘，受益匪浅。加藤周一以上述文化理论作为指导思想，撰写了《日本文学史序说》。这部上下两卷的巨著出版后不久，我访日的时候，加藤先生就将它惠赠于我。始读未尽，然已不能释手，我为其恢宏、精辟和深刻的论述所折服。我第一印象是：它摆脱了一般文学史就作家和作品论作家和作品的单一模式，将文学置于文化的大背景下，从和汉文学、和洋文学比较研究的视点出发，把握日本文学与外来文学的根干与枝叶关系问题，很有新意。其后在东京上野毛加藤宅邸或在北京团结湖舍下的寒士斋，仍继续就这一问题进行理论上的探讨，我进一步认识到它的深刻的文化内涵。过去一般写文学史，是采取孤立的、静态的、单一的固定模式，很难准确地把握作为文学整体内涵的文学思想，做出历史的和美学的本质的评价，也就又很难把握文学发展的规律和文学本身的精髓。因此，《日本文学史序说》的重大意义在于突破了带惰性的固定模式，在史的结构框架内，以哲学思想史为中轴，纵横于文学的社会性、世界观的背景和语言及其表述法等几个互相联系而又不尽相同的环节中，进行综合的、动态的分析，并且运用了他独创的“日本文化的杂种性”理论，来阐释日本文学的本土思想，即加藤先生所称的土著世界观与外来思想的调适与融合，以此构建了新的日本文学史研究模式。

就是在这个时候，我应日本国文学研究资料馆之邀，出席了一个以日本文学史研究为主题的国际学术会议，正好由加藤周一以及小西甚一、美国研究日本文学第一人唐纳德·金主讲他们研究日本文学史的体会。听罢，在对这三位学者分别所写的、堪称三大日本文学史研究专著《日本文学史序说》《日本文艺史》和《日本文学史》的比较考察中，对加藤的《日本文学史序说》又有了进一步的认识，觉得其研究的成果，已经超出文学史的意义，还具有文化史、思想史的价值。我回国后不久，当时的《日本文学》杂志由中日两国学者组成编辑顾问委员会，并计划出版一套顾问丛书，加藤先生也是顾问，我们便建议将《日本文学史序说》列入顾问丛书的计划之中。可惜其后《日本文学》停刊，顾问丛书自然流产了。

后来，我知道这部巨著已经出版了英语、法语、德语、意大利语的译本，而这样一部与我国古代文学、文化和哲学思想、宗教思想有着密切联系，相当部分的篇幅反映了中日古代文学、文化交流的著作，虽经多年的酝酿，却仍未能在我国出版。我按捺不住了，可以看出加藤先生也着急了。我们就此交换意见时，我们的想法不谋而合。于是，加藤先生将目光投在我们身上，似是对我们的期待，也似是对我们的信任。他慢条斯理地说：韩国一对学者夫妇正在翻译成韩语，他也有让我们夫妇承担翻译的意愿，我们虽然手头还有日本文学史研究的课题，但我们觉得这是一项重要而有意义的译事，当然也乐助其成，并决心努力让它尽早与我国读者见面。然后，加藤先生以书面向日本有关方面申述两点：第一，这部著作的中译者，叶渭渠、唐月梅两先生是最为难得的适合人选；第二，这部著作业已出版了英、法、德、意语译本。现在我最期待的是出版中文译本。

我一边翻译这部经典的日本文学史著作，一边结合我正在撰写《日本文学思潮史》的体会，从中找到了许多共同的文学观念、文学方法和文学语言，我们的墨缘更加契合，更加提升，几成了同气相应的素心人。我们见面一谈起学问来，就越来越收不住话头。一次我们在东京，恰逢过新年，加藤先生将我们看做一家人一样，邀请我们一起吃除夕饭。我们在上野毛加藤宅邸，饭前谈，饭桌上谈，饭后谈，话题都是离不开文学和与文学相关的社会文化问题。从除夕谈到新年的钟声快将敲响，加藤先生打开那个14英寸的旧电视，看过敲响新年钟声的画面后，就关上电视，继续我们的话题，直至谈到元旦凌晨快两点钟了，到我的住所已无公交车，加藤先生夫妇亲自驾车送我们回到住处。

大概是这次我们的谈话意犹未尽，过了一段时间，加藤先生又约我们到他府上，在征求我们的意见后，约了中村真一郎夫妇一起围桌交谈，从一千年前的《源氏物语》谈到了战后文学。加藤周一、中村真一郎是战后派的闯将和文友，他们合著《文学的考察——1946》，对战时的日本社会文化进行了激烈的批判，同时指出战后日本没有足以对抗外在现实的、完成内在力量充分成长的作品，并且呼吁必须进行民主主义力量的变革。在这种可能性变为现实、形成一个新兴流派的时候，中村真一郎就起用了法语ApresGuerre · creatrice（创造性的战后一代）一词，来称呼二战后登上日本文坛的新一代人，日本文学史便将他们称“战后派”。在谈到战后文学的时候，我仿佛还听到他们抱着改革战后日本文学的极大激情发出的这一战后文学批评的第一声。

每次加藤先生来北京，无论访问日程多么的紧，他都要抽出一天时间到寒舍叙谈，我的恩师季羡林先生为我们中国社会科学院七学人出版的散文随笔丛书“七星文丛”撰写的总序中谈到中国文人的传统，引用了“嘤其鸣矣，求其友声”一诗，我觉得用它来表述我们与加藤周一先生的学问上友情也是非常恰当的。去年加藤周一先生夫妇率日本作家代表团来京，要到舍下相叙，而且团里的两位作家也通过接待单位向我们提出希望一同造访。我家住六楼的斗室，没有电梯，加藤先生已八十高寿，身骨子又不好，我实在不忍心让他老人家爬六楼，所以表示我们要去他泊宿的北京饭店拜访他。他不从，还是坚持登门造访。这不是出于一般“礼尚往来”的礼节思考，而是出于表达知己的真情，我们深为感动。但舍下除了寝室、书房和小小的会客室，在走廊上用餐容不下六人的座席，只好婉谢其他两位作家了。我看出加藤先生似不理解，这次我们交谈的话题第一次超出学术的范围而言及生活问题。我们的话题又很快地转回到对学问的探讨。我欣喜地告诉加藤先生，《日本文学史序说》中译本问世以后，在读者中反响很大。著名诗人、俳句翻译家林林教授著文称赞加藤先生这部著作“革新了传统文学的狭义观念，将文学史置于社会文化的发展全过程之中，涉及时代的政治社会情况，以及文学以外的整个文化情况，让作家和作品活跃在时代的大舞台上”，“这部文学史译本的问世，也许可以为我国学界重写文学史、学术史提供宝贵的经验”。人民文学出版社一位从事外国文学工作的老专家还特地设法找来译本阅读和研究。一位老教授读后给我们来信大加赞扬这部著作在日本文学史上的历史贡献，同时他估计十年八年后将会在工农中拥有读者。清华大学等多所大学中文系或外语系日本语专业将它作为日本文学教科书。谈着谈着，我们沉浸在共同的喜悦之中。

《世界文学》准备刊登加藤周一专辑，正在北京访问的加藤先生表示十分高兴，同时提出要由我们编选，我们欣然接受，与《世界文学》编辑密切配合，顺利地出版了。这就是前面谈到的刊登了我们与加藤周一对谈录那一期，内容还包括林林译的和歌俳句、唐月梅选译的代表作《羊之歌》，以及多篇散文，还有拙文《加藤周一的眼睛》等。这一期刊物出版后，很快罄尽。好几位外地学者来函索要。可见加藤周一的学术思想和文学创作的影响之一斑。

事实上，加藤周一不仅精通日本学，还对洋学、汉学颇有造诣。他的学术足迹，不仅涉及文学，还涉及哲学美学、社会学、文化学等广泛领域。而且，他是医学博士出身，大胆地将医学、心理学、生物学的原理引进文学、文化学，充分地利用了彼此的对应性和互补性，创造了独自的学术体系。他的文学研究之所以能够如此从容地置于社会文化大背景之中，他运用“杂种优生学说”创造的“日本文化杂种性”的独创性理论，都是与他拥有的广博学识分不开的。他做学问，是有着坚实的基础的。

作为一个学者、评论家兼作家，他的成就用著作等身来形容是名实相符，毫不夸张的，由著名出版社平凡社出版的《加藤周一著作集》至今已出版了24卷。平凡社编辑部约请日本海内外学者撰写解说，我也列在其中，写了一篇题为《加藤氏的文化论的普遍意义》的小文，阐述了加藤周一总结了日本现代化过程出现的欧化主义和国粹主义思潮的弊害，以及只注意科技的现代化，而忽视民主主义建设，忽视传统及其再生的现代意义，一度出现了历史的大倒退。他的“日本文化的杂种性”和“科技文明 + 民主主义 + 传统的再创造”的现代化模式，就是在总结日本的正负两方面的历史经验提出来的，对于正在走向现代化的第三世界国家建设现代文化、确立现代化模式是有重大意义和价值。

如果结合我国现代化过程中产生的种种现象，深入思考加藤周一的上述论点的话，那么就不难发现，日本文化走向现代，首先确立对传统的自信，其次是对西方文化的自觉认识，也就是说，一方面，从传统中吸取有益的养分，增加现代文化的深度和多样性；另一方面大胆而善于吸收西方文化，特别是传统中所缺少的现代意识，在更高层次上对传统进行自觉的再创造，使传统发挥其内在的积极意义以及产生新的活力，以推进社会文化的现代化、国家的现代化。

加藤先生这套著作集，每出版一卷都亲自署名惠赠于我们，甚至我们旅美一年余，依然出版一卷就将一卷寄到我的旅居地。当我捧读的时候，沉甸甸的，犹存的墨香阵阵扑鼻而来。当然，我们出版了《日本文学思潮史》《日本文学史》《20 世纪日本文学史》《日本文明》《日本人的美意识》等也相赠予他，求教于他。学者不靠别的，就是靠翰墨来传递信息，来维系情谊的。现在这全 24 卷著作集摆在我的案头，是我研究日本文化和文学的主要参考文献之一。我每次翻阅书卷，都由此想起一位日本友人曾对我说过的一句话：加藤周一有“日本文化上的天皇”的称誉。我觉得这是一种比喻的说法，在于说明加藤先生在日本文化上的权威地位和崇高威望。我掂了掂每一卷《加藤周一著作集》，确实是有这样一种分量。

现在加藤先生不顾高龄，正在为第三世界文化、文学走向世界而付出巨大的努力。他在平凡社的支持下，创刊了《库里奥》杂志，翻译和介绍包括我国在内的第三世界的文化和文学，除了日本学者外，还特聘了好几位外国学者任编委，我也名列其中，以尽微薄之力。他更奔走于中日两国之间进行学术和文学的交流，在北京大学、日本学研究中心的讲坛上，在中国作家协会的聚会上，都时常可以看到这位硕学者的身影。目前我编选的加藤周一的《日本文化论》《世界漫游记》已分别列入季羡林先生总主编的“东方文化集成”和我主编的 15 卷本“日本散文随笔书系”中，已付梓。

顷接日本福冈联合国教科文织组负责人竹藤宽先生的邀请函，邀我参加“第 11 届日本研究国际研讨会——2000 年”，主题是“世界的日本研究与加藤周一”，并让我作大会发言。我知道这个信息，更加相信：加藤周一在理论性和实践性两方面的启示作用，将超出日本，在世界范围内得到充分的发挥。

与加藤周一先生结下了翰墨之缘，对我来说，是莫大的幸福。

我的小文《加藤周一的眼睛》是用这样一句话来结束的：

> 说到这里，我的眼前又浮现加藤周一的那双眼睛，充满了情，显示了他的感情的丰富和生命力的旺盛；也充满了知与理，表现了深刻的观察和冷静的分析能力。加藤周一的眼睛，印在我的脑海里很深，很深……

《扶桑掇琐》

知 音

“人生得一知己足矣。”

我翻开挚友千叶宣一教授寄来的新作的扉页，这一行发自肺腑写出来的字，马上跳入我的眼帘。我掂了掂这几个字的分量，细细地捉摸着它在我与他十年交往中所蕴含的深深的分情。

我们结交在20世纪80年代末。当时他受日本国际交流基金之聘，前来北京日本学中心任客座教授，指导研究生。他讲学之余，还致力于个人研究课题。他在日本国内主攻的研究课题，一是日本与西方的现代主义的比较研究，一是日本文学在国际的评价。来到中国，自然将“日本文学在中国的评价”的课题列在他的研究计划之中。他谙汉文，在日本国内已读过不少我国的日本文学者的论著。来到中国，就马不停蹄地走访有关研究者，可是他花了很长时间仍找不到我，于是他给东京川端康成研究会会长长川谷泉先生打电话询问后才找到了，在舍下的寒士斋第一次相会。

我们的谈话，开始时是作为一个采访者和被采访者开始的，带上几分公式化的色彩。这是当初我的感觉。他需要了解在我国的日本文学译介和评价，我不带任何偏见，向他做了客观而全面的介绍。他听罢对我说，想不到你的介绍这么客观，此前我与某某先生交流，他在长长的谈话中只字都没有提到你们，并谈了寻我的经过。他侧了侧头，似乎觉察到什么，问了个中原因。我只谈了中西进先生在北京也遇到同样的事情，后来他访问沈阳，从辽宁大学马兴国先生那里才打听到我的情况。我至此打住，因为“家丑不外扬”嘛。

他在北京日本学中心任教半年，我们来往多了。我发现这位富有激情、豪爽、侠义和倔强性格的、在北海道风土中培育出来的北国人，与我这个热情、直肠直肚和能刻苦耐劳的、在广东风土培育出来的南国人，是有许多相通的地方。此后他每次来我国，我每次到日本，我们之间的学问交流多了，感情交流更融洽了。有一回，我们在东京一家酒馆相叙，交盏欢饮，他向我吐露了他由于学术上做出一点成绩，引人嫉妒而被排斥，离开了北海道首府札幌，到了小市带广的经历。他谈着谈着，表面平静，但我透过他的眼、他的表情，似乎可以抚摸到他那颗在高大身躯、宽大胸膛内扑通扑通地跳动的心。我们“同病相

怜"，彼此也谈到了在"孤境"中奋斗的苦与乐。

我以为学问是不能靠权术和投机做出来的。做学问的人需要老老实实去做，穷其一生精力去做，即使是短暂的一天也要从读书到读书，从写作到写作，就像老黄牛一样没有间歇的工夫。在学问上花费一分精力，就能取得一分成果。如果把精力用在学问以外的邪道上，就不会有好的结果。这是学术的规律，不以人的意志为转移。于是我告诉千叶先生，按学术规律办事，我的乐多于苦，而且其乐融融。所以，与千叶宣一、美国知名学者唐纳德·金两先生合作主编《三岛由纪夫研究》这部集子时，我在序文中引用了一位科学家的话："科学的创造并非来自投机取巧的做法，它是老实人的学问，容不得半点虚假。"

我们不仅在感情上知音，在学术上更是彼此知音。他非常关注中国的日本文学研究和翻译的信息并及时报道我国学坛、译坛这方面的新动态，并对其成果做出切合实际的评价。给我印象最深的一次，就是他严厉批评了某些论者评论日本文学的随意性。他还以积极的态度支持我国学界翻译和介绍日本文学，担任了从川端康成、三岛由纪夫到大江健三郎、安部公房等套书的中译本的编辑顾问。在三岛由纪夫文学在我国遭到了厄运时，他似乎察觉到什么，问了我一句：是不是有人在捣乱？我当时无法回答，后来才了解了实情。为此次事件，他回国后生了一场大病，还不忘对翻译和介绍三岛文学"做出巨大牺牲，付出大量心血"的我国学者表示了敬意和感谢，并十分关注 21 世纪三岛文学中的精华与糟粕将会遭遇什么样的命运。近几年，日本文学打破西方文学在中国译坛一统的局面而占有一席之地，是众多真正献身于此事业的中国学者、译者、编者、出版者共同努力的结果，同时也与千叶宣一先生为此所付出的心血分不开。千叶宣一先生为中日文学交流架起了一座宏伟的桥梁。

千叶宣一是一位勤奋的学者，白天指导研究生，夜晚著书立说，还写写现代派诗。他从日本与西方的现代主义比较研究中挖掘无穷尽的矿脉，写了一篇又一篇、一本又一本有关论文和专著。他的忙碌到了极限。他对日本与西方的现代主义比较研究造诣颇深，对日本文学和西方文学都有着深厚的学术根底和科学的理论基础。我在编选他的《日本现代主义的比较研究》一书时，深深地感受到这一点，而且从他的研究成果可以看出：他做了前人所没有做到的独创性的研究。他的研究特点是：从解决文学的价值观和方法论入手。他引用了尼采的"史料说明一切，同时又没有说明一切"这句话，来说明进行史料研究的本质规定的是文学的价值观，同时注意文献学的合理价值和意义，强调了在确立研究的视点、方法、评价标准之前，在整理资料阶段完成遗产目录的系统化的必要性，给我们革新文学观念和研究方法以很大的启迪。

当我向中国社会科学出版社白烨、万小器两位先生推荐这部书时，他们独具慧眼，认为这是我国日本文学界首次译介这类学术专著，很快就欣然接受出版，且第一版印数就三千册，这在学术著作出版中是少见的。由与我和千叶先生有过多次合作的装帧设计的才女朱虹女士设计的封面，很有现代意识。这部大作受到学界和读者的欢迎。我们的老前辈林林先生不仅写了书评，而且给我打来电话，盛赞这部专著对于帮助我们了解日本文学走向现代化问题是非常有意义的。林老特别提到作者对川端康成评价的部分，在他迄今读过的川端康成论中最具创见的，这是本书精华部分之一。

上述那场大病落下了病根，最近千叶先生得了脑血栓住院，语言、手脚不灵便，他还用颤抖的手写了一封信给我们，乐观地戏说自己“从地狱回来了”，信中对我国的日本文学研究、翻译、出版的关心仍不减病前。病中的他在信末还惦记我们，叮嘱我们身体最重要。他的贤妻千鹤子教授在千叶先生患病期间，协助千叶先生为“架桥工程”而操劳着。我反复读着千叶先生的信，心情久久不能平静。

今天千叶宣一以自己的实力又从带广回到了札幌，以自己的意志从重病中站了起来。我也决心以自己的努力和余生面对现在和未来。的确，人生几何，得一知己足矣。

《扶桑掇琐》

重访北国探知音

1981 年作为访问学者来到日本，曾经访问过北海道首府札幌，以及函馆、带广、旭川等地。今次应日本福冈联合国教科文组织协会的邀请，参加“日本研究国际学术会议”后，承蒙协会专务理事、秘书长竹藤宽先生协助安排，从福冈飞赴北海道札幌市探望病中的挚友千叶宣一先生。

千叶先生患脑血栓重病是否多少源于我们，多年来我是于心不安的。这话怎么说呢？那是多年前的往事了。我独自一人坐在飞往札幌的飞机上，想到他不顾多年前那次在武汉举行的国际会议的挫折，在沉重的打击中病倒，又坚强地站起来，依然如故地关注着 21 世纪三岛由纪夫文学中的精华与糟粕在中国将会遭遇到什么样的命运，浮想联翩。

那一年，中、日、美三国学者齐聚武汉，举行三岛由纪夫文学国际研讨会，岂料会议前夕，校方接到某非学术也非教育部门的某个处通知，要求会议延期，理由是其时中日关系正处在微妙时期，不宜召开这个会。当校方向中、日、美三方首席代表宣布此事时，我留意到作为日方首席代表的千叶先生神色凝重，嘴角抽搐，久久才反应过来，吐出了一句悲壮的话语：“假如我有三岛由纪夫的勇气，我要切腹自杀了！”的确，这等行政干预学术的事，在特定的历史时期，对我来说曾是屡见不鲜，所以我很泰然。然而，对千叶来说，恐怕是头一回。之后，他仿佛察觉到什么，向我询问详情，我当时也不了解，无法回答。不料，千叶宣一回国后不久，大病一场。又不久，就中风了。从此卧床半年，不能动弹。我们通电话慰问，他说话也不利落了。

本来千叶宣一作为一位知名的比较文学学者每年都来北京讲学或参加学术会议，我们都有机会见面交流学术，畅叙友情。在小文《知音》中曾经谈到千叶挚友常常对我说：“人生得一知己足矣。”的确，我们彼此是相知以心的。可是，病中的千叶恐怕短期内不可能来北京了。我也暂时无机会访日，他惦念的事，我已经弄清楚缘由，是人为引进政治干预学术的结果。虽然月梅到札幌讲学时，曾将实情相告，千叶似乎仍疑惑不解。千叶夫人千鹤子说，千叶与告密者也是好友，他在感情上无论如何也接受不了这一事实。这也难怪，千叶宣一是一位重感情的人，何况告密者自知学者干出此等事是不光彩的，因此对任何人包括与他很要好的伙伴也都不肯承认是自己所做的。但是，不知是什么缘故，最近此人在一篇大批判式的文章中承认是自己的所为，而且翻脸不认人，连对他过去曾赞扬过的好友千叶宣一也大批判起来了。我不知道此时千叶宣一在带广宅邸的客厅里是否还挂着那张他恭维千叶先生的字幅。感情这玩意儿，前后反差为什么如此之大呢！不管怎么说，千叶宣一的病，显然是由此而引发的，我是抱着愧疚的心情重访北国的。

听说，现在千叶先生已经可以拄着手杖走路了，在电话里传来的话声也比以前清晰多了。他说，要到机场去接我。我想，他毕竟还是个病人，便对他说：先生尚未完全康复，我曾到过札幌，札幌的路我是熟悉的……还没等我把话说完，千叶挚友用坚定的语气说，他一定要到机场来接我。

这时节已是深秋。我走出机舱，迎面拂来一阵阵冷风。我把外衣领竖起，抵御今年初尝的北国的气候。我刚走出海关出口，早已在机场大厅等候的千叶先生，不顾腿脚的不灵便，三步并作两步地迎上前来，展开双臂与我相拥了。他用那北方人高大的身躯温暖着我的身心，我仿佛触到了他那宽大胸膛内扑通扑通跳动的心。千叶包租的车子已泊在大厅出口，他让我上车，我坐在车厢里望着他用右手抬起并慢慢地移动着他的右腿，才能落座在车厢里。我心情内疚和感动交织，久久未能平静下来。

从机场到市区，行车近一个小时。机场路两侧，红叶似火，在燃烧着我们两人的心。我的心暖融融的。我从千叶面部的表情、话语的激越，也可以猜出他的心也是暖融融的。我问候他的健康和工作，他很少谈自己的身体，更多地谈对他现在和未来的事业，也很关心我们的《日本文学史》古代和近古两卷写作的进程。我们两人都有意或无意地暂时避开那个他企盼能让他信服的有依据的敏感话题。

车快抵达市区，千叶宣一说，他在札幌是租住公寓，简陋狭窄，先让我到酒店放下行李，然后领我在一家中餐馆就午餐，然后再到他现在任教的北海学园大学参观。这时我回忆起一桩往事：有一年，我们两人在东京一家酒馆里交盏欢饮，他向我吐露了当年他在札幌做出了成绩，曾遭人嫉妒而被排斥，离开了北海道首府，到了小市带广，后来又以自己的实力回到了札幌。我还记得当时我也谈到我们两人“同病相怜”，都是在“孤境”中奋斗过来的。月梅跟我说过，千叶宅邸是在带广，现在每周周末仍回到带广的家去度假，与爱妻团聚。也许这也算是“历史遗留下来的问题”？

在北海学园大学千叶宣一研究室里，我将那篇大批评式的文章面交给了千叶宣一，我只做了简单的交代，当时我们两人都一阵默然，也许意已尽在不言中。因为我知道千叶先生通中文，夫人千鹤子是中国文学教授，对中文造诣颇深，我深信他们看了那篇文章以后，对是是非非会理智地做出自己的判断。于是，我们的话题又转向对日本文学现状的探讨，以及对21世纪文学的展望。

半天的时间过得真快，不觉间夕阳已透过千叶研究室的玻璃窗照射进来。千叶宣一伉俪设晚宴为我洗尘。席间我们谈兴甚欢，我认认真真地对文静而贤惠千叶夫人千鹤子说，千叶先生有了您这位贤内助，有了您这位精神支柱，从重病中站了起来，将会为自己的事业发挥更大的光和热。千鹤子教授笑了，千叶宣一教授笑了，我也笑了。我在席上一边品尝北国的美餐，一边敞开心扉畅谈我们友谊的长久。近三个小时的晚宴就这样在欢声笑语中度过。

病中的千叶宣一陪同我一天，翌日一早我乘机飞东京，他还是坚持来酒店接我并相送至机场。我们在机场大门前紧紧握手道别，我目送着千叶先生上车仍是像来迎我时一样，用右手抬起并慢慢地移动着他的右腿，才能落座在车厢里。我望着望着，眼睛都模糊了。情不自禁，泪水夺眶而出了。从东京回到北京不久，就接到千叶先生用颤抖的手执笔写来的热情洋溢的信，他在信中说：今天才体会到我们多年前说过的“在孤境奋斗中的苦与乐”。又不久，他两次来电话说：他逐字逐句地读完我那篇收入《樱园拾叶》里的《知音》，激动异常，连身体也颤动了，就情不自禁地要拿起电话筒，与我进行心灵对心灵的交流。同时说他读了那篇（大批判式的）文章，深感人心叵测啊！

我将千叶宣一先生多年前惠赠的大作的扉页翻开，用手摩挲着书赠予我的“人生得一知己足矣”这几个字，久久地落入了回忆与沉思。

《雪国的诱惑》

墨缘浮想六记

我曾写过一篇《翰墨因缘》，谈到与加藤周一的忘年之交；写过一篇《知音》，叙说与千叶宣一的相知以心的交谊，似乎意犹未尽。几十年与日本学人文士的交往，与不少人结下了翰墨之缘，我又情不自禁地浮想起他们一个个的面影。这不得不使我提笔写这篇文章，再点六位文友，以作为《翰墨因缘》和《知音》的续记。

野间宏，这是一个响亮的名字

“野间宏，这是一个响亮的名字。”我曾在一篇随笔中，用它做了篇名。野间宏作为战后派，以《阴暗的图画》和《脸上的红月亮》等优秀作品而享誉文坛，在战后日本文学史上占有崇高的地位。我与他初次相识，是1960年他率日本作家代表团来访，我参加了接待工作，认识了他，以及与他同行的大江健三郎、开高健等年轻作家。但当时适逢反对“日美安全保障条约”运动的高潮，一切活动都围绕着这个政治命题来安排，毛泽东的接见和发表重要讲话，将他们的访华活动推向了高潮。他们访华期间，很少文学活动。加上他已是个大名鼎鼎的作家，我是个刚踏出校门没几年的外事工作新兵，只是对他抱有一种崇敬之情，与他也搭不上多少的话。

我与这位大作家正式结缘，乃是我从事文学研究和翻译工作以后的事了。由于有了第一次的结交，每次我们东渡日本都去拜访他，话题最多的是谈日本无产阶级文学的历史经验和教训，以及战后民主主义文学如何批判与继承，还有探讨战后民主主义文学运动新的走向。当我们撰写《日本文学史》提上日程以后，写战后派文学，野间宏应占重要的地位，我们除了阅读他的作品、搜集第一手资料之外，也希望从作家本人那里获得更多的感性认识，以使笔下的作家人物有血有肉，更加丰满。因此，在我们访日研究日本文学史的计划中，采访野间宏先生是不可或缺的。

岂知我们抵达东京以后，始悉野间先生患了不治之症，也就未去打扰他。

可是，有缘总是能相会。在一次宴席上我们与野间相逢，他知道我们此次来日主要是研究日本文学史时，就主动约请我们再见一次面细谈，我们虽然于心不忍，不愿影响他的健康，但又盛情难却。我们如期赴约，并按预定计划提出我们的问题。野间先生一如既往，娓娓谈着战后派的文学发展的历史，以及透过当前民主主义文学运动低潮看到了另一个新高潮即将到来，唯一一处谈到自己的，是战后他写过一些爱情小说，通过恋爱故事写了战争扭曲人的心灵，但由此引起民主主义运动内部的争论，甚至遭到一些泛政治化者的批判。他谈这个问题时，是非常平静和客观的，更令我对作家走过的风雨路增加几分同情和敬佩。

野间宏是一个现实主义作家，他参加《人民文学》派的时候，抵押了自己的房产，支持走工农结合的创作事业，为进步文学事业做出了贡献。作家本人也写下了像《真空地带》这样的一些优秀作品，从更广阔的视野揭示日本帝国主义发动战争的本质，以及探讨国家与民族、战争与和平的问题，使日本战后的进步文学步入一个新的阶段。伴随着战后巨大工业化，人类面临现代文明危机，人类生存遭到威胁的时候，他又写了小说《泥海》和文论集《新时代的文学》，表现了对现代文明危机下的社会问题的极大关注。

野间始终坚持现实主义的创作方向，但不囿于一种主义。他始终注意作品的思想性，但又不陷于政治主义的窠臼，在艺术上不断求新和创新，不断汲取包括存在主义在内的各种现代意识和现代技法，来充实和发展传统的现实主义，并取得了公认的成功。我们就此求教于野间先生，他沉思片刻，以低沉的语调说：“我的创作方法虽是采取现实主义与现代主义相结合的方法，但并不是盲目地吸收，而是经过筛选、消化，使之日本化。”他又加重语气补充了一句：“我们作家必须扎根于本国的土壤上，从本民族传统现有的东西出发，来吸收外来的东西，这才是作家的出路。”

我想不到这次是我们的最后一次见面，现在他已作古。他最后这句对我们说的话，我想：这不仅是野间宏，凡是作家，只有走这样一条路才能创造自己的辉煌。

小田切秀雄，不知疲倦的人

在参加民主主义文学运动的作家中，我们还与小田切秀雄先生结成忘年之交，他也有着与野间宏类似的遭际。秀雄战后不久，创刊《文学时标》，批判了日本军国主义发动的侵略战争，主张确立民主主义是重建战后日本文学的第一步。否则，一切文学的重建都是沙丘上的楼阁。在战后最大的一场文学论争——文学的主体性论争中，他既批判了轻率地肯定政治与文学的本质是对立的观点，也反对“政治首位论”的主张。

当年年轻的我，读《战后日本文学史》的时候，他这些铿锵有力的话语，给我至深的印象。但当时我只在文字上认识了他，并未谋面，却想象着这位进步文坛的勇士，一定是像《东周列国》中所描述的“拳似铜锤，脸如铁钵”的秦国力士。可是人到中年，与小田切秀雄先生第一次见面时，我简直不相信自己的眼睛，他竟是一副消瘦的脸，柔弱的胳膊，是典型的书生模样。我几乎不相信在精神与肉体的不相称中，他竟能展现如此傲然的风骨和如此超人的风采，不禁让我肃然起敬。

二十年的岁月过去了，我们在不间断的文学交流中成了挚友。他是文学史家，专攻现代文学，著有两卷本的《（日本）现代文学史》，他亲历这段历史，是一位严谨的学者，又是敏锐的文艺批评家，许多我们在书本上读不到的资料，从他那里都能获得新的信息；许多存疑的文学事件或无法解决的问题，也从他那里都得到比较满意的答案。所以我们写史的过程中，向他求教，获益匪浅。

就在我们写《日本文学史》近代卷和现代卷之初，我们将写作提纲寄给他，他阅读了多日后，约我们面谈，他就写史的指导思想、概念的规定、整个史纲的结构安排、章节的调整都提出了宝贵意见，并虚心地听取了我们的想法。他的治学态度是非常认真的，甚至就一个流派如何命名更贴切都进行了再三的思考。比如他认为战后文学史上既成的“无赖派”的名称意义不明确，提出了一个“痛苦的命名‘反秩序派’”的命名，与我们进行商榷。席间，还给我们惠赠他的专著，包括全套的刻印版《文学时标》，这是十分珍贵的研究资料。

这次交谈数小时，后来我们才知道他不仅抱病而来，家中还留有病妻需要照料，在我们深为他对学问的执著和对友谊的珍惜所感动的时候，在我们交谈后未过几天，他又给我们寄来五页写得密密麻麻的信，再就我们的文学史的提纲提出了大大小小总共三十六个问题供我们修改提纲时参考，最后还写了几句情真意切的话。现在时隔数年，这几句话还牢牢地记在我的心头，“不明了之处，请来吧，我可以给予说明”，“请来吧，我还可以提供一些参考书”，而且鼓励说：“写外国文学史是件不容易的事，祝你们发奋苦斗！”

这几年，我们为写史苦斗的时候，这位尊敬的长辈的叮咛和激励经常在我的耳际回响。我手中捧着刚出版的拙著《日本文学史》（近代卷·现代卷）的时候，这位老学者的慈祥面影一次又一次浮现在我的眼前。我们今天的成果，是凝聚着小田切秀雄，以及许许多多像小田切秀雄那样的知交的心血的啊。

我们先后将拙著《日本文学思潮史》《20世纪日本文学史》《日本文学史》（近代卷·现代卷）寄赠给秀雄，我们也先后收到了他的新作《我所见的昭和思想与文学的五十年》《日本文学百年》。文学让我们心连心，我们的翰墨之缘是多么的深厚啊！

大江健三郎，获奖的偶然与必然

与大江健三郎之缘，可以远溯到青年时代，那时候我们都年轻，他是刚走上文坛的新生代，我是刚走出校门的译员，他随野间宏访华，在接待中工作相识，但别后与他久疏联系。我们真正结下因缘，是在主编他的两套文集的过程。

1994年，我们将要离开东京的回国前三天，从日本大众传媒获悉大江健三郎荣获诺贝尔文学奖的消息，那几天他忙于接见记者采访，与评论家对谈，我们给他打了几次电话都无法联系上，便匆匆写了一简短的贺信寄去，便抱着一大摞友人“抢购”来的大江作品踏回了归程，在飞机上不停地读了一本又一本，思考着如何向国内读者介绍他的作品。因为大江健三郎是存在主义作家，有些作品又属探索关于性的人，这些在国内都曾是属于禁区的。也许是由于这个缘故，长期以来，国内译介他的作品，除了一个短篇小说之外，几乎是一片空白。

回国以后，闻知国内文坛对大江获奖普遍觉得突然，有人认为大江获奖存在偶然性，有人认为这里有“黑箱作业”，也有人批评我国的日本文学研究者、译者干什么了，为什么从来没有介绍这样一位重要的作家?!

作为日本文学研究者和译者，我深感有责任向我国读者全面介绍这位作家的作品，于是我一方面写信给大江健三郎商请翻译出版他的作品，并很快地获得了他的同意；一方面与志同道合者月梅、中忱、金龙和光明日报出版社编辑徐晓共同商议出版事宜，且很快成立了编委会，从选题、组稿、翻译、编辑、装帧设计到印刷出版，用不到五个月时间保质保量地完成了5卷本与读者见面。其后我又在大江健三郎的全力支持下，主编了另一套5卷本，由作家出版社出版。在出版者的约请下，编有一套3卷本，也获大江的首肯，全部译稿已交出版者，但负责人以大江作品多写性，大学出版社不宜出版为由，把它搁置下来了。就现在这两套10卷大江健三郎作品集与读者见面后，受到了读者的热烈欢迎。一位评论家评论说："一个诺贝尔文学奖得主的作品，同时走向西语世界和汉语世界，这在文学翻译史上是很少见的。"报刊电台采访了主编者或编辑，提出了许多读者关注的问题：诺贝尔文学奖为什么颁给大江健三郎？是大江走运还是诺贝尔文学奖的恩赐？为什么日本作家两次获此殊荣？为什么中国作家与此奖无缘？

面对这些问题，我觉得文学的问题还是要从文学本身规律去探求，从非文学的因素是不会找到真正的答案的。大江的确是接受萨特存在主义的影响，主要表现在接受人的存在本质观念、发挥文学想象力的表现和追求"介入文学"的影响，但他又是具体通过日本的情况、个人所体验的现代人面临的核危机、残疾危机和性危机来寻找日本现代社会的定势，从而形成大江式的存在主义文学。

于是我就大江健三郎获奖有感，写了一篇《偶然与必然》的文章，谈到大江健三郎的文学对人文理想和人的生命的关怀，正是建立在自己的民族体系中的。他运用存在主义的技法，又扎根于民族的思想感情、思考方法和审美情趣，以及活用纯粹日本式的语言和文体，创造了大江文学，具有特殊性、民族性的同时，又拥有普遍性和世界性的意义。从这点来说，大江获奖不是也可以在其偶然中发现必然性吗。

由于大江的作品与中国读者邂逅，中国读者殷切地期待大江再次访华，以一睹这位诺贝尔文学奖得主的风采，日本文学研究家、翻译家、作家们也希望有机会与他交流文学。这几年，编委会的原班主要人马，全力投入策划此项工作，现在已经取得了初步进展。大江表示一定要与我们做一次文学交流，同时由大江自选、由我主编新5卷本的《大江健三郎自选集》，收入前两套未收录的新作或佳作，我当然相助其成。从年轻时代与大江相识，经历了不短的四十年，我已到垂暮之年，他也不年轻了，我们将再次相会在北京，也许是命运的必然吧。

有吉佐和子，付出艰辛的劳动

在《墨缘浮想六记》中，写了三位男士，女性也应占半边天。这不得不驱使我的后三记中，写与我们墨缘最深、交谊也最密切的女作家。她们是有吉佐和子、曾野绫子、山崎丰子。三人在文坛上有三大才女之称。其中佐和子、丰子还是我翻译文学的对象。

我练习翻译文学作品，第一部不是小林多喜二的《蟹工船》，而是于20世纪60年代初就开始翻译的有吉佐和子的《三个老太婆》，可惜译毕交付出版社不久，一场不要文化的风暴铺天盖地而来了，它的命运自不待言。那年代公开出版的只有小林多喜二的《蟹工船》，以及《在外地主》《沼尾村》，所以我后译的《蟹工船》先于它出版了。当领导上容许出版一些"进步的资产阶级"作品供内部参考的时候，我又翻译了她的《木偶净琉璃》《墨》《青瓷瓶》，还与他人合译了她的长篇小说《恍惚的人》，先内部出版，风暴结束后又公开发行。月梅于佐和子访华时接待过她，也译过她的长篇小说《暖流》。由于这份文笔之交，交往也就更多了，后来我们成了好朋友。

风暴后，我和月梅第一次访日，抵达东京第二天，她就开车到旅馆来，并亲自帮我们一起搬行李，把我们接到她位于杉并区新高圆寺一幢和式两层楼房。她热情地对我们说："她现住一幢洋式楼房，这座和式楼房是用来接待最好的朋友的。一对住在这里的美国夫妇学者刚刚回国，屋内已经收拾好了，正恭候你们到来呢。"此后，我们客居有吉邸，度过了数月做学问的时光。

佐和子不仅忙于伏案写作，还常到各地采风，搜集资料。她不在家期间，她的老母亲常来电话问候，我们也常到她近处的洋楼探望她老人家，彼此相照应。每次佐和子一返回东京，就来到我们住处谈文学，拉家常。我们相处就像一家人一样。

我们谈到她的《恍惚的人》等作品在中国受到热烈欢迎的情形，也谈到根据他的同名小说《华冈清州之妻》在北京公演的盛况。我谈到我翻译她的《墨》，已由北京人民广播电台改编了广播剧，多次播出。因为它生动地描写中日文化交流和传统友谊的故事，播放时收听率很高，并且当面送给她一盒录音带。我们打开录音机，放了广播剧的录音："《墨》是根据日本女作家有吉佐和子的同名小说改编……"这时候，有吉佐和子高兴得有点像天真的小女孩，指了指自己，用生涩的汉语说："有吉，有吉！"此时，作者、译者共同沉浸在劳作收获的快乐之中。有吉乘兴于翌日带我们去寻找另一部小说的主人公茂造老人的"活动"舞台，从青梅街沿着茂造恍惚迷路而走过的路线，走了一程又一程，一直步行到新宿。我们走街串巷，一路上，有吉给我们讲解她如何设计茂造老人迷路的情节，如何刻画茂造的心理。听着作家风趣的解说，我仿佛又走进了再创造《恍惚的人》的世界。

我们客居有吉邸，在与作家的不计其数的文学交流中，谈文学创作的思想、技巧和语言问题，也谈到文学翻译的再创造问题。她说："人物对话，有时不得不使用方言来表现，这样才能更确切，更传神。所以希望翻译家在翻译的时候，能很好地把握这一特点。如果都一律用标准话译过来，说不定会展现出另一个我们所不熟悉的人物形象来了。"我们谈到无论是文学创作，还是文学翻译都是一项非常认真、非常严肃的工作啊！我还记得有吉佐和子最后说过这么一句话："我觉得世上无论做什么工作，没有一件是轻松的，要做出成绩，就必须付出艰辛的劳动。"

"是啊，一分耕耘就得一分收获！"我这样回答了作家。

不久，这位很有才气的女作家在劳累中倒下了。我们每次到东京，都前去探访有吉的老妈妈，并在佐和子遗像前献上一束花，以表悼念之情。如今有吉老妈妈也离世了。但我们与她们结下的情谊是永志不忘的。

山崎丰子，燃烧着一颗坚强的心

我和月梅翻译3卷本长篇巨作《浮华世家》时，还不认识这部长篇巨作的作家山崎丰子。正是著这部书和译这部书，我们有了缘分，二十年来建立了亲密的友谊。我们第一次见面，是中译本上卷出版不久，山崎丰子获悉我们到了东京，特地从大阪市赶到东京，在她下榻的新大谷饭店与我们见面。那天，她穿着一身深蓝色百褶长袖连衣裙，在她那圆圆的脸上架着一副近视眼镜，镜片后面那双眼睛，闪烁着文学家特有的敏锐的光芒。我们与她一见面，握手、拥抱。她激动地对我们说："咱们虽然初次见面，却是一见如故。不知怎的，见到你们，我就情不自禁地感到兴奋和快乐。"

我们以《浮华世家》为中心的话题也在兴奋和快乐中开始了。山崎丰子谈到创作《浮华世家》由于揭露了银行资本家和官僚的种种黑幕，她遇到了种种的困难和重重的阻力，甚至不时收到恐吓信和恐吓电话。她越谈越愤激，我们也十分感动，最后她掷出一句铿锵有力的话："我顾不上这些了，只要活着就要写，就要揭露，就要抨击，一部一部地继续写下去，直到死而后已！"

她文静温和的外表下，燃烧着一颗多么坚强的心啊！我们对她作为一个作家所抱的责任感和使命感，以及无畏精神和对文学事业的执著，不由得产生了敬佩之情。林林先生在我们的中译本前言中概括地说过这样一句话："作为一个女作家，山崎丰子女士能够暴露自己生活在其中的现实生活的丑恶和腐败，如此气魄和胆识实是难能可贵的。"我们将这句话翻译给她听时，她含笑地说："我知道了。我的弟弟会汉文，我让他读了你们的译本，他认为译文很忠实原文，而且译得非常漂亮，我很满意。可惜有的地方删节了。"

作家是多么细心啊。的确，因为我们的社会长期禁锢性文化，又刚刚改革开放，编辑将这部分由于情节需要而作的性描写删掉了，也是符合当时有特色的中国国情的，但是我坚信，现代文明开化了，这个问题是会得到合乎常理的解决的。我将我的想法告诉了她，而且相信《浮华世家》终会有一天以全译本的面貌与中国读者见面的。我们还告诉她中译本发行30万册，很快告罄，大受中国读者的欢迎。我们的话题至此，山崎丰子欣喜地说："中国评价了我的作品，我在中国获得了无数的知音，我很想访问中国，觉得不去中国是一个过错。过去没有机会，我希望有朝一日实现我的愿望，否则对不起中国读者。"在我们分别的时候，山崎又再一次表示了访华的强烈愿望，并请我们一定要将她这一愿望转告亲爱的中国读者。

以《浮华世家》的中译本的出版为契机，山崎丰子的长篇小说《白色巨塔》《女系家族》和中短篇小说《仓田先生》《船场迷》《吝啬人》《讣闻》等中译本先后在我国问世，拥有越来越多的中国读者。山崎也实现了访华的愿望，在作协的安排下，直接与中国读者见面，多方面听取了读者的意见。有了第一次访华，就会有第二次、第三次访问中国，尤其是她为了写反映日本侵华遗留的战争孤儿问题的多卷本长篇小说《大地之子》，多次来华采访，与中国上至领导人下至普通平民百姓结下了亲密的友谊。连她从北京出境归国过关时，海关人员知道她是《浮华世家》的作者，也给予特别的待遇，免检通行。山崎欣喜地告诉我们这件事情的时候，作为译者我们也分享了作者的喜悦。

每次访华，山崎在百忙中都风雨无阻地与我们聚旧，有时在她下榻的旅馆，有时在舍下寒士斋，谈文学，也谈生活。她告诉我们，她的生活是节俭着过的。除了创作初期，她很少写中短篇，每部长篇从构思、收集资料、进行创作，每天工作十二小时，大概需要三五年才能完成。这期间，无零星收入，得靠前一部长篇的稿酬来过日子。可是，当我们告诉她，我们将以全译本的面貌重新出版《浮华世家》，以及由于种种原因而沉睡十余年的、由我校订的《白色巨塔》准备出版时，她却表示老朋友的事，她全部免收版权费。这时候。在我的耳际回响着山崎丰子曾用严肃而自豪的口气对我们说过的一句话："我不是商业作家，不光为钱而写作。每写一部作品，她都要扪心自问：是否对社会负责，对人民负责。"这又一次让我感慨万千。

一次，我们应山崎丰子的盛情邀请，特地从东京赶到大阪市山崎宅邸去拜访她。她对我们说，她很忙，一般不在家中接待客人，只接待过我们中国社会科学院副院长梅益先生，这次很荣幸接待了我们，还留我们住了两宿，白天让她的秘书野上孝子陪同我们逛大阪城，寻访她创作的舞台大阪市的旧商业街，晚上她和我们围桌叙旧扯家常，谈到很晚，谈到夜深人静。夜半，我们回到寝室，山崎丰子回到简朴的书斋，又握起她那支锐利的笔，去歌颂真善美，批判假丑恶。

曾野绫子，火辣辣的感情

我们虽然没有翻译过她的作品，但却与她结下了深厚的墨缘。她，就是日本文坛三才女之一的曾野绫子。我们与她相识之前，不仅读过她的作品，了解她的为文，同时也略知她求真求实的为人，给我们留下了很好的印象。那时在我们具有几千年传统文化的中华大地上，两千多年前的中华文化象征的孔子，也被列为批判的对象，曾野绫子就在那时踏上了中华大地进行访问。

绫子每到一处参观，面对向她批判孔子的人，讲了自己的真心话，不同意批判孔子，于是她被带到北京一所名牌大学，说得好听，就是动用一帮御用学者与她进行论理或对她进行说教，而实际上是进行围攻。这件事，当时听说是被作为对外宣传的成功的典型事例了。

那个时代，我觉得我们不要自己的老祖宗了，不要自己的传统文化了，可是作为一个外国人，曾野绫子面对强大的压力，却敢于坚持真理，为维护一个她崇敬的中国圣人，维护中华传统的文化而勇于讲真话，然我作为一个中国人，一个中国学人，思想上反而处在混混沌沌之中，有时糊涂盲从，有时也有所怀疑，带几分清醒，但都没有讲真话，仿佛讲假话成了此时中国的国民性，因而对于这样一个女作家，我对她这种讲真话的行动是敬佩不已的，内心对自己的无为也深感愧疚。她的这种性格在作品上也有所反映。我读过她的《幸吉的座灯》，通过描写一个司机冒犯“御用专列”“不得倒退”的禁规而不慎倒退了两步，遭来全家之祸的故事，对权势，以及对权势盲目崇拜者进行了有力的鞭挞。

事隔多年，我们怀着一种敬佩之情，到东京田园调布高级住宅区走访了这位女作家。我们的话题自然从这件事情开始。她用平淡的话语回忆说：当时她对辩者说，“你们不要孔子，可孔子的《论语》是滋润了我和我的文学，我将永志不忘”。同时她告诉我们，此前她每年都被邀作为友好人士参加驻日大使馆的国庆招待会，但这件事发生以后就再不邀请她了。然后，她用深沉的语气说，即使遭此际遇，她对中国友好之心不变，对中国传统文化之情不改，她相信中国读者是会了解她这种心情的。

曾野绫子还向我们介绍，她信奉天主教，接受西方文化的洗礼；同时又接受汉文的教育，可以说，也接受孔教的洗礼。的确，她是在东西方文化接合点上塑造了自己，也创造了自己的文学。我们从她的为人和为文，以及对中国和中国文化的情结也深深地体会到这一点。我们安慰她，中国学人和读者是了解她这份对中国的真情的。但我心里想：政治逻辑是千变万化的，由政治家来运筹，变化说快也快，说慢也慢，完全是根据政治的游戏规则而定。比如特殊的年代，将日本定在“复活了军国主义”的位置，三岛由纪夫成了“军国主义吹鼓手”。三岛属于文人，他有小说，有文学论、艺术论，白纸黑字存照在世，学术问题是要用学术的逻辑来运作，一个严肃的学者就要读他的书，实事求是地研究，才能做出一个客观、公正、全面和科学的定论，这就需要时间。所以，我想：曾野绫子这件事的解决是急不得的。

曾野绫子从此没有访华，我们每次访日，只要能抽出时间就去探望她。每次她的先生三浦朱门都在座。他也是日本的著名作家。夫妇两人同时又都是日本战后文坛第三代新人的佼佼者。朱门担任文化厅长官期间，为促进敦煌文物的保护工作和中日文化交流而做过有益的工作，他为官不像官，毋宁说，他是一介书生的模样。所谓一遍生两遍熟，我们第二次见面熟络了。他们夫妇陪同我们夫妇参观了他们现代化的书房，日本式的庭园，素雅的寝室。据说，不是知己，一般是不会让客人进寝室的。可见他们将我们视为知己了。有一次，我们临别时，绫子知道我们是南方人，爱辣椒，特地从庭院里精选了一株自种的小辣椒赠给我们，以象征性地表达他们夫妇对我们火辣辣的感情。返回住所，我们郑重地将这盆红色小椒移植在住所的庭院里，红椒在绿叶的扶持下，显得更鲜艳，美极了。

时过多年，如今这株小椒仍深深根植在我们心中，他们夫妇如火般的热情仍暖融融地与我们心心相通。

《墨缘的浮想》，只是六记。几十年来，我与许多日本学者和作家、诗人、评论家结下了不解翰墨之缘，在这里许多没有涉及，但他们的友情也将永记在我的心间！

《扶桑掇琐》

心灵的交感

——大江健三郎与中国学者四人谈纪实

今秋9月，日本著名作家、诺贝尔文学奖得主大江健三郎先生第三次踏上了中华大地。大江第一次访华是1960年，他是刚踏上文坛的二十五岁年轻作家，当时正值中日两国人民反对“日美安全保障条约”的高潮，访华期间以政治活动为中心。第二次访华是1984年，当年我国反对萨特存在主义余波未平，作为存在主义者，同行人提醒他在华期间不要多说话，他做了一个“没有嘴巴”的人。这次不同了，他说：他“第一次在中国听众面前成为一个有嘴巴的人”。

9月26日作家抵达北京伊始，首晚就与第一次访华接待过他的老朋友林林先生和我们夫妇举行了“中日作家学者四人谈”。这既一次旧友重逢的相叙，也是一次文学与心灵的交流。林林先生简短地回忆四十年前的愉快往事，给大江先生赠送了著作和题字。我和夫人唐月梅向大江赠送了合著的《日本文学史》，我介绍说，其中专设了“大江健三郎”一节，我们告诉他写这一节时，作家的形象与作品中的一些人物形象常常叠印在一起，在我们的脑海里浮现出来。我们的《日本文学史》关于大江的一节，如果可以用几句话来概括的话，大江先生的创作主要运用存在主义的人的生存本质观念、文学的想象力和“介入文学”，来表现他的三重生活体验，即童年少年时代居住在四国森林山谷的享受自然乡土的体验、经历日本人民遭受原子弹轰炸悲痛的体验和承受儿子残疾的痛苦体验，并出色地构建了大江文学的特质。大江先生也为我们签名赠书。

短暂酬酢过后，话题很快就转到文学上来。大江虽然接受存在主义的影响，但他认为“世界文学不存在中心，西欧也不存在中心”，对拉丁美洲的新思潮和中国当代作家发挥文学的想象力表示了极大的关注，所以他的话题就从中国文学谈起，他将中国文学分为前四十年和后四十年，说：前四十年问的中国文学，我读了许多，读了鲁迅、茅盾、老舍、郭沫若、巴金、钱锺书、沈从文等的作品，比如他对鲁迅十分敬重，表示即自己“希望向鲁迅靠近，哪怕只能靠近一步也好”。他读了钱锺书的《围城》，深感其人物富于知性，受到了很大的震撼：中国有如此优秀的作家！林林先生补充说：还有沈从文先生的《边城》也是20世纪的中国优秀作品。大江说：他常想：五四时期，如果日本作家能向中国作家学习，那么日本文学将呈现出另外一番景象。大江接着谈到后四十年的中国文学，表示他被当代的中国文学充满想象力的世界所吸引，多次提到莫言的《红高粱》、郑义的《老井》，对边缘地区的描写得很有力度。

这次“四人谈”的原定主题是大江健三郎的存在主义及其本土化，林林很快将话题拉回正题上来，称赞大江存在主义文学的积极的人道主义精神。

唐月梅接着谈道：“作为一个女性、一个母亲，读到大江小说或随笔中有关他过幼小的脑功能障碍儿大江光听见林间传来的小鸟声，第一次用人类的语言说出‘这是水鸟”，大江先生看到了希望这段描写，我的心受到极大的震撼。大江先生作为光的父亲和作家，将这种切身的体验，通过文学将它提升到对人的生存的关怀，并以一种纯粹日本式的感受性表现出来。”她提出：“大江先生是如何将西方存在主义的理念和技法，融入这种纯日本式伦理观念、纯日本式的思考方法中的？”于是，“四人谈”展开了正式的文学对谈。

大江健三郎：在我的作品中，想象力是最重要的，我认为萨特对此有非常深刻的理解，我从他那里接受了许多影响。什么是想象力呢？即将微小的个人与大社会、大世界联系起来，这是最为关键的，因此我思考广岛问题、核武器问题。同时，我也考虑自己的孩子。我的文学的重点，就是将二者联系在一起，也就是说，我的文学始于存在主义。我不敢肯定我是否具有日本特质，但我希望写描写新日本人的思想，将个人与世界联系起来表现新日本人，即不再重蹈南京大屠杀覆辙的日本人，与有生理障碍的孩子一同生活的日本人。我想，这样的日本人是不会去杀人、去制造核武器的。

林林：在当今现代化的文明世界里，不应该假借科学的文明来做野蛮的屠杀。

叶渭渠：确实如此，大江先生接受萨特存在主义主张的“介入文学”理念，在这方面的表现是十分明显的。大江先生抱有强烈的社会责任感，文学的视野非常广阔，从生活中的残疾儿体验到原子弹受难者生活的体验，并把他们紧密地结合在一起，运用文学的想象力的同时，发挥了积极的人道主义精神。

四人围绕大江存在主义的本土化问题，谈到了人文科学的永恒主题：即文学走向现代化的过程如何解决传承与现代的问题。我注意到大江强调“民族性在文学上的表现”，并在创作中加以实践。在此，唐月梅首先提出了日本传统的“私小说”，一是以第一人称表现，一是描写人的真实，尤其是描写身边琐事的真实。我们注意到大江先生的许多小说运用了第一人称和写人的真实，却又舍弃私小说写身边琐事的传统，而吸收萨特存在主义的“介入文学”精神，将笔触伸向战后史存在的重大问题，从反对侵略战争、反对绝对主义天皇制、反对核试验到反对日美安全保障条约等等。她表示了对于大江对日本“私小说”的传统的批判继承十分关注。

大江回答说：是的，我的许多小说用了第一人称，同时写了人的真实，不过批判继承，也需要发挥想象力。比如威廉·布莱克说一粒沙中存有宇宙，一朵花中包含所有的美。在我体验了广岛原子弹轰炸灾难痛苦之后，在日本人了解了南京大屠杀之后，我已无法再写身边琐事了。德国的阿德鲁诺也说，当德国人了解了纳粹的暴行之后，德国人还能创造艺术吗？

日本存在主义早在20世纪初就已经传播至日本，但当时在日本社会文化的大社会环境下设有适宜发展的土壤，战后经过众多作家的努力才得以再传播，尤其是在安部公房和大江等作家创造性的努力下，完成了存在主义本土化。我国对存在主义文学的翻译介绍，在大的人文生态环境下，处在滞后的状态，到了90年代以后才大量翻译介绍安部公房和大江先生的作品。这也是大江存在主义文学与中国读者邂逅的命运。

保证存在主义本土化的问题，其中解决语言和文体的问题，是非常重要的。在文体上的问题，往往被文学创作者和研究者所忽视。大江对于文体非常重视，特别强调文体对于保持文学上的想象力的必要性，从而确立语言与想象力的相位，这是一个值得探讨的问题，于是我们向大江提出这个问题。大江先生回答说：

首先，存在主义文学的特点是用头脑思考，并通过肉体书写。人既有理性，又有非理性的欲望，我想描写完整的人。“私小说”的作者们静静地描写自己的私事，这是可行的。但是，我想表现具有各种欲望的人，比如怀有强烈的绝望和悲哀等情感的人。我创作时需要经过反复推敲，对人的各种情感进行思考，这么创造出了我的非常复杂的文体。有许多人说我的文体不如三岛由纪夫的美，但我要继续我的文体，因为这是我经过多年反复推敲之后的东西。

“四人谈”是从晚8时开始，时针快指向11时。大江先生虽经过长途旅行，却毫无倦意。我们围绕他获诺贝尔奖后的两部新作《燃烧的绿树》和《空翻》进行了交流。大江写《燃烧的绿树》的时候，东京发生了邪教奥姆真理教施放沙林毒气的杀人事件，他敏锐地意识到邪教对社会、文化和人的精神带来的种种危害。事实上，不仅在日本有奥姆真理教、中国有“法轮功”，在美国、在欧洲、在亚洲、在非洲都有这类邪教组织，危害社会、危害大众。面对这一具有普遍性的世界文化现象，作家抱着强烈的忧患意识，潜心学习哲学，对这个问题进行理性的思考，最后在文学上加以表现，新作《燃烧的绿树》和《空翻》不仅写到新兴宗教淡化宗教意识问题，而且揭示了“宗教空白”的文化生态环境下人所面临的种种社会文化问题，思索日本人的信仰危机意识，对日本人的灵魂和精神进行拷问，以及探求在自己的乡土中寻回灵魂的所在和日本文明的延续。

可以说，这两部作品是大江先生对日本人的灵魂思索的结晶，也是先生迄今的三重生活体验的概括、把握和升华。大江先生说：“我认为当代年轻人如何对待信仰、灵魂的问题以及死亡、未来等问题是非常重要的。因为社会的矛盾和个人矛盾集中地反映在新兴宗教中。作家应该站在信仰者的立场上思考人之所以信仰它的原因，同时，作家还应该告诉人们，这种宗教不可能真正拯救人类，不会真正给人以希望。”

临别时，大江健三郎再一次表示，他这次访华之旅的快乐已经开始了。

《雪国的诱惑》

我的求学之路

俗语云："学无止境，做到老，学到老。"从牙牙学语，至古稀之年，我仍不倦地走着一条求学之路。

我清楚地记得，还不到六岁，父母虽身在南洋，但很重视传统教育，于是在一个天未明的早晨，随旧时的习俗，由祖父在前打着灯笼引路，父亲在后背着我，把我送到一所旧式私塾，学习"之乎者也"，背诵"人之初，性本善"。实际上，老师教四书五经的古玩意儿，又没有讲解，只是摇头晃脑认真地读，反复地读。我虽不解其意，但也与塾友们兴致勃勃地高声朗读，从那带抑扬顿挫的琅琅读书声中，朦胧地感受到一种稚趣。这近两年就读私塾，培育了我求学的最原始的欲望。

小学上了洋学堂后，学习成绩优异。上中学后开始偏于文科，学习是努力的，初中考试一般都在前两三名。我对文学开始产生了兴趣，课外办墙报，学写文章，又习作诗，尽情发挥自己幼稚的想象力。高中二年级开始，国文课的作文兼任教授国文棵的校长的表扬，校长在我的一篇作文上写了"全班首屈一指"几个字的批语，我为此学文的兴趣更浓了。然而对数理化，我则提不起兴趣，考试靠开几个夜车死记硬背，不仅记公式，还按复习题熟背演算结果。老师变了题我就傻了眼。

高中开始，我拼命地阅读进步书报。其时，在当地一所政治上保守的教会名校就读，学生不问政治，埋头读书，数理化和英语的水准是当地之冠。可是上数理化课时，我不好好听讲，却背着老师阅读进步刊物和进步文学，多次被发现，多次被警告，却有多次犯着同样的"错误"。最后只好被迫"自动"退学，转读于一所进步同学比较集中的私办名校，我的习性不改，而且卷进了进步的学生运动，不仅在校内编墙报，担任地下学生会负责人，在校外参加秘密读书会，还担任了当地地下华侨学联机关报《学生报》的主编，对文字工作也就更加投入，而且在政治上、思想上有了进步的要求，逐渐偏离了传统教育的轨道，开始为确立自我而苦苦追求。

恰逢此时，由于当局强化镇压当地的进步运动，一家进步的中文书店被迫停业，收摊回国，让我们象征性地付点钱，将全部书刊留了下来。从此我以更大的热情遨游书的海洋，求学、求知的欲望就更加炽烈。在南洋当地掀起了一股回国潮之下，我也经过曲曲折折，最终投入了祖国的怀抱，踏入了北京大学，就读于季羡林先生主持的东方语言文学系，专攻日本语言文学专业。当时全国解放不久，虽说是日本语言文学专业，但教学主要服从政治和外交事业的需要，以语言的基本训练为主，我对学语言背单词毫无兴趣——用当时的话来说，学习态度不端正，虽然自己学得还很努力，很勤奋，但由于对语言与文学的理解出了偏差，学习很是吃力。然我的心在文学，心在展开想象力的翅膀，连上翻译课做翻译时，也用了“夜幕降临”等一类文学词句，结果遭到了翻译课老师在课堂上的公开批评。在班上成绩平平，对文学课老师刘振瀛先生讲授芥传龙之介的《鼻子》和夏目漱石的《我是猫》的幽默的笑，却认认真真地听，认认真真地领会，大大地激发我学文学的热情，提高了我的文学素养，为我后来从事日本文学翻译与研究打下了虽是初步的、但也是重要一步的基础。

在我们的年代，一切服从组织需要，是没有个人选择职业的权利的。我也渐渐失落了自我，抱着一种年轻人稚幼的“政治热情”，甘做“驯服的工具”，而且带有一定的盲目性，从本质来说，是一种盲从性。于大学毕业后分配到国务院的外事部门，从事当时最需要的对外文化交流工作。当时叫干部，现在称公务员，也算是开始从政了吧。在那机关做过短暂的口译工作后，由于工作的需要，当过领导的秘书，不时为部委首长楚图南、阳翰笙等起草讲话稿，或有关对日文化交流的文章，也搞过日本文化的调研工作，时常工作至夜深人静。尤其是反对“日美安全条约”斗争期间，写了我第一篇调研报告《反对日美“安保条约”斗争后的日本文化形势》，受到了领导的表扬。当时有些文章需要讲究时效，就被招到国务院外事办公室，即时草拟，即时集体讨论、上报审批。我有了更多机会磨炼自己的笔头，更为之乐而不疲。业余时间，或挑灯夜读，或伏案写作，更深夜半始入眠，并已养成习惯，至今未改。

我的工作的努力，受到领导的赏识，时有表扬，虽然毕业不到四年就被提干，当了综合调研？秘书科的代理之职，但由于有海外关系，其后四年人事部门都未正式批准，还是个“代理”，虽有人提出“名不正，言不顺”，当时我很单纯，没有闹情绪，仍如故我，工作干得一样起劲。然这并不是说我全无当官的欲望，因为当时“升官”，就代表“你进步了”，但是，我的当官的欲望不那么强烈，有多学习，多训练做作文章的机会就足矣。幸好我碰上好领导，常常获得阳翰笙、林林二位的鼓励，他们也是文化人，默许我在工作之余，有一块个人自由做文章的小空间。尤其是林林同志支持我写文章、译点小东西投稿，还不声不响地向韦君宜同志推荐，让编辑来约我翻译中篇文学作品。我之所以说是“不声不响”，是因为林林同志从来没有告诉过我，此事是后来我到了出版社工作以后，才听韦君宜同志偶然提及的。

就这样，我在50年代末60年代初，就开始走上了业余写作和翻译文学之路。但是，当时以“阶级斗争为纲”，要天天讲，月月讲，年年讲，频繁地搞政治运动。我自然也积极投入。但我还是在这种艰难的环境下，竭力保持自己求学的小天地。然而，尽管你积极参与各项运动，尽管你尽职尽责地完成了自己的工作，也尽管你的业余求学也会对本职工作相辅相成，起着促进的作用。然而却被人指责为“搞自留地”“打野鸭”和“想成名成家”。

这个问题在伟大领袖亲自发动的、确实是史无前例的“文化大革命”运动中更突现了出来。“文革”之初，我虽不信鬼神，但绝对相信人神，满怀革命热情按照伟大领袖指引的方向紧跟，后来感到跟得很吃力，但也要尽心尽力与伟大领袖“保持一致”，参加斗批过一些“走资本主义道路的当权派”。后来“革命”越深入，越跟越吃力，越跟越落伍，按当时流行的话来说，“革命革到自己的头上来了”，最后批刘少奇的《共产党员的修养》鼓吹“驯服工具论”，我连带被指责为“驯服工具”“走白专道路”。阳翰笙被打倒了，林林被打倒了，因为我是“黑秘书”，了解“内情”，要将我安排在“黑帮连”集中揭发这些“黑帮”，我开始有所醒悟，不再甘愿被人“愚弄”了，所以坚决不依从，被指责为“半路不革命”。我们的单位被军管了，被撤销了，最后整个单位千余人被一锅端。我们全家四口也自然被端到河南农村“五七干校”，接受体力劳动改造。

我一生难以忘怀的，是我多年来求学所买的书，所积累的资料，以及收藏这些东西的书柜，本想暂存留守处，但由于军管会的头头向我们宣布：劳改三年领工资，三年后就当农民靠工分养活自己，如果将这些东西留在北京，就是还有回城的思想。所以，我只好含着泪，忍痛地把这些视作自己生命一部分的图书资料全部论斤当废纸卖掉了，书柜也以等于白送的价钱处理了。自由的天地没有了，我自然也失去了那片艰难地保持多年的不自由中的“自由小天地”。在卖书的当儿，我多了一点心眼儿，将唯一的一部书——《日汉词典》悄悄地保留了下来，带去“劳动改造”，这样才有机会闲时背着人念点单词。

天天体力劳动，从砖厂挖大泥到当猪倌喂猪，体力耗尽，脑筋却变得轻松了。“坏事变好事”，我有机会暗地里慢慢地恢复自己已失去多年的独立思考的能力，开始独立地观察一些政治问题，独立地思考一些社会现象，以及在脑子里总结自己走过的路。

“文革”的十年，也就是我青壮年时期，我失去了许多，也捡回了我最重要的失去。这时以来，我不断亲历了千变万化的政治艺术表演，饱览了各种政治人物的出色“变脸术”，令我目不暇接。这时候，也只有这时候，我才懂得一丁半点从年轻时代起就追求的政治，也才最终通过种种“文革现象”真正认识了政治的规律，我又深感自己无法在这种政治规律中把握自己，遂开始下“从清水寺舞台跳下去的决心”，弃政从文，弃仕从学，完全走求学问之路。

于是，三年“劳动改造”，三年的独立思考，第一次尝试寻回自我，第一次鼓起勇气不服从组织分配回到外事部门，提出了舍仕从学的坚决要求，几经周折，冲破传统的条条框框，才获准脱离外事部门，到出版社当外国文学编辑，又走过曲折的路，最后进入中国社会科学院日本研究所，婉谢所长两次盛意聘我当研究室主任，在后半辈子甘受寂寞，集中精力从事自己志向的工作。

我到出版社之时，政治闹剧尚未结束，一切还“政治挂帅”和“大批判”，我已渐渐失去“文革”初期那种天真的热情。当我们出版社出版了一部反映小学教师生活的《园丁之歌》遭到了全国性大批判的时候，我不知天高地厚，坚持认为宣扬“尊师重道”的优良传统没有错误的观点。有位好心的同事得知是第一夫人点名批判的，规劝我不要再坚持下去，我却“不识时务”，如此这般的事发生多了，在自然没有获得直接管理者的“重用”，但业务上又得依靠我。我有时“不心甘情愿”，有时也“心安理得”，埋头于自己心爱的文学，尽量多编些书，多译点书，当然也都是“供内部参考”的书，因为当时能公开出版的书，屈指可数，只有《毛主席语录》和八个样板戏剧本、小说《金光大道》等等。

在当时的条件下，译书是不让译者，尤其是未成名的译者署名的，我合译了一些单行本和译了相当一部分鲁迅与日本友人的往来书简，也是不让署名的。我本无此自知之明，以为我是新中国成立后培养出来的，不属“资产阶级知识分子”之列。我的管理者“严肃”地向我指出，只有工农兵学员出身的才是“无产阶级知识分子”，像我这类当属“资产阶级”之列。也许我们“臭老九”的名字太“臭”了，署了名会“污染”读者，更会“污染”社会吧。我第一次署名的单行本是小林多喜二的《蟹工船》和电影剧本《沙器》，那是政治闹剧落幕以后的事了。这时候，结束闭关自守，开始改革开放了。我才有机会，也才有能力独立思考着如何摆脱在长期极“左”思潮影响下译介日本文学的偏差，也才有能力清理自己头脑里的极“左”思想，选择编辑和翻译属于

“资产阶级”的文学。我记得当时编辑部制定一套“日本文学丛书”时，我将川端康成小说选作为一卷列入计划中。当时管理者唯担心这卷会引起非议，有一定风险。我觉得介绍日本现当代文学而无川端康成，则是甚为不完整的。因此自愿承担这一项目，选择自译这一卷。我也从此与川端康成文学结下了不解之缘，并成为我研究日本文学的重要切入点之一。这一点，在小文《与川端康成邂逅的命运》已经谈及。如果说，我们翻译研究日本文学以川端康成作为切入点，遇到小风雨的话，那么要将无论在精神结构还是艺术思想都比川端康成复杂得多的三岛由纪夫作为第二个切入点，定会遭到更大的风雨，这是意料之中的。但是，我既然选择了我求学之对象，我就会执著我的选择，任何风雨都是阻挡不住的。

我最早接触三岛由纪夫其人及其文学，是做文学编辑之初，遵命在短时间内编辑出版三岛由纪夫的《忧国》和《丰饶之海》四部曲，供批判用。当时手头别无三岛的其他作品或任何三岛文学的研究资料，编好了这几部作品，我头脑里还是空空的。但当时三岛由纪夫及其文学被定位在一个特定的政治概念上，见诸文字的主要是一份专供第一夫人御览的刊物《文艺专辑》，它定论是三岛“主张恢复天皇制，重建武士道，再次发动侵略战争”，三岛的作品“贯穿着武士道加色情的黑线”。从严格意义上说，这是按特定历史时期的既定材料来定性的，实证和理论都很不充分，而且大多是政治概念性的。“文革”结束后，很长很长时间“两个凡是”仍然束缚着人们的独立思考。我的头脑中仍然无法拂去扣在三岛由纪夫头上的大帽子的影子。因为我没有足够的材料去肯定或否定过去的定性，又苦恼于不能人云亦云，处在一种混沌的状态之中。作为一个学者，我深知对作家下定论的唯一依据是事实，而不是别的。如果不掌握和精心阅读第一手资料，如果不科学而完整地进行独立的研究，如果依然遵从那个时代的偏执性和情绪性，那就不是一个学者应有的态度。对一个学者来说，对三岛由纪夫及其文学的复杂性进行再探讨，重要的是：一、坚持做学问的基本原则，即实事求是，也即坚持客观性和科学性；二、坚持独立思考，要有自己的批评思想，自己的理论支撑，即自己主体意识。因此，选择三岛由纪夫的研究课题更具挑战性。

也许我们与三岛由纪夫文学有缘，80 年代中期时任文联出版公司外编室主任、夏衍学生的女儿沈宁找月梅翻译日本小说，遂向其推荐了几本，其中包括三岛由纪夫的《春雪》。他们很有胆识，请示了中央有关主管领导人，就果断出版，推动了一批三岛作品与我国读者见面。尽管如此，我们仍没有足够的第一手材料对三岛由纪夫做出公正、客观、全面的评价。但以《春雪》的问世为契机，我们80年代末访问美国和日本的两年期间，借阅到《三岛由纪夫全集》全35卷并收集到不少相关的研究资料，才一步步地走近真实的三岛由纪夫，走近真实的三岛由纪夫文学。月梅著的《怪异鬼才三岛由纪夫传》问世了，我在一些重要的文艺报刊也发表了有关三岛文学再思考的文章或遍选三岛文学专辑，给予三岛由纪夫及其文学以实事求是的比较符合客观实际的评价，进行了政治的批判和学术的批判，同时也带来了一个迟来的认真研讨三岛文学的学术机运。

但是，三岛由纪夫及其文学在我国命途多舛。当中、日、美三国学者在武汉齐聚一堂共同研讨三岛由纪夫文学的时候，有人故伎重演，状告我社科院不成，便以一个什么研究会会长的“责任感”，自己本人，还怂恿别人分别向非学术部门打小报告，企图引进政治来干扰正常的学术讨论。我觉得一个真正的学者，面对学术上的不同观点，应该光明正大参与进行学术讨论，公开的学术的批判，乃至无情的说理的批判，这都是很正常的。但是，我们的有关论文和专著公开发表几年来，未见这个告状者发表过一字的批判文章，相反，他自己也随人之后重译过三岛的作品，而且还给中学生杂志投稿，向我国少年介绍不应属于未成年人鉴赏的三岛的东西，后遭退稿，可是遇上一阵“政治风”，就趁机试图用其惯用的手法，来达到不可告人的个人目的，这就超出学术的范围，是极不正常的现象。更奇怪的是，这个告状者于抗日胜利四十五周年之际在日本出书，于简历中亮出自己在日本侵占我国东北“1945年8月15日以前，任县、省‘政府’文官”的历史。也许读者读到这里会感到惊愕，最初我也愕然，不敢相信自己的眼睛。因为与他告状和指责别人“为三岛由纪夫军国主义翻案”的“壮举”实在是对不上号，然而白纸黑字，无论有多大的魔法，也是已经无法抹掉这两副截然不同的面孔——一副反对“军国主义三岛由纪夫”的面孔，一副时至今日仍抱着伪满时期“忠诚感”在宣扬自己为军国主义效劳丑史的面孔。至此告状者的目的，司马昭之心路人皆知。如果一个学者不靠学问求生存，而乞讨别的什么，从而在学术上就失去生命力，实是太可悲了。我清楚地记住了尊敬的前辈著名学者任继愈先生这样警醒的话语：“1949年以来，往往领导上有个什么想法，只言片语，下边听到一点儿风，接着就往那儿刮。这是糟蹋学术。学术得有点尊严，不能翻来覆去。（中略）领导上的政策改了就改了，可是学者怎么改？已经印成那么厚的书了，改不了。”我就是依照时贤的这种求学做人的精神，去迎接一场又一场的奇风怪雨，努力培养做人所需要的道劲的风骨，努力追求学问上的真理。

的确，学术是有尊严的，学术是学者人格的再现，不容随意受到糟蹋。检验学术的真伪，还是须遵循“实践是检验真理的唯一标准”，而不是别的。一位严肃的学者仔细读过了三岛的作品以后，给我一封信，谈及自己的体会，让我十分感动。他说：“对于三岛由纪夫，我们以往太没有自我了，总是跟着定的调子随声附和，连他的人生也不了解，连他的作品也根本不看，如何能跟着把一个独具天才、著作等身的日本现代大作家轻易地定性为军国主义呢?”

在面向21世纪的今天，三岛文学中的精华与糟粕将会遭遇什么样的命运?有的学者提出这样的问题。我相信：风雨过后必然迎来晴朗的天。一本由中、日、美三国学者合作主编的《三岛由纪夫研究》问世了。两套各10卷本的《三岛由纪夫文集》先后问世了。我相信广大读者对这位怪异鬼才的作家会做出公正的判断的。群众，也只有读者群众才是真正的判断者。所以我对于三岛在我国的命运，与对于当年川端康成在我国的命运一样，是持乐观态度的。我很赞赏作家莫言这样一句话：“三岛是为文学而生又为文学而死，他是个彻头彻尾的文人。他的政治活动骨子里是文学的和为文学的，他的死也是文学的和为文学的。研究三岛必须从文学出发，用文学的观点和文学的方法，任何非文学的方法都会曲解三岛。”“三岛本没有难解之处，也是最后那一刀使他成了谜，但几十年后，人们还在关注他，研究他，谜也就解开了。”

我们选择了川端康成、三岛由纪夫这两个至难解读的、要冒一定风险的、但却在日本现当代文学史占有重要地位而不能被忽视的人和作品，作为我们求学问的切入点，目的是从严从难入手，以点带面，进一步全面深入挖掘日本文学的矿脉，同时走前人所没有走过的路。

我走的求学之路，是曲线的求学之路。从业余“打野鸭”开始，积累了初步的知识和方法。走上文学专业之路，以编辑为主，间或译点东西、写点小文章，主要还是“为他人作嫁衣裳”，但我没有满足于此，我加紧学习文艺理论，以弥补自己的先天不足，增添几分后劲。但是，我没有想到我年已五十四，还有机会踏上了我国最高的学术殿堂——中国社会科学院，实现我苦苦追求的最终的梦，有机会将我几十年来的求学求知的积蓄，集中提升，化作文字，留于社会。

求学的过程中，我不断受到越来越多像蜘蛛网似的人际纠缠，又不断摆脱这种纠缠，寻找到一块属于自己的净土，把阻力变为动力，才能以著述为主，译、编为辅，使著、译、编相辅相成，逐渐达到三者融合为一体。从此，我除了读书，除了写作、翻译，除了与志同道合者磋商学问，其他基本上无所求。我说“基本上”，是凡人都有欲望，我也无例外，不能说全无，但力求少些、寡些，集中心力在求学上，集中时间在求学上。即使在风雨中也力求保持一片净土、一片平静的心。我深感维系学术生命的基础，是勤奋，是不断耕耘，又不断地充实自己。所以，我们以“寡欲勤奋”作为座右铭。挚友、著名书法家谢德萍还将它题写成横幅相赠，挂在寒舍的“寒士斋”北面墙上，四个苍劲的字整天凝视着我们，时时鞭挞着我们。

我们从事文学之初，就萌生了撰写日本文学全史的念头，于80年代初提上了日程。但日本海内外已出版的同类著作实属不少，前贤时人并已取得非凡的业绩，要避免雷同，有所突破，有所创新，写出自己的特色，实非易事。所以多年来，不敢轻举妄动。然而，决心既下，就必须自己一步一个脚印地走下去。在国内学术界掀起重写文学史、重写学术史的风气中，我经过独立的思考，重新认识文学的观念和价值，探究研究方法论，探讨日本文学、日本文化在本土与外来、传统与现代的关系这个贯穿于古今的人文学科的永恒主题，以及文学与其他边缘学科关系等一系列问题。与此同时，除了阅读作家、批评家的原作外，尽可能多地学习各家的日本文学史专著，研究他们的材料、观点和方法，扬长避短，博采众长。只有在先行者的实践基础上，经过自己的实证，提升为理论，才有可能有所发展和创新。我深感学术的发展有其传承性和连续性，在沙滩上是不可能建成坚固的学术“楼阁”的。

这样走下来，我们的求学问、求知识的路就会越走越宽广。我们的著、译、编从川端康成、三岛由纪夫走到大江健三郎、安部公房、芥川龙之介、横光利一、谷崎润一郎，走到古今的散文随笔世界，同时走进了日本文学思潮史、日本文学史、日本文明史，并开始迈向日本美学史。当我们完成著、译、编100卷之时，京、津的学友们举行了庆贺会，洋溢着激励，也充满着期盼，场景十分感人。我经常接到长辈、同行、编辑、各阶层的读者来访、来信鞭策、磋商、鼓励和批评。我也常常获得许多日本名学者、名作家、名评论家到一般友人的“物心两面”的支持，不时互相切磋学问，还给我提供宝贵的讯息和图书资料。总之，感人至深的事例，不胜枚举。我手中捧读一位称是我的“崇拜者”的读者来函说：六七十年代读到我的著译作，推测我是七八十岁了，八九十年代读到我更多的书，问我是否五六十岁的人，并对我提出很大的期待。这许许多多熟悉和不熟悉的人们的激励和支持，让我感动不已。作为学者，读者是延续我的学术生命的力量。有了这种力量，我的笔没有停下来，我的人生更加丰富。

回顾我走的路，我深深地体味到：学问是最个人的，也是最社会的。因为它需要个人的独立思考，需要个人的奋斗，同时也需要社会的支持，而且作品一旦问世，它就不单纯属于个人，而是属于社会了。

我现已年过古稀，愿做人光明磊落，做学问刻苦勤奋，在一片属于自己也属于读者的净土上，继续不倦地耕耘，继续焕发迟暮的学术活力……

路，是人走出来的。求学之路，是学者自己走出来的。这就是迄今我走过来的求学之路，也是我余生继续要走下去的路。

《雪国的诱惑》

译介三岛由纪夫文学的风风雨雨

——读《从三岛由纪夫的国际会说起》随感

读文洁若女士的《从三岛由纪夫的国际会说起》（《博览群书》2005 年 12 期）一文以前，我曾读过她写的《文学姻缘》（湖南人民出版社 1997 年版）的序文。在那篇序文里，她同样谈到这次流产的原拟于 1995 年 9 月举行的三岛由纪夫文学国际研讨会，不点名地指责我“居然置民族感情于不顾”，我多年来没有作任何回应。现在她再写了《从三岛由纪夫的国际会说起》，抓住当前中日关系比较紧张的时机兴风作浪，企图掀起一次新的批判。这篇文章，不仅是针对我个人，而且也反映了如何对待学术和学术不同见解的问题，如何做人为文的问题，以及如何对待当前复杂的中日关系问题，我就不能不说上几句了。

第一个问题，文洁若在这篇文章中一开头就说了假话。她说：今年 10 月 14 日的《文汇读书周报》上刊登特约记者高立志先生专访我的文章《学者回归学者，学术回归学术——专访日本文学专家叶渭渠》后，她的三十多位朋友询问她，叶渭渠对记者所说的向上汇报破坏这次国际学术会议的“自命为头号日本文学家”是谁，她说是李芒。然后又说：“几周来，我（指她）打了不少电话，才把事情的来龙去脉弄清楚。”她究竟弄清楚了什么呢？除了写上了“时任日本文学会会长李芒”几个字以外，其余完全是一字不漏地照抄我对记者谈到这个问题的一段话。至于告密者是谁，也不用打听，因为李芒在几年前发表的一篇文章已经公开承认是他做的。文洁若所以煞有介事地说“三十多位朋友询问”，她花了“几周”打听，是想让有关领导知道，叶某此时此刻要翻三岛由纪夫的案，已经激起群众的强烈反应。

多年以来，与会学者和许多同行，以及《朝日新闻》记者都关切地问过我，这次三岛由纪夫文学国际研讨会突然被取消的原因。这次《文汇读书周报》特约记者也问到我译介三岛由纪夫文学的遭遇，我就点到为止，更没有公开点名，这是有分寸的。现在既然有“三十多位”读者要了解真相，文女士花费了“几周”时间搞来的，却又还是“点到为止”的话，就好像我要隐瞒什么似的。所以现在还是让我借这个机会，将详细经过向读者汇报吧。

文洁若说李芒“神通广大”，知道有这个三岛由纪夫文学国际研讨会。这个会是武汉某大学主持，邀请全国主要大学数十位日本文学专家参加的公开会议，还邀请北京、武汉多家媒体参加采访。李芒知道有这个会，是日方首席代表、也是他的好友千叶宣一先生写信并附上其接见《朝日新闻》记者谈到这次会议的报纸剪报寄给了他，并不需要什么“神通”。他的神通在于他知道这个会之后，就向我所任职的中国社会科学院打小报告，歪曲说我们这个会要为三岛由纪夫“翻案”。院有关领导打电话询问我两个问题，即一、这次会议，是否涉及中日关系问题？二、是否有日本记者参加？我做了否定的回答后，领导就没有对我参加这次会议表示不同意见。这是1995年9月23日的事。李芒先生见未能达到目的，便于同月25日，以“日本文学会会长”的名义，同时唆使我院外事局一位不明真相的副处长，分头写信给一个非学术、非教育部门，密告我们这个会是为三岛由纪夫这个军国主义作家翻案，以引进政治和行政来干扰正常的学术讨论。于是，同月26日上午，这个部门就通知校方：由于当前中日关系微妙，延期召开这次会，并向外宾言明并非因为三岛由纪夫本人的问题。26日中午，我们与日、美学者抵达武汉，主办单位与作为中方首席代表的我，先商讨如何向日、美代表们公布这件事。当日晚，主办单位举办完欢迎晚宴后，就向中日美三方首席代表宣布了这件事。我因预先知道，同时经历过历次运动，这等事见怪不怪了。千叶宣一先生大概没有这种经历体验，听了宣布这一消息时，他嘴角肌肉抽搐，吐出了一句，“假如我有三岛由纪夫的勇气，我就要剖腹自杀了！”事后，李芒先生尽管自认为是“代表了全中国人民的意志”，而且又有“民族良心的人”，却几乎在所有场合都矢口否认是他告的状。一直到了1999年3月写了一篇大批判式的文章《三岛由纪夫的反动言行不能翻案》（收入《采玉集》，译林出版社版2000年版）里，第一次承认是他干的，然后像文女士一样，义愤填膺指责我“民族良心”到哪去了？同时连带将日美学者也大批一通，如此等等。

谈到这里，读者肯定会以为李先生很有民族良心。不过且慢！李先生于抗日战争胜利四十五周年在日本出版了一部《山头火俳句集》，在该集作者简历页上却印上他在国内出书从不敢亮出的一段简历：“1945年8月15日以前，任县、省‘政府’文官。”所以当千叶宣一先生知道破坏会议的告密者是某人之后，只慨叹地说出一句话：“人心叵测啊！”

第二个问题，文洁若的政治神经很“敏感”，操作手法却粗糙而低劣。她在文章中将这个十年前的问题，与当前的“小泉参拜靖国神社”“日美全面加强一体化”等等事件拉扯在一起，是企图借此煽动一些不明真相的人的情绪，破坏中日人民和文化界至今保持的信任和联系。

是不是真的出于“爱国的赤诚”，“民族的义愤”呢？似乎也不是。在这里我想顺便说一件事，或许有助于读者对问题的了解。那就是1985年，文洁若曾经“深感荣幸”地去了日本，如今在中日关系紧张之时，她却出来煽动情绪，在一篇题为《九一八事变七十四周年感怀》（《大公报》2005年9月25日）的文章中说，她恨日本人，“在日本的一年，度日如年，还没到1985年底，已把回国的行李打点好了。”她早就应该知道日本帝国主义侵华的滔天罪行，可是，她为什么要在1985年又想方设法向日本国际交流基金申请，主动把脑袋钻去日本呢？事情不止如此，到了2002年，她又昧着良心去乞怜她不喜欢亦无好感的日本政府的一个“表彰”。据报道，当她从日本政府官员手中接过奖状和银杯时，“她的眼睛禁不住湿润了，心中无限感慨”。这样两副面孔，实在把人搞糊涂了。顺便说一下，她的银杯和奖状，在某种程度上还是骗来的。关于这个问题，还是引用当时日本方面表彰她的公开材料来说话吧。

日本外务大臣发表的受表彰者简介如下。

> 文洁若女士自1951年开始在人民文学出版社工作，在长达四十多年的时间里，一直致力于日本文学的翻译和出版事业。编辑和校对之余，她将《井上靖小说选》《石川啄木诗歌集》等大量日本文学作品翻译并介绍到了中国。她将这些翻译工作的集大成——包括《源氏物语》《川端康成小说选》等共三十卷在内的《日本文学丛书》视为毕生的事业，其中25卷已经完成并得到出版。此外，文女士还发表大量关于日本文学的评论和随笔，为中国的日本文学爱好者的增加做出了贡献。此外，她还担任北京大学和中国社会科学院日本文学研究生的毕业论文的审查委员，为指导和培养年轻研究者和翻译者尽心尽力。

当时北京多家媒体报道了如下相同内容的消息：

> 文洁若女士从1951年开始在人民文学出版社工作，在长达四十余年的时间里一直从事日本文学的翻译和出版工作。编辑和校对之余，她将《井上靖小说选》《石川啄木诗歌集》等众多日本文学作品

> 翻译并介绍到了中国，而这些翻译工作的集大成者，则是她视为毕生事业的翻译巨著——由《源氏物语》《川端康成小说选》等共30卷组成的《日本文学丛书》。

引用至此足矣。众所周知，表彰列举的四部译作中，《井上靖小说选》是唐月梅译的，《石川啄木诗歌集》是卞立强等译的。收入《日本文学丛书》的《源氏物语》是丰子恺译的、《川端康成小说选》是叶渭渠译的。凡是略知日本文学的中国读者，都会知道这不是文洁若翻译介绍到中国来的。至于我国记者没有报道她“担任北京大学和中国社会科学院日本文学研究生的毕业论文的审查委员，为指导和培养年轻研究者和翻译者尽心尽力”的原因，我国读者读后自明。有一位大学教师看到这一消息，不无感慨地对我说：“读后颇感吃惊，国内学术腐败之风竟然漂洋过海，其‘勇气’实在可叹。”为了日本官方的一个“表彰”，就能这样糟蹋中国学人的声誉吗?!

第三个问题，是如何对待不同学术观点的问题。李芒和文洁若所谓“翻三岛由纪夫的案”，我不知这个“案”是谁定的。我只知道“文革”期间，见诸文字的主要是一份专供当时第一夫人江青及康生、陈伯达等中央文革成员阅览的刊物《参考消息文艺专辑》。它的一篇文章说，三岛是“主张恢复天皇制，重建武士道，再次发动侵略战争”，三岛的作品“贯穿着武士道加色情的黑线”。我在《我的求学之路》一文中说过：从严格意义上说，三岛“案”是按特定历史时期的既定材料来定性的，实证和理论都很不充分，而且大多是政治概念性的。作为一个学者，我深知对作家下定论的唯一依据是事实，而不是别的。如果不掌握和精心阅读第一手资料，如果不科学而完整地进行独立的研究，如果依然被那个时代的偏执性和情绪性所影响，就不是一个学者应有的态度。对一个学者来说，对三岛由纪夫及其文学的复杂性进行再探讨时，最为重要的是：一、坚持做学问的基本原则，即实事求是，坚持客观性和科学性；二、坚持独立思考，要有自己的批评思想，自己的理论支撑，即自己的主体意识。因此，选择三岛由纪夫的研究课题更具挑战性。我与《文汇读书周报》的特约记者也重复强调了这一点。

也许我们与三岛由纪夫文学有缘。80年代中期，文联出版公司请唐月梅翻译日本小说，唐遂向其推荐了几本，其中包括三岛由纪夫的《春雪》。他们很有胆识，请示了中央政治局有关主管领导人，经同意后，就果断出版，推动了三岛由纪夫的一批作品与我国读者见面。尽管如此，我们仍没有足够的第一手材料对三岛由纪夫做出公正、客观、全面的评价。但以《春雪》的问世为契机，我们在80年代末访问美国和日本的两年期间，借阅到《三岛由纪夫全集》全35卷和收集到不少相关的研究资料，我们这才一步步地走近真实的三岛由纪夫，走近真实的三岛由纪夫文学，才主编了一套十卷本的《三岛由纪夫作品集》（作家出版社1995年版），唐月梅才撰编了《怪异鬼才三岛由纪夫传》，同仁们也发表了不少文章，从不同视点对三岛由纪夫及其文学进行了历史的批评和美学的批评。国内对三岛由纪夫及其文学在学术上存在分歧，同时也带来了一个迟到的认真研讨三岛文学的学术机运。正因为如此，在我国召开这样一次国际研讨会也是正常的，如果不是有人破坏的话，还用得着文洁若女士指点应该在广岛、夏威夷召开吗？为什么连这个问题也硬要拉扯上政治问题，多么无聊！这不是完全跨过了正常学术批评的界限了吗？第二年，我们将准备在这次会议上的三国代表们的发言稿，结集出版了《三岛由纪夫研究》（开明出版社1996年版。内中有个别学者并不是与会者，听说我们在编这个集子后主动投稿的，在此声明。）这是一次认真地对三岛由纪夫及其文学的学术探求，是一次真正的学术上的百家争鸣。据报道，国家图书馆今年11月份文艺类图书借阅排行榜的十四本书中，《三岛由纪夫研究》一书排行第九位！这是文洁若、李芒们可能想不到的。读者们看看这本书，就知道我们这次被迫流产的“三岛由纪夫文学国际研讨会”在学术上的认真探求，与会同人做学问的求真求实的精神和态度，这绝不是个别别有用心的人所能“妖魔化”得了的。

可以说，我们研究三岛由纪夫的一些遭遇，许多是人为制造出来，是超出学术的范围，是极不正常的现象。多年来，我发表了《三岛由纪夫的精神结构与美学》《“三岛由纪夫现象”辨析》《“三岛由纪夫热”再思考》等多篇文章和序文，对三岛由纪夫及其文学进行了具体的分析和批评，并在回答《文汇读书周报》的特约记者时曾概括地谈到我一向的观点，但奇怪的是，几年来，未见文洁若对我的观点进行过学术性批评，这次应该有所批评了吧？但是，在这篇《从三岛由纪夫的国际会说起》一文中，我们所看到的，却还是采用一贯的手法，联系当前中日关系等政治问题无限上纲上线，仍然未见到她有半句学术性批评，倒是采用了一位不是学者的外交官对三岛由纪夫的批判，而且这部分字数占去了2344字（字符数，下同）；还有她用几周时间所谓调查却是文抄公的那段文字，占224字；还有引用了一段与讨论三岛无关的277个文字。她的这篇所谓《从三岛由纪夫的国际会说起》全篇4334字，实际上有65%的字数是抄别人的东西，这就涉及一个做学问者的态度问题。

还有，在李、文两人中，一个人一边上纲上线批判别人，一边却又翻译出版三岛的作品，又向一家中学生杂志投稿，向我国少年介绍不适合未成年人鉴赏的三岛的作品，被杂志社退了稿；另一个人则一边批判三岛的《金阁寺》是“反映军国主义情绪”，《春雪》是“鼓吹军国主义”，自己却又翻译出其中一篇作品出版，这样思维的混乱，逻辑的颠倒，达到令人难以置信的程度。他们不愿好好安下心来，多读几本三岛的书才发言，而一味热衷于专门算计别人，这就难怪他们写不出一篇像样的有学术性的批判文章来。为学为人者走到了这一步，悲乎?!

最后，我还得再说几句话：《文汇读书周报》特约记者问到我“目前微妙的中日关系，是不是给中日文化交流造成很大麻烦?”我说：“中日文化交流，首先是文化的。目前微妙的中日关系，对它的影响不是太大。”现在读了《从三岛由纪夫的国际会说起》一文，以及看到了该文作者所作所为以后，我想在这里补充一句：文化交流，是人民对人民的心灵交流，当前人民，特别是文化知识界，更需要通过中日两国人民的文化交流，进行沟通，加深了解。今年我应约写了一篇小文，谈到有关中日文化交流的历史和现实意义，题为《文化求索与东瀛》，编辑发表时，改为《彼此包容，互相感动》（人民日报2005年2月22日国际副刊版），当时我未能完全了解其意，我现在已清楚其点题的深远意义。尤其是最近读了《人民日报》报道，为贯彻胡锦涛主席就发展中日关系提出的五点主张，进一步加强中日民间友好往来，中国日报社、北京大学与日本“言论NPO”组织，在北京举办首届中日关系论坛，强调了开创民间交流新平台的重要意义。因此，大家都会明白，在国人来说，面对当前的形势，应该相信我国政府能够解决好当前复杂的中日关系问题，冷静以对，警惕有人抱着某种目的，摇唇鼓舌，企图煽动人们的不当情绪，干扰中日两国人民间文化交流与友好事业!

原题为《学术腐败风漂洋过海》，刊于《日本新华侨报》2006年1月8日，收入此集，略作修改

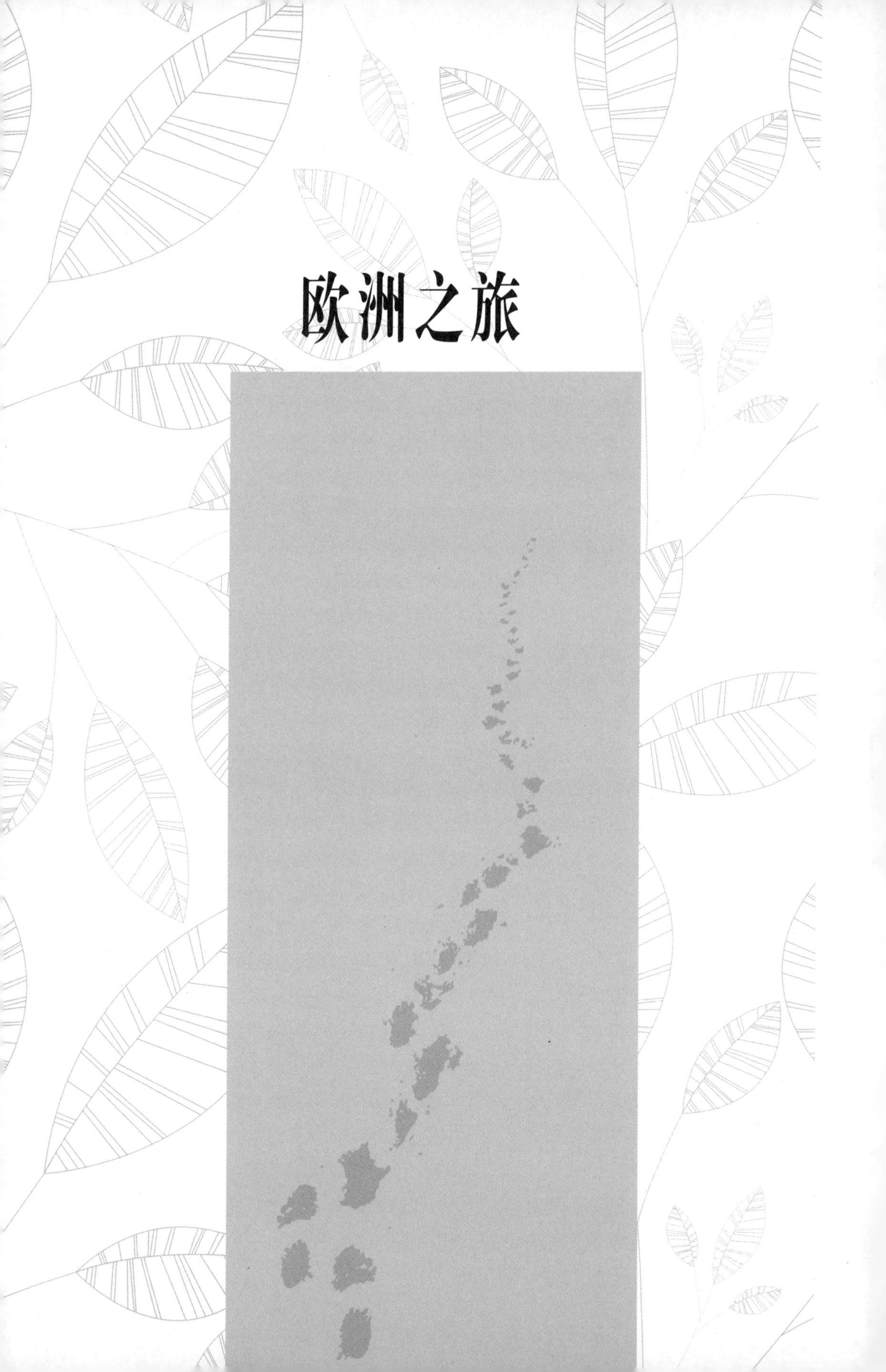

欧洲之旅

伦敦行记

编织已久的欧洲之旅的梦，终于在2004年春光明媚的季节圆了。我们于美西时间8点45分从旧金山机场出发，经由华盛顿转机，飞行了十多个小时，于当地早上抵达欧洲的第一站——伦敦。伦敦素有雾都之称，一年之中没有几天能见阳光。我们很幸运，伦敦以晴朗的天，迎接了我们这些远方的来客。

伦敦是一座古都，它的历史始于公元1世纪古罗马时期，很多地方还遗留下了各个时期的古建筑。大英帝国又到处掠夺，也收藏了不少世界各地的文物。建馆二百五十多年的不列颠博物馆，又称大英博物馆，收藏了比较齐全的世界文物。该博物馆主要以国家或地区划分展馆，分有东方馆、埃及馆、西亚馆、希腊罗马馆、非洲馆、美洲馆和英国馆等，各个展览馆陈列出来的部分古文物，就是掠夺他国文物的一个有力的见证。我们参观了其中的东方馆、埃及馆。在东方馆里，颇有中国的东西，专辟了中国展览厅。我在那里，目睹许多在我们故宫博物院展厅里都看不到的一些原始土陶器、青铜器物和壁画佛像、罗汉木像，心中不禁涌上一股激愤之情，这不是英帝国从历次侵华战争中掠夺来的东西吗！陪同的一位半工半读的我国留学生解说时却说："幸好这些文物保存在不列颠博物馆里，否则全被破坏殆尽了。"这句话，令我愕然！这时，我想起老舍和井上靖两位大作家谈起两国民族性的不同时，井上靖说：日本人被他人掠夺了文物，就让它掠夺去，将来设法收回，以保存文物的完整。老舍则说：中国人不同，对国家的文物寸步必争，宁可摔碎，也决不让他人夺走！多么铿锵有力，多么有民族尊严啊！当时他们对谈时，我在场做记录，可惜手头无原始记录，只记得他们的谈话大意。但对老舍先生有民族骨气的铮铮话语，我是永志不忘的。

在埃及厅，我最感兴趣的是三具木乃伊——干巴巴的，但仍保留了人形。这是最早期的古埃及木乃伊，其后风行于古罗马乃至南美印第安地区。在日本则可发现古坟时代陪葬的马木乃伊。这些有千万年历史的木乃伊，有的是由于气候和土质的作用而自然保存的，有的则是用人工方法来保存的。在三具埃及木乃伊前，我想象着在神权时代，人类出于信仰，已经会使用多种人工方法来

保存尸体，人类的智慧之发达，实是惊人。到了现代，人权时代，除了少数同样地出于另类信仰，费尽人力财力，使用人工方法来保存尸体以外，人类大都将智慧用于发展高科技，发展经济，造福人民大众了，不是吗？

参观完不列颠博物馆不到十分之一的一角，我们来到了如今成为博物馆组成部分的不列颠国家图书馆。馆前是属于博物馆的大厅，玻璃圆顶晶莹透亮，没有任何支撑物，像是一个巨大的天体苍穹。这个大厅是四年前刚完成的，是新时代潮流典型的代表建筑模式，也可以说是一件现代艺术的杰作。走进阅览厅，空间阔大，圆形屋顶无限庞大，玻璃的天花板惊人的高。摆满图书的圆形墙壁上的书架，像阶梯似的直耸，约莫二层楼高。抬头仰望，仿佛连图书带书架都向你倾倒下来似的。据说，藏书颇丰，历史上许多伟大人物，比如马克思、列宁、孙中山都曾在这里读过书，在这里思考过人类社会的重大问题。孙中山还在这里写就《三民主义》呢。还有亚洲第一位诺贝尔文学奖得主——印度伟大诗人泰戈尔也曾在这里研读过莎士比亚、拜伦、歌德、但丁等的著作。这图书馆特别设有东方图书部，藏有不少罕见的中文、梵文、希伯来文抄本或古籍。按朱自清的说法：“考古学收藏、名人文件、抄本和印本书籍，都数一数二，顾恺之《女史箴》卷子和《敦煌》卷子，便在此院（馆）中。”因时间关系，连“走马观花”都够不上，只浏览一眼、听听陪同的简单介绍、拍照存念，便离开了这座世界驰名的博物馆及其图书馆。在这里，我想多说一句，参观不列颠博物馆和利用图书馆是不收费的，大概是用纳税人的钱来维持吧。其目的不是营利，而是为了教育大众，提高大众的文化素质。联想到美国图书馆也是不用缴纳这种费那种费，都是用纳税人的钱来维持的。这才是真正来之于民，用之于民。

伦敦市区有许多宫殿、教堂、博物馆、图书馆和公园，供游人游览。我们离开不列颠博物馆，赶到白金汉宫，本计划从白厅街侧门入内参观，但街区拉起了警戒线，警卫戒备森严。据说，英国女王正在接见外宾，一律暂停参观。这时，我们看见从白厅街对面的皇家骑兵卫队阅兵场里，出来一队步行的卫队，一队骑黑马的卫队，他们正在前往白金汉宫正门内的广场换岗值勤。这时正是上午 11 点钟。这些卫兵头戴黑色的长羽毛帽，身穿蓝黑色卫队制服，披红色背心，腰围白色皮带，昂然地走在宽阔的白金汉宫皇家大道上，以整齐的脚步声和响亮的马蹄声，向换岗的方向走去。他们招来了众多的旅游者在马路两侧的人行道上，跟随着他们的脚步走，有的人顾不及规矩，走到马路上拍照。

白金汉宫正门前，矗立着一座维多利亚女王纪念碑。碑身立着一圈精美的大理石塑像，碑顶便是女王金像。至此，游人就得止步，不能再前进一步。卫队就通过装着各种精美的铜制饰物的铁栅栏门，进入白金汉宫前庭换岗去了。那里是一个大花坛，种植着红花，特别鲜艳。我们站在外围观看，换岗仪式简单，但很庄重，兴许英国绅士派的作风也表现于此吧。

戴安娜王妃去世已经多年了，但关于她的死，至今在伦敦仍是茶余饭后的话题，甚至有人出书大发议论，时不时地闹得沸沸扬扬。我们参观了王子夫妇曾举行婚礼的圣保罗大教堂，到了肯辛顿公园，陪同还特别领我们到了坐落在园中的肯辛顿宫。这是戴安娜与查尔斯王子婚后的寓所，现在也可以说是故居了吧。这是一座红墙灰瓦的宫殿，不特别显眼，门前如白金汉宫那样围上黑铁栅栏，上面同样装饰着各种精美的铜制饰物，在平凡中显其辉煌。栅栏后，不大的前院左侧种植了一大片的樱树，枝头上挂满了一丛丛、一簇簇的八重樱花，粉红的花，点缀着表面的平和与繁华，内里却隐含着极大的悲哀，暗藏着也许将成为永不解的谜团。这类涉及政治圈内的问题，生时也好，死后也罢，都是很难弄得清楚的，都是难以还于历史的本来面目的。在英国是如此，在其他国家不也是一样吗？我这不是为戴妃其人其事感言，而是综观世事作如是想。

来到了威灵顿广场，广场中央是一座巨大的威灵顿公爵纪念碑。碑座正中是威灵顿公爵的金色铜制坐像。这位公爵，在滑铁路战役中，打败了法国军队，为其后建立大英帝国立下了汗马功劳。金铜像也许是为纪念他的“功勋”而修建的。它的四个角，还立有四座不同的人物塑像。碑顶四边都是三角形，前方两侧，上耸通天尖塔。我发现广场的四角，各建一塑像群。左角上的一塑像群，有的骑着大象，有的站立，也有的团坐。团坐着的，是穿长袍马褂的中国人，其他有的像印度人或阿拉伯人。铜像的含义，我不得其解，请教陪同，他也哑然。我们游市区时，来到金融区，有许多大厦是以英国前殖民地命名的，比如印度大厦、马来西亚大厦、南非大厦等等。每侵占一个国家，就以这个国家名字命名，建立一座大厦，以炫耀其帝国的“辉煌”。我将那不解其意的有汉人、印人等的群像，与此类大厦的命名含义做了一些联想。这个号称“永不落的太阳”，如今结果如何呢？太阳岂有不落之理。自然现象如此，社会现象不也如此吗？新旧帝国主义的命运都会如此，是难逃出这历史发展的必然

规律的。

伦敦之行，还“走马观花”地看了大本钟、西敏寺、国家艺术馆等。但是，除了不列颠博物馆之外，我感兴趣的，是泰晤士河。沿河南岸而行，两岸的古建筑群、周围的风物，多有欧洲的风情。北岸有伦敦塔，中世纪曾是监狱和军械库，如今是英国皇家的要塞；还有上下议院的楼群，是伦敦的重要标志。我更感兴趣的，是架在泰晤士河上的那两座著名的桥：伦敦塔桥和蓝桥，它们各自拥有一出悲惨的故事剧，沉重地撞击了我的心。

伦敦塔桥建于中世纪，原是一座木桥，几经重修又重建，才成为如今展现在人们眼前的石塔桥。桥架在四个大桥墩上，河中心的两个桥墩上，各有一座五层的高塔楼，最高一层中间耸立着一个通天大尖塔，四周分立四个小塔，蔚为壮观。桥身和塔身是暗灰色，桥栏以及塔楼第四层并排的横跨的双桥和两侧纵向牵引的垂钢索是浅蓝色，给人一种阴沉的忧郁感。据说，伦敦沦落风尘的女子，生活无以为继，常常来到这里，慨叹人生之不幸，从桥上投河，葬身在这泰晤士河里，甚是悲惨。

无独有偶，与伦敦桥并排的蓝桥，有一个更为悲哀动人的故事——“魂断蓝桥”的故事。黄昏时分，遥遥面对灰蒙蒙之下的蓝桥，年轻时代看过的电影《魂断蓝桥》又一幕幕地掠过我的脑际：一个女芭蕾舞演员，爱上了一个年轻军官，遭到了芭蕾团的开除。年轻军官上了战场，少女生活无着，沦为娼妓。战争结束后，年轻军官从前线归来，她正在车站接客。两人重逢，年轻军官向她求婚，她没有应允，独自来到蓝桥撞车自尽，魂断在蓝桥上。我如是回想着这个剧情，不由自主地将目光投向泰晤士河。涓涓而流的河水中，似乎还隐约可见这历史的痕迹。

在这两座泰晤士河畔，听着这两首有情有爱又有怨的断肠曲，怀着一股忧伤之情，离开了泰晤士河，离开了泰晤士河这两座令人伤心的桥，回到饭店，等候与阔别多年的八叔八婶会面。他们按时来到旅馆，畅谈他们游北京后这几年的生活和工作状况，并领我们到伦敦有名的五月花中餐馆招待我们，同时与未曾见过面的两位堂妹相见，其中一位堂妹还表示要到北京来学习中文呢。餐后，八叔领我们乘坐伦敦的地铁，去看他青年时代就读的大学医学院。我们是在 1952 年先后离开南洋的，他到英国伦敦上了大学，我回到祖国就读北京大学。转眼过了半个世纪，时间过得多快啊。我们路过伦敦的酒吧街，全是青年男女的天下，洋溢着青春的气息。这是伦敦夜生活的一角。八叔一直坚持要将我们送到旅馆。在旅馆前，我们依依道别。我目不转睛地望着他的背影，浮想联翩：半个多世纪前我与八叔在湄公河畔为了抢夺一根芭蕉树干，在水中打得人仰马翻，水花四溅，恍如一派“海战”的壮景，又历历在目，引起了我对许多往事的回忆。此时，我仿佛又站在湄公河畔了。直至他的背影远去了，消失了，我才又觉得自己是实实在在地站在伦敦的街头。

来到了浪漫的巴黎

从伦敦出发，我们乘坐“欧洲之星”穿过英吉利海峡来到巴黎。全程约两个小时的车程，通过英吉利海底隧道就用了近一半的时间。这条海底隧道，恐怕是世界最长的海底隧道。在伦敦滑铁卢车站候车的时候，我们还听了这样一个故事：合作兴建这条海底隧道的英、法两国，当时为了这个车站的取名，还进行了论争。因为在1815年的英、法滑铁卢战役中，法国败于英国，英国定此站名，是为了炫耀自己；而法国反对此名，是不甘受辱。百余年后的恩恩怨怨，还表现在一个车站的命名上。这看似是小事，其实是大事，因为它涉及一个国家、一个民族的荣辱问题。

来到了法国，与在英国伦敦到处都是一派绅士气息不同，更多的是典雅和浪漫的色彩。无论在罗浮宫博物馆，在巴黎圣母院，还是在逛巴黎的每一个景物，从埃菲尔铁塔到凯旋门，从协和广场埃及方尖碑到巴黎歌剧院，甚至行走在香榭丽舍大街上，你都会感受到巴黎的典雅与浪漫，都会想逍遥自在地逛逛典雅与浪漫中的巴黎。难怪许多艺术家都愿到巴黎来寻找艺术创作的灵感。

逛巴黎市区这一天，我们以协和广场为圆心轴，先到了作为巴黎象征的埃菲尔铁塔。我夜游塞纳河时，埃菲尔铁塔是经过灯饰装扮的，如今在我们眼前的，一副未经装扮的样子，三百二十米的高大的英姿，耸立在塞纳河畔。设计者埃菲尔运用力学的原理，以其特异的样式和线条直伸长空之美，使它力压群芳，“罢黜”了此前巴黎的所有象征物，使这座浪漫城市拜倒在它的脚下。我们乘电梯到达一百一十多米的中层，这一层同圆心一样都设有餐厅、咖啡厅和酒吧。站在圆外圈鸟瞰巴黎，首先涌到你眼前的，是河流、桥梁、树木、或长或短的马路、或大或小的广场、或起或伏的教堂尖塔、千姿百态的建筑物屋顶，令你眼花缭乱，目不暇接。尤其远处的西岱岛，犹如一只大船，搁浅在塞纳河中。我们走走停停，环绕铁塔中层走了一圈，时而俯视，时而用望远镜远眺，才慢慢地分辨出曾参观过的巴黎圣母院、罗浮宫博物馆等的身影。在埃菲尔铁塔上，美丽、优雅而浪漫的巴黎全景，尽收眼底，令我激动不已。我十多年前访纽约，曾登过有双子星座之称的国际贸易大厦，也居高鸟瞰过纽约全景，却没有觉得它像巴黎这样美丽、优雅和浪漫。

离协和广场很远，广场中央那座直耸云端的埃及卢克索尖方碑就已进入的视线。这是一座拥有三千二百多年历史的石碑建筑，出自于埃及卢克索神殿。曾有一说法，这尖方碑是法国从埃及掠夺而来的，这是一种历史的逻辑推理。事实上，据历史文献记载，它是埃及总督穆罕默德·阿里，为了感谢法国的埃及学者对解读埃及古文字所做出的贡献，而于 1831 年献给法国国王路易·菲力普的。它的碑面就以图纹装饰的形式，雕刻着古埃及的象形文字，露出几分古埃及文化神秘而辉煌历史痕迹。据介绍，这些象形文字，叙述了埃及法老拉姆塞特的业绩。方尖碑用金色点缀着几个象形文字的底座，与方尖碑的全金色顶尖，遥相呼应，同质朴的象形文字的碑面，浑然一体。

埃及尖方碑的两侧是两座喷泉，座底是个大水池，池中有上小、下大两层蘑菇形的圆盘，座上的圆轴心周围，都立有精致的男女神和小天使塑像。池边的男女神像双手拿着不同鱼形的喷水筒，将泉水直喷到下层的大圆盘上，上层的小圆盘周边向下倾泻下来的泉水，如丝线般落在下层的大圆盘里。此外，在广场四个角上，分别矗立了八座塑像，分别象征法国的里昂、马赛、里尔、卢昂、南特、波尔多、斯特拉斯堡、布来斯特等八大主要城市。在广场正对香榭丽舍大街的入口处，还安置了巨大的雕像群，一座是马尔利烈马像，一座是女神双翼马像，与广场的两座喷泉和四角的雕塑像群，遥相呼应。这是巴黎街头雕塑艺术，展现了一种都市的迷人风光。

协和广场，是巴黎众多广场中最大的一个，原是 18 世纪中叶为安置路易十五雕像而兴建的，故又被称为“路易十五广场”。1787—1799 年的法国大革命爆发后，人们推倒了路易十五像，将广场改名为“大革命广场”，并在这个广场上建了一座断头台，处决了路易十五国王和王后，之后又陆续地在这里将上千人送上了断头台。其后，随着法国革命与反革命，复辟与反复辟的历史变迁，断头台被搬走了，广场后经反复改造，几度易名。到了路易·菲利普时期，路易·菲力普在这广场上树立埃及送来的方尖碑，希望从此结束了冲突与流血的历史，遂将广场定名为“协和广场”，一直沿用至今。如今，在广场上还置有一块说明路易十六国王和王后在此被处死的铜牌，这是不是原先断头台的地方，则尚无考证，大概只不过是象征性地留下一个历史印迹罢了。

与协和广场同处在巴黎轴线中心上的一个圆形的广场，直通香榭丽舍大街，并向外辐射十二条道路，呈现出星形状。这座广场有一座与埃及卢克索尖方碑咫尺相望的凯旋门，是拿破仑为颂扬那些为帝国立下功勋的军队而下令修建的。这是古罗马以来西方典型的凯旋门样式，中央是一个拱门，由四根大支柱支撑着它的拱顶。在四根大支柱上，饰有四大浮雕作品，反映了“1792 年义勇军出征”“1810 年大捷”“和平”与“抵抗”四个重大的主题。支柱上镌刻着帝国时代和共和国时代著名的胜利战役的名称，以及指挥这些战役的将军们的名字，密密麻麻的，大概有数百位吧。在举行拿破仑一世和著名大作家——《巴黎圣母院》的作者雨果入葬仪式时，他们的遗体都曾从凯旋门的拱门通过，以彰显他们分别在军政界和文学界的丰功伟绩。

我们走在香榭丽舍大街上，遥观凯旋门，近看眼前悠闲而优雅的巴黎人，更显出法兰西的荣光和巴黎的风情。最后，我们乘车路过世界最大的巴黎歌剧院，据陪同介绍，它建于 19 世纪后半叶，占地一万一千多平方米，拥有二千观众的座位，其舞台空间可供四百多名演员同时在台上表演歌剧和芭蕾舞。因访巴黎的时间短暂，无缘观赏他们的表演，但从它瑰丽而奇特的建筑，也可以呼吸到几分巴黎艺术的浪漫空气。

从西岱岛时代起，随着岁月的流逝，巴黎一直处在不断变化中，变得更典雅，变得更浪漫。我们从踏上西岱岛参观巴黎圣母院的一刻起，到游历了巴黎，尽管仅仅是巴黎的小小一角，但我确实感觉到我是来到了典雅而浪漫的巴黎，确实摩挲到了巴黎的典雅和浪漫。

夜游塞纳河

从罗浮宫博物馆走出来，七叔治材、七婶美陶和堂妹树芬三人已在玻璃金字塔前等候我们了。叔侄阔别半个世纪，如今重逢，此时此刻的感情之激越，是难以用文字来形容的。如今，年已八旬的叔叔仍像青年时代那样充满热情和活力，探讨起时事、社会和文化问题来，仍是那样健谈，那样睿智，那样潇洒，这让我脑子里涌起了对青少年时代很多往事的回忆。我高中毕业后，为了筹措回国经费，曾由叔叔推荐，经过考试，在中国银行西贡分行工作了两年，与叔叔共事了两年，这也是我回忆中的一段难忘的往事。

那天，叔叔、婶婶给我们安排的节目，就是夜游塞纳河。从罗浮宫走出来，我们来到了香榭丽舍大街，来到了巴黎商业文化的中心。这条世界著名的大道，是一条十线行车道，十分宽阔和壮伟，是展示巴黎的一个窗口。大道的两侧，林立着六百多幢大楼，有高级商店、餐馆、咖啡馆、电影院等娱乐餐饮和高级消费场所，还有航空公司、汽车公司等大商家，在这里各显其能。步行道十分宽阔，靠近凯旋门的一头，排列着一摊又一摊的食档，错落有致，显得有序而不拥挤。一些有名的餐馆，也在露天设摊。据说，巴黎很少晴天，巴黎人愿意在露天就餐喝饮料，趁机享受一下难得的阳光。虽然街上游人如鲫，但十分安静，也十分清洁，不影响露天就餐，反而成为香榭丽舍大街的一道风景线。

我们有选择地逛了一些商店，对巴黎香水店情有独钟，这并不是因为我们有使用香水的习惯，而是因为一走进这家香水专卖店，就如同走进尼斯的香水厂里，空气中弥漫着幽香，仿佛把人们罩在其中，使人头脑顿觉清爽，给人带来一种愉快的感觉。这家专卖店的店堂之阔，品牌之多，即使在欧美其他地方也是不曾见过的。在巴黎香水店附近有一家名叫比斯特洛罗曼（Bistro Roman）的著名法国餐馆，叔叔和婶婶在那里为我们接风洗尘。法国餐、中国餐，在世界食文化的谱系中，其菜肴之丰富和美味是齐名的。据说，1971 年在日本大阪举办的世界博览会上，七十多个参展国的大多数参展馆内都设有自己的餐厅，招徕食客，唯独中国餐和法国餐独领风骚。犹如于中国食在广州一样，于法国则是食在巴黎。然而，两处的食文化的氛围，却不尽相同。这家比斯特洛罗曼巴黎餐馆，室内用餐的面积不大，但设在庭院里用餐的面积却很大。在树荫笼罩、花香飘溢的庭院餐厅里，食客不像广州酒楼里的食客那样熙熙攘攘，笑语喧腾，而是各自静默读报，或是两三人轻柔地切切絮语，在安静之中享受食文化，令人感到法国人闲暇用餐时似乎格外注重情调，别有一番风情。巴黎，热闹之中见宁静。所以在边用餐边叙谈的近一个多小时，我不如平时广东人用餐时那样“放肆”，而是注意地轻轻絮语。

从餐馆里走出来，已是夕晖晚照，香榭丽舍大街迎着金色的阳光。我们驱车来到塞纳河右岸，只见一道残阳铺水中，河水静静地流淌，日复一日、年复一年地缓缓流淌，流向我们目所不及的远方英吉利海峡。我们乘上了游艇，夜游这美丽的塞纳河。如今的巴黎老城区，就是昔日巴黎诞生地西岱岛，塞纳河就是它的护城河，更是哺育巴黎的母亲河。现在，塞纳河蜿蜒地穿过大巴黎市，仍在呵护着哺育她的母亲。游艇从塞纳河右岸出发，自东向西绕着西岱岛缓缓而行，穿过了一座又一座特具风姿的桥，约莫有十座或者更多，当时来不及细数。只顾观赏两岸的夜景。有名者如圣母院桥、新桥和艺术桥。游艇经过之处，左右两岸或近或远地屹立着一座座欧式风格的古建筑。它们装点着颜色和形态各异的灯饰，展现出各自的风貌，在水面上投下了五彩缤纷的光，将古建筑群的影子也勾勒了出来，一派水上的夜风光。

最先夺人眼目的，是远处高耸入云的埃菲尔铁塔，它用无数串橙黄色的灯，编织着塔身，像给新娘披上了一件盛装，凸现其绰约多姿的腰身。当游艇绕过西岱岛和圣路易岛这两个河心岛之间的河道，行驶到连接两岛的新桥，映入眼帘的是巴黎圣母院。它那带几分空幻神秘的灯饰，与最古老的新桥互相辉映，更显现出雄伟的气势。其实新桥并不新，1603 年建成，由亨利四世主持落成典礼。据说，到了其长子路易十三时代，新桥已成为三教九流的集散地，还有一首打油诗讽刺过它呢。其中一句云：“新桥，江湖郎中、骗子、假冒者的集散地。新桥，香脂和膏药兜售者的生意场……”题名为《新桥的骗术》，由此可见一斑。如今，经过现代文明的洗礼，它获得了“新生”，并以新的活力展现在塞纳河上，故视为“新桥”。

夜色更浓了。塞纳河两岸建筑物灯饰的光，投在水里，水面的涟漪像是刚刚编织出来的一幅波纹长丝织物。它闪烁着，与水一起静静地、缓缓地流淌。有一段小道的古木林荫，在建筑物灯饰的彩光照耀下，将流淌的水，染上了不断变幻成灰暗的绿。这种情景，就像在塞纳河上轻盈地漂荡着一片片落叶，吹在一起，连成一大片的群青，一大片浓浓的绿。各种的绿与各种彩光缤纷的色彩相映，胜似湘帘绣幕两交辉，各具妙韵，在塞纳河的上空，奏响了一曲绿色生命的赞歌。此时，与其说，我的心已被绿韵所打动，不如说，绿和我的心灵已经浑然成为一片了。

夜，夹着凉爽的微风，吹过站在游艇甲板上欣赏塞纳河两岸夜景的我们，顿觉一阵清爽，尽消了一天马不停蹄观赏罗浮宫博物馆的疲劳。我无意中将目光投向岸边的林荫小道上，投向朦朦胧胧映现出来的一双双情侣的影子上。他们既年轻又温柔，在夜里洋溢着分外罗曼蒂克的情调。他们的温馨，不断从凉爽的空气中传了过来。据七婶介绍，这条小道叫“情人路”，它为巴黎又增添了浪漫的一景。

七婶驾车送我们回位于戴高乐机场附近的旅馆，车子驶过两条通向机场的高速公路，但不知何故，这两条路都临时禁止车辆通行。时已午夜，公路路面昏暗，七婶年过七旬，驾车多有不便。七叔十分体贴，建议改乘出租车。他也非常关照我们，虽然我们说自己打出租车回去就可以了，但他担心出租车司机万一找不到我们的旅馆所在，我们又不通法语，半路出现什么情况无法沟通。为此他放心不下，还是不顾劳累，坚持与堂妹一直将我们送到旅馆，与旅馆服务台安排落实我们的住宿等事宜以后，才拖着八旬的老躯，乘坐来时的出租车回家。我挥手道别后，看着手表，时针已指向凌晨 1 点整。深夜，初春的巴黎，还有几分凉意，然而七叔一家的缕缕亲情，这种时隔半个世纪又重逢的喜悦，却暖融融地温暖着我的心。

艺术宝库罗浮宫

青少年时代，在翻阅西方艺术画册的时候，看到《米洛的维纳斯》和达·芬奇的《蒙娜丽莎》之美，就做着叩开艺术宝库罗浮宫之门的梦。这次欧洲游，到了法国，终于实现了观赏巴黎罗浮宫的艺术瑰宝的梦。

罗浮宫，享誉世界。到了巴黎，无不首选罗浮宫。于是，我们到了巴黎后的第一个参观节目，就是罗浮宫。到了罗浮宫，首先映入眼帘的，就是多年前著名华裔建筑师贝聿铭设计的巨型玻璃金字塔，它给我的第一印象就与我青少年时代从画册中看到的罗浮宫景象迥异，是那么现代，那么刺眼，与罗浮宫正面和左右侧翼的古建筑很不协调。据说这座玻璃金字塔曾引起了非议。为此，学术界围绕在建筑学上如何解决传统与现代结合的问题。展开了长期的论争。但是，也有人认为：玻璃金字塔棱角分明的外表，虽与罗浮宫产生反差效果，但同时也是对线条流畅的宏伟的罗浮宫的补充。

罗浮宫始建于13世纪，虽然不断修建和扩建，但它仅是历代国王的王宫；自路易十四将王宫迁往凡尔赛宫后，罗浮宫1725年被辟为博物馆，到如今已有二百余年的历史了。我们从玻璃金字塔遮挡的前院的地下道口进入，乘自动电梯就到达博物馆内了。馆内规模之大，展厅之众，展品之多，在世界上可谓首屈一指。如欲尽览，非有一周十日不可，我们只能有所选择，自然将重点放在绘画和雕塑上。我心目中早已有罗浮宫三宝——《米洛的维纳斯》、达·芬奇的《蒙娜丽莎》和《萨姆特拉斯的胜利女神》，此外还有米开朗琪罗的《奴隶》、达·芬奇的《最后的晚餐》、拉斐尔的《圣家族》、欧根·德拉克洛瓦的《引导人民前进的自由女神》等等一长串名单。

尽管如此，一踏进展厅和画廊，我顿时就眼花缭乱，只得缓慢地移动脚步，看着一幅又一幅名画，一尊又一尊名雕塑。我自然将注意力集中在罗浮宫三宝上，首先看到的是立在通向画廊楼梯上面中央的《萨姆特拉斯的胜利女神》。这是公元前二三世纪希腊化时代雕刻艺术的杰作，是1863年在卡比利圣地的一艘石船上被发现的。这座雕刻原本是否有头有臂，尚不可知，唯现存于罗浮宫立在一块残破的基石上的，是无头无臂。她挺着丰盈的胸脯，张着两翼大翅膀，鼓足勇气，面对大海，仿佛要参加一场大海战，或在迎接着一场海战的胜利。女神立像 2.75 米高，身上飘动着贴体的长得拖地的百褶薄薄轻纱，又仿佛在胜利后满怀喜悦，迎接着大自然的风与浪，给人以一种巨大的动感和强劲的力度，充满了无穷无尽的活力。我被她那种无畏的精神和勇猛的气魄所打动。无论是从正面来看，还是从侧影来看，女神似乎要将自己成为英雄的原动力形象，感染了我，也感染了所有从她面前走过的人们。这足见创作者的艺术想象力之丰富和艺术表现力之精确。两千多年前西方的艺术已经达到这样高的水平，文艺复兴之在西方发生就不是偶然的了。

《米洛的维纳斯》，此前我在画册上看过，在复制石膏像中也看过，可是当我站在真品《米洛的维纳斯》面前，我被她前所未有的美震撼了。我站在高两米多的大理石雕像前，仰首观看，她那妩媚的面容，那优雅的裸体，那婀娜的腰身，那丰满的双乳，在自然滑落的衣衫的舒卷衣褶的流动下，透露出一种人体动感的美，一种希腊式肉体美的魅力，表现了一种活生生的人性美。尤其是那双带几分忧伤的眼睛，那双似是带有切肤透骨伤痛的断臂（肯定是后天的断臂），更增加了这尊像的凄美感和诗的意境。我们从正面，也从登上几级台阶的侧面，尽情地观赏，不同角度都展现了她的绝代的风韵和生命的光辉，这是多么有艺术魅力的创造啊！根据文献记载，这座古代的阿佛洛狄忒雕像，大概是公元前 150 年弗里吉亚古城安条克（Antioch）一位雕塑家所创作的，于 1820 年在米洛岛被发现。希腊化时期的雕塑家的古典风格艺术之高超，已达到如此炉火纯青的地步，实是令人称绝。我也从不同角度拍了几张照片，其中一张还得到摄影家乌尔沁的认同，索要作为收藏，这是我这个摄影外行人始料未及的。

16 世纪意大利艺术巨匠米开朗琪罗的雕像《奴隶》——《起义的奴隶》和《垂死的奴隶》吸引我长久地站立在他们面前。这两尊像全身赤裸，臂肌、腿肌、胸肌、腹肌、腰肌，通过劳动与战斗的锻炼，肌肉也得到了锻炼，表现出来一种粗犷的曲线的古典美。他们拥有男子汉的阳刚之气，展现了男性的美！“起义的奴隶”，双腿一高一低有力地踏在大地上，左臂弯曲，紧贴在背上，双目紧盯着前方，拼命地想找出敌人，以坚强的意志，沉着地迎接起义的战斗，以及对战斗的胜利充满了信心。“垂死的奴隶”，右手放在胸前，左手放在脑后，紧闭双目，在垂死中仍呼吸着，在死的瞬间仍散发着生命的光辉。可以说，这个人物面对死亡才显得更美。这似乎“成为死亡的行为的艺术象征”，体现了“美，只能在死亡中呼吸”（三岛由纪夫语）。这两尊像，不管是在起义或在垂死，都沸腾着热血和勇气，展现了肉体与精神的双胜利！也就是他们

生得美，死得也美，这只有艺术家天才的艺术创造，才能如此完美地统一表现出来。创作者恐怕不仅依靠艺术技巧，而且更要靠艺术理念和精神，才能创造出这一文艺复兴时期代表作《奴隶》。有一说法，这件精品是米开朗琪罗于1505年从佛罗伦萨被召到罗马为罗马教皇朱理二世制作宏伟的圣墓时所雕，其他还有四十尊石雕像。《奴隶》就是其中的两尊，后来被献给了法国亨利二世，法国大革命期间，始为罗浮宫所收藏。这是米开朗琪罗唯一一件在意大利境外收藏的作品，我们能在罗浮宫与之邂逅，也许是一种缘分吧。

赴欧之前，我已多次认真地读了傅雷的《世界美术名作二十讲》，其中有关达·芬奇的《〈瑶公特〉与〈最后之晚餐〉》（《瑶公特》又俗称为《蒙娜丽莎》）一讲，体味这位大家对达·芬奇这两幅珍品的艺术分析；也随身带这本书到了巴黎，在实际观赏之余，再细读品味之。当我们来到《蒙娜丽莎》的专门展厅玫瑰厅，已是人山人海，观众川流不息。人们围簇在这幅画在白杨木版上的《蒙娜丽莎》画像前，不时发出轻轻的啧啧赞叹声。我在那里等候了很长时间，在一批又一批参观者走后，趁无人后续的间隙，我急步走到围栏前，长久地欣赏着。蒙娜丽莎那在全世界最负盛名的抿嘴的"神秘的微笑"，那眼睛的秘不可测的怅惘神韵，都深深地，深深地撞击着我的心扉，震颤着我的灵魂。这种"销魂的魔力""神秘的爱娇"，用恍惚和颠倒了人们的神魂来形容恐怕也不为过吧。此时，我体会到傅雷先生所说的"（蒙娜丽莎）这副脸庞，只要见过一次，便永远离不开我们的记忆"那句话，的确是十分贴切的。蒙娜丽莎的脸庞，的确是一种拥有超自然的神秘魔力的诱惑，是永远动人心魄的！

据报道，《蒙娜丽莎》这幅画完成于15世纪初，是达·芬奇以佛罗伦萨一位绸缎商人的妻子为模特儿、用了四年的时间完成的。画家非常心爱这幅画，曾表示过他自己无法与《蒙娜丽莎》分离。这幅举世闻名的油画珍品，在海外仅有美国和日本两国展出过。在美国，观众平均每人在画像前停留十二秒。在日本，更是创纪录的四秒。如今，天赐良机，竟然留有空隙，让我有幸立于安置在镶嵌着带防弹玻璃的坚实水泥壁橱内加以严密保护的《蒙娜丽莎》前，足足欣赏了二三分钟。这是人生的幸福啊。在这里，可以借用佛语"至福"这个词来表达了吧。

离开画像，我细嚼着傅雷先生在细致分析了《蒙娜丽莎》这幅画的整体与细部、科学地评论了达·芬奇的人品与学问后所总结的这样一段话：

> 他（达·芬奇）的时代，原来是一般画家致全力于技巧，要求明

暗、透视、解剖都有完满的表现的时代；他自己又是对于这些技术有独到的研究的人；然而他把艺术的鹄的放在这一切技巧之外，他要艺术成为人类热情的唯一的表白。各种技术的智识不过是最有力的工具而已。

这样地，15 世纪的清明、美的爱好、温婉的心情，由莱奥纳多·达·芬奇达到登峰造极的表现。

我品味着这段精当的评语，感同身受，在我们进行艺术再创造的时候，不也是不仅依靠技巧，更重要的依靠热情，依靠“要艺术成为人类热情的唯一的表白”的文艺复兴的人文主义精神吗？我不由地涌起一种温暖和相通的感情，达到了艺术上的心灵交流。《蒙娜丽莎》经历了五百年的岁月，风貌犹存。这是“永恒的女性之美”！

在《蒙娜丽莎》前，虽从等候欣赏到二三分钟的细细观赏，时间占去很长，不过也不能割爱画廊的其他作品，尽管这些作品许多是宗教题材的绘画，都充满崇拜神的信仰感情和神秘的宗教色彩，但也并不乏力作，具有较高的艺术性。达·芬奇的《最后的晚餐》和拉斐尔的《圣家族》就是其中的佼佼者，令人过目难忘。《最后的晚餐》创作于 15 世纪末期，是达·芬奇为意大利米兰圣马利亚教堂绘制的原作遭到了损坏，业已不完整。现在收藏于罗浮宫的，是于 16 世纪初的临摹品，但临摹得非常逼真，能较好地传达出真品的精神。这幅壁画是根据《圣经》中同名的一章绘制的：耶稣在最后的晚餐会上，对十二个使徒说：“你们中间有人出卖我。”之后，他以面包和酒比作自己的肉与血，让众信使吃喝，并说：这是“为人类赎罪”。画中耶稣的宁静与沉思，与十一个使徒的激愤与惶恐，以及一个不忠实的犹大所流露的不安与恐怖，形成鲜明对照。这些复杂表情，都通过画家精炼的笔，栩栩如生地反映在画面上。拉斐尔的《圣家族》描绘了圣母将一个胖娃儿抱起来，胖娃儿双手抓住她，并抬头用期待的目光望着她。周围的家人或望着她，或望着胖娃儿，喜形于色，其中一个小女孩还在向她的头上洒落鲜花。从各个人物的姿势、神态、目光来看，都似乎体现了仁慈与博爱的精神。这幅油画，在颜色和某些服饰上，虽然可以看出还留有宗教画的痕迹，但是已少了许多宗教的神秘色彩，多了不少现实的生活气息。它似乎不是画神，而是画人。不是画存在着圣母的天堂，而是画生活着慈母的人间世界。

在以宗教性绘画为主体的画廊里，德拉克洛瓦的《引导人民前进的自由女

神》显示出其特殊的存在，特别吸引了我。作者抱着民主革命的激情，采用浪漫主义与现实主义结合的手法，以弥漫的硝烟为背景，描写了女神右手高举蓝白红三色法兰西国旗，左手用力地握着枪，勇敢无畏地引领怀着对专制制度愤懑情绪的手持长枪或大刀的工人和知识分子，还有手持双枪呐喊着的少年，踏着尸体前进的英雄场面，真实地反映了法国1830年7月革命为自由和民主而战斗的一个情景。我想：如果画家没有对革命的感动作为其创作的感情基础，是不可能产生这样优秀的不朽之作的。这完全是一幅反映现实生活的作品。有的评论家认为，在西方近代绘画中，这是第一幅富有政治意义的作品。

参观完绘画、雕塑二展厅——那只是“冰山的一角”，已快到闭馆时间，无缘再看罗浮宫中其他的陶瓷器、金银器、珠宝玉器、家具摆设等展厅了。而且，阔别半个世纪尚未再见一面的七叔一家还在罗浮宫正厅等候着我们呢。于是，我们带着极大的艺术享受之后的愉悦心情，走出了这座世界之最的艺术宫殿，仍然在呼吸着希腊化时代、文艺复兴时代的艺术空气，仍然被那种艺术的感动强烈地抓住自己的心。

石头交响乐：巴黎圣母院

到了巴黎头一晚，在阔别半个世纪又重逢的七叔七婶还有初次谋面的堂妹陪同下，乘船夜游塞纳河时，目睹宏伟壮丽的巴黎圣母院——在灯光辉映下，那两座高耸的钟楼朦胧而神秘；耳闻夜空中钟楼上传来隐约的钟声。我马上被她那创造了欧洲文学史、欧洲建筑史上辉煌篇章的巨大魅力所吸引。

早在中学时代就读过雨果的长篇巨作《巴黎圣母院》，就是以这一古建筑巴黎圣母院作为舞台的，我不仅被这部小说的主人公吉卜赛女郎爱丝梅拉达惨遭摧残与迫害的悲惨故事所打动，而且为雨果笔下宏伟壮丽的古建筑巴黎圣母院之风韵所倾倒。总梦想有朝一日能站在她的面前，倾诉我对伟大浪漫主义作家雨果的崇敬以及对富有古风古韵的巴黎圣母院的执著的迷恋。那一晚，我企盼不是在梦中，而是在现实中，我实实在在地站在巴黎圣母院前，去实实在在地一睹她的庐山真面目。如今，将要梦想成真。这一夜，我如是想，如是期盼着。

翌日一早，我们便驱车驶过塞纳河的圣母院桥，来到了西岱岛。这是法兰西最古老的城区，巴黎城区最早就起源于此。岛上建于12至14世纪的巴黎圣母院，标志着零公里的起点，辐射到法兰西全境的交通干道都从这里起计算里程，是巴黎的中心，巴黎的摇篮。雨果在他的小说《巴黎圣母院》中，用了整整一章描写这座古教堂。在此影响下，它成为一个文学的坐标。我最关注的是，他运用神奇之笔，不仅描画出这座欧洲最早的哥特式建筑的整体，而且艺术地描绘了这座历史悠久的建筑物的细部，她的塑像、浮雕、花雕、彩绘玻璃以及这些细部也同样具有整体的宁静和壮丽。雨果称：“这是一部石头交响乐，是人类和一个民族的辉煌杰作”，“这是一个时代各种力量通力合作的伟大产物，每一块石头都充分展现了工匠的奇想同艺术家的天才的完美结合”。

今天我站在广场上凝望着眼前这座巍峨而壮观的巴黎圣母院，一边品味雨果的这些话，一边观赏她的整体与细部。作为一座典型的哥特式古教堂建筑，她是由石块堆砌和由石雕装饰而组合起来，的确是“石头的交响乐”。圣母院正面由六十四米高的四个层构成，第一层开着三座内凹的门洞，北门洞上方浮雕圣母玛丽亚的故事，中门洞上方浮雕复活后主持审判生者与死者的耶稣，故称“最后审判门洞”，以及南门浮雕圣母圣婴像和天使像，表现圣母献婴，称“圣·安娜门洞”。第二层是国王廊，立着二十八座姿态、表情各异的以色列和犹太国历代国王雕像。第三层玫瑰形圆花饰的窗洞，左右各立着偷吃了禁果的亚当和夏娃雕像。第四层是镂空的廊台，台顶上装饰有一排怪兽塑像的栏杆。第四层上面是双塔，正面的槽口饰有动物像。这简直就像一座雕塑艺术博物馆。我时而围绕这些艺术精品在近处久久地流连鉴赏，时而坐在广场的椅子上小憩，从远处静静地全神凝视。无论从动态中还是从静态中观看，艺术家们都是尽情地发挥了想象力，进行了精当排列与完美组合，令人赞叹不已。

这座古教堂始建于1163年，完成于1345年，从安放下第一块奠基石，到砌上最后一块石头，花了近二百年的时光。她真实而浪漫地度过了八百多年的岁月，经受过痛苦的折磨，这些多有损她的艺术容颜。后来，人们在1841—1864年重新修缮，并在建筑物后部修建了一座九十米高的尖塔。正如雨果在这部小说里所倾诉的：一是时间流逝留下的伤痕，二是政治和宗教革命的破坏，三是时尚建筑伤及其艺术的筋骨。她像一棵古木，“枝叶变化多端，树干是永恒不变的”。因此，无论从哪个角度观看，她都像是在向我们叙述着巴黎的历史，从小巴黎到大巴黎的变迁的历史，从旧巴黎到新巴黎的变迁的历史。

这时候，双塔钟楼低沉的钟声，穿过长空，传入我的耳鼓。这钟声仿佛是雨果笔下那个残疾的敲钟人卡西莫多敲响的，《巴黎圣母院》的故事终局：神甫为了爱情而不得，诬陷爱丝梅拉达，爱丝梅拉达被判处死刑，卡西莫多从绞刑架上将她救了下来，逃进了圣母院。当卡西莫多知道是他的义父神甫害死爱丝梅拉达的，于是他将神甫从圣母院的钟楼上推了下去。这个表现了卡西莫多对爱丝梅拉达的同情与忠诚的人性化了的悲剧故事又一幕幕地浮现在我的脑海里。我似乎还朦胧地看到钟楼下的一摊鲜血的影。它撞击着我的心灵。坐在广场上，我的周围都是灰白的鸽子，东一堆西一簇，或悠然地散步，或欢快地寻食。它们不知道在雨果笔下发生过的悲剧，显出一派平和的气氛。然而我的心情却久久不能恢复平静，几乎忘却了时间的流逝。

不知道过了多少时间我才回过神来，与月梅一起走进了巴黎圣母院大教堂。教堂内高大而宽敞，据说，大教堂连同廊台这一巨大的空间，足以容纳九千信徒同时做弥撒。那天，堂内、廊台上都坐满了虔诚的信众，他们有的在额头点圣水，有的在胸前画十字，都似在祈祷上帝，企图从同上帝的心灵与心灵的对话中，去除人间的烦恼，得到一种精神的慰藉。我置身在这种庄严肃穆的浓重宗教氛围中，但吸引我眼球的，不是这一宗教的仪式，而是教堂北侧那玫瑰形彩绘玻璃圆窗的精美艺术，这是巴黎圣母院内十分著名的作品。据说，这面大圆窗是用一千二百二十五块彩色玻璃镶成，我抬眼看到了圆窗中心的圣母怀抱着圣婴，是那样的慈祥，那样的平和。中心的第一圈彩画，是十六位先知簇拥着圣母和圣婴；第二圈彩画，是三十二个国王和耶稣基督的祖先；第三圈，也是最外的一圈，是以色列的三十二名主教和大祭司。我所关注的，不是它的宗教含义，而是它作为近千年的艺术作品，躲过了雨果所指出的“三劫”，至今仍闪耀着它的艺术之光，其历史意义是无法估量的。

我们移步至主祭坛，那里非常宁静，几无人影。我仔细地欣赏祭坛上的雕塑群。这座路易十三许愿的称为《怜悯》的雕塑群，中间是“圣母悲切”的群像，左侧是国王路易十三，右侧是其儿子路易十四，大概是象征复活胜利的荣光吧，群像人物的脸部，都流露出一种欢快的气息。

我们正欲登上钟楼，眺望巴黎全景。没想到在教堂旁边等候登塔的参观者正排着长长的队列。我们还有下一个参观节目，只好作罢，反正我们登过了埃菲尔铁塔，鸟瞰过巴黎的全景，而且雨果在《巴黎圣母院》已有专章“鸟瞰巴黎”详细地描述过登楼鸟瞰的情形：“游人气喘吁吁地爬到钟楼楼顶时，立即被眼前的一片屋顶、烟囱、街道、桥梁、广场、尖塔弄得眼花缭乱……大的小的、高的矮的、重的轻的，一股脑儿涌到你的眼前，让你目不暇接。昏眩的眼睛久久凝视这一望无限的迷宫……无一不独具匠心、合情合理、巧夺天工，无一不闪烁着艺术的光辉。”这就是巴黎。这就是法兰西！

我走出巴黎圣母院，又一次来到了广场。广场上那些灰白的鸽子仍然是东一堆西一簇，或悠然地散步，或欢快地寻食。在鸽子群中间好像有一个人，他独眼、驼背、瘸腿，一拐一拐地走过来。他不就是巴黎圣母院的敲钟人卡西莫多吗！我差点惊叫起来。原来是我的幻觉，我还没有完全从雨果的《巴黎圣母院》的悲剧故事里走出来，还没有完全从巴黎圣母院这座神奇的中世纪伟大建筑中走出来，我似乎已全然融进她们之中了，似乎心中仍回荡着这一曲“石头的交响乐”。

走进凡尔赛宫

这是一座神奇的宫殿，
艺术与之相配，
装饰与之相伴，
大自然使之完美。

这是17世纪法国大作家莫里哀的一句诗，歌颂了凡尔赛宫之美。莫里哀是路易十四的知交，是受到路易十四保护的人。这座宏伟壮丽的凡尔赛宫，就是路易十四精心营建的。

访问巴黎之前，我读了一部介绍凡尔赛宫的画册，首页是一张鸟瞰凡尔赛宫的全景图，配的就是这句诗。从全景图中看到，这组神奇的宫殿群，坐落在以一大片茂密的林木为背景的平地上，又有无数的水池、花坛、草坪、树丛散落其间。到了巴黎之后，亲临其境，看到了它的细部：艺术与装饰，悟出莫里哀诗中“艺术与之相配，装饰与之相伴，大自然使之完美”所然。

那天，东方刚吐白。我们乘车来到巴黎西南郊，一座宏伟广阔的凡尔赛宫建筑群，便展现在眼前。正面是一扇高大的镶金的黑铁栅门，黑的铁栅门上方是一幅精雕的金色花草图案，中央是一顶金光闪闪的英国皇冠。铁栅门后，是三个前后衔接的庭院。第一个石块铺的广大庭院的尽头，耸立着巨大而威武的路易十四骑马指挥千军万马的青铜像，周围是几十座色彩华丽的宫殿及其附属建筑物，主要的是正面的宫殿和南、北两翼的宫殿，以其千姿百态向后方和左右两侧缓缓延伸。凡尔赛宫是小城堡的建筑风格。据说，宫殿占地面积八百公顷，仅建筑面积就多达十一公顷，拥有七百多个大厅，宛如一座美丽的古城。

我们只参观了正殿的一部分。之后，我们来到了历史展区——由五个大厅组成的“十字军东征展区”，两侧墙壁和天花板上，画满了反映法兰西这段历史进程的绘画，四周还有一座座历史人物的雕像，俨如走进了历史的课堂，让人追溯法兰西的过去——和平与战争，繁荣与衰落。我看了最著名的绘画《十字军进入康斯坦丁堡》后，再抬头看了看天花板上雕饰的中世纪解放圣地的皇家纹章，它们似乎是彼此对应，要显示其胜利和皇家的威权。但这毕竟是历史，是过去了的事。

在正殿的各厅中，最著名的，莫过于由镜廊、战绩厅、和平厅组成的“镜廊”。“镜廊”，最初是通向国王正殿的过道，一侧镶着十七面拱形的落地镜，故称“镜廊”。最引人注目的是，这十七面镜子的光的变幻，折射在对面的十七扇窗户上，似造成一个光的梦幻世界。不愧是艺术的杰作。每相隔三扇落地镜，则安置一座拱形的雕像，其两侧立着各种人物以各种姿态抱着高高的平顶烛灯，与从拱圆的天井垂吊下来的水晶座烛灯，互相辉映，将整个以金色为主调的镜廊，装扮得更加灿烂辉煌。然而，所谓“镜廊”，实际上不只是廊道，而是厅堂，是“镜厅”。据说，当时的国王每天到礼拜堂做礼拜时，都从这里通过，朝臣们排列在两旁恭候，有的大臣就趁这个机会上书国王。有时，国王在这里接见外国使节。王子结婚，也曾在这里举办过盛装舞会。还听说，第一次世界大战结束后的和约就在这里签订，当时的德、日帝国主义利用这一条约瓜分我国的领土，中国代表拒不签字，缘此激发了一场轰轰烈烈的爱国学生运动——“五四运动”。站在这镜厅里，回顾这段历史，我既愤怒，又兴奋。愤怒的，是帝国主义者对于积弱的中国的宰割；兴奋的是中国人民的觉醒！

战绩厅，顾名思义，主要展示的是几十幅表现从法国征服罗马，到法国拿破仑时代的各大战役的巨型壁画，尤其凸显路易十四战胜荷兰、英格兰和罗马帝国结成同盟的丰功伟绩。在一座椭圆形浮雕上，雕刻着荷兰之战中的一个重要的场景：路易十四身穿战袍，手握武器，跨在跃起的战马上，踏着战死者的尸体，指挥部队渡过莱茵河。这座浮雕下方的壁炉浮雕，饰有缪斯女神，她凝神望着两个小天使手中拿着的似是战利品的东西；壁炉之上，左右两侧还有两个手持一长串花的赤臂男神，上方则是两个飞天使正鼓足气力，吹响喇叭，透出几分胜利的喜悦。对于法国人来说，路易十四不仅在战争中立下了不朽的战绩，在治国方面也取得很大成果。法国人一直称赞他，崇敬他，到处可见他的画像和雕像，而外国媒体则斥责他为“嗜血的老虎”。我身为中国人，连许多自己未经历过的中国历史事件，或即使自身经历过的历史事件的是是非非，也还没有弄得清清楚楚，尚时有发生践踏历史与文化的事，更何况是外国的历史呢？历史，要由历史事实去验证；历史的是非曲直，是要呼唤回司马迁那种治史的精神和方法，由真正有良知的历史学家去评说吧。不管怎么说，有一点我是清楚的，那就是尽管路易十四有许多战绩和政绩，曾使当时的法国欣欣向荣，但却掩盖不了已存在的逆历史潮流而动的东西，反动的东西。那就是专制。外国的历史是如此，中国的历史何尝不是如此呢。

和平厅则是另一番景象，没有战绩厅的那种弥漫的硝烟，那种拼命的厮杀，有的似乎是一派和平的景象。但这是经过硝烟、经过厮杀之后的和平，确立了法国国王其时在欧洲的合法统治地位。最具象征意义的，是大厅壁炉之上的一幅巨大的圆形绘画，几乎占了一面墙，上面画了路易十五将一枝橄榄枝递给欧罗巴的情景，周围的大人与小孩都露出喜气洋洋的样子。它的装饰与设计，与镜廊、战绩厅是对应的，如果没有活动隔离板相隔的时候，它们是连成一片的。后来，这个和平厅改作皇家娱乐厅，人们经常在此举办音乐会或宗教活动。

至今，战争与和平，仍是摆在世人面前的一个主题，一个永恒的主题。

在皇家建筑中，其奢华集中展现在国王和王后的正殿上。它们是遥相呼应的对称结构。正殿分寝宫、鸿宴厅、加冕厅、会议厅，乃至侍卫厅等等，都是金碧辉煌，从家具陈设到艺术装饰，到天花板上以神话为题材的绘画，都令人眼花缭乱，实有一种“天宫异物般般有，世上如他件件无”之感。走进国王寝宫，满眼都是金，金的壁，金的家具，金铜的塑像，金丝织的帘子，金缎的床单椅套，犹如走进一座四壁都堆满金的金库。它以其辉煌的金泽和豪华的色彩，来显出其高贵和威严。这是依靠权势来构建的，隐隐透出一种霸气。乍似新鲜，实是给人一种压抑感。

在别具华丽色彩装饰的王后寝宫里，我们听陪同讲述了这样一个故事：王后在这个房间分娩的时候，助产士呼叫“王后要生产了”，话音刚落，人们就纷纷攘攘地拥进这个房间，甚至有两个人还爬到了家具上，想先睹新生的小王子或小公主以为快。其人数之多、噪声之大，差点让王后命归天堂……不知这个故事真实还是虚构，作为消遣，姑妄听之。

庭院和花园也是凡尔赛宫重要的组成部分，它们伸展在宫殿的西侧。庭院堪称是一座露天的雕塑馆，石雕、铜铸多如林，大多是神话传说中的人物或动物，神态各异，非常生动别致。我最欣赏与宫殿处于同一直线的两个大水坛，以及大水坛石栏上的两座巨型的男神青铜像。一座青铜像，头戴花环，赤体侧身坐着，背靠着似要倒下的酒坛上，右手持剑，左手接小天使的献花，双目似乎在凝望着小天使，或是湛蓝的池水以及池水上宫殿金色的投影。另一座青铜像，也是头戴花环，赤体侧身坐着，倚靠在一块岩石上，左手抓着一把长叶子，右手持一件由小天使伸出双手拥抱的宝物，双目凝神眺望着远方。从他们结实的肌肉、健壮的体魄来看，也许是两个海神的青铜像？

花园里一团团用各式花朵组成的花坛，形成美丽的几何图案。一片片翠绿的草地，一条条细沙铺设的小道，编成花边似的饰带。园中一座名为《拉托娜的浴盆》的雕像喷泉，更是美不胜收。喷泉的大圆水池，有上下五层，在最上层中央的同心梯形的浴盆里，端坐着拉托娜女神与她的孩子。由下而上第二层是乘着驷马车的阿波罗神从水中腾出，神态威武地向着女神。而一至四层以大圈套小圈一环环都是怪兽，它们张开大口，向上喷出一条条水柱，水花四溅。第四层怪兽，欢快地从嘴里喷射出来的水柱，一直喷向女神周围，女神笼罩在千千万万的四散的水珠子中，露出了裸体的健美姿影，像一个不朽的精灵，平添了几分朦胧的美，几分神秘的色彩。创作者将艺术与自然有机融合，创造出这一法国园林艺术的大杰作，经历四百余年的人间沧桑，仍然发挥着它的光彩。这恐怕是这次走进凡尔赛宫后，获得的一次最大艺术享受。

在回程的路上，我心想：在巴黎的罗浮宫和凡尔赛二宫中，罗浮宫庄重典雅，很有气度，集中了世界艺术的精华，是一座艺术殿堂；凡尔赛宫则是法国皇家的奢华享乐和气派的象征，是一座生活功能齐全的华丽宫殿，连这里的绘画和雕塑，大多是按照皇家规定的主旋律来行事。因此，尽管那里也有许多绘画和雕塑，但无论是绘画艺术，还是雕塑艺术，除少数例外，它们都缺少罗浮宫那种真正由艺术家发挥自我、发挥人文精神和艺术想象力而独立创造出来的艺术。所以，我参观凡尔赛宫后只有吃惊，吃惊那些王朝贵族的生活竟是如此的豪华和奢侈，却没有参观罗浮宫后那种人文精神的感染，那种艺术魅力的感动。也许是人之所好不同所带来的不同感观吧？

威尼斯宁静的水韵

打开意大利的地图，半岛的东北角临亚得里亚湾，有一座宁静而古老的水上城市，它的形状，像一条大鱼活生生地浮在海面上；其间有一条呈S形的名为“Canal Grande”的大水道，横贯全城，将水城分割为内外两大部分；这条全长四公里的大水道作为主动脉，又分出四百多条小水道，纵横交错地流贯于各个街区小巷。这就是独特的水上城市，素有“亚得里亚海的明珠”或“西方的苏州”美称的威尼斯。

这水上城市拥有八百年的历史，远离陆地。我们乘坐一艘白色的大游艇，当地称为“水上巴士”，乘风破浪，行驶在著名的朱代卡大运河上。这条大运河十分宽阔，远远便可望见屹立在大运河两岸的建筑群，在阳光的映照下，显得奇伟壮观。我怀着焦灼的心情，想早点登岸，去看清它们的“庐山真面目”。大游艇行驶了约三十分钟，就觉得时间很长很长。到达斯基亚沃尼(Schiavoni)码头，我们登岸后，摆在眼前的，是一条临水的长长的旅游商业街，都是些小商店和小旅馆，路上无任何车辆，不用说汽车，连自行车也没有一辆。游人虽多，但并不喧嚣，人们都是静静地走着、欣赏着小城的美景、陶醉在这些美景之中的缘故吧。

我们走过两座不知名的石桥，来到了一座建于17世纪初期的带顶石桥前。这是威尼斯水城之桥中最著名的巴洛克式的叹息桥。石桥的右侧是一座乌黑破旧的监狱，左侧是一座明亮的总督府法院，而与总督府法院相邻的是总督宫。这座小桥以较高的高度横跨在狭窄的府第水道的上空，连接着左右两侧的建筑物。桥是封闭式的，以巴洛克风格加以装饰，桥拱上雕刻了一个人头像，上边刻有一条饰带，在扁拱形顶的中间浅浮雕着一个端坐在两头狮子中间的正义女神。这是威尼斯著名的古迹之一。为什么称叹息桥？这个看似富有诗意的名字，当然不是爱情的感叹。有这样一个故事：当时法院提堂、宣判重罪犯人后，犯人要被关进监狱时要经过这座桥，大多数犯人今生今世都是无望出狱的。所以，当被押送的死刑囚犯走过这座桥时，从桥上的小窗口向威尼斯最后一瞥，无不发出深深的悲哀叹息，故日“叹息桥”。

我们走过了与“叹息桥”并列的又一座石桥后，走不多远，就是街的尽头——威尼斯的中心地——总督宫前的圣马可广场。广场始建于9世纪，经过几个世纪的变迁，现在仍保持着古典的风格。我们踏着 17 世纪重新铺设的灰色粗面石板路，恍如又回到了那个年代。如今的广场，除了总督宫之外，还耸立着圣马可教堂、图书馆等古建筑群。面对码头，竖立着两根巨大的石柱，一根柱顶铸刻着象征圣马可的铜狮子，另一根柱顶雕塑了威尼斯人崇敬的圣人德奥多罗石像。有一说，制造这两根石柱的红花岗石是从东方运到威尼斯的，而其中一根石柱上的铜狮则是从中国运来的。这已无史料可考证，姑妄听之。

圣马可教堂相当古老，始建于 9 世纪上半叶，百年之后在一场大火中被吞噬；现在的圣马可教堂，修建于 11 世纪下半叶，花了二十余年的功夫才完成重建的工程，是拜占庭式的建筑风格，以直线为主；14 世纪，人们又加以哥特式的装修，建筑了拱门，疏阔有致；到了 17 世纪文艺复兴时期，又以当时流行的文艺复兴式的建筑样式，修建了栏杆。现今，圣马可教堂以欧洲各种古建筑集大成的面貌，展现在人们的面前：正面是由一组组石柱支撑的五扇半圆形拱门，正中的半圆形拱门较宽，拱门冠以东方艺术风格的圆顶，每个圆拱的半月形的墙上，都有很美的镶嵌画。正中一幅 19 世纪制作的巨画是《最后审判日》。拱门与拱门之间雕有 12 世纪拜占庭式的浮雕，其中有圣母、天使、野猪和母鹿等形象，描绘的是收回圣马可遗体的故事。正中最大的半圆拱门上方放置着象征威尼斯的插有双翅的狮子，它的平台前则放置着四匹青铜马。一般认为，这是希腊艺术家利西普斯创作的。13 世纪初作为战利品，从君士坦丁堡运来威尼斯。1798 年被拿破仑掠到了巴黎，后来在奥地利人的调解下，终于在 1815 年又回到了威尼斯。据说，如今我们看到的是复制品，原作品珍藏在艺术博物馆里。这座集欧洲古典艺术大成的宏伟建筑物，为圣马可广场增添了异彩。

广场上引人注目的还有，屹立在广场偏东南处的威尼斯最古老的圣马可钟楼，威尼斯人将它称作“el paron de casa”（大老板）。它始建于 9 世纪，初时是作为瞭望塔，以观察泻湖的动静。12 世纪和 16 世纪两度重修，现已成为放置钟的处所。钟楼脚下还有一道设计精美、围有栏杆的三拱门式小走廊，廊上装饰着四座青铜雕像。它与新行政官邸和图书馆等建筑物相对应，形成街区的拐角。而这座钟楼近百米高的金字塔形的尖顶，高耸云端，与周围的建筑群相比，有如鹤立鸡群，蔚为奇观。传说伽利略曾经登上这钟楼，试验过他发明的天文望远镜，远眺过风光宜人的威尼斯全城、泻湖全貌、阿尔卑斯山。

广场上，东一堆西一簇的鸽子自由自在地在觅食，游人经过，它们也无所畏惧。据说，这里的鸽子数达二十万只，比当地的人口总数十万人整整多出一倍，鸽与人融洽地共存。这也是圣马可广场上的一景，象征和平景象的一景。

可是，曾几何时，这广场曾是执行死刑的地方。据记载：在两根石柱之间被处死的人中，就有两个著名的人物。一个是名叫弗尔纳雷托的面包店小工，他被人诬陷杀害了一个绅士而被处以死刑，现今广场大殿正面仍有两盏点燃的灯，以悼念他的受冤枉而死；另一个是名叫卡尔玛尼奥的伯爵，他因被怀疑有背叛行为被处以极刑。

在广场，我们脚下踩踏着17世纪从欧加内山运来的灰色石块铺成的地面，环视着周围古老的建筑群，以及建筑物上多彩缤纷的古典绘画和展示力与美的雕塑群，仿佛也置身在欧洲文艺复兴的氛围中，体味到了它给人类带来的人文精神。从中，人们不也可以了解为什么意大利在文艺复兴时期培养了这么深厚的自由艺术精神，以及创造了这么多优秀的绘画、雕塑、建筑、音乐和文学作品，产生了像乔尔乔涅、提香等这样世界知名代表人物。难怪在文艺复兴时期，它是继佛罗伦萨和罗马之后的第三个文艺复兴的中心地。

这座广场，有“欧洲之门”的称誉，因为当年马可·波罗就从这里走向东方，许多威尼斯商人也是从这里走向东方。莎士比亚还写下了名剧《威尼斯商人》，从主人公夏洛克的敛财之道，是否也多少反映了当时从这“欧洲之门”走向东方、走向世界风貌的一斑呢？经过广场，我如是联想。还有威尔第创作的世界著名歌剧《茶花女》在这里首演，获得成功，也是从这“欧洲之门”走向世界的。

在古老的水城里，水道星罗棋布。在呈S形的水道上，穿梭着一艘艘当地名叫“贡多拉”（Gondola）的锥形平底船。它是威尼斯水城主要的交通工具，11世纪开始的传统水道行船。它黑色船身的首尾，各有一突出的钢制尖角，船尾的尖角较小，其构造十分独特，是威尼斯特有的，在别的地方是看不见的。这种小划船，最多可乘坐六人，我们与同行的人，花了一百二十欧元，租了一艘。一身材高大的意大利船夫站在右舷上，用一根长长的木浆划水，沿S形水道而行。水道两岸耸立着一座又一座宫殿、教堂、博物馆、艺术宫、剧院，还有土耳其货栈等各式各样的建筑群，其中有古老的15世纪拜占庭式的，有哥特式、文艺复兴式，还有巴洛克式的，多种建筑风格并存。可以说，威尼斯是西方建筑艺术风格的集大成者。小划船在不宽的水道上缓缓行驶，观赏这些风格各异的建筑艺术，也是一大艺术享受。当小划船行驶到水道最宽阔处，这些建筑倒映在波光粼粼的水面上，真像一幅美丽的威尼斯的风光画，荡漾着别有一番情趣的水韵。

这条S形的水道，网状流布在各个街区。两千多条水巷之间，由四百多座大小不同的石桥或木桥连接。我们发现，组成威尼斯的，不是一条条大街小卷，而是一支支纵横交错的大小水道，以及维系它们的各式各样的桥。桥，是威尼斯特有的景观之一。我们经过的第一座桥，是里亚托桥，它属于最古老的桥之一，架于最狭窄的水面上；初建于16世纪，当时是木桥，几经修建，现在的里亚托桥是单孔的石桥，最高处约七米左右，一般游船通行无阻。桥两侧由一万多根木桩支撑，桥中央由两个拱门隔开，形成两处平台桥面。桥两侧排满各种旅游品的小商店。据说，许多摄影师、画家都曾在此拍摄或作画，进行艺术的创作，为人们创造了威尼斯水城的美。我们经过另一座著名的桥，是艺术学院桥。它也是一座单孔桥，表面上看像木桥，实际上却是由钢筋结构支撑的。还有：木桩，是威尼斯特有的景观之一。因为威尼斯的房屋也很独特，地基都淹没在水中，为了加固地基，沿岸水中打下了不计其数的木桩。这些高矮粗细不一、参差排列的木桩作为基座，便也成为威尼斯水城的一道亮丽的风景线。

上岸以后，我们走进一条条由无数石桥连接的小巷深处。在狭窄的街巷里，了无人影，只有一座座简朴的民宅展现在你的眼前。这里是古老民房区，与商店林立的大街相比，宁静得惊人，好像整座威尼斯城都沉浸在无边的静寂中。常住繁杂都市的人，置身此境，别有一番感受。我们漫步其中，如醉如痴地呼吸着清新的空气，觉得仿佛连身心都被洗涤过一样，完全透明，清爽异常。

傍晚时分，我们坐在大运河码头边的石椅子上，将视线投向亚得里亚海的地平线的尽头，只见荡漾的烟波接连天际。在夕阳映照下的海面，湛蓝色渐渐变得深沉，更为丰富。宫殿、教堂塔尖等建筑群的倒影也变得朦胧。海湾承受着夕阳之光，一派苍茫与沉寂，余韵无穷。街上的游客也渐稀疏了，更显出威尼斯自然美景的宁静意态。总之，无论是白日还是黄昏，威尼斯之秀丽，是独特的、古雅的、无与伦比的。可是谁又能说清威尼斯这千古的巨变呢？这时候，我想起这样一首古诗："落日五湖游，烟波处处愁，沉浮千古事，谁与问东流。"此情此景，何其相似乃尔。

这次威尼斯之行，给我留下最深刻印象的，就是在全球现代化的冲击之下，威尼斯仍然保留着无数珍贵的历史遗迹，仍然保留着文艺复兴时代古典美的面影。威尼斯大大小小的水道依然悠悠地流淌着，流淌着。威尼斯的流水，将悠悠的水韵，流向大运河，流向亚得里亚海，流向更远、更远的大西洋。

文化古城的魅力

——访佛罗伦萨

提到欧洲中世纪文艺复兴，必然提到意大利的文艺复兴。提到意大利文艺复兴，也自然会将焦点瞬间聚在文艺复兴的策源地佛罗伦萨上。因此，访问意大利，佛罗伦萨是必访之地，这与必然访问罗马、威尼斯一样。意大利语Firenze（佛罗伦萨）是“花城”的意思，也许是象征着文艺复兴、文艺的百花齐放吧。

我们在意大利访问了米兰、威尼斯之后，就驱车前往位于意大利中部的佛罗伦萨——地处山麓的阿尔诺河河畔上。我们一踏上佛罗伦萨这个文化古城的土地，就马上感到这里是远离现代的中世纪城市。这里的广场，这里的教堂，这里的民宅，以及这里静谧的小街，无不充满着中世纪文艺复兴的气息。

步行来到了米开朗琪罗广场，在众多的雕塑中，我马上被两尊耸立的塑像吸引住了。两尊塑像闻名于世，一尊是米开朗琪罗创作的《大卫》，一尊是章波洛尼亚创作的《强掠人妻》。

米开朗琪罗塑造的大卫像，全身赤裸，头稍稍扭向左侧，有神的眼睛，凝视着前方；从他的表情来看，仿佛屏住了气息，右腿有力地踏在大地上，左腿向前跨出半步，右臂垂下，手紧握着石头，弯曲的左腕，按着肩上的一块甩石带，每一块肌肉都充满了力度，充分表现了潜在的力量，全身洋溢着青春的活力。他是男性美的代表。《大卫》经历了近五百年的历史沧桑，象征着中世纪的人民在迎战佛罗伦萨的死敌——专制制度，代表着向往自由、进步与人道主义的时代精神。

章波洛尼亚的《强掠人妻》刻画了一个罗马人强行抢掠一个佛罗伦萨人妻子的情景。罗马人舒展肌肉结实的双臂，将美女抱起，美女张开双臂，竭力挣扎，而被夺了妻子的佛罗伦萨人则被罗马人的臀部压着，无奈地打着凉棚，抬头望着用尽力气挺起赤裸裸的丰满胸脯，扭过头来向着自己求救的妻子，脸上露出了愤懑的神情。无论是罗马人还是佛罗伦萨人，都展现了人体运动瞬间所表现的从肩部到手臂的优美曲线，展现了两种相反力量充沛而紧张的较量，展现了男性的肉体美。

这两尊塑像的原作收藏在佛罗伦萨美术学院里，展出的这两件虽是复制品，却依然如珍品般耸立在人们的面前。我们仍然可以看到艺术家们以其艺术天才，在一块块石头上巧夺天工塑造出来的形象，他们表现出来的生命的力量、人文的张扬、自由的渴望，以及人性美之魅力让人震撼、感动、倾倒。我久久地驻足在这两尊最负盛名的雕塑面前，更切实地领会到文艺复兴那种伟大的人文的力量和深刻的思想。《大卫》《强掠人妻》真不愧为中世纪文艺复兴的顶峰之作，真不愧是掀起文艺复兴运动的佛罗伦萨！

我们怀着依依不舍之情离开了广场，走马观花般参观了广场周边著名的圣十字教堂、百花大教堂、钟塔、洗礼堂等佛罗伦萨的古建筑。不，这些古建筑不仅是佛罗伦萨的，不仅是意大利的，而且堪称是欧洲的有名的古建筑。可以说，它们向人们展示着昔日欧洲文明的辉煌，而我接受了一次生动的文艺复兴的洗礼！

圣十字教堂是佛罗伦萨最大的教堂，始建于1294年，完成于14世纪后半叶，是纯粹哥特式风格的古建筑。它收藏着许多珍贵的文艺复兴时期的艺术作品。这个教堂的窗玻璃彩画，都是14世纪末期的作品，与文艺复兴风格是十分协调的。沿教堂的右侧墙根，安置着这片土地培育出来的文艺复兴的代表人物但丁、米开朗琪罗、达·芬奇、伽利略、马基雅里等名人纪念碑。这是与文艺复兴发源地相适应的，也是佛罗伦萨独一无二的。

我们移步来到洗礼堂，这是4世纪至5世纪建在古罗马佛罗伦萨北门的一座宗教建筑物。在洗礼堂的三座青铜门中，最引人注目的是被米开朗琪罗称作“天国之门”的东门。这座青铜门上的浮雕表现了《旧约全书》故事中的十个画面：从亚当和夏娃受引诱吃禁果而堕落，被逐出天国之门，该隐与亚伯献祭，该隐杀死亚伯，上帝斥责该隐，挪亚离开方舟献祭，方舟醉酒，天使出现在亚伯罕面前，以撒献祭、以扫和雅的故事，到摩西接受法典，约旦河的以色列人和耶利哥城陷落，大卫杀死哥利亚，所罗门接纳西巴女王等。这十幅分别镶嵌在框格内铜雕不仅金光灿烂，辉煌明亮，令人目眩，而且其浮雕艺术之精美及其人物的形象富有动感，栩栩如生，可见当时浮雕艺术已达到了较高的水平。可见佛罗伦萨是雕刻艺术的园地，繁荣了不知多少世纪，它成为中世纪意大利乃至欧洲的文艺复兴之源并非偶然，是有其深厚的历史文化根底的。这座“天国之门”的存在，不也是一个佐证吗？

雄峙在洗礼堂对面的，是一座典型的哥特式风格的百花大教堂。它是14世纪下半叶建成的佛罗伦萨主教堂，是经过众多艺术家数十年劳动的结晶，而那驰名世界最大的大圆顶，就花费了二十六年的时间，直到1434年才最后完成。设计师是布鲁奈莱斯基，他在完成这一巨大的空中结构的过程中，没有借助于拱架，而是采用一种新颖的鱼骨结构和以椽固瓦的方法，从下往上依次砌成。大圆顶呈双层薄壳形，两层之间留有空隙，上端呈尖形。在直径约四十五米多的大圆顶上，还建了灯亭，灯亭的尖顶上安装了一个镀金的圆球，圆球上安置了一个十字架，直耸云霄，蔚为壮观。

可以毫不夸张地说，整个米开朗琪罗广场及其周边，到处都是艺术的雕塑，到处都是庄重的古建筑，简直像一座露天的雕塑艺术博物馆，一座建筑艺术的博览馆，令人流连忘返，饱享眼福。离开之时，已是黄昏时分，我们踏着用碎石铺设的狭窄小街，沿着阿尔诺河岸来到了驰名于世的古桥。这座古桥，始建于约千年前的古罗马时期，由于抵挡不住大自然力量而坍塌，现今的古桥是14世纪中叶在千年古桥的原址上重建的。这是一座三拱石板桥，结构坚固，造型古雅。桥的两侧是规则排列的两排古旧小屋，都是金银器具店和金银匠的作坊，似乎还留下几分昔日的面影。六百多年前完成了开辟了文艺复兴之路的文学巨匠但丁，曾经常来此古桥散步，或来古桥相会他的情人。如今古桥的石板地上仿佛仍留着他的足迹，古桥的空间仿佛还回荡着但丁流放期间写就的诗篇《神曲》，把人们带回到文艺复兴的那个年代，带回到但丁们以不屈的精神和坚毅的力量启开文艺复兴大门的那个年代。

我们倚在古桥的桥栏上，眺望着夕阳辉映下的阿尔诺河缓缓流淌的河水、一个接一个红色的屋顶、一层又一层向前伸延的亚平宁山的棱角线环抱着古城，一片又一片点缀在山麓间的紫丁香和丝柏树的影子，呼吸着这座文化名城黄昏时分的空气，置身其间，人犹如喝了一杯清纯的美酒，醉了，陶醉了。我不由地赞叹：美！古桥的风光美，古城佛罗伦萨的文化艺术更美！

有人说："佛罗伦萨注重人，把人放在首位，看重人的智慧、精神、人的创造力以及人的事业与成就。在这里，一件伟大的作品使一种民间方言升为文学的语言；在这里，涌现出一大批为装点这座城市、装点罗马乃至全意大利艺术宝库而辛勤劳动的伟大的艺术家；在这里，商人和银行家敛财聚富，足迹遍布全欧洲；在这里，诞生了文艺复兴的人文主义，给文学和艺术注入新的动力；在这里，许多杰出的人物留下了他们不朽的业绩。这里，艺术从大街小巷的石块里渗透出来，从大小教堂那花岗岩和大理石的结构里流溢出来。"

的确，佛罗伦萨正是有了人文主义的精神，有了自由的艺术创造力量，才能创造出佛罗伦萨这个文艺复兴的策源地。佛罗伦萨的精神，正是它的艺术创造的血肉与灵魂！她，无愧于那个伟大的时代，也无愧于全人类！

正如俗话所云：“百闻不如一见。”今天我们亲自去摩挲佛罗伦萨的古桥、古城，以及这座古城中的西方古文明，惊异地发现，佛罗伦萨的中世纪文艺复兴时的风貌依然完整地保留着，没有受到丝毫人为的破坏。我们身处其中，完全沉浸在文艺复兴的人文精神的气氛之中，沉浸在艺术瑰宝散发的芬芳氛围之中，从而强烈地感受到我们从中学时代起就读到过的中世纪欧洲文艺复兴那无穷无尽的魅力所在！

的确，佛罗伦萨的一切，都给人以美的享受！给人一种中世纪文艺复兴艺术美的享受！

奇特的比萨斜塔

意大利的比萨饼，不知是否产于比萨，我无考究。但是，比萨的斜塔，确在比萨古建筑群中独一无二，因而比萨有“斜塔之城”的称谓。

我们从法国东南部的尼斯出发，行车沿途，时而眼前出现的是涓涓而流的小溪，时而跳入眼帘的是一座座山间简朴的屋舍，沿途点缀着不少常青的松树林。意大利的松树是蘑菇形的，甚是奇特。途中绮丽的风光，实在诱人。经摩纳哥时，我们下车参观了半天，然后又沿着地中海深入小阿尔卑斯山，穿越了长短不等的近百座隧道，经过一条在山谷间凌空而架的高速公路，再穿过最后一条长长的隧道，终于到达了比萨这座古城。

比萨与佛罗伦萨同样地处阿尔诺河畔，彼此相邻，相距不远。它们都拥有伟大的文明传统和光辉的过去。据考据，“比萨”这个名字最早出现在古罗马的神话中。这片土地上出土的文物也证明，比萨的古文明最早可以追溯新石器时期和公元前 6 世纪至 3 世纪。中世纪意大利文艺复兴时期，比萨写下了光辉灿烂的文明史。比萨人抱有一种历史的、艺术的、文化的伟大文明传统所赋予的自豪感。当我们踏上这座小小的文化古城，一走进圣迹广场，面对广场内的古建筑群，马上就被浓厚的古文明氛围所包围，仿佛把我们带回到一个集古艺术精华所在的世界。

圣迹广场的原名是“比萨主教堂广场”。广场组成：中轴线最前方是洗礼堂，居中是比萨主教堂和几何结构的后殿，后方是最出名的比萨斜塔，广场一侧是圣公墓，环绕着广场的是中世纪古围墙。

我们等不及依次参观这一建筑群，快步走过绿草如茵的广场，径直来到了久已向往的比萨斜塔前。这座八层的斜塔，实际上是主教堂的钟楼，由乳白色大理石砌成，并不是这一建筑群的主要建筑物。然而，正是因为它倾斜了八百多年不倒，便有了“喧宾夺主”的能耐。根据刻在这座建筑物人口右边门上的题铭记载，它奠基于 1173 年 8 月 9 日。可以说，它是整个建筑群的殿后之作。因此，有人说：“这座钟楼的建设，特别是它的后期工程，给圣迹广场建筑群所构成的宏大的交响曲奏响了一个引吭高歌的尾声。”

站在斜塔倾斜的一侧，让人有摇摇欲坠之感，仿佛整个塔身向你倾倒过来似的。假如你伸出手臂作支撑状，拍出来的照片就俨如你用臂正支撑着这座正在倾斜的塔似的。这座钟楼为什么会倾斜？从有关学者的科学的观点来看，这座钟楼的地基是冲积层，其深层并不坚实，而大理石的应用，迫使它要承受十倍以上的压力。奠基十年前后建成第三层时，由于地层下陷而导致建筑物倾斜。当时这项工程被迫停止，约一个世纪以后，即 1275 年又重新开工，校正建筑物的中轴线，通过将上面几层的柱廊加高，以使视觉上补其倾斜的效果。但是，13 世纪下半叶建成时，塔身的倾斜度已是 1.43 米，现今倾斜度已达到 4 至 5 米。几个世纪以来，这座斜塔经受了来自大自然和人为因素的种种巨大考验。现在，有关科学家仍然关注着这一世界文化遗产的未来命运，以使它永久存在下去，继续闪耀它的光辉。

尽管如此，关于钟楼的倾斜，有着各种各样的传说，其中有两个特别幽默的传说：一个是，这座钟楼的设计师是个驼背人，他认为上帝将他造成驼背，因而故意把钟楼建成一个斜塔，以示报复。还有人煞有介事地将这个轶闻用拉丁文写成故事刻在纪念碑上。另一个是，钟塔建成时本来是笔直的，但建设者没有按合同拿到报酬，他们一生气，愤愤离开时，也让钟楼跟着他们一起走，于是这座建筑物便渐渐倾斜。这个故事虽然不如前者离奇，但也不合逻辑，但当时人们却信以为真，所以流传更广泛。

我们饱览了斜塔的雄姿，听完了种种的传说故事，便在回程途中先参观了比萨主教堂。这是建筑群的主要建筑物，古罗马时代曾在这里建过皇帝的行宫。主教堂于 1063 年在昔日行宫的遗址上动工兴建，整个工程花了半个多世纪才完成。其后几经火劫，又于 17 世纪初进行了多次大规模的修建，以现今的雄姿展现在人们的眼前。这座五层建筑的地面是用大理石铺砌的，有三座青铜大门，门上分别铸有叙述圣母和耶稣生平故事的浮雕。中央大门的圆拱上，装饰了圣母、天使和布道者的彩色雕像。左右两座大门的圆拱上，则装饰有几何图案浮雕。据说，这些都是 12 世纪的作品，弥足珍贵。二至五层的结构，类似金字塔形，正面外侧立着许多叶饰纹样的大理石廊柱，廊柱上各雕有神话故事中的动物雕像。从高处俯视，主教堂与后殿的屋顶纵横相连，构成一个“十”字形，“十”字的相交处，又是一个大圆形的屋顶。主殿屋顶的屋脊上装饰着一个狮身鹰头的怪兽雕像。后殿的主要装饰有：彩色大理石的纹样、精美的花色、复杂多变的几何图案，还有古代的铭题、浮雕、各种奇异动物的雕塑。后殿的门饰有系列的青铜浮雕，表现了耶稣生平的故事。由于是经历几个世纪的艺术家的创作，这些作品受到古希腊、拜占庭和莱茵河流域不同艺术风

格的影响，尤其是后殿门楣上的表现样式，明显呈现出古罗马时代的艺术风格。因时间的关系，我们没有加入长长的等候参观的队列，未能进入主教堂和后殿内参观丰富的绘画和雕塑等艺术作品，但观赏建筑物外的这些作品，也是极大的艺术享受。

最后，我们参观了洗礼堂。这是一座圆形建筑物，始建于1152年，至14世纪才完全竣工。它以宏伟壮丽的建筑风格，雄峙在广场的最前方，与广场的其他建筑群相互呼应。这座建筑共三层，第二层最为富丽堂皇。它建有围柱式的拱廊，装饰着众多的圣龛，以及多彩多姿的半身塑像和立像，还有用镶嵌装饰的技法表现几何纹样的图案，很有古典韵味和坎帕尼亚的艺术元素，十分别致。上部是大圆顶结构，顶端立着一尊洗礼者圣约翰的青铜雕像。圆形建筑物有一拱形的门，其中以面对主教堂东门的装饰更吸引我的视线，大门的门额装饰着拜占庭风格的浮雕：耶稣、圣母，以及圣约翰和天使、众布道者，神态各异。

站在12世纪兴建的古城墙及城头上那头大理石狮子前，我们在广场上拍下最后一张纪念照。我们离开了圣迹广场，从远处回眸眺望，这些古建筑群，多种艺术形式十分和谐地存立于一个广场上，无论从平面布局，还是空间设置都表现了无与伦比的协调，古建筑物的白色与周围草坪如茵的绿色、天空的蔚蓝色，以及各种艺术精品多彩的色之调和，互相辉映，构成一幅既现实又似梦幻的图景。这种现实与梦幻交织的奇妙影子，至今仍然长久地留在我的脑子里。

永恒之城罗马

在意大利，比较完好地保留着中世纪欧洲文艺复兴的三个古城是罗马、佛罗伦萨、威尼斯。我们的意大利之行，从法国东南部的尼斯开始，先后访问了米兰、比萨、威尼斯、佛罗伦萨，然后进入文艺复兴中心地之一，也是今日的意大利首都、最大的城市——罗马。它已然成为现代化的城市，但当进入这座现代化城市之后，陪同的导游却提醒我们，意大利城市扒手很多，让我们特别提防。接着他又说，今天是周末，不打紧。我不明原因，便询问之。据说，意大利警察周末爱观看足球比赛，他们与小偷达成一个不成文的协议，即周末两天小偷不扒窃，平时扒窃了，警察不捉。真是一道现代生活的风景线。不过我们要探寻的，不是意大利的现代，而是这里辉煌的过去，是古老而永恒不灭的人类文明。当然，这里遍地都是“宝”，处处都保存着古文明的遗迹。

罗马位于亚平宁半岛中南部，台伯河下游的丘陵上，拥有两千五百余年的历史。我们就花了两天的时间，游荡在弗拉维安圆剧场、圣彼得广场、威尼基亚广场、西班牙广场等遗址上，欣赏了那精美而高超的艺术。

我们首先参观了最负盛名的古罗马弗拉维安圆剧场。它是一座早于公元 64 年兴建的临时性木结构剧场。公元 79 年，在这个地基上，人们开始兴建石结构的，直至 3 世纪才完成今天所见的规模和格局。当时的表演除了戏剧以外，以竞技和斗兽为主，因此中世纪开始又俗称竞技场或斗兽场。它是罗马，恐怕也是世界古代历史上最大的露天圆形剧场。我们走上了埃斯奎利尼山坡，来到了这座作为罗马象征而存在了千余年的古建筑物前，就被它宏大的规模所慑服。据文献载，圆形剧场整个建筑共分四层，长轴为一百八十八米，短轴一百三十六米；中央的“表演区”长轴八十六米，短轴五十四米。仅从这个数字，足见其规模之大。我们细看，外墙全部使用石块垒成，显得很古旧。目前，整个建筑仅有一角还保留着四层的建筑，其他地方只剩下二层的残垣断壁。从一层到三层，各层均有不同风格的拱形门。一说这样的拱门共五百个，支撑拱门的立柱都富于变化。最上层还开了一个个方形的窗。场内设置的座位可容纳五万观众。整座剧场形似一口无比巨大的平底锅，威镇大地。

当时社会等级森严，剧场座位设置按身份高低划分为皇帝专座、执政官座、贞女祭司座、市政长官座、元老院议员座，剩下来的是平民百姓座。不仅于此，它们之间还以高墙相隔。我看到如此的森严等级，可以想象出当时专制制度对人的基本态度。表演主要是以斗兽为主，从现在保存的一些古罗马时代的陶浮雕上，还可以看到当时斗兽的情景。据陪同介绍，当时竞技场内还曾灌水进行海战表演。

这个古罗马建筑千余年几次遭到雷击和地震破坏，一度遭到废弃。中世纪这里修筑要塞或修建民房时，人们又从这里拆走石块用作建筑材料，几乎成为当时的“采石场”。这种状况一直延续至18世纪中叶，当时的教皇贝内迪托十五世宣布这里为圣地，才制止了这种人为的破坏，才能以它美妙绝伦的风采展现于世。法国著名的文学家莫泊桑、福楼拜等都曾经在这里留下了足迹。可以说，这座古建筑是古罗马标志和象征。

我们围着圆剧场绕行了一圈，便登上山坡的最高处，映入眼帘的，是一座形似巴黎凯旋门的单拱门建筑。不，准确地说，巴黎凯旋门形似它，因为其名为“蒂图斯凯旋门”。大约在公元81年，当时蒂图斯皇帝去世，其弟为纪念犹太战争的胜利而建造了凯旋门；19世纪曾经重修，现今基本上还完整地保存了当时的风貌。凯旋门上饰有许多浮雕，拱门上方有高举旗帜的“胜利之神”，两面拱顶上分别刻有罗马女神和代表罗马人的神，南北墙上分别浮雕有皇帝由胜利之神加冕和胜利之师通过凯旋门的情景，神像庄严肃穆，形象栩栩如生，也是古罗马雕塑艺术的杰作之一。拱门正上方的石块上刻有“维斯巴宪和蒂图斯大胜犹太人而归”的字样，清晰可辨。短短一句，展示了古罗马人的骄傲和自豪。

圆剧场附近还有一座废墟，这就是古罗马城的废墟。700年的一场大地震中，整个城池下沉，毁于一旦。20世纪初考古学家重新发现，将这座废城挖掘出来，成为考古学家、古建筑学家研究的对象。现在，遗迹周围，已杂草丛生，满目荒芜。

中午时分，我们在维克托·伊曼纽尔二世纪念台附近的餐厅匆匆用过午餐，就近参观了这座为庆祝意大利统一而修建的纪念台。整座纪念台就是一座雕刻艺术台，雕刻着许多庄严的无名士像，中间一尊象征罗马城的雕塑神像，似是俯视着足下的无名战士墓。纪念台上方，耸立着维克托·伊曼纽尔二世的骑马铜像，他身披战袍、腰挂战刀的威武英姿，与两侧台顶八匹腾跃的战马，以及大理石长廊上铭刻的1918年11月4日胜利公告文字相呼应，讲述着这位意大利统一者所建立的丰功伟绩。

前往罗马东南部的圣彼得广场时，我们途径梵蒂冈国，也就是只有 0.4 平方公里、几百居民的小国。这里所谓的居民，大多是教士和修女。梵蒂冈以中世纪文艺复兴时期的城墙为界，城内有几条大街和一个小广场。圣彼得广场虽也归属梵蒂冈小国，但不在城内，而是紧贴梵蒂冈城。梵蒂冈城内不开放，大门内由几名有“瑞士卫队”之称的警察守卫着。据说，他们身穿的制服还是米开朗琪罗设计的呢。城内街上了无人影，静悄悄的。我们拍了一张照，就疾步赶往圣彼得广场。

走进广场，首先映入眼帘的，是天主教堂圣彼得宫，一般也称梵蒂冈宫。它是在 4 世纪的小神堂的原址上兴建的，而眼前的教堂则重建于 16 世纪初叶，最后完成于 16 世纪后期。教堂的主体，纵向长度近二百米，可称得上是世界最大的天主教堂。教堂前，两侧分别围着数十根宏伟的柱廊，呈半圆形。四排圆柱组成三条通道。在柱廊顶部的平台上，并排立着千姿百态的圣徒雕像。正面顶上，建有九个大阳台，饰以石栏，石柱墩上立有圣母、耶稣基督、圣彼得以及使众等十三尊巨大的雕像。教堂还有一座台基，屹立着一尊圣彼得立像。在广场中央，高耸着一座方碑，它那埃及式的小尖顶，直冲云霄，巍峨雄伟，使广场显得格外独特和壮观。许多个世纪以来流传着这样一个传说：这座尖顶的方塔下面，埋葬着凯撒大帝的骨灰，还保留有一个钉死耶稣的十字架的断片。这个传说，给这古老的广场增添了几分神秘的宗教色彩。

大广场一侧，还设有一个似乎是临时搭建的白帆布篷的讲台，台下设有成千的座椅，一排排整齐地排列着，占据着广场很大的面积。据说，梵蒂冈教宗来这里向信徒们发表讲话时，都是从紧邻梵蒂冈城一侧的拱门进出的。我们无缘走进豪华壮丽的梵蒂冈宫，也无缘欣赏宫内珍藏的丰富艺术作品，其中包括米开朗琪罗的雕塑《悲切》、贝尔维德乐的雕塑《阿波罗像》，带着遗憾离开，移步到了由两个三角区组成的西班牙广场。一走进广场，我就被它四周各具古罗马特色的建筑所吸引。我最注目的，一是“破船喷泉”，一是三圣山上的教堂。建于 17 世纪的“破船喷泉”位于广场中央，“破船”形状奇特，船头中央雕有几何纹样，两侧有像眼睛似的圆孔喷出水柱，船上的水也从船舷的两侧潺潺地流出，流在一个盛着“破船”的大圆水池里，水几乎没过船帮，表现船行将沉没的样子。

离开了“破船喷泉”，我们登上三圣山那颇富变化的阶梯，拾级而上，抬头仰望，耸立在教堂中央的尖顶方碑，以及方碑上银光闪闪的十字架，仿佛要向你压将过来。与此同时，我们仿佛被眼前的三圣山教堂那双座钟塔的雄伟气势所压倒。据介绍，这是1503年按照法国路易十二的意图兴建的，风格十分庄重，与同时代的教堂大异其趣。

我们在罗马停留的时间不长，只好有选择地参观，可谓实实在在的“精华游”。写完这篇小文，读着有关古罗马的历史和画册，深感罗马还有许多值得寻访的古代文明遗迹，比如从公元前56年至公元113年古罗马时期众多的市苑遗迹、公元1世纪、2世纪的古罗马的地下古墓群，公元3世纪、4世纪的圣天使城堡，以及众多神庙、教堂和博物馆的古罗马绘画、雕塑艺术等，未能踏足和摩挲，是一件憾事，企盼有朝一日，对罗马再进行一次“深度游”。但人至古稀，也许是一种梦想，唯望“梦假成真”。

俗话说，“条条大路通罗马”，罗马的条条大路也将它辉煌的文明通向欧洲，通向全世界。罗马，给人类留下的，是一座永恒的古城，是一座永恒而巨大的艺术博物馆。

美国遍历

纽约之行

美国的纽约曾被描写成“五毒俱全”的大都市，是“资本主义社会的缩影”。多年来，我总想有机会叩访纽约，亲自看看真实的纽约。今天因到纽约市立大学研究生院参加女儿的毕业典礼，这个愿望终于实现了。

赶到纽约，为女儿筹备毕业典礼的事，我们无暇先参访纽约这座城市，所以第一印象就是希尔顿大饭店的礼堂。按规定时间，我们来到了希尔顿。在化妆室里，我望着老伴为女儿穿上硕士服，戴上方帽，那股浓浓的亲情不由地涌上了心头；同时也为当年未能出席儿子、儿媳在印第安纳州立大学的毕业典礼，而感到深深的遗憾。

走进会场，我们坐在后面的家长席上。主持人正宣读着各学科、各学位的毕业生的名字，这时一队队生气勃勃的毕业生鱼贯入场。当听到女儿名字的时候，我们在座席上伸长脖颈，睁大双眼，努力搜索着女儿的身影。也许是波涛汹涌般的人头攒动，也许是自己的心情特别急切，女儿的身影似跳入又似未跳入我们的眼帘。女婿见此，急忙离席到廊道上拍了几张照片，大概要在照片上留下我们所要捕捉的身影吧。学生们秩序井然地依次坐在按学士、硕士、博士划分的座位上，不时传来的轻快的奏乐声，把人们带进了欢乐的旋涡。礼堂布置得简洁而庄严，仪式也是像乐声一样轻快，校长简短的讲话带着几分幽默，不时引起一阵阵笑声和掌声。这让习惯于听冗长的首长教训式讲话的我感到耳目一新。毕业生代表致辞完毕，主持人宣布各学科、各学位的学生上台领毕业证书。会后，我们和所有出席典礼的家长们一样，与自己的儿女在会场内外，以希尔顿饭店为背景拍照留念。然后我们来到几十条马路条条相通的中央公园，悠闲地或躺或坐在绿油油的草坪上，消解一天快乐过后的些许疲劳。我一边眺望着斜阳映照下的尖塔（据说是百余年前埃及赠送的），一边想着年轻的美国，只有短短二百余年的历史，为什么能后来居上，成为科技的强国，进而成为政治经济的强国？今天我们在纽约市立大学毕业典礼上看到的，不正是实际重视知识、重视教育的典范明证吗？这欢乐的一天过后，我们开始了两周的纽约之行。

我们的纽约行从最大的曼哈顿区开始。这是纽约最早设置的行政区，面积近六十平方公里，是纽约的神经中枢，是举办社会、经济和文化活动的重要场所。第一任总统华盛顿的就职典礼，就是在这个区的华尔街大厦举行的。所以我们首访的就是这个华尔街。“华尔”原文为 Wall，是城墙的意思。1792 年荷兰殖民者占有纽约、开拓东印度公司以后，为抵御土著人印第安人，在这里构筑了一道城墙，之后更因之而得名。

我们来到华尔街的十字路口，正东张西望地寻找华尔街证券交易所的所在，一位西装革履的男子主动驱车上前，很有礼貌、面带笑容地问道：“有什么需要我帮助的吗?”我们说明缘由，他用手指点了一下路口东侧一座不显眼的灰色大楼，和蔼地答道：“这就是证券交易所。”我们谢过后，不禁惊叹万分，一是美国人文化素质之高，二是影响着世界金融经济命脉的中心竟然是这样一座简素的楼房。作为美国象征的纽约，真正面目究竟怎么样？于是，我们带着这些问题，尽可能多走走纽约的街衢——进步的地方与落后的地方。

走进了华尔街纽约证券交易所，我被领到二楼参观室。室内摆着各国语言的同声传译机，我们选择了汉语传译机，隔着巨大的玻璃幕，俯视着交易大厅内的繁忙景象，听着传译机里不断传来的或高或低的叫喊指数声，我们恍如也置身在大堂参与直接交易似的。每个指数的飙高或骤降，意味着有人会成了百万富翁，或相反地成了穷光蛋，甚或为此饮弹自尽者也时有发生。我想：这种交易在市场经济社会中是不可或缺的，不可以逃避这样一个经济规律，问题是个人以什么样的心态去面对。作为一个确如隔着玻璃幕参观的旁观者，我似乎是超然物外，因为我关注的，是我的书本，而我的学问，也非经济学的学问，我不会投入更多的关注，也不会进行更多的思考。

纽约证券交易所虽是华尔街的象征，但它的道路狭窄而短小。从百老汇至东河仅有七个街段。据介绍，这里却集中了二万多家证券交易所、大银行、金融机构、信托投资公司、保险公司、房地产公司和商品交易所等，操纵着全美金融经济命脉的联邦储备局也设在这里。可以说，当你漫步在这条不宽大的马路时，你已感受到它就是闻名遐迩的华尔街！是世界金融经济的中心！在美国，无论是富人还是穷人，尤其是玩股票的人，时时刻刻都瞪大双眼盯视着它。

一个天气晴朗的日子，我急切要去参观的下一个节目就是自由女神像——“自由照耀世界之神”。这一女神铜像位于曼哈顿南端的巴特里岛上。我们在曼哈顿南端隔海湾远眺，巍峨的女神像高耸云天，右手高擎火炬，左手持着一部法典，脚下还放着刚刚打开的脚镣。法典上面标示“1776 年 7 月 4 日”。这是美国独立纪念日。这巨大的铜像连座基高达九十二米，重二百二十多吨，是法国人在美国独立一百周年时建赠的，1885 年运抵纽约而立于此。这是美国独立的象征。不，这也是人类自由的象征。在争取独立、自由和革命的时候，人们不是都呼喊出“不自由毋宁死”的共同口号吗！“五四运动”的时候，我们不是为争取科学和民主自由而斗争吗？在争取新民主主义革命的时候，我们不也同样呼喊过“不自由毋宁死”这句口号吗?！这些我们不会忘记，也不能忘记。忘记就意味着背叛。

我们从曼哈顿南端乘坐观光船到达巴特里岛，面对自由女神像时，我心里想，“自由照耀世界”，这是普遍存在的价值观念，它是超越时代与历史、地域与民族而存在的。在修改这篇文章的时候，刚刚读到季羡林师论东西文化互补关系的文章，季老谈道：“在处理外国文化与中国文化的关系时，应该注意大胆‘拿来’，把一切外国的好东西统统拿来，物质的好东西要拿来，精神的好东西也要拿来。应该特别强调，我们要拿来的是第三个层次的东西，属于心的东西。我们要改变我们的一些心理素质、价值观念、思想方法等等。所谓‘心’的东西，指的是价值观念、思维方式、审美情趣、道德情操、宗教情绪、民族性格等等。”这更令我更确信“自由照耀世界”这一普遍的价值观念。

我想着想着，已钻进女神铜像里，后边的人群簇拥着我们循着盘梯攀登而上，到了巨像冠部的瞭望台，举目眺望，近处纽约湾碧波荡漾，海鸥飞翔，远处世界贸易中心大楼高耸苍穹，大西洋万顷烟波，尽收眼底，这一派天人合一的景致，美不胜收。这时候，我仿佛走进了硕大的自然画框，令人心旷神怡。还在那里驻足欣赏曼哈顿全景，后面的人群已呼拥上来，我们只好依依不舍地离去。从女神像里走出来，时近中午，我们乘上来时的观光船，回到了曼哈顿；在快餐店草草吃过午饭，走了几条街就到了世界贸易中心。这是两座并列的摩天大楼，高达一千四百多英尺，共一百一十层，是当今世界最高的建筑物。它不仅是纽约繁华的象征，也是现代建筑艺术和现代文明的重要标志。这座姐妹楼雄峙在曼哈顿中心区，在鳞次栉比的高楼大厦中，有如鹤立鸡群。就是耸立于第五大道、高一千二百多英尺、楼分一百。二层的帝国大厦，称雄纽约近半个世纪后，也甘拜它们的下风。它们自然而然地洋溢着一股压倒群芳的气势。站在它们的面前，反倒感觉一根巨大的擎天柱向你压将过来，令人不禁望楼兴叹。在修改这篇文章前一个多月，即 9 月 11 日，可恨可恶的恐怖分子劫持客机先后撞上了这两座摩天大楼，瞬时腾升起一团火球，最后变成了一片废墟，并夺去了几千人的生命。这不仅是对美国人民的挑战，也是对世界文明的冒渎，遭到全世界的同声谴责——我们乘上了电梯直达第一百零七层的眺望台，鸟瞰纽约全市，这个世界大都会的风光，尽收眼底。一个个街区、一片片鳞次栉比的高楼大厦，一条条车水马龙的道路，四面环水的曼哈顿岛……犹如刻在地图上一般，给人一种“登泰山而小天下”的感觉。

唐人街，也是纽约有名的地方。这是多少代中国移民用血汗乃至生命在这片新大陆耕耘出来的地方。我们特地用了半天的时间游了这条唐人街。这里主要的象征，就是孔子大厦，以及屹立于大厦前的孔子塑像。他老人家在故国一度被批得体无完肤，在异国虽经历风雨和时间的磨炼与检验，但仍闪烁出中华文明之光。中国游客都站在这位圣者塑像前瞻仰，更有顶礼膜拜者。各国观光客到这里来观光购物者甚众，从日用百货、工艺制品、文物古董，凡中国有的产品，这里也一应俱全。更令我感到亲切的，这里的华人大多操广东话，让我这个广东人实有如归故里之感。

到纽约，访唐人街也只是缅怀一国之情，而访联合国大厦就有如遍历了万国，所以联合国大厦也是我们纽约之行必访之地。同样坐落在纽约闹市区曼哈顿的联合国大厦是一栋四十层的长扁形大楼，楼前的一百几十根旗杆上，升起了一百多个会员国国旗，五星红旗也飘扬其中。在异国他乡，望着国旗，油然生起一种民族自豪感。那天正好休息日，未能入内参观。据说，大厦内拥有大小会议室和办公室数百间，常常出现在电视里的安理会会议大厅是其中的一间。目前，联合国日益发挥着它的作用，这恐怕是政治多极化和文化多元化发展的历史必然吧。

纽约还有许多值得留恋的地方。在时代广场，无论我们参观的是七十层巍巍高耸的洛克菲勒中心，还是庄严宏伟的纽约大教堂，乃至街头各种艺术的雕塑，都令人感受到现代科学文明的气息，令人流连忘返。不过，在纽约，并不是所有地方都如此，有些地方却是令人望而生畏的，典型的就是第四十二街红灯区。出于初访纽约者的好奇，一天夜幕降临时分，我们驾车来到这个红灯区，映入映帘的，有不停闪烁的红红绿绿的霓虹灯，有花枝招展向过客招手的女郎，有从夜总会摇摇晃晃走出来的醉汉，还有……我们将车子停在不显眼的路边，只透过车窗，观望着这番景象。偶尔也有一两个不同肤色的汉子，轻轻敲敲我们的车窗，微笑招手致意，以示友好。这是红灯区的表象，内里呢？这不是我们这些连车厢也不敢走出一步的人所能透析的。也许纽约这一角正是“五毒俱全”，正是“资本主义社会的缩影”吧。

从抵达纽约的第一天，到我们离开纽约那一天，最令人难忘的还有纽约的

“涂鸦景观”。无论在建筑物的墙上、公共汽车上、地铁站里里外外的墙上，总之在一切公共场所，都被人用彩漆写满了天书，画满了古怪的图画。有人说，这是青年人对社会不满的一种发泄；也有人说，这是穷极无聊之举。不管怎么说，这是文明社会不文明的行为。不过，两周下来，大概是看惯了这种“涂鸦”的奇观，倒似乎觉得它是纽约一道亮丽的风景线。不管它是正面还是负面的，但这就是纽约，就是今日美国的纽约！

华盛顿杂记

华盛顿是美国的首都，全美的政治中心。我们在纽约逗留两周，必访华盛顿无疑。

一个晴朗的日子，我们一大早就迎着东升的旭日，从纽约出发，驾车直驱华盛顿。来到了华盛顿广场，实际上是林荫的“街心公园”，首先跳入眼帘的，就是高耸云霄的华盛顿纪念塔。这座塔是为纪念美国建国之父、第一任总统华盛顿而兴建的。塔底很宽，塔高近一百七十米，外壁为大理石，内壁是嵌有雕刻的石块，有一百九十块之多，渐呈方尖形状伸向苍穹。有人说，它像一把菱形巨剑直插天空，象征华盛顿能征善战，所向披靡。有人说，它像一杆大笔，以蓝天白云为纸张，书写美国开国元勋的丰功伟绩。更有人说，它像男性的生殖器，象征美国年轻的生命和力量。总之，设计者独具匠心，让人生出种种的艺术联想或遐思。

林荫大道西侧是林肯纪念堂。林肯是美国第十六届总统，他在南北战争中建立了卓著的功绩，期间发表《解放宣言》，宣布解放黑奴，后又提出“民有、民治、民享”三权，却终遭人枪杀身亡。美国人为纪念他而建此纪念堂。这是一座形似雅典帕特农神庙的建筑。我们拾级而上，没有发现纪念堂的门扉，只见四周用三十六根大理石圆形廊柱支撑着这三层圆形顶盖的建筑，象征林肯在任时代美国的三十六个州。尤其是三十六根大理石圆柱闪烁着太阳光辉的时候，整个纪念堂在蔚蓝天空下，更让人联想到它也象征国家的力量和人的意志，更显其威容与尊严。

这纪念堂没有建门，一天二十四小时都可以自由进出，采取的是开放式的管理模式。我们不用购票，不用存包，不用安检，就这样自由自在地走进了大堂。堂内安置着一座高大的林肯坐像，那是用二十多块乔治亚州白色大理石雕刻而成的雕像。立在像前，回忆起林肯为美国人，也为人类构建现代新的价值观方面所做出的贡献；马克思曾称他为英雄，不禁令人肃然起敬。之后，我们观看了堂内南北两面墙壁上铸刻的林肯两篇演说辞以及著名画家加兰制作的题为《重新联合与进步》《一个民族的解放》的画作。这样，设计者也许已经用他的艺术力量，出色地传达出林肯时代的美国文明精神了。

中午餐毕，没有歇息，我们马不停蹄地又参观国会大厦去了。国会大厦与白宫都是巴洛克式的庄严高雅的古典建筑风格，它们彼此遥遥相望。国会大厦屹立于宽阔的林荫大道东侧的山坡上，所以俗称国会山，与华盛顿纪念塔、林肯纪念堂形成一直线。大道呈放射状向外延伸，形成一个宽广“街心公园”，树木葱郁，中央一泓长方形的水池，平静如镜，水如碧玉，清得见底。蓝天、白云、华盛顿塔倒映池中，为周围的景致增添不少光色。

以国会大厦为轴心，南、北两侧的街道以字母命名，东、西两侧的街道以数字命名，有序地展开，非常易记，不易迷路。国会大厦与白宫贴邻，之间挺立着一幢一幢的大楼，属联邦政府各部所谓的“联邦三角”建筑群。这可以称得上是世界少有的专为政府驻地而建设的城市。

我们驱车浏览了一圈主要建筑物，就直接驶达国会山，登记排队，有序地步入国会大厦参观。首先来到大厅，抬头仰望，大厅圆屋顶下，四周立着历届总统的立像。整个大厅，也像它的外观一样，庄严古雅，充满着古典的韵味。不像国会山外面的美国世界那样一派现代的气息。我们还参观了几个小会议室，都是古朴的桌椅和装饰，没有追求奢侈与豪华，不然纳税人是不会同意的。在这个社会里，维护纳税人权益的意识是很强烈的。纳税人清醒地认识到，是他们养活政府，而不是政府养活他们。政府为他们做事，这是理所当然的，不用感恩戴德。著名的国会图书馆最初也设在大厦内，1814 年英军入侵时，国会大厦连同国会图书馆被付之一炬。其后重建时，图书馆便另辟新址，没有设在国会大厦内了。据说，这是世界上最大的国家图书馆之一，可惜日程很紧，没有时间参观，此乃华盛顿之行的一大憾事。

我们又到了华盛顿附近的弗吉尼亚州阿林顿县的五角大楼。这是一座巨大的五边形建筑物，蔚为壮观，因是美国国防部的所在地，戒备森严。我们只能在广场上拍照留影。修改此稿时，五角大楼在“9·11 事件”中毁坏严重。

听人们说，林肯纪念堂周边的夜景更迷人。结束下午的日程，已是黄昏时分，夕照余韵无穷。我们乘兴又折回林肯纪念堂，像白天一样，拾级登上纪念堂，举目环望，周围已披上了晚霞，暮霭已经笼罩在所有的建筑物上。时间一分一秒地流逝，转眼天空和大地完全昏暗下来，周边的灯光骤然放亮，一片通明。林肯纪念堂被变幻的彩灯装饰起来，显出其分明的轮廓和靓丽的姿影。五彩缤纷的灯光，倒映在那泓池水上，微微荡漾，泛出粼粼光波，有如编织出来的锦绣，闪着诱人的斑影。华盛顿纪念塔渐渐昏暗下来，朦胧微显，只有依靠闪烁的灯光，才能模糊地辨认出它的存在。远处的国会山则静悄悄地全然隐入夜空中。一天的喧嚣余音，也早已低回地旋荡在夜幕后，恢复了大地的宁静。这一派塔、堂、池在彩光下的风光，给人与白天不同的感觉，不亦快哉。

黄石的地热和喷泉

人们都说，位于怀俄明、爱达荷、蒙大拿三州交界处的黄石公园是世界上第一个国家公园，黄石公园的地热和喷泉是美利坚大地上最壮伟的奇景之一，访黄石公园可以享受人文和自然之美。

根据《世界周刊》一篇文章的说法，美国建设国家公园的设想始于19世纪的一位艺术家。他路经这片土地，忧虑美国政府向西拓展会影响到印第安文明、自然环境和野生动物，便进言："这些也许可以靠着政府的保护政策而被保存在一个伟大的公园里，一个国家公园，包含了人类与动物在他们充满野性与新鲜的自然美里。"于是，1872，美国国会正式将这片横跨三州的黄石山谷，划归为国家公园用地，开辟为国家公园。这便是世界上第一个国家公园的缘起。经过一个多世纪的开拓与经营，至今美国已拥有五十余座国家公园和三百七十余个自然景点了。

我们是从怀俄明州界进入黄石公园的，翻越一座山顶时，山下是盛夏，山上却是隆冬。天空翻滚重重的白云，地上盖满了皑皑的白雪，连挂在杉树枝头上的残雪也未消尽，斑斑点点，不时泛亮着白色的点光。山中的小木屋也披上了洁白的素装，以迎接新来的客人。山下山上的气温差达三十多度，我随身只带了一件单衣，穿上了站在雪地里照了一张夏天的雪，冷得发抖，照片洗印出来后，是一副缩着脖子的丑态。在山上观景，正如罗贯中所言，"山如玉簇，林似银妆"，非常之美。这一夜，我们就宿在山中森林的小木屋里。木屋虽小，但卫生设备齐全。由于旅途劳顿，一仰脸躺下，就进入了梦乡。

翌日清晨，太阳刚从山峰那一端露出脸来，我们就驱车进入黄石公园。一路上，我们一边欣赏秀丽的黄色峡谷，一边观看悬挂在山涧的瀑布，还有原始的森林。当然，黄石公园更以地热和喷泉而驰名。因为地热，有的喷泉喷出带硫磺的泉水，天长日久，便把园内的岩石都染黄了，所以才有了黄石公园之称。这个美国最早和最大的国家公园是世界上拥有最多喷泉的地区，我们的活动也主要集中在这一地区——观地热，赏喷泉。

黄石地热是一种独特的自然景观，由于公园地处活火山地带，大概接近地球内部最大的热的缘故，地下水达到了沸点。这些热地下水和火山气体，或形成过热蒸气，或形成热的干岩石、压力热水和热岩浆，放射性地透过地表喷发出来。因此，园内有二十余个大大小小的间歇泉——热气泉、热水泉、岩浆泉、泥泉等，散落在地热喷泉区，都是间歇性喷发的。喷射间歇，长者一天一两次，短者相隔十数分钟或半小时、一小时一次。公园设有告示牌，写着喷发的时间，一般都不会相差太大。

热气泉从地表喷薄而出的热气，与空气接触，凝成水气，腾起层层不绝的雾气层，直冲云霄。水中带着菌藻，水热达七十多度时，以黄为主色，随着水温的渐降，上升热气所含的菌藻变成橙、绿、棕、黄等的颜色，余烟袅袅。有时静听，还会发出喷射时的嘶嘶声，色与声都给人带来一种轻盈缥缈的美感。热水泉则时起时伏地喷射出来冲天的水柱，蹿升到不同的高度，飞溅起满天的水雾，有如烟花在天空炸开，分裂出七彩花纹图案。我们到了一大岩浆泉，迎面扑来腾腾的热气，远近都弥漫着烟雾。走到长长的木桥中，观赏岩浆泉，所见处处都滚流着温度高达七八十度、约七十万加仑硫磺岩浆，一条又一条火红色的浆水东奔西窜，扑鼻而来的是一阵阵硫磺的气味。我仿佛站在火海之上。来到泥泉又是另一番景象。泥泉是从岩石分解出来的种种不同的矿物质，形成一泓泓的大小不一的圆形泥泉潭，周边是淡粉色、土黄色或乳白色，中央是湛蓝，像一潭清澈的泉水。在日光照射下，泥泉潭不断地变幻出五光十色，就恍如一个个煮沸了的大颜料盆，提供大自然挥笔绘制出自己的风光，人间仙境般的风光。

的确，进入黄石公园就宛若进入了人间的仙境。后来听说，在美国，黄石公园是有“仙境”的美称。可是，来到黄石公园的原始森林地带，却又是满目疮痍，呈现出一派萧瑟的景象：一株株或焦黑或干枯的树干，光秃秃地耸立在那里，似是仰望着长空悲叹；有的干脆倒下，横七竖八地躺在黝黑的焦土上。偶尔发现有些枯树枝头吐出了绿色的枝叶，地上萌出了绿色的小草。这是焦土上仅有的绿色，却呈现出生与死搏斗的壮景。小草这种在严酷的自然环境下求生的顽强意志，以及那奏出壮美生命跃动的韵律，深深地打动了我的心。几只小鸟落在刚吐嫩绿的小草地上，叽叽喳喳地纵情歌唱，向小草也向我唱出了一支新生的喜悦之歌。我向小草和绿韵倾诉衷情，我的心灵与小草，也与大自然进行了心灵的交流。

三年前，黄石遭受持续四个多月的森林大火，超过四分之三的林木被毁。站在这样一片土地上，我不由地遐想：天地万物，生死轮回，大概自有其道理吧？

奇伟的科罗多拉大峡谷

离开犹他州，我们到了内华达州世界最大的赌城拉斯维加斯，经历了“赌的世界”，买了几元的“赌资”，体验了一下“赌的生活”，乏味地度过了一天一夜，便继续横越美利坚之旅最精彩的一站，来到了亚利桑那州的科罗拉多大峡谷。

世界上有许多峡谷，美国也有不少峡谷，唯听说美国西南部这个亚利桑那州的大峡谷景观最奇伟，被列为世界七大自然奇景之一，故而亚利桑那州素有“大峡谷州”之称。访问美国，如果不到亚利桑那州大峡谷搜奇探幽，乃是一大憾事。所以横穿美利坚之旅，大峡谷是我们必游之地。

据文献记载，从大峡谷两侧岩层各个时代的地质构造来看，底层的花岗岩和玄武岩年龄达四十亿年，上层沉积的石灰岩、页岩、砂岩则为中生代，即是从二十二亿五千万年至六千五百万年前的产物。它又经过亿万岁月的地壳巨变和造山运动，形成了地表的大裂缝，在谷底出现了科罗拉多河。河流经过数百万年的汹涌奔流，无情地冲击、沉积、侵蚀和风化着两岸的岩层，形成各种各样怪异的形状。这一史前逐渐形成的自然奇迹，于 19 世纪中叶才正式出现在世界地图上。

我们来到大峡谷，站在谷崖的南端眺望，这一从亚利桑那州北界的大理石峡至贴邻内华达州州界的大沃什崖的大峡谷，长三百多公里，宽从六公里至近三十公里不等，无边无际。其规模之宏大，气势之壮伟，使人不禁惊叹：这的确是人世间的一大奇迹。

从谷崖的眺望台上远眺，一座座岩壁陡峭的山峡，一个个错综复杂的山谷，一块块刚毅粗犷的巨岩，有时像在互相拥抱和亲吻，有时又像在互相挤压和斗嘴。一条迂回曲折的科罗拉多河不息地奔腾在谷底，切割着两岸的岩层，形成千姿百态的红、黄二色石壁，延绵无际，气势雄浑。因此有人说：“科罗拉多河是雕刻大峡谷的艺术家。”这并非言过其实。大峡谷就是以其壮阔的地貌格局，完整地铺陈在这块土地上，以各自的雄姿迎接着四面八方的宾客。在骄阳照耀下，峡谷本来呈红、黄二色的岩石，随着光线的变化，不同岩层不断幻化出不同的颜色。上层岩石或浅红，或浅黄，有时又幻变成灰白。深层的岩

石或棕褐，或绛紫，有时又灰暗下来。斑斓的色彩，似乎是要把更多的美，留在纷繁的人间，让人间也变得像它们一样的美。

近处的山岩，形态各异。有的成拱形，横跨山路，像座拱门，汽车可以通过其间。有的成石林，林林总总立于一侧，在不同光线的映衬下，像一片大自然营造的原始森林。有的成锥形，雄峙在另一侧，直指云端，仿佛要使尽浑身解数伸向无边无涯无尽宝藏的宇宙。有的形状怪异，像大图腾，仿佛是原来这片土地的主人印第安人留下的历史标志。有的像是一座座的城堡，就像当年土著印第安人为阻止殖民者入侵而修筑的石垒。有的像是大大小小的石礁，像涌现在汪洋大海中的礁岛。还有的像平原、像丘陵……这些既壮观又秀丽的岩石群，互相呼应，组合成一幅大自然的美景，仿佛是由鬼斧神工雕琢而成的，实是举世无双的一大杰作。

我们从东到西，从南到北，寻找最佳的景点，争看这断崖峭壁变幻无穷的壮景；有时还选择最理想的角度，拍下几张照片留念。听说从我们所在的南端顶岩，下到谷底，约两千米，山路险峻，尽管有驴子可作交通工具，但我们怕山路险峻，体力不支，不敢贸然行事，便徒步至谷间，去直接感受这一大自然的造化，领略谷间另一番风光。走在S形的羊肠小路上，路旁时而是峭壁，时而是深谷。我们迂回地来到了谷间。在谷间一块倾斜的山岩上，与妻合拍纪念照时，虽是有惊无险，但也有着几分惊，我们相拥而立，拍了一张留存下来。这时，年轻人已到达谷底了吧。

当你站在谷间，将视线投向谷底，满眼是奇岩怪石、悬崖绝壁；居高临下，万丈深渊，仿佛一失足就会成为“千古恨”，实在吓人。在这山谷间，大自然的一切都寂然无声，幽静至极，只有隐隐约约、时断时续传来科罗拉多河的咆哮声。这也是来自海拔几公里高的上游直泻而下的滔滔的汹涌急流，无情地冲击着谷底两侧岩层发出的巨大回响。有人说：这条科罗拉多河与这大峡谷“耳鬓厮磨的恋情已持续了六百万年”。这话说得多么浪漫，多么抒情啊！

在这里，体味“虚怀若谷”这个成语，更觉中国人创造力的伟大。确实，如果人类的胸怀有如山谷这样深、这样广，人世间就不会有那么多的纷繁，也不会有那么多的纠葛。也许有人会说，这是乌托邦的理想。但如果不是面对这谷间，面对这天赋的大自然，并与之进行心灵的对话，是不会感受到这一点的。这么说，即使有点理想主义的成分，但与人世间吵吵嚷嚷地讲这讲那相比，没有那么令人心烦。

谷间渐渐昏暗下来，太阳已经开始西沉了。我抬头仰望，一块块石崖仿佛向我压将过来。我们急忙踏上回程，虽然是沿着来的路径，但没有来时那样轻松，这时候才觉得山路的漫长。年轻人一前一后不时提醒我们，脚步要踏实踏稳。一天的兴奋催促着我疲惫的身躯，回到了大峡谷南端的眺望台。我依依不舍离开，心头涌起一个强烈的愿望，要最后多观赏一眼涂抹上彩霞的大峡谷黄昏美景。

眼前，一座又一座山岩的天空，燃烧着璀璨的霞红。红色的重叠岩壁，闪烁着醉人的紫金色的光芒，更显出其亮丽灿烂的本来面目。这个时候，它们彼此似在争艳斗丽，仿佛在夜幕降临之前再好好地欣赏一下自己的殷殷色浓的颜容。随着夕阳的移动，光影千变万化，大地经过一天蒸发，雾气氤氲，蔚为烟雨，迷漫于重叠的岩壁之间，层层不尽地闪耀着参差的光影，更衬映出分明的远近层次，美艳得像红宝石削成一般。岩壁的光与影，变幻莫测，仿佛不甘忍受游人离去后的寂寞与孤独，还要与满天的晚霞斗艳一番，让自己的生命继续大放异彩，让人们最后如痴如醉地一睹这“山色空蒙雨亦奇”的奇景。

夕阳西沉，再西沉，我蓦地俯瞰谷底，已经渐渐朦胧；转眼间，已变成一片苍茫茫的世界。它们虚无缥缈，若无还有，仿佛要借此遮掩着自己的秀脸，悄悄地隐入夜空。它们越是如此羞涩地退去，人们就越好奇地瞪眼望着它们的芳容，觅寻它们亿万年前的奥秘。的确，此时此刻，经过一番争妍斗丽，它们更显缤纷多彩，情状更加亲热了。

这时，夜色也渐更深沉下去。白天喧腾了一天的欢声笑语，又全然落入了谷底，大峡谷也恢复了应有的宁静和安详，大地已然沉寂得了无声息，完全融进了一片黝黑之中。静得虚幻，静得让我头一回领略到这种静的情趣。我幽思冥想：它们一切都顺从自然，回归自然。离开亚利桑的大峡谷时，大峡谷似乎仍呼唤着我，我仍在迎着大峡谷的呼唤而去。我已在不知不觉间和大峡谷融为一体了。

走过“死亡谷”

世界四大“死亡谷”，即位于堪察加半岛克罗诺基山区、美国加利福尼亚州与内华达州相毗邻的群山之间、意大利那不勒斯和瓦唯尔诺湖附近和印度尼西亚爪哇岛山间。其中美国加州与内华达州之间的“死亡谷”是世界之最。我们走过的就是这一“死亡谷”。

在走进这个处在群山之中的“死亡谷”之前，我们查看了有关这条死亡谷的资料。它是经过前寒武纪晚期（八亿年前）以来的不断沉积、造山运动，至第三纪中期（四千万年前）发生的一次垂直块断层而造成的，谷底至今仍在不断下降。实际上，它是群山之中的一块低洼地。之所以称“死亡谷”，是因为在1849年的淘金热中，一群淘金者在此迷失了方向，再加上自然条件的恶劣，未能走出这谷底而最终全部死亡，才有了这个吓人的名字。此后有些探险队来到这里探险，也多有来无返，葬身谷底。经过近百年的变迁，这个“死亡谷”又有什么变化呢？在横越美利坚之旅，我们权充“探险者”，决心闯闯这一“死亡谷”，探个究竟。

这条“死亡谷”全长二百二十余公里，连同下车“探幽”，估计需要花费一天的时间。进谷之前，我们备好了一天的干粮和足够的饮用水，就无畏无惧地起程了。驶进山谷，第一感觉是一片无边无涯无尽头的荒漠，天气酷热。孤车在洼地的路上行驶，有如奔驰在沙漠上，只见地与天，无一草一木，一切都静止了似的。坐在车厢里，看着渺无人烟的荒凉景象，真有些心慌；一片寂静，静得连心脏的扑通扑通跳动声都清晰可闻。

更难挨的就是热，这里干燥炎热，又时值盛夏，是一年之中最热的季节。我们带着的寒暑表，测出气温达五十多度，地面温度就更高了。据气象纪录，1913年是创纪录的一年，气温高达六十六度，地面温度达八十八度。进谷前我们听说，地面热得可以煎鸡蛋。可惜我们没有带鸡蛋来，不然可以亲自体验一下，可能别有一番情趣。对我这个南国人来说，本来怕冷不怕热，可这时也热得难熬，汗流浃背不说，连呼吸都变得有点困难了。如果有地洞，真要钻进去凉快凉快，降降温呢。

我们的车子行行停停。有时候在车厢里实在待不住了，就将车子停下来。我走出车厢，光着膀子，即使吹来的是热风，也甘愿让热风吹拂，这样似乎好受些。可是，仍然如初进谷中的感觉，一切似乎都是静止的，连一丝风也没有。经过半天的行车，在爬一个斜坡的时候，车头突然冒烟，大概是气温太高，水箱忍耐不了。恐怕也因为是二手车的缘故——因为女儿刚毕业，尚未就业，只能如此——“老掉牙”，不大争气，也如同我辈老人一样，经受不起这种气候的折磨吧。

可是，就是在这烈日当头的时刻，我们来到了“死亡谷”的谷底，低于地平线的八十多米的谷底。这是北美洲最干燥最炎热的地区，也是西半球最低洼的地方。听说，因为降雨量少，蒸发量大，几千年前谷底的湖也变成盐盘了。曾有两年连续滴雨未降，地表都出现了裂襞。我们走出车厢，来到所谓的“最低点”。眼前见到的，谷底只是一块微微倾斜的大盐盘。我将眼光投向盐盘的南端，似是看到一条河流泛起微小的浪花，潺湲地流淌着。我不禁惊喜。动了！有东西打破了静止的状态，在动了！可是，老伴和女儿提醒我，让我细看，却原来是阳光照耀下盐沙粒泛出的粼粼白光、波波的白影，造成一种动的感觉。也许是我心情急切，要去发现这大地上还存在动的东西而产生的一种莫名的幻觉吧。不管怎样说，这是“死亡谷”里最引人入胜的自然景观，以及大自然造物的历史长河明证，使人产生一种虚幻如诗的感觉，似梦的感觉。这时我想起文献里记载过的，盐盘南北两端曾经是有两条河，一条是阿马戈萨河，一条是索尔特河，但它们仅有短促的季节性地表径流，后来这两条河已经完全干涸了。

我再细察，在周边还是可以发现存在着动的东西。它生长着耐盐碱的盐渍草，生长着灯芯草，还有各类叫不上名字的小昆虫在活动。可以说，只有这时候，我们在这广阔无垠的低谷中，找到有生命的东西做伴，还可以感受到生灵的力量。这是多么令人愉悦的啊！只有这时候，我才忘却干燥和炎热；走到谷底的最低点，伸手捡起一块小石块，把上面的沙土拂去，带回家作为留念。通过“死亡谷”，我们全程只遇见迎面而过的两辆车子和车厢里的几个也许像我们一样的“探险者”，此外全不见人影。实在不堪设想，如果那二手车真的抛锚——手中又不像修改此稿时，可以握有手机——怎么办？失望了？进谷前我们没有想过，在谷底我是曾经交织着惊惧与镇定、失望与希望的心情的。最终，毕竟我们走进了“死亡谷”，也活着走出了“死亡谷”，这是西半球的最低点，是值得纪念的。

“死亡谷”已不像百年前对人类那么凶恶，那么残酷。因为科学的进步，人类可以征服自然了。也许用“征服自然”这个词，有点西方自然观的色彩，不如用“掌握自然规律”，还是要与自然和平共处、共生，否则自然也会惩罚你的啊。我抚挲着从“死亡谷”带回来的小石块，陷入了沉思：东方的哲理是“天人合一”……

亲近自然：幽山美地

我们活着走出“死亡谷”，继续这次横越美利坚之旅的最后一站，来到了加利福尼亚州中部的幽山美地国家公园。这个公园的原文是 YOSEMITE，我们的辞典音译为约塞米蒂，当地华人有译作优胜美地或幽山美地。我觉得“幽山美地”的译法也许不够标准，但很有情意。的确，整座公园就是一片幽美的山地；位于内华达山脉，拥有一大片密密丛丛的红杉林。我曾用过“高耸云霄”这个词，到了这里，看见这些千年的参天古杉，以前用的这个词用在此处可谓“小巫见大巫”，真不知再用什么形容词来形容更合适。在这一排排一列列的红杉中，有一株特别挺拔，大大高出周围的树，几乎连着天际，已经分不清天与树两者之间是否还存有空间，好像险些也要把我吸入其中。据说，这株古杉已有数千年的树龄，举目仰望也未能窥见其高耸的树梢，粗大的树干刻下了久经岁月的深邃而宽大的皱纹，满目是灰突突的枝丫，绿森森的大叶，以及透过浓密枝叶隙缝只见的一小片碧蓝的天空，清风吹来，枝叶摇曳曼舞漾起一涟涟绿波。这树树龄虽高，虽历经风霜雨雪，但是如人虽老，经历了种种磨难仍在“发挥余热”一样，繁茂着自己的枝与叶，并深藏着不灭的树魂。这株古树高达二百七十多英尺，树围超达一百英尺，我们四人尽情去拥抱它那壮大的身躯，也未能抱及其三分之一，恐怕十人也环抱不过来吧。这是目前已发现的世界第一巨杉。它有如一个魁梧的大将军。正率领一支排列整齐的军队镇守着这片山林，显示出勃勃的英姿，让人感受到它浑身仍充满着年轻的生命力，要顽强地存活下来，而且活得更有价值和意义。我为它的精神和力量所感动，从内心底里发出对生命的礼赞。

走在无涯的树海中，来到了一座观瀑台，观赏约塞米蒂瀑布。这一瀑布由上下两瀑布组成，两条水道从树林掩映下的悬岩飞流直下，与直耸云天的巨木形成两股力量，既给人一种强烈的紧张感，也给人带来一种大自然发挥自己的自由和生命力的震撼。这两层瀑布，一个气壮如虹，从高高悬岩垂直下冲，又腾升起冲天的水雾，飙升到比原来更高的天空；一个修长细瘦，透过交错的林木，轻盈潇洒，飘然而下，有如在山谷挂上一匹飘忽着的细长锻锦，层次丰富的瀑布也以其无比壮美又无比幽远的风姿，展现在人们的眼前，实是目不暇接，给人一种大自然的美感。我们行走在山谷林间，或近或远都可以看到形态多变、大大小小的瀑布，还可以听到或高或低的瀑声回响。

胜利地结束了这次横越美利坚之旅，在写这篇文章向大自然倾诉衷肠的时候，我仿佛听到大自然还在频频呼唤着我。我忘不了饱览过的一处处的奇景，更忘不了大自然给我的人生启迪，我们要拥抱自然，更要亲近自然。正如一位自然科学家所说的：

> 这里的大自然循着一条极为规律而严格的原则在运行，人在此地，与天地合一，成为自然生态系统中的一分子，与芸芸众生没有差别。

是的，我历尽人生：人类终归要顺从自然，回归自然，与自然交融。

现在我认识和体味到大自然的生命如何按照自己极为规律、严格的原则运动，人类也像大自然，芸芸众生。人不是靠鬼神，也不是靠人神，而是依靠自己的力量来律动自己的生命！依靠自己的力量来构建一个完美的世界！

完成横越美利坚的旅程，深感人存活一天，也要像天地永恒地搏动着生命一样，搏动自己的生命。我的心头不禁涌上了一股走向成熟的喜悦。

旧金山见闻

退休伊始，结束了一年多时任我院院长所说的“不叫‘运动’的运动”生活，第一次来美国探亲，就到了旧金山散心，与儿孙共享天伦之乐，以期早日忘却那不愉快的事情。

旧金山是加利福尼亚州的大城市之一，也是世界上移民最多的地方，而移民中又以华人最多。从旧金山的发达史来看，一百多年前，第一批华人移居这里，他们当劳工，从事修筑铁路、开矿淘金，拓荒劳作等最难苦繁重的体力劳动，就是凭着中华民族传统中勤劳勇敢的精神，用自己的血汗乃至生命，为旧金山开埠建设并创造了旧金山之美。

旧金山濒临太平洋，环抱着一个纵长一百海里、横宽近四海里大海湾，分东湾、南湾、北湾，周边散布着数十个大小城市，还有平原、森林、湖泊，通称旧金山湾区。世界最大的高科技城——硅谷就在这里的南湾。可以说，旧金山是一座美丽的城市，也是掌握着高科技命脉的地方。

在儿子儿媳陪同下首次游览旧金山时，我们像其他初到旧金山的游客一样，最先叩访的是金门大桥。它是旧金山重要景点之一，也是旧金山值得自豪的象征。我们多次到过金门大桥，但每次去都觉得新鲜。这座大桥全长六千多英尺，两座桥墩，高度相当六十多层摩天大楼，左右两根长各约七千多英尺的粗大主钢索横向成弓形，由无计其数的小钢索纵向垂直牵引，以宏伟的气势横跨旧金山和北湾，是进出旧金山的唯一的桥。我们登上建于旧金山一侧湾边小山的一座旧碉堡，近看是海湾的入口处，海面上水波荡漾，湾环承受着海浪的拍击，桥墩下浪花回旋。远眺是太平洋，天水相连，巨浪滚滚。海，是多么的湛蓝，又多么的深。天，是多么蔚蓝，又多么的广。金门大桥的橘红色，与海色、天色互相辉映，就像在碧波青天上横挂着一道鲜艳的彩虹。有时金门大桥似是凌空而起，与蓝天白云相拥，浑然一体，景色壮阔、豪迈而矫健，实是一片晴朗天空下的诱人的美景。

可是，旧金山雾天多于晴天，经常看到的是金门大桥笼罩在雾霭中，只现出朦胧的面影，好像新娘子脸上蒙着的薄薄的面纱，轻盈地露出她漂亮的容颜，带着几分浪漫又有几分羞涩的样子。尤其是黄昏时分，夕阳一秒一分地落

在太平洋远方的天际，余晖映照在波涛上，灰蒙蒙地洒落在大桥上，和着天空的云彩，一秒又一秒、一分又一分地变换着自己的色彩，渐次地昏沉下来。此时本来朦胧的金门大桥，呈现出更加暗淡的轮廓，好像散发在空中了。这般夕阳的朦胧景致确是无限好，美不胜收。

旧金山还有一座连接旧金山和东湾的海湾大桥。我们从旧金山去湾区也经常要经过这座大桥。尽管它的长度比金门大桥长得多，是八比一之巨差，但却没有金门大桥这样的美，更没有金门大桥这样驰名于世。也许是金门大桥太美了吧，许多轻生者都愿意选择这里作为自己的葬身之地。有的轻生者明明住在海湾大桥附近，却要远走金门大桥，来完成最后的纵身一跳，魂断金门桥。据一篇文章披露，大桥建成六十余年来，在此桥上投海自尽者达千余人。一位美国行为科学学者和一位心理学学者共同研究这一现象，他们的结论是："金门大桥成为一个自杀的圣地，是因为人们认为在这里结束生命更体面，更光荣，更富有浪漫意味和美感。"是否如斯，死者已逝，生者姑妄听之。

旧金山吸引游人最多的景点，还有渔人码头。其标志，就是树立在码头上的一个轮船舵图案，舵里专写着一圈英文"FISHERMAN'S WHARF OF SAN FRANCISCO"（旧金山渔人码头）的字样，中央绘有一只大螃蟹。我们每次来到渔人码头，首先看到的就是这个巨大的象征性标志。这个码头停泊着一艘老旧的军舰供游客参观，可是登舰者寥寥无几。游人更愿意走上伸向海面的栈桥，观看海景：漂荡在远方的点点白帆、贴着水面低飞觅食的海燕、忽高忽低飞翔在天空的海鸥，以及懒洋洋躺在滩边晒太阳的海狮、海豹。它们不停地活动着，不停地向人们显示自己的活力，让这个本来枯燥无味的码头充满了意外的勃勃生机。

由于这是靠海的旅游点，街头有序地摆满了摊档，叫卖煮熟了的大螃蟹和各式海鲜，临街的商店，贩卖具有旧金山特色的纪念品，游人如鲫，热闹异常。街头还有一座巨大的锚型雕塑，也给渔人码头增添了另一种景观。从这里向东伸展着四十余个大码头，停泊着大大小小的货轮和客轮；人在动，人搬运着的货物在动。它是旧金山重要的进出港口。

除了景点，旧金山东湾的奥克兰亚洲图书馆，也是我们向往的地方，因为这里收藏了不少的中日文图书，有一些是我们渴望阅读而在国内图书馆所没有的。比如我们对"三岛由纪夫现象"迷惑不解，国内又有人对三岛由纪夫及其文学如火如荼地进行大批判。我们最需要获得第一手资料进行实证研究的时候，头一次来到这里就发现了三十五卷本《三岛由纪夫全集》的原版，喜出望外之余，又露出几分失望的表情。女儿毕竟了解父母的心思，马上让我们拿出护照来，径直走到图书馆服务台，不花一分钱，不用一分钟就将我们的借书证办好了。后来向女儿了解，才知道这里办证手续很简单，只要一张身份证明（我们用的是护照），一个能证明你在美的地址（我用的是友人寄给我、上面写有我在美地址的一个信封）就可以了。更令我惊奇的是，闭馆时间还书，可以投在一个书箱里，图书馆管理员会主动给注销。起初我担心出差错，万一漏了注销，要你再还一次就有口难辩了。女儿安慰我，让我放心。果然至今“平安无恙”，令人羡慕和欣喜啊。之前的亚洲图书馆十分窄小，而新迁建的大楼则宽阔明亮多了。它的条件无论怎样变，它的服务精神丝毫没有变。我们借来久已心仪的三岛的书，如获至宝，儿子都给我们复印了。由于我们首先是从这里获得第一手资料起步研究三岛由纪夫，不由地对这个图书馆产生了一种特殊的感情。

我第一次到旧金山时，儿女们在旧金山市内工作，租住在一幢新落成的公寓楼里，面对日本城，虽离中国城稍远些，但生活却很方便。日本城也好，中国城也好，都是以商业活动为中心。但使我感兴趣的是，他们的建筑和风俗人情，都保持着自己民族的传统特色。走进日本城或中国城，就如同到了日本或回到了祖国，都会产生一种亲切感。

因为日本城近在咫尺，与歌舞伎座（剧场）隔街相望。我们常常用小儿车推着刚学会走路的孙儿，走出公寓，跨过行人过街桥，去到日本城。使我惊讶的是，在几个日本城街名牌的“JAPAN TOWN”这个字上都被打上了大“×”。我捉摸着：这是美国人对日本在二战中偷袭珍珠港的记恨，是对日本货倾销美国的不满，亦或是白人对黄种人的种族歧视，或者三者兼而有之？

头一次到日本城，走遍了东西南北，无论是料理店、超市还是服装铺，无论是书店、VCD 店还是电器铺，都是清一色日本的东西，生活用品应有尽有，仿佛走进了日本的一个小市镇。此后每次到日本城，我都到最大的日本书店纪伊国屋去浏览属于自己专业的日文书，这是逛日本城时最大的乐趣。

中国城比日本城热闹得多，商店鳞次栉比，人如潮涌，话声鼎沸，而人们大多讲的是广东话。中国城入口，就是中国式的大牌坊，上书“天下为公”四个汉字，左右安置的一对大石狮子，据说还是北京市政府赠送的，是典型的中国象征物。在这里，我国各地的名优特产，吃穿用度，应有俱全。贵重的如古董珠宝、高级工艺品，常见的如瓢、盆、锅、勺，乃至拜佛用的佛像、香火；饮食方面更是集鲁、川、粤、淮扬等各种名菜之大成，虽还不能称常客，但我

们也不时光顾。

在中国城，令我感兴趣的，是众多的书店和路边的报摊，在那里可以阅读到大陆、港台的图书报刊，不论何种观点，读者都会有更大的阅读择选空间，可以获得方方面面的信息，且大多是未经人为筛选的。这样，我们也就更不能盲从，人云亦云，而需要独立观察，需要独立思考，做出自己的判断。在这里，更显得独立人的智慧的重要性。

旧金山市住宅区里还有唐人街，虽然规模比不上中国城。但货物的品种也足够你选购。我们每周的生活必需品，都是到附近的唐人街采购的，生活没有不方便的感觉。只是无论到中国城或唐人街，都要驱车才能抵达，我虽学过多次，但老矣，反应迟钝，也就半途而废了。所以，去中国城、唐人街都要儿女驾车送去。我读书写书之余，多到日本城，且大多讲日本话，语言又相通。有时独行，有时与妻相伴，还带上孙儿，走进书店看看书，也带来几分的乐趣。

我们在旧金山市内住了近半年。后来儿女们都到了旧金山湾区——也就是通称的硅谷工作，搬迁到湾区自宅去居住了。但我们每次访美，都会重游旧金山，重游我熟悉的金门大桥、渔人码头，还有日本城、中国城。

旧金山湾的神秘孤岛

最近的一天，风和日丽，我们终于有机会亲临旧金山湾的阿尔卡托拉兹岛，去揭开它神秘的面纱。

近十多年来，多次访美，先后旅居旧金山市及旧金山湾区，却无缘访问旧金山湾这个神秘的孤岛。这个岛，从 1973 年与金门桥附近旧金山湾地区一起被设为“国家公园”以后，每年都吸引着数百万的游客赴岛上参观，需要预约时间和订票。儿女工作繁忙，未能预订一个全家合适的时间，所以拖延至今。阿尔卡托拉兹岛，地处旧金山湾太平洋的入口处，是孤零零在海面上的一个岛屿，面积只有二十二英亩。

据文献载，大约三十万年前，旧金山湾原是一处连绵起伏的山谷，由于冰雪融化等变迁最终形成如今的海湾。这个岛屿，就是当年未被冰雪淹没而留下来的一个山峰的绝顶。中世纪第一批住在美国西海岸的土著印第安人发现这个岛时，这个岛经过常年风浪的冲击和侵蚀，泥土几已流失殆尽，成为一个寸草不长的岩石荒岛。他们居住在岛上，以捕鱼为生。其后，西班牙人来到这个荒岛，只见岛上栖息着无数的鹈鹕，便取名阿尔卡托拉兹岛。阿尔卡托拉兹，西班牙语就是鹈鹕。18 世纪下半叶，是美国与西班牙管治时期。为争夺这个尚未开垦的岛，墨西哥人试图抢先在岛上建立灯塔，结果未遂。其时，作为西班牙管辖区的加利福尼亚，划归美利坚合众国。这个孤岛，自然归属于美国版图，并载入地图册上。

我们赴阿尔卡托拉兹岛游览那一天，健儿和儿媳丽娜持他们预订的参观卷，领我们于上午 10 时来到了旧金山 33 号码头。这时参观者已经排起了长队，并开始有序地登上三层的“水上巴士”。孙儿菲菲、孙女晓雪牵着我和老伴月梅的手，随人流上了船，径直走上第三层的甲板上，找了一个可以正面眺望这个海岛的位置，好让我们尽快地捕捉到这个神秘孤岛的远景。放目远眺，正面，阿尔卡托拉兹岛远远地立在旧金山湾中央，就像一条浮在海面上的巨大猫鱼，在形似鱼脊的最高处，耸立着一座三层的楼房和一座巨大的灯塔。在茂密林木的掩映下，几块表层一派抑郁的赤褐色的大岩石，清晰地裸露了出来。隔着海，岛背后的峰峦，迤逦伸延，像是孤岛自然的屏障。我在第一时间捕捉孤岛及其周边的海景，将它们一一拍摄了下来。不觉间，“水上巴士”抵达了阿尔卡托拉兹岛的码头。看看手表，船儿在平静的海上行驶了约莫二十分钟。

下船后，登上了这个岛，首先映入眼帘的，是一座监视塔。据说，19世纪中叶，随着美国西部“淘金热”，小镇旧金山发展为一个重要海港，成为从太平洋入港船只的必经之地。这个岩石岛，地势险峻，便成为守护这个新兴港口城市的军事要塞。从20世纪初期起，该岛改作重犯的监狱，成为重犯人的监禁地。要塞入口处摆放着两个架子，陈列着英、法、西班牙、日本等语种的说明书，印刷得很精致，标示一份一美元（是时约合人民币七元多）。游客自由购买，自觉将一美元投入挂在架子旁的一个玻璃箱子里，但周边却没有一个管理人员在监管。因为没有中文版，我取了一份日语版，一边粗略翻阅，一边在旁细察有没有人取了说明书而不交费的。不少游客来取说明书，几分钟过后，竟然没有一个人有不自觉的行为。周围没有口号，没有标语，更没有警示牌，人们仍能如此自觉，可见社会文明和游客素质的一斑。我想，这是公民长期被道德教育润泽的结果，不是一年半载轰轰烈烈的短期宣传教育方式所能达到的。

我们走过监视塔，来到了一个碉堡。碉堡里只有一门榴弹炮，炮口对准四方形的出击口。这是守卫旧金山湾的第一道防线。碉堡旁边是守卫兵的宿舍。据介绍，这座碉堡和守卫兵宿舍，是岛上最古的建筑物，也是军事要塞时期的唯一遗址。这个岛上大多是监狱遗址，当年这里关押着恶名昭彰的杀人犯、绑匪、强盗、黑帮分子等重大罪犯。所以，在这个孤岛未开放之前，人们对这个岛，既好奇，又抱有一种恐惧感，给它蒙上一层神秘的面纱。

从碉堡走出来，我们沿着S形的小坡道而行。这个岛，历经一个多世纪的开发，各种植被早已生长出来，松、杉、柏等林木苍劲葱茏，交错的枝丫，繁盛地伸展开形状各异的叶子，绿意盎然。地上长着一丛又一丛的绿草，在一派悠悠的绿韵当中，点缀着绽开的红色、橘黄色的小花，有的叫得上名字，有的叫不上名字。繁花嫩叶带来了春的气息，在人前展现了另一个崭新的境界，它不再是昔日那个光秃秃的岩石岛了。

环岛建有兵舍、监狱官俱乐部、邮局、仓库、发电厂、水塔、监狱长官邸、产业大楼、资料室等建筑物，在东西两侧还各建有一间浓雾信号发信室。但是，许多建筑物，已是残垣断壁。我们登上了岛的最高处，就能看到全岛最大的建筑物——三层楼的监狱，至今基本上仍保存完好。来到这座旧监狱大门前，一位笑容可掬的女管理员，根据游客的语种需要，发给每人一副耳机。我选择了汉语耳机戴上之后，走进监狱。耳机里不断传出导游的路线指引和详细解说，我们顺序参观了监狱的各种设施。据介绍，这座1912年建成的监狱，是当时世界上最大的钢筋混凝土结构的建筑物；同时建筑内拥有中心热源装置、天窗、电力等近代的设备。监狱全是单人牢房，可收容上百名囚犯。看守非常严密，不仅建筑物两侧都设有看守室，外侧耸立六座监视塔，而且布置了通上电流的铁丝网，还设置了金属探测器，再加上海上风巨浪高，发生过几次重罪犯越狱的事件，但无一人能成功。我们站在罪犯越狱时跨出的那扇小铁门前，向下俯视，是一片布满瓦砾的地块，这是犯人放风的地方。我从报上读过这样的报道：在军队管治时期，这里常常发生虐待战俘的事件。这些虐囚事件在媒体披露了之后，人们哗然，将这个岛称为"恶魔岛"。由此，联邦军队颇受社会各界的批评和指责。在舆论的巨大压力下，他们不得不关闭"恶魔岛"这个军事监狱，并移交给了联邦政府作为联邦监狱，专门关押罪大恶极、给社会造成巨大危害的重犯人。有意思的是，无独有偶，目前从美军关塔那摩基地的监狱和美军驻伊拉克的战俘监狱不断传出虐囚的事件，是不是这种美国的不人道囚禁方式，有其传统呢?!

我带着这个问题，离开了这座"恶魔窟"，沿着环岛的小径漫步。岛的南侧，在监狱长官邸和监狱下方的庭院里，绿树成荫，园地里绽开一簇簇的野玫瑰花，一派浓浓的春色。形成鲜明对照的，是监狱长官邸经历1970年的一场大火后，两层的建筑物只剩下楼房的骨架，一副已无屋顶、空荡荡的样子，甚是一派凄凉的景象。这是不是那些遭虐的鬼魂在报复？幸好此时适逢春天，残屋的地基覆盖着缬草，它那羽状复叶中点缀着淡红色的小花，在庭院的野玫瑰花的映衬下，似乎恢复了一丝欢快的气息，没让游人扫兴。

环岛行，可以尽情地与大自然亲近。此时风不大，海水湛蓝，海面上微微荡漾着一朵朵白色的小浪花。栖息在岛上的主要鸟类——鹈鹕，忽儿展翅翱翔，忽儿下水畅游，或者捕食小鱼。海鸥在天空忽高忽低地飞翔，时不时地低飞到水面寻找食物。俯瞰，一群水鸟黑压压地聚在岸边的一块悬崖上，静静地憩息。还有生活在近岸的海兽——海狮、海豹，不甘寂寞，偶尔也从岸边的水中探出头来，摇头晃脑，各显奇姿，像是要欢迎远方的来客，也像是要在游客面前表演它们各自的妙技。一派蓬勃的生机，一派极美的生态，实是令人心旷神怡，不觉身心也融入这美妙的大自然画框之中。

我们走累了，坐在树荫下的长椅上休憩，优哉游哉地欣赏四周的自然风光。远远地望去，对岸的旧金山，山城上一栋栋错落有致的建筑物，在层层的

雾气笼罩下，只隐隐约约地现出它们点点的模糊面影，就像浮在半空中。朝向南、东方向，展现在眼前的横跨旧金山市和旧金山北湾的金门大桥、旧金山东湾的海湾大桥，也只是现出朦胧的英姿。总之，遥遥远方的一切，虽在视野之中，但已然失去了鲜明的轮廓，简直就像是融进了大自然中，浑然为一。这番景象，像是一幅融合“空寂美”艺术精神的水墨山水画，虽然恬淡、不绚丽，却是美的，是非常的美的。我不觉落入了沉思，如梦似幻，仿佛到了另一个新的天地。此时，健儿已架起相机，准备拍一张以此为背景的合家照。他呼喊了一声“爸”，我才回过神，回归到了现实中来。

时间过得真快，时间已到下午两点多，孙儿嚷着肚子饿了。我们沿着来时的坡道，走到了码头，已有一艘“水上巴士”停泊在那里。我们上船后，仍然径直走到第三层的甲板上，再一次观赏和拍摄周边的风景。船儿驶离码头，向旧金山的方向进发。船头划过的海浪，飞溅起泡沫般的浪花，向船尾翻滚，再翻滚，一直扑奔到岛的岸边。在蔚蓝的天空下，几只海鸥忽高忽低地飞翔，有时低得几乎贴近海面。它们尾随船儿飞来，嘴里恍惚不停说着“拜拜”，仿佛是在欢送远方的来客似的。船儿离海岛越来越远，海岛变得朦胧了。离旧金山市海岸越来越近，停泊在岸边的一艘艘帆船、矗立在山城的一幢幢楼房，清晰地展现在眼前，又是另一番景象。我目不暇接，走在人群最后下船。快上大学的长孙菲菲，已在船的栈桥旁等候我，扶着我的老身，走下栈桥的最后一步。这种敬老的现代文明精神，真让我感动！

走出33号码头，我们来到了熟悉的著名旅游景点渔人码头。在一家餐馆吃过午饭后，健儿、儿媳知道我爱大海，便驱车将我们带到一个面对太平洋入口处的小山坡上去看大海。我多次看过这处的海。可是，这时候，这处的海，既熟识，又陌生。因为过去是在晴朗天空下看到的海，是那么湛蓝，又那么的深；天，是那么的蔚蓝，又那么的广。如今晴天转阴，这处的海景完全变貌了。雾气已笼罩了太平洋方向的半边天，悠悠的透明的雾，弥漫在无边的海面，将水线也轻轻抹去，云层与海面接连，天与海都融成了一片，隐隐约约，渺渺茫茫，分不清哪是天，哪是云，哪是海了。日本许多艺术家都追求朦胧美，似乎美就隐藏在朦胧中。今天，我观看雾中的天与海，其意态正是如此。可以说，这是另一种美的享受。

同行的月梅等亲人，大概疲乏了吧，他们都回到车厢里。健儿领我爬上山坡高处，眺望远处的金门大桥，两支高耸云霄的紧拉着钢索的橘红桥柱，也尽被淡淡的雾霭轻抹漫掩，好像新娘子害羞被人瞧见似的，披上了一层薄薄的面纱，显得分外的妖娆。我长久地凝视着这雾中的奇景，恍惚坠入十里云雾之中。过了许久，才回过神来，举起数码相机，将这景象拍摄了下来。健儿又领我走下山坡，俯瞰海面，微波荡漾，一朵朵白色浪花，轻轻地拍击着细沙的湾环。阵阵微风，带着海潮的清朗气息吹拂过来，让人享受到海的丝丝柔情。眼前只见几只迟归的海鸥，拍打着展开的双翅，忽而冲下海面，忽而又飞翔起来，最后消失在已变得灰蒙蒙的雾里。在海滩上游泳、玩耍的大人与小孩，也攀上山坡，与我们擦肩而过。周边的一切景物，都失去了鲜明的轮廓，都在模糊变形中。

夜幕渐渐降临了，海滩已廖无人影；雾霭更加浓重，无边的海面变得一片昏黑，我们也匆匆离去了。

访圣塔巴巴拉镇·丹麦城见闻

长孙菲菲考上了加州大学圣塔巴巴拉分校，就读世界电脑工程学排行榜第十三位的电脑工程学系，全家都很高兴。说到圣塔巴巴拉，早就听说加州人最暗恋它，有北美“桃花源”“伊甸园”之称。一位华人艺术学教授还撰著一部图文并茂的散文集《太平洋畔伊甸园——圣塔巴巴拉》，赞美它“不仅代表着一座城镇，也代表着现代人的乌托邦”。所以，圣塔巴巴拉这个北美的“桃花源”“太平洋畔的伊甸园”，早就是我憧憬的。

办完长孙的入学手续和住校手续后的一天，儿女们领我们二老、孙儿们一大家子十口人，趁参观加州大学圣塔巴巴拉分校的机会，访问了这座位于加州中南部小镇圣塔巴巴拉。这一天清晨，我们分乘两辆休闲旅游车，从湾区出发。行车五个半小时后，中午时分，我们在海边公园专辟的一处聚餐点野餐。在轻柔的阳光下，微拂的海风中，一家人面对波光粼粼的湛蓝海水、软绵绵的金黄沙滩用餐。两岁多的外孙天天顾不上吃饭，跟着十二岁的外孙女昕昕和八岁的孙女晓雪，跑到沙滩上欢快地嬉戏。我沉浸在这样的美景与亲情中，其乐融融。

午饭后，我们继续上路，行驶在通向圣塔巴巴拉分校的路上，途经的小镇，都是西班牙式建筑，红瓦白墙。我们下车参观了最著名的圣塔芭芭拉天主教堂。这座教堂，与一般教堂不同，是由连体的三栋楼和左侧一道长廊构成的。中间是一层的主教堂，半圆拱门，由六根支柱支撑着米黄的高墙和一个鲜红的圆顶，圆顶上承载着一个大十字架。主教堂两侧是两层的钟楼，在半圆形屋顶上各立着一个小十字架，分别挂着四个大钟。教堂由西班牙圣方济教士首建于18世纪末，已有二百多年的历史，其间经历两次火灾，我们看到的是按原样重修重建的。这是早期西班牙殖民者在加州留下的遗迹之一。教堂周围绿树成荫，前面是一片绿茵茵的大草坪。孙儿们在大草坪上欢快地奔跑，互相追逐。这时，教堂的钟声齐鸣，响彻了清澄的天空。原来是一对新婚夫妇在伴郎伴娘和家属的簇拥下，走到主教堂的拱门前，一列排开，在拍婚纱照呢。据说，圣塔芭芭拉人口不多，它成为天主教传教的中心，共有十多座西班牙式的天主教堂。大概是这个缘故，这个小镇还是人们心目中的“爱情的天堂”，每年都有成千上万的新人来到这里的教堂举行婚礼。今天我们遇上了这一情景，也许并不是纯属偶然的吧？

圣塔巴巴拉分校，周周没有围墙，没有保安站岗看守，是开放式的。车子驶入花木扶疏的校园，刚进入靠海边的一处停车处，尚未完全停下来，驾车的儿子、女婿看见地面写着一行英文字，觉得不对头，便将车子驶到邻近的另一停车处才停了下来。我觉得不解，便问道："为什么那边空空的，不停在那里呢？"他们回答道："那边写着'教授停车处'，是教授专用的。"我感到新鲜，马上想到因为他们是教授治校，教授处于主要地位，这也是尊重教授的一种表现呢！

这时候，我又联想起这样一件事情：这所加州大学分校校长是华人杨祖佑教授。据说，他是一位非常热爱教学的教授，1994 年出任校长后，仍然坚持每年带研究生，为大学本科生讲一两门课，从不间断。在一篇报道中，杨祖佑校长曾说过："一天无论有多忙，无论有多少伤脑筋的事情，只要过了课堂三分钟，我就像进入了另一个世界，重新回到当初我选择这个职业的起点。看到学生炽热的求知心，还有和他们对话，最让我有满足感。"有一回，杨校长访问中国，发表了题为《全球竞争和合作下的大学创新》的主旨讲演后，与我国几位名牌大学校长举行座谈，我国一位校长提问美国校长如何做决策。杨祖佑校长毫不迟疑地回答说："做决策前应该和教授谈，因为教授们都是非常聪明的。"如此尊重教授，难怪在他就任校长期间，将物理、化学、电脑工程等学科，推向这些学科的世界前沿，这期间，该校有五位教授荣获诺贝尔奖。如此一来，我想在停车处划出教授专用车位，也只是尊重教授的一个小小的侧面，决策需要尊重教授，这才是治校最根本的一面。

我一边想，一边跟着家人沿校园里的海滩漫步，尽享海的气息。虽然尚是暑假，但海滩上还有不少年轻人在玩冲浪，或在游泳，或在打沙滩排球，一派悠闲愉悦的气氛。因为时间关系，我们没有久留，拍了几张照片，便来到校园中心区。校园面积广大，屋舍低矮，高层建筑不多，都是西班牙式的旧建筑。在绿林的掩映下，显露出它们朴实无华的特色。校方为各功能建筑绘制了位置导游图，我们按此指引，寻找计划重点参观的图书馆、学生宿舍等。图书馆是高层建筑，每层的中间，顶立着开放式的摆满图书的书架，两侧是学生阅览区，设置单人木桌木椅。还专设教授阅览区，空间较大，设置皮椅，还有沙发。我们登上第八层，透过洁净的玻璃窗，可以眺望校园的全景。

接着我们要去参观学生宿舍，找不到北，正在迟疑之时，一位正领着学生参观的校方向导，微笑着走了过来，热情地询问我们需要什么帮助。她知道我们要找学生宿舍后，亲切而详细地指点我们寻访的目标。这种助人为乐的事，随时随地可见。多年来，无论在纽约或在旧金山，我们都常常遇到过路人的这种热情友善的帮助。这是人民素质的真实展现，是靠从小展开公民道德教育潜移默化的结果。学生宿舍两人一间，有两张单人床、两张书桌，还配有一台冰箱。学校规定，校内学生宿舍只限给一年级新生入住，第二年就要自己在校外租房了。校方给长孙发来电子邮件，告知住校报名截止日期，此时我们正好到阿拉斯加旅行，回到家中，接到校方又发来电子邮件告知，学生宿舍已满员，介绍了几间校外的出租屋，注明地址、离校远近以及房租价位等等。我们着急了，长孙第一次离家，住在校内会放心些。回家当晚，儿媳马上给校方发去电子邮件，说明情况。翌日得到校方的及时回音，说经过调整，可提供住校了。我们没有背景，没有走后门，问题得到迅速圆满的解决，这是始料未及的。

回程途经大法院，这是一栋庄严肃穆的西班牙式风格的建筑物，二、三层是办公室，我们乘电梯直达第四层观景台，眺望圣塔巴巴拉全景。这座临海的小镇，三面环山，一栋栋不同风格的红瓦白墙的西班牙式建筑物，在一丛丛的棕榈树、一簇簇的红白鲜花的相拥下，错落有致地排列在平地上、山坡上，显得十分恬静和浪漫，别具风貌。正如一位学者访问小镇之后所言：生活在其中，“这是真正的‘生活富翁’，它体现了现代人给予自己的一种温暖的人文关怀”，“让自己能够体会到‘菩提本无树，明镜亦非台’的境界”。真可谓是人间的乐园。

黄昏时分，我们来到了一个森林公园，找了一处专辟的聚餐点用晚餐。长条餐桌附近有一条小溪，溪中多石，石有大小。涓涓的溪水，轻轻地拍击着溪中的石，清澈的水声，有如一曲轻音乐，淙淙入耳，颇具韵味，而且林中的小溪水上，阴凉而清新，令人也沉醉其中。孙女、外孙女在溪中的大石间，踏来踏去，尽享其乐。两岁多的小外孙独自在溪边戏水，有时用小手捞起漂浮在溪水中的落花，大概自得其乐，绽开了灿烂的笑容，还不时鼓起掌来。就在小溪附近，一根四人也环抱不过来的千年古树倒下了，旁边留有半人高的树根，其粗大的树根还紧紧地扎在泥土中，仿佛其中还深藏着它顽强不灭的树魂。孩子们以轻快的动作爬上了这巨大的树干，我不自量力也想爬上去，与她们合影留念。可是，老体无力爬上去，只好倚靠在这半腰高的树干上，与他们合影了。

餐后，行车一个多小时，我们来到了坐落在蜿蜒起伏的圣塔涅兹翠山谷之间的丹麦城，丹麦文原名 Solvang，是“阳光满溢的田园”。20 世纪初，一批丹麦移民把这块土地买下来并建成了这小城。小城十分宁静、淳朴，不大宽阔的主要道路是花砖地，道路两旁井然有序地排列着两层的木屋。小屋屋顶有的是尖顶，有的是菱形，屋墙和屋瓦大多是以红色作基调，具有浓郁的地方色彩。不少作为丹麦城地标的大风车，充满了北欧小城的风情，赏心悦目，犹如置身在童话世界。我们信步走在小镇的街头，浓密林荫下，栽种着万枝千朵的鲜花，点缀着红黄蓝白的花色，绚丽夺目，清香扑鼻，沁人心脑，令人陶醉。

市镇的商铺，多是工艺品店和糕点店、咖啡厅。丹麦糕点是闻名于世的。走在街上，一阵阵浓郁的糕点香味轻飘而来，大家都嘴馋了，小孩们带头走进了一爿顾客盈门的糕点店，点来了各色糕点和饮料，品尝起来。儿女知道我爱喝咖啡，单另点了一杯咖啡给我。我一边品尝地道的丹麦咖啡和糕点，一边欣赏窗外的欧风木屋和大风车，仿佛到了丹麦，领略到集北欧大成的人文自然风情，完全沉浸在安徒生笔下的童话王国了。

我们带着北美“桃花源”圣塔巴巴拉的风光和丹麦城的北欧风情的美好印象，回到了旧金山湾区，在现实也在梦中，还不断地回味、咀嚼、再回味……

恬静的阿瓦隆镇

加利福尼亚州是四季如春的地方，经过一冬的绵绵细雨，漫山遍野都是绿草点缀着花，景色宜人。一个周末连休的长假期，我与亲人一起从旧金山湾区驱车到南加州洛杉矶探访大妹和外甥女，休闲度假。小山上，晚间天气仍然带着几分寒意，但远眺家家户户透出的灯火，点缀着的山景，也可以享受到一种寂静的美。

春光明媚的一天，我们来到了长海滩，参观了停泊在海岸上的足有近十层楼高的“玛丽皇后号”邮轮。这艘邮轮是1934年下水，服役了三十余年，于60年代中期退役。现在，玛丽皇后号已是拥有五层客房的“玛丽旅馆”，并供游人参观。我们登船参观了从最下层的轮机房到上层的驾驶室，并且登上甲板远眺。望着碧波绿水的海，胸怀似乎也不由地宽阔起来。心想：如果大家都有像海那样宽阔的胸怀，都像海那样包容一切，那该是多好啊！可这是……

听说远方有个闻名的卡塔里那岛和阿瓦隆湾的瞬间，我被吸引了，思绪戛然而止。我们先是坐上可乘载近百人的观海底鱼的大游船，去欣赏生息在海湾底的五十余种鱼类和一簇又一簇的大大小小的海藻群的美。

船行驶到指定的海域，游客从座位近旁的一个直通船底的小孔，投下鱼饵。透过游船底部的近1.5平方米的透视玻璃，我看见鱼群迅速簇拥而来。它们时而欣喜地摇着鱼尾，时而翻动着鼓鼓的鱼腹，争夺鱼饵，穿梭来回在披着浅绿、碧绿、墨绿等绿色海藻之间，有点悠然自得。海藻的绿与海水的湛蓝，彼此交错，互相辉映，美到极致。据游船上的人介绍，在旅游季节，游客多，它们食物就多，所以吃得鱼腹鼓鼓的。一丛丛的海藻轻柔地荡漾在海底，有的海藻带一天就能长二十四寸。海底的世界，仿佛是由鱼群和海藻带构成的透明的斑斓世界似的。

的确，在这样的季节，在这1.5平方米的海域空间，鱼类获得了生存权，其乐无穷。也许鱼类不会思想，只会吃，有了生存权就足矣。由此，我又遐思起来。可是，这时候，大概游船又进入了海湾的另一个区域，我的外孙女听昕和外甥孙女斯斯又投下了鱼饵，鱼儿鼓动着鱼尾，又涌来这近1.5平方米的空间。这里的鱼，鱼脊灰色，鱼肚点点金黄，在海底的波浪漩涡中，闪闪发亮，更显出无比的美。它们似乎在这小小的海域空间中获得了温饱，其乐融融，真如吴承恩所形容的“海底游鱼乐”了。

游船行驶了一个多小时，终于抵达卡塔里那岛一个与阿瓦隆海湾同名的小镇——阿瓦隆镇。登上人口仅有三千余的小镇，首先映入眼帘的，是苍翠的杂木、嫩绿的小草、鲜艳的小花、飞舞的蝴蝶、啁啾的鸟儿，还有飞翔的海鸥。可谓春色弥漫了这片小小的土地。

据说，今日是海岛今年第一天对游人开放，可以说，我们是今年第一批踏上这个小岛的幸运者。小岛上的房舍屋宇簇拥相依，错落有致地屹立在小山丘上，大都是南美式的建筑风格，色彩亮丽。沿岸小街，都是贩卖旅游品的小店、静静地步行观景的游人以及时不时穿行而过的、带白色布篷的四座或六座的登山观景小车。我们租了辆小车，自己驾驶，缓缓行驶在环岛的小路上。沿路最具小岛美妙风姿的是：经过寒冬之后正在繁茂自己青青叶子的棕榈树，还有许多叫不上名字的树木，以及坡两侧竞放着的一丛又一丛与绿草相伴的黄小菊，散发出一种绿的气息和悠悠的清香，让人切身感受到一种大自然的野趣，偶尔从海面吹来一阵柔和的风，沁人心脾，神清气爽得仿佛是身心经过洗涤一样。整个小岛清幽恬静，远离都市的喧闹。我们似乎到了一个天涯海角的世外桃源。心想：幽居在这里的人，远离风尘，多幸福啊！

不觉间，车子到了小山顶上。高处俯瞰，曲曲弯弯的阿瓦隆湾美景，尽收眼底。西边上空，燃烧着璀璨的霞红。一只只归鸟，尽入黄昏的林中。在微风吹拂下，海湾蔚蓝浩瀚的海面上，掀起了细碎的浪花。星星点点的风帆，随海浪起伏摇荡，在夕阳中闪耀发光。真是欣赏海湾、小岛自然妙趣之所在。

我们陶醉在这样的海岛美景中，流连忘返。待到眼下的街景渐现朦胧，我们才依依不舍地沿着小路下坡，来到轮船码头，乘上了可载数百人的轮船返回长海滩。我坐在二层船舱靠舷窗的座位上，眺望日落的海景：波浪和着天空的彩云，夕阳透过云层的缝隙落在西方远处的水平线上，放射出色彩斑驳的余晖，照耀着无垠的水天。我时而走到船头，观赏轮船急速向前行驶分开的水，激起千层的浪花；时而又走到船尾，看着这些从船头飞溅到船尾的滚滚白浪，拖出一条泡沫似的白色长龙，翻腾着远去，翻腾着运去，再远去，望不到尽头，直至天涯海角。

回程的轮船与来时一样，同样行驶了一个多小时后，可以看见在海面上漂浮的红色浮筒，可以望见远处停泊在长海滩的“玛丽皇后号”邮轮的巨大身影了。不一会儿，船泊岸了。我们离开了恬静的阿瓦隆湾和小镇，又回到纷繁杂沓的都市，回归到平平凡凡的日常生活。

夏威夷，阿罗哈的吻

少年时代，通过孙中山在檀香山从事革命活动、二战日本偷袭珍珠港等事件，我已知夏威夷群岛的存在。半个世纪过去了，数年前旅美，虽然遍历了从东部的纽约、华盛顿、芝加哥，横越了美国十四个州和无数的市镇，最后到达西部旧金山，也走访过洛杉矶、圣地亚哥、拉斯维加斯等城市，唯独无缘与美国最南部的夏威夷州邂逅。直至这次访美，才实现了企盼已久的夏威夷州之旅。

夏威夷群岛1959年成为美国的第五十个州，由八个大岛和一百三十二个小岛组成，拥有两千里长的海岸线；在马克·吐温笔下，有“可爱的岛屿舰队”之称。据说，夏威夷的许多小岛实际上是一些小岛礁，并无人居住。群岛位于太平洋中央，东面与美国的大陆本土、西面与日本和中国、南面与澳新遥遥相望，是东西方文化的一个重要的交汇点，也是太平洋十字路口上的一颗璀璨的明珠。我们环游了夏威夷群岛中最大的三个岛：瓦胡岛、毛伊岛和夏威夷岛。

飞机一降落到瓦胡岛的檀香山（当地人称火奴鲁鲁）机场，每每遇见土著居民波利尼亚西人，他们都会跟你笑脸相迎，满怀热情地说声：“ALOHA”（阿罗哈，即“您好、欢迎”之意），表示了主人对客人的盛情欢迎，当地不愧以温暖的人情著称。瓦胡岛是夏威夷州首府檀香山的所在地，也是日本当年偷袭的珍珠港。来到这里，当然首访举世闻名的珍珠港。

我们在预订的海滨旅馆放下行装，在当地租了一辆车子，就直驶珍珠港。湾边有一片挺拔的或疏或密的椰林，椰林的枝叶，随风摇曳。海岛娇艳的阳光，透过椰林的桠叶，在绿油油的大草坪上洒落下点点斑光，一派太平的景象。如果不是还留有战争的残影，谁又会想到，这个宁静平和的地方，曾经是拉开第二次世界大战序幕的战场？

珍珠港海底横躺着被炸沉的美国太平洋舰队主力舰“亚利桑那号”残骸。后来，人们建立了一座横跨在这艘沉没军舰上方的“亚利桑那纪念馆”，即“珍珠港事件纪念馆”，这一战场的历史见证。我们在长形石牌前停下并拍照留念，只见上书“USS Arizona Memorial”字样、下方绘一艘大概是亚利桑那主力舰图案；然后排队等候参观存有沉没军舰残骸的纪念馆。

当我们乘上美国海军为参观者准备的渡船，乘风破浪驶向“亚利桑那号”沉舰所在的海域时，在海底沉睡了半个多世纪的战舰，仍在碧波荡漾的海面上浮现出部分身影。1941 年 12 月 7 日，第二次世界大战帷幕的拉开。历史一页又一页地在我的头脑里翻开。历史是不能忘记的，忘记了终将还会受到历史的惩罚。踏上沉舰的拱形纪念馆，走进高高的 A 字形门，入门处涂白色，里里外外也都涂上了白色，也许是水兵服的颜色是白色，表示哀思死者的颜色也是白色，这恐怕具有双重的象征意义吧。

在纪念馆一室的尽头，一块巨大的大理石石碑上镌刻着一个个牺牲者的名字。我逐一细数，共一千一百七十七个名字！他们是为反对法西斯主义而英勇牺牲的。我们站在石碑前，静静地低头默哀，对死者表达追思之情，祈祷人类永远安宁与和平，不要让这些为和平而战的牺牲者的鲜血白流。一队队日本中学生模样的青少年在老师的带领下也肃穆地默哀，他们无言地走了过去。他们在本国历史教科书里得不到的历史真实，在这一活生生的历史课堂里是否会得到呢？我相信每一位受害国的人，目睹这番情景都会如是思想的。

这座纪念馆，实际上是一座巨大的浮台。浮台前后两端挺拔耸立，中间略凹，成长形，全长一百八十四英尺。据说，这样一种建筑结构，象征着经过漫长的反法西斯战争，最后走向胜利的高潮的历史过程。据主设计师奥费德·培斯说：“就整体而言，呈现一片祥和，并不显悲伤的气氛，让每个人都能够冥思深究同心的感受。”这的确是艺术家发挥了伟大的艺术想象力和艺术创造力。我们站在中间浮台靠 A 形白门入口的位置上，凭栏望着碧波中露出海面的一截沉舰烟囱残骸，经过几十年的风雨侵蚀，虽已经锈迹斑驳，但仍留下了一丝当年惨遭失败的面影。大概是设计者独具匠心，让人们不要忘记历史吧。是的，我们这些战争受害者是永远不会忘记的，那些战争加害者呢？他们会正确对待历史，以史为鉴吗?!

夏威夷既然是群岛，自然多海滩，但最有名者是瓦胡岛的威基基海滩，离珍珠港不过四十分钟的路程。海滩绵延二公里，水色碧绿，椰林棕树也是翠绿。我喜欢大海。我们特地到了威基基海滩边。在海风椰影下，欣赏着无垠的水与天。波涛汹涌，海浪拍打着湾环。海边无一艘舟船，只有遥阔的水与天，只有水中的浪花、天空的白云和飞翔的海鸥，大自然显出勃勃生气。真如吴承恩在《西游记》里描写得那样：“烟波荡荡，巨浪悠悠。烟波荡荡接天河，巨浪悠悠通地脉。”这番大自然生命的律动及其景象，实在美到极致。这是我曾经熟识的海景啊，为什么如今变得陌生了？大概有几十年没有如此超然物外、闲情逸致地观看过海景了吧。

我们从瓦胡岛飞往夏威夷群岛最东南的一个最大岛屿——夏威夷岛。这是一个火山岛，冒纳罗亚火山和基拉韦厄火山是活火山，前者高达四千多米，是夏威夷岛的高峰之一。我们从飞机俯瞰，岛屿略呈三角形，地貌十分复杂，透过云雾，由五座火山组成的这个岛屿，像一条夏威夷花链的最后一朵鲜花，在碧波中荡漾，就像夏威夷人送别远行的亲人，把花链抛在港口的海面上，让它随风荡回岸边，期盼亲人早日回到岛上一样，似乎把我们当作亲人迎来这个岛上。活火山虽不处喷发期，但火山口仍不断冒出黑烟，拖着长长的尾巴飘忽在湛蓝的天空。

踏上夏威夷岛，我们驱车环岛而行，沿途都是熔岩流分布的荒漠，一片连一片，望不见尽头，看到的仿佛都是一个个巨大的黑影。临海的峭壁也是一片黑色，阳光投射下来，嶙峋的断层岩壁闪烁着光，亮晶晶的，这是火山熔岩中水晶发出的光。我们下车走到海滩，连沙滩都是乌黑乌黑的，在白浪的拍击下，形成波纹状，像是一个大黑海在翻滚着黑浪似的，白浪与黑滩相接，白黑界限分明，赫然映入眼帘。然而岸边的海水依然湛蓝湛蓝，清澈见底，但底还是黑色，好像在黑色下面隐藏着某种活动的东西，让人产生一种幻觉美。我到过许多的海边沙滩，都是白沙滩，难得见这样的黑沙滩。在那里，椰林照样伸展着绿的茂密的叶，草坪照样生长着绿的毛茸茸的草，单纯而有特殊的情趣。

现在不是火山喷发的时候。据当地人描述，火山爆发时，从火山口流泻下来的黑色火熔岩，涌至海边的沙滩，腾起一阵阵烟雾，与海中的浪花共舞，会让你产生一种说不出的特别的新奇感。我们看到火熔岩流经之处，草木都遭到无情吞噬，变成一处又一处荒漠。但是，就是在这样的荒漠中，人们也会不时地发现，在雨量充沛的地方，又跃然萌生出丛丛的青草或片片灌木，还有虫类和鸟类。可以说，火山的原始力量，促进了毁灭与新生的生生不息的循环。也许这可以说明，天地万物也都是依照这一大自然的生生灭灭的规律不断循环着的。

我们最后游览的毛伊岛，是一个原始与文明交汇的地方。这个岛一方面建筑了不少的高楼大厦、不少的现代化购物中心，广泛地传播着欧美文化；一方面又保留了各土著部落的村落和土著的文化。他们的房子都是茅草房，有的房子顶尖尖高耸，象征接近天神；有的房子顶上圆盖，象征祭祀的圣坛，大概都是与古代的原始信仰相关联的吧。我们遇见的大多数土著人或在手臂，或在胸、腹、背部刺满了各种图案的文身，或在身上画着象征民族历史演进的图腾，似乎尚未摆脱土著的传统生活习惯。在这里，我们还参访了他们祖先的遗址。我发现夏威夷人并没有忘记祖先遗留下来的风土，没有忘记在现代化中对传统文化的继承和再创造。

白天，我们每游览一处村落，都会看到露天表演。土著人都很有表演的天才，他们学着以原始的方法钻木取火、用原始的方法狩猎渔耕，仿佛要把人们带回到古远的原始社会；或者用各种语言讲笑话，逗乐游客。大概因为日本游客最多，他们便不时用日语取笑着日本人，仿佛在戏弄日本人，对日本人那段侵略历史进行“报复”，好像又要把历史拉回到现代，在幽默中提醒人们不要忘记历史的教训。不管怎么说，夏威夷群岛虽是海岛，它也不能与世隔绝，而是一波又一波地经受着时代浪潮的考验。

黄昏时分，椰树梢上燃烧着璀璨的霞红，还不时地飞掠过一只又一只归巢的小鸟。我们来到了既是餐厅、也是文艺晚会的会场，一边品尝当地的菜肴，一边观赏夏威夷的传统歌舞。其中最著名的是“呼啦舞”，舞娘们挂着一张赭红色的秀脸，和着鼓点和音乐的节拍，摆舞着柔软优美的手，踏着轻飘飘的舞步，扭动着围上提叶编织草裙的腰肢和臀部，温柔，也洋溢着力量。美，美在优美的姿态、纯真的感情和诗一般的气氛。我看过许多地方的草裙舞，但还是头一回看到舞姿如此明朗和开放，如此淋漓尽致，充满着地地道道的民族文化风情。观赏这样唱作俱佳的夏威夷风土歌舞，是一种大众艺术的享受，不禁涌起一种没有白来夏威夷的感叹。

的确，夏威夷，已经给每一个踏上这块土地的访客，呈献了五彩花杯和阿罗哈的吻！

来到美利坚最南端——基韦斯特

我爱海，爱看海，儿女们是了解的。访美期间，他们常常与我们一起去看海。今年圣诞节的长假期，云儿、女婿祖棣又安排我们乘邮船到加勒比海旅游，去看海，去爱抚大海。我们从旧金山乘飞机，经德克萨斯州达拉斯转机，最后到佛罗里达州港口城市迈阿密，我们乘坐的“勇武号”邮轮翌日才启航，所以走出迈阿密机场，用过快餐，便租了休闲旅行车，匆匆向美国佛罗里达最南端的基韦斯特驶去。佛罗里达半岛一侧是大西洋，一侧是墨西哥湾，景色宜人。

从迈阿密到基韦斯特约二百八十公里，行车近四个小时。可惜我一夜未眠，老身体力不济，只好割舍欣赏美景的大好时机，在车厢里酣睡了一觉。这样一来，便将时差倒了过来，去迎接明日更多更好的美景的到来。我恢复了体力，睁开双眼，此时已是日暮时分。非常壮观的跨海大桥七里桥，以及周围的景物，已全然融进了黄昏之中。到达基韦斯特岛，在旅馆里吃过晚餐，不多久就睡熟了。这一夜，我在梦中重温了幼时欲遨游到湄公河中看大海的旧梦呢。

翌日，天色未明，大家早早起床驱车前往美国最南端这个珊瑚和砂岩海岛基韦斯特，去欣赏濒临大西洋以及大西洋属海的加勒比海的壮丽海景。我们下了车子，步行来到海岸尽头，一个巨大的红黑黄三色相间的圆形标示塔，就映入我的眼帘。标示塔上写着几字显眼的字：“九十英里到古巴——美国最南端”(90 MILES SOUTHRN MOST POINT CONTINENTAL)。我顿时回忆起关于“加勒比海”“古巴”这两个印象深刻的关键词的往事。1958 年，古巴卡斯特罗执政后，宣布为社会主义国家。不久，我们所在的外事单位的领导传达，古巴不算是社会主义国家。1962 年冷战时期，苏联在古巴部署导弹，引起美苏严重对抗，战争有一触即发之势，这就是 20 世纪历史上有名的“加勒比海危机”。可是，不知从何时起，我们又承认古巴是社会主义国家了。现在又争论着什么是“暴力社会主义”“民主社会主义”“科学社会主义”乃至“中国特色的社会主义”。如此这般奇异变化的政事，困扰了我几十年，又让我思考了几十年。如今面对加勒比海，我不由地忆起这往事，回顾这多变历史的一页，还是像过眼的烟云，让人看不清，自然也道不明，一派茫然，奈何。

这时，东方吐白，驱散了一夜的黑暗，黎明到来了。从海面上刮来的一阵阵微风，带来了海洋上清晨的清新气息，那是一种加勒比海特有的自然气息。闻到这股从未闻过的大自然清新气息，我的心境一转，恍惚已是无我无他，完全沉溺在观海的喜悦之中。眼前一派朦朦胧胧的海景，只见最远的天水相连处，已渐渐浮现出一条浅蓝色的水平线，将原先分辨不清的天与海，一线地横隔了开来。天空的云雾，一片浓，一片淡，被晨风吹拂，向着同一个方向缓缓地飘浮而行，像是在海上拉起一幅巨大的、褪了色的灰蓝天幕。海面呈暗绿色，苍茫无际。长长的浪头一个大、一个小地翻滚过来。在浪声的伴奏下，喷溅起泡沫般的灰白色浪花，与天空中不同形态的浮云，一起欢快地起舞。天与海和谐地融为一体，形成不息的运动，充满了大自然的生命力。我爱海，最爱看海，可是至今还没有看见过这样壮美的大海。此时，我领略到了看海的异样意趣，左右顾而乐之，仿佛进入了海之梦。我的身，我的心，我的魂，也不由地完全融进这天、这海、这浮云之中了。此时此地，我才深刻地领会到日本画家东山魁夷讲过的这样一句话："与其说我是在观察大海的风景，莫如说海和我心灵的搏动已经混成一片了。"

这种美，实在是难以用言语来形容的。同行的人纷纷拿起相机，将这清晨的大海景色拍摄了下来。这时候，太阳还没有爬出海面呢。因为我们要去参观海明威故居，还要赶回迈阿密乘邮轮正式开始加勒比海之旅，故只好割爱这日出的美景，依依不舍地离去，去参观海明威故居了。

海明威喜爱环球旅行，1928 年在法国与第二任妻子保琳结婚并在一个小渔村度蜜月；翌年带着已有身孕的妻子回国，就来到佛罗里达州的基韦斯特，同时经常来往于一海之隔的古巴。这幢海明威故居，也许就是从这一年开始居住的吧。据说，1936 年，保琳的叔叔将这幢房子买下来，作为礼物送给海明威夫妇。海明威十分爱海，常常与友人从基韦斯特或旅居的古巴，出海捕鱼。他的名作《老人与海》就是以他这一时期在邻近加勒比海搜捕马林鱼的实际生活体验和由此引发的灵感而写就的。这幢房子位于基韦斯特的怀特海街，是一幢二层的灰瓦白墙建筑物，前院种植着茂密的林木，是十分清雅的。他与保琳住进这幢住宅没有几年，又认识了来基韦斯特旅游的小说家玛瑟。玛瑟住在这宅邸里，最后成为他的第三任妻子。又过了几年，在伦敦工作时，他与玛瑟的关系出现了裂痕。此时，他认识了一位杂志编辑玛丽，之后，玛丽成为他的第四任妻子，但也未能白头偕老。最后，他与一位十九岁的姑娘邂逅，并终生为友。大概海明威在这里度过人生最快乐的日子，他称基韦斯特是"我们自己的小城”。参观这幢清雅的故居，回想起海明威的生活并不清雅，可是他却给人们留下了一个真实的老人、真实的海的故事，就像他在《老人与海》中所艺术再现的那样，令人深受感动。

我们和云儿一家在海明威故居前合影后，乘车沿着昨日来时的路，返回迈阿密。昨日没有观赏到岛弧的景致，今日一一尽收眼底。所谓岛弧，就是由基韦斯特、大松树、马拉松、莱顿、塔弗尼尔、基拉格等一系列大小岛屿所列成的弧形群岛。此时，阳光明媚，车子沿公路而行，有时通过公路桥从一个岛跨越到另一个岛。两侧海岸的椰树、棕榈树葱郁而繁茂，沙滩洁白而宽阔，大海湛蓝而深邃，外海风光明媚而绮丽，尤其是海面吹来一阵又一阵温柔的和风，令人神清气爽，心灵也得到了净化，实是欣赏海景妙趣之所在啊！

车子从基韦斯特岛驶向马拉松岛，途经一座跨海大桥，全长七英里，故称“七里桥”。这座跨海大桥，似是当时的世界之最。长桥周围的海景，更是蔚为壮观，充满了新奇的美丽。车子行驶在高悬于海面上的大桥时，桥背仿佛顶着青天，车子有如腾云驾雾朝天空驶去一般，在视觉上给人一种强烈的冲击，真让人惊心动魄。我透过车窗，仰望天空，灰蓝的天色中飘浮着一块又一块长长的灰白的云，有的染上了霞彩，露出了一丝的光，不断地变化着万千的形态。俯瞰海面，在阳光的照耀下，海水呈现红、紫、蓝、绿之色，宛如铺上一道美丽的彩虹，鲜艳夺目，美不胜收。正是“七里桥”自然景色的无比壮丽，许多美国电影人都选择在这里作为外景地，从阿诺德·施瓦辛格主演的《真实的谎言》，以及其他著名的电影《杀人执照》《速度与激情》等，都可以看到“七里桥”及其周边绮丽风光的面影。

天有不测的风云。倏忽间，晴转阴，彩云也消失了，乌云布满整个天空，滂沱大雨倾盆而下。车子也有如从五里的云雾中跌落下来，被完全裹在暴雨之中。豆粒大的雨点，沉重地敲打在车子顶上，狂劲地横扫在车窗玻璃上，发出噼里啪啦的响声，和着海浪的咆哮，犹如强力的击鼓声，直接撞击着人们的耳鼓，顿生雨声咽耳之感。此时，透过布满粗粗密密雨滴的车窗玻璃，望着茫茫的大海和笼罩在一片灰暗色中的天与地，人也仿佛与雨浑然在一起，与天、地、海连成一片。人、天、地、海已全然分不开了。只在一刹那间，原先大海的光华景致被一扫殆尽。眼前的大海，是诡谲多变的另一番景象。这种富有刺激性的奇景异态，是平生所未曾见到过的，给我带来了无穷的意趣。对我来说，这实在是难得的机遇。情发于中，我不禁慨叹：“各欣一遇之同欢，感良辰之难再！”（东晋道人慧远语）

长桥一侧，暴雨中巍然屹立着一座铁路桥。据说，这是一个美国富翁在20世纪初修建的；1936年，一场飓风将大桥拦腰折断。而此时的富翁经济拮据，无力修复，便将这座桥卖给了佛罗里达州政府，可是之后也未见重修。这一折断的铁路桥，与跨海长桥相依相伴了半个多世纪，依然以它老残之身存于世，现在又经受这般暴风雨的考验。我心想：它今后还要经历多少这样的暴风雨考验？它的老残之身是否依然能够经得起这样的考验？桥，身不由己，但恐怕也不会如此永恒地存在下去吧。人，数十年来也经历过风风雨雨，有时还是狂风暴雨，能身由己乎？能如此永存乎？我静静地坐在包裹着暴雨的车厢里，这样静静地沉思着，静静地祈愿从这里获得一点心灵的感知、一点心灵的慰藉。

雨水来得快，收也很快。车子还没有抵达迈阿密，已是雨过天晴，雾气渐渐消散。沿途被雨水清洗过的椰树、棕榈树以及杂木林，比平时显得更加翠绿，路旁的青草也比平时更加蓬勃，发出了一股淡淡的绿的气息。我呼吸着这股清新的空气，精神爽快，旅途的车马劳顿，已全然消失了。车子进入迈阿密市区，直奔港口码头驶去，准备乘上“勇武号”邮轮，从这里开始欢快的加勒比海之旅。

阿拉斯加纪行

从纷扰了整整一年的“不叫运动的运动”的旋涡里艰难地走出来以后，我便着手申请赴美探望子女，终于在1991年实现了。此后十数年，多次访美，遍历了美利坚的东、南、西、中乃至远离美国本土列为第五十个州的夏威夷群岛。多年来总梦想再到北部走一趟，今年趁着赴美参加孙儿菲菲高中毕业典礼之机，实现了尚未到过的美国北部——阿拉斯加州之旅的梦。

位于美国北部的阿拉斯加州，东接加拿大的不列颠哥伦比亚省，南邻太平洋，西隔白令海峡与俄罗斯相望，北临北冰洋，是拥有151.9万平方公里的广袤之地，原住民有爱斯基摩人、阿留申人和印第安人。所以取名“阿拉斯加”，大概是出自阿留申语“Alyeska”一词，是“很大的陆地”之意吧。

俄风乡土的锡特卡

邮轮抵达的第一站是亚历山大群岛中巴拉诺夫岛的小镇锡特卡，这个本是19世纪阿拉斯加“淘金潮”时代的重镇，一时涌入了约两万淘金人，如今金矿也差不多淘尽，人口不多了，但给阿拉斯加还留下了一个奇特的故事：17、18世纪，包括锡特卡在内的阿拉斯加这一大片荒无人烟的不毛之地，是属于俄国所有。1876年，时任国务卿的威廉姆·西沃德用七百二十万美元，从俄国人手里买下了这片不毛之地，平均每英亩才花了约合两分钱。当时，许多美国人将威廉姆·西沃德讥讽为“白痴”“疯子”，甚至说西沃德买回来的是个“冰匣子”。其时，美国只是将阿拉斯加作为一块象征性的领地，二十多年后，有人在这片荒地上发现了金矿，人们便从四面八方涌来，掀起了一股淘金热。这时，美国国会授权，准许阿拉斯加派员与会；之后总统更委派了州长。在第二次世界大战期间以及战后冷战时期，阿拉斯加的战略地位更加凸显出来。于是，美国于1959年将阿拉斯加正式列入自己的版图，先于夏威夷成为美国第四十九州，在星条旗上又多添了一颗星。1968年，阿拉斯加又被发现贮藏着大量的石油和天然气，加上渔业的发达，从此迎来了阿拉斯加经济的大发展。今天，恐怕没有一个美国人会再揶揄西沃德了吧？

锡特卡曾经一度是阿拉斯加的准首府，而如今则只是一个拥有八千多人口的小镇。小镇没有可以停泊大邮轮的港口，邮轮只好停靠在群山环绕的海湾上，然后由水上巴士将游客分批送到小镇锡特卡。之后，我们购票乘上半潜水型游艇，出海观看海底世界。船儿半潜下去，分两纵排而坐的游客各自面对自己座前的视窗，视窗像被磨光过，可以窥见透明的水中游动的海底生物——形状各异的珊瑚、海带、海星、海胆等等在眼前漂浮而过，令人眼花缭乱。偶尔还有叫不上名字的一群群小鱼，在明净的海波中，优雅地、来来往往穿梭般地轻盈而过，让人也有如坠入海波中，与游鱼儿同乐，共享海中的寂福。在海里半潜水了两个小时，近距离看到栖身在海底的原生物，恍如到了海底的世界，快哉！

小城居民大多数是俄裔美国人。走在这座美丽的岛城，到处都可以感受到这一点。走出港口，步行不久，映入眼帘的是小城中心区的圣迈克尔大教堂。教堂由前后两座相连的建筑物构成，前座塔尖和后座是半球形洋葱似的大圆顶，双双立着十字架，直耸云端，典型的东正教教堂样式。半球形洋葱似的大圆顶的后座是主堂。据说，这种东正教所特有的建筑样式，象征天国降临地上。也许不是洗礼日，大教堂正门紧闭，没有教友进出，呈现一派宁静肃穆的氛围。

小镇街道，大都是旅游商店，出售的大多是俄罗斯的工艺品和各种织物，所到之处，似乎还留有俄国人统治过的残影。

美丽宁静的朱诺

巡游了哈伯德冰川，名流号邮轮就直接驶到阿拉斯加州首府朱诺。朱诺位于罗伯茨山和朱诺山的山麓，濒临加斯蒂诺水道，是一个没有陆路——铁路和公路相通，只有海空航路可达的美丽宁静海湾小城。

到达朱诺后，我和妻儿三人赶去直升机机场，乘直升机飞到吉尔基和“大教堂顶峰”，儿媳和孙儿孙女则驱车前往距离朱诺市区二十一公里的棉田豪冰川，观赏冰川与冰原。因为孙女只有八岁，不到十二岁，按规定不许乘坐直升机，一家人只好兵分两路了。

我们游览完朱诺山冰原、冰川返回朱诺市区，儿媳们还没有返回来，于是健儿带我们乘坐登山缆车，直登加斯蒂诺水道对岸的山。山不高，从山上眺望，水道两岸的积雪山峰、附近森林盖顶的岛屿与婉转曲折的水道，构成了阿

拉斯加独具特色的自然风光，非常的美。山上有幢二层木屋，有的作工艺品商店，有的作比萨快餐店或咖啡厅。二层木屋另一侧又有一幢木屋，是供登山游人观赏白头鹰的。我们沿着山上小径路而走，两旁耸立着笔直参天的杉树，层层叠叠，参差不齐，一看就知道未经过人工修剪，是原始的林木。这些林木，在人前展现自己的自然本色。

置身云雾缭绕的山林，就像听到一首乐曲，悠长的林声，在我的耳际回荡。这种大自然的景象，深深地吸引了我。我想，“山不在高，有仙则灵”。想要迈步走进林中深处探胜，再来欣赏一番大自然原生态的野趣，探究常常被人们想象成不问尘世烦忧的人间仙境。健儿担心我们会过于劳累，又领我们回到了山上缆车站的眺望台。俯视依山面海的、仅有三万人口的朱诺市全景。晴朗的蓝天下，整座小城安稳地躺在静静流淌着的绿色水道旁，依偎在周边静静耸立着绿色林木的侧旁，多色的屋顶，多色的车影，多色的人流，多色的花丛……将小城笼罩在多彩的色泽之中，动与静色的交辉，多么的清寂，多么的和谐。整座小城简直像被净化了似的，平添了几分明丽、幽雅的气息。真是风光旖旎，绚丽如画啊！

古人云：“幽人托迹于山，智者所乐在水。”人在此地，心境宁静，乐于山水，精神进入了一个崭新的境界，仿佛自己也顺从山水，顺从自然，与自然合一，成为自然生态系统的一分子了。

图腾之乡凯奇坎

凯奇坎（ketchikan），这个名字来自当地土语“Kitschk”，意思是“老鹰飞过的地方”，大概因为这里栖息着许多老鹰吧。凯奇坎是阿拉斯加最南端的海岛小镇，曾是土著印第安人的渔港，还是印第安人传统的图腾文化的中心。我们抵达凯奇坎，自然以参观这两个旅游点为重点。

走出名流号邮轮停泊的港口，转乘小型的两层游览船沿岸而行，轻轻松松地欣赏两岸的风光。两岸是群山，丛林茂密，野花争艳，鸟雀鸣啭。当地有名的白头鹰扇动着翅膀，从这棵树的枝头飞到那棵树的枝头，有时在空中盘旋，有时停落在枝丫上一动不动。我用游览船准备的望远镜眺望，看见白头鹰瞪着圆圆的眼睛，张着小嘴，远远地对视着我，好像要对我说些什么。我不禁一怔，它仿佛在说：“人类要好好保护环境，让我们好好生存下去啊！”心想：鸟类也会与人类产生心灵的共鸣?!

沿途山麓下不时显露出块块的裸岩和绵延的岩脉，繁殖着各种奇珍异宝。用望远镜望去，裸岩清晰可见：有的是像沾满了青苔，有的像钉上了赤褐色的铜板，不管是什么颜色，它上面都贴上各种不同形状、不同颜色的海星、海胆等软体生物。岩脉，黏附着不计其数大大小小的贝、螺等贝壳生物。它们在宽怀的大海拥抱下生活、成长，无忧无虑，其乐融融。心想：如果人类也能在宽松和谐的环境下生活，岂不其乐亦同乎?!

两岸偶尔可见一些欧式的小木屋，隐在树丛中露出它那红、黄、蓝、白不同颜色的身影。游览船行驶至并排的四栋白色大木屋前的小码头，停了下来。这大木屋由无数白色的高木桩支撑着，伸向水面上。这是一家罐头工厂。据工厂的向导介绍，这家工厂始建于 1911 年，当时正是渔业、林业与金铜矿业大发展时期，现已停产，现在只是旅游观光点。我们参观了昔日捕鱼、虾、蟹的船只和捕获工具，以及制作罐头的程序。

参观完毕，乘上预先安排好的旅游巴士，我们到了在凯奇坎的图腾传统文化中心。这中心面临图腾海湾，是土著印第安人的集居地，拥有整个阿拉斯加最大批最早期的图腾柱。竖立在中心四周的高大图腾柱上，或雕刻或绘制着动物和植物，还有些类似猿猴或人物的肖像，大概是具有某种象征意义，从中透露出一种神秘感。据说，图腾柱上每个形象，都是故事或神话的符号，恍如他们所崇拜的神灵也附在上面。我对此没有研究，无法解读，更多地将它作为一种有情趣的印第安艺术加以鉴赏。这种图腾信仰的符号，恐怕生活在现代的印第安人也是无法精确解读的吧。在图腾中心的一块高地上，有一间矮木屋，这就是图腾神庙。神庙的板壁也绘制了各种着色的图腾符号，不时从图腾神庙传出念唱咒术的声音。但正面大门紧闭，只见三两个游客正透过门缝窥视。我也凑了上去，里面昏暗，什么也没有窥见。大概声音是为了营造氛围吧。不管怎样，气氛是造出来了，让我们仿佛进入了一个印第安人的原始部落世界。

这次阿拉斯加之行，访问了锡特卡、哈伯德、朱诺、凯奇坎，途中还匆匆走访了加拿大维多利亚和华盛顿州的西雅图，领略了北美的宏伟自然景观：巍峨的雪山、广大的冰原、不尽的冰川、湛蓝的大海、清澈的河流、广博的原野，以及原始的森林和自然的生态，给人留下了难忘的回忆。

海之梦

凡人都有做梦的体验，有美梦，也有噩梦。美梦，甘美，令人愉悦，回味无穷。噩梦，苦涩，让人心酸和烦恼，不堪回首。中青年时代，我在接连不断的政治运动中度过，时刻提心吊胆，就做着斩不断理还乱的噩梦。在运动中，我还跟着做乌托邦的梦。在不叫运动的运动中，更是惊心动魄，净做着人间难以想象的噩梦。到了耄耋之年，虽然时代还留有一些旧印痕，但毕竟进步了，人们才有可能开始进入美的梦境。

梦，都是虚幻的，往往是远离现实的。有时也有所谓的“日有所思，夜有所梦”。梦想则不同，在现实生活中的梦想，就是一种渴望，经过努力，可能变为现实，也可能最终成为一种幻想、一种妄想。

我自幼就爱海，憧憬海，梦想着有机会看到大海。童年的我，在河畔玩耍、游泳的时候，常常梦想着游到河中央，顺流水漂向大海，去看看远方大海的风光。晚上，经常做着海之梦。有时候，我梦到海上的波涛汹涌；有时候，梦到海面的风平浪静。梦之海，诡谲多变，像是个怪物。在梦中，我真想去接近它，探个究竟。可是，梦终归是梦，是一种幻梦，并未变为现实。那时候，做着海之梦，纯粹出于好奇，并无目的意识。

如今，经过了半个多世纪的人生历练，我更爱海，更憧憬海，更渴望看到海了。因为我深感它有“海纳百川”的胸怀，从纷繁的人间中可以得到许多慰藉。所以，我有了自觉的目的，去爱抚海，去感受海的宽大胸怀。

我的海之梦，儿女们是知道的。前年，云儿一家陪我们巡游了加勒比海诸岛国。今年健儿一家又伴我们乘邮轮，经由太平洋、阿拉斯拉湾，寻访阿拉斯加海诸岛和市镇，尽情享受大海壮美的风光，大海宽阔的胸怀，再次美美地实现了我几十年来的海之梦。他们还有一层意思。1991 年以来，我们多次访美探亲，第一次是到纽约参加云儿的纽约市立大学硕士研究生毕业典礼。当时在纽约游览了半个月之后，女婿祖棣从东部驾车与我们横越美利坚，踏遍了十几个州和无数市镇和太平洋东北海盆的美国第五十个州——夏威夷群岛，连同加勒比海之旅，到过美国本土最南端佛罗里达州的基韦斯特。可谓足迹遍布美国的东部、南部、西部与中部，就是没有到过北部。所以，今年健儿邀我们参加孙儿菲菲的高中毕业典礼之后，就领我们到美国北部的阿拉斯加州，观海、赏冰川，逛小岛，欣赏北美的人文景观和自然风光。用什么词来表述我们这次大海之旅呢？我想，我与海有缘分，用“海缘”这个词最合适不过的吧。

我们到达美国后的第三周，6月中旬的一天，健儿、儿媳丽娜及孙儿小菲、孙女晓雪与我们，一家六口人从旧金山湾区的圣荷西机场出发，经过两小时的飞行，中午时分到达了华盛顿州主要城市西雅图机场。我们取了行李，坐上出租车，就径直驶到海港码头，登上了名流号邮轮。当日下午四时邮轮缓缓地离开码头，驶向外海，由南向北驶去。翌日，在太平洋航行了一天。这一天，是阴天。上船前，就有天气预报：这一周是阴雨天气。我们头一天就遇上了阴天。据说，阿拉斯加州全年放晴的日子，不足两个月。

我好奇，邮轮进入太平洋后，我独自一人登上了邮轮第十二层的大甲板。当时乌云蔽日，狂风大作，黑浪翻天。真如吴承恩在《西游记》中所描写的：“烟波荡荡，巨浪悠悠。烟波荡荡接天河，巨浪悠悠通地脉。”我顶着狂风，双手紧紧地抓住船栏，双脚使劲用力站稳脚跟，想一睹这难得一见的大海壮伟景象。但是，我不敢掉以轻心，因为如果一松手或失足，仿佛整个身子就会被呼啸怒吼而来的狂风卷入烟波荡荡的空中，就会猝然跌落在汹涌而来的滚滚卷浪之中。这时仿佛随风传来了大海神秘的警语声：“老者，当心啊！”此时，我方知老矣，实在是不自量力，老躯体力不济了。于是，我躬着老躯，一步一停地慢慢离开了甲板，乘电梯返回居住楼层，回到了船舱的房间。

我仍不甘心失去看这浩荡海景的大好机会，就坐在房间靠舷窗的沙发上，透过大舷窗眺望。整个辽阔的海面，掀起了无计其数的浪波，一波又一波变幻无穷地向我汹涌过来，又迅速地形成一道暗绿色的状似拱墙的巨浪，在我眼底重重地拍击在巨轮的船舷上，发出了一声声的轰然巨响。邮轮的巨大船身也微微摇晃了。此时，我坐在船舱的房间里，安然地承受着这滚滚海涛的青睐。

第三天，天晴。名流号邮轮抵达此次阿拉斯加之旅的第一站锡特卡，此后数天，天公作美。访问锡特卡后，再北上观赏哈伯德山麓冰川，由北而南下，经过了朱诺、凯奇坎、加拿大的维多利亚等市镇和小岛，都是晴天，给我们带来了爱抚海的大好时光。从朱诺开始，邮轮就进入内海，眼前展现了与外海迥然不同的海景。大概是内海两岸有岛屿链及大陆作屏障，阻挡着太平洋的风暴袭击，内海风平浪静，水势平稳，船行驶其中，没有一点动荡。这几天，只要没安排上岸参观，我们便都在船上无忧无虑地登上邮轮最高一层的甲板，在船头船尾来回走动，拿出数码照相机，抓拍沿途两岸优美的风景，或静静地坐在

二十四小时开放的第十层餐厅靠落地窗的一个座位上，一边喝咖啡，一边乐于观赏两岸的风光。

从朱诺开始，邮轮由加斯蒂诺海峡进入唐嘎斯内海，沿途可以遥望远近的景象，一侧是茫茫的大海，一侧是亚历山大群岛上覆盖着皑皑白雪的群山，诸峰相接，互相交错，连绵不断，迤逦南延，望不见尽头。天空飘忽着缕缕的浮云，徜徉在这些山峰之间，山腰间云雾飘绕，绝无人烟，在你的眼前展开了一幅充满诗情的山川画卷。轮船在风平浪静的内海里缓缓前行，我静静地站在甲板上，眺望着这群峰簇拥、一峰又一峰的夏之雪山，那种无瑕的洁白的景象，那种大自然不可思议的创造，深深地感染了我。我喜悦，我兴奋，仿佛有一股清凉剂沁入了我的心田，令我神清气爽，就像走进了一个永恒不变的太古世界。

离开朱诺，船进入东道海峡，驶向凯奇坎。内海航道变得狭窄了，水势平稳，两侧的亚历山大群岛、大大小小的岛屿和礁石，构筑起一道天然的屏障，轮船巡行其间，仿佛多了几分保障。我更是兴致勃然地登上最高层的甲板，去观赏另一番美丽的海景。远处的群山，有的山峰覆盖着厚厚的积雪，有的山峰只留下不多的残雪，它们像戴上一顶顶大小不同的白色斗笠，赫然投入人们的视线之内。偶尔船儿行驶在更狭窄的内海航道，可以清楚地看出，近处海岸那一片片黑乌乌的丛林，以及茂密林木投在海水中的倒影，随着涟漪，掀起微微的绿波，翩翩地曼舞起来。船儿经过更近处的海岛，更清晰地看到岛上，覆盖着直耸云端的杉树林和杂木林，一丛丛一簇簇形态不同的叶子，聚集着一大片墨绿色，在柔和阳光的辉映下，闪烁着夺目的光彩。微风吹拂，迎面扑来一阵又一阵原生森林的绿的气息。

从凯奇坎进入雷维拉吉杰杜海道和内海道两个海道，邮轮需要行驶一天半的时间，全天候仍是个晴天。船上的人们有的在第十一层的泳池里游泳，有的躺在甲板的长躺椅上晒太阳，有的在电影厅或音乐厅观赏电影或音乐，有的人在酒吧边喝酒边闲谈，也有的去赌场赌博一番。我却仍痴迷大海，登上了最高的第十一层甲板，钟情于观赏最后一道路程的海景。邮轮驶出亚历山大列岛盘踞的海湾，进入了雷维拉吉杰杜海道和内海道，雷维拉吉杰杜海道海面无限的辽阔，浮浮的岛屿变得越来越小，越来越朦胧。群岛间的海面掀起的白色浪峰当然不见了，只见轮船划过的海面荡漾着一朵朵银白的浪花。目所能及的海的远处，隐隐现现出来的，似是多日来见惯了的覆盖着白雪的连绵群山，又似是在高耸雪峰上的积聚云块，总之留下一条长长的朦胧的线，是山还是云？虚无缥缈，若有还无。站在甲板上的我，实有魂飞九天之感，仿佛坠入其中，与山、与云、与海合一，成为自然生态中的一部分了。人在此地，不亦乐乎！

内海道海面变得狭窄，极目远眺，一侧海岸清晰地现出一条条有长有短、粗细不一的墨绿色的线，耸立着一座座有高有矮、大小不一的山群，有的山峰还积有白白的雪。一峰簇拥着一峰，像一条拥有生命的生物链，系在清幽宁静的大自然之中，在柔和的阳光照耀下，倒映在湛蓝色的海面上，闪烁着奇异的亮光，显得勃勃有生机，这又是另一派无穷无尽的山形、千变万化的海色，令人眼花缭乱。美，美极了，是一派海之美景。山与海的邂逅，它们的心灵总是像相通似的。我在邮轮上渡过观海的每一天，仿佛我也与它们的心灵也是相通似的。大概是我与海的邂逅，从中寻找到心灵契合的风景吧。我充满了快乐，将心灵的杂质都完全洗净了。人在此中，不亦乐乎！

不知不觉间，名流号邮轮，离开美国阿拉斯加的亚历山大群岛的海域，进入加拿大海域内的赫卡特海峡，向加拿大不列颠哥伦比亚省维多利亚驶去。下午 7 点，天仍是大白，太阳还挂在西天，我们抵达维多利亚港，结束了一周多的海之旅，朝夕与海为伴，与海相亲，这种缘分让我做足了几十年来爱海之梦。作为观海的过客，在实际感受上，始知在这个地球上，海之大，有如天之大、地之大，这是有生以来所没有想象过的。这时候，我忽然想起了巴金的《海的梦》、海明威的《老人与海》，他们创作的故事不同，但梦系于海的心境是相同的。《老人与海》的主人公，一个一无所有的渔夫，在海上生活，却能悠然地颐养天年，这都是海的赐予，展现了海的力与美。

冰川奇景与白夜现象

阿拉斯加素有“地球最后边际线”之称，冰川密布，日长夜短。这次阿拉斯加之旅，最大的收获是欣赏了冰川的奇景和体验了白夜的现象。中学时代读地理课，知道地球上几乎所有纬度都布有冰川，占地球表面积之百分之十；也知道地球的北极圈、南极圈，还有北美、北欧等地区存在白夜现象。但是，这些都是知其然不知其所以然。所以，冰川和白夜这两大独特的奇景，对我有很大的吸引力。

哈伯德山麓冰川

所谓冰川，书本知识称谓，冰川乃是年复一年的降雪量大大超过融雪量，降落在大陆山上的大量积雪，通过几万年几十万年重力的挤压作用，积雪密度越来越高，厚度越来越增大，冰粒之间越来越变得密不留缝儿，便形成了巨大而流动的坚硬结冰体——冰川。如今耄耋之年，有幸亲历，始知其所以然。

名流号邮轮头天晚上从锡特卡出发，在白夜的蓝色海面上行驶了一夜，翌日早上进入了冰川湾，周边重峦叠嶂，山峰上覆盖着皑皑的白雪，湾内的海面，已经荡着从冰川断裂下来的稀稀疏疏的浮冰。阳光投射下来，浮冰反射出五光十色，风光诱人。我们靠在房间的舷窗入迷地观赏。邮轮预计上午 10 点抵达哈伯德山麓冰川，岂知船上的旅人已急不可待，已纷纷乘电梯直登十一、十二层的甲板上，想在船头正前方占据一个好观察的位置，以先睹哈伯德山麓冰川的全景。我们没有经验，按预计抵达的时间乘电梯上到甲板上。两层的甲板船头正前方和船头两侧的船舷，已是人头攒动，前后密密麻麻地站了好几排的人，而且外国人高大得多，完全堵住了我的视线。我踮起脚尖，透过层层攒动的人头的缝隙，也未能完整地目睹其全貌，更无从拍照了。此时，冰川湾内尽头的群山的两座山麓间，一堵雪白而透出蓝光的巨大冰川，已远远地展现在我的眼前。

这时候，我担心会白白失去欣赏哈伯德山麓冰川全景的机会，心中惴惴不安。身边的健儿，大概从我的脸色中看出我的心思，说："爸，不要紧。船儿要在这个冰川湾内巡游一周，我们到左船舷中间一侧，占个观赏的好位置，一会儿船儿调头，就可以清楚看到它的全景了。"于是，我们便移步到了左船舷中间的一侧。那里只有三三两两的观客。此时，邮轮缓慢地行驶着，人站在甲板上，感觉不到它在行驶。只有长久地凝视着近处群山的缓慢移动，才觉得船儿是在缓缓行进中。

冰川湾湾环的三面海岸，群山绵延，白雪盖顶，山壁绝峭，雄伟壮观。两岸对峙的原始森林与白雪山岳，黑沉沉与白茫茫两者鲜明对照的色，倒映在满是浮冰的海面上，风光无限，显示了大自然无比的美。船行其中，海面上浮冰泛泛，发出了耀眼的透明蓝光，景色醉人。邮轮驶近冰川湾，可以清楚地看到由无计其数的冰粒合成的结晶体——巨大的哈伯德冰川，全长七十五英里，从宽阔的两山山麓之间伸出，一直延伸至海岸，形成一堵巨大冰壁，俗称"冰山鼻"，高出海面达七十多米，听说还约有三十多米浸在海中。据报道，由于长期受到海水的侵蚀，冰崖有时候会崩塌下来，冰块落在水中，激起千层的浪花，发出轰隆的巨响，其景更为壮观：可惜当天没有发生这种冰崖崩落的现象，然而我看到了山麓冰川所展现出来的活力和魅力，已心满意足了。

邮轮越靠近冰崖，行驶速度越加慢了下来。海面的浮冰越来越多，也越来越大，有方形的、长方形的、圆形的、三角形的、菱形的，还有的似山岩，有的像峭壁，最大的几乎像一只小船或一座小山丘。大大小小的浮冰，不规则地浮在海面上，好像要在这冰川湾的大舞台上，尽自己所能尽情地表演，让拥挤在两层大甲板上的千余观客美美地观赏一番。邮轮靠近冰崖咫尺时，断裂在海岸边上的巨大冰崖，清晰可见，崖面犬牙交错，形态纷呈，纯清透明，像是由鬼斧神工雕琢而成的冰雕艺术作品。冰崖的表面，呈现出蓝白相间，浓淡有致的色泽，在柔和的阳光辉映下，冰面晶莹剔透，蓝色光泽变幻无穷，有如一块无比巨大的水晶石，透出一股神秘的气息。我觉得奇怪，冰面为什么只透出蓝光。据熟知地理学的同船人介绍，光线碰到冰川的表面时，除了蓝色可以反射出来之外，其他所有光谱上的光都会被冰吸收了。面对这一山麓冰川奇景，我变得有点陌生，仿佛到了另一个星球去了。我久久地沉醉在这冰川的壮观奇景之中。我用什么词儿，也未能言尽我对这一山麓冰川之美的感动，就借用英国诗人雪莱形容阿拉斯加冰川风采时用过的"（它）超越所有的美"这句话来形容吧。邮轮在浮冰的海中穿梭，更加缓慢了。船儿环绕冰川湾一周，足足行驶了两个小时，才将船头完全掉转过来，离开冰川湾，向阿拉斯加首府朱诺驶去。

朱诺冰原与山谷冰川

到了朱诺，参观节目之一，便是朱诺冰原和山谷冰川。所谓“山谷冰川”，与上述的“山麓冰川”不同，是形成在群山山脉之间，呈带状顺着山谷向下流动的冰河，故又称“山岳冰川”。

朱诺冰原，位于阿拉斯加海岸山脉之间，是北美洲的五大冰原之一，面积达一千五百平方英里，南北长约一百英里，东西宽约四十五英里。冰层厚度不一，约在八百至四千五百英尺之间。冰原上密布着十二条大冰川。要登上冰原，观赏山谷冰川，只有借助直升机了。我们在旧金山湾区出发前，通过网上预订了直升机的机票。邮轮抵达朱诺港，机场巴士就将我们送到离市区十多公里的直升机机场。

在机场候机室，工作人员宣布不许携带大小包上机并登记游客的体重，因为直升机载重量有限定，体重超过二百六十磅者不许乘坐，同时发给我们每人一双短统冰靴。我们穿上冰靴，由工作人员引领，到了停机坪。五十多岁的直升机驾驶员，就根据乘客的体重平均安排座位，前排二人后排三人，连驾驶员一共六人，以保持小型直升机的平衡、游客的人身安全。

直升机在雪峰之巅飞行，飞越冰原上十二条大冰川中的五条大冰川和无数湖泊。我坐在前排右侧靠窗的位置，可以清晰地俯瞰，眼下的尽是起伏的山峦和数不尽的湖泊。这些被亘古不化的冰川怀抱着的湖泊，一个比一个清，湖水澄清得透明、碧绿，且全无涟漪，平平静静，恍如在山间铺上一块巨大而晶莹的玻璃，天幕似乎没入湖底，直升机和人也似乎沉入湖中了。山峦一峰比一峰高，互相交错，绵延不绝。巍峨的顶峰，参差危耸，仿佛要直冲苍穹，向我们冲将过来似的。在茫茫一片白中，悬崖峭壁不时裸露出苍黑的岩肌。冰川正躺在这些山岳的山谷之间，有一种震撼的气势。

直升机飞行了四十多分钟，首先降落在吉尔基冰川上。走下飞机，立刻进入了冰天雪地之境，头上顶着一块块往下沉似的浓厚灰白的云，双脚踏着万年的结冰，走向横贯在山谷间的一条弯弯曲曲的大冰川上。在这茫茫的冰川上，只有我们六个人行走，就好像越过“地球最话边际线”走到了北极一样。在柔和的阳光普照下，这大片的冰川，闪烁着浅浅的特有的蓝色光芒，气势非凡。在冰川上，不时出现宽窄不一的长长的裂罅，裂罅间充溢着冰水。一颗颗粒状的冰，沉浮其中，闪耀着晶亮的光。在这山麓冰川上，还有一潭似乎是冰雪融化后形成的巨大深渊，泛着满眼碧蓝的水，平静如镜，透明见底，给人一种透心的清凉感，一种莫名的快感。

结束吉尔基冰川的巡礼，直升机将我们载到朱诺冰原中央处的“大教堂顶峰”。据说，朱诺冰原上的万年积雪，厚度至少达三百至四百米，下层的雪早已变成了坚冰，人们称之为“冰川冰”。从机上俯瞰，整个山地被厚厚的积雪掩盖。我们下机，脚踏冰原，半统冰靴几乎完全深陷下去，一步落下一个深深的靴印。环视四周，幅员广阔，空旷无际，冰雪地面纤尘不染，宁静、平和得几乎连人们心房的跳动声都可听闻。身处其间，令人心旷神怡，快哉快哉！

在这大冰原“大教堂顶峰”上，艰难地行走了约数百米，右侧朝天耸立着一座巨大的山崖，断崖像是天然雕刻而成的巨型关公头像。正面遥远的冰原尽头，似是有一条波纹似的朦胧粗线。我将相机拉近，把它拍摄下来。在相机屏上观看，原来是一字形地排列着数座高低不一，形状各异的峰崖。

来到这里，直升机驾驶员建议我们，与刚来到这里的同一家航空公司另一架直升机的旅人一起，十二人一字形排开，面对遥远的方向，通过各自不同的宗教信仰祷告和祝福。之所以要在此祷告和祝福，也许这“顶峰”是朱诺冰原的最高峰，最接近上天，大家可以在这座天然的礼拜堂做各种不同宗教信仰的礼拜仪式吧。“大教堂顶峰”这称谓，也是由此而来的吧。我不知道这些庄严地站立在这里默默地祷告和祝福的人们是信仰什么，是圣母、耶稣，抑或是菩萨、真主？于是，我也默默地低下头，祝愿历史过去就过去了，不要再重蹈覆辙，祝福人们继续创造未来，过着幸福美满的生活。

一分钟后，大家依依不舍地登机，飞离了这块纤尘不染的净土。上了直升机，我仍坐在来时的位置，俯瞰着渐渐远去的“大教堂顶峰”，渐渐远去的朱诺冰原，回味着那里的宁静，那里的平和，回到了朱诺市，回到了纷扰的人间世界。不久，看到了一则报道，由于全球气候暖化严重，北极冰层融化的速度比预期快得多，北极熊赖以觅食的浮冰不断融化，它们将无立足之地，面临生死存亡关头。北极熊如此，人类呢？不是又多了一层纷扰吗?!

白　夜

白夜，我有生以来从未体验过这种自然现象。

邮轮离开冰川湾，我回到船舱房间，靠着舷窗，继续观赏布满海面的浮冰。玲珑剔透的浮冰，荡漾在湛蓝的海水里，犹如少女潜泳在无比宁静的水中，尽展她们的风姿。凝神望着这一海景，心想：我与这种景象邂逅，难道是一种宿命？不管怎样，我确确实实邂逅了与我心灵契合的风景。

我愉悦，我快乐。这一天，我用过晚餐，回到船舱房间。服务员已将舷窗窗帘拉上，将卧具整理好，开亮了电灯。我仍在回味着观赏冰川、观赏浮冰风景时的愉悦与快乐，久久沉浸其中。晚上10点，我拉开舷窗的窗帘，出乎我的预料，尽管是夜晚，天空仍然发白，还没有要黑暗下去的样子。内海海岸的高山峻岭仍然轮廓鲜明，清澈地倒映在已没有浮冰的汪汪的海面上。白夜，这是白夜的景象！

我立刻拿起相机，乘电梯直奔最高一层的甲板，去迎接白夜的到来，准备将白夜中的山海风景拍摄下来。岂知登上甲板后，向西方望去，看到白夜的另一番奇景，太阳仍挂在西方的天空，我已无心拍摄山海风景，一心眺望着似乎有气无力地缓慢下沉的白夜太阳。太阳不像通常所看到的西沉，而是射出红彤彤的光芒，像燎原大火将周边的云、山与海都染得通红。她柔和的淡紫色的光，像轻轻地摩挲着云、山、海，极其缓慢地落在地平线上，有气无力地下沉，再下沉，准备隐身三两小时再放亮光。回光返照，淡薄的白夜光，投在缕缕漂流的薄云上、皑皑白雪覆盖的群山上、暗蓝色的荡着微波的海面上，显得不同寻常。这里素有“午夜阳光之地”的美称，展现了一幅新奇美丽的白夜的落日景象，一个幽静而熹微的世界。

我钟爱这种白夜的景象。邮轮行驶的最后一天，在通常时间天还未亮的时刻，我独自登上最高层的甲板。甲板上空无一人，一派寂静的光景。抬头远望，一轮皎洁的圆月，柔和地悬挂在没有一朵云的碧蓝天空上，倒映在茫茫的大海上，使周围显得更加安宁与寂福。我不禁想起日本著名画家东山魁夷的题为《两个月亮》的诗和画：“优美的白夜，万物洋溢着清福和宁静。空中和水中各有一个月亮，光虽皎洁但充满温情。”

转过身子，向东方望去，红日刚露。它的光，并不如平常所见那么强烈，周边的映照也并不如平常所见那么通红，染上一缕缕或紫或红的彩带，飘浮在朦胧的天空，昼夜不停地巡回，却仍然发挥它的光和热，让人感到它仍然不断顽强地跃动着自己的生命力。这是另一派北国日出的新奇景象。

一边是太阳，一边是月亮，日月出现在同一个天空，同一个海面，也就是在同一个时空注视着我。我有点恍惚，弄不明白此刻究竟是白夜还是白昼。天地奇妙运行，日月奇妙运行、依依交错，太阳与月亮相反的光与力的强烈对照，给人一种新鲜感，一种震撼力，一种超现实的感觉。我情不自禁，内心惊叹："这不就是日月同辉吗?"不觉间，我已投入这白夜与白昼交接的大自然的怀抱里，与大自然融在一起了。

西雅图一日游

西雅图是通往阿拉斯加的门户港口。这次阿拉斯加之旅的第一站便是西雅图，回程最后一站也是西雅图。它是美国华盛顿州的主要港口城市，同时也是宇航、电子、造船工业发达的城市。

名流号邮轮驶入埃利奥特湾是在早上6点，习惯晚睡晚起的我，这天却早已起床，乘电梯上第十层餐厅，匆匆用过早餐，就登上第十一层甲板，去迎接晨曦中的西雅图。第一缕蓝幽幽的晨曦，已经笼罩着屹立在闪烁着五彩缤纷灯火的海岸高楼大厦群，也拥抱着高高耸立在远方的太空针塔。这太空针塔在柔和的清辉中，微露出朦胧的面影，只能看到轮廓，显得神秘兮兮。东方的浮云，有的渐渐地被染成了金黄色，有的慢慢地闪烁出紫红的光芒，把东方的天空，把整座西雅图市都装扮得灿烂光华，来迎接我们这些第一次到访的远方来客。

不少到过西雅图的人说，“到西雅图没有到过太空针塔，就像到巴黎没有到过埃菲尔铁塔一样。”现在我们到了西雅图，首选的观光点自然是太空针塔，这样可以对比一下我们多年前到过的巴黎埃菲尔铁塔，验证一下这句话。否则没有到过太空针塔，不就等于没有到过西雅图？毕竟它是西雅图著名的最具有象征性的地标。

我们下了邮轮，租了一辆车子，直奔市区。鳞次栉比的高楼群中的太空针塔，已清晰可见。这座太空针塔，塔身是由三根立柱联结而成的，足有一百六十米高，高高地支撑着一只大飞碟，飞碟中央有一根尖尖的钢针，直指苍穹。它的立柱下部与飞碟面宽阔，三立柱的连接部狭窄，就像一个高挑腰细、体态窈窕的少女，头顶飞碟，婷婷而立在那里一样，它的婀娜多姿，十分的美，十分的诱人。

据介绍，这座太空针塔，是为1962年在西雅图举办的世界博览会而兴建的，其造型如此奇特，如此前卫，应该说在20世纪60年代是鲜见的，充分体现了这次世博会要表达的人类“奔向21世纪”，迎向未来的整体设计思想。如果说，巴黎的埃菲尔铁塔，是古典的浪漫；那么，西雅图的太空针塔，则是现代的浪漫。这里还流传一个民间笑话：当地球遭到大浩劫时，美国总统准备爬上此太空针，逃往宇宙去。这个笑话，富有想象力，也是现代的浪漫。

在太空针塔售票处购票后，我们来到塔内大厅，乘上高速电梯，只花了四十秒钟就直冲到一百五十一米高的瞭望台。如果爬楼梯，要爬八百三十二级，不用说我这个年近八旬的老人，就是年轻人也不知道有没有力气爬、需要花多少时间才能爬上去。瞭望台分内外两圈，外圈是作为观景用的，内圈则开设了不少咖啡店、礼品店等，供游客悠闲观景。因为内圈自动旋转，旋转一圈将近一小时，可以自由自在地观赏西雅图全景。我们因为停留时间短暂，就只到了瞭望台外圈，环塔而行，俯瞰西雅图全景。这座被美誉为“翡翠城”的多彩风光，尽收眼底。东面是湖泊，临湖是多色的高级住宅群，周边是亭亭如盖的绿树，它们在朝阳的柔和照耀下，倒影浮在平静的湖面上，映出了鲜丽无比翡翠般的颜色。南面是市中心，是一座现代化的高建筑群，我猜想，在西雅图设立总部的波音、微软等大公司，也许也坐落其中吧。西面是群山环抱的海湾，远处是奥林匹克半岛，悠悠的远山，起伏连绵，诸峰覆盖着皑皑的白雪，建构起一个美得极致的世界。这座城市被如此秀丽的山水环抱着，仿佛我们也被如此绮丽的湖光山色所拥抱，心头涌上一股愉悦的情趣。我禁不住这美景的诱惑，在瞭望台绕了两圈，一次又一次地驻足观赏，并从三百六十度角，把眼前的美景全部拍摄了下来。

西雅图最有活力的场所，就是拥有百年历史的派克市场。特别是好莱坞拍摄了电影《西雅图不眠之夜》后，这里成为更富人气的景点，凡到西雅图的访客必定参观这个地方。这个自由市场由几栋建筑组成，经营水产品、农产品，还有当地土特产品、手工艺品、服饰等。第一家世界有名的星巴克咖啡厅，也是从这里——自由市场的对面出发，走向世界。现在，星巴克咖啡厅已遍布世界各地，连改革开放以后的我国许多地方，也接受了这些洋玩意。可以说，星巴克是知名品牌了。

在这自由市场里，各种摊位整齐有序，清洁卫生，地面上没有痰迹，更没有乱扔的烟蒂等垃圾。西雅图不仅有一个很好的购物环境，也是一个可以享受异国购物风情的所在。其中最受欢迎的，就是水产摊位摊贩表演的“飞鱼秀”。所谓“飞鱼秀”，就是顾客选好了要买的近一米长的三文鱼，站在摊位的摊贩，一边大声吆喝，一边把鱼高高抛向站在另一边的摊贩，进行包装。其技术的高超，有如杂技演员在表演空中抛物。围观的游客，望着一条大鱼腾空“飞”起，准确地落在接应者的手中，都忍俊不禁，不由地鼓起掌来，喝彩一番。可以说，这种“飞鱼秀”是一种营销的方式，既振奋卖者的干劲，也给买者带来了娱乐。据说，这种经营模式，已被一些大学接受，作为教学的范例，列入了MBA 课程。

我带着美好的印象，乘上租来的车子，直向西雅图机场驶去。登上飞往湾区费利蒙的飞机，飞行了两小时，回到山景城健儿家中，结束了这次阿拉斯加之旅。但冰川与白夜的奇景、大小市镇的原始自然生态之美，仍久久地回荡在我的心中，给我美好的回忆，给我无限的快乐。

美洲纪行

枫叶国之旅

有一回，一位挚友的孩子出差加拿大，带回了一瓶枫蜜送给我。我平素对这些孤陋寡闻，只知有蜂蜜，不知有枫蜜，更不知是用枫树汁加工制成的。加拿大枫树多，就品种来说，有一百多种；到处都是枫树，全国活像是一座枫树林。如果是秋天，枫叶都变红色，树林一片红彤彤，就更为壮观。加国国旗也用了红枫叶图案为象征，不愧是枫叶之国。

大弟、二弟都旅居加拿大，赴美探亲时，我总想经由加拿大去探望他们，共叙兄弟手足之情谊，而这个愿望今天终于有机会实现了。我们乘国航经由温哥华转机，到达了魁北克省蒙特利尔市，承两位弟弟、弟媳的热情接待，开始了我们的枫叶国之旅。

我们首站走访魁北克省首府魁北克市。四百年前，加拿大曾经历英国和法国的殖民统治，全国通用英、法语。魁北克省法裔加拿大人居多，通用法语。前一阵子法裔中的一些分离分子还吵嚷着要独立，并诉诸全民投票，结果以失败而告终。这里，留下了许多当时土著人抵抗殖民者的历史遗迹，围绕城市而筑的约四公里的旧城墙就是其一。我们登上斜土坡上的一段古城墙，大弟讲述了一些 16 世纪土著人抵抗法国殖民者的英勇故事，虽然有些是英雄史诗般的事迹，但我总觉得这古城墙无论从规模的壮伟、历史的悠久，都是无法与我国的万里长城相媲美的，尤其是有关的故事更不及孟姜女哭长城那样悲壮、凄美和诱人。但这毕竟是北美洲难得一见的古城墙，现被联合国教科文组织指定为世界重要文化溃产之一。

穿过这段古城墙，走进魁北克的老市区，就像踏进 18、19 世纪法国的古街，道路两侧都是法国式的建筑物，充满着浓郁的法国风情。恍惚间，我又像被带回到几十年前旅居西贡时到法国殖民统治的西贡法人居住区一样，可是今昔的心情却是不一样的。那时候我虽年少，但寄人篱下当三等国民的伤痛还是感受到的，而且在大街上遭二等国民的公开凌辱至今记忆犹新。然而，眼前虽然同样是法国式的风光，而今天的我是泱泱大国的国民，心情是全然不同的。

在老市区的一角，屹立着一座长形的三层建筑物，这是魁北克省议会大厦，属 18 世纪法国古典主义的建筑模式，十分古朴和典雅。从一个侧面，可

以窥见法国文化在北美也扎下了根。也许，省议会正面的那座铜像和许多雕像、饰物，就是用来作为魁北克文化发展的一种历史的见证吧。

在老市区，被山崖分割成两层的商店街，很有景趣。商店街分为上街和下街，道路狭窄，有一道一曲三折约六七十余级的木阶梯相通。商店主要贩卖当地艺术家制作的绘画、工艺品和当地的服饰。穿过这条据说是北美最古老的商店街，大弟领我们来到了一个古老的小区，以一座小教堂为中心，周围是古旧的小屋，屋顶漆着黄、红、蓝、绿等颜色，十分显眼。街道也是用石板敷设，完全保存着中世纪欧洲街道的风格。当我行走在石板小道上，或擦身经过小屋，或走进小教堂，就会不由地产生一种错觉，仿佛把我带到了中世纪的时代，充满了古老的欧罗巴的风情。当地人的喜悦容颜已融在这番风情中，如果没有旧城塞的历史见证，我怀疑他们已经忘却了过去悲剧的记忆，抑或只是把记忆的忧郁闭锁在心头。

我们登上一个陡峭的山丘，在一个旧碉堡上，耸立着一座枫德纳斯将军立像，基座的大理石上还书写着这位法国将军与英军在北美战争中所取得战绩。几门虽旧但擦得亮晶晶的黑铁炮，默默无言地对准着前方。大概这也可以作为法国殖民统治的历史见证吧。抬头仰望以这位将军名字命名的枫德纳斯城堡府邸的时候，我被它宏伟、壮观所吸引。所谓城堡府邸，法文是 Chateau，原是法国殖民时期用于防御而筑的城堡，随着时代的变迁，先后演变成庄园主和贵族设防的私人府邸。这座枫德纳斯城堡府邸始建于 1893 年，已有百余年的历史。它由两部分建筑组成，前边是低层的大楼群，有长形平顶的、圆形尖顶等多种形状，有如一堵多姿的城墙，护着后边高层的主楼。主楼带陡坡形屋顶，最顶层的正面和四个角上，都有平面为方形或圆形的角塔，明显地继承了中世纪城堡府邸优雅的建筑艺术风格。我们沿着山坡向上攀登，来到枫德纳斯城堡府邸，抬头仰望，整座主体建筑和附属建筑仿佛向你压将过来，给人一种威严感。城堡府邸临圣劳伦斯河的台地上，一队勃勃有生气的男女仪仗队，身穿 18 世纪的军服，和着战鼓敲打的节拍声在操练。他们以军旗为先导，步伐整齐，吸引了不少游人。

在这里驻足，俯视崖底，宽阔的圣劳伦斯河，静静地在山谷间流淌，向东，再向东，直至目不可及的远方。它将经加斯佩海峡，流向圣劳伦斯湾，最终注入大西洋。崖下河流的这一侧挤满了许多中世纪欧罗巴风格的建筑物。几百年来，人们一代又一代地在这里生活，都以这条河流为伴，从河流吸取了活力。一些中世纪的欧洲画家常常从这条川流不息的圣劳伦斯河汲取养分，并以之为绘画的对象。也许，魁北克整座城市也是靠这条河流滋养而保存了下来的吧。现在，魁北克仍然依靠这条河流走向现代化，成为朝气蓬勃的港湾商业都市。

告别了古雅的魁北克，我们驱车来到了首都渥太华。那天正逢加拿大的国庆节，也许是大弟有意安排，想给我们一个惊喜吧。我们一走进中央大街，便汇入手持枫叶旗兴高采烈涌向广场的人流。他们没有排队行进，只是东一群西一簇，看似相识实际彼此又不相识。他们是无组织，算得上是完全自发的。但他们彼此又没有推挤，秩序井然地走向同一个目的地。我只顾环视这种在国内难见的场面，不知大弟从哪里拿来几面小枫叶旗，分给我们，各执一面，随着人流继续前进。行进过程中，一两队加拿大皇家骑警，人高马大，上身穿红色警服，下套黑色马裤，英姿飒爽地轻骑而过。

我们轻易地就进入了广场，并找到了一个离讲台不远的空地站定。这时我才知道，这是今天庆祝国庆的中心场地，而加拿大总理正在台上发表讲演呢。我眼睛弱视，看不清总理的面影。幸好讲台前方左侧的大布幕上正同步播出庆典的实况，我这才看清加国总理的面容。他和群众这么近！在仪式进行中，人们可以自由走动，自由进出，却不喧嚣，始终保持着秩序。爱听者来之，不爱听者也可以拍屁股一走了之。我有点不习惯。因为在国内，学生时代参加过国庆，当干部时参加过国庆，也陪外宾上天安门观礼台看过国庆游行，有一次还陪外宾登上天安门城楼观看国庆晚会焰火并接受领袖们的接见。这些都是有组织的，而且要遵守严格的纪律，不能乱走乱动，这已习惯成自然了。

我们未等散会，就走出会场。看见红地毯从讲台铺至出口处，附近停有一辆高级轿车，大概是加国总理的座驾。红地毯周边围着一圈绳子。一名皇家骑警立正站在绳圈前。大弟快步走上前去问道："是不是可以同我们合影留念?"他点头带笑地说："请。"于是我们与他合拍了一张照片，就此结束了这次意外的加国国庆观礼。坐在奔往多伦多的车子上，我心想：加国这样庆祝国庆节，虽没有严格组织，但有秩序；既给人自由，又保证安全，这需要社会安定，治安良好，人人都有一种自觉，一种较高的文化素质和公民道德的。

1996 年夏撰写，2001 年冬修改于加州弗利蒙

尼亚加拉大瀑布的壮景

到加拿大，不到尼亚加拉大瀑布等于未到过加拿大；就如同到中国，不到长城非好汉一样。因此，访问加拿大，观赏尼亚加拉大瀑布的壮景，是首选的节目。由大弟驾车，我们从蒙特利尔出发，途经渥太华、多伦多参观，然后约两小时的车程，抵达了尼亚加拉大瀑布。

尼亚加拉大瀑布位于北美洲五大湖区——伊利湖、安大略湖、苏必利尔湖、密歇根湖和休伦湖五大湖，水量丰富，集水面积六十七万多平方公里，是世界七大自然奇景之一。据说这一大瀑布形成于更新世后期，即一万多年以前。全长五十多公里的尼亚加拉河，自伊利湖注入安大略湖，流程约一半时，流经这马蹄形之处，河水以每秒最大三千立方米的流量，从落差约五十米的高处，以澎湃的气势，震霆而落，如从天堕地，飞流直下数千尺，落入下游尼亚加拉河，浩浩荡荡地向下流淌，变成万顷碧波，再滚滚向下流去。一踏入瀑布区，这一浩瀚的景观，就马上震慑着我的心弦。

我们首先来到近处的观赏台，凭栏观看，大瀑布两岸陡峭的山崖上，巨木高耸，漫空笼翠，绿意盎然。在绿的簇拥下，五湖的流水争相穿壑越石，排山倒海般汹涌奔腾而来，向岩顶直冲，按参差不齐、凹凸不等的天然岩面，分成不计其数的或大或细水流，以幻化莫测的水瀑层次、千奇万变的姿态，气势磅礴地凌空飞落，溅起了一阵阵高高低低的水花，形成一幅无比硕大的水帘，展现在人们的眼前。同时，奔腾的流瀑，泻落绝壁，轰震四方，有如千军万马般嘶喊，发出了震山撼谷的咆吼声，重重地搏击着人们的耳鼓。我第一次目睹如此宏伟壮丽的瀑布景观，耳闻如此震耳欲聋的瀑声，心灵不禁为之震颤。

近处的观景台分上下两层，从不同高席和角度观瀑，不同层次的大瀑布情趣各异。我们来到上层，只见横跨美、加的安大略湖，与美国境内的伊利湖连成一片，水面浩瀚、壮阔，水道互相贯通，其间以戈特岛相隔为分属美国和加拿大两部分，还有一座跨越峡谷名叫“彩虹桥”的拱桥，相连美、加的陆地。水面则不分美境的美利坚瀑布、加境的尼亚加拉瀑布——加拿大境内的部分比美国境内部分宽阔得多——急流奔腾，有时流经悬崖，直泻河面，激起冲天的水柱、纷飞的水花，气势奇伟无比；有时穿过层层的绿林，婀娜多姿地飘然而下，变幻出多彩的美姿。瀑布的透出幻景，弥漫着一种神秘的色彩，目不暇接，使人踌躇不忍离去。我此生从未见如此瀑布，壮哉！可谓如明人徐弘祖观瀑所云：“直下者不可以丈数计，捣珠崩玉，飞沫反涌，如烟雾腾空，势甚雄厉；所谓‘珠帘钩不卷，匹练挂遥峰’，俱不足以拟其壮也。”

缓慢却又不断地移动着、变幻着的阳光照射下，分层次泻下而形成的一幅幅叠印的水帘，似是一件件透明的白色婚纱。频频激起的一串串冲天水雾，笼罩上朦胧的彩晕，仿佛在天上撒下五颜六色的纸花，与挂在天际的彩虹和彩虹桥互相辉映。置身其境，恍如参加了一场大自然的“婚礼”。所以当地相传，大瀑布的景，大瀑布的声，有催情的作用，许多青年男女来这里举行婚礼或欢度蜜月，其乐无穷。

傍晚时分，也许是经过一天的暴晒蒸发，腾升起的一层层的薄薄雾气，可谓云蒸霞蔚，就像雨过天晴，在“彩虹桥”的天空悬挂上一道五彩缤纷的彩虹带，像横卧着的飞帘似的，把天上人间连接，装扮得美不胜收。这里有这样一个传说的故事：一位美丽的印第安少女，被酋长强掠为妻，少女为争取自由，偷偷出走，划着一叶小舟驶向尼亚加拉河中心，忽然间化作仙女升天，出现在彩虹中。想着这个美丽动人的传说，我眼中的这道彩虹带，仿佛现出这位美貌的印第安少女，向人们绽开喜悦的笑容。此景此情，实是令人流连忘返。观赏完这番壮丽景色，天色已开始渐渐昏沉下来。我们乘坐电梯，下到“水底层”，穿上一次性塑料雨衣，穿过一条阴湿湿的、不停落下水滴的水下隧道，来到马蹄形的后方“洞帘”。如果没有雨衣，就会湿透衣衫，我们一个个都已成“落汤鸡”了。我透过巨大的玻璃幕，欣赏从高处排山倒海倾泻而下的千丈水帘，有力地冲击着下流的岩石，激起了一串又一串水花，真有“大河之水天上来”之感。与此同时，传来了震耳欲聋的急流冲击岩石的轰鸣声，冲浪向你滚滚扑面而来，仿佛要来把你推向来势凶猛的湍流，卷入巨大的旋涡，瞬间眼前漆黑一片，实是吓人。有时隔着被水珠子濡湿了的玻璃幕，观览外面另一个的水帘世界，如雾里观花，给人一种扑朔迷离的朦胧美，仿佛来到了孙悟空的花果山，美滋滋观赏水帘洞，其乐融融。

听大弟介绍，夜间观瀑又有另一番风情，我自然不舍得放弃这个机会。我们在瀑布旁的一个小镇上，草草用过晚餐，登上附近高处的眺望台，放眼远眺，尼亚加拉瀑布和美利坚瀑布连成一片，横躺在加拿大和美国的大地上。在音乐声中，镭射灯旋转出七彩灯光，投射在从岩面飞泻的千丈水帘下，若隐若现，有几分像戴着盖头的羞涩新娘。千万缕的辉光，透过的层层雾气，直射在千叠倾泻而下的水帘和飞溅起的万串水花上，犹如跳珠溅玉，晶莹而多芒，变换着五光十色。夜间的大瀑布，在彩灯的照耀下，折射出缤纷的色，大放异彩，并且层层不尽地编织出锦纹般斑驳的影，仿佛已经把人带入如锦绣色彩的梦的世界、神秘的世界，可谓瑰奇胜绝之观。

大自然以永恒的灵性，创造了这万年不息奔腾咆吼的流水，创造了这般奇伟的大瀑布，给人间留下了仙境般的美、永远的美！它给人带来了力量，也给人留下了柔情。我不禁慨叹天地造物之神奇！我不由地想起一位诗人观瀑布有感的诗句：

> 我是高原郁结了万年沉默后的爆发，
> 我是河流积蓄了千年平静后的宣泄。
> 我是比上升更伟大的跌落，
> 我是千万细流组成的巨大。
> 温柔是我，力是我！

1996 年夏于加拿大蒙特利尔

维多利亚港的北美风情

此次阿拉斯加之旅，途经加拿大的不列颠哥伦比亚省省会维多利亚市。名流号邮轮抵达临太平洋的维多利亚外湾港区，已是傍晚7点时分。

健儿曾经到过此地，对旅游景点比较熟悉。我们踏上加拿大的土地，走出了维多利亚港，沿着外湾港区，一边悠然漫步，一边欣赏海湾沿途的景色。四周翠绿的山峦、平静的海湾、沿街五颜六色的民房，互相映衬，景致十分的美。步行约二十多分钟，我们到达了内湾港区和维多利亚市中心广场。首先来到省议会大厦。大厦主楼五层，两侧辅楼二层，是中世纪哥特式的建筑，建筑中央是大拱门和大型拱顶，与两侧楼群相配，达到了多彩的整体视觉效果，充满了欧陆的风情。大厦前是一片大草坪，人工修剪得整整齐齐，绿油油的。草坪中央，立着一尊人像，像是于这里有功之人吧。

微风吹拂，一阵绿的气息扑鼻而来，身心顿觉清爽。眼下这刚刚修剪好的翠绿草地，就好像是穿戴打扮了一番，平添几分青春的颜色来迎接我们，来抚触我的心灵。我仿佛变得年轻了，唤回我年轻的梦，脑子里不由地闪过年轻时代与月梅在湄公河畔坐在同样绿油油的草地上拍摄订婚照的情景。此时，健儿好像摸透了我的心思，微笑着半开玩笑地对我们说：

“爸妈，你们坐在草地上，摆好你们当年坐在湄公河畔草地上拍摄的那张照片一样的姿势，我给你们再拍一张，做个纪念好吗?”

平时常做手脚锻炼的月梅，一坐在草地上，就摆好了与那张订婚照一模一样的姿势，可我正患肩周炎，双手无力扶地，腿脚又不灵，怎么也摆不出原来的姿势来。看到健儿拍下这张新照片，与《人物》杂志于北大百年纪念专刊上刊登过的那张浪漫照片相比，不仅表现不出一点罗曼蒂克的氛围来，而且是一副古古板板的样子。我不无感叹：真是岁月不饶人啊!

来到了内湾港区，广场上，树木参天，绿叶如盖，繁花似锦，艳丽夺目，散发着薰人的绿韵和幽香，景致非常，不愧有“花园城市”之称。广场的一角，有几位杂技演员在街头表演，有爬竿的，有变魔术的，有种种杂耍的，招来不少围观者。两个孙儿宁可自己找个位置静静地坐下来，也不愿随我们游逛，观赏这很有特色的街头杂技表演。我们走到街头另一角，一组乐人在演奏现代乐曲。乐声在宁静的海湾上空飘荡，特别悦耳，也吸引了不少游客。在街边还立着一个似是穿着牛仔服装、戴着牛仔帽的铜像，走近一看，原来是一个活人、一个活女子，她的脸、手，都涂上了与牛仔衣帽一样的古铜色，远看似是一尊铜像。她既是街头一景，其实也是在乞讨。游客将一元几角放在她面前的小钱箱里，然后与她合影，她就用偶人似的动作与你握手或敬礼，有时候还掏出古铜色的假手枪对着你，送给你一个灿烂的微笑。维多利亚街头，热闹，但并不喧嚷。人多，但地面上没有一口痰，没有一片纸屑、一个烟蒂，干净得令人难以想象。这些都是维多利亚自然和人文的一景。

来到内湾的岸边，远方的天际，云彩迤逦，涂上了紫红色的晚霞，把海水染成了同样的紫红色。海天一色，上下争辉，仿佛铺上了一块鲜艳夺目的大彩缎，光华灿烂。在这美丽的风光下，整齐有序地停泊在岸边的一艘艘白色游艇，帆樯林立，舳舻相接，也借着夕阳的余晖，将自己打扮一番，以迎接远方的来客。我们不时停下脚步，欣赏这幅无比美丽的日暮景色。

夕阳的残光消逝，无边的天空和海洋开始擦黑了。游人渐渐稀疏，整齐有序地摆在广场周边的地摊也开始收摊了。从海边拂来一阵挟着凉爽的微风。老躯在美丽的风光中游荡了几个小时开始有些许劳顿了。

“任何时候都要想道：与风景邂逅只有一次机会，因为大自然是活生生的、经常变化的。同时，观赏风景的我们自身每天也在变化。从生长和衰亡不断转化的宿命观点看，大自然和我们都是系在同一条根上的。”这是风景画家东山魁夷与风景邂逅的感言。我如今遍历各地与风景邂逅，也深深地感受到这一点。

我们一行抄了一条比来时更近的路，返回外海湾区邮轮停泊的码头。此时，四周的一切昏暗起来，我们乘坐的名流号邮轮和并排停泊的另一艘同样巨大的邮轮，已被星星点点的灯火装饰起来，邮轮上的一扇扇窗都闪烁着亮光，在昏沉黑暗中将船体托了出来。我的脑子里鲜明地留下这“花园城市”的美好记忆，心中仍留下久久抹不去的快感。

这时，已是晚上 10 点多。几天前在阿拉斯加的白夜快过去了，黑夜与白昼的运行又渐次恢复正常。我们这次阿拉斯加观冰川与白夜之旅，也将结束了。

尤卡坦半岛，风光这边独好

2004 年的圣诞节假期，与女儿云、女婿祖棣、外孙女昕昕一起从旧金山出发，经亚特兰大转机，飞行七个多小时，抵达墨西哥坎昆，度过了一个既休闲又增长知识且有意义的长假。坎昆市位于墨西哥东南部尤卡坦半岛的东北角，临加勒比海，不仅风光绮丽，而且周边散落着许多玛雅文化的遗址，是我久已向往的旅行地之一。在我的周游织梦中，今年 4 月刚与老伴游历了英、法、意大利、瑞士四国，现在又实现了中南美洲墨西哥行之梦，感受到一种人生的至福。

我们抵达坎昆机场，雇了一辆出租车，沿着通向半岛的一条长堤行驶。迎面而来的，是道路两边茂盛的热带林木的绿，直扑到眉宇上来，满眼是奇异的绿，醉人的绿。中间隔离带的一棵棵棕榈树、椰树，在微风的吹拂下，婀娜多姿，真像一个个亭亭玉立、风姿撩人的少女。到达下榻的喜来登酒店，卸下行李，拿到厅堂，才发现两件随身携带的装着手提电脑、电子笔记本、照相机及照相器材的两个挎包落在出租车上，而此时出租车已经开走。我们很是担心，因为都是贵重物品，恐难寻回。请酒店服务台的服务员打电话给机场，却多次都没有接通。祖棣急中生智，马上叫来另一辆出租车，沿来路赶去。据这位司机说：这里出租车公司管理十分严格，规定凡有乘客遗留物品在车上，必须交给公司，等待失主来认领。如有司机违反，则交由警方按刑事惩办。当找到机场出租车公司后，果然，那辆出租车的司机已将我们遗失的物品上交公司了。来到坎昆，在第一时间，给人第一感觉，这里的风光特好，人也特好，的确是人们休闲的好场所。

入住酒店，已是当地时间下午三时多，在酒店海边餐厅里，吃过午餐后，年轻人和孩子们精力旺盛，立马就在软绵绵的白沙滩上，迎着拍击而来的小小的波浪嬉戏。我们俩老回到房间，本想睡上一觉以倒时差。可是，倒在床上，久久未能入眠。大概第一时间感受到的风光与人事，让人太激动了吧。我儿时梦想看海，海对我有一种莫名的诱惑力。于是，走上阳台，独自坐在阳台的椅子上，面对加勒比海，整整一个多小时静静地观赏日落的美景。下榻的酒店在半岛的一端上，我们的阳台既面对东面的加勒比海，也可看到西面由“コ”字

形长堤环绕而形成的内湖。夕阳正西落，映照在内湖上，天上有几只归鸟的影。湖水和着西方上空的云彩，都变成血色，放出五颜六色的光辉。内湖边与地平线相连处，抹上了紫褐色。而东面的加勒比海，白天看到的是由近处的白色，渐次为天蓝，一大片的天蓝、深蓝，渐渐地变得复杂，最后与远方天际连接处，划出一道黛绿色的细带，现在看到的与此相反，随着落日一分一秒地西沉，由近处的无穷的白、天蓝，渐次为湛蓝代替。那道水平线上的黛绿色的细带，也随之渐次扩大。当落日在接近地平线的海面投下了最后一线的光，刹那间连天漫海变成一片浓稠如墨的黑，加勒比海像被蒙上一块巨大的黑幕。夜，拥抱了大海，拥抱了一切。当然也拥抱了我。这时候，最紧系我心的，是夕照中的海景，在我心中留下的无穷余韵。

翌日，东方将白，我想着难得看到加勒比海的日出，就早早起床，打开阳台的门。这时候，太阳还没有出来。加勒比海静静的，似乎刚刚苏醒过来。我同样面对加勒比海，等待观赏日出的景象。说话间，旭日从东方的地平线上喷薄而出，它的半圆足有十米长，浮出海面，将接近地平线近处的天空染成暗红色，渐渐地发出四射的光和富于变幻的色彩，开始轻抹着东边的天。接着，以勃勃的生机，冉冉上升，将加勒比海风平浪静的海面，由远而近划出一道金光，闪烁着紫宝色的万丈光芒。平静的海面，在阳光的抚弄中，渐渐地恢复它白天的面貌，白天的色彩：海面一大片黛绿色，一分一秒地渐次变淡，远处天际连接处，渺渺一黑，深蓝、浅蓝回旋而来，渐渐扩大，变成了主色调。近景一个个微波将海面划出无数的白色条纹，已经分不清哪是海水的白，哪是沙滩的白。天与云，与水，与沙，上下一白。天空飘浮着一朵朵白色的浮云，近处还有二三只振翅翱翔的白色海鸥，点缀着这一片白。天与海笼罩上白、天蓝、深蓝的色，互相配合，是那样的协调，那样的柔和，又是那样的丰富，真是一幅美妙的景象。空闲时，在阳台上，待上很久，随着时间的变化，看加勒比海日出日落时分海水和天空色彩的无穷变幻，也是一种至美的享受。这时候，在我心中荡漾着海与天丰富色彩的影，我的心灵与海浪的起伏一起搏动。我打开心灵的窗，默默地与大海对话，与大自然交融，获得了莫大的慰藉和感动，更觉得海之美、大自然之美。我在喃喃自语：莫说我是个“看海痴啊”！

有一天，年轻人与小孩儿安排去乘坐气球的节目，即由一艘小艇拖着气球升空，在加勒比海上空划定的区域内飞行。据说，气球着陆时，有百分之二十的概率可能落在加勒比海中。虽然穿上救生衣，还有救生艇，但垂暮之年的人玩这种玩意儿，还是受不了这样大的刺激。所以，这一天，我和月梅就在酒店的海滩上，观赏加勒比海的海景，休闲一番，以恢复一年来工作的劳累。半躺在海滩的长靠椅上，凝望着平和的加勒比海，联想起遥遥相望的加勒比海东岸的古巴，不禁回忆起六十年代初冷战时期风起云涌的加勒比海危机，那时美苏围绕古巴核弹问题的争论已到了充满火药味的程度。那时候，我们从事外事工作，不时传达红头文件，不时学习、研究着适应这种形势开展外事工作的对策……如今，从这样复杂的生活里走出来，作为一个观海的过客，踏着加勒比海沙滩上细软的白沙，晒晒明媚的阳光，一副闲情的样子。如今，看着海的温柔，海的宏量，海的包容，真是不可思议啊！这样思索之间，传来了印度洋那边发生九级大地震、南亚特大海啸灾难的消息：夺去二十余万人的生命。海啊！为什么那边的海，不像这边的海，它是那么凶猛，那么无情，那么不能包容呢？这让我看见了海的另一面。大自然如此，世事何尝不如此。此时此地静静地回忆人生道路上历尽的风风雨雨，不是也让我看到人生的另一面吗？海的命运与人的命运是息息相通的。我感到海荡漾着，与我思绪的翻腾的动，成了一片，彼此交响着。

这次的坎昆之行，森林公园也是一个去处。我们漫游的两座公园，都是在热带雨林中，有小丘，有溪流，有岩洞。我们在小丘的树丛中，发现一个玛雅人后裔的村落，这里有一座小小的石构建筑，据说是玛雅形成期的神庙，但考古学者仍在存疑。村落里都是棕榈叶葺顶的小木屋，十分简陋，民风也很朴实，像与现代社会隔绝似的。在公园里，青年人和小孩儿在溪流中玩漂流、潜水看鱼类、下水亲近海豚；我和老伴乘公园里棕榈叶作篷的车子，行驶在密林的小道上，林木枝枝覆盖，叶叶交叠，尽享了热带林木的绿韵、花草的芬芳；乘坐小木船穿越熔岩形成的洞穴，探寻深深无极的洞中奥秘，悠然地沿溪而行，溪水涓涓地长流，以曲折胜，真有“流觞曲水”之感。其中一个公园收五十九美元的门票，足足包你玩够、包你吃够。所以，园内不仅有各种景点，而且有各式餐厅，备有各种西餐、糕点、饮料和冰激凌，十分可口，只要你不嫌累，只要你不怕吃撑，包你足玩一天、足吃一天。在公园里，我们还看了歌舞晚会。剧场是金字塔建筑模式，剧场内四面观众席，两面斜面之间的场地是舞台，像我们在库巴看到的古玛雅球场一样，演员就在这平台上表演。上半场表演玛雅时代两部落的和谐生活，载歌载舞，比赛火珠、踢球，乃至西班牙人入侵，带来天主教，经过冲突，最后和解，以当地公主与西班牙王公成婚收场；下半场表演墨西哥、西班牙现代歌舞，一派娱乐升平。这场歌舞，娱乐观众，也以艺术形象粗略地反映了古代玛雅历史的轨迹。

在坎昆难得几日休闲，我们看加勒比海，探寻玛雅文化遗址，漫游森林公园，感受中南美这片土地的风土人情，清新、美丽。难怪玛雅人将此地称作坎昆，玛雅语 Cancun，意为“挂在彩虹一端的瓦罐”，它的确是像挂在凌空而起的彩虹一端，的确是个十分诱人的地方！旅行坎昆这几天，我们仿佛是落在“挂在彩虹一端的瓦罐”里了。

寻访玛雅文化遗址

通常说，世界四大文明是指古希腊文明、两河流域文明、中国文明和印度文明。如果说旧大陆四大文明，则是指埃及文明、巴比伦文明、中国文明和印度文明，而往往在不经意间把新大陆的玛雅文明体系忽略了。大概是因为它于哥伦布发现新大陆之前的古远年代，在古代中美洲这片热带雨林中神秘地诞生，又突然神奇地消失了。如今幸存的只有四部难以解读的经文，以及大量古建筑、雕刻、绘画的遗迹，否则这世界上古老文明之一的玛雅文明更难进入大众的视线之中。

过去读书，也很少涉及玛雅文化，知之甚少。女婿祖隶作为哈佛和北大联合培养的博士生，师从哈佛的张光直、北大的邹衡二教授，在团结湖宅邸写作毕业论文《玛雅与古代中国》时，从中了解一些状况，但也是一知半解，总觉得它神奇莫测，秘不可探。这次寻访玛雅文化遗址之前，再读了一些有关图书资料，从玛雅文化学家和考古学家的文献那里获知，古代玛雅人，在与其他世界古代文明相隔的条件下，发挥自己的智慧，独自创造了自己的文化艺术，从象形文字、天文历法、建筑工程、雕刻绘画，到栽培玉米等植物，为人类文明做出了自己的贡献。

这次墨西哥尤卡坦半岛之旅，我们首先感兴趣的，就是选择了半岛上的奇琴伊察、图伦、库巴等三处主要玛雅文化遗址进行探访，去亲自揭开它那一层神秘的面纱，一睹它的面影。试图走近它，直面它，哪怕获得一星半点的感受和知识也好，因为它是我们人类文明的一个重要组成部分。

我们首先去探访的，是奇琴伊察。玛雅文化学者和考古学者对玛雅文化形成与发展的分期，大致有四阶段分法，即形成期、过渡期、古典期、后古典期，或形成期以及古典期、后古典期、墨西哥期；一般多是三阶段分法，即形成期（前1500至250年）、古典期（250至900年间）、后古典期（900年以后至10世纪开始衰落）。奇琴伊察是始建于514年的城邦、后古典期玛雅文化的中心，存在大规模的遗址。访奇琴伊察那天，旭日初升，我们就从旅馆所在地坎昆出发，行车两个多小时，到达了位于尤卡坦半岛北部的目的地。

奇琴伊察，玛雅语Chichen Itza，意为“伊察人的井口”。因为这一大片石灰岩大平原，终年干旱，缺少水源，在这聚落的玛雅人，需要依靠天然蓄水井穴，来维持生活，故而是称之。如今在天文观象台北侧，还保留一个称为“圣井”的井口，有着这样一个传说的故事：昔日每遇天旱，以为是井下诸神发怒，祭司便召集人们前往这口“圣井”拜祭，向“圣井”投下各种器物乃至活美女，作为祭品，以祈求井下诸神息怒，为这口井蓄水。

在奇琴伊察的古遗址中，散落着数百座大大小小的石构建筑，有的保存尚完整，有的则损坏不堪，只剩下台座或石堆了。其中的“库库尔坎金字塔”是最辉煌的遗址。据最近瑞士某机构的民意调查显示，它与我国的万里长城、布达拉宫，意大利的古罗马斗兽场、比萨的斜塔，以及智利的复活节岛巨像、印度的泰姬陵被评为新世界七大奇迹，名列第四位。

这座库库尔坎金字塔，是建于约10世纪的金字塔式的神庙，底座是四方形，塔身四面呈梯形，每一面共九层，九十一级阶梯，加上最高一层，总共三百六十五级，象征一年三百六十五日。这些阶梯向上延伸高达三十米，蔚为壮观。一站在它的正面，从下向上望，令人目眩，那些阶梯仿佛向你倾斜压倒过来似的。同行的年轻人和小孩儿立即拾级而上。女儿小云担心我们俩不能攀登那么高的阶梯，而且每级阶梯又是如此狭窄和陡峭。我开始也有些迟疑，转念一想：平时在北京团结湖寒士斋，我们已有每天要多次爬上爬下六楼的锻炼，而且面对这一气势雄伟的古建筑，以一睹塔顶的遗迹为快，便产生了一种探奇的浪漫激情。于是，在征求老伴意见后，我们两人就勇往直前，一人在前一人在后地拉着从塔顶层中央垂下的绳索，一级又一级地往上攀登，爬二十余级一休，直至登上了最后一级才舒了一口气。我本来患过心脏病，也不知道从哪里产生这样的力量，也许是这座高超的古建筑艺术的张力，助我登攀到顶。

金字塔的最高一层平台上建有方形的神庙，走进去恍若升入天际，古代玛雅人就在此与天神对话？神庙分两室，石壁上雕刻了太阳神像、月神像，粗壮的石柱上雕刻了纪年的象形文字和各种形状怪异的动植物图腾，有的似是太阳神、月亮神，有的似是风神、雨神，还有的似是玉米神。塔的北向正面两侧，各雕刻着一具“羽蛇神”的头，这是一个带羽毛的大蛇头，大蛇头张大口，伸出一条巨舌。玛雅人认为，带羽毛的蛇神是“天神”和“雨神”的化身，祈求它们给干旱的土地带来风调雨顺。许多遗迹都雕刻这种“羽蛇神”。古代玛雅人犹如古代中国人信仰龙图腾一样，信仰“羽蛇”图腾。在2002年中、墨建交三十周年，他们就发行了一套具有象征意义的“羽蛇”和“龙”图腾的纪念邮票。这些雕刻艺术，反映了古代玛雅人崇拜自然的宗教观念、多神教的信仰。他们创造生活的力量，同时也给人们带来更多的神奇遐想，让人们发挥更大的艺术想象力。

大概是为了保持塔顶的原貌，周围没有设栏杆，凭高下瞰，似要坠落下去，险甚。我顿觉毛骨悚然。外孙女昕昕也惊心起来，紧紧地拥抱着我。云儿把握这个瞬间，抓拍了一张照片。我环绕塔顶一周，极目远眺，在这一广袤的石灰石大平原上，散落着大大小小不同形状的石构建筑组合成的聚落群。据考古学家考证：奇琴伊察是伪造墨西哥托尔特克人的古都——图拉城的建筑模式兴建的，包括中心广场、巨大的金字塔、羽蛇神庙、高台祭坛、观象台、球场等，充分体现了图拉的建筑风格。我们观望着这一壮美的古代建筑，不禁为古代玛雅人的聪明和智慧而惊叹。据说，玛雅文明时代，在包括现今的墨西哥、危地马拉、洪多拉斯的古代玛雅文化区内，先后建筑了百余座这样规模大小不同的建筑群，为世界建筑史写下了辉煌的一页。

在依依不舍离去的时候，我又担心着如何走下陡峭的九十一级台阶。年轻人扶着绳索信步而下，老人们则蹲坐着，面向前方，用双手支撑台阶，这样一级又一级地蹲坐着挪动而下，真可谓“上易下难”。这是我生平第一次采用这样下阶梯的方法，终于有惊无险地下到了平地，这时才松了一口气。

有人说，这座建筑充满了玄妙：每年春分和秋分两天的日落时分，在斜阳照耀下，北面一组台阶的边墙，会形成弯弯曲曲七段等身腰三角形，连同底部雕刻的蛇头，宛若一条巨蟒从塔顶爬向大地，象征着羽蛇神在春分时苏醒，爬出了庙宇，秋分日又回去。每一次，这个幻象持续三小时二十二分，分秒不差。我们来得不是时候，没有看到这种玄妙的景象。

走到塔台基右侧的一个小洞门前排队，约二十人一组依次进入塔内，拾级登上一个小平台，就窥见在设有铁栅栏阻隔的洞穴内安置着的两座石雕，靠前的一座，是屈膝半躺的战士神，神情严肃而威武，显示了战士的力量；靠后的一座，是红色的花豹神，张开大口，露出了尖利的牙齿，豹眼镶嵌着两颗圆形绿玉石，炯炯有神。豹身则镶嵌几片同样形状的绿玉石。可谓精工细刻，被列为墨西哥的国宝，亦一奇也。

移步来到了库库尔坎金字塔北侧的另一座主要建筑物——战神庙，又称武士神庙。这座建筑有三层，最高一层有石头围墙，四方形的坛台上，供放着一尊半躺、腹部朝上的勇士雕像，其后方还有两排圆柱，浮雕“羽蛇头”的形象。在神庙的横梁上，则雕有以鹰、虎为伍的武士。这些象征托尔克特人军队的体系，是为了纪念英勇善战的武士的。这座建筑分四层相叠的台基，由正面

二三十阶梯直通神坛，神庙前廊和右侧的平台，周长各一百五十多米，构成了大丁字形的广场，耸立着不计其数的圆柱，也有少数方柱，简直成了一片柱林。故此，有人将战神庙又称“千柱殿”。在长廊和长平台上，为什么耸立这么多的石柱？后人分析：当时这里可能是一座大型的多柱式建筑，这些石柱是用来支撑屋顶的。也有一说是，当年为了纪年而兴建的纪年石雕柱。

在“千柱殿”里，一些方柱上雕刻了托尔特克装束的战神，从中可以看出当时战士的面貌和服饰，最引人注目。大多数圆柱或者刻有纪年的象形文字，或者雕有种种形状怪异的图腾，对于作为外行的我来说，是难以解读出来的。但是从一个方面，也可以看出古代玛雅人高超的建筑和雕刻的艺术水平。走进“千柱殿”，就犹如走进大迷宫似的，令人眼花缭乱，令人陶醉！

与金字塔相对而立的，是一座十二米多高的天文观象台，这是奇琴伊察重要的建筑遗址之一。它造型独特，是螺旋式的圆形建筑，故有“螺旋塔”之称。这座塔建立在高高的台基上，塔顶呈半圆形，塔内建有旋梯直通台顶，设有八扇窗口，用作观测天象，其建筑设计结构与太阳和月亮的运行位置相关。这在玛雅古建筑中独一无二的，恐怕也是世界上最古老的天文台吧。特别值得一提的是，在现今残存的文献中，还有记录古代玛雅人对太阳、金星公转周期的文字。这说明古代玛雅人不仅已使用比较精确的历法，而且掌握了太阳、月亮、金星的运行规律等天文科学知识。

我们乘兴又用了两天的时间，分别探访了图伦和库巴这两座不同风格的玛雅重要文化遗址。图伦位于尤卡坦半岛东北部，距离坎昆大约一百三十余公里，行驶一个多小时就抵达，比去奇琴伊察近得多。我们从图伦东面入口，这里的古建筑群始建于后古典期，都是建立在山冈上的石构建筑的神庙、城堡、柱楼和瞭望台，其中以位于中央的金字塔形的大神殿最为著名，但其规模比奇琴伊察的库库尔坎金字塔小得多。大神殿四周也是雕刻有各种纹样的和怪异的人兽像。其他建筑，都是小规模的，而且多是残垣断壁。我们站在山冈上，眺望散落在濒临加勒比海的悬崖峭壁上的城楼和瞭望台，与湛蓝的大海和汹涌的白浪相呼应，别有一番中美洲这块土地、这片大海多古情的韵味。

库巴的建筑遗址，与坐落在石灰岩平原的奇琴伊察和坐落在濒临加勒比海的悬崖峭壁的图伦不同，它是坐落在茂密的丛林中。我们一早驱车从坎昆出发，进入库巴界区，狭窄的公路两旁，都是密密的树林，偶尔出现一些村落，大多是低矮的木板墙、棕榈叶葺屋顶的民房。我们下车拍照，发现其中一家摆满了精美的石雕，我们走了进去，一位五六十岁的雕刻家热情地接待了我们，时而向我们介绍陈列的作品，时而拿出雕刻艺术书，让我们翻阅欣赏。我们选出他的作品欲购时，他就请出来一位中年人，大概是经营者吧，与我们谈价钱，似乎是要表现艺术家不沾金钱铜臭的品格。

行车一个多小时，抵达库巴遗址，一踏进入口，走上一条四通八达的沙石小路，就置身在热带雨林之间，几无人影，有一种说不出的静。这些热带雨林，与我见过的夏威夷那种高耸的热带雨林不同，它们的枝叶横向生长，茂密却不高大，比较矮小。所以巍峨耸立在这里的一座名为诺胡赤穆尔金字塔，从顶层可以俯视它周围的林梢。这座金字塔塔高达四十二米，比奇琴伊察的库库尔坎金字塔还高出十二米，其高度是尤卡坦半岛玛雅金字塔遗址之冠，真有凌云千万尺之感。它是建于600—900年的玛雅文化古典期后期。在库巴还有一座同时期的伊勾西亚金字塔，其建筑规模不仅没有库库尔坎金字塔宏伟壮观，而且从金字塔的砌石来看，表层一块块磨得比较平整，但是内层则是形状各异、大小不同的未经打磨的石块堆成，大概是在古典期初期的工程吧。在库巴的这些古建筑遗址，对于考古学上考据古玛雅建筑在不同时期的发展，具有很重要的意义。更吸引我们注意的，是独具古玛雅建筑特色的球场：两座石构建筑各一侧的斜面相对，两面斜面上各有一个白石制的圆圈，两斜面之间辟出一片较宽敞的场地。起初我猜测是古式篮球场。后来看了一场歌舞晚会表演，有一场面是在这种球场形式的舞台上打火球、古式踢球（不是用脚踢，而是用肢体撞球、挡球），这才明白这是古代玛雅人多用途的球场。从这里，也可见古代玛雅人体育文化发达的一斑。

库巴遗址的另一特点，是石雕纪念碑多，在林中随处可见。有的石碑立在建筑遗址前，有的大概遗址无存，单独地树立着。所有石碑，都安置在一个用四根木柱支撑的棕榈叶葺顶的亭子里。有许多石碑，已经风化，面目全非；有的石碑还残留下雕刻的各种人形、动物形或象形文字；还有的石碑，是专门的纪念石雕碑，在碑前悬挂着由今人绘制出的复原碑图样，帮助游人解读。据说，这些石雕碑，许多内容与玛雅神话有关。走近一座又一座石雕碑，仿佛走进一个个朦胧幽秘的神话世界。总之，身在库巴，能够深切地体会到一缕幽幽的古味。

黄昏时分，飘洒起柔柔细雨来。落在树叶上的雨点，绿得发亮。我们承亭亭如盖的林叶遮挡的恩泽，不用撑伞，仍在林中到处慢慢悠悠探寻，但也未能踏遍这大片热带雨林中的遗址，踏足的可能只是小小的一角。天将擦黑了，我们作为最后一批寻访者离开了独具特色的玛雅文化遗址，返回坎昆。

几天来，走近这些玛雅文化遗址的一角。听介绍：这些玛雅文化及其巨大的建筑群，是在没有发展车轮，没有利用牛马等畜力，没有使用金属工具的状态下，只使用人力搬运和使用黑曜石制的工具，经古代玛雅人之手创造出来的。听罢，已然使人无不礼赞人类神奇的智慧和伟大的力量，竟创造出这样的奇迹！可是，这样富有智慧的古代玛雅人，这样神奇地创造出来的古代玛雅文明，却不知道何时、为什么瞬间消逝了？有人说是16世纪被西班牙殖民者消灭的，有人说是在部族之间的战争中被摧毁的，也有人说是自然灾害造成，众说纷纭。它为什么弹指一挥间就在人们的视线中消失了，现在仍是一个难解的谜。这是待玛雅考古学者、历史文化学者继续探索的一个问题吧。

加勒比海之旅

云儿知道我爱海，经常做着海之梦，在今年圣诞节长假期，与女婿祖棣、外孙女昕昕，还怀抱着八个月大的外孙天天，领我们乘邮轮绕大西洋、墨西哥湾，巡游了加勒比海诸岛国。这是我第一次乘邮轮休闲地旅行，过上宁静的海上生活。

我记得五十多年前的1958年，我作为译员兼秘书，随时任中国音乐家协会主席吕骥先生率领的中国艺术团访问日本，正遇上日本极右翼分子撕毁我五星红旗、侮辱我国人民的长崎“国旗事件”，当时正在访日的三个代表团奉国内的指示，停止一切活动以示抗议。当时中日关系、两岸关系都很紧张，国内为保证三个代表团人员的安全，未让我们按照来时的路线乘飞机经香港回国，而是通过外交途径，由当时的亲密盟友苏联派了一艘万顿客轮来日本横滨港接我们，经由苏联纳霍托卡港，转乘火车返回北京。由于当时每个人的心情都有如大海波涛般汹涌，十分激奋，也十分紧张，无心欣赏大海的景致。我第一次乘豪华邮轮旅行，悠闲地欣赏我所爱的大海，是时隔五十多年后的今天，是这次加勒比海之旅。

我们居住在美国西部旧金山湾区，需要乘飞机到美国南部迈阿密，然后换乘邮轮才能到达目的地加勒比海的群岛。我们午夜从旧金山机场出发。还有女儿的三家好友，老少三代近二十人同行。飞机途经德克萨斯州达拉斯转机。此时旧金山时间深夜3点多，当地已是5点多的黎明时分。我们在达拉斯机场吃过早餐，稍事歇息，又登机继续飞行。此行旅程，前后共飞行了六七个小时，于当地中午时分才抵达了佛罗里达州的迈阿密。因为我们乘坐的加尼沃轮船公司的“勇武号”邮轮翌日才启航，便匆匆地走访了美国佛罗里达最南端的基韦斯特。在当地泊宿一夜，翌日返回迈阿密港口登船。

我们到达迈阿密港口，已停泊在码头上的“勇武号”邮轮赫然映入我的眼帘。这豪华邮轮十一万多吨，高十五层，可载入四千一百五十多人，其中乘客近三千人。所以登船的旅客有序地排了望不见尽头的长长队列。我们也排在其中。服务人员发现我们同行中有一位坐轮椅的老人和一个八个月大的小孩，就领我们从另一个免排队的入口登船。也就是说，他们以人为本的服务，实实在

在地落到实处，按规定优先照顾，令人感动。

我们经过严格安检，验证了邮轮发给旅客的房卡，就按照房间号寻找自己的住房。客房分等级，有无窗的普通房，有带舷窗的普通房，也有带阳台的高级房和豪华套间，就像一家五星级饭店。云儿照顾我们，安排我们住一间带小客厅和舷窗的普通房间。这次加勒比海之旅，上岸访问了巴哈马群岛的拿骚市和毗邻的天堂岛、维尔京群岛美国属地的圣托马斯首府夏洛特阿马利亚和分属管辖荷、法的圣玛丁岛，其余时间都在邮轮上过着悠闲的海上生活。

邮轮在四、五层设有高级餐厅，第十一、十二层是二十四小时开放的自助餐餐厅，从西餐到中餐、日本餐，一应俱全，旅客可以自由选择。晚餐是正餐，一般都在四、五层的餐厅用餐，并编号划定固定的餐桌，对号入座。翌日全天在海上航行。晚上，船长举行盛宴款待全体旅客。出席的客人，都要穿整齐的服装，男士不用说是工整的西装，女士则是各式艳丽的晚礼服，为此云儿在行前还为月梅选购了一套。服务员捧上的一道道大餐，确实让人尽享船上的食文化。晚宴快将结束，船长讲话，介绍邮轮的各主管和主厨大师给大家认识，然后响起舞乐，客人和在场的服务员尽情跳起舞来。最后，全场的人，后人双手搭前人的肩，环绕大餐厅快乐地歌舞了一大圈。就在这个餐厅里，云儿与同行的友人还订了一个大蛋糕，为我们庆贺金婚，连我们桌的印尼裔男侍者和罗马尼亚裔的女侍者也与我们热烈握手祝贺，并合影留念。不仅在餐厅，船上所有服务都非常周到和热情。比如客房服务员一天整理两次房间和床铺、清洁卫生洗澡间，傍晚送来翌日的行程和船上节目表，还用毛巾折摺各种动物放在床头上或挂在舷窗上，非常温馨，宾至如归，这是令人难忘的。

船上的生活是十分丰富的。邮轮上设有图书馆、剧场、音乐厅、画廊、酒吧、网吧、弹子房、商店、游泳池、健身房、排球场、跑道，还有赌场等等。这些设施，有的恐怕连五星级饭店也未必具备。白天，到甲板上观海，看日出日落；外孙女昕昕游泳，我们就在长躺椅上，享受一番温暖的阳光。晚上，一般去看歌舞表演、听音乐演奏或者逛逛商店，买些纪念品。一天，昕昕带着我从最底层的机房和员工住房攀登到第十五层甲板，在各层参观了一遍。图书馆十分安静，只有几位读者坐在沙发上入神地阅读，我在静心地欣赏挂在四壁上的现代西洋画。小小的昕昕大概了解我这个外公的心情，拍了几张照片给我，其中一张是一名 17、18 世纪装扮的男勇士，左手握长矛，右手持圆盾，腰挂大刀，裸露出他结实的肌肉，展现了男性的力与美。她很体会我的心意，马上将这一张给我做了笔记本电脑的示例图，我十分欣赏。

加勒比海上的日出

平时习惯晚睡晚起的我，在邮轮上的第一夜，早早就入睡了。翌日早早醒来，天还未大亮，我洗漱过后，拿着相机，独自一人，乘坐电梯，登上了十三层的甲板，再从梯子急匆匆地登上了邮轮最高的十五层的小甲板，等待看日出。不久，月梅也登了上来。可是这一早，狂风大作，乌云密布，海涛如山耸，浪声如鼓鸣。天空还是来时那样昏荡荡，一层灰蒙蒙的云雾，遮住了东方，太阳迟迟不露出面来。除了我们俩，甲板上空无一人。过了一段时间，远处急步登上一个朦胧的小身影，看似是一个小女孩的身影。她向我们走过来，原来是外孙女听昕。她是来呼唤我们去吃早餐的。因为吃过早餐，就得下船访问第一站巴哈马国，我们只好带着几分遗憾，在狂风吹拂下，在邮轮的巨大动荡中，紧紧地抓住甲板上的船栏杆，拍了一张照片以留作纪念。邮轮上第一天加勒比海看日出，就这样无果而终了。

第二天，还是未等天大亮，我就早早地独自登上了邮轮最高的一层甲板，继续等待看加勒比海上的日出。轮船的卫生员正在洒水清扫甲板，比昨日多了几个人影。微风轻轻地拂来，一阵凉爽。邮轮顺风而行，没有一点动荡。这时候，周围很是寂静，只有洒水声，伴随着浪声和轮机声。海水暗灰一色，微波荡漾。天空布满暗灰浮云，浓一块，淡一块，缓缓地掠过去。我面对东方，仍是一片暗淡。下一站是访问维尔京群岛，需要在海上航行一天，所以我耐心地等待着。岂知今早天公还是不作美，是个阴天，没有看到太阳从水平线露面的美景。待到阴转晴时，太阳已经升起，但仍旧不时地被厚厚的云层包裹着，好像没有足够的力气冲出云层，却渐渐地把几片浮云染上了红霞，让灰蓝的海面越来越显得湛蓝，明晰地划出了天与海的界线。但是，太阳还是躲在厚厚的云层里，没有露出脸来，人们还不能看到它的真面目。直到好久好久，才透出重围，高挂在半空中，四射出它的全部光芒，把大海的一切，包括这艘巨轮和在巨轮甲板上的人们，都照射得一片光亮。这时已是十点钟了。摆在甲板上的无计其数的躺椅，上面都已躺着晒太阳的人们，已无一空席。我这才走进二十四小时都开放的自助餐厅，去吃一顿“迟到”的早餐。

我并不气馁，第三天，依然在天还没有亮的时分，就又独自登上了最高层的甲板。古人云："观中秋之月，临水胜。临水之观，宜独往。独往之地，去人远者又胜也。"这是观月的好条件，看日出不亦同此理乎？我之所以独自，之所以登上无人的最高一层的甲板，也是为了创造看海上日出的好条件呢。我像往日一样，找一个面对东方的地方，坐了下来，翘首期盼着今天能看到加勒比海上日出的光景。

今天是个大好的天气。东方天空是浅蓝色，天与海分界线飘浮着一堆又一堆或大或小、或长或短的蓝灰色的云彩。转眼间，天际出现了淡淡的红霞。远远望去，在霞彩的映衬下，连成一片的云，恍如一座座屹立在海岸边的高矮不同的山峰，又像是一幢幢形态各异的建筑物，呈现出一派海市蜃楼的景象。我欣喜若狂，盼了多天的太阳快出来了。过了不久，太阳露出了红红的半边小脸来。摇曳在周边的霞影，越来越多，越来越红。又过了不久，太阳将它的另一半边小脸也露出海面上，然后便慢慢地离开了海面，冉冉上升。此时，太阳火一般的鲜红，火一般的强烈，把大半边天染成了红色，替天空披上了几重或浓或淡的彩霞，把湛蓝的大海，也映照上了一大片红色，原先湛蓝的海，变成紫色了。天与海以多彩的颜色展现在眼前。这种缤纷的色，不断地变幻着，让人目不暇接，特别可爱。

不觉间，太阳的红光，渐渐地化为纯白的亮光。光线十分强烈，刺痛了我的眼睛。它的亮光射向四面八方，射向上天，翻腾着翩翩起舞的彩云；射在掠过来的厚厚的黑云，给黑云镶上了一道金边，蔚为壮观。它的亮光，射到海面上，划出一道透亮的金光；射到邮轮的甲板上，腾起了一阵热气，仿佛把站在甲板上的我也卷进了热腾腾的气浪里。此时八九点钟的太阳，充分显示出无限的热力与新奇的美，很有魅力，让人为之陶醉。

在邮轮上的八天，我天天如此，清早独自登上最高一层的甲板，看海上的日出。这些天，我完全沉溺在加勒比海上的日出绚丽奇景的愉悦之中了。

登上哥伦布发现的巴哈马群岛

加勒比海之旅，我们乘邮轮抵达的第一站，就是作为中美洲门户的巴哈马国。

这个岛国，位于中美洲，由二百多个大小岛屿和一千四百多个岩礁和珊瑚礁组成，也可以称为“千岛之国”吧。它星罗棋布地散落在从美国南部佛罗里达州东南海岸一直延伸到古巴北侧的海面，像一条巨长的链条，漂浮在大西洋的海面上。巴哈马群岛有人居住的，只有二十多个岛屿，其余是没有人迹的荒岛。据说，这个群岛是哥伦布于1492年西航的时候所发现的第一个新大陆，被哥伦布称为“人间的伊甸园”。哥伦布在那里建立据点，寻觅黄金。他返回西班牙时，还留下一部分人员留守，结果都被当地原住民杀害了。其后英国人来到群岛上，取代了西班牙人，并于1718年由英国政府正式宣布这个群岛成为直辖的殖民地。巴哈马于1973年才摆脱殖民统治，成为独立的国家。

17、18世纪殖民统治时期，当地原住民生活无着，大多数人被迫沦为海盗，殖民主义者扬言要踏平海岛这片土地。这是殖民主义者造成的历史现象。如今这几年，美国人一而再，再而三地拍摄系列电影《加勒比海盗》或制作电脑游戏《海盗时代的加勒比传说》等，并加以宣传、炒作、捞钱，引起了加勒比原住民的抗议，成为一时的话题。巴哈马今日又如何呢？我带着这个问题，踏上了独立三十年后的巴哈马国首都，建在新普罗维登斯岛东岸的拿骚市。

巴哈马国独立以后，成为加勒比海最富裕的国家之一，它不仅旅游业发达，而且是中南美金融服务业中心之一，有“加勒比苏黎世”之称。你踏上拿骚市的第一印象，就会感受到这一点。街区宽阔，道路两旁林立一栋栋整齐的集美国南部和中南美风格的低层建筑物，它们是商铺、餐馆；以及银行等金融服务机构。我们走了一二条街，便租了一辆马车，绕市区而行。马车夫一边驾车，一边介绍市区的情况，还教外孙女执鞭驾驶马车。当地人大多数是棕色皮肤，十分热情、友善和好客，不时微笑着向我们招手致意，充满了浓浓的人情味。这在大都会是鲜见的。

我们还乘游览船到了毗邻的天堂岛。这个小岛周边的海水特别的清，澄清得可见底。海岸边摇曳着婆娑的棕榈树和椰树。海滩无限辽阔，沙粒特别细

小。一派秀丽的风光和宜人的气候。在海岛的一角，有一个海底公园，年轻人和大孩子快快地换上泳装，兴高采烈地去潜水，观赏海底的各种鱼类、海龟和玳瑁，这里鳐鱼（俗称飞鱼）很有特色。我们偶然也可以看到浮游到海面上的鳐鱼。这种的鳐鱼，鱼身菱形，鱼尾细长，有毒。据说，这种鱼经过训练和驯服后，人可以坐在其身上同游并做各种表演动作。听说，曾经有一位驯鳐鱼的能手，被带毒的鱼尾刺中心脏，不幸中毒身亡。

我们不潜水的老人和小小孩就到海岛另一角幽静的海湾，小孩们赤足踏着软绵绵的沙滩，飞奔到海边去戏水，我与月梅悠闲地坐在树荫下乘凉，或者牵手漫步沙滩，观赏海景。轻风吹拂，微波闪闪地爱抚着湛蓝的海水和亮晶的黄金沙滩，似乎在轻轻地响起了有节奏的旋律，让人喜闻加勒比海大自然的欢唱或大海的窃窃私语。我充分享受着大自然自由乐园的快乐，不由地迷恋于这种情景，心中仿佛也在谱写一首加勒比海的欢快旋律的乐曲，也在与大海进行心灵的轻声对话。我的灵与肉已然融入浪漫的幻境了。

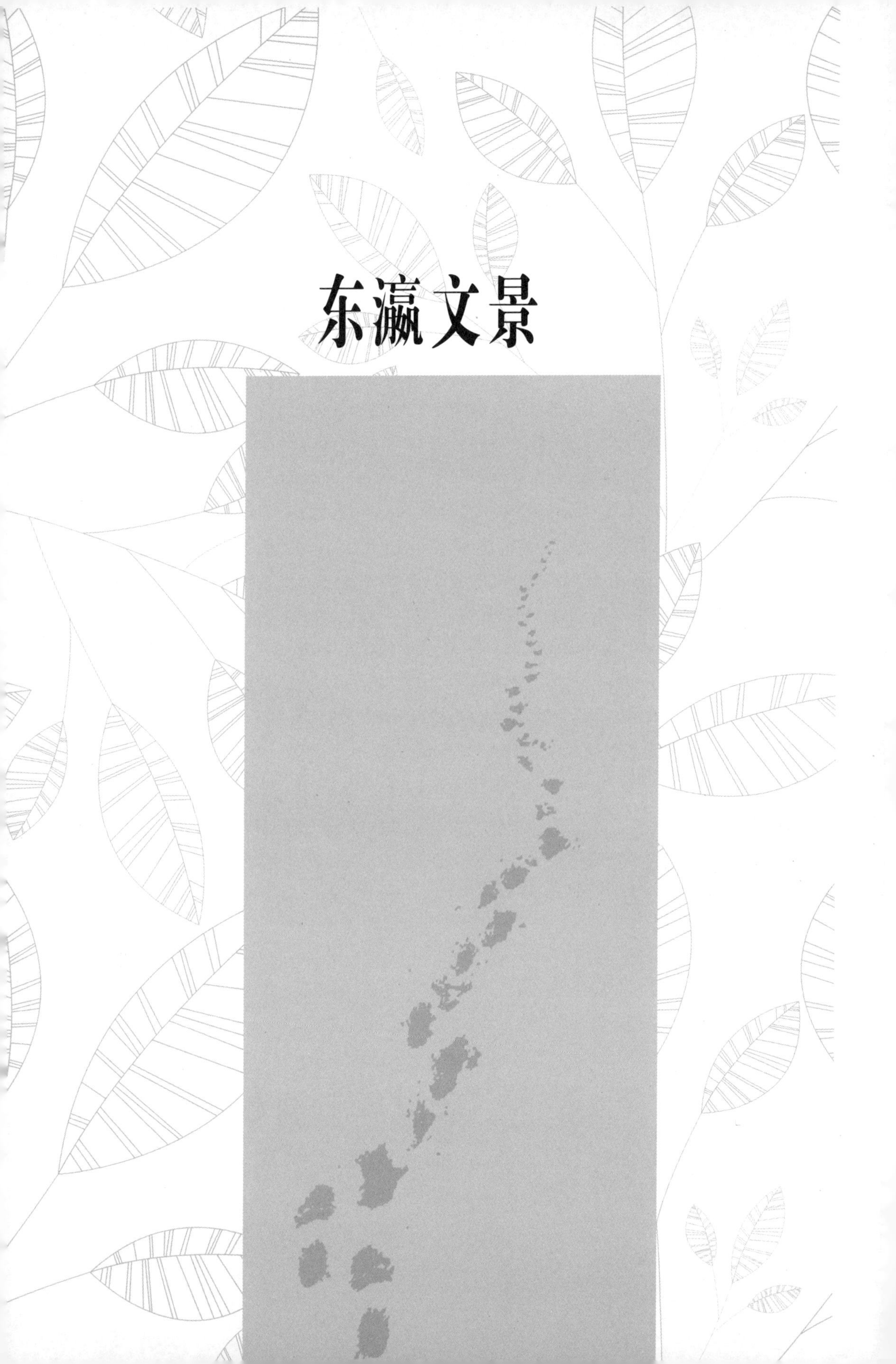

东瀛文景

北海道之旅

北海道是日本的北国。作为访问学者旅日期间，应已故著名戏剧家久保荣的女儿久保麻纱女士的邀请，我们访问了这块北国的土地。麻纱正在整理其先父的文稿，准备出版文集，工作十分繁忙。可她在百忙中还是全程陪同我们，走访了北海道的札幌、函馆、小津、十胜带广、旭川等地。我们不仅观赏了北国深秋的风光，而且参加了多彩的文学活动：拜访了蛰居旭川的著名作家三浦绫子，与当地文学界人士会面，参观了当地的文学馆，探寻了地方的文学遗迹，还接受了《北海道新闻》的采访，日程排得满满的。

也许北国是迟开的垦荒地，艰苦的劳动磨炼了人们的坚强意志；也许是北国严峻的自然风土培育了人们的倔强性格，在这块土地上滋养出来的文学，具有强有力的批判精神，产生过像小林多喜二的《蟹工船》、久保荣的《火山灰地》这样优秀的作品，名垂史册。我们飞抵千岁机场后，由《北海道新闻》函馆分社的矢岛记者驱车陪同，迫不及待地来到了当年蟹工船的出发地——函馆的一个码头。我站在码头上，面对汹涌的波涛，从远处不时传来了津轻海峡的海涛声。我落笔翻译《蟹工船》的第一句话——“喂！下地狱罗！”像震天撼地的凄厉呼喊，随着涛声传了过来，充盈于耳。在我眼前，仿佛出现了那艘破破烂烂的“博光号”蟹工船，摇摇摆摆地荡在巨浪之中，又仿佛看见那船上的一张张可怜巴巴的渔工的脸。小林多喜二在《蟹工船》里展现的一个个泪汪汪、血淋淋的故事，一桩桩惊天动地的反抗和斗争的事件，又在我的脑海里起伏翻腾。我浑身震颤，不由地涌起翻译《蟹工船》时那股子抑制不住的激情。

矢岛记者向我解说当年这个蟹工船基地的血泪史，又介绍了函馆走向现代化的变迁。当然，几十年过去了，函馆现代化了，函馆渔业也现代化了。如今，昔日蟹工船的面影已经荡然无存，但资本主义原始剥削的野蛮和残酷已经写在历史上，这是永远无法抹去的。随后矢岛记者领我们参观了函馆图书馆。女馆长亲自接待，让我们翻阅当年记录蟹工船的历史资料。摆在我面前的是大正十五年（1926）9 月 8 日的《函馆每日新闻》《函馆新闻》等报刊的醒目大字标题，“‘博爱号’蟹工船惊人的残酷虐待大事件，活地狱的暴虐”，“残忍

地虐待渔工，从堪察加回来的杂工口中透露的事”这些带着血泪的字，一个个地跳入了我的眼帘，像一根根针扎进我的眼珠子。读着这一篇篇真实的报道，我悲痛，我同情，我更多的是悲愤！我回想《蟹工船》中一个个生动的人物形象，一个个动人的故事，深深地感到小林多喜二出色地艺术再现了这段作者称作的“资本主义侵入殖民史的一页”。

翌日，我们来到小林多喜二生活和恋爱、学习和工作过的地方小樽市。他在小樽商业学校半工半读时，接受了民主思想的洗礼。他在小樽北海道拓殖银行分行工作后，从事文学和革命活动。我们在南小樽站下车，步行约二十来分钟，到了多喜二工作过的拓殖银行小樽分行前。我站立良久，默默想象多喜二在银行上班，开始爱好文学，勤奋读书和写作的情景，我惊叹着多喜二不懈献身于文学和真理的事业。他那丰满的形象又历历浮现在我的眼前。我想：小林多喜二作为一个伟大的作家和革命家正是从这里出发的，难怪后来将他的文学纪念碑建立在小樽市。在陪同的催促下，我们离开了这个银行的旧址，来到小樽山上。

这是深秋时节，爬上红土层的小山丘，迎面一座巨大的小林多喜二文学碑傲然地耸立在那里。文学碑的碑面是用赭红色的大理石砌成，上面展开一本赭色的大理石雕的书卷，书卷的左上角铸刻着作家的头像和“小林多喜二纪念碑”几个金光闪闪的笔力遒劲的大字；中央刻着作家狱中日记的一段话。我在日本还不曾见过如此巍峨宏伟的文学碑。它高耸在艳阳殷红的天空下，与漫天飞舞的红叶相辉映，整座碑身通红似火，仿佛是多喜二火红的战斗生活把它尽染，又仿佛是这位烈士的鲜血将它尽洒，把整个苍穹和大地染得红彤彤。我随手摘取一枝最殷红最美的枫叶，恭恭敬敬地献在碑前，默默地祈祷，寄托无限的哀思，也表达深深的怀念和崇敬之情。

北国秋日黄昏来得早，不觉间日落了，山间变成一片银灰色，文学碑上也披上了晚霞的彩衣，似乎更高更高地直耸在一抹残阳的茫茫天际上。久久地肃立在那里，直到天色完全昏沉了下来。

这次北海道文学之旅的另一个重要节目，就是探访《火山灰地》的文学踪影。这个剧本主要描写一个农业试验场的农学家雨宫，同情挣扎在封建农业结构和严寒天气下劳动的贫苦农民，推行改革农业结构和改良耕地，而与国家权力的农业政策和保守的农业技术势力做斗争的故事。日本帝国主义侵华战争期间，该剧被搬上舞台，之后遭到禁演。它在日本戏剧史上写下了重要的一页。

麻纱女士非常细致周到，请来了久保荣戏剧研究家久保吉村先生做向导，让我们受益匪浅。作为《火山灰地》舞台的十胜音更町地方，南部平原流贯着支流纵横交错的十胜川，东部山陵环绕，西部山峦连绵，北部火山密布，形成一大盆地，有“岛中岛”之称，以火山灰地而驰名。我们踏进音更町，吉村先生向我们介绍久保荣创作剧本《火山灰地》之所以选择这里作为舞台，主要原因是剧作家对这片土地比较熟悉，对这片土地的以烧炭为生的贫苦农民怀有深厚的感情，他在这里很快就找到了原型。现在这里已全无昔日的面影，只见一间人字形屋顶的小木屋，屋前竖立着一排似是烧炭用的木材。据说，当年烧炭的小木屋已迁到远处的芽室町，现在这里只是一个模型，仅供参观者追怀往昔而已。

最后我们来到了这里一处小山丘上，乱石成堆，带上几分荒凉。面对立在其中的简朴矮小的“火山灰地文学碑”，我心中顿生疑团：“为什么纪念这样一部伟大作品的碑立在如此偏僻之地?”不待我发问，麻纱就向我们解释道：“这块土地是久保荣成长的地方，而且这里是当年烧炭工进出山间炭窖的必经之路，在这里立碑很有意义。”我再念着镌刻在碑文上的久保荣这样一段话：“面对从山上砍下的捆捆木材，充满了劳作的喜悦和生活的辛酸，炭窖那日日夜夜烧不尽的炭”，捉摸着它的丰富的含义，深深感到其碑如其人其文，挺立在这片荒野的土地上，向世人揭示这是一座进步的里程碑，的确像是“烧不尽的炭”，给那个黑暗的时代点燃了的一丝亮光。

在北海道首府札幌，《北海道新闻》负责人小林金三邀请了当地著名作家和学者举行了一个中日文学家座谈会，与当地的诗人、作家、评论家畅谈文学和友谊，探讨中日两国地方文学交流的现在和未来。七十余高龄的老诗人更科原藏夫妇在座谈会后，还陪同我们参观了札幌文学馆，并亲自做了生动的讲解。家住旭川的三浦绫子疾病缠身，未能赶来札幌出席座谈会。我的友人陈喜儒曾译过她的长篇小说《冰点》，由月梅作序，有这段文字之缘，她特邀我们到旭川访问。我们在绫子家相叙，他们夫妇都非常健谈，第一次接触中国同行，一再对日本侵华战争表示道歉，认为只有正视过去的历史，今后才能建立牢固的中日关系和正常的文化与文学的交流。到了傍晚时分，三浦绫子夫妇在一家当地有名的中餐厅设宴招待我们。餐毕，已是晚九时，绫子身体孱弱，我们就此告辞，他们夫妇坚持在北国深秋冷冽的晚风中送了一程又一程。有一回，我们叫停了一辆出租车，让他们回家去。想不到他们婉谢了，继续陪着我们走在长长的大街上，一直相送到旭川车站，才依依道别。我站在寒风中，迎面扑来一阵阵寒气，可是我的心却是暖融融的。三浦绫子的友情，使我们的北海道纪行从一个高潮走向另一个高潮。

我们乘夜轮经津轻海峡到青森，一晚未能成眠。一周北国行的一幕幕情景又活鲜鲜地掠过我的脑海，心情久久不能平静下来。

上野赏樱

樱花是日本国的象征。日本国虽未将其正式列入国花，然而在日本人心目中，它有花王之称，已是占有国花的位置了。每年樱花时节，各种异彩纷呈的樱，随着天候的变化，从南到北，从九州到北海道，循着一定时间差有序地渐次交替绽放。电视台整个花季跟踪报道，全日本都顿时掀起了一股热闹的观花潮。早就祈盼上野赏樱的日子早早到来，一连几个夜里，梦中都已置身于樱园之中。

古人云："惜花须起早，爱月宜眠迟。"尤其是赏樱最美的时刻，是在一日之晨。赏樱那天，从窗扉透射进来的第一缕曙光便把我唤醒。天空还轻抹着淡淡的雾色，我们却已怀着一股无以名状的喜悦心情，登上了开赴上野站的电气列车。来到东京赏樱最佳地的上野公园，映入眼帘的是满园樱林。在晨曦的漫掩下，与樱树共生的林木犹如雨后的青草，放出了鲜绿的光彩，把挂在樱树枝丫上的一簇簇樱蕾，映成一轮轮色彩的光晕，由深而浅，若有还无，展现了它待放的容姿，美极了。

公园里樱树成行，赏樱人东一堆西一簇地在樱树下围席而坐，待观赏樱苞的开放。我们嫌人声杂沓、笑语喧腾，会尽失赏樱的乐趣；于是急匆匆地穿过林荫的樱树路，来到樱林边缘一个宁静平和的地方默坐了下来。这时春日的阳光已洒满了大地，自然界万物都充满了生机。树林翠叶的清香和泥土的芬芳扑鼻而来，我们屏住气息，凝望着循时序逐渐绽放的樱苞，一重重红色的花瓣、淡红色的花瓣、淡黄色的花瓣、紫宝色的花瓣、以其充沛的张力盛放着，仿佛将它体内贮藏已久的能量猝然释放出来似的，让人感受到了生命的律动。这时候，只要你用心灵去仔细谛听，便是盈耳的花儿争着竞放时的瑟瑟声，仿佛连我的心里也开满了花。此时此刻，万般烦恼和杂念皆抛诸脑后。我能亲身感悟到自然充实的生命力，似青春之火的幸福深深地感染了我。

樱花品种繁多，我未能一一叫上名字，唯我叫得出名字的八重樱，是我之最爱。它的花瓣多重，花色纷呈。在我们眼前，有的淡红色八重樱重重叠叠地开满了凌空的枝丫，有的紫宝色的八重樱成簇成簇地挂在低垂的细长枝梢上，有些纤细的花枝布满淡红淡黄的花儿，像垂柳一般几乎低垂到地面上。它们一朵朵、一团团、一簇簇地怒放着，一丛连着一丛不断地怒放着，顿时满园披上了素雅的装扮，集春色于人间。如今除了这儿正绽开的花朵，恐怕再没有什么可以代表东京之春，也再没有什么可以代替上野的春色了。

樱花没有其他鲜花盛时的浓艳、灿烂和悠长，然而无论是色彩还是风韵，它比其他花朵都显得更加润泽、更加娇媚和更加风雅。花开全盛之日，也是花儿落尽之时。我们把握着它的生命规律，事隔数日，在一场春雨过后，再度来到上野赏樱。不过赏的是落樱，目睹的又是另一番景象。我们刚踏足林间，落花在层层密密的大枝小椏之间，纷纷扬扬，漫天飞舞，像林梢泛上一抹抹红霞，又像朵朵粉红色的小云，飘飘忽忽地落了下来，越落越多。落樱在雨后的阳光下，互相辉映，幻化出丰富的色彩，仿佛还要燃尽最后的生命力，将大地尽染。此时，其色其姿显得比盛时更素淡，更沉稳，更凄美无比，给人一种含蓄美的享受。

在百花中，唯樱花盛时短暂，花开花落为时一周多。我记得《万叶集》有这样一句古歌，"樱花全盛难得见，睹者方恋花尽落"，就是形容樱开时快落时也快。霎时间，恍如踏进东晋人陶渊明笔下桃花源的"落英缤纷"的仙境。满地的落樱，像铺上了镶绣的樱花地毯迎接宾客似的迎接了我们。我踌躇于林中，俯首拾得几片淡红的花瓣，放在掌上观赏良久，仿佛它还发出美的生命的最后光辉，不忍离去。花儿随着轻轻吹拂的微风，还有一瓣瓣不停地飘落在我们的肩上和脚边，可谓落花漫漫，无边无际。这番美的意境，使我忆起清人龚自珍《落花颂》中吟诵的"如八万四千天女洗脸罢，齐向此地倾胭脂"，令人神往。

我徘徊着，流连着……静听着落花声，细细地咀嚼着与它短暂邂逅的那份淡淡的喜悦和那份淡淡的哀愁。有位画家曾说过这样一段话：

> 倘使花儿永不凋谢，我们也永存于地球上，那么两者的邂逅就不会引起什么感动了吧。花儿行将凋谢时才显出其生命的光辉。在体会到花儿很美的心灵深处，爱惜着彼此生命，感受着在地球上的短暂期间得以邂逅的这份喜悦。

于是，我不禁又泛起了《万叶集》的另一首和歌：

春至樱花满枝头

如果不静下心来冥想，不用心灵去感受，这是领略不到的。

为什么在日本人的感性中，春天最美的是樱花？

我们从日本的和歌、连歌、俳句可以发现，一提及花，首先自然就是樱花。日本人最爱樱花，大概是日本人的美意识中存在着一种“瞬间美”的理念，即赞美“短暂”。上野赏樱，我亲身感受到樱花的生命是最短暂的，开得快落得也快，齐开齐落，且花开花落时，都呈现缤纷的景象。樱花淡雅而不浓艳，质朴而不浮华，表面热烈而内里蕴含着一种安详沉静的自然美感。尤其是初绽的樱蕾和行将凋零的樱瓣儿，更显出其生命的光辉，会唤起人们各种艺术外的情绪的反应。

古今许多日本文人墨客常常将人生喻作樱花，说到人像樱花那样不惜生命，在短暂的人生中干一番轰轰烈烈的事业，这样会使人产生一种充实感。日本武士更以樱花自比，将那“瞬间美”的观念转变为视自杀为极点的行为。其殉死的意义，也在于追求瞬间的生命的闪光，企图在死灭中求得永恒的寂福。

这不是从一个方面反映日本人以樱花喻于自然与人生的一个例证吗？我在赏樱之后，留下了这样一个思索。

1987 年春于东京小竹向原

东京旧书店街淘书记

读书人爱书如命。我最爱的也是书。

如果有人问，在东京一年，你最爱的是什么，我会毫不迟疑地回答：我爱的仍是书。

我到了东京，既同人打交道，同学者、作者交流学术；也同书打交道，上图书馆、逛书店。从某种意义上说，更多的是与日本文学书结下了不解之缘。所以，在东京三百六十五天，除了学术交流、研究工作之外，最大的乐趣莫过于逛旧书店街。缘此，早稻田和神田的旧书店街成为我踏足最多的地方。我记得鲁迅曾说过，当年他从东京到了神田，也“不觉逡巡而入，去看一看，到底是买几本，弄得很觉得怀里有些空虚”。此两地满街书香，文人墨客到此乐而不疲。

早稻田旧书店街星散在早稻田大学延伸至高田马场，足有一站地之遥。早稻田大学周围更是密集了不计其数的旧书店，是专以大学师生为对象的。到东京不久，早稻田大学历史学教授依田熹家先生大概了解我的爱书嗜癖，主动做向导，热情地陪我专访了这条书店街。我们从早稻田大学出发，一直步行至高田马场，走了一家又一家，不知走了多少家。粗略估计，林立在这条大道两旁的书店近百爿，以经营社会科学书籍的居多，其中文学书籍几占一半，所以引起了我极大的兴趣。作为早稻田大学的特别研究员，此后我每次上早稻田大学必定逛一次这条旧书店街，猎取我所需要的图书资料，也从中了解书的讯息。

我多次逛这条旧书店街之后，发现这些书店“麻雀虽小，五脏俱全”，书的种类繁多，应有尽有。许多时候，在一般书店买不到的、出版时间过了一两年以上的书乃至绝版书，在这里也可以找到，而且是折价出售。每爿书店店堂不大，两壁和店堂中央都摆满书架，过道狭窄，且堆满了书。小说较便宜，数百日元一册。学术著作较贵，一二千元一册。个别书店打出“百元均一”的广告，即任何书出售都是一百元一本，任君挑选。书价确实比一般新书便宜得多。可以说，这是早稻田旧书店街的一大特色，所以招徕了众多的读者。

书店店主接待顾客热情周到，也是这条书店街的另一大特色。所有书店一律开架，读者自由翻阅、自由选购，虽是旧书，且每天都有读者触摸过、翻阅过，但仍很整洁。我联想起国内少数书店的开架书弄得满是手印，破破烂烂，两相对比，可见日本书店管理之完善，日本读者对书之爱惜。

这些旧书店的服务水平是世界一流的。书店没有搞形式上的东西，墙上没有写什么口号标语，什么服务公约，却做到百问不厌，服务到家。若是短缺的图书，顾客还可以先行登记，有书后及时送上门，不另索取费用。我们就遇到这样一件事：找遍神田书店街和早稻田书店街欲购龟井胜一郎著《日本人的精神史》全六卷未能购得，而这套书对于研究日本文明史和文学史都是十分重要的参考文献。它通过许多古典文献的引证，对古代知识阶级的形成、平安王朝的美学观和文艺观、中世的生死观和宗教观，室町艺术和民众的心，乃至现代人的精神世界等广泛领域进行理性的思考。我不甘心罢休，直接给出版者文艺春秋出版社打电话询问，回复说这套书已绝版，近期无重版的计划。最后我抱着一线希望，在神田书店街的好几家专业书店分别登记购买，几个月过去了，我们望眼欲穿。终于有一天盼来了一家文化专业书店的电话，我们如愿以偿。对于读书人来说，没有什么比这更幸运的了。

有一回，我们到早稻田旧书店街的文英堂购买一部《世界考古学辞典》，取下陈列书架上的唯一一部，发现书套有点破旧，且是1979年旧版。买不买？我们有点迟疑。这时候，书店店主便笑眯眯地迎过来询问情况，我们说明之后，他马上到店堂里首拿了一套崭新的1985年新版的走出来，书价比原来的还便宜六百元。我们纳闷不解，问店主为什么新书新版比旧书旧版还便宜。店主说，因为这套是展览用书，进货时就便宜。我深为这种商业道德所感动。正如早稻田大学文学教授红野敏郎先生盛赞这条早稻田书店街那样，的确是“洋溢着一种侠义精神”。

成了这条书店街常客的我，也遇见过一桩与这种服务精神很不协调的事情。一次在一家书店购买山田清三郎的《无产阶级文学史》上下两卷本，定价为二千五百元。当时由于书架上只有下卷，老板娘一时找不到上卷，她让我过半小时再来取书，我按约定时间去取书时，老板却悄悄将定价改写成三千元。转眼之间上涨了五百元，并声言不易价。这部著作时下脱销，于我研究工作又特别需要，只好忍气吞声买下了。虽说不能就这桩小事，以偏概全，但也确让我有另一种感受，留下了另一种印象。是不是可以说，这里面存在着隐蔽在“侠义精神”后面的另一种什么东西呢？

神田旧书店街的规模，比早稻田旧书店街大得多，横跨文京、千代田两大区，东西从须田町至九段下，南北从一桥至水道桥。这里有一百五十多家旧书

店，还有约六十家经营新书的书店。这些书店以神保町1—3丁目为中心作伞状扩展，星散在西神田二丁目、三崎町二丁目、小川町、骏河台、锦町、司町、多町、须田町、外神田、饭田桥、九段、麴町、有乐町等。驰名海内外的岩波书店，还有全国最高学府东京大学以及中央大学、明治大学、御茶水女子大学等著名高等学府，也坐落在这里。这些大学的学者，不论是教授还是学生，上下课往返这里，常常走进书店浏览一遍，购买自己称心且又价钱便宜的书和杂志。学者们彼此在这里邂逅，可以有效地交换学术情报和信息。书店、大学、学者便成为三位一体了。我每次来到神田、神保町，就不由地感受到一种浓厚的文化气氛。说它是文化中心的中心，恐怕也不会言过其实吧。

神田书店街距我住所稍远，不如逛早稻田书店街的次数多，走了不知多少次都没有把那两百多家书店巡遍。这条书店街给我的第一印象，与早稻田书店街不大相同的是，书店资本雄厚，专业性强，成套书多，书价稍高。尤以专业分工细而具有自己的明显特色。以文艺书类为例，分文学、戏剧、电影、音乐、美术、书法等专业书店。文学在专业书店经营内容也各有重点，譬如弘文堂之经营文学全集，福原书店之经营古典文学，朝日书林之经营近现代文学，龙生书林之经营侦探小说，大冢书店之经营“异端文学”，田村书店之经营外国文学，原书店之经营汉学、易学，中国读者熟悉的内山书店、东方书店之经营中国图书。内山书店的招牌还是郭沫若题写的呢。此外，还有主要经营浮世绘、茶道、书道、佛学、动植物学等专业书店之分，还有主要经营文库本、限定本、初版本、袖珍本、辞书、杂志等专门书店之别。以神保町为中心的神田旧书店街每条街每家书店都有自己的特色，走进店堂，立刻会有不同的感受。特别是八木书店陈列着森鸥外、夏目漱石、太宰治、川端康成等大作家的手稿和亲笔书简，每次到此，我都流连忘返。

以实力来说，早稻田旧书店街的书店比不上神田旧书店街的书店，在竞争中处于劣势。但他们通过薄利多销，以及联合举办旧书书市等多种经营方式，广为招徕读者，应对神田旧书店街的挑战。用红野敏郎教授的话来说，它们“勇敢地奋斗着”。

东京旧书店街之多姿多彩，使逛游旧书店街也成为一种很高的文化享受。

吃茶记

日本语将喝茶或饮茶，叫做吃茶。我国的闽南语、潮州语、海南语也叫吃茶，大概是日本语形成也受到中国语系的影响，现在仍保留唐音的读法吧。不管是叫喝茶、饮茶，还是吃茶，种茶和茶的饮用法从我国东传，这是无疑的，相传已有近千年的历史。不过，有文字记载，12 世纪从中国带回茶种的禅僧荣西，在禅寺里种植，故有种茶鼻祖之称。他还写了一部《吃茶养生记》，以为茶有药用之功效。半个世纪之后，大应禅僧将我国吃茶的仪式和品茗的方法也带回日本，几经传播，最后由一休和尚及其弟子村田珠光将禅的情趣融合其中，始创了茶道。最初，日本吃茶的仪式，以中国式的茶席为模式，讲究豪华的排场，俗称贵族书院式的茶道。经由珠光草创，最后于 16 世纪武野绍鸥和千利休对珠光的茶改革，便发展为草庵式的茶道，进一步融入禅的简素清寂的精神，俗称“空寂茶”。由此，日本有“茶禅一致”的说法，此时茶道已成为修炼精神和交际礼法之道。

年轻时代，我第一次随团访问日本，参加了茶道仪式，觉着新奇。茶会一开始，茶主就严格按照规范动作行事，进出茶室都是双手着地膝行，跪坐，献茶时缓慢地端起茶碗，将茶碗正面转向茶客，放在茶客面前。茶客也以同样的规范动作，端起茶碗，将茶碗正面转向茶主，主客双方才开始静静地品茗。但我只专心关注吃茶的形式，却忽略了茶道与精神的联系，未能把握茶道文化的神髓。人到中年，去日本的次数多了，参加茶会的机会也多了，加上自己读书求知，日友还特别请来茶道师讲授并示范，才慢慢地从形式和精神两方面来体味日本的茶道文化的精髓，对茶道仪式有个比较完整的了解。

千利休确立草庵式茶道以来，以“空寂”作为茶道的美理念，将茶道提高到艺术的水平。他提倡的“空寂茶道”是以“贫困”作为“空寂”的根底。这里的“贫困”，不是一般意义上的贫穷，而是指不随世俗，诸如权力、财富、名誉等等世俗，企图从中感受到一种最有价值的超现实的存在。所以他一反贵族书院式的茶道，首先改革将作为茶道或茶会用的特殊建筑——茶室，简素化为草庵式的原木结构，且将茶室缩小化为二铺席乃至一铺半席的小面积，地面敷设榻榻米，室内也去掉一切人为的装饰，只设一壁龛，壁龛里挂一幅水墨画或简洁的字幅，置一个小花瓶，插上一朵小花或蓓蕾，盛开的花是不能作为茶室的插花的。茶具更不用说，都是手工制作，形状歪斜，彩釉不匀，质地粗糙，首先在观照上让人进入一个一切回归自然，造化自然，纯化到璞朴归真的理想境界。在感觉上使整个草庵式茶道达到了至简至素的境地。

据说，茶道有严格规定，茶人的人格是平等的，即使江户时代占统治地位的武士阶级，进入茶室，就与一般庶民茶人处在同样的地位。为此，当时的草庵茶室入口的门十分矮小，茶人必须躬身而进，武士则必须将腰间佩刀取下，否则不得其门而入。所以茶室入口，也称作“茶的入口”，表现了当时在茶道中不同阶层的茶人都应受到平等的尊重和对待，没有任何世俗偏见，以保持茶道的纯粹性与“和敬清寂”的精神。这种草庵式的茶道，由于利休的子孙表千家、里千家和武者小路千家一直相传至今，尽管如今流派纷呈，茶室内外结构也发生了变化，但这种茶道的本质不变，是日本人日常生活不可或缺的一部分。

一个春日，日友邀请我们出席一年一度的明治神宫春季茶道仪式。近代以来，茶室虽多非草庵，唯其茶道的简素精神不易。我们到了神宫的茶室地域，路经一个细小的“露庭”，庭园置点景石、石灯笼，周围缀满苔藓，与竹丛松林相映，营造出一种枯淡的气氛。我们踏着散落在丛林间的奇数的、不规则的、形状各异的踏脚石，来到了茶室。

我们到了茶室入口，那里置有一个利用天然石凿成的石钵，钵内满是苔藓，盛满纯净的水。进入茶室之前，用石钵里的水洗手和漱口，以起到净化精神的作用。走进茶室，室内的光特别柔和。因为格子门和窗都是木框架，不镶嵌玻璃而糊日本纸，春日的阳光透射进来，光线就显得不太强烈。置身其间，首先就给人一种平和宁静的感觉。室内别无其他摆设，不繁不丽。席地而坐，我将视线投向壁龛，龛里挂着一幅古字残片，置一竹制花瓶，插上一朵小花。小花瓣上点一滴水珠子，像是散落的一颗珍珠，晶莹欲滴，托出小花内里更加生辉和多彩，美极了。置于这种独具匠心的艺术空间，会引起人们一种难以名状的感动。

在这样静寂低回的氛围中，茶道仪式开始了。茶道主人席地摆放茶具，开始按茶道的严格规则操作，当茶人们一边观赏手中那古雅的茶碗，一边品茗的时候，那种无以名状的感动便逐渐升华，产生悠悠的余情余韵，也就容易达到纯一无杂的心的交流。这时候，我的视线漫不经心地落在窄小的榻榻米上。在自然的光照下，露庭的竹透过纸窗投在榻榻米上的影子，简直就像泼上的一幅竹水墨画！也许唯有这时候，我才落入了冥想，在观念上生起一种美的意义上的空寂与幽玄。我的心的确为这种单纯、脱俗和清寂之美所感动，归于无杂无念的自然，一切人世间的烦恼尽抛脑后，在情绪上就容易进入枯淡之境。于是，我内心暗自吟哦千利休这样一首和歌：

径通茶室来品茗
世人聚此绝俗念

茶席间，听茶友讲了这样两个世代相传的故事：一个是千利休邀请一茶客到其茶室举行茶道仪式，茶客走到前庭，一眼目睹置石，就“啊”地惊叹一声，连口称赞。千利休在客人离去后，认为自己的置石法可能太醒目，不大自然，才引起客人的注目和惊叹。于是将石重新摆置。另一个是千利休的孙子宗旦，继承其自然置石的传统，置石时将石摆来摆去都显得不太自然，于是突然想起一绝招，一手抓起一把豆撒在前庭的地面上，然后将多余的豆捡起，将石置在留下不超过十五的奇数的豆粒上，以追求自然散放的目的。

回到住所，对茶道的兴致未减，顺水拿起一本茶道书《南坊录》，兴致勃勃地阅读起来。据说，著者南坊宗启是千利休的高足。他亲录了从千利休那里习来的“空寂茶”的心得，成就了一部难得的茶文化的经典著作。《南坊录》中一段话很好地阐述了千利休的“空寂茶”的精神，他写道：

空寂本意，是表示佛的清净无垢的世界。草庵式茶道乃拂却尘芥，主客诚心相交，不言规矩和法式，唯生火、煮水、吃茶而已，别无他事。亦即佛心显露之所在也。只拘于礼法，则堕于凡俗。（中略）皆不可悟得茶道之真髓也。

文中提及主客诚心相交，乃指唐代赵州从谂为主，初祖大师为客在茶席交心之事。赵州曾说：“吃茶去！”虽然众人对这句话的理解各异，但其中一种解释为吃茶乃悟道之一径，内中就包含了禅的情愫。南坊的解释，似属此类，但他对这与日本的“茶禅一致”有什么历史联系，并无进一步言明。不过，这句话深深地刻印在我的脑海里，作为吃茶后的感悟。

艺能巡礼

傍晚时分，一个通知，接待方的主人用轿车把我们载到日本天皇的皇宫里，观赏日本传统的雅乐表演。那是四十多年前我们访日的往事。当时的情形，印象已经模糊，但雅乐古雅的旋律依然不时地在我的心中旋荡。

日本古乐，比如神乐、久米歌，以及受古代唐乐和高丽乐影响而发展起来的新声乐，比如催马乐、朗咏等；至8世纪奈良时代走向雅乐化，在祭祀和宫廷的各种仪式上表演；后来又发展为倭舞，逐渐形成日本民族的乐舞艺能。大宝二年（702）根据《大宝律令》在宫廷设雅乐寮，下设和乐、唐乐、三韩乐和伎乐四部，统管雅曲杂乐。所谓“杂乐”者，乃当时的雅乐寮对外来乐之统称，于天平宝字七年（763）始将各种典乐集大成，作为乐舞的主流，称为“雅曲正舞”，简称雅乐。

我还记得当天晚会的节目是丰富多彩的，有的以乐为主，有的乐舞相兼，乐器分管乐、弦乐和打击乐，种类繁多，许多都是从我国大唐传去，或稍加改造，作为大和乐器而存在，尺八即其中一种。音律一般仿唐乐为十二律，音调低徊，旋律缓慢，带着悠长的余韵。其中的《太平乐》《万秋乐》等是唐乐曲子，《难波曲》《浅茅曲》《广濑曲》等曲子则更具日本古乐的特色。我听着，有时仿佛传来了亲切的乡音，有时又像把我带到了异域的旋律中。我感到亲切，又觉得新鲜。第一次有机会在皇宫里享受日本传统的宫廷雅乐，也许是我的幸运，它成为我巡游日本传统艺能的第一步。

日本传统的民族艺能像其他日本古代文明一样，以本土的东西为根基，吸收外来的滋养，实现再创造而丰富起来的。12世纪前半叶平安末朝、镰仓初期，代替上代的雅乐，流行了以小曲“今样歌”和与之相关的“白拍子舞”为代表的各种乐舞，颇具时代节奏感，促进了日本民族艺能的进一步发展，出现了散乐、猿乐和田乐，包含了曲艺、杂技、歌舞等形式。这几种艺能与寺院神社结合，普及于地方和农村。如今在各地方的节日上仍可见这种原初艺能的表演，但在都市舞台上似乎已经消失，故我一直无缘鉴赏。

在日本皇宫与雅乐邂逅二十年后，重访东瀛，才有机会在位于银座的歌舞伎座观看到能乐和间狂言。这是中世纪从艺能向古典戏剧过渡的一种形式。我们走进歌舞伎座，马上就感受到在话剧剧场所感受不到的古典气氛。我们坐定，准时开演，舞台非常特殊，三面露出，观众席分列正面和侧面，无帷幕，无布景，无道具，伴奏伴唱演员井然地肃坐于舞台正台后方，能乐的主、配角分别带着自己扮演角色的能乐面具，经由与侧面观众席相对的桥台依“序、破、急”三段次序出场。“序”段者，配角出场，交代戏剧情节；“破”段者，主角出场，随着道白表演后，又与配角随着对白和对唱进行一番表演，配角就一动不动地正襟危坐在正台右廊的配角位上，主角继续随着道白和伴唱缓慢而有节奏地表演动作和舞蹈，发展和深化剧情。主角配角戴着能乐面具，看不见其表情，观众只从他们的缓慢动作乃至完全静止的状态中，以及单调的伴奏声中，去体味其喜怒哀乐的感情；“急”段者，剧情达到高潮，全剧也就终了。当晚，我们观赏《井筒》《班女》《道成寺》等五剧。其中作为压轴戏的《井筒》取材于《伊势物语》的一段故事，内容是井筒姑娘追忆与风流歌仙在原业平的一段纯真专一的爱情。我多次读过《伊势物语》，对在原业平的故事比较熟悉，欣赏起来，更容易体味其神髓。当伴唱的主题曲唱出“联袂照水/水为传情/红颜依偎/两袖相倚/心心相印/情深似水”时，我们虽看不见表演者能乐面具后面的脸部表情；却通过他“动心”的表演，确实足“动人愁思枉断肠”，“惹动秋思水样深”，感人至极。幕终，当配角行僧的伴唱到最后一句“酣梦醒来涌金轮”以足踏终止拍时，我已完全沉醉在剧情的高潮之中，恍如酣梦初醒，还久久地轻揉着自己的眼睛，未能离席。

作为外国人，鉴赏能乐，比欣赏其他传统艺能更需要发挥艺术的想象力。我读过能乐的创始人世阿弥著的《风姿花传》，他在书中提出能乐的美，不仅限于感观上的美，而且追求精神上的美。他在能乐美的“九品位”中，将“空寂幽玄美”列为最高品位。所以他强调能乐表演的秘诀，要“动十分心，动七分身”，也就是表演主要动心，而不在于动身，这样表演含蓄才有深度，才有幽玄。由此可见，我们欣赏能乐不能只靠眼，也要靠“心”，这样才有联想的空间和回味的余地。作为初入门的我，在这次观看能乐之后，才似懂非懂，开始体会只有用“心眼”才能看到用肉眼看不到的更深的内涵。难怪世阿弥说：“观赏能乐之事，内行者用心来观赏，外行者用眼来观赏，用心来观赏就是体也。”

幕间休息，插入“间狂言”的表演，表演者即兴对白或独白，辅以滑稽的动作，以便辅助观众了解能乐的剧情、调剂观众的情绪。这种“间狂言”于16世纪以后室町末期，进一步提高它的即兴性、滑稽性和文艺性，完全从能乐分离出来，作为科白笑剧，拥有自己的规模、自己的艺术空间、自己的台本和程式。这时狂言始作为独立的戏曲形态，在艺术上获得较大的发展，乃至获得在京都御所上演的特权。

访日时我虽然也观看过木偶净琉璃，当初兴趣不大，随着岁月的流逝，已了无印象。但读过女作家有吉佐和子写的小说《木偶净琉璃》，以及其后又读了日本文化史、戏剧史，才渐渐地加深对它在日本传统艺能发展史上重要意义的认识，想再观赏一次时，至今还没有机会，后悔已晚。所幸的是，我多次观摩到与它有着密切联系的歌舞伎，比如歌舞伎保留节目《忠臣藏》采用木偶报幕，讲故事人坐在舞台右侧辅助表演者交代剧情等，还保留了木偶净琉璃的痕迹，也许可以弥补遗憾之一二吧。

歌舞伎本来是在寺院神社祭祀上表演的单纯的歌和舞，17 世纪江户时代，吸纳能乐、狂言和木偶净琉璃的技法，形成念唱做一体的古典戏剧，搬上了舞台。当时女性扮演男角，男性扮演女角，有意用这种性倒错做成一种特殊的好色氛围，使当时的好色风俗彻底舞台化。所以当时将这个剧种写作“倾ぎ”（がふぎ），即自由放纵之意。江户幕府认为，容许歌舞伎舞台的自由放纵，会影响伦理道德和社会安定，所以下令绝对禁止女性演歌舞伎，女角改由年轻男性演员扮演，创造了男扮女的艺术。可是武士观众还是互相争夺这些扮女角的年轻男演员。最后，幕府甚至下令禁止年轻男演员扮演女角，改让年纪大的男演员来扮演，并强制他们把前额至头顶中部位的头发剃成半月形，俗称“月代头”，以减少肉体的魅力。从这里可见封建社会统治者对性爱主义文艺严厉禁锢之一斑。

我第一次观看歌舞伎是在五六十年代，那时中日两国关系仍未正常化。在两国民间的努力下，两国实现了国剧的交流，我国京剧大师梅兰芳曾率团赴日表演，日本歌舞伎名优市川猿之助和河原崎长十郎先后率团来华献艺。我很幸运，目睹他们的表演；八九十年代多次访日，又有机会在银座的歌舞伎座观赏到不同流派的表演，饱享了眼福。

歌舞伎保留节目的历史剧《劝进帐》、舞蹈剧《道成寺》，是我之最爱，虽然没有到“迷”的程度，然可谓“百看不厌”。前者的故事是讲述源赖朝取得政权后，企图除掉与他一起拼打过来的兄弟源义经，源义经与家臣弁庆化装成化缘僧逃至安宅，被守将怀疑，弁庆一边将通关证件假作化缘簿，高声朗诵，一边鞭挞源义经，造成源义经是他的随从的假象。守将虽有所觉察，但为弁庆的苦衷所感动，终于放走了他们两人；后者叙说少女清姬爱上道成寺的和尚，他们纯洁的爱情被方丈扼杀了，清姬所求不得，化成了蛇。这两个一忠义、一忠爱的故事，十分感人，加上名优的出色表演，确实给人最大的艺术享受。

一番浮泛的巡礼，给我留下了这样一个印象：艺能既是日本的民族艺术，也是东方传统艺术的一枝奇葩，给世界戏剧增添了光辉的色彩。

夸宏大与赞纤细

写《日本人的美意识》一书的时候，我曾对中日两国国民审美观进行过比较，觉得夸耀宏大与赞美纤细，是中日两国国民审美价值取向不同的表现。

在日本生活时，我细心观察大自然的山川草木，发现日本人对山川草木等自然景物美的追求与国人存在明显的不同。日本人是以纤丽细小为其美的追求目标，认为山不在高，以幽而小为胜。相当于我国《诗经》的日本第一部总歌集《万叶集》的和歌吟哦的山，多是亩傍山、香久山、耳梨山等三座低矮但很幽美的山。国人则不同，以高山为贵，喜爱大山岳。孔子就发出“登泰山而小天下”的慨叹，夸耀泰山之气势宏伟。历代诗人多爱吟诵五大岳。

国人偏爱大河大江，以黄河、长江作为民族的象征而自豪，歌曲《黄河大合唱》就唱出了中华民族的宏大精神，唱出了“中国魂”。日本人则喜欢小川小河，尤其是涓涓细流的小溪，文人墨客经常歌唱的，是小小的溪流。近代诗人北原白秋的《溪流唱》，以极唯美之词赞美小小的无名溪流，就是最具代表性的。

连对花木喜爱的选择，日本人也与国人不同，一喜纤小一爱大。日本皇室将小菊作为皇家的家徽，国会议员佩戴的徽章也是菊花的图案，是以菊花为国花；但日本民间却爱更细小的樱花，成为日本人心中的国花。我们访问日本，无论走到公园或走到私人庭园，稍为留意，就可以发现日本固有的花都是纤细的，不香，但却很娇小。多年前，我写过一篇《上野赏樱》的随笔，就言及日本人对樱花如醉如痴的狂迷程度。国人则欣赏牡丹、荷花之类大花，梅花也比樱花大。就树木而言，日本人赖以生存的杉树，很少大杉，多是修长纤小但很秀美的杉。川端康成在名作《古都》里专有一章《北山杉》，以京都北山的杉林为自然背景写了北山杉，以映衬自然美和人情美。为此，北山当地赠给川端康成多株这种修长纤小的杉树。我们三访镰仓长谷川端康成宅邸，曾与川端康成的入赘女婿香男里先生以这些杉树为背景合影留念，以表对故人川端康成及其《古都》怀念和崇敬之情。在观察花鸟虫鱼的时候，还发现日本的鸟儿很细小，鸟声也不响亮，唯羽毛色美。这些纤细的东西，成为日本文人墨客成诗人画的好题材。因此日本文学夸小不夸大，常用“色鱼长一寸”“苇间一鹤鸣”；

我国文学则爱夸张大，常言“白发三千丈”“家藏万卷书”，如此这般，都反映出夸耀大与赞美小的不同审美追求。

在生活各方面的细微处也显示出日本人这种纤细的尚好。日本人虽然与国人同样使用筷子，而且很可能是从我国东传的。但现在日本人使用的筷子比中国筷子短得多。其他餐具也都很精巧，讲究轻、薄、短、小。我在与一位美国的日本学学者交谈中，我问他访问日本给他留下最深刻的印象是什么？他不假思索就回答说：日本什么都渺小。他觉得日本的马小，狗小，连汽车也小。所以他戏称日本文化的特征是“矮小文化”。有人还认为，日本人气量小，只关心身边事，缺乏远大的理想，比如专写身边琐事的“私小说”在日本就很流行。一位日本学者也承认，日本人崇尚纤细的美意识，“多少有点像日本人的气质”。

尤其是在古代空间艺术方面，表现更为明显。日本人早在8世纪的《日本书纪》就明白地记载着日本人不喜欢大兴土木的文字。以王朝的象征——皇宫建筑来说，日本皇宫规模不大，简单质素，建筑结构是独特的非对称性。我曾听日本友人讲过这样一个故事：

> 8世纪奈良朝桓武天皇在位期间，动员三十万民工兴建规模宏大的长冈宫，历时七个月尚未竣工，最后在朝臣和气清麻吕的建议下，中止了这一劳民伤财的工程，另外营造规模较小的大和平安宫，主要用以象征皇室的淡泊与素雅。

其后11世纪兴建、现今仍保存下来的桂离宫也发挥了这种皇家建筑艺术的传统精神，宫门狭小，而且是竹编的，以穗篱和竹篱相连作宫墙，内中各院、殿、堂、楼、亭等均十分矮小，且是木造结构、草葺屋顶的建筑物，布局呈非对称性，简洁利落。日本人就赞赏这种朴素简明的艺术效果。中国皇室建筑则相反，求大求全。国人就以故宫建筑之大而自豪。故宫规模宏大，结构在南北中轴屹立金碧辉煌的大殿宇，两侧并列建筑模式相同的配殿，呈对称性，以显示皇室的威严和地位。

庭园建筑也如此。我走访过皇家庭园，也踏足过民间庭园，都是在小规模的形态上再现自然的主体，山水亭榭都强调缩小自然，以小巧玲珑见长，与盆景的观念是相同的。不仅是庭园，而且神社、茶室的建筑也是如此，主要在小而简素上展现其建筑艺术之美。

在文艺形式上，日本人也对短小的形式情有独钟。日本的民族诗歌形式——和歌，主要是短歌，只有五行三十一音节，五七五七七格律，同时日文中一字多音节，这样文字就相当简洁，形式也相当短小了。《万叶集》所收录的4516首和歌中，长歌只占260首，其余4256首全是短歌。其后诞生的俳句，就更加短小，只有三行十七音节，五七五格律。这恐怕是世界诗歌中最短小的形式吧。从和歌到俳句的形式越来越小，但却可以准确地捕捉到眼前的景色和瞬间的现象，由此而联想到绚丽的变化和无限的境界。形式虽短小，但不减其深邃的意义和艺术的魅力。所以俳句在日本人中间是非常普及的。

日本人这种赞纤细的审美意识，不仅表现在外在形式上，而且表现在思想感情上。《万叶集》大部分的歌都是感情纤细的歌，特别是少女歌吟的恋歌更是如此。我最喜读的一首吟道："秋令姗姗来，芒草结露珠。飘忽爱恋情，恍若此清露。"在歌里，歌人将恋情比作秋令芒草上的露珠，其美一展即逝，犹如生命之无常，表现出少女的恋心与无常的露珠是相通的。同时，通过露珠的宿命，深感人生的无常，以此寄托自己的悲愁之情，展现了纤细美的情趣。俳句对自然季节的感受性之纤细，季题、季语使用之细腻，更是无与伦比。比如就季节的感受来说，是分得十分精细的，一年十二个月，分二十四节气；一节气十五天，分三个候，一候五天。俳人就通过雪月花、鸟虫鱼这些天象景物，来唤起对四季感受的细微变化体验而成句。近代以来，虽然有些新俳人主张俳句摩季题、季语，但都无法推翻俳谐"无季不成句"的传统。可见俳坛仍是追求在季节变化多姿的本国风土上磨炼出来的纤细的审美意识。

这种夸小不夸大的审美情趣，具体化地运用在数字上，是好尚奇数，与国人的习俗正相反。国人一般认为偶数代表吉利，所谓"好事成双"。婚庆用双喜，且见之于文化生活的各个领域，比如春节的对联、律诗的对仗等等。对国人来说，奇数是忌数，只有供佛、供死人才用奇数。而日本人则喜爱奇数，以为奇数是代表吉祥。上述和歌、俳句的格律用奇数，歌舞伎的剧名也必用奇数，有一出叫《樱姬东文章》，其实叫《樱姬》就可以，但为了避开偶数，加上"东文章"这三个毫无意思的字，凑成奇数。我们在日本日常生活中，也常常碰到这样的问题。一次到镰仓长谷拜访川端康成夫人秀子，临别时秀子夫人嘱女佣准备了一袋新摘的橘子，秀子夫人亲自数了数，确认是奇数后才送到我们的手里。又有一次，我们参加一个友人的婚宴，发现新郎新娘的交杯酒各用一组三只酒杯，客人送来的礼品是奇数，连捆礼品也用单绳而绝不用双绳。当然，日本人使用奇数也有例外，比如日语"九"字与"苦"字谐音，"十三"

字因古时的断头台是十三级，故这两个奇数是最忌讳的。一般来说，日本人对偶数视为忌数，只有供佛、供死人才用双。但对偶数也有例外，对“八”字特别喜爱，因为“八”字有如手持的扇子逐渐展开，前端变得宽阔，象征前途无量，成为吉利数。

我想：造成这种国人与日本人夸宏大与赞纤细的差异性，重要原因之一，就是日本人生息在的狭小的世界——岛国，只接触小的景物，并处在温和的自然环境的包围之中，养成日本人纤细的感觉和纤细的感情，他们乐于追求小巧、简约的东西。而我国地处大陆，国人生活在宏大严峻的自然环境中，养成粗犷和豪放的性格，他们乐于接受恢宏、壮大的东西。这样，两者在文化生活的各个方面，就会自然而然地育成这种审美的差异性吧。

日人色彩观琐谈

感觉文化是一个民族的文化基础，色彩的感觉，则是感觉文化的重要组成部分。

日本人由于所处自然环境的影响，感觉文化非常发达。他们终年在天然的色彩中生活，养成对自然的视、触、听、嗅等感觉的敏锐性。日本人的原始美意识的重要起源之一，就是从对自然的色彩感觉开始的。我翻阅一本名叫《古代日语的色名性格》的书，它记载了日本色名的起源是显、晕、明、暗四色，显与晕、明与暗是两组对立的色，这是由对光的谱系最初的感觉而产生的，从而形成了白（显）、青（晕）、赤（明）、黑（暗）四种色。这是日本人的原始色彩感觉的基本色。

从8世纪问世的、日本最早一部文字文学书《古事记》所记载的神话故事，我们可以发现，古代日本人最初只认定白、黑、青、赤这四种基本色。《古事记》一开头就记述了天神命令伊邪那岐和伊邪那美男女二神去生产国土，他们一连生下四个岛，将第四个生下的岛叫“白日别”。据考证，这是有文字记载以来最早出现的“白”这个色名，以代表太阳的光。与《古事记》同时代问世的《日本书纪》也记有白的色名，它记载天照大神在诸神舞蹈时，被从天城岩石门后面恭请出来后，漆黑的天空马上闪着希望之光。这时众神心情跃动，赞叹道：“啊，面白！”在这里的记述，是将天照大神的豪光比作太阳的光，照射在众神的面上，众神变得满面白光，是表示勃勃有生气的意思，也是生命的象征。现代日语的“面白”，是指有趣、新奇、愉快的意思了。同时在这两部作品的神话里，天神常常是化为白色的动物出现的，比如坂神化为白鹿、伊吹山神化为白猪、倭建命神化为白鸟等等，以白色来象征美神的圣洁，可见古代日本人在色彩感觉上，白的色相是多么重要。

古代日本人还以白的色相来表示美的理想，他们认为人死后升天是最理想的归宿，但其条件是要有一颗洁白的心才能达到这一理想。所以，人死后最美的所在，是白色的世界。古代日本人的墓穴和陪葬物都是涂白色。从圆觉寺后山挖掘出的“百八古墓群”，墓穴内的岩壁、天井都是涂白色，连内中的五轮塔、宝箧印塔等陪葬物也是涂白的。一位日本历史学学者告诉我，除了高松冢古墓之外，这一古墓群是现存古墓中最美的了。

我还注意到在考古的发掘中，也证明日本人最早是以白、黑、青、赤这四种色作为色的相位。日本考古学者对从弥生时代王冢古坟出土的壁画进行化验分析，也得出古壁画含有白、黑、青、赤四色的结论。古壁画中的白虎、玄武、青龙、朱雀更是根据这四色观念而来的。8 世纪问世的日本第一部总歌集《万叶集》的歌所涉及的色名，主要也是这四色。这歌集里还出现过黄的色名，但古代日本人的色彩观念中，黄色来源于黄土粉，与赤土区别不是很明显的，所以将黄色也归在赤的色系上。万叶歌人柿本人麻吕的《石见国别妻歌》《妻死泣血恸哭歌》将红叶写作黄叶，也可以佐证这一点。

白色作为艺术美的特殊追求，是纯洁的象征，富有很大的诱惑力，是令人向往的。日本文学喜颂“雪、月、花”，无疑主要是基于日本人的自然观，但恐怕不能说与色彩观无直接关系吧。这是因为雪是白色，月是白色，花在日本人的色彩美中也是最爱白色的。一位日本学者就日本色彩审美发展历史，专门写了一部《日本色彩文化史研究》的书，他对《万叶集》的咏花歌做了统计，在五百二十首的咏花的花色中，白花类共二百。四首，占首位，其次是紫花类，共一百三十七首。尤其是柿本人麻吕由于执著地捕捉白的色彩而被誉为“白的歌人”。同时代拥有色彩家之称的清少纳言所写的著名随笔《枕草子》，描写四季推移和色彩变幻中发现微妙的瞬间的美，也多采用了白与紫的色系。她写到白雪落在卑贱者的家屋，又遇上月光的照射，认为美的东西到了下层阶级的身上很不相称，深感惋惜。这固然是贵族阶级的傲慢与偏见，但不也反映了作家的色彩观吗?

到了中世纪，在文艺上的色彩美，更向白色或五色倾斜。著名俳圣松尾芭蕉的随笔《奥州小道》写到他肩披白色袈裟，头缠白巾下北陆那谷时，吟咏了这样一句：“吹拂着的秋风啊，比山肌的石还白!”芭蕉抓住了瞬间捕捉到一阵秋风比山肌还白，给自己留下了美的印象，作句以表达自己的美感。这是一首很有名的表达日本人色彩感的俳句。同时代的传统戏曲能乐大师世阿弥在艺术论著《九品位》一书中，论及至高的艺术品位时，几乎都是与白相连的。比如他将上三品位写作“新罗、夜半、日头明”，即指白日的光；“盖雪千重山，孤峰多么白”，即指白雪的境地；“银垸里积雪”，即指银器里积雪白光洁净，将与白相关者归为艺术的至高品位，可以说，其本质是基于这一白色美的范畴吧。

在古代日本，白是象征清明和纯洁，同时也是代表生命的力量。自平安朝

（794—1185）从大陆输入白粉后，用白粉化妆占据支配地位。日本古典名著《源氏物语》《荣华物语》等描写的美人都是施白粉黛。古代王朝制定的《衣服令》，根据衣服的颜色来区别人们的身份和等级，内中规定白是至高的，排在各色之首。《日本色彩文化史研究》的作者根据平安朝物语文学中出现的服色考证后，认定平安朝前期男女服都是白色占第一位，其次是紫、绿；后期也是白色占第一位，其次是红、紫、绿。日本的天子服就规定是白色，乃至近古的武士服也是以白为基调，以白色来表示崇高的象征。在这里，白色在文化就带上一定的伦理道德色彩。

日本本土生成的原始神道认为，凡是带色彩的都是不净，唯有白色是一种神仪的象征。所以神道崇尚白，以白作为人与神联系的色。神道的神社都是木造结构，草葺屋顶，不涂任何色彩，保持原木的白色。神社境内的神路敷设白砂，神路两旁的石灯贴上白色日本纸。神官是身披白服，连敬神用的玉串也用杨桐树小枝做成，缠上白纸条，举行神道仪式时，祭司就用它在参拜者的头上拂扬，以象征用神风（风无色，即白）来拂除凡界的污秽。还有参拜者进入神社前，要用神社前的石钵备好的清水（清水透明，即白）净手净口，除垢净化才能踏入神社，才能达到“寂福”的境界。在这里表达清纯的白的方法，完全依赖自然现象，即风与水的净化。难怪奈良朝引进大陆文化，一些神社一度出现过用朱色漆柱和栏杆，引起万叶歌人太宰少贰小野老朝臣的惊异，作歌一首：“宁乐京师地，好一片青丹。正似花香醉，今日极繁华”，表达了对这种与日本传统色彩感觉文化异趣的惊叹。

在日本人的色彩审美意识中，青色和紫色是继白色之后最具魅力的色。这是因为古代日本人对色的感觉是从对自然的、光的感觉而形成的。日本列岛树木葱郁，青是这种自然的生长之色，给生活在其中的人带来一种安稳感。对日本人来说，它具有白色同样的诱惑力。我查了《〈万叶集〉总索引》的统计，“青”出现的次数达八十次，占古代原初的白、青、黑、赤四色的第二位。日语的“青”这个词，包含从青、绿、蓝，有时甚至包含灰白的无限色的组合。《万叶集》的歌，就曾用“青”形容过云，青云就是灰白的云。《古事记》里则用青、含绿、蓝来形容日本人赖以生存的山野和湖泊。我在京都参观青莲院的时候，发现至今仍保存的守护神“不动明王神像”的主色调是青色，故又称“青不动”。古代的美人画也多以青衣裹身。至近古桃山文化虽重视艳色，但主要的屏风画仍以淡群青、白群青、群绿青、墨青等为主色。幕府发出禁止奢侈令后，取缔了华丽的艳色，江户时代流行起来的日本画“浮世绘”就以青蓝色为主调。在参观京都博物馆的时候，我惊奇地发现日本奈良时代仿唐三彩烧制的“奈良三彩”是以白、绿、褐三色釉构成，以白、绿为主，发展到平安朝，就多用绿釉一色，故又称“绿釉”。日本人仿“唐三彩”，又根据自己的色彩观，改变“唐三彩”以褐为主调的褐、白、绿三彩的浓烈特质，从而完美地展现了日本色彩沉静柔和的属性。

日本人之所以喜欢青，由于他们感觉青的微妙的多色变化。即晕色，比如日本人喜爱的绣球花淡青色又称葱色，它像葱似的，含由青而淡青，由淡青而白，其间起着“七变化”，即由青至白，浓淡有致，这种青的晕色在色彩感觉中是特别丰富多彩的。川端康成和东山魁夷两大家对青色的感觉都发表过自己的感受。川端康成说：“日本的青色，比西方和南方各国那种青翠艳丽的色彩，显得深沉和湿润。但静下心来继续观察，或许会感到世界上再没有像日本的青色那样丰富多彩，那样千差万别，那样纤细微妙的了。”东山魁夷还以《青的世界》为题，写过一篇随笔，专门谈青在日本人意识中的美。他说：“悠然地徘徊在‘青的世界’里，这个世界的各种色光在变化，除了亮度差、色度差的变化，还因时代、民族性、艺术家个性的不同而呈现出斑斓的模样。我感到这真是一个苍茫无垠的世界。”如果你在日本旅行，净是与山、与海邂逅，头顶青天，满眼是绿又是蓝，简直就像置身于一个青的世界，那么你也就不难理解日本人的色彩感觉中青所占的重要位置。

与青并列受到重视的色是紫色。就日本人的色彩感受性方面来说，紫的色调同青色一样，是一个由深而浅，由浓而淡发生微妙变化的色谱系组成的无垠的世界，具有高尚、优雅和艳丽的审美情趣。所以日本人觉得紫色在色彩中最富有神秘的调和感。早在7世纪圣德太子制定的《冠位十二阶》中，将德、仁、礼、信、义、智各分大小，组成十二阶位，以颜色为代表，其顺序首位是紫色，代表德，以示阶位之冠。平安朝以后，紫色仍为冠位之最高，有“色王”之称。皇室以紫为尊贵，代表神的瑞兆。天皇御居也称作紫禁、紫宫、紫辰等。此时贵族衣服色最上位是浓紫，二、三位是渐次淡化的不同程度的浅紫。可以说，在色的谱系中，紫代表高贵的品格，是贵族追求的最高理想之色。当时许多贵族以紫命名。紫式部在《源氏物语》中将最理想的女性取名“紫姬”，可见平安朝日本人对紫的倾倒。这一方面固然是因为紫是阶位之冠，另一方面，是否也由于色彩感觉文化因素的缘故呢？

我和一位日本学者探讨日本人的色彩感觉文化时，他特别谈到日本人对紫色的感觉非常敏锐，他们可以清楚地区分出十多种乃至二十多种不同的紫的色相，而且视紫带有一种“因缘”的意味，常常以紫象征恋人，或表示爱恋之真切。紫是一种容易让人亲近的色。他还告诉我：日本人对紫有其特殊的概念，他们重视紫的天然色素，重视采用紫草这种植物的染色，给人一种稳定感，与其他国人所感受的紫，是由赤、青混成的紫是不同的，因为由赤、青这两种对立的色混成的紫，会给人一种不稳定的感觉。我不禁惊叹日本人色彩感觉的敏锐性和纤细性。

与白、青、紫相对立的黑、赤二色，在日本民俗学中被以为是“黑不净”“赤不净”，属于禁忌的色。王朝的《衣服令》就将橡、墨二色排列在最末位，表示身份卑微者穿用的衣服色。《万叶集》中就有描写贱民穿用黑衣之歌。与赤相近的黄——古代日本人对这两种颜色的读音相同，对这两种颜色的色感是没有区别的，是混同一色，都作为禁忌的色。据说，从考古挖掘的古坟土器中，从未发现过涂朱、丹色的。王朝的《衣服令》中规定黄色也是表示低等级的色。至今日本人仍认为黄色是不成熟的色，初生婴儿用黄色衣物包裹，将毛孩子叫做“黄口孺子”等。

当然，在古代日本人的色彩美意识中，赤红色具有两重性格，还代表着一种带神秘性的色。从8世纪的高松冢古坟出土的彩色壁画上的美人，已有涂红唇了。在其他古坟出土的贝壳手镯、人骨、兽骨也有涂上红色的，据说它可以起到驱邪的作用。《古事记》《日本书纪》中已经有真赤土的丹色和女性用红色化妆的记述。《万叶集》中咏红花的歌，仅次于白花、紫花，居第三位。到平安朝，赤、红发展成为一种奢侈的色，当时贵族就争相穿用红色的衣服，到了17—18世纪江户时代，红色衣服也普及庶民，红染也随之流行起来。这种色彩美意识在艺术上最生动的表现，就是“浮世绘”的红绘的诞生。至今喜事用红、白二色，每年元旦除夕联欢晚会上的歌咏比赛，称为“红白歌会”。用此名称，除了色彩意识的因素之外，还可能出自这样一个典故：平安朝平氏与源氏之战时，平氏挂白旗，源氏树红旗，作为对立双方的标志，现在就权作比赛双方的代表色吧。总之，在日本人的色彩感觉文化中，红，有令人畏惧的一面，也有受人尊重的一面。

白、青、紫、红四色成为古代日本人的色彩美意识的主体。《源氏物语》集中表现色彩美的第二十二回“玉鬘”描写女性的衣衫主要是白、紫、青、绿、宝蓝、红诸色，并且说，“色彩配合甚美，染色亦精良”，可见古代日本人色彩美意识之一斑。

但是，从平安朝末期至镰仓时代、室町时代，即10世纪至16世纪，就转而喜爱以金为主体的艳丽的色。最初也许是主要出于佛教的宗教性的思考，因为佛典将黄金色作为净土色，视作一种比色还理想的光，占有超于色的特殊位置。这一时期，一改过去木造佛像不涂色而保持原木白色的传统，涂上了金色，佛像后的豪光也以金色来表现，著名寺院也用金装饰，金成为表现象征彼岸极乐世界和佛性的色。室町幕府第三代将军足利义满在京都北山兴建金阁、桃山时代出现以狩野永德派的《唐狮子图》金色屏风画，连京都著名的西阵织锦也以金线织花为主，用以制作武士服和能乐戏服。读过镰仓时代问世的《平家物语》的读者也许会注意到武士一反上代崇尚白的情趣，喜欢以金为主色调的多彩武士服。因此有的学者说：全部《平家物语》成了色彩的旋涡。我在参观京都博览馆时，还看到陈列着战国安土桃山时代武将丰臣秀吉的盔甲披肩也是以金底配以色彩绚丽的花锦制作的。

但这个时代，从整体来说，日本人的色彩审美主体又渐次回归传统色，崇尚自然色的美，还原传统的基本色：白、青、紫、赤的四色，以及继承和发扬晕色即从浓到淡的传统色。古代日本人的色彩观一直影响着现代日本人的色彩审美价值取向，一般都追求素淡的色，尤爱晕色、朦胧色，从色光明暗的复杂而微妙的变化中透出其光彩。

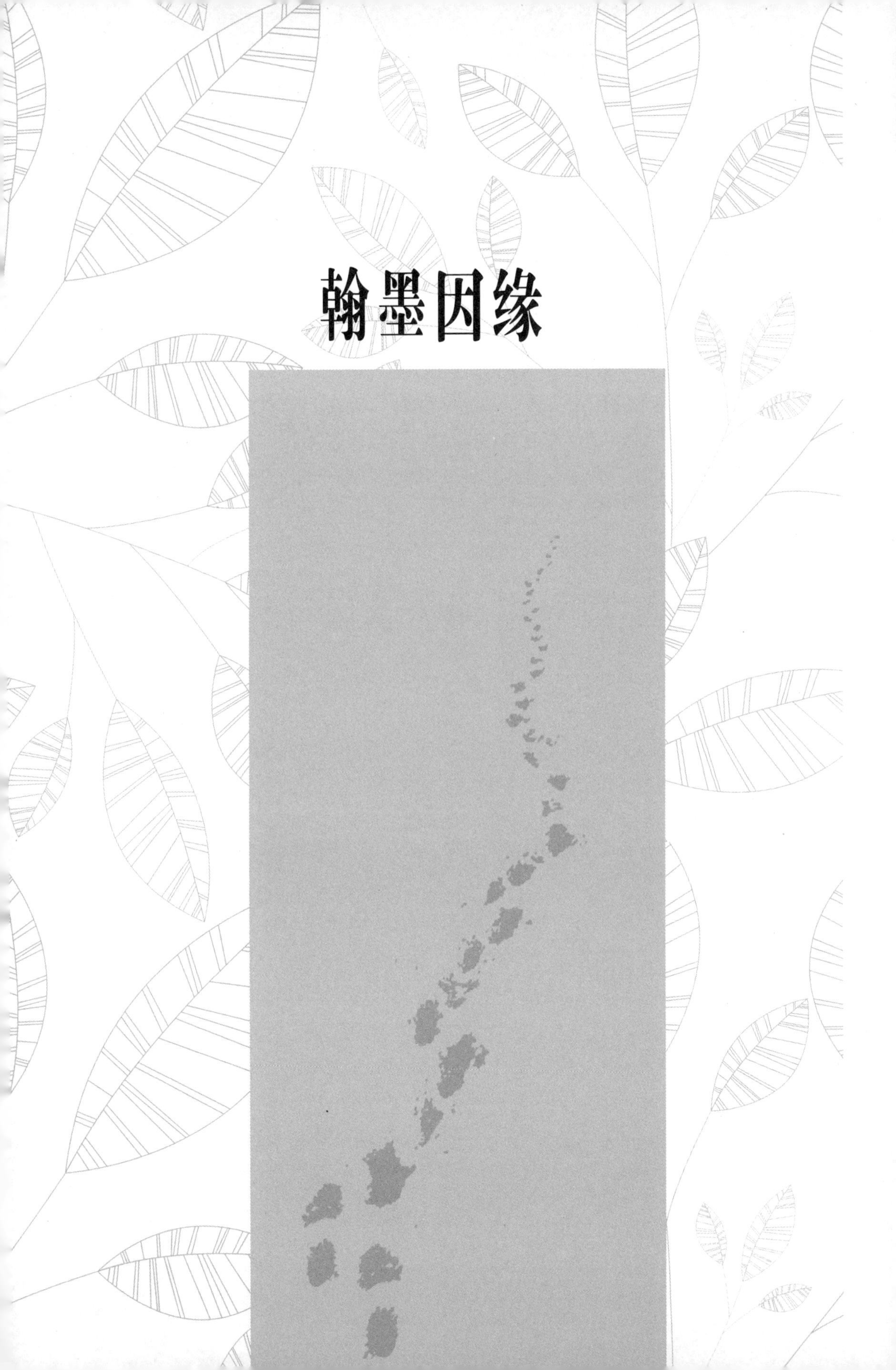

翰墨因缘

喜逢笔会人

二月中旬，东京春意渐浓。据电视台广播，今年东京春来比常年早半个月。

在大好的春光里，我欣然接到日本笔会会长远藤周作先生一封热情洋溢的信，邀我参加日本笔会的二月例会。远藤周作是战后派第三代新人作家，我同他“相识”但不曾相见。他以《海和毒药》而一举成名，我读过他这部作品，他的名字我早已熟悉了。他的这部作品通过揭露九州大学医学部解剖美军俘虏的事件，多角度探讨人在战争中的奇异行径，揭示人性的阴暗面，反映了战争给人们心灵和生活带来的严重创伤。它给我的印象至深，从此我就同他有了文字之交。远藤周作是继德高望重的井上靖之后担任日本笔会会长的。井上靖年事已高，自觉自愿地退居下来，使日本笔会的负责人年轻化，笔会的工作更具活力和朝气。

远藤周作会长的这次邀请，将使我有机会与这位战后派的知名作家相会，相会更多的日本作家、评论家、编辑家和文学学者，我实是喜出望外，企盼这一天的早日到来。

日本笔会举行例会那一天，黄昏了，气候还暖融融的。我只穿上一身西服就匆匆上路，钻进了有乐町线小竹向原地铁车站，赶去东京会馆参加这次活动。东京会馆坐落在皇宫对面。我一走出有乐町地铁站口，抬头向皇宫的方向望去，满眼的绿，在夕晖晚照之下，呈现一片醉人的紫色，与东京会馆的赭红色的墙交相辉映，远景近物像画一般的美。它将我从地铁带来的闷沉沉的空气一洗而尽，浑身顿觉清爽。我迈着舒快的脚步，踏进了东京会馆门厅，乘上电梯来到十一层宴会厅前。我在报名台前签了名，领了一块名牌别在胸前，然后走进了宴会大厅。这一刻，一位身穿庄重和服的长者已经立在我的面前，笑眯眯地伸出热情的手，同我相握。他，就是我的老朋友，日本著名评论家尾崎秀树先生。

尾崎秀树的名字，在中国文学界并不陌生。他一生为大众文学争一席之地而努力，现在正投以全部精力撰写两卷本的《日本大众文学史》，还执教于大学。近几年常来中国，搜集资料，准备创作一部以他的哥哥尾崎秀实——一位在第二次世界大战期间奔走于中日两国积极从事反战活动、惨遭法西斯当局以共产国际间谍的莫须有“罪名”处以极刑的英雄战士——为原型的小说。我们见面，酬酢了几句之后，作为日本笔会副会长的他，便连忙给我引见会长远藤周作和副会长、例会主持人早乙贡女。

不一会儿，整个会场已是人头攒动，笑语欢声。据说，日本笔会会员来了三百余人，几乎占一千余笔会会员数的五分之一。此外还有许多国家的来宾。五点整，早乙贡女准时宣布开会。远藤会长健步走上布置得十分简朴、庄严的讲坛致开会辞。他简短但却十分突出地强调了笔会的宗旨——文学与友谊，介绍了日本笔会的近况，表示了对外国来宾的欢迎，就结束讲话。对于在国内听惯那些冗长官话的我来说，他的讲话简练得出乎意料，可是内容却深深刻印在我的脑海里。

接着由一老一少的会员代表先后致辞。紧接着让我作为来宾即席讲话。我没有思想准备，在掌声中，静了静气，决心无论如何也应站在这个讲坛上发出自己的心声。我根据大文豪鲁迅先生所提示的“人类最好是彼此不隔膜。相关心。然而最平坦的道路，却只有用文艺来沟通”的精神，开始了我的讲话。我说：“文学交流是架在人民心中的桥，通过文学交流可以加深各国人民之间的互相了解和友谊。”我还说，日本笔会在这方面做了许多有益的工作，取得了很大的成绩，愿各国作家、翻译家加强交流，用文学来为和平与友谊做出更大的贡献。之后，一位波兰学者、日本戏剧研究家走上讲坛，先用生涩的日本话作开场白，在征得听众同意之后，改用英语讲了起来，很风趣和幽默地谈了西方人鉴赏日本传统戏曲——从狂言、能乐到歌舞伎的趣事，赢得了满堂的笑声。

主持人宣布进入第二项议程之后，大家边交流边用餐，笑语又喧腾起来了。人们东一堆西一簇，或围桌而站，或靠边而坐，共叙旧谊，同谈文学。这是同行交流的好场所。远藤周作向我走过来，谈了许多文坛的新人新事，共同探讨中日文学交流的未来。日本广播协会《大黄河》组的编辑家向我走过来，畅谈他陪同井上靖先生访丝绸之路，拍摄《敦煌》的情形，以及展望中日文化交流的美好前景。俳句家、一家杂志的主编向我走过来，很有兴致地探问起中国汉俳的诞生和发展，庆贺中日文学交流的这一结晶的闪光；我向他介绍了赵朴初、钟敬文、林林三位前辈创造汉俳的业绩，以及汉俳与俳句的异同。更多的文学评论家、史家向我走过来，同我交谈现代日本文学值得探讨的问题，进行了学术性的交流。更多的笔会会员向我走过来，关切地了解中国文学界的近况。我对他们说：这些年中国文学家仍然有困难与苦恼，但也有胜利与欢乐，他们是在极其复杂的环境下前进，取得了很大的成就。我们之间有许多谈不完的话，也有许多倾诉不尽的友情。这种聚会谈友谊，而更多的是谈文学，是实实在在的交流，专业对专业的交流。

不知不觉间，时针已拨到 7 点 30 分。早乙贡女作为主持人，准时宣布散会。尾崎副会长按照日本文人的习惯，待客要酒过三巡，邀我到小巷的酒馆，对酒畅谈。话题自然从他写《日本大众文学史》和我写《日本文学史》的感受谈起，从文学的价值到研究方法论，娓娓道来，同座的一出版社的编辑也不时插话，谈及他多年来编辑几部文学史的体会。这一夜的谈话，我颇受教益。

时过深夜，彼此谈兴未减。我考虑尾崎先生已忙碌一天，便依依告辞。走出酒馆，尾崎先生招手叫了一辆出租汽车，送我回住所。我钻进车厢，还在咀嚼、品味参加这次例会的收获。入夜了，晚风从车窗缝隙透进了丝丝微寒，我把车窗关严。兴奋过后，有点倦意，坐在车上，合上双目，倏忽想起井上靖先生五年前同我们谈过的一段富有哲理性的话："文学交流发展到现阶段，不应停留在一般友好的应酬上，而要深入一步，进行心灵对心灵的交流。只有这样的交流才是诚挚的、永恒的，并且将成为各种性质交流的基础。"今天日本笔会的例会，似乎是这方面的一种尝试，让人留恋，更给人启示。

汽车飞驰在高速公路上，溶进了漫漫的黑暗之中。四周很静、很静。我已落入更深的沉思。

忆与话剧人邂逅

惊闻日本著名表演艺术家杉村春子病逝的噩耗，我的心情十分沉重。我们与杉村春子等日本话剧人邂逅的一幕幕往事又浮现在我的脑海里。那已是整整四十年前的往事了，然现在回忆起来，还历历在目，犹如昨日一样新鲜。

那是1960年夏秋之交，日本话剧界由杉村春子的文学座、千田是也的俳优座、村山知义的东京艺术座、泷泽修的民艺剧团、山本安英的葡萄之会等五大剧团组成的日本访华话剧团百余人来我国进行友好访问演出。我们对外文协也组成以阳翰笙、林林为首的强大的接待班子，我任翻译组长也参加了接待工作，与他们工作在一起，生活在一起，度过了两个多月难忘的日日夜夜，结下了亲密的友谊。

当时中日两国尚未恢复邦交，且正值日美两国签订《日美安全保障条约》，话剧团路经香港，由深圳入境，乘专列直奔北京。一出北京站，话剧团的朋友们就与中国戏剧界的朋友马上投入反对《日美安保条约》的群众大游行中。我记得当时梅兰芳、曹禺等戏剧界人士也走在队伍的最前头，一直游行至住地新侨饭店。他们就这样开始了访华的第一天。

由于这种特殊的政治情况，接待他们的规格特别高。国庆节中山公园的游园上，他们景仰的周恩来总理与他们在葱郁的树荫下围桌而坐，谈笑风生。现在重看珍藏的照片，画面中仿佛还能传出欢声笑语来，使人仍感到当时的幸福与快乐。晚上，团长副团长五人在阳翰笙副会长的陪同下，登上天安门城楼观看焰火，我作为阳副会长的译员，一直随从他们。我记得当毛泽东、刘少奇、周恩来、朱德四大领袖接见他们的时候，他们特别激动。尤其是杉村春子与毛泽东握手时，热泪盈眶，激动得几乎不能自己。当我们走出接见厅的时候，杉村春子向我伸出与伟大领袖握过的手与我相握，分享共同的幸福。观礼结束后，感情丰富的杉村春子一回到旅馆，也同样与话剧团的朋友，与中方接待人员一一地相握与伟大领袖握过的手，以示共享幸福与快乐。这时候，人们对伟大领袖的崇敬之情已经交织在一起了。

这两次高潮的前后，话剧界的朋友们全身心地投入表演艺术活动。抵达北京翌日，他们不顾长途旅行的疲劳，就到人民艺术剧院做准备工作，排练的排练，搞舞台装置的搞舞台装置。为了取得最大的演出效果，我们第一次在外国剧团的演出中使用了同声翻译。配音演员阵容非常强大，由蓝天野任配音组组长，朱琳等人艺著名表演艺术家都投入了这项工作。他们不懂日语，月梅协助，争取能准确地同声传出。经过几次彩排，两国话剧演员的配合非常默契和熟练，在很大程度上保证了演出的成功。

这个话剧团集中了现代话剧的重头人物，他们战争期间在艰难的条件下，推进日本的话剧活动。千田是也、泷泽修由于演出进步剧目，以违反《治安维持法》而遭法西斯当局逮捕。许多演员都受到不同程度的迫害。有时言及此事，他们还不时流露出怒色，可见战争的伤痕仍然深刻在他们的心底里。战后，他们与文学界一样，在一片废墟上重建话剧艺术大厦。他们的艺术观不同，村山知义坚持新民主主义的戏剧活动，杉村春子、山本安英举起艺术派的旗帜，千田是也、泷泽修为确立新的传统而努力。尽管他们的艺术主张不同，但他们为话剧的繁荣而共同努力，为中日话剧交流事业而走在一起了。我们与他们相处，亲身感受到他们对不同艺术思想的兼容精神和对艺术执著的敬业精神，这恐怕是创造出辉煌的艺术成果的重要因素之一吧。

日本话剧团带来了许多优秀的剧目，在北京首演受到了热烈欢迎。我对他们的保留节目《女人的一生》和《夕鹤》尤感兴趣。前者是艺术派的经典之作，后者是由著名剧作家木下顺二根据民间故事改编，木下顺二也随团访华了。杉村春子在《女人的一生》中扮演阿桂，山本安英在《夕鹤》中扮演的仙鹤阿通，都有出色的表演。她们两人精湛的演技，深深打动了我，每场上演，我都忙里偷闲，去看上几眼，但始终未能从头到尾一以贯之观赏一场。

我们每次到日本，杉村春子总在外地巡回演出，没有机会见面，只得在电话里寒暄几句。有一回我们访日，恰逢杉村春子正好在东京公演《女人的一生》，那是距她们在北京演出二十一年以后——1981 年的事了，她大概还记得我是她的《女人的一生》的“戏迷”，便在一个星期日邀我和月梅观看晚场。那天我们按约定时间来到了剧场，杉村的助手把我们领到后台，这时我们才知道杉村春子这一天兼演日夜两场，对于一个六旬有余的老人来说，无论身体还是精神都需要多么大的毅力啊！在后台等候杉村春子的时候，我作如是想。日场散场，已是黄昏时分。春子在化妆室接待了我们。她已表演了两个多小时，但脸上没有丝毫的倦意，和我们说话，声音犹如读台词一样清亮，如果不是已将艺术化作自己的血肉，化作自己的灵魂，恐怕是难以想象她还能在晚上坚持另一场演出吧。

我们聊了片刻，春子让剧团的一位负责人陪同我们到饭店吃晚饭，而她自己却在后台用盒饭充作晚餐。晚场开演时间前十分钟，我们赶回剧场，观赏二十多年前断断续续观看过的春子主演的《女人的一生》，故事描写了富商堤家女主人公阿桂坎坷的一生。阿桂原是个贫穷的孤女，为堤家收作女佣，她聪明能干，受到女主人的赏识。堤家的次子荣二爱上了阿桂，女主人却做主让只会埋头读书的长子伸太郎娶了阿桂，以便让阿桂承担起经营堤家的生意。战争期间，阿桂为了赚钱，与战争有关的生意也来者不拒。伸太郎反对，夫妻不和，两人分手。阿桂在孤独中生活。战后伸太郎回到家中准备与阿桂修好之时，却突然中风倒在阿桂的怀里。这时荣二带着自己的孩子从中国回来，目睹阿桂站在堤家旧址的废墟上。阿桂喃喃自语：这是我自己选择的道路，不是别人给我选择的。我的一切化为乌有，我为什么而生呢？

春子告诉我们：该剧是在战争期间奉命创作的，他们采取“艺术抵抗”的办法加以应付。这出戏的结尾原来是战后荣二从中国归来，阿桂慨叹：人生的路随自然潮流走下去吧。这样阿桂对人生的选择比较被动，于是后来改作了如今这样的结尾，就含有对自己选择的路，对人生反省的意味。她扮演从十多岁少女到七八十岁老人的阿桂，虽然时间跨度很大，少女角色与她实际年龄差距也很大，但她以其不减当年的精湛演技，发挥得淋漓尽致，就像我年轻时代看她扮演的人物形象一样，一股亲切感立即涌上我的心头。如果不是亲眼所见，恐怕实在令人难以置信呢。剧终落幕，我与上千名日本观众一起站立热烈鼓掌。春子和其他主要演员一再谢幕，台上台下的感情交汇成一片，仿佛汇成一股热流拍击着我的心房。

散场后，我们按照约定，来到了后台。她一边卸装，一边对我们说，她要正式请我们夫妇吃一顿饭，叙叙旧谊。我们见她已日夜连续演出两场，且已时近午夜，怕她过于劳累，便婉言推辞。岂知杉村春子不从，说已经在北京饭店订了座。盛情难却，我们只好从命。春子的助手兼秘书驾车相送。在车厢里讲了几句，我发现春子脸上已露倦意，遂打住话头，让她闭目养神片刻。汽车左转右拐，在宁静的马路上行驶了约二十分钟，到达北京饭店，春子一走下车厢，又精神抖擞起来。我们四人围席而坐，畅谈的话题非常广泛，从别后多年各自在事业上的变化，谈到中日话剧的新发展。春子还深情地谈了许多她访华的美好记忆。

她又把我们带回到二十年前在我国的演出活动中去。我们乘坐包租的专列从东到西，从北到南，活跃在长城内外、大江南北的许多名城的舞台上，给观众献艺，与当地戏剧界交流和互相观摩，忙得不亦乐乎。我们虽朝夕相处，却甚少有闲暇坐下来痛痛快快地谈天说地。由于我特别喜爱《夕鹤》，所以在一次旅行途中，我在车厢里找到一个与剧作家木下顺二探询该剧创作经过的机会。据木下顺二说：早在战争后期，他在被发动战争的当权者破坏文化遗产的情况下，开始研读民俗学家柳田国男的《全国传说纪录》，以深入传统之中，探寻精神的故乡和文化的矿脉，并写了《鹤妻》。战后，木下很快就在《鹤妻》的基础上改编成《夕鹤》。

《夕鹤》叙述了一个美丽而生动的悲剧故事：一只仙鹤被箭所伤，落到人间，变成美丽的少女阿通，被老实的贫农与平所救，两人结为夫妻。阿通为报答与平的救命之恩，以不让偷看为条件，躲在小屋里拔自己的羽毛织出美丽的织锦，给与平赚了不少钱。与平在图利的小商人怂恿下，让阿通拼命拔自己的羽毛织了一匹又一匹。他们还嫌不够，偷看了阿通的织锦技术，发现阿通原来是只仙鹤。因此阿通已无法待在人间，用仅剩下的羽毛，孤寂地飞回了天上。这样美丽的故事，经由山本安英采用接近传统能乐的表演程式，尽可能地简化表情和动作，使现实与象征的表演技法统一，造成一种纯粹音乐性的感觉上的美。据话剧团的朋友介绍：木下顺二与山本安英是一对很好的搭档，木下的剧本大多是为山本安英而创作的。

在我的记忆里，我们在乘包租的游轮从重庆沿长江而下，畅游三峡，一边观赏两岸风光，一边闲情逸致地谈一些轻松的话题，与年轻演员聊一些属于我们年轻人的青春故事。他们很关心新中国青年的工作与生活、事业与爱情这类问题。中方陪同人员只有我和月梅是夫妻，所以也成为他们话题的对象。当我们相叙两个多月后，从深圳车站一边手挽手，一边高唱《国际歌》步行到深圳——罗湖桥头，仍依依地握手、拥抱，拥抱、握手，难舍难分。时间不留人，最后不得不挥泪道别后，他们还一步一回头地向我们挥手，我们也拉高分贝把《国际歌》唱得更加嘹亮。我是很少落泪的，这时泪水也禁不住夺眶而出，直至他们的影子在我被泪水模糊了的眼眶里消失，我仍久久地呆立在桥头上。

事隔多年后，这些当年话剧团的年轻朋友一听说我们到了东京，就分别邀我们到他们家中做客，他们有文学座的神山繁、文野朋子，俳优座的矢野宣等。可这时的我们都已人到中年，回忆起在青春岁月时建立起来的友谊，显得特别的万千感慨。我们更多地谈人生的体验、事业的未来，似乎已经淡化了青春时代那股稚幼的激情，多了几份稳重。

提笔写这篇文章的时候，又过去了整整二十个年头，我已到暮年。四十一年前与日本话剧人邂逅的往事，仍不时清晰地涌现在我的记忆里。虽然许多人的名字我已记不住了，但我还不时翻翻影册，他们的面影仍留在我的记忆中。同时，他们的敬业精神，他们拼命三郎的工作作风，仍在我的人生道路上起着激励的作用。现在，杉村春子离开我们了。村山知义、岸辉子、山本安英等也先我们而去。我很怀念他们，已故的和活着的他们。

唐纳德·金与我

有的学者将我与美国学者唐纳德·金联系在一起。我们写了《日本现代文学思潮史》，日本学者千叶宣一著文称："我确信它将与著名的美国哥伦比亚大学教授唐纳德·金所著的《日本文学史》（近现代篇）并驾齐驱，获得日本学界的强烈反应和国际声誉。"我们写了《日本文学史》（近代卷·现代卷），千叶又称："它用明晰的文学史观、丰富的构思力，在日本近、现代文学史的密林中开拓了道路，这的确是一项伟大的事业，是一项足以与唐纳德·金教授的研究相匹敌的、以美好的热情和使命感支撑的事业，我对此深为感动。"学界前辈林林在"专家推荐意见书"中写道：这部文学史"是我国目前同类著作中规模最大的。在日本海外的日本文学史研究专著中仅次于美国的唐纳德·金。"

这几桩事都将我与唐纳德·金的名字联系在一起。

唐纳德·金是美国研究日本文学第一人，著作等身，其所著的《日本文学史》，享誉日本学坛。金氏是兼任美国学士院院士、日本学士院的两位外籍院士之一，并获美日颁发的多项奖。他是二战时期的美国海军翻译官，战后攻读硕士、博士课程，并获得相关学位，从60年代初开始一直就任哥伦比亚大学东方学系日本语言文学教授。我在青壮年应该出成果的时期，大部分时间在无休止的政治运动中度过，半虚度了年华。幸好近二十年来，实行了新政，在余生才有一个安安静静做学问的环境，才有一个寒士斋放得下一张完全属于自己的书桌，在复杂的人际关系网中争得一席净土，在孤境中超然地做自己的学问，逐渐取得读者、学界和社会的认同，我已深感满足和快乐。现在有人将我与大学者唐纳德·金相比，我自然高兴，自然感激，同时也实在不敢承受。因为我毕竟与唐纳德·金的成就还存在差距。我要急起直追，唐纳德·金比我年长七岁，我也已年过七旬，余生无几，最后能否真正与之匹敌，为日本海外的日本文学研究共创佳绩，我没有把握。但我深信：我们自有后来人，一定能众望所归。我这篇文章命题，主要是写唐纳德·金先生与我的一段学问的交情。

我与唐纳德·金邂逅，已是近二十年前的事，具体时间记不清了，大概是

改革开放后不久的一个春天或秋天，当时天气凉爽宜人，他应日本驻华大使馆公使的邀请来华做私人访问。据说，这位公使的夫人是唐纳德·金的学生，公使的邀请，大概与这层师生情谊有关吧。唐纳德·金在京期间，举行了一场学术报告会，公使和夫人在官邸举办家宴，我都应邀参加了。他报告中所涉及的丰富学识，所使用日本语含蓄、幽默的词句，尤其是他介绍日本古典戏剧时用纯正的腔调唱出地道的日本能乐，吸引了全场的听众，也给我留下了深刻的印象。据我了解，作为同属东方的我国日本文学研究者，至今尚无一人能唱能乐，而一位西方学者却如此精彩地唱了出来，叫我怎么不惊异，不佩服呢。

第二次与唐纳德·金重逢，我记得清楚，是在1986年我作为学习院大学（三岛由纪夫曾就读于此）的客座研究员，在东京从事文学史研究一年期间，有机会出席国文学研究资料馆举办的学术报告会，由唐纳德·金与加藤周一、小西甚一三位日本文学史家主讲研究和撰写日本文学史的经验。金氏娓娓而谈，他从文学的理念、原理、时代和文化的精神，谈到方法、表现模式，来说明将它们统合为一，以把握日本文学传统美和思想的历史。他在建立具有特色的日本文学史的方法论和研究体系方面的经验，对于长期处在闭关自守、“向苏联一边倒”的状态下而拘于苏联单一的文学史研究模式的我来说，恍如隔世，顿开眼界，给我带来了新鲜的感觉和强烈的学术冲击，产生了一股变革文学观念和重写日本文学史的热情和冲动。

但是，这两次都是在公共场合见面，且彼此都不是善于酬酢的人，只是一般性的应酬，未能有机会单独深谈。也许我们有缘分，当决定于1995年9月在我国举行三岛由纪夫文学国际研讨会时，作为中方的首席代表，我首先想到的是邀请唐纳德·金作为美方首席代表，这不仅是由于他是美国的著名日本文学研究家，而且他与三岛由纪夫过从甚密，三岛由纪夫决定自戕，还用日文写信给唐纳德·金，让金促成《丰饶之海》四部曲最后两部翻译和在美出版的事宜，并对金戏说：“我终于如我的名字那样变成‘魅死魔幽鬼夫’（这几个字与三岛由纪夫谐音）了”，“我内心向你告别，我们度过了愉快的时光”。同时金还翻译过三岛的《近代能乐集》，对三岛及其文学的研究造诣颇深，是最适宜的人选。我这一想法得到了日方首席代表千叶宣一的支持。

第三次会面，无论在武汉还是在北京，我们有更多的机会进行深入的学术交流，双方都进一步深入了解了对方。尤其是会议遭到人为引进政治干扰而受阻，我们正为变更计划而思索的时候，我们两人长时间面对面促膝谈心，切磋如何继续交流学问，设想中日美三国学者今后的日本文学研究的合作问题。也可以说，《文艺报》记者对中日美三国学者的采访和举行的对谈，并加以发表，也成了这次美好交流的结晶。

我们成功地在母校北京大学举行了中日美三国学者参加的日本文学研讨会，中国社会科学院、北京大学、清华大学、北京师范大学、北京日本学研究中心等著名院校的学者齐聚一堂，聆听唐纳德·金的基调报告。平时性格内向、少言寡语的金，没有瞧讲稿一眼，滔滔不绝地谈了近两个小时，从他与日本文学如何结缘，谈到日本文学之美、三岛由纪夫与日本美、三岛的《金阁寺》《丰饶之海》是“敏锐的洞察力和高度创作技巧完美的结合，成为20世纪日本文学主要成功作品之一”等等广泛的内容。我不仅再次体味到他日本文学造诣之深，还掂量到他对日本文学感情之厚重。他报告完毕，中日学者争先恐后或抒发对日本文学之己见，或就金的讲话进行热烈的讨论。会议结束之前，我知道金会唱能乐，便建议他来一段。在热烈的掌声中，他表情丰富地高歌了一曲，把在场的中日两国学者带到了幽默与哄笑的世界中去。

此后我与唐纳德·金建立了密切的学术联系和友好的交往。我与唐纳德·金、千叶宣一合作任主编，将学术会议的发言稿合集出版了《三岛由纪夫研究》，他的《三岛由纪夫与日本美》与我的《三岛由纪夫的精神结构与美学》共载于一集。今年为纪念川端康成一百周年诞辰，我与金、宣一再度合作，主编了《不灭之美——川端康成研究》。我们与唐纳德·金的学术交流与合作是实实在在的，我殷切地期盼我们在学术园地上的辛勤耕耘，一定会带来丰硕的成果。

随着与唐纳德·金的深交，了解到金是个独身者，终身与日本文学相伴，进一步领略到这位美国硕学者对日本文学之钟情，已将日本文学化作自己的血与肉。我记得他曾对我说过：“我从日本古代的文学作品中，可以听到东方人的声音。我读了距今一千至两千五百年前的歌人所咏的歌，仿佛看到了他们的动作，听到了他们的声音，心灵上便有所感动。我读日本文学，从感情上没有不协调的感觉。”

我也告诉金：“我无论读古代的《万叶集》《源氏物语》，读现代日本作家的美文，还是翻译和撰写日本文学的文章，都抚触到它们内里蕴藏的一颗日本的心，一颗东方的心，我的精神就得到净化和升华，心灵上达到完全的契合。”

唐纳德·金与我正是因对日本文学怀有深厚的感情而联系在一起的。他与我在不同的国度里，几十年如一日地埋头在各自的日本文学和文学史研究上。他的《日本文学史》巨著，每出一卷，就签名惠赠一卷，连我旅美期间也从不间断，依然一卷卷地邮寄于我。全十八卷，凡三百余万字！在日本海外的日本文学史研究是硕大的，至今是无人可媲美的。一个西方学者在东方学研究上做出如此伟绩，大哉！

唐纳德·金的名字，英文是 Donald Keene。他告诉我，他的汉文名字是：金冬楠。一个多美的汉文名字啊！

伟哉，季羡林师

我早早走进会场，选好第一排的最佳位置坐定了下来，为的是等候聆听路过我旅居地的几位留德归国博士到我校的讲演。那是五十四年前的往事了。当时二战刚结束，长期被法西斯德国扣押的一批中国留学生获得了解放，他们于 1946 年回国途中莅临我们中学做讲演。由于过去了将近半个世纪，他们的名字我已经忘却，他们的面影已经模糊，他们讲演的内容大多也记不清了。唯有一位脸庞瘦削、目光炯炯、中等偏高身材、穿着非常朴素的留学生，他讲话慢条斯理，深入浅出，而且表达了要回到战后满目疮痍的祖国参加建设事业的意愿，充满了爱国的激情。我还听说他懂得多国语言，更是欣羡不已。所以给我留下最深刻的印象。他，就是季羡林先生。

新中国成立了，我们也投入了祖国的怀抱，进入北京大学东方语言文学系。开学的第一天，在全系的大会上，一位似曾见过面的身穿朴素蓝色中山服的老师走上讲台，对全系师生讲话。我和月梅惊喜不已，他不就是到我们中学做过讲演的季羡林先生吗！当时主持人介绍，季羡林先生就是我们东方语言文学系的系主任。一股重逢的喜悦，一股有缘结成师生情的幸福感油然而生。后来我和月梅同季先生谈起我们听过他在中学讲演这件事，季先生说，他对我们还有些印象。当时月梅作为学生代表，出面接待过他，印象更深。

此后大学四年，我们攻读日本语言文学专业，季先生教授梵文专业，没有直接为我们开课，但他身为系主任经常主持全系大会，训育我们，而且我们班是全校的模范班，他特别关心这个班的成长。季先生为人的朴实厚道，为学的求实勤奋，让我耳濡目染。他为人师表，他所具的人格和学格，时时刻刻地感染着我，鼓舞着我，引领我走上求学问之路，随着接触季先生的机会越多，我对季先生的了解越具体，受先生言传身教的也就越大，他是我们永远的楷模。

读过季先生的《牛棚杂记》的读者都会知道，“文革”十年，季先生作为“被打倒的学术权威”，其非人的遭际是常人难以想象的。就是在“牛棚”的日子里，他的精神和肉体在“革命”的名义下，备受折磨和摧残，然季先生也没有放弃做学问的坚定信念。这期间，他以惊人的毅力完成了翻译印度经典巨作《罗摩衍那》。“文革”结束后，这多卷本的译诗集送到我们编辑手里的时候，那一笔笔工整挺秀的字，一首首透着印度悠悠古韵的诗，还有跃然纸上的译者那不屈不挠的苦斗精神和做学问的认真态度，让我倾倒，让我感动，产生了莫大的崇敬之情。当时资深编辑刘寿康非常仔细地做责编的工作，当他就某些问题提出与季先生商榷的时候，季先生都是以一种谦虚的态度，一种平等的态度来对待意见，从头到尾始终对事不对人，你提得对的就欣然接受，对责编不了解或了解有误的地方，都在译稿上耐心地做了明晰的说明，如此包容和谦逊的态度是鲜见的。我作为编辑组长复读的时候，不禁对这位大学者既尊重学术又尊重别人的态度，深为感佩。这种崇高的美德，深深地深深地打动了我的心。

季羡林师正是以这种精神和劳作，创建了我国的东方学，培养了一代又一代东方学人，不少人活跃在东方学教学和研究的第一线上。他对东方文化的未来充满了信心，不失时机地大力弘扬中华文化和东方文化。他老人家有这样一个著名的论断：“上下五千年，纵横十万里，东西文化的变迁是‘三十年河东，三十年河西’”，并预言21世纪是东方文化复兴的世纪，东方文化将会再创造自己的辉煌，独领风骚。季先生不是个理想主义者徒托空言，而是位实干家，实实在在地工作，默默地奉献于构建伟大的文化工程。特别是多年前他倡议编纂一套规模空前巨大的《东方文化集成》，凡十个分编几百种，博得了我国东方学界的广泛赞许和支持。他老人家亲任集成的总主编，并兼《东方文化综合：研究编》主编。季先生令我负总编委会编委和《日本文化编》主编之责，我虽才疏学浅，但有季先生点教，我才斗胆毫不迟疑地承担起责任来。

自此多年来，在季先生主持下工作，聆听先生教诲的机会更多了。在筹备阶段，他强调了这项工作的意义，画龙点睛地归结为一句话，就是“只有东方文化能够拯救人类”。然而，我们“并不全了解东方，并不全了解东方文化。说实在，这是一出无声的悲剧”。短短的话，道出了一个伟大的历史使命，大大地鼓动人心，我们深感责任的重大。季先生这样说，他反对欧洲中心主义，但不是个东方主义者。他在《东方文化集成》总序中就明确表示：

> 我们既反对“欧洲中心主义”，我们反对民族歧视。但我们也并不张扬“东方中心主义”。如果说到或者想到，在21世纪东方文化将独领风骚的话。那也是出于我们对历史的观察和预见，并不出于什么“主义”。

季羡林先生正是这样谆谆教导我们，并本着这种精神，主持这一套特大型多学科学术丛书。从筹组、落实各分编班子、制订选题、组织专家撰稿到筹划经费、规定审稿制度等，季先生都事必躬亲，既抓大事，也不放过每件看似细小但影响大局的工作，包括与出版社洽谈出版这样具体的事宜。我身临其中，受益良多。无论学做人，或学做学问，都从季羡林师那里不断地获得无穷的榜样力量。

集成第一二批出版伊始，已获得国内外的好评。日本最大的通讯社共同社发专稿《大国文化的走向》，报道我国学界“出现了重写迄今用西方的语言和思想所编写的历史的动向”。同时称赞季羡林师总主编的《东方文化集成》是“集东方个别史大成的事业，以取代迄今以欧洲中心主义来编写的文化史、文明史”；“它也是一项为了在文化方面也取得世界领先地位的基础研究”。我们各分编的同仁多次谈起像《东方文化集成》这样一项迎接21世纪东方文化复兴和再创造辉煌的世界文化工程，当今我国唯有德高望重、学贯东西的季羡林先生能高擎得起这面大旗，我们都深感这不仅是能参与这项事业者的幸福，也是新千年我国文化工程建设的大幸。

季师已年近九旬，正主持多套跨世纪的重大学术丛书，自己仍在笔耕不辍，数十年如一日，至今仍坚持每天天未明就伏案写作。近年出版的大作《东西方文化交流的轨迹》就是最新的学术成果。同时多年来在百忙中为后学者写了许多序，以资激励。立峰策划编辑一套由中国社科院七位文艺学学者——包括中国文学、少数民族文学、外国文学学者余兴撰写的散文随笔丛书《七星文丛》，其中多人是北大出身，有多位与季先生相识，所以立峰与几位作者都希望季先生写序。我既是七作者之一，又是季先生的学生，就让我与季先生联系，立峰怕季先生太忙，就起草了一个草稿，连同有关资料一起寄给季先生。不到半月，季先生为文丛写了一篇很有分量的序给我们，提供给他的草稿一字未用。后来我才知道此时季先生正读了几篇对写序一事笼统大张挞伐的文章，觉得自己是个写序颇多的人，心里很不是滋味，并下决心不再写序的时刻，而我给季先生提出了一个求赐序的难题，心里不好受，又为季先生对待这个问题的包容态度所感动。他既肯定批评写序的文章的合理内核，又指出其以偏概全的偏颇性的一面，他认为，中国文人学士都有“同声相求，同气相应”的传统，我让他与我们结成翰墨因缘，是他的莫大幸福，念及于此，便扫除写序的思想障碍，毅然为文丛写了一序。我觉得季先生为学人、为好书写序，目的扶

植后学者和指导读者，对于发展学术事业也是不可或缺，功不可没。与那些借名人写序捞取名声，或追求经济效益是风马牛不相及的。这件小事也具现了大学者的伟大风范。

季羡林师是我国的国宝级大师，这篇小文只是我接触季羡林师所亲历、所感受到的几件大事小事，从一斑可窥全貌。师之人格是伟大的，学格是伟大的。

伟哉，季羡林师！

俳句汉装欲斗艳

——记俳句译家、汉俳创始者之一林林

柳宗元有“总总而生，林林而群”的词句。著名诗人、作家、教授林林，借柳句所喻，他在我国学园文苑林林而立大半个世纪，为华夏大地繁茂的樱林增添了悠悠的绿韵。

林林先生从事中日文化交流之余，潜心研究日本文学。他撰写了许多有关评论文章，并且通过翻译俳句的实践，加深理论的认识。诗人出身的林林，在日本文学研究中自然地将精力更多投入日本的诗歌，特别是古典俳句的研究和翻译上。80 年代初，他与赵朴初、钟敬文一起创造了汉俳这一新的诗歌形式，为日本文学研究史和中日文学交流史增添了绚丽的色彩。

俳句在日本文学中是最充分显示出日本特质的一种形式，音数和句调都有严格的限制，即十七音节，五七五句调，而且还规定季题，无季不成句。这种短小的形态和审美情趣，符合日本人的民族性格，故拥有广泛的群众基础。而且超越国界，影响及于欧美亚，比如法国最早搞俳句，美国成立了俳句协会出版了俳句集，泰戈尔的短诗有俳谐的影子，郭沫若写《女神》也有采用三行诗的短小形式。林林以俳句作为自己研究日本文学的主攻方向，究其原因，除了他本身具有诗人的气质以外，上述这几点恐怕也是很重要的原因吧。正如他所说的：“关于俳句，引起我的注意和兴趣的，说来有三点原因：一是它在日本文学史上占有重要位置；二是直到现代仍然拥有广泛的群众基础；三是在国际诗歌界也有它的影响。”

林林研究俳句紧紧把握住两个最关键的问题，一是从俳句自身的发展中探索其自律生成的特质；一是从俳句与汉诗的比较研究中寻找其民族的特性。

他撰写的《寻钟声的余韵——俳句学习笔记》和《谈谈日本近代俳论的发展》两篇俳论，从对古典俳句的季语、意境、虚实、时间、通感的理解，到对近代俳句革新的认识，深入浅出地论述了日本这一短诗体的形成与发展。

首先，林林从俳句构成的主要条件季语着手展开他的俳论。并做出他独特的解释。一般俳论对季语的理解，都放在季节感上，即指自然现象，比如四时节令、风花雪月、鸟兽虫鱼等，而林林考察俳句发展的全过程，发现人事季语

的存在。这是与自然现象相对而存在的社会现象，比如宗教、人事（忌日纪念）等。而且林林特别强调：“随着社会生活的演变，人事季语也会增加季语在句中的作用，有的是成为主题的配景，有的表现为主要的直接的主题。”

这一卓见，不是凭空的推测，而是经过理论研究和实证考察而来的。以上的结论，是他在仔细研究了对日本古代歌学产生过重大影响的 9 世纪诗论《文镜秘府论》之后才得出来的。根据考证，他认为《文镜秘府论》用过的景语，就是季语的广义，这里指包含自然界及社会上的客观景象和作者主观感情的交融而产生。所以他特别解释，无情的景物可以化为有情，变为主观思想感情加工的景物，景语可以转化为“情语”。同时，他引申出俳句的季语不仅含有情趣性，而且也含有理趣性。可以说，这种对俳句季语的深刻理解，对于俳论和俳句研究将拓展出一条新路。同时，他列举意境的句和虚实的句加以论证。比如引用芜村的“寒风吹得紧，谋生之道何处寻？此地五家人”“梅雨不停下，面对大河两户人家”这两句，在读者面前展现了“五家人”“两户人家”的贫寒景象，也是展现引人关注的社会客观景象，有力地说明俳句中人事季语艺术魅力之所在。

林林对俳句的研究是与对俳句的翻译相辅相成、互相促进的。俳句对日本国以外的读者来说，是比较难懂，也比较难译的。但经过翻译，译好了，也就自然对俳句加深了理解。正如俗话所说，“不入虎穴，焉得虎子。”林林正是选择了几个“虎穴”去获取“虎子”的，即他选择了在日本文学史上占有不可动摇地位的近世三大俳人松尾芭蕉、与谢芜村、小林一茶，以及近代的正冈子规、夏目漱石、河东碧梧桐、高滨虚子、水原秋樱子的秀句作为翻译的对象。前三人的作品甚丰，如果没有深厚的研究基础，是很难选好，也是很难译好的。林林译三人的俳句为自己定了三条严格的标准：一、意境别致，感情真挚，艺术手法较高的；二、能够反映社会生活，并有一定情调和理趣的；三、可以看到和汉诗的某种联系的。不符合这三个标准者，他不惜割爱了。这样，两部功不可没的名俳名译《日本古典俳句选》《日本近代五人俳句选》便诞生了。

在翻译俳句之余，他还探讨俳句的翻译方法，提升为翻译理论，又来指导翻译实践。如上所述，俳句之所以成俳句，必备两条限定：一是五、七、五三行，一是季题。不过日语是复音，汉语是单音，而且和汉语言还有各自的特点，译俳句应先保持形式，还是首先尊重原意，就成为俳译界论争的焦点。林林有自己独到的见解，他首先强调译俳句不能照搬形式，即不能简单地按传统形式来译，因为这样容易增加原作所无的许多字面，致使有“说尽”或“说过头”的“画蛇添足”毛病。但他没有将此绝对化，并且有重要的补述：除非有些俳句，如不增加点字面，不能使俳句所写的事物联系起来，影响达意传神，才不得已添加一些。其次，主张在不大增加字面的情况下，也可以保留俳句五、七、五的形式。他并身体力行地在自我实践中完善、丰富和发展自己的理论。以他对芭蕉两名句的译法的不同为例，《古池》句译作：

古池塘呀，
青蛙跳入水声响。

《黄鹂》句译作：

黄鹂声声啭，
听来刚在翠柳后，
又在竹枝前。

前者，译者根据俳句特点之一——产生内容是一瞬间的事，紧紧抓住句中狭窄的空间与一瞬的时间的联系所表现的内容，不增加原句的字面，用四、七两行白话文体译出，将原作者所要表现的青蛙跃入古池水声响的这一瞬间动与静的结合，即表面的寂静，内里却蕴含着一种大自然的生命律动和作者内心的无比激情，留下的微妙的余情余韵的玄境，很好地表达出来。后者，译者以为原句是侧重听觉，照俳句原来形式译出，也不算增加什么，还能传出原句的神情，且把日本俳句的格调汉诗化。

所以林林常常强调“译法问题，是个难题，不仅要有好理论做指导，还要译作实践跟上去”，由此可见，他译俳句的科学性、艺术性和自觉性达到完美的统一。

中日文学的交流源远流长。就诗歌来说，日本古代一度照搬中国诗论和汉诗。从诗论到诗作，都有着中国的深刻影响。但是随着时间的推移，贯穿“和魂汉才”的学习精神，将拿来的东西日本化，创造了自己独特的民族诗歌形式，和歌和俳句就是例证。因此研究俳句，运用比较研究方法去探讨中日诗歌的交流中彼此发展的历史脉络，以及各自生成的民族特质，对于把握俳句的真髓是非常必要的。

林林正是从俳句与汉诗比较研究出发，写了《俳句与汉诗》。同时又在两者互相联系而又不尽相同中，发现创造我国新诗形式“汉俳”的可能性，于是产生了试作汉俳的冲动。

在上文的俳句与汉诗的比较研究中，林林首先从把握两者整体内涵的美学思想着手，发现了两者让人感受到的相同的美感，这种美感与一般所说的“朦胧美”和王国维所说的“隔”不同，他将它称作“隐约美”，并且列举了几位俳人的例句，说明“那就是景虽在跟前，但不是一览无余，却是十分幽远淡雅。它有层次，有现有隐，现中有隐”。

其次，探寻两者的共同性。他以三大俳人芭蕉、芜村、一茶为例，说明他们的俳句深受汉诗的影响，“时有与汉诗类似的意境出现，甚至直接采用汉诗词汇”，比如，芭蕉的“寒鸦宿枯枝，秋深日暮时”，与马致远的《天净沙》中的“枯藤老树昏鸦”意境相似；芜村的“荒野萧条不堪，夕阳沉没山石间”，与杜甫的《野望》中的“不堪人事日萧条”和班固的“原野萧条”有关，用了汉诗词汇；一茶的“清风加朗月，五文钱”，与李白的《襄阳歌》中的“清风朗月不用一钱买”也有联系，虽然一茶说的要出“五文钱”有点幽默。日本著名俳人金子兜太读罢林林这一茶句的译文“风月不用买，一茶却给五文钱，解囊真慷慨”后说：林林先生发现了一茶这一俳句是模仿李白《襄阳歌》，使我感到一种新鲜的气氛，译出这一句的“幽默”，可见林林先生对我国俳谐的理解之深刻。

再次，文学比较研究除了求其同外，在内外因素的历史联系中考虑其内在发展的自律性和外在交流的主体性，探寻其民族的本来特色，即求两者的差异就显得更加重要。但一般研究者在俳句与汉诗比较研究中，似乎忽视了这一点。林林的比较研究，非常注意两者的差异性。比如他指出俳句较深入社会下层生活，反映庶民生活比较广泛，连人尿马屎、猪床牛棚、苍蝇跳蚤都可以入句，具有庶民性、生活性的特色。而汉诗少见这些。因为汉诗作者基本上是文人墨客，题材尽量避免卑俗，力求其高雅性。一庶一文、一俗一雅，其差异性就显而易见。

可以说，林林不仅对日本俳句理解深刻，而且对中日诗学歌学的理论有深厚的功底、广深的诗歌学识、传统的古典诗歌修养，以及丰富的诗歌创作和翻译的实践经验，否则是很难做出如此精辟而透彻的深入浅出的分析的。

难能可贵的是，林林不是为研究而研究，为比较而比较，而是采取鲁迅先生提倡的“拿来主义”，为了让中日文学交流结出成果，学以致用。在这一目的意识的驱动下，他自觉地汲取日本俳句的短小形式，消化和融合在汉诗的诗学精神中，从而创造了我国一种新的诗歌形式——汉俳。林林谈到汉诗和汉俳，有一个非常形象的比喻，他说："从汉诗到汉俳，历史是久远的"，"古代汉诗到日本，产生了和歌，和歌生出俳句。从日本俳句回到中国才产生了汉俳，如果说汉诗是老祖宗，汉俳有点像外孙了，因为汉俳有外亲的血缘。"笔者与这位汉俳奠基人之一探讨这个问题的时候，他谈及用日本俳句形式写汉俳，搞成像汉诗就不新鲜，关键是要写出俳味，写出中国味。所以他特别强调要贯彻"汉魂和才"，以我——传统的文化精髓为主体，在外在的交流、比较研究中，吸收外来的东西。

林林创造汉俳的直接动因是受到冰心的启发，冰心以为日本短歌和俳句都是五七调，在形式上说，中国的诗词五七或七五的句调很多，彼此不无关系，摘取五、七、五中国诗词句，可成一首汉俳。由此他从宋词联想到王观的《卜算子》就有五、七、五的句式，也有季题，这就含有俳句的基本因素。他进一步思考：一是采用五、七、五句式如何调适日语一字多音和汉语一字一音的矛盾；二是选择季题如何注意大陆与岛国季节感的不同；三是在用语和诗体方面处理雅俗的问题。归根结底，汉俳如何达到中国化，如何达到庶民性和通俗性的问题。试举一句林作汉俳为例：

春意何其多，
骑自行车也拍拖，
沿街唱恋歌。

这首林句完全体现了上述汉俳的三要素。"拍拖"是广东方言，指男女恋人手挽手漫步的意思。笔者作为广东人，一读既明，俳人要展现的，是春日广州街头，一对对男女恋人漫步的、骑自行车的"拍拖"景象。林林虽是福建人，但长期在广东、香港工作，也算是半个广东人，这秀句不仅完成了中国化、地方化，而且达到了庶民化、通俗化的境地。

作为汉俳的奠基人之一，林林先生追求的目标是："希望能够在俳句国际化的大树上，我们这不少的一枝抽芽开花，展现出独特色彩的中国美。"林林先生所著、由冰心题写书名的汉俳集《剪云集》，就是在理性思考基础上创作的。

袁鹰评论汉俳及《剪云集》时指出：由于它（汉俳、短歌）有独特的形式（严格要求一定的行数和字数），有独特的语言（俳句要求含有表示季节的词语即“季语”），也就形成独特的格律，虽是小花，却有不同凡响的奇香异彩。它继承古典短诗传统，却并非完全是诗词曲的延续；它吸收和借鉴日本俳句和短歌的菁华，却非单纯的移植或翻译；同是五、七、五或五、七、五、七、七，却要比俳句短歌更丰富更繁复。它运用旧体诗的四声和韵律，却又突破诗韵的约束，甚至平仄声韵都可通用；用白话写的汉俳短歌，更不一定要韵，这就更加无拘无束了。《剪云集》中有些用白话写的作品，用韵在若有若无之间，似乎可以窥见作者多方尝试开拓的用心。（《云锦满天待剪裁——读〈剪云集〉》）

还有金克木在一篇文章中为《剪云集》赋诗云：

剪云片片成飞絮，俳句汉装欲斗艳。

怀念恩师

50年代初，我进入全国知名学府北京大学，师从我国日本文学研究第一人刘振瀛先生。当时，全国高等学校正开始院系调整，东方语言文学系的日本语言文学专业是草创期，故教学集中在实践语的训练上，虽然还没有条件开设专门课程系统讲授日本文学，然而刘先生已开始为我们开设日本文学选读课。当时刘先生站在讲台上详尽而精当地分析20世纪日本大文豪夏目漱石的《我是猫》的思想性的同时，也非常准确而独创地论述了它的艺术性，尤其是论述了它所包含日本民族文学狂言中的相当丰富的“笑”的要素，以及“落语”中相当丰富的滑稽幽默的要素。不仅分析了这种“笑”的艺术形式，还独到地分析了它的艺术语言，比如采用双关语、反语乃至借助古汉语中的辞藻，以增大夸张的效果，以及日本语言中特殊发达的“待遇表现”，以追求反语的艺术效果，从而起到了嘲弄和讽刺、玩笑和诙谐的作用。刘先生的结论是：夏目漱石把日本文学传统的要素，“与20世纪日本文学形式巧妙地结合起来，构成了生动活泼的艺术语言，这就保持了作品内容、形式与人民大众的密切联系”。

这一论述，更见刘先生文艺理论功底的深厚，以及对日本语言把握的精透，达到了一个新的学术高度。长期以来，国内的日本文学界研究日本文学，往往将内容与形式、思想性与艺术性机械地分离，重前者而轻后者；刘先生采取这一思想与艺术统一的批评方法，使两者有机结合，并达到浑成的地步。因此至今在我的记忆里还留下刘先生讲授夏目漱石的《我是猫》时生动活泼的话语，耳边还不时回荡着刘先生剖析《我是猫》的笑时同学们的笑。这些笑声对我起到启蒙的作用，决定了我后来选择日本文学研究作为终生的事业。

刘先生非常热爱日本文学的教育工作，为发展日本文学教育事业倾注了毕生的精力和心血。他在国内第一个开设日本文学课，第一个编写出日本文学史和文学选读教材，以及第一个成为日本文学博士生导师，这三个第一就足以确立刘先生在国内日本文学教育界的不可动摇的地位。刘先生担任国务院学位委员会学科评议组第一、第二届成员，直至逝世，这是当之无愧的。他为日本文学这一学科的建设，出色地做了他那个时代别人无法取代的开拓性工作。刘先生用自己的学识和智慧，在我国日本文学教育史和研究史上写下了光辉的一页。

我们是直接受到刘先生教诲和指导的学生，从事日本文学研究后，仍然不断地受益于刘先生的循循善诱，这是我们终生难忘的。我在工作中取得的点滴进步都灌注着刘先生的智慧和心血。刘先生对日本古典文学造诣颇深，我们在工作中遇到问题，在各类辞典和书本中都找不到答案的时候，求教刘先生很快就得到了圆满的解决。刘先生就是一部活的大百科词典。70 年代初我编辑丰子恺的《源氏物语》中译本时，刘先生就给予我极大的帮助。事情是这样的：丰译稿完成后，当时的编辑对译稿持异议，后又遇特定历史时期，失去有利的出版时机，被林文月后译的台湾版先行出版，这是一大憾事。我到出版社工作后，有关领导让我重新审读丰译稿，我觉得正如人无完人一样，文也是没有十足的，丰译稿应该说是上乘的，但由于社内对丰译稿有分歧，领导决定请社外权威专家审读，这项工作自然落在刘先生的肩上，因为至今国内仍无人能够取代刘先生胜任这项工作。刘先生精读该译本全三卷八十万字，特别是他就其中的一章做了逐字逐句的校订，写出十多页的审读意见，给予积极的肯定评价，为我作责编工作做出了示范。恩师救活了这部沉睡了十多年的传世巨译，实是功德无量。该书出版后，连台湾学者也承认，丰译是优秀的，台湾出版社正与大陆有关出版社洽谈在台湾出版丰译本事宜。

恩师常常对我们强调："要深入理解日本文学，必须从日本民族的社会文化的发展着手。"先生并身体力行，研究日本古典文学，并没有停留在接受中国文学的影响上，而是将批评的眼光投在日本本土文化的根源上。他在对《源氏物语》的精辟分析中指出：《源氏物语》是"从内面揭示这个阶级走上死亡的历史必然"，"并非写渔色生活"。这正是基于他对平安朝的社会文化，尤其是对平安朝文学所形成的审美情趣的透彻理解和深刻认识。对日本古典戏剧能乐、狂言、净琉璃、歌舞伎的研究也是如此。比如，对能乐的剧本——谣曲的分析，一是重视谣曲的素材主要取自日本历史上或传说中的故事所贯彻的传统的凄婉哀艳的审美情趣；二是注意谣曲中糅进大量脍炙人口的传统和歌，并使之与整个谣曲的辞章融为一体；三是活用传统的自然观，将人物和情节置于自然景物之中，达到以景见情、情景交融的境地。因此，先生对日本文学的研究，没有单就作家论作家，或者单就作品论作品，而是将研究对象置于日本大文化背景之下，宏观地审视日本文学的整体发展，以及微观把握日本文学主体的发展脉络。

另一件事使我受益匪浅，那就是我请刘先生为我的第一部研究专著作序，刘先生阅读了全部作品，总结了我在研究工作中的经验教训，并提升为理论，给我指引了做学问的正确方向，对于我今天的工作仍起着指导的作用。在学问上，不仅是我一人如此受惠于恩师，而且许许多多的学兄学弟也同样受惠于恩师。我们的每一部书稿、每一篇文章几乎都印下老师的笔迹，留下老师的学术思想。老师给了我们智慧，给了我们榜样，给了我们后辈许多许多。但恩师弥留之际，我和师母询问他撰写的日本古代文学史稿情况时，他用微弱的声音淡然地说：这些都是身外之物。恩师就像一根蜡烛照亮别人，却燃尽了自己。

恩师不仅学问高深，而且人格高尚。在特定历史时期，他虽身处逆境，但不计个人恩怨。在新时期，他在得到公正的对待以后，却又遭小人的暗算，那些小人企图玷污刘先生的名誉和学术声誉。但是真金不怕火炼，刘振瀛先生的最高学术成就是国内外公认的，许多日本学者著文称赞刘先生是日本文学的硕学者，他的学术地位是动摇不了的，也是任何人无法取代的。我写此文缅怀恩师刘振瀛先生及其业绩的时候，并没有忘记先生的教导：“学做学问，首先要学做人。”先生身体力行，言传身教，无论是在做学问还是在做人方面，都为我们学生，也为我们日本文学教育界、翻译研究界同仁树立了光辉的榜样。先生的做学问做人的精神，将永远激励着我们。

恩师刘振瀛先生做人的品德、治学的精神，将永远活在我们心中。

东方美的赞歌

我爱译川端康成的作品，也曾经译过东山魁夷的散文，现在又有机会翻译东山魁夷的《水墨画的世界》和《中国之旅》，甘甜地细嚼着川端康成和东山魁夷的文学之美。它们既反映了日本传统美的情愫，又具有现代艺术的意识。如果说，川端康成是东方传统美的现代探索者的话，那么，东山魁夷同样也是这样一个探索者。他们都艰难跋涉在探索日本美、东方美的路上，并最终获得巨大成功。只不过东山魁夷是个画家，他不仅在文学上，主要还在美术上也创造了这样的美。

我怀着极大的兴趣寻找他们跋涉的历程，发现他们在东方美的现代探索中走过的路是非常相似的。川端康成和东山都是从抱着怀疑日本传统、憧憬西方文化的心情开始创作的。从年轻时代开始，川端康成就选择了最具现代主义特色的新感觉派，开始迈出自己创作生涯的第一步；东山则在最富西方色彩的地方，以创作北欧风景画作为自己掀开艺术生涯的重要一页。他们从憧憬西方开始，最后寻回深埋在内心的乡愁，在东方和西方的接合点上育成了东方传统的现代艺术精神，从而确立自己的历史方位，开始创造各自的文学艺术美的辉煌。

翻译川端康成和东山的文章，可以发现他们探索美的精神，揭示美的根源与存在，传达了日本美、东方美的灵魂。他们的美，深深地锲入我的心田，与我这个东方人是灵犀相通的，使我感到亲切、幸福和愉快。也许正是由于我与川端康成、东山的文章背后蕴含着的东方古典诗情亲近起来，所以对他们情有独钟，不由得沿着他们的美之旅探索其中的奥秘。

川端康成在一篇随笔中，非常赞赏芥川龙之介遗书中“所谓自然的美，是在我‘临终的眼’里映现出来的”这句话，并曾就此抒发道：“一切艺术的奥秘就在这只‘临终的眼’吧。”他在获诺贝尔文学奖的纪念讲演《我在美丽的日本》里，以明惠上人的“冬月相伴随”句作为引子，大谈禅与日本文化的关系，说明禅的“灭我为无”；“这种‘无’，不是西方的虚无，相反，是万有自在的空，无边无涯无尽藏的心灵宇宙”。所以，有的评论家批评他的作品虚无，他就在文章中反复强调："这不等于西方所说的虚无。我觉得这在心灵上是根本不同的。"所以，他为禅僧一休宗纯的"人佛界易，进魔界难"句所感动，经常将这句名言题写在日本纸上。同时他非常欣赏印度诗圣泰戈尔的一句话："灵魂的永远自由，存在于爱之中；伟大的东西，存在于细微之中；无限是从形态的羁绊中发现的。"

作家在作品里，常常表达这样的思想：美的东西是虚无的，幸福也是空虚的，唯有心灵的交往才有真实性。因此，他执著于精神上的超现实的境界，从中追求一种超然的虚幻之美，以达到和心灵宇宙的神秘统一。他说过："'寂福'这个词，也成了我的源泉。"在翻译川端康成作品的时候，我需要细嚼反刍其中禅的文化内涵，才能捕捉到它的"文学中的优美的怜悯之情，大都是玄虚的。少女们从这种玄虚中培植了哀伤的感情"，以尽量保持它的幽玄的风韵和东方神秘主义的色彩。

东山也在一篇随笔中涉猎这个问题。他说："战争快结束的时候，我从死亡一侧望见了风景，它打开了我的眼界……在不能不悟到生命之火即逝的状态下，大自然的风景以其充实的生命力映现在我的眼帘里。"东山追求的是灵魂上的寂福，是"临终的眼"所映现的自然美。所以他观景写生，首先净化自己的心灵，使自己达到无我之境，以发现自我之外的自然的真实，创造出美来。

川端康成和东山的自然观和审美观是相通的，认为一切艺术的奥秘都是在"临终的眼"里。因为他们觉得，人行将死灭的时候，就会特别留恋人间，留恋自然，感到人间和自然特别的美。所以人只有在临终的眼里才能最清晰地映现出自然之美来。自然的一切沉没在空漠的"无"之中，才能映现出其内在的美来。

我观赏他的名作《路》，就深深地感受到自然的一切沉没在空漠的"无"之中，才能真实地映现出其内在的美来。画家绘制的《路》就不是现实风景的路，而是象征世界的路。东山在随笔《一条路》中有这样的解释：

> 我创作这幅《路》时，在思考今后将走的路的过程中。有时也观望曾走过来的路。它是绝望和希望交织的路，既是漫游的尽头，同时也是一条崭新的路；是憧憬未来的路，又是怀念过去诱发乡愁的路，但画面上远方山冈上空显露的微明，路在远处向画面外朦胧消失的景色，就使得那种今后要走的路的感觉变得强烈起来了。

将人生比作路，是平凡的。但芭蕉的题为《奥州小道》的文章，是一篇不朽的游记。可以说，芭蕉选择这个篇名，既体现了他自己在偏僻的羊肠小路上穿梭旅行的姿影，又象征着芭蕉的人生观、芭蕉的艺术观吧。我经常旅行，在旅行中感受人生，感受艺术。那条象征性的路，已成为十分清晰的影像，深深地刻印在我的心上。

赏东山的画《路》，读东山的美文《一条路》，仿佛“那种美的极限一直延伸到梦里似的”。我已经陶醉在象征性的朦胧的意境美之中了。

沉醉之余，我更惊愕于他们的开悟达到如此高的境界。他们画月、观月时，心境清澈，仿佛与月光相融。东山画的《月篁》《月明》，描绘月而不画出月本身，只绘画了对月光的感觉，让人通过月光的美，来感受没有描绘出来的月，并从中发现月之美的存在的愉悦。这不正是画家纯粹的无我之心与月之心的微妙呼应，交织在一起才能绘画出来的吗？

无独有偶，川端康成在《我在美丽的日本》一文中，花了很大的篇幅谈到“月亮诗人”明惠上人来到峰顶时吟道：“冬月拨云相伴随，更怜风雪浸月身”；步人峰顶禅堂，见月儿斜隐山头，又咏曰：“山头月落我随前，夜夜愿陪尔共眠”；禅毕，残月余辉映入窗前，心境清澈，仿佛与月光浑然相融，遂又吟咏出“心境无边光灿灿，明月疑我是蟾光”。接着，川端康成解释道：

> 与其说他是所谓“以月为伴”，莫如说他是“与月相亲”，亲密到把看月的我变为月，被我看的月变为我，而没入大自然之中，同大自然融为一体。所以残月才会把黎明前坐在昏暗的禅堂里思索参禅的他那种“清澈心境”的光，误认为是月亮本身的光。
>
> ……“冬月相伴随”这首和歌也是明惠上人进入山上的禅堂，思索着宗教、哲学的心和月亮之间，微妙地相互呼应，交织一起而吟咏出来的。

我引用了东山和川端康成的两段话，思索着王国维的“有我之境，以我观物，故物皆着我之色彩”这样一句话，觉得大师们都是祈求要达到禅祖达摩大师那样“心中万般有”的意境。川端康成和东山不也正是从这种东方的禅宗哲理中找到了美的归宿吗？只不过是川端康成集中在文学上表现出来，东山既在文学上，更主要在美术上表现出来罢了。我翻译过川端康成写东山魁夷的随笔

《东山魁夷》，东山写川端康成的随笔《巨星陨落》，亲切地感受到他们都爱美，是美的不倦探索者、美的永远涉猎者。据东山说，他与川端康成的长期交往中，除了触及美的领域之外，几乎没有谈论别的话。东山魁夷还说：“美也是（川端康成）先生的憩息，是喜悦，是恢复，是生命的体现。”我想：这不也是东山自己的写照吗？他们不也都是珍惜这种心灵上的邂逅吗？

川端康成和东山魁夷这两位巨匠，用不灭之美的伟大精神，谱写出一曲曲东方美的赞歌。

信州东山画赞

我喜爱东山的文，也喜欢东山的画。东山的文，我读了很多。东山的画，我只读过画册，总渴望有机会目览画的真迹。我读他的美文《信州赞歌》，知道信州让他在人生道路上打开了眼界，是他走上风景画家之路的起步之地，所以信州是画家最赞美的地方。后来听说信州建立了东山魁夷纪念馆，收藏、展出东山魁夷的原画和有关资料，因此信州行就一直是我多年的梦想。今秋，我们终于在挚友玲子的陪同下，走访了位于长野高原的信州，实现了我欣赏东山画真迹的夙愿。

东山魁夷纪念馆是坐落在城山公园内一个小山丘上，建筑的外形带几分现代化的模样，内里却又充溢着传统建筑的审美内蕴，这与东山的东西方结合的绘画风格是相应的。这座庄重、简朴的建筑物，在葱葱郁郁的林木掩映下，现出它鲜明幽雅的姿影，显得一派悠闲寂静，颇具日本空间艺术美的魅力。身在其间，尚未赏画，然已顿觉赏心悦目。

走进纪念馆，首先映入眼帘的，是名作《路》。这是我最爱的作品之一，过去在画册中读过，现在亲临画境，目睹其“庐山真面目”，喜悦之情无以名状。东山笔下的这条路，以苍穹为背景，在矮草丛生的山冈上，笔直而迟缓地向上延伸，至最上方刚稍右拐，路便在远处向画面外朦胧地消失，变成一条若有若无的轮廓线，仿佛路已存在于“无”——无限的“无”中。尤其是画家将路、山冈草丛、苍穹组合在传统色——绿青、朦胧的蓝灰和银灰的三色对比中，路是银灰的蒙蒙中透露些许淡淡的红，左右的草丛和山冈是绿青，狭窄的天空是灰中带浅蓝，各色的明暗对比又是非常柔和的。

我立在《路》的面前，想象着在朦胧而柔和的三色衬映下的无限的“无”中，是路的继续，是路的无限延伸。这幅《路》的画面上，除了一条路，只有苍穹、山冈的草丛，压根儿就没有任何实际的东西，但画家调度他的色彩的素淡性和线的单纯性，从这条路的无限的“无”中，反而使人觉得这条路变得更加实实在在了。

我立在《路》的画前，又浮现出东山就《路》所做的一段解说来。

我创作这幅《路》时，在思考今后将走的路的过程中，有时也观望已经走过来的路。它是绝望和希望交织的路，既是漫游的尽头，同时也是一条崭新的路；是憧憬未来的路，又是怀念过去诱发乡愁的路。但画面中远方山冈上空显露的微明、路在远处向画面朦胧消失的景色，就使得那种今后要走的路的感觉变得强烈起来了。

吟读东山在《一条路》的这段文字，我才更加感受到自然的一切沉没在空漠的“无”之中，才能真实地映现出其内在的美来。

移步题为《树根》的画前，我深深为画家在画中所展出的弯曲向上攀伸的根的张力所震撼。因为东山画树，画面没有树干，没有枝丫和叶，只有树根，只有表现出来的这树根的张力，造成一个跃动着强大生命力的万木苍然似的世界。这是很有其艺术的独特魅力的。正如川端康成在一篇画评中所说的：“《树根》具有一种魔怪般的力量，一种扎根大地、支撑天空的怪异的美，是大自然与人的生命的永恒的象征。”这幅《树根》，连同画家所画的《树魂》《木灵》，都将画家对树木的特殊感觉活灵活现地表现了出来。画家画树画木，不重树木的实体，而重树木的魂和灵，画出树魂木灵中积蓄起来的充实的力量。这是需要净化自己的心灵，然后去感受日本人自古以来对树木的崇拜，去感受树木所拥有的神韵，然后才能与它们的心灵相呼应，才能与它们“心有灵犀一点通”，也才能画得出来的。

画家在画册《群树说话》的序文中就写道：“群树活着，常对我说话。声音不是用耳朵来听，而是用清澈的心境来感受，来听的。”他在随笔《与风景对话》中还言道：“由于我深深地深深地将自身沉浸在自然之中，因此能看到自然微妙的心灵，也就是我自己的心灵。”实际上，这是画家的心灵与树木的心灵对话、与风景的心灵对话。总而言之，也就是与大自然的心灵交流。

东山有一幅画名叫《月明》，乍看画的题目，以为是画月本身，但当我们走到这幅画前，在画面上却看不见月的形象，画家完全依靠巧妙地调动蓝、佛绿、灰三色的微妙组合，由狭窄的蓝色天空，灰里带蓝并朦胧显现皱襞的群山，以及群山上绿里透灰黑的几排纵横的林木组成的画面，山与林木仿佛正在承受着月亮的光。月明是透过无月的画面而感受到的。在这里又使我联想起明惠上人参禅时自己心境清澈，仿佛与月光浑然相融，于是做了“与月相伴随”的和歌，并解释说：这是他思索着宗教的心与月亮的心之间微妙相呼应，交织一起而吟咏出来的。东山画月也同此理。这种自然观、艺术观与宗教观的巧妙结合，在日本是有其传统的。

作为风景画家，东山魁夷首先继承了表现日本美的大和绘，庄技法上采用一层又一层地涂抹矿物颜料，以古雅的青色来统一画面，并且通过写实性和装饰性的结合，最大限度地发挥了大和绘的艺术效果，创作了《峡谷》《光昏》《秋翳》《京洛四季》等优秀的大和绘式的画作。但画家不停留在表现感觉的世界上，而更注重表现精神的世界。他喜爱运用极古雅的青来作画，就是为了强化大和绘式的画的精神性的深度。但是，他反复出现的感觉世界与精神世界的紧张对立，因此他在色彩古雅而含蓄中，又在表现上加入水墨画的格调。东山自己在《水墨画的世界》一文总结性地写道："我体内经常地反复出现感觉世界和精神世界相对立与融合，我觉得由此而产生的紧张，就成了我进行创作活动的原动力。"

东山对山与海特别钟爱，画得也最多，而且也都是他的心灵和山与海的心灵相呼应而绘制出来的，所以他的水墨画的实践就从画山与海开始。《山云涛声》就是他迈向两者融合的实验性的第一步。这幅山与海的风景画是我之最爱。因为这是东山为奉献给对中日文化交流做出重大贡献的唐代高僧鉴真的灵魂而作的，他要画出鉴真和尚心中的风景，所以一直画色彩画的东山开始探索用中国水墨画表现的可能性，从而开辟了东山绘画的一个更新更深邃的意境。这幅名作是用岩石颜料的群青烧黑，用古雅的单色色调来描绘的。正如东山本人在《水墨画的世界》中所说："它不是彩色画，而是成了水墨画情调的画面，说明这是从色彩的感觉世界向水墨的精神性世界位移了。"

《山云涛声》是幅隔扇壁画，置在唐招提寺御影堂里。在纪念馆里展出的是东山在隔扇作画前画的素描和原画五分之一大的画稿。不过，我一站在这些素描和画稿前，多年前在唐招提寺御影堂所观赏过的《山云涛声》又清晰地映现在我的眼前。在一幅隔扇画面上，画了飘忽着云烟的山，表现出悬挂着瀑布的峡谷、流动着的云雾和梦幻模样的树木，这是一片烟云缭绕的山景。在另一幅特大的隔扇壁画，从右方汹涌而来的波涛互相逐拥着，拍击着岩石，激起簇簇的白色浪花，有的飞溅到空中，有的飘落在岩石上，是一派鸣响着涛声的海景。我们看到的山与海，在色彩上，画家使用了烧群青画山，运用接近水墨画的色调；采用雅致的青绿画海，色调稍明亮些，与山相互辉映。整个画面，青的色调，古雅而含蓄，真是美得极致。这山景，这海景，似有一种巨大的魔力把我吸引住了。我长时间地驻足原地，依依难舍。在这里欣赏的，虽是素描和草图，但对我来说，还是一样新鲜，很有吸引力。

以画《山云涛声》为契机，东山魁夷实现了他三访水墨画的故乡——中国这个长久以来的愿望。他到了风景优美的黄山、山水甲天下的桂林和古代东西方文明交流要道的丝绸之路。他在《中国之旅》中不无感慨地说："我为了迈出创作唐招提寺隔扇壁画的第一步，巡游了奈良、大和，有机会思考了日本文化的根源，外面传来的文化，从遥远的罗马、波斯、印度，经过这条丝绸之路与中国的隋唐文化交流，进而传播到远东岛国日本奈良都城。我的唐招提寺之路拥有这样的命运，即从日本的山与海之旅，必然地要及至中国大陆。"

三次中国行，他抚触到中华民族的精神之美，抚触到人们的心灵美、温馨和真诚，还抚触到在悠悠大地的广袤中诞生的宏伟风景。他通过这些感触，对中国的感动就更深沉了。于是，他发现自古以来的中国水墨画的风景就存在于现实中。到了桂林、黄山，面对漓江的秀丽山水、黄山崇高的山岭，他仿佛抚触到宋代水墨画的精髓，感到如果不用水墨，就难以将这些风景贴切地表现出来。因此东山以中国风景为对象作画，几乎都是采用水墨一色。这样，东山魁夷就实现了多年的宏愿，终于扬弃色彩，踏入水墨画的世界。

我观赏了画家早期在德国、奥地利和北欧旅行的画作，并与中国之旅的画作相对照，我确确实实地感受到东山本人所说的，他体内存在着对立要素的两个世界，而这两个世界竟能维持着紧密的关系，并在相克相成中创造了自己绘画的辉煌。我想：也许正是由于民族审美传统深深浸润了我的心吧，我更长久地驻步在《桂林月夜》《漓江月明》《黄山雨雾》《黄山雨后》等水墨画前。最吸引我的《桂林月明》，画面前方是清澈的漓江流水，水面上漂浮着一叶扁舟，远近雄峙着群峰，右面近处的山麓下一片葳蕤的树木，一轮明月挂在苍穹，把山与水笼在淡淡的月光下，而画家采取含蓄的描绘法，不使笔势露于外表，而渐次地运用层层淡墨色，以表现出深邃的意境来。

立在画前，我展开双臂，尽情地拥抱这一切的美。

立在画前，我流连忘返，完全达到了痴迷的地步。

如果不是月梅和挚友玲子的催促，我几乎忘却了时间的流逝。走出纪念馆，夕阳的余晖洒满山丘，林木上空燃烧着璀璨的霞红，黄昏的天空掠过一只又一只归鸟。随着我们的脚步向前移行，东山魁夷纪念馆慢慢退后，退后，退到黄澄澄的远远苍穹下的一角，直到失去了它的姿影。可是，在我心中的东山魁夷纪念馆和纪念馆内展示的美术瑰宝却永远没有消逝，也不可能消逝。因为它不仅属于日本的，也是属于我们东方，属于我们整个世界的，它已牢牢地印在我的心中。

芭蕉与禅

闲寂古池旁
青蛙跃进池中央
水声扑通响

这是俳圣松尾芭蕉《古池》中的名句。

这脍炙人口的名句，如果从表面来理解，古池、青蛙入水、水声三者似是单纯的物象罗列，不过如果从芭蕉的“俳眼”来审视，古池周围一片幽寂，水面的平和，更平添一种寂的气色。但青蛙跃进池水中，发出扑通的响声，猝然打破这一静谧的世界，读者就可以想象，水声过后，古池的水面和四周又恢复了宁静的瞬间，动与静达到完美的结合，表面是无穷无尽无止境的静，内里却蕴含着一种大自然的生命律动和大自然的无穷的奥秘，以及作者内心的无比激情。

读罢回味，芭蕉感受自然不是单纯地观察自然，而是锲入自然物的心，将自我的感情也移入其中，以直接把握对象物生命的律动，直接感受自然万物内部生命的巨大张力。这样，自然与自我才能在更高层次上达到一体化，从而获得一种精神的愉悦，进入幽邃的幻境，艺术上的闲寂风雅也在其中。

据说，这是芭蕉的得意之作，芭蕉弥留之际，门人向他求索辞世绝句，他答曰：“古池句乃我风之滥觞，可以此作为辞世句也。”回味之余，不觉间自己也仿佛进入了芭蕉的闲寂风雅美的艺术世界，情不自禁地联想起芭蕉的另一名句：

一片闲寂中
蝉声透岩石

这是芭蕉旅行奥州小道，来到山形藩领地的立石寺，置身于景色佳丽而沉寂的意境，心神不由地清净起来，于是写了此句，以慰藉他孤寂悲凉的旅心。这首句的俳谐精神，与《古池》是相通的，都是具现了芭蕉的“闲寂风雅”

的典型佳句。芭蕉是俳人，也是禅僧，他的禅文化思想流贯于他的俳论和俳作。我记得芭蕉在文章中曾说过：

> 西行的和歌、宗只的连歌、雪舟的绘画、利休的茶道，其贯道之物一如也。然风雅者，顺随造化，以四时为友。所见之处，无不是花。所思之处，无不是月。见时无花，等同夷狄。思时无月，类于鸟兽。故应出夷狄，留鸟兽，顺随造化，回归造化。

读了这段文字，再回味《古池》句，感受到句中所飘逸出来的闲寂的余情余韵，仿佛也把我带到了一个“顺随造化，回归造化”的玄境，一个无边无涯无尽藏的心灵宇宙。我猜想：这时的芭蕉俗念俱忘，以孤寂的心，静观自然与人生，这样自然与人生、物的心与人的情相一致，达到物我合一和忘我之境。可以说，这些“俳禅一如”的句，不仅流贯了日本自古以来的传统精神，而且充满流行于其时日本化了的禅文化的精髓。在这里，仿佛也可以听到禅僧芭蕉的宗教心声，抚触到芭蕉的一颗日本心。

我未见芭蕉有系统论述俳道的专著，他有关俳谐的论点，散见于他的文章和他的弟子的著作里。我读过他的《幻住庵记》《笈小文》，以及他的弟子服部土芳的《三册子》、向井去来的《去未抄》等记录芭蕉俳论的著作，从中梳理出芭蕉的俳谐观点大概有三个方面的主要内容：一是“风雅之诚”，二是“风雅之寂”，三是“不易流行”。我觉得三者是不可分割的，“风雅之诚”和“风雅之寂”是以“不易流行”作为基础的。我与许多日本俳人议论过，他的核心思想似乎可以说是“不易流行”。如果通俗一点解释的话，芭蕉认为日本文学传统的精神——“诚”亦即“真实”（まこと）是贯穿于各个时代的“不易”东西，但他又没有把“风雅之诚”的“不易”绝对化，所以他又提倡“风雅之寂”，以适应时代流行的东西。这个“寂”亦即“闲寂”（さび），是芭蕉所处时代流行的新思潮。从这里就不难看出芭蕉要解决的“诚”与“寂”关系，就是传统性与创造性的对立与统一问题。

我曾经译过川端康成的一篇散文，这位大作家谈及日本传统的能乐、水墨画、志野瓷、捻线绸更能展现日本美时写过这样一段话：

> 形成这些日本美的，不仅是禅宗和茶道的影响，也是自古以来的日本精神。芭蕉就绘画的雪舟、连歌的宗祇、茶道的利休曾说过：

“贯道之物一如也。”我觉得这句话有惊人之处。登峰造极者，水墨画是雪舟、连歌是宗只，俳谐则是芭蕉。日本小说，11世纪初的《源氏物语》是冠绝古今的。和歌则是《万叶集》《古今和歌集》《新古今和歌集》。

我译川端康成这句话，咀嚼芭蕉以“不易流行”为根本的精神，深深地体味到芭蕉的日本心可以追溯到《源氏物语》，甚至追溯到更古远的《万叶集》的传统美，而传统美又是随时代而演进，于是芭蕉以“贯道之物”——传统的日本精神为根本，创造了俳谐的“闲寂风雅”之美。

芭蕉又是个旅人，热爱大自然。他追求的“风雅”，不是风流，也不是物质和官能的享乐，而是一种纯粹对自然景趣的享受、向往和憧憬闲寂的意境。

人物才能得物之心，才能把握物的本情。于是我趁在京都两月之便，去洛东——京都市左京区寻觅芭蕉的遗踪，欣访芭蕉庵。我置身于闲寂的芭蕉庵，更加体味到这种意境既包含了孤寂、孤高、寂静和虚空，又内蕴单纯、淡泊、简素和清贫。我想：恐怕这与芭蕉出身贫寒，远离世俗，具有超脱一切的孤高精神是不无关系吧。俳句翻译家林林先生在一篇文章中谈到芭蕉在旅途中病倒，临终前四日，还切望于风雅，吟下最后的名句：

旅中正卧病
梦绕荒野行

更让我动心的，是芭蕉在旅途中目睹富川畔的弃儿时吟咏的句：

听得猿声悲
秋风又传弃儿啼
谁个最惨凄

林林先生的芭蕉译句虽然形式不同，有的保持了俳句的五七五音律，有的运用了汉诗的五言体，但在他的传神笔下，都将芭蕉“风雅之诚”和“风雅之寂”的俳趣完美地表现出来了。我爱芭蕉的俳句，也爱芭蕉的俳文，因为它们让我享受到日本的闲寂美、风雅美，使我进一步感受到这种美只有在永恒的孤绝精神之中才能产生。而这种孤绝的精神又只有在自然、自然精神和艺术三者浑然一体中才能放射出光芒。

芭蕉一生写了上千首俳句以及诸多俳文。他发现禅文化中存在美，开拓了一个时代的新俳风，完成了创造一个时代的日本美。正如川端康成所说的，芭蕉在俳句方面对传统美的传承与创造，的确是个“登峰造极者”。

2000 年春于美国加州费利蒙

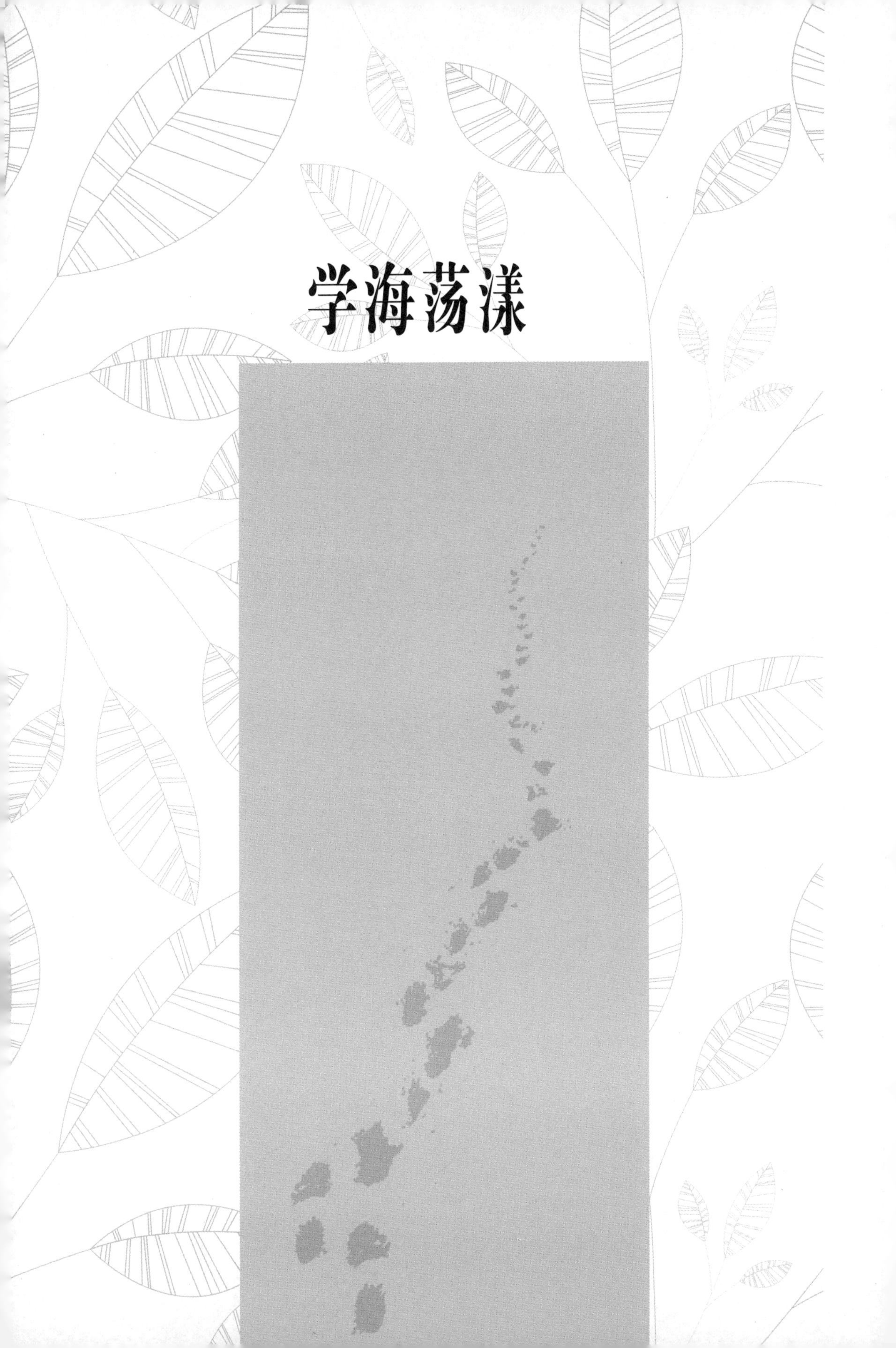

学海荡漾

一缕缕香语

——编《日本散文随笔》书系漫记

自古以来，日本有散文之国的美称。多年来，我主编了不少日本作家文集，其中不乏收入散文随笔卷，但总希望有机会系统地编一套散文随笔集，以飨读者，否则将是我终生的憾事。

初秋时分，国岚同志前来寒舍，面约我为河北教育出版社主编一套日本散文随笔集。我们不谋而合，终于实现了我多年的愿望。于是为了主编这套：促使怠惰的我再一次遨游日本散文随笔的艺术世界，相闻一缕缕从书卷中散发出来的香语。这是一般所说命运的邂逅，也就是我的幸福夙愿得偿吧。

这时候，我脑海里首先浮现出来的，是可称得上日本随笔鼻祖的《枕草子》的影子。重读它，使我又一次感受到上千年前女作家清少纳言笔下的四季自然的瞬间微妙变化之美，以及体味那个斑驳的风俗世相、那个复杂的人情世界、那个春夏秋冬的四时情趣、山川草木的自然风情和花鸟虫鱼的千姿百态，还有作者开心的事、苦恼的事、喜欢的事、讨厌的事，偶感而发的中日文化异同之事……正如作者戏言，凡事必录，“笔也写秃了”。

谈到古代散文随笔自然联想到与《枕草子》相隔二三百年后问世的《方丈记》和《徒然草》，两书是近古文学的双璧。前书的作者鸭长明和后书的作者吉田兼好曾仕于朝廷，后来失意而出家，在山中闲居草庵或隐于古刹，在他们的作品里自然不同程度地流露出佛家的厌世、无常和虚空的思想，所以也有“隐者文学”之称。他们又都有和歌、汉学的修养，可以自由使用和文与汉文，其文字表现简洁，内涵深邃，颇具东方哲理性的诗情。尽管如此，他们两人的人生体验不同，他们写作出发点和构思自然不可能一致，《方丈记》以“露落花残”展开人生无常的主题，通过当时五大灾难的经历，细细地咀嚼着人生的苦涩，不时或多或少袒露出激越的情怀。《徒然草》则涉足广而深的世界，从自然、人事、恋爱、青春、衰老、出世、求道，到对无常的“哀”和对美与传统的憧憬，可谓如作者所言：“竟日无聊，对砚枯坐，心镜之中，琐事纷现，漫然书之，有不甚可理解者，亦可怪也。”

这三部随笔集堪称日本古代随笔的最高峰，在日本文学史上占有崇高的地位。作者们都是兴之所至，漫然写就，笔致却精确简洁，朦胧、幽玄而闲寂地展现事物的瞬间美，确确实实是一篇篇异彩纷呈的艺术随笔，将会给人丰富的艺术享受。这当然是我首选的，我对此没有迟疑过。

日本散文形式之丰富，体裁之多样，可以说是世界之最，随笔、杂文、小品、日记，漫记、游记、随想录、讲演词，凡此种种，尽列其中。平安时代的女性日记文学，就是古代散文随笔文学的瑰宝，自不容忽视。其中当然首推最早的藤原道纲母的《蜻蛉日记》以及《紫式部日记》《和泉式部日记》，还有稍后菅原孝标女的《更衣日记》等。这些日记都是笔录了自己的身边小事，但它们记录的，既有爱也有恨和怨，既有欢乐也有苦恼与悲哀，既有对现实的抗争也有面向虚幻的现实，寻求灵魂的宁静。不管怎样，她们流露出来的都是人间的真情，没有半点的虚假与伪善，读来仿佛耳边可闻作者的轻轻絮语，她们怦然跳动的心也不时地叩击着你的心房。作者与读者心灵相通，达到灵魂的交流，此乃读这类随笔文学的一大乐趣也。所以编这套书系时，我必选这几篇代表作。古代女性日记文学的传承加上后世自然主义的影响，产生了纯日本式的“私小说”模式，那是另一个问题了。

继日记文学之发达，恐怕要算是纪行文。其中以俳圣芭蕉为最具代表性，芭蕉一生几乎是在旅行中度过，他的纪行文与俳句是齐名于世的，同样也都传达了闲寂的风雅情趣。我之至爱者，他的俳句是《古池》，随笔则是《奥州小道》。芭蕉在旅途“顺随造化，以四时为友”，通过自然观照，自觉四季自然之无常流转，“山川草木悉无常”，进而感受到“诸行无常”。因此他竭力摆脱身边一切物质的诱惑，“以脑中无一物为贵”，“以旅为道”，以及以大自然作为自己的“精神修炼场”，培植“不易流行”的文艺思想和宗教哲学思想。

我记得有这样一个故事：他旅行奥州小道，来到山形藩领地的立石寺，置身于景色佳丽而沉寂的意境，顿觉心神清净，于是作句“一片闲寂中，蝉声透岩石”，以慰藉他的悲凉的旅心。他在《奥州小道》中就慨叹：“早已抛却红尘，怀道人生无常的观念，在偏僻之地旅行，若死于路上，也是天命。”他在旅途病倒，于是写下辞世句：“旅中罹病忽入梦，孤寂飘零荒野行。”可以看出芭蕉在旅行中感到寂寞与悲凄，不时吐露出无常之心，极力超越世俗，将自己寄托于自然，与自然合为一体，在艺术上达到了“风雅之诚”。编入书系的《奥州小道》以及《露宿纪行》《更科纪行》等，文、句兼书，相得益彰，且无论是文还是句，都集中反映了芭蕉所创造的这种闲寂风雅之美。

近古散文体的著作更为盛行，一些有汉文学素养的作者在自己的书名中使用了“随笔”这两个汉字，比如一条兼良著《东斋随笔》、黑川道右著《远碧随笔》等，从此，将散文体的著作作为文学的一种重要形态，正式称作“随笔文学”。它们一方面继承传统的文学性的随笔，一方面又延伸其内涵，发展为学问式、考证式、见闻录式等的随笔，几成杂说类。所以给编选这一时代的作品带来一定的难度，迄今还是块未开垦的处女地。我编选了以游记文学而著称的江户时代随笔家铃木牧之的《秋山纪行》《北越雪谱》两名篇。我开始关注铃木牧之的随笔，是始于70年代研究川端康成文学之初。当时研究川端康成的《雪国》，了解到川端康成写《雪国》，初稿前后“呼应不好”，他便多次到越后汤泽旅行采访，收集资料，还阅读了铃木牧之的《北越雪谱》一书，得益于《北越雪谱》的启迪，从中获得更多的创作素材，进一步将北国的“雪中缫丝”场面加了进去，最后使《雪国》前后连贯，艺术结构趋于完整。我为了考证这个问题，读了《北越雪谱》，进而又读了写实的纪行文《秋山纪行》《西游纪行》等，并为它们那细致描绘的风物人情所倾倒。

我想，选取以上各名家的不同形式和不同风格的文章，大概从中也可以了解古代日本散文文学发展的一斑了吧。近代以来，日本散文随笔文学发扬了古代随笔文学对自然风物观察细微、心理分析犀利、表现精细准确的传统，同时又注意吸取西方散文文学的人文精神和知性思索，与现实社会更紧密联系，加强了批判力，而且内容更加多姿，形式更加多样，为我们编选提供更大的余地。然而，要编选精当，有如大海里捞针，实非易事。于是我从把握自然的灵魂与人生的灵魂入手，在宽广的宇宙空间里选了岛崎藤村的《千曲川素描》、德富芦花的《自然与人生》尽展人生的情怀；选了谷崎润一郎的《阴翳礼赞》、川端康成的《我在美丽的日本》、三岛由纪夫的《艺术断想》，从不同视角自由地畅谈了古今和洋的艺术之美，抒发了各自对美的探索的甘与苦；还选了加藤周一的《世界漫游记》、大江健三郎的《广岛·冲绳札记》，畅谈海内外的所见所闻，在抒情中带上更多的理性思考，达到情与理的浑然统一；还有的随笔与其他文学形态交叉和交融，比如芥川龙之介的《休儒的话》以及《某傻子的一生》都是写所思所言，形式虽是随笔，但它又以侏儒、某傻子代言，似带上几分小说的性质，故有的编者中将其归作小说类。凡此种种，构建起一个斑斓的散文随笔的艺术世界。

写到这里，忽然想起古人的一句话：散文是要“观古今于须臾，抚四海于一瞬”，如果这套书系能够达此于一二，并得到读者的认同，乃是主编者之大幸也。

书系编选完毕，那一篇篇美文、那一缕缕的香语，仿佛已经深深地、深深地涌人我的心田，让人心旷神怡。撰写此文时，虽已是深秋，寒士斋里已有几分寒意，但心里是暖融融的，因为我从中发现了美，拥抱了美，享受了美。人世间恐怕没有什么比这更幸福的吧。

表现美与表现战斗

——川端康成与大江健三郎的比较

在日本著名作家大江健三郎访华之际，《文汇报·书苑》约我写一篇大江健三郎与川端康成比较的文章，我觉得很有意思，便欣然应允。可是落笔时，却又觉得川端康成和大江健三郎虽同是诺贝尔文学奖得主，但两人的人生观、文学理念和表现方法存在很大的差异，如何在比较中探求他们的异同，确是一个难题。小文只是有感而发，抛砖引玉。

川端康成和大江都是接受西方文学起步的。川端康成先是全面倾倒现代主义，继而又全盘继承传统，最后对传统与现代产生了自觉，找到了两者的接合点。川端康成对传统的继承，是注重日本古典文学中那种淡淡的哀愁和朦胧的意识，将人物统一在悲与美中加以塑造；运用传统的手法，抒发人物的心灵深处的感情，表现人物感情的纤细、柔美；尽量调动一切可以利用的传统文化精神和文学形式，表现了传统的“物哀”和风雅的美意识，同时在传统文化精神和现代人文意识、传统的自然描写和现代心理刻画、传统的工整性和意识流的飞跃三方面的融合，创造了川端康成文学的日本美。大江则是接受萨特存在主义和他的导师渡边一夫将人文主义的人际观融入日本传统美意识中的追求精神的影响，逐步地从他的出生地四国森林山谷的自然中吸吮乡土文化的滋养，自然地将自己的文学扎根于本土。比如他尽力运用日本传统文学的丰富的想象力、日本古老神话的象征性和纯粹的日本文体，以保证吸收存在主义日本化。

就以对待日本古典《源氏物语》的态度来说，川端康成几乎将它化作自己的血和肉，并融会贯通在整个创作的过程。大江始则对它不感兴趣，后才表示要“重新发现《源氏物语》”，“重新强烈地感受到日本文学传统的历史”。川端康成通过日本古典把目光投向“民族的故乡”，大江也强调“民族性在文学上的表现”。可以说，他们接受西方现代文学影响的同时，都从不同角度、不同层次上思考文学的民族性问题。

在发挥文学的想象力方面，川端康成疏离现实，重视佛教禅宗的“幽玄”理念。他曾经说过：“那古老的佛法的儿歌和我的心也是相通的”，“佛教的各种经文是无与伦比的可贵的抒情诗”。他把“轮回转世”看做“是阐明宇宙神秘的唯一钥匙，是人类具有的各种思想中最美的思想之一”。所以，在文学创作上，是沉溺在禅宗的“空无”之中，“让心灵插翅翱翔”，形成朦胧意识的格调。大江则追求“介入文学”，在现实基础上，发挥文学的想象力。他十分强调小说家对现实的思考，激发想象力的活力，来调动整个意识和肉体或者精神和情感积极地参与其中。想象力与人的生存相关。他通过文学对各种政治事件和社会问题来发表自己的见解，比如将批判绝对主义天皇制、反对核武器等政治命题形象化。也就是说，他立足于现实，又超越现实，将现实与象征的世界融为一体。

因此，川端康成和大江两人虽然都是从个人的生活体验出发，但在文学的表现上存在着很大的差异。川端康成从个人的孤儿感情生活和恋爱失意生活体验出发，感情丰富地写了许多个人感情生活的爱与怨，往往依恋于感伤的情调。尤其是在日本战败以后，川端康成虽然批评“这是一场错误的战争”，但却表示“不相信战后的世相风俗，也不相信现实的东西”，“只能吟咏日本的悲哀”，“悲哀这个词与美是相通的”。他的作品中的悲哀，大多数深沉而感动地表露了对人物的哀伤和同情的心情，而且通过咏叹的方式表达出来，造成了感人的美的形象。悲哀和风雅便成为川端康成文学的源流，向世人展现了清淡而纯真的日本美和东方美。

大江健三郎将自己患有脑障碍的儿子的痛苦生活体验和广岛遭原子弹轰炸的悲痛生活体验两者结合起来，对生与死进行“具有普遍意义的人性”的双重思考，表现了不仅是对身边事的关心，而且是对社会和人类的关怀。在他的作品中，发挥了文学的想象力，将战后日本史转型期的重大社会和政治问题形象化而加以表现出来，并积极探索人在今天是如何拓展自己的生存空间的。大江非常重视作家的历史使命和社会责任感，并把它作为作家自我实现的一种方式。可以说，大江在想象力的世界里，表述了自己对现实的看法，并实现了他的文学主张。

语言和文体是构成小说的重要因素，也是解决吸收西方文化及实现本土化的重要因素之一，川端康成强调文学的新表现必须触及文艺活动的深层心理，因为不懂得语言活动的心理学，也就不晓得具有语言和文学的真正喜悦和真正的悲哀。因此他的文体完全受到感受、感性的支配，追求的是一种“热情比技巧、心比形更重要”的古典文体，并以此表现人物心灵深处的哀愁感情，表现人物感情之纤细、柔美，乃至冷艳，在文体上创造了自己独特的风格。大江则相反，他既反对规范主义的古典文体，也反对个性主义的特异文体，而主张采用感性与知性相结合的“比喻，引用”文体。在大江的文学中，比喻文体的表现扮演着重要暗喻、讽刺和批判的角色，同时成为发挥文学想象力的一双重要的翅膀。但比喻文体受引用文体的知性的制约，使其感觉性纯化和洗练化，以保持文学想象力的生命。

概括地说，川端康成和大江从不同的角度出发，探索人性的真实性和人的生存的本质性，他们都是人道主义者。但川端康成是个日本传统的现代探索者，他的文学表现了美。大江健三郎是存在主义者、积极的人道主义者，他的文学表现了战斗。他们在斯德哥尔摩发表的诺贝尔奖的获奖词的题目，一个是《我在美丽的日本》，一个是《我在暧昧的日本》，也反映了两者的这些差异。但他们各自都为日本文学创造了辉煌，使日本文学走向世界。

川端康成与《雪国》

同学们：今天很荣幸，有机会和大家一起谈川端康成与他的《雪国》。川端康成大家都知道了，是我们东方继泰戈尔之后第二个获得诺贝尔文学奖的人。他是1899年6月14日出生，明年正好是他的一百周年诞辰纪念，在我国和日本都在筹备有关纪念活动。今天我想谈两个主要问题：第一个问题，谈川端康成文学性格的成因，他的文学的定位；第二个问题，谈川端康成的艺术创造，主要是《雪国》的艺术创造。今天就谈这两个方面的问题。

第一个问题，谈川端康成文学性格的形成因素。这个问题可以从孤儿生活、感情生活和读书生活三个方面来谈。首先谈孤儿生活方面。川端康成的祖父是个没落的地主，精通汉医。父亲是开业医生，患有肺结核病，而且传染给母亲。在川端康成一两岁时，父母先后去世。川端康成跟祖父母回到故乡，他还有一个姐姐，寄养在姨父家。川端康成受到祖父母的特别疼爱，两位老人担心川端康成出门惹事，让他整天待在家里，与外界几乎没有发生任何接触，后来川端康成说他“变成一个固执得扭曲了的人”，“把自己胆怯的心闭锁在一个狭小的躯壳里，为此而感到忧郁与苦恼”。直到上小学之前，他“除了祖父母之外，简直就不知道还存在着一个人世间”。到了上小学那一年，祖母也病故了。三年后姐姐又病故了。所以川端康成只有跟年迈的祖父相依为命。而祖父双目失明，且有病缠身，整天呆坐在家里，动不动就默默地落泪，他经常对川端康成说：咱们是“哭着过日子的啊！”

川端康成与祖父一起生活多年，常常端坐在祖父病榻旁，相对无言，长久地直勾勾望着祖父的脸，简直就像凝视祖父的画像一样。后来他养成了瞪大眼睛直勾勾地盯视他人的习惯。特别是常在梦中担心祖父死去，做梦时经常出现这么一句话：“不能让祖父死。祖父死了可不行啊。”特别是他预感到祖父将不久于人世的时候，就在祖父病榻旁写了《十六岁的日记》，把祖父弥留之际的情形记录下来。日记当时没有发表，后来才发表的。现在国内出版的许多川端康成选集都把这篇作品收入里头。

川端康成的生活已经够悲苦的了，十六岁那年，就是祖父病故那年，川端康成的悲伤达到了极点，他在《十六岁的日记》中这样说：“我自己太不幸，天地将剩下我孤零零一个人了！”这既是川端康成痛苦的现实的写生，又是洋溢在冷酷的现实里的诗情。他从幼年到少年不断参加亲人的葬礼，有人戏说他是“参加葬礼的名人”。后来他写了一篇小说，就用这句话作题目，叫做《参加葬礼的名人》。还有人苦笑地对他说：“连你的衣服都有坟墓味儿哩。”可见川端康成少年时代，亲人作古，不断参加葬礼，给他心灵带来的创伤是多么的大，多么的深。可以说，对川端康成来说，他的童年没有幸福，没有欢乐，没有感受到人间的温暖。父母爱、亲人爱，对他来说是非常空泛，非常抽象的。或者说，仅仅是他稚幼的朦胧的愿望。所以说，他的童年少年生活是渗入了无法抹去的悲伤情调，不时地涌起对人生的虚幻感和对死亡的恐惧感。这种家境的遭遇和孤儿的生活，是形成川端康成文学性格时重要原因之一。我们从川端康成后来的作品基调也可以看出这一点吧。

其次，是感情生活问题的。川端康成失去了父母和亲人的爱，觉得应该找回一种具体而充实的爱，就是对爱情方面有一种渴望。但是命运给他带来了不幸，他一连接触过四个叫千代的女子，与她们都在不同程度上相恋过。但都失败了。第一个千代是一个叫山本千代松的女儿，山本千代松是川端康成家的债主，川端康成十六岁时，祖父死后，债就要川端康成来承担。当时川端康成还不到法定年龄，债主就逼川端康成签字画押，承担他家里留下的债务。后来债主在弥留的时候，感到这种做法有点过分，所以特别让他的女儿千代拿五十元（当时的日币五十元）还给川端康成，而且千代跟川端康成说：就把她的家当作自己的家吧，可以随时来。因为他从小失去了家庭和爱的温暖，所以听了千代这番话，自然产生一种爱慕之情。后来川端康成了解到这是一般的客套话，也就作罢了。这是第一个千代。

第二个千代真正激起了川端康成的感情波澜，那就是伊豆的舞女千代。已失了亲人的川端康成，上大学预料的时候，经常独自到伊豆旅行，这是离东京不远的一个半岛，来散散心，解解闷。有一回遇到一行在伊豆半岛巡回演出的艺人，于是他就与这些艺人结伴旅行，其中一个少女，就是那个叫千代的舞女，跟她的同伴说川端康成是个好人。舞女这句话传到川端康成的耳朵里，他非常感动。因为川端康成平时都受别人怜悯，很少有人与他这样平等相待，受到了舞女的称赞，就感激不尽。特别是在交往过程中，他了解到舞女的贫寒身世，同病相怜，由同情而产生一种纯真的感情。而舞女对川端康成的印象也非常的好。但他们的爱慕都深深地埋藏在心里，彼此都没有向对方透露。经过几日旅行之后，他们分别了。但他们这种朦朦胧胧的爱意给川端康成留下了难忘

的印象。川端康成曾说过：这个“美丽的舞女就像一颗彗星的尾巴，一直在我的记忆中不停地闪流”。后来川端康成写的短篇小说《伊豆的舞女》，就完全是艺术地再现了这段经历。这是川端康成的代表作之一，恐怕大家都读过了。日本中学还将它编入教科书。

第三个千代是一个酒馆的女招待，但这个千代没有给川端康成很深的影响。因为川端康成刚刚对这个千代产生爱慕的感情，就知道这个千代有未婚夫了，所以就没有继续交往。

第四个千代给川端康成的打击最大。这第四个千代是一个地方学校勤杂工的女儿。在东京一家咖啡馆当女招待，川端康成在咖啡馆里认识了她，两人从相识到爱慕，到相恋，产生了炽烈的感情。川端康成跟他最好的朋友一连几次到千代的父亲和养父那里征求他们的意见，希望促成他们的婚事。得到女方父母同意后，他们订立了婚约，还同千代合拍了一张订婚纪念像。还拍了一张两人与陪伴川端康成同去的友人的合照。这件事增加了他对生活的希望和信念。可是，就在川端康成忙于筹备结婚事宜的时候，接到千代一封“非常”的信，宣布她发生了“非常”的情况，他们的关系等于零！就这样解除了婚约，到后来连川端康成也不知道是什么原因，无缘无故地中止了婚约。所以这个对川端康成的打击是很大的。川端康成后来在许多小说中都提到这件事，特别是有一篇叫《千代》的小说，详细写了这段经过。

川端康成一连遭遇这样的结果，觉得自己是不是患上了“千代病”。他相信这是命运的安排，所以从此不再与叫千代的女子相爱了。他痛苦地承认：“穿越了情感浪潮的顶点，我不能不接受这种心灵上的变化。”尽管如此，他在很长时间都未能拂去千代在他心中留下的阴影。这段感情生活的经历，对川端康成早期文学性格形成的影响是很大的。这是第二个问题。

第三，是读书生活，这也是川端康成文学形成的重要原因。川端康成上小学以前，就从祖母那里认识不少字，上小学一年级的时候，他的功课已都熟习了，对课堂的学习并不太感兴趣，早早闯入了书海。即使放学回来，也是埋头读小说，开始对文学产生了浓厚的兴趣。他上小学高年级的时候，基本上把学校图书馆的书一本也不落地都读过。所以从小时候起就养成了爱读书的习惯，常带有几分的灵气。上中学以后，他还是像上小学时一样，孜孜不倦地读小说，而且从不间断地做笔记，把作品的精彩部分记下来。上课时也常背着老师在底下读小说。所以除了国文学和汉文学外，其他功课都不太好，但作文在全班是首屈一指的。班主任也表扬说：川端康成的文章连高班同学也写不出来。

在这一段时间里，川端康成开始写作，把一些小小说、俳句投寄给刊物。俳句是日本最短的一种诗歌形式。经过几次退稿，他起初有点灰心，怀疑自己是不是缺乏这方面的气质。尽管这样，他还是没有完全丧失搞文学的信念，于是，他放弃了课外一切的娱乐、游戏的时间，更广泛地猎取古今世界名著和日本名著。外国文学方面，他主要读俄国小说，当时俄国小说对日本文学影响比较大。川端康成也提到俄国文艺的新倾向是“我们之兄”。尤其是对陀思妥耶夫斯基更是迷恋。为什么迷恋呢？川端康成本人说过：“我迷恋陀思妥耶夫斯基可能是由于我是个孤儿，是个无家可归的孩子，哀伤的、漂泊的思绪缠绵不断”，陀思妥耶夫斯基的思想正好和他引起共鸣。同时他对惠特曼、乔伊斯、泰戈尔等人的作品也很感兴趣。

但是，对他的读书影响最大的，还是日本古典文学。他除了读《竹取物语》《枕草子》《徒然草》以及井原西鹤、近松门左卫门的作品以外，尤其是爱读《源氏物语》，爱不释手。大家都知道了，这部名著在中国曾由丰子恺先生翻译，他在二三十年代就是著名的漫画家、散文家，翻译得非常美，是由人民文学出版社出版，已印刷四版了，对川端康成影响最大的就是《源氏物语》这部作品。他从小学开始就读这部书，当时他自然不甚了解它的真意，只是朗读，听文章中的优美而古雅的抒情调子，来感受古典文学的气氛。在小学、中学时代，他背诵、熟记某些段落，甚至活用到作文里。在战争期间，他体格检查不及格，未被驱赴侵略的战场，留下来当保甲防空组长，巡逻灯火。即使在这种情况下，他的整个身心仍沉溺在《源氏物语》里。在上班往返东京、镰仓的列车上，他都埋头读古本《源氏物语》，他甚至嬉笑自己：“万一途中遭到空袭受了伤，说不定这结实的日本纸，对抑制伤痛会起点作用。”而且他感到，当时在《源氏物语》的世界里遨游和周围的气氛是完全不同的，所以川端康成自己说，“我把自己的心融入《源氏物语》中去了。这多少包含着对时势的反抗和讽刺。我刚读过的《源氏物语》，在我的心中回荡，昔日古人在悲境中阅读《源氏物语》的精神渗入我的心，我觉得自己必须和悠久的传统一起生存下去。”所以直到晚年，这本《源氏物语》对川端康成来说都是书不离身的。去斯德哥尔摩接受诺贝尔文学奖的时候也带在身边，经常翻阅，他在旅馆赶写的受奖讲演词《我在美丽的日本》，就是以《源氏物语》为中心来谈日本古典文学之美。这篇文章写得非常优美，非常好。我国著名散文家刘白羽先生读了以后，觉得他写出了东方的美，东方文学的美。这篇文章之后，川端康成在夏威夷大学讲学时，又讲了《美的存在与发现》，后来又写了《日本文学之美》，

这三篇文章构成川端康成的美学三部曲。川端康成总结他的读书生活时说："我青年时代开始，片断而断续地接触日本的古典。如今我站在接近东方古代的美学、哲学和宗教的入口。"这就是川端康成文学入门的最逼真的写照，也是他的文学性格形成因素的最简洁的说明。

第一个问题还有一点，就是川端康成文学的定位问题。弄清楚川端康成文学的定位，对了解《雪国》可能有帮助。所以在谈《雪国》之前，我想先谈谈这个问题。

川端康成的文学作品大致可以分为三类，第一类多以自己的孤儿生活和恋爱失意为题材的，比如刚才提到的《十六岁的日记》《参加葬礼的名人》，还有《拾骨》就是拾亲人的遗骨，还有《致父母的信》，主要通过心灵的感应来抒发自己对父母的感情。这是反映孤儿生活方面的。描写恋爱生活方面，写了《南方之火》《篝火》《非常》等，叙述失恋的哀怨。第二类是反映下层少女的悲惨遭遇和爱情生活以及贫苦女艺人、艺术家、棋艺家对艺术的执著追求。比如《招魂节一景》，写了马戏团一个少女的遭遇。《浅草红团》，浅草这个地方，跟解放前的天桥那个地方差不多，小说写了浅草这个地方的少男少女的处境。《伊豆的舞女》写了刚才讲过的那段与伊豆舞女邂逅的感情世界。《雪国》等后面再谈。这类作品还有《古都》《舞姬》《花的圆舞曲》《名人》。《名人》是讲秀哉名人告别赛的那盘棋，但川端康成不是写棋，而是写秀哉名人坚持传统的棋道精神、内心世界，写得很有深度。陈祖德，就是我们的围棋大师，他在看过这篇小说以后说，在他读过的体育小说中，这篇是写得最好的。我不太懂围棋，翻译的时候，请教了许多搞围棋的人，但搞围棋的人，不懂日文的话，也不一定能准确地把日语的围棋专业名词翻译过来。后来体育出版社出版《世界体育小说选》的时候，把这篇《名人》也选了进去，据编辑说，陈祖德还订正了三个翻译有误的围棋专业名词。川端康成自鸣得意的作品，不是《雪国》，而是《名人》。他对美国记者说："我自己所有作品中，我最喜欢的，应该可以说是《名人》了。"

第三类作品呢，就是通过性与爱的正常与反常，反映了生的主旋律和生的变奏，流露了几分颓唐的情调，比如《千只鹤》《睡美人》《山音》《湖》《一只胳膊》等。前几年，对这几部小说有争议，反"精神污染"的时候，这几部小说是出不来的。最近这几部小说都相继翻译出版了。《千只鹤》出版早些，因为是诺贝尔文学奖得奖作品之一。《睡美人》《一只胳膊》是最近才有可能出版。所以说，川端康成文学是多样而复杂的。日本已故著名作家井上靖，就是写《敦煌》的那位老作家，他曾说过，“川端康成的美的方程式是非常复杂的，不是用一根绳子就可以把它抓住的。”我理解这句话的意思：第一个是川端康成的美的方程式是复杂的，比较难解；第二个是难解不是不可解，问题是不能用一种公式去解，要用多种公式去解。那么要解开川端康成的美的方程式，首先就要从宏观出发，给川端康成文学以准确的定位。

川端康成的创作是经过了多种探索的艺术道路。他走上文坛之后，就积极参加了新感觉派运动，全盘否定和排除日本传统，甚至认为表现主义是“我们之父”，达达主义是“我们之母”，俄国文学新倾向是“我们之兄”，莫朗是“我们之姐”。事实上，当时他对西方文学，特别是西方现代主义文学没有深入的探索，只凭借自己敏锐的感觉，盲目醉心于借鉴西方现代主义，写了少数几篇具有新感觉主义特色的小说，比如《感情的装饰》《梅花的红蕊》《浅草红团》等，以后又写了几篇具有新心理主义倾向的作品《针・玻璃和雾》《水晶幻想》，但是他都觉得是失败之作，所以感到此路不通，全盘否定西方现代文学，又完全回归日本传统主义，走两个极端。这时他就不加分析地全盘继承日本化了的佛教哲理，写了《抒情歌》《慰灵歌》，以轮回思想为中心，写了失去爱的女人的“自我救济”和“自我解脱”。最后他才从这两种极端的对立思想中找到东西方文学结合的位置。刚才谈到这种极端对立的作品，在我主编的两套川端康成文集、作品集共二十卷，都较完整地反映了川端康成创作的这几个反复过程。这两套书已分别由中国社会科学出版社和漓江出版社出版了。可以说，川端康成文学是在东西方文学的比较和交流中诞生的。他在艺术上开拓这条新路，无论在内容上还是在形式上都开始形成了自己的创作个性。

战后，川端康成对战争的反思，以及面对美国文化冲击的思考，自然扩展到对民族历史文化的重新认识，以及审美意识中潜在的传统的苏醒。他说过：“我强烈地自觉做一个日本式作家，希望继承日本美的传统，除了这种自觉和希望以外，别无其他东西。我把战后的生命作为余生，余生不是属于我自己，而是日本的美的传统的表现。”这就是说，川端康成战后对日本民族生活方式的依恋和对日本传统文化的追求更加炽烈了。他在战后写的作品也可以反映这一点。川端康成通过这样一个反复，确立了自己的位置，并对从古到今与外来文化的关系做了一个总结，总结了一千年前吸收和消化中国唐代文化而创造了平安王朝的美，以及明治百年以来吸收西方文化而未能完全消化的历史经验和教训，并且结合自己的创作实践，提出了应该从一开始就采取日本式的吸收法，即按照日本式的爱好来学，然后全部日本化。在这方面，川端康成的成功主要有三点：第一点是传统文化精神和现代意识的融合，表现了人文理想主义精神、现代人的知性和感觉，同时深入深层心理的分析，融会贯通日本式的写实主义和东方的精神主义。第二点是传统的自然描写与现代的心理刻画的融合。大家都知道，日本文学对自然和季节的感受是非常敏锐的，川端康成正是在继承这种传统的基础上，运用了弗洛伊德的精神分析法和乔伊斯的意识流，深入挖掘人物的内心世界，又把自身与自然合一，让自然锲入人物的意识流中，起到了“融合物我”的作用，表现了假托在自然之上的人物感情世界。第三点是融合了传统的工整性和意识流的飞跃，川端康成根据现代的深层心理学原理，扩大联想与回忆的范围，同时用传统的坚实、严谨和工整的结构加以制约，使两者保持和谐。这三点的融合使传统更加深化，使川端康成文学更加日本化。

从川端康成这条创作道路来讲，可以说，他是从追求西方新潮开始，到回归传统，在东西方文化结合的坐标轴上找到自己的位置，找到了运用民族的审美习惯，挖掘日本文化最深层的东西和西方文化最广泛的东西，并使它们结合，形成了川端康成文学之美。所以川端康成在 1968 年得诺贝尔文学奖的时候，评委会是这样赞扬的，说川端康成“虽然受到欧洲近代现实主义文学的洗礼，但同时也立足于日本古典文学，对纯粹的日本传统体裁加以维护和继承”。用川端康成本人的话来说，他的文学“既是日本的，也是东方的，同时又是西方的”。在这一点上，给川端康成文学定位是比较恰当的，对于了解包括《雪国》在内的川端康成文学是非常必要的。刚才谈的，就是一个解决传统与现代、本土与外来的关系问题。在这方面，川端康成的探索是比较成功的。在这里，我想补充一点，十年前我写了一本《川端康成评传》，在座的王中忱教授当时是这部书的责任编辑，他建议书名加上“东方美的现代探索者”，我觉得加上这几个字，川端康成文学的定位就更一目了然了。以上谈的是第一个问题，川端康成文学性格的成因，他的文学的定位。

第二个问题，是川端康成的艺术创造，主要是《雪国》的艺术创造问题。这个问题，分三点来谈。第一点，《雪国》的创作经过。《雪国》是川端康成的第一部中篇小说，从 1935 年 1 月起到 1937 年 5 月，以相对独立的短篇形式，断断续续地陆续在多种杂志上发表。起初没有一个连贯的结构，他自己也感到不满意。后来不断补充和修改，还续写了《雪中火场》和《银河》两章，分别在 1940 年 12 月和 1941 年 8 月在刊物上发表。战后又连续不断地推敲和修改，到 1946 年 5 月和 1947 年 10 月重新发表，并于 1948 年 12 月由创元社另出新版本，也就是现在的《雪国》定稿本，前后整整花了十四年的功夫。川端康成在这部小说上花时间这样长，花精力这样大，恐怕不仅在他本人的创作史，就是在日本文学创作史上也是从来没有过的。

在创作《雪国》之前，川端康成主要以伊豆和浅草的风物作为创作的题材，后来他听了友人的劝说，到了北国的越后汤泽采风。《雪国》的舞台就在那里。他下榻的高半旅馆，我们也到过那个地方，高半旅馆现已改为洋楼，但川端康成创作《雪国》的房间仍照原样保存下来。当时川端康成在这家旅馆里结识了一个叫小高菊的艺妓，这个艺妓家境贫寒，十一岁来到长冈，自己也不知道是怎么一回事，就被转卖到汤泽温泉当了艺妓，备受生活的折磨。几年后，她才跳出火坑，回到老家嫁给一个裁缝，做了家庭主妇。川端康成在同小高菊的接触中了解到她的身世，充满了怜悯和同情。特别是这个少女相貌非凡、文雅，勤奋好学，给他留下了深刻的印象，在他心中萌发了创作的激情。可以说，《雪国》的发端就是从这里开始的。川端康成经过三年的酝酿，多次到汤泽与这个小高菊交往，详细地了解少女的家庭情况，同时深入调查雪国的艺妓制度、生活方式，以及搜集雪国的民俗、风情、生活习惯等等，最后写成现在的《雪国》。这是《雪国》创作的经过。

第二点，谈谈《雪国》的主题与人物。在一部小说里，人物是主题的主要体现者。国内日本文学研究者长期对《雪国》的主题思想的论证分歧，也主要集中在主人公驹子上。谈到这里，谈一个插曲，就是《雪国》在我国出版经过了风风雨雨。1981 年第一次由山东人民出版社出版了《古都·雪国》，许多读者问，无论按发表时间来排还是按小说的重要性来排，都应《雪国》排在前，为什么现在要将《雪国》放在《古都》之后？为什么会产生这种现象呢？许多日本学者也不理解，为什么呢？出版社向我们约了这两篇稿，编辑和总编都同意出版，编辑室主任认为写妓女，是黄色小说，坚决反对出版《雪国》，后来请示了省新闻出版局，局长比较开明，说有政治问题他来承担。最后书出来了，原来反对者仍要突出《古都》以淡化《雪国》，便有了现在这个《古都·雪国》的书名。这是改革开放后第三年的事，还情有可原的话，在改革开放多年后，我为人民文学出版社翻译了《川端康成小说选》。当时《睡美人》等不能选入自不用说，在 1984 年“反精神污染运动”一来，时任编辑室一负责人还要把《雪国》从正在编辑的选集中撤下来。我坚持，不收入《雪国》选集就没有代表性，干脆就不出这选集算了。经过一番周折，得到其他负责人的支持，《雪国》才没有被毙掉。还有些跟风派，风向不同就有不同评价，一会儿说《雪国》是写驹子出卖色相，一会儿自己又大肆鼓吹川端康成写“女体美”很抒情，用一种非平常的眼来看《雪国》因为情节需要而作的某些含蓄的描写，而且对学生讲课时还津津乐道“女体美”。无论出于什么原因，对《雪国》的评价分歧集中在驹子这个人物身上。所以在探讨《雪国》主题的时候，就不能不研究川端康成在这部小说中是如何塑造驹子的。

对驹子的评价，大体上有两方面的评价。第一种意见是驹子只是一个出卖肉体、出卖色相的妓女，这种意见到现在还有，但是不多。第二种意见，驹子虽然经历了人间的沧桑，但是她没有完全湮没在纸醉金迷的世界，而是承受着生活的不幸和压力，勤学苦练技艺，挣扎着生活下来。譬如，她克服重重困难，坚持不懈地记日记，学歌谣，习书法，读小说，练三弦琴，一丝不苟，几年如一日，一个人如果不是对生活、对生命、对未来抱有希望与憧憬，不是具有坚强的意志，光是为了“出卖色相”，要做到这些是不可能的。正如作家通过驹子的口所表示的，她要追求一种“正正经经的生活”，“只要环境许可，我还是想生活得干净些”。而且作家从官能感触出发，写了她“使人感到她的每个脚趾弯处都是很干净的”，给人留下她特别干净的印象，来暗示驹子的纯真，与上面谈到的性格是完全一致的。作家笔下的驹子对生活的态度是认真的，没有完全失去对人生理想的追求。这是驹子的一个方面。驹子对生活的热爱和追求，还表现在她对纯真爱情的热切渴望上。她虽然沦落风尘，但并不甘心长期忍受这种受损害的生活，她仍然要追求自己新的生活，也渴望得到普通女人应该得到的真正爱情，爱自己之所爱。她对岛村爱得越深，就越为岛村着想，而不顾自己的得失，甚至把自己的身心都依托在岛村身上。这是纯真的。这种爱恋，实际上是对她朴素生活的依恋。苦涩的爱恋，实际上也是辛酸生活的一种病态的反映。

本来驹子的祈求并不过分，她只是渴望得到一份正常人的生活，得到一个普通女人应该得到的正常权利。但是在那个社会是难以实现的。所以她追求的实际是一种理想的、虚幻的、不存在的爱。川端康成让岛村把驹子这种认真的生活态度和真挚的爱恋情感，都看做是“一种美的徒劳”。我们分析这个人物的时候，要看到她是个乡村穷苦少女出身，有纯真、热情和朴实的一面，还要看到她沦落生活，扭曲灵魂，又养成粗野、妖媚、卑俗的另一面。但不能因此就否认她认真地对待生活和感情的主要一面。她依然保持着乡村少女那种朴素、单纯的气质，还抱有一种天真的愿望，企图要摆脱这种受损害的生活。但另一方面，她毕竟是个艺妓，被迫充作有闲阶级的玩物，受人无情玩弄和践踏，心力交瘁，疾病缠身，最后到了近乎发疯的程度。作家最后也描写到这个情况，所以她感到在人前卖笑的卑贱，力图摆脱这种不正常的生活状态，决心“正正经经地过日子”。可是有时她清醒，有时又自我麻醉，明明知道同岛村的关系“不能持久”，却又想入非非地迷恋于岛村，过着一种近乎放荡不羁的生活。这种矛盾变态的心理特征，增强了驹子的形象内涵的深度和艺术感染力量。川端康成写驹子的感情生活，的确是投入了自己的感情的。他说过：“写驹子的感情，主要就是我的悲伤情绪，或许有些情绪要在这里向人们倾诉吧。”可以说川端康成是特别着力来塑造驹子这个人物的。我们前几年去《雪国》的舞台越后汤泽，参观高半旅馆的时候，看见展览馆陈列着两张驹子原型小高菊的照片，一张是她本来的面貌，是纯朴的农村姑娘的模样，一张是当艺妓的照片，化过装，就有点妖艳。从这两张照片也可以反映出她的双重性格，在本质方面还是透着她的朴实性格的。

那么，岛村又是一个怎么样的文学形象呢？川端康成解释小说中的几个人物时，曾经这样说过：“作者深入到作品人物驹子的内心世界之中，而对岛村则不大顾及”，岛村只不过“是映衬驹子的道具罢了”。所以在川端康成的笔下，作家没有把岛村作为主要人物，而是把驹子放在更重要的地位，就可以看出，作家是明显地站在生活的弱者一边，把自己的同情掬洒在社会最底层的受鄙视受损害的驹子身上。岛村实际上是为了映衬、突出驹子而设计的。总的来说，川端康成是以赞美和同情的笔调来写驹子的。他本人所说的：“从感情上说，驹子的哀伤，就是我的哀伤。”的确，他是很动情地写了驹子，用驹子的悲剧命运来撞击人们的心扉，激起了人们的深切的同情，给人们留下一些思考的问题：像驹子这样一个苦女子，为什么不能认认真真地生活，清清白白地做人？为什么不能获得真正的爱情，尽情地享受爱情的欢乐？从而更突出驹子追求独立的人格和自由，探求生命存在的价值和意义。恐怕可以说，川端康成是要通过人物故事，来突现他所追求的对人类生命憧憬的主题思想的吧。

第三点谈《雪国》的传统再创造。川端康成在《雪国》中的传统再创造，体现了日本的传统美，主要表现在以下几点：

首先，重视气韵，追求精神上的“余情美”。大家知道，日本美的传统特征之一，就是排理重情，就是不重视理性而重视感情，追求一种余情的美。这种余情美，是悲哀与冷艳的结合，将“悲哀”余情化，以求余情的冷艳。刚才谈川端康成文学的定位时，曾经谈到中忱评价为“东方美的现代探索者”。前年我修改《东方美的现代探索者川端康成评传》，并增补了三分之一的篇幅，

将修订版书名改为《冷艳文士川端康成传》，就是想体现这种冷艳的余情美。这里所指的冷艳，是表面华丽而内在幽玄，具有一种神秘、朦胧、内在的、感受性的美，而不是外在的、观照性的美。这种冷艳不完全是肉感性、官能性的妖艳，也不完全是好色的情趣，而是从颓唐的官能中升华而成为冷艳的余情，是已经心灵化、净化了的，沐浴着一种内在庄严的气韵，包含着寂寞与悲哀的意味。应该承认，日本文学这种余情的冷艳，虽然有其颓伤的一面，但也不能否定其净化的一面。

“好色”在中国文学来讲，通常是作为贬义的。在日本文学，“好色”一词具有特殊的意义，有华美和恋爱情趣的含义，有选择女性对象的意思。我在《日本文学思潮史》一书有一章，也就是《性爱主义文学思潮》一章，详细谈到这个问题。总之好色文学在日本不完全是贬义的。“无赖文学”一词也一样，除了一般意义上的无赖、无用、无奈的释义外，还有爱的极致，乃至反叛的意味。有个研究川端康成的有名日本学者谈到川端康成的《睡美人》时，曾经谈到川端康成文学的无赖性，说：有慧眼的人，不必卒读，就知道《睡美人》不是写老丑的东西。因此，“好色文学”也好，“无赖文学”也好，不能用汉文来理解日文，有些人用汉文来理解，并对川端康成这方面的文学大加鞭挞，就势必走进了误区而不能自拔。“冷艳”也是这个意思，冷艳是从颓唐的官能中升华出来的，是已经心灵化了的。川端康成在《雪国》中继承和发展日本文学“冷艳的余情美”的传统，特别强调美是属于心灵的力量。他重神而轻形，如描写驹子的情绪、精神和心灵世界，始终贯彻悲哀的心绪。作家对于驹子的生活，包括艺妓生活、感情生活的描写，既不是肉欲化，也不仅仅是精神化，而是一种人情化。川端康成是怀着丰富的同情心来塑造驹子的性格的，这种性格本身包含了悲剧性。驹子流露出来的是内在真实的哀愁、洋溢着一种健康的生活情趣和天真纯朴的性格特点，而作家为了使驹子保持“余情美”，着力将驹子置身的肉感世界情操化，展现一种冷艳的余情。从表面上看，这个女人装饰得十分妖艳、放荡，实际上却反映了她内在的悲伤，带有沉痛的咏叹。应该说，川端康成在《雪国》中所描写的驹子这个人物的种种悲哀，以及这种悲哀的余情化，是有着自己的理念的，这是作家的人情主义的表现。《雪国》接触到了生活的最深层面，同时又深化了精神上的“余情美”，这就决定了驹子这个人物的行为模式，而且通过它来探讨人生的感伤。这是川端康成写《雪国》贯穿日本一种冷艳的余情美。

其次，贯穿了传统文学的季节感。《雪国》的人物带有日本式的余情美，而《雪国》的景物则具有强烈的日本文学传统的季节感，以对季节的描写来表现人的情感的美。季节感是日本文学的传统。日本古典文学尤其是和歌、俳句，对季节的感受表现了异常的关心。甚至在俳句里有“无季不成句”的说法。所谓季节感，不仅是指春夏秋冬四季的循序推移的感受性，而且是对在日本文化土壤上酝酿而成为人与自然的关系理解性。日本文学的传统季节感，正是形成川端康成对自然的感受和理解的重要条件。他写《雪国》不孤立在描写自然风物，也不是一般意义上的寓情于景或触景生情，而是含有更高层次的意味。即他将人的思想感情、人的精神注入自然风物之中，达到变我为物、变物为我、物我一体的境界。这种自然的人化的艺术传统，在《雪国》中浸润最为深广。许多评论家评到《雪国》的时候，都谈到作品开头的一句，那就是：“穿过县界长长的隧道，便是雪国。夜空下一片白茫茫，火车在信号所前停了下来。”那是三四十年代雪国县界隧道的情景，现在交通发达了，那里又筑了三条公路、铁路隧道，前几年我们去探访《雪国》的舞台越后汤泽，就不用经过川端康成笔下这条土隧道了。通过隧道就是越后汤泽，四面群山环绕，受到地势的影响，由于温度差，冬季这边不下雪，穿过隧道那边就是雪乡，一片白茫茫了。作家写了这一名句之后，接着又写了发现远方“那边的白雪，早已被黑暗吞噬了”一句，这种自然状态的描写，马上给人一种冷寂、凄怆的感觉，暗示和象征岛村去探望的驹子的不祥未来。这两句话对情节的发展做了有力的铺垫。

川端康成一向强调：四季时令变化的美，不仅包含山川草木、宇宙万物、大自然的一切，而且包含人的感情的美。作家这种对自然的态度，充分表现在《雪国》的描写冬季变迁上，他写雪国严冬的暴雪、深秋的初雪、早春的残雪等季节的转换、景物的变化，乃至映在雪景镜中人物的虚幻和象征，都是移入人的感情和精神，作为伴随人物感情的旋律来描写的。大家知道，《雪国》最精彩的描写，是映着山上积雪的化妆镜中的驹子的脸，以及映着雪中暮景的车厢玻璃窗上的叶子的脸，使人物乃至作家自身与自然完全合为一体，从自然中吮吸灵感。这种优美的“无我之境”，没有直接表露或抒发作家的主观感情，却通过自然景物的客观描绘，极为清晰地表达了作家的思想、情感乃至生活环境。特别是川端康成对驹子人生道路的坎坷，以及她苦苦搏斗的生活方式，用了秋虫在死亡线上痛苦挣扎的铺叙加以暗示，并通过星光闪耀的夜空，严寒深沉的夜色，乃至沁人肺腑的雪夜的宁静，映衬出驹子纯真的存在，有一种浓厚的日本式的抒情风味。

第三，也是这部分的最后一点，谈谈川端康成通过《雪国》对传统的现代探索。川端康成继承传统，一个重要的再创造就是吸纳现代人文精神和现代技法并兼。这个问题很重要，下面具体结合《雪国》来谈谈。《雪国》在继承传统的基础上，充分运用“意识流”手法，采用象征和暗示、自由联想，来剖析人物的深层心理。同时又用日本文学传统的严谨格调加以限制，使自由联想有序展开。两者巧妙结合，达到了完美的协调。譬如作家借助两面镜子，也就是一面暮景中的镜子，一面白昼中的镜子作为跳板，把岛村诱入超现实的回想世界。从岛村第二次乘火车奔赴雪国途中，偶然窥见夕阳映照的火车玻璃窗上，这是前一面镜子的叶子的面庞开始，即采用象征的手法，捕捉超现实的暮景中的镜子，揭示了《雪国》主题的象征。我准备引用这段描写，我觉得这段意识流与传统自然景物的结合描写是比较充分的。我引用这段描写比较长，用我的广东官腔来念，念得慢一些，听不清楚的地方，请大家提出来。这段描写是：

黄昏的景色在镜后移动着。也就是说，镜面映现的虚像与镜后的实物好像电影里的叠影一样在晃动。出场人物和背景没有任何联系。而且人物是一种透明的幻象，景物则是在夜霭中的朦胧暗流，两者消融在一起，描绘出一个超脱人世的象征的世界。特别是当山野里的灯火映照在姑娘的脸上时，那一种无法形容的美，使岛村的心都几乎为之颤动。

在遥远的山巅上空，还淡淡地残留着晚霞的余晖。透过车窗玻璃看见的景物轮廓，退到远方，却没有消逝，但已经黯然失色了。尽管火车继续往前奔驰，在他看来，山野那平凡的姿态越是显得更加平凡了。由于什么东西都不十分惹他注目，他内心反而好像隐隐地存在着一股巨大的感情激流。这自然是由于镜中浮现出姑娘的脸的缘故。只有身影映在窗玻璃上的部分，遮住了窗外的暮景，然而，景色却在姑娘的轮廓周围不断地移动，使人觉得姑娘的脸也像是透明的。是不是真的透明呢？这是一种错觉。因为从姑娘面影后面不停地掠过的暮景，仿佛是从她脸的前面流过。定睛一看，却又扑朔迷离。车厢里也不太明亮。窗玻璃上的映像不像真的镜子那样清晰了。反光没有了。这使岛村看入了神，他渐渐地忘却了镜子的存在，只觉得姑娘好像漂浮在流逝的暮景之中。

这当儿，姑娘的脸上闪现着灯光。镜中映像的清晰度并没有减弱窗外的灯火，灯火也没有把映像抹去。灯火就这样从她的脸上闪过，但并没有把脸照亮。这是一束从远方投来的寒光，模模糊糊地照亮了她眼睛的周围。她的眼睛同灯火重叠的那一瞬间，就像在夕阳的余晖里飞舞的妖艳而美丽的夜光虫。

从这段描写来看，这镜子中叶子是异样美的虚像，引起岛村扑朔迷离的回忆，似乎已把他带到遥远的另一个女子——驹子的身边，接着倒叙岛村第一次同驹子相遇的情景。次日到达雪国，从映在白昼化妆镜中，这是后一面镜子的白花花的雪景里，看见了驹子的红彤彤的脸，又勾起了他对昨夜映在暮景镜中的叶子的回忆。作家写岛村第三次赴雪国，更多的是与驹子的交往，当他们两人的关系无法维持、岛村决计离开雪国时，又突然加进“雪中火场”，由于叶子的坠身火海，把现实带回到梦幻的世界，这时再次出现镜中人物与景物的流动，增加了意识流动的新鲜感。作家运用这种联想的跳跃，突破时空的限制，使人物从虚像到实像，又从实像推回到虚像，实实在在反映了岛村、驹子和叶子三人的虚虚实实的三角关系；同时从故事的发展来说，从现实世界到梦幻，又从梦幻到现实世界，或者在二个并列的平面上展开，或者时空倒错，但跳跃却很有节奏感。通过跳跃的联想，一步步地唤起岛村对驹子和叶子的爱恋之情，驹子和叶子的内心世界常常是在岛村的意识流动中展露出来。岛村遥远的憧憬流动于理智的镜中，而镜中又属于遥远的世界，驹子和叶子都是属于岛村的感觉中产生的幻觉，把岛村的心情、情绪朦胧化，增加感情的感觉色彩和抒情风格，表现了川端康成式的“意识流”独特的日本风格。可以说，《雪国》的问世，标志着川端康成在传统的再创造方面取得更大的成就，他的创作已经成熟，达到了他自己的艺术高峰，最后使他成为蜚声世界的名家。他在国际文坛上占有一席，因《雪国》的出现而当之无愧。

我的讲话就此结束，谢谢大家。

1999 年 12 月于清华大学的讲演

加藤周一与中国

今天，福冈联合国教科文组织、国际交流基金会联合举办“日本研究国际学术会议——2000”议题是“世界的日本研究与加藤周一”，能在这样一个庄重而盛大的学术会议上，与日本学者和美、法、德、韩诸国学者济济一堂，共同探讨这个问题，我十分高兴。

探讨世界的学术研究，不能不探讨日本的学术研究，这是毋庸置疑的。如果探讨现代日本的学术研究的话，那么研究加藤周一及其学术思想是重要的一环。为什么这样说呢？因为加藤周一的学术思想涵盖现代日本社会文化的广泛领域，而且其研究的价值和意义，超越日本一国，而具有广泛的世界性。就加藤周一先生的学术代表作之一的《日本文学史序说》来说，至今已有中、韩、英、法、德、意等多国语译本，一部纯学术著作能够拥有这么多国语种的译本，就从一个侧面证明了这一点。现在我以“加藤周一与中国”为题，以《日本文化的杂种性》和《日本文学史序说》为中心，从我个人的角度来谈谈加藤周一先生的文化思想和文学思想在中国学界和读者中的传播和影响。

我最早认识加藤周一先生，是读了他与中村真一郎、福永武彦合著的《文学的考察——1946》，后来又读了他的《日本文化的杂种性》以后的事。从这些著作所表述的学术思想，我了解到加藤氏通过与西方文化、思想的比较，对战争期间集中表现出来的，以天皇制绝对主义为代表的封建文化、思想进行有力的批判，与此同时，却又将传统文化等同于封建文化，将西方文化等同于民主主义，从而提倡全面学习西方文化，存在将传统文化全盘舍弃的倾向；但他留欧之后，将西方文化作为参照系，用一只眼睛看西方，一只眼睛看日本，也看东方，重新调整了焦距，他的视点自然就落在一个新的方位上：首先肯定西方技术文明和民主主义的普遍意义，其次自觉认识到日本传统及其再创造的不可或缺，传统也是有着不可忽视的特殊意义的。从而，开始在两者的碰撞中寻找调适和融合的位置。

加藤氏对日本文化的传统与现代进行了充满理性的思考，经历了一个艰难的过程，在传统与现代的摆渡中，提出了“日本文化的杂种性”的理论。加藤氏指出："明治以来，一兴起企图使日本文化全盘西方化风潮，便产生了主张尊重日本式的东西的反动。这两种倾向的交替，至今似乎依然没有停止。切断这种恶性循环的出路，恐怕只有一条，那就是完全放弃企图纯化日本文化的愿望，不管是全盘日本化还是全盘西方化。"

在这里，加藤氏从日本文化的一元观转向多元观，非常注意传统的两重性，认为传统存在与现代可适性的一面，比如风土、语言、艺术等，因此要维持日本传统文化的合理部分，同时传统又存在非现代性的一面，比如非民主的体制和价值观，因此要吸纳和消化西方现代文化，来改造传统文化存在非现代性、非民主性的一面。也就是说，传统应去除的，是非现代性、非民主性的部分，而应保留和再生与现代适应的部分。加藤氏据此强调："日本的传统，对于日本来说是创造的希望。"从而在理论上整合传统与现代的关系，开始构思日本文化与西方文化的交流的良性循环的模式。

换句话说，加藤先生注意到民主主义原则与日本传统文化是存在矛盾的，因此他承认日本传统文化中的非民主主义因素至少在某些方面与建设民主主义社会、现代社会是相矛盾的。但他指出，这种矛盾只存在一些方面，而不是所有方面。只是指文化就是体制的背景，或说体制就是文化的背景，而不是一国传统文化的整体，因为文化具有超越政治的、社会的、体制的另一面。所以日本的传统并不是完全与民主主义和现代化相矛盾，它包含着封建性的一面和民主性的一面。即使是封建性的一面，也还包含着许多有价值的成分。对于传统，要扬其民主的合理内核，弃其封建的部分。如果全部摒弃传统，则吸收西方文化、建立新文化就失去基础。因此加藤周一的结论是："日本人必须站在日本人的立场上，也就是说，以日本西方化为目标从事工作是解决不了日本的问题的。"

加藤氏从这一理论出发，具体地解剖日本社会和文化的不合理现象，从批判天皇制、军国主义，到呼唤正义的伸张和人性的回归。并且透视了日本现代化的历史经验与教训，分析了日本现代化过程中出现的欧化主义和国粹主义思潮的根源和弊害，以及只注意技术文明的现代化，而忽视民主主义的建设，忽视传统及其再生的现代意义，产生了历史大倒退的原因。

在这样思考的基础上，加藤氏提出了"杂种文化"的理论，既承认"西方文化已经深人滋养日本的根"，同时又肯定使西方文化思想体系发生变化的"这种力量的主体是土著世界观"，即传统文化，从而揭示了和洋文化的冲突变化的基本结构特征。关于这个问题，加藤氏还写了《杂种日本文化之希望》等十二篇文章，结集出版了评论集《杂种文化》，继续探讨日本与西方社会文化的现象，更明确地提出日本文化的基本特征是日本固有的与西方外来的这两个文化要素深深的交融，结为一体，并进一步肯定“杂种文化”的积极意义。这一观点成为他的文化观的核心，也成为他观察一切社会文化现象的坐标轴。

1994 年，我们承蒙住友财团赞助到加藤先生执教的京都立命馆大学做访问学者，分别在京都和东京两地与加藤周一氏进行了难以计时的长时间对谈，内容非常广泛，从日本文化、文学的杂种性到和魂汉才、和魂洋才的提出，建立文学史研究的新体系、第三世界文化走向世界等。在对谈中，我们围绕“杂种文化论”的意义不仅限于日本文化的问题，进行了一段很有意义的学术对话，这段对话摘录如下：

加藤：《日本文化的杂种性》发表后，我就听到了这样的意见，认为我所说的杂种性不限于日本文化。的确，即使我在这篇文章中认为纯种的英法文化，也都是希腊、罗马的古代文明和基督教的影响在各自土著文化深层积淀而形成的。我对杂种这个词，既不赋予好的含义，也不赋予坏的含义。对纯种一词也一样，如果从是好是坏来说，那么纯种也有坏的一面，杂种也有有意义的一面，反之亦然。日本文化学发生过纯化的运动。有两种类型：一是要除掉日本种的枝叶而使日本西方化；另一是相反，要清除西方种的枝叶而留下纯粹日本式的东西。但是，这两种愿望都是不可能实现的。要除掉滋养根和干的日本因素，以及清除西方的枝叶都是无能为力的。所以这种作用与反作用的连锁反应便无休止地继续下去。

我说日本文化是杂种的，并不是说今天的日本文化在枝节上有西方的影响，而是说今天的日本文化的根本是由传统的文化和外来的文化两者哺育着的。

叶：加藤先生将传统文化与外来文化的结合比作纯种与杂种、根干与枝叶，这是非常辩证的关系。加藤先生的“杂种”论，就近代而言，既承认“西方文化已经深入滋养日本的根”，同时又肯定西方文化思想体系变化的“这种力量的主体是土著世界观”，即传统文化思想，从而揭示了和洋文化的冲突变化的基本特征。在非西方国家走向现代化的过程中，都会碰到如何解决传统与现代、土著与外来的文化关系问题。我理解，杂种不是简单的嫁接，而是复杂的化合。文学走向现代化也是如此。

加藤：是啊，是化合。

叶：从日本文化的角度来说，“杂种性”理论的基本特征，一是以本民族的传统思想为主体，即以加藤先生所说的土著世界观为根基，以外来文化思想作为两者化合的催化剂；二是接受外来文化的影响，即吸收外来文化思想，也在彼此化合的过程中促其变形变质，也就是通常所说的“日本化”。加藤先生这种“杂种文化”的理论，随着不断的实践，恐怕又会有新的构思和发展吧。

加藤：我想再补充两点，一点是希腊、罗马文化从一开始就是杂种文化，不过英法文化到近代文艺复兴以后，即17、18、19世纪才逐渐完成自我转换，成为纯种文化。19世纪中叶，日本大量接受欧洲文化的影响，形成一种杂种文化的类型。可以说，日本近代文化就是一种杂种文化。我想补充的第二点，就是第三世界的文化，它同日本一样，不限于某一个国家，或多或少都经历过过分重视传统，否定外来文化或者相反的阶段。但事实上，不论走向哪个极端，即不论过分重视传统否定外来文化，或过分重视外来文化而否定传统，都不会成功，也不可能成功。事实上唯有在继承传统的优秀文化的基础上，吸收外来文化并再创造新的文化才得以成功。这才是一条可取之路。这就形成杂种文化，即文化上的多元主义。文学也如此，各国有各自的文学，没有一个共同的尺度来衡量，文学上的自我是存在的，世界各国都有各自的文学遗产和各自的价值观，有的是特殊的，有的则具有普遍性，比如描写人性的价值是一样的。从生理学的角度来看，人对物质的愿望是强烈的，但由于国度和社会的不同，各国文学在描写人的生理现象也不尽相同，从而呈现出各异其趣，这也是很自然的。不过，在追求精神的自由、思考的自由这点上，世界各国文学的表现则又是相通的。

加藤氏这种“杂种文化”的观点，在其后的传统文化与现代化理论方面加以延伸和深化。他对近代日本的“技术文明＋民主主义”这样一个现代化模式进行了反思，批判了明治以来日本历史发展的基本倾向：日本现代化只注意学习西方技术文明和民主主义，即现代化就是西方化的方向。同时他强调，要真正实现日本的现代化，就必须防止文化传统的断裂，破除现代化即西方化的思维方式，恢复与大众意识的联系。日本现代化不仅要学习西方技术文明和民主主义，而且要维持日本传统文化的合理部分，并以此为根基，只有这样才不至于使日本现代化成为西方化。于是他提出日本现代化的新模式“日本的现代化，只能采取民主主义原则、技术文明和日本文化传统相结合的形式”。也就是说，它以民主主义作保证，以高度的技术文明作为手段，以日本传统文化合理部分作为根本，并发挥着现代化的主体力量。

诚然，阻碍日本现代化的是以天皇制绝对主义为代表的封建主义，日本一度走上封建军国主义道路，这是日本现代化史上的一个重大的历史教训。可以说，日本建设现代化，技术文明是重要的，然而这也只不过是一种手段，如果没有民主主义体制的保证，就很难和平地实现这种手段。但是，如果日本现代化仅仅停留在这两个文化层面上，而没有立于日本文化传统的创造性转化的基础上发挥其主体作用，那么要完成日本式的现代化也是困难的。也就是说，即使在技术文明和民主主义这两个层面上实现了现代化，也只能是西方式的现代化，即全盘西方化。所以，加藤氏在《现代日本文明史的位置》《现代化何以必要》《关于“赶上”先进国家过程的结构——日、德现代史比较》等文章中，对传统文化与现代化理论进行积极的探索，并将“日本文化的杂种性”加以延伸和深化，构建了日本现代化模式，提出：“日本的现代化，只能采取民主主义原则。技术文明和日本文化传统相结合的形式。”我想：从“日本杂种文化论”到“技术文明 + 民主主义 + 传统文化”这一现代化模式的提出，不仅具有独创性的理论价值，而且对于走向现代化的发展中国家来说，也是具有普遍的实践意义的。

中国读者与加藤周一先生结下了不解之缘，正是从这里开始的。改革开放之初，总结“文革”封建专制主义恶性膨胀的历史教训之时，传统与现代的关系问题就引起国人的关注，成为学界讨论的热点。我写的第一篇有关传统与现代化问题的文章《日本文化与现代化》就提及了加藤周一先生这些独创性的论点，刊登在《人民日报》上；我指导的第一个研究生刘迪君就选了《加藤周一的杂种文化论》作为毕业论文，并取得了预期的成果，后来刊登在中国日本学学会的会刊《日本学刊》上；我与加藤周一先生合作主编的第一套丛书

《日本文化与现代化丛书》全十卷，就将《日本文化的杂种性》作为其中一卷收入其中。这套丛书对于当时我国正在进行的“传统与现代化”的讨论带来了强烈的冲击，对于我国的日本文化研究和现代化的理论探索也起到了很大的推动作用。

长期以来，我国的现代化要求实现“四化”，即工业现代化、农业现代化、国防现代化、科学技术现代化，都是属于技术物质层面的现代化，这样一个现代化模式显然未涉及精神层面的现代化。“文革”时期，造神运动之所以成功，专制主义之所以膨胀，很大程度上是既实行闭关自守，全面拒斥西方现代文明，同时又全盘否定传统，落入文化虚无主义窠臼的结果。也就是缺少对民主思想和民主体制的培育，缺乏对传统再创造的自觉认识。在这一点上，加藤氏在“文革”期间及其后访华发表的有关文章，特别是题为《再访中国》的文章，就以“明治政府利用了天皇制‘意识形态’和对外战争的危机感”，与“中国政府也可以利用政治性的意识形态和一切对外危机感”等作比较，来论说“文革”的偶然与必然的关系以及“文革”“四人帮”和毛泽东的密切关系，从一个方面论证了确立民主体制和再生传统是实现本国式的现代化必要的，也是基本的条件。

中日两国尽管政治、经济基础不同，但在通向现代化过程中走过的曲折道路，比如在文化层面上产生过造神运动和专制主义，而又反作用于政治、经济，却有相似之处。尽管两者社会制度不同，导致的结果性质也不同，但缺乏一个完整的现代化的文化模式则是相同的。因此，我上面提及的加藤周一的“技术文明 + 民主主义 + 传统文化”的现代化模式，对于走向现代化的我国来说，也是具有普遍的意义的，是可以根据国情而加以活用的。

在反思“文革”之后，我国理论界围绕主要反对封建主义还是主要反对资产阶级自由化进行了争论，实际上是一场属于解决现代化问题的重大论争。反对封建主义的任务，是胡耀邦主政时期提出的。我国的大作家冰心辞世前一年也曾说过：“（在中国）民主也是在这近八年，才露出曙光。”可以说，反对封建主义，这是建设现代化，包括社会主义现代化不可或缺的。民主体制的确立与传统的再创造，就是和平地实现技术文明的保证，就是完成这一任务的两根支柱。如果结合我国现代化过程产生包括“文革”在内的种种社会文化现象，深入思考加藤氏上述论点的话，那么不难发现日本的传统走向现代化，首先是确立对传统的自信，其次是对西方文化的自觉认识。也就是说，一方面，从传

统中传承有益的养分，增加现代文化的深度和多样性；另一方面，大胆而善于吸收西方文化，特别是传统中所缺少的现代意识，在更高层次上对传统进行自觉的再创造。这样，传统才能发挥其内在的积极意义以及产生新的活力。这是加藤周一的“杂种文化论”从一个方面给我们的启示。

加藤氏还用“日本文化的杂种性”的理论指导日本文学史的研究。即研究日本文学史上的本土思想与外来思想的相互对立与调适、变质和融合，从而形成日本文学的民族特质。换句话说，加藤先生摆脱了狭隘的文学概念，将文学作为一个合成体，一个相互作用、补充和融合的有机合成的整体，来建立其文学史研究的科学理论。并且以这种科学理论作为基础，创造出一种文学史研究的方法论，从而构建其独自的文学史研究新体系。

作为独创的文学史研究的理论和方法论而结晶的《日本文学史序说》，摆脱了狭隘的文学概念，从宏观的角度出发，通过文化思想的历史阐释，构建新的日本文学史研究模式，同时，运用独创性的“日本文化的杂种性”理论，来阐明日本文学的本土思想，即加藤氏所称的土著世界观与外来思想的调适与融合的历史经验。所以我们翻译《日本文学史序说》时，给我留下的深刻印象是：它的基调之一，强调日本文学接受外来文学的影响。是以土著世界观为根底的。也就是说，在内外因素的历史联系中来考察日本文学内在发展的自律性和外在交流的主体性，并展望其民族的、地域的整体特色，这样就必然涉及需要建立一个发展模式。无论是古代之吸收中国文学及其思想，还是明治维新以后之吸收西方文学及其思想，日本文学都出现过全盘汉化或欧化主义倾向和国粹主义思潮。我想，之所以出现这两种极端的现象，都是未能对两种异质的文学及文学思想进行深入的比较研究和历史的分析。全盘否定传统，就失去辨别外来文学思想的能力，失去创造本民族文学的基础，但如果一味固守传统，排斥外来的东西，那么传统的东西就得不到补充，难以产生新的活力。传统的东西在内涵上是可以变化的，问题是要把握与外来的东西产生整合的可能性。日本文学最终正是把握住这种整合的可能性，在土著与外来、传统与现代的接合点上确立自己的历史方位。

我们翻译《日本文学史序说》的时候，正是在我国一切都处在“拨乱反正”的时期。长期以来，我国从政治、经济、文化乃至到生活各个领域，无不“政治挂帅”，包括文艺学在内的一切学科，无一不成为政治的载体，“为政治服务”“为阶级斗争服务”。另一方面，反对全盘西方化，却向另一个西方

——苏联“一边倒”，大至政治经济体制，小至文学史、学术史研究模式，都机械地照搬过来，全盘苏化。因此，“文革”后，我国学术界正就如何重写文学史、哲学史、思想史等学术史问题进行热烈的研讨，从观念、方法和模式诸方面进行革新。这就不能不对迄今的包括文学史在内的学术史的研究模式进行再思考，建立一个文学史和学术史研究的新体系。因此，《日本文学史序说》中译本问世后，在我国学界引起了强烈的关注。

著名诗人、翻译家、汉俳创始人之一、中日友好协会副会长林林教授在《日本文学史研究的新体系》一文中，称赞这部著作“革新了传统文学的狭义观念，将文学史置于社会文化的发展全过程之中，涉及时代的政治社会情况，以及文学以外的整个文化情况，让作家和作品活跃在时代的大舞台上”，“这部文学史汉译本的问世，也许可以为我国学界重写文学史、学术史提供宝贵的经验”。东北师范大学一位老教授读罢《序说》，给我们来信大加赞扬这部著作在日本文学史研究上的历史性的贡献，同时估计它在十年八年后将会在中国工农中拥有读者。清华大学等多所大学中文系或外语系日本语专业将它作为日本文学教科书。它在中国的影响正在日益扩大。

平凡社出版《加藤周一著作集》后几卷的时候，约我写了一篇解说，我就写了一篇以《加藤周一的文化论的普遍意义》为题的小文，其中概括地论及《日本文学史序说》在文学史研究方面的三个重要的突破，那就是：首先在文艺学观念上的突破，把文艺学作为一门特殊的综合学科，将边缘学科的理论运用到文学史的研究上，涉及哲学、美学的关系，以及伦理学、宗教学、历史学、社会学乃至生理学、生物进化论诸方面的表现关系等。其次，在研究方法论上的突破，建立自己的“交叉研究体系”，一方面进行跨学科的交叉研究，另一方面进行与时代、历史的交叉和与他民族、他地域的交叉研究，构建一个全方位的综合学科研究机制。第三，在文学史研究单一模式上的突破，摆脱固有的只论作家和作品的单一研究模式，在史的结构框架内，以思想史为中轴，纵横于文学的社会性、世界观的背景、文学的特征和语言及其表述法几个互相联系又不尽相同的环节中，并有重点地切入作家和作品，进行多向性的、历史的动态分析，通过纷繁复杂的文学现象，来把握日本文学发展的根本规律。从宏观上准确地把握文学整体内涵的文学思想，对其深层的文化思想做出历史的解释。从微观方面对各种文学现象、代表性作家和作品，做出更符合客观实际的分析，在日本文学史研究上做出了不可磨灭的特殊贡献。

与加藤先生的学术对谈中，谈得最多的问题，除了上述的“杂种文化论”之外，就是围绕《日本文学史序说》，我们深入探讨了建立真正的文学史研究体系和学术规范的诸方面的问题。加藤氏提及文学史研究问题时，重提日本文学用两种语言的表述法、文学的社会性等问题的同时，特别强调了“日本文学史是日本文学的历史，不是论文集。但是，按年代罗列发生过的事，也不成为文学史。文学必须阐明前面发生的事同后来发生的事的有机联系，以及它们的发展关系。文学的最难点，就是文学既反映社会。但文学又有其自身的规律性”。

综上所述加藤先生的论点以及《日本文学史序说》的表现，可以说，加藤先生对日本文学史的研究，是以哲学思想史为纲，以历史研究和本质研究为目，纲举目张，从总体上发现和把握日本文学的基本思想特征及其自身的发展规律，科学地分析了文学与历史、时代与民族精神的关系，从而建立独自的日本文学史研究体系。因此可以说，《日本文学史序说》既是这种理论的总结，也是这种理论实践的结晶。它不仅对于我们正在撰写《日本文学史》很有理论参考价值，而且对于我国学界重写文学史、重写学术史也是很有现实意义的。总括来说，《日本文学史序说》的成果，已经超出文学史的意义，还具有日本文化史、日本思想史的价值。

加藤先生与我们的学术对谈录，整理在《世界文学》的“加藤周一专辑”上发表了，很荣幸地受到同行的赞赏，认为这是两国学者真正对等的学术访谈。这一期的《世界文学》，内容还包括林林先生译的和歌俳句，著名日本文学研究家、翻译家唐月梅先生选译的代表作《手之歌》，以及多篇散文随笔，还有拙文《加藤周一的眼睛》等。这一期刊物出版后，很快罄尽。好几位外地学者来函索要，《世界文学》编辑部的存刊也被读者索要或邮购一空，以至加藤氏于1998年率日本作家代表团访华时，想向《世界文学》编辑部购几本赠中国友人，结果编辑部已无存刊——每期都保留一定存刊，唯这一期五一册存刊——苦了编辑部负责人，只好让同仁割爱，才从同仁手中收集几本满足了加藤氏的愿望。《外国文学评论》《外国文学研究》等我国的重要译介外国文学的刊物也刊登了加藤氏的《日本社会文化的基本特征》《日本文学的特征》和有关加藤氏文化观与文学观的评论文章，可见加藤周一的学术思想和文学创作在我国的影响之一斑。

事实上，加藤周一不仅精通闩本学，而且对洋学、汉学也颇有造诣。他的学术领域，不仅涉及文艺学，还涉及哲学美学、社会政治学、文化学、宗教学等广泛领域。而且，他是医学博士出身，不仅注意将文学置于上述广泛学科的文化网络之中进行史的动态分析，在历史的演变中把握它们的神髓，而且大胆而科学地将与思维空间相距甚远的医学、生物学的原理引进文学、文化学，充分地利用了彼此的对应性和互补性，创造了独自的学术体系。他在文学史研究领域，之所以能够如此从容地置于社会文化大背景之中，之所以能够如此自如地运用“杂种优生学说”，创造了“日本文化杂种性”的独创性的理论，并运用到文学史的研究中，都是与他拥有广博学识分不开的。我们撰著四卷本的《日本文学史》就设了专节论述加藤先生的文学观及其评论和创作的同时，特别对加藤先生所提示的文学与其他边缘学科的相互交叉发展的内在含义，做了详尽的介绍和评价。

眼下，我们在整理和借鉴加藤周一学术理论的基础上，应中国读者的要求，从《加藤周一著作集》全二十四卷（平凡社版）选出一卷，合计三十余万汉字，选目经加藤先生过目并补充了若干篇文章。它比较全面地反映加藤先生上述日本文化论的基本论点，故冠以《日本文化论》的书名，作为我国学术泰斗季羡林先生总主编的《东方文化集成》的一卷出版。同时，我主编的一套十五卷本的《日本散文随笔书系》，囊括古代清少纳言的《枕草子》、鸭长明的《方丈记》、吉田兼好的《徒然草》《紫式部日记》《和泉式部日记》、松尾芭蕉的《奥州小道》，以及近现代诸大家的散文随笔优秀之作，他们都是散文随笔家或小说家兼随笔家，唯一学者兼随笔家的，我们只收入加藤周一氏的作品。因为我觉得从事学术研究者，长期由理性思维和逻辑思维所支配，写散文随笔则要更多地重抒情，重感受性，如何整合理与情两者的关系，达到浑然一体，这是学者写散文随笔的一个难点。但散文随笔又并非与学问无缘，因为散文随笔是要“观古今于须臾，抚四海于一瞬”，在这方面，做学问者又具有利的因素，如果下功夫也是会创造出有学者特色的散文随笔世界来的。加藤氏在这方面也创造了自己的经验和成就，所以我将加藤氏的《世界漫游记》也列入这一书系，将由河北教育出版社出版，以飨读者。

近读《人民日报》（海外版），我发现一篇署名刘庆云的读书随笔，题为《读书有术》，我很感兴趣，于是阅读起来，原来是介绍加藤周一在《读书术——快捷有效的读书技巧》中的读书技巧，内容从精读术、速读术、解读术、看透术、不读术到“选择随意的读书姿势”等。作者在文章结尾说：“面对飞溅的浪花，我们没有理由不去竞相采撷”。在中国，连加藤周一先生的“读书术”，也有人著文介绍，从中吸取教益，这是我始料不及的。

中国文人学士有“同声相求，同气相应”的传统。可以说，加藤周一与中国的学术交流，就是这种“相求”和“相应”的关系。它推动了中国学界，特别是中国的日本学学界对日本文化广泛领域的问题，以及重写文学史、学术史问题的探讨进一步深化。我相信，随着在中国越来越多地译介加藤周一的著作，在中国加藤周一的名字也将会越来越广为人知，加藤周一的学术思想也将会越来越发扬光大。

我的讲演至此结束，谢谢大家。

2000 年 10 月在福冈“日本研究国际学术会议——2000 国际学术研讨会”上的讲演

译“物哀”一词考

日语汉字“物哀”，是一个日本美学的名词。我们要译好这个专业性的名词，首先要把握其形成的过程、其价值取向的演进，这样才能准确地把握其全部内涵。只有全部弄明白这些问题，才有基础考虑如何将这个特殊的词翻译过来。

“物哀”形成一个具有民族特色的美学理念，是经过从“哀”（あねれ），到“物哀”（もののあわれ）的漫长历史演进过程的。

在岛国的自然风土熏陶下，日本形成特殊的文化性格和精神结构，培育了崇尚悲哀、幽玄、风雅的气质，进而成为酝酿日本艺术精神的底流，产生了相应的特殊的审美价值取向。但凡读过日本古代神话、历史传说、歌谣等口头文学，以及8世纪有文字记载后最早诞生的《古事记》《日本书纪》和《万叶集》，都可以发现已经开始萌生“哀”的原初美意识。先从语源来考察，日语“南幻九”本来是感叹词，由“啊”（あわれ）和“哟”（われ）两个感叹词组成，由于“あわれ”这个感叹词与日语汉字“哀”同音，故以“哀”字标出。从《古事记》《日本书纪》的表现内容来看，比原初的“哀”大多是对神的真实感动而发出的感叹具有更为广泛的内容，释义为“一切喜怒哀乐有感于心而发之声”，已含有多种特定的感情因素。

在这里，我简单地列举《古事记》《日本书纪》四个故事为例：

第一个故事：传说崇神天皇很想御览出云大神宫的神宝。掌管神宝的官吏出差了，其弟将神宝直接献给皇上，掌管官吏对其弟不满，将其弟的真刀偷换成木刀，骗其弟比武，结果将弟杀害。于是后人便写道：“鞘无真刀，哀!”这个“哀”字包含可怜的因素。

第二个故事：传说倭建命神将宝剑放在尾津海角的一棵松树旁就离去，回头路过松树旁，发现宝剑还在，没有丢失，便认为这棵松树守护了宝剑，于是深情赞叹道：“这棵松树，哀!”这个“哀”字，就表达对松树的亲爱和赞颂之情。

第三个故事：传说木梨轻太子被流放，妻难忍思慕之情，遂紧随轻太子到了流放地。于是，轻太子百感交集，反复叹道：“我的爱妻，哀!”这个“哀”

字交杂爱怜与哀伤的感情。

第四个故事：传说武烈天皇年轻时与鲔臣争夺美女影媛，当他得知鲔臣拥有影媛后，便将鲔臣杀死。影媛赶到现场，悲泪盈眶。于是，后人叹道："美人影媛，哀!"这个"哀"字，就含有怜悯、共鸣和同情的意思。

在不同情况下，这四个日语"哀"的感叹，就分别含有可怜、亲爱、感伤、悯怜和同情的意思。所以《日本书纪》应神卷有"其声寥亮而悲之，共起，阿怜之情"，这里的"あわれ"，首次写作"何怜"二字，就含同情的爱的意味。这是"哀"的美意识的雏形。

其后至8世纪《万叶集》，继承了"哀"的感叹作用，并发展为表达一种爱怜与感伤的心绪。我查过《〈万叶集〉总索引》，万叶歌具体使用"哀"一词共九首，其中八首日语汉字写作"何怜"。根据日本学者冈崎义惠解释，本来之意是可怜，之所以写作"何怜"，"可"字加上竖心旁，乃是表现心的情态。可见《万叶集》更明确地将"哀"的内涵延伸，深化爱怜与同情的心绪。

与《万叶集》前后问世的《怀风藻》的"然则岁光时物，好事者少贫而可怜"，《凌云集》的"灼灼桃花最可怜"，以及"吁嗟薄命良可怜"。这里的"可怜"（あわれ）的对象，既有自然风物，以其美的快感为主，几乎无同情和悲哀之意；也有纤丽的美人，以同情和悲哀为主。

至11世纪初的《源氏物语》使用了一千多个"哀"字，其半数以上是与同情相通的，完成了从单纯的感叹到复杂的感动过程，从而深化了主体感情的因素，"哀"已不能完全表达出其主体感情，于是将"哀"发展为"物哀"，用了十三个"物哀"的词，来表达对男女恋情的哀感、对人情世相的咏叹和对季节的无常感等三个层面的感动。在这里可选三个"物哀"的表现内容为例：

第一例：第二回《帚木卷》写道：

> 主妇职务之中，最重要者乃忠实勤勉，为丈夫作贤内助。如此看来，其人不须过分风雅，不知物哀和无常的感情亦无妨……但男人朝出晚归，日间所见所闻，或国家大事，或私人细节，或善事，或恶事……颇想对妻子谈论。然而这妻子木头木脑，对她谈又有什么用处。

主妇"不知物哀"也无妨，从作者上述内容，以及与作者表白女流之辈"不敢侈谈天下大事"的意思来看，彼此要表示的是相通的，其所谓"不知物哀也无妨"的"物"，也就含有天下大事包括人情世态、权势倾轧等。触

"物"就是触这些而生的种种感情。主妇"不知物哀"亦无妨，也表达了作者的妇女观，反映了当时贵族社会男尊女卑的思想。

第二例，第十四回《航标卷》写道：

> 在游宴上，众人都高兴。但源氏心中还是念念不忘明石姬。当地的艺妓都围拢上来，那些年轻的公卿，身份虽高但好事，对罕见的事抱有好奇心，对艺妓颇有兴趣。可是源氏却觉得："这是怎么回事，催人感性的，或让人深感物哀的，也要看对方的人品如何啊！"

这里的"物哀"含可爱之意。作者透过源氏的眼睛来观察，艺妓看来即使让人觉得可爱，但艺妓毕竟是艺妓，只是逢场作戏而已，不能让人"深感物哀"，因此还是念念不忘人品高雅的明石姬。

第三例，第五十二回"蜉蝣卷"写道：

> 匂亲王察看他（指熏君）的神色，想道："此人何等冷酷无情！凡人胸中怀抱哀愁之时，即使其哀愁不是为了死别，听见空中飞鸟的啼鸣也会引起悲伤之情的。我今无端如此伤心哭泣，如果他察知我的心事，也不会不知物哀吧。"

这是描写匂亲王的心理活动：如果熏君察知他是为恋浮舟而落泪，不会不感动、不同情吧。这里的"不会不知物哀"，是指不会不知同情吧。"物哀"就含有同情之意。

紫式部之所以在"哀"之上冠以"物"（もの或ものの）这个颇具广泛性的限定词的意义是，加上"物"之后，使感动的对象更为明确。"物"可以是人，可以是自然物，也可以是社会世相和人情世态。总之，将现实中最受感动的、最让人动心之"物"记录下来。我们细读《源氏物语》就会深知它是在接触"物"即当时的社会现实的基础上写出来的，不是凭空虚构的。这样，"物"就成为感动的文学素材，创作始终是以"物"为基础的。但是，它又不仅是写"物"本身，而且也写触"物"的感动之心、感动之情，写感情世界。这是一种从内心底里将对象作为有价值的"物"而感到或悲哀、怜悯、愤懑，或愉悦、亲爱、同情乃至风雅、壮美等纯化了的真实感情，对"物"引起的感动而产生的，是喜怒哀乐诸相。也可以说，"物"是客观的存在，"哀"是主观的感情，两者调和为一，达到物心合一，“哀”就得到进一步升华，从而进入更高的阶段——“物哀”。

话说至此，很明显“物哀”已非单纯感叹，也非单纯的感伤性。因此，我以为《源氏物语》的作者紫式部在上述三个层面挖掘“物哀”的真实感情，也就是要把握社会的真实和人性的真实。说《源氏物语》的神髓，就是“物哀精神”，恐怕也是有其道理的吧。

18世纪的日本国学家本居宣长总结了《源氏物语》所描写的“哀”和“物哀”的含义，提出了“知物哀论”，认为这个“哀”和“物哀”不限于悲哀一种感情，其感动是多种形态构成的，有时是悲，有时是怒，有时是喜，有时是乐，有时是爱，有时是恨等种种心绪，所以“知物哀”，就是知道人的种种喜怒哀乐的感情。这是他对“物哀论”的创新的发展。但是，他的“物哀论”的理论出发点，是以神道作为指导思想，虽承认“物哀”是以接触人生所感的“哀”为基调，但却认为“哀”是存在“物”之上，而绝不是“物”本身。所以，他只是从“物”中发现“哀”，将“物”限定在对人的感动一个层次上，没有完整地理解“物”的多功能的内涵，因而忽视紫式部所完成的“物哀”审美价值所含的三个层次。

我在《日本文学思潮史》中用了两章的篇幅从实证和理论两方面来论述从“哀”到“物哀”的演进，并在演进过程中谈到本土神道的“真实”（まこと）与外来的佛道的对立融合和汉古代文学意识的共存与相生等问题。我国文艺界老前辈林林先生在书评中给予积极的肯定，他说：“该书突出的重点，且富有独创性的，就是对‘物哀’文学思潮的研究。作者从对‘哀’作为个人感动的一个符号开始演进到‘物哀’，发展成包含接触外界事物所生的情趣或哀感，做了许多实证研究……然后对‘物哀’提出自己的见解，并将这些见解提升为理论，颇具深度。”这里不免有溢美之词，我引用的目的，说明我将日语汉字的作为美学概念的“物哀”一词直译过来，是经过严肃的思考，不是随意而为的。

在这里又唠叨一通来考证这个词，目的也是为了翻译好“物哀”这个词。我思考再三，觉得很难在汉语中找到一个对应的词，于是我就大胆地引进，作为日本美学特有的词，直译作“物哀”了。

在写这篇文章的时候，我又翻阅了丰子恺先生翻译的《源氏物语》中译本和中外学者对这个词的理解或译法。

丰译《源氏物语》，在翻译这十三个“物哀”的词时，都是根据作者紫式部使用这个词所要表达的不同内容，用不同的汉语意译出来的。译法有“闲情逸趣”“意趣”“哀怨”“感慨”“知情识趣”“萧瑟”“怜爱”“凄凉”“哀乐之情”“悲伤之情”“同情”和“情趣”等。从丰译“物哀”，也可以清楚地看出“物哀”的多义性，汉语是无一个词足以与其对应的。而且丰子恺先生在后记指出：“此书内容，充分揭露了日本平安朝（9—12 世纪）初期封建统治阶级争权夺利、荒淫无度之相，反映了王朝贵族社会的矛盾及其日趋衰败之势……此作者久居宫廷，耳闻目睹此种情状故能委曲描写，成此巨著。”

刘振瀛先生也译作“物哀”，有时则译作“物情”，并解释道：所谓“物”就是指客观存在的现实，所谓“哀”就是表现人的喜怒哀乐之情，也就是“触物伤情”。刘先生为什么译作“物哀”的同时，又译作“物情”，并解释为“触物伤情”呢？刘先生现已作古，未能求助于他。但从他对《源氏物语》的深刻分析，大概可以理解其意了吧。他曾评论道：《源氏物语》通过“平安贵族在男女关系上的腐朽的、糜烂的现实，从内面揭示了这个阶级走上灭亡的历史必然性”。

日本学者久松潜一将“物哀”的性质分为感动、调和、优美、情趣和哀感等五大类，他认为其中最突出的是哀感。由于“哀”有了这五大类，就需要有“物”（もの）来限定其内容的性质。这说明从“哀”到“物哀”的演进，是由于其感动多层次化了。

当然，对“物哀”的直译法，也有人提出批评，认为应该译作“触物感伤”。很明显这个译法未能将日本语这个词的多义性准确地表达出来。究竟如何完全达意地翻译出来，是值得日语译界共同商讨的问题。

而且，对“物哀”一词考，其意义不仅限于翻译这个词，对于如何把握《源氏物语》的精髓也是至关重要的。我国的日本文学研究界围绕《源氏物语》究竟是“历史画卷”还是“言情画卷”之争论，恐怕与对“物哀”一词的理解存在差异不无关系吧。我这样说，不是空穴来风，而是有根据的。比如对“物哀”能透彻理解者，通过种种对社会世相和男女爱恋的感动，可以发现其深刻的历史内涵。否则仅从“触物感伤”出发来理解，就剩下表层反映的“言情”了。

通过对“物哀”一词形成的考证，以及丰子恺先生对“物哀”多种的译法的启迪，我以为作为一个美学的名词，无一汉语足以涵盖其多义的内容，故宜采取直译法。至于“物哀”作为一个叙述词，则可根据“物哀”所表现的对象物和所表达的感情内容来决定译法。丰译就是一例。当然，我以为上述

《源氏物语》所写的十三个“物哀”，丰译中有的还有可商榷的余地，比如将我如上所举的第一例的“物哀”译作“闲情逸趣”，似乎没能将作者在此处所用“物哀”的原意反映出来，但从总体来说，丰译准确地完成了语言艺术的再创造。丰先生这种认真、严肃、科学的精神，是我所崇敬的。

不管怎样说，无论是学术的问题，还是翻译的艺术再创造问题，都是需要“百花齐放”“百家争鸣”，一定能发挥出更高的智慧，将日语中这类词译得更好些，更贴切些。我是这样期盼着，也是这样深信着。

日本文明学习札记

世界文明的基础研究，在我国仍属草创阶段。日本文明的基础研究自不例外。当世界文明研究课题总负责人汝信教授邀我负责主持日本文明分课题的工作时，我深感才疏学浅，难以胜任，未敢贸然应允。后经多次商议，幸好承蒙多位院内外学者的鼎力合作，始释重负，将这项研究课题承担了下来。

长期以来，我们有关世界的社会科学研究，偏重政治学科、经济学科，而忽略文化学科。而世界文化学科研究，包括翻译与介绍，重西方而轻东方，存在欧洲中心主义的倾向。这是我国学界的共识。多年来，社会科学界有识之士为改变这种状况在各方面扎扎实实地工作着。据我所知，其中有两项大事业，一项是上述汝信教授总负责的世界文明研究课题，包括普及版、图集版、史话版的《世界文明》各十二卷和学术版《世界文明史》，其中东方文明就占据着重要的地位；一项是我国学术泰斗季羡林先生总主编的《东方文化集成》，凡五百种。内中《日本文化编》也令我负主编之责。这两项都是极其重大的世界文明、文化的基础研究，是跨世纪的学术工程。我能参与，当感荣幸。我相信，随着这两项事业的进展与完成，对于改变目前的局面将会起着开拓和推动的作用。

我国社会科学界的这种努力刚刚起步之时，日本共同通讯社发表的通稿《亚洲》，其中第二章《大国文化的走向》就及时跟踪报道了我国学界“出现了重写迄今用西方的语言和思想所编写的历史的动向”，并以《东方文化集成》为例评说：这是中国“集东方个别史大成的事业，以取代迄今以欧洲中心主义来编写的文化史、文明史”，同时这“是一项为了在文化方面也取得世界领先地位的基础研究”。

读罢这篇文章，不禁引以为豪，同时又引起了我这样的思考：迄今某些西方学者在编写世界文化史、文明史的时候，无论指导的思想还是使用的语言，往往带上几分傲慢与偏见，总是给人一种西方文化、文明优越的感觉。不可否认，西方有过古希腊的文明传统，在走向资本主义现代化的过程中，实现了文艺复兴，创造了人类的现代文明，但绝不能忽视世纪末思潮也给西方文明带来诸多的消极因素。同样，我们也绝不能抹杀东方有过比西方更古远的中国、印度、埃及和两河流域的古代文明，创造了无与伦比的更加辉煌的人类文明的事实。只是近代以来，正是西方帝国主义在东方推行殖民主义的结果，致使东方近现代文化和文明暗淡了昔日的光彩。但随着今天东方人民的觉醒，东方国家摆脱西方殖民的统治和压迫，走向政治的独立、经济的繁荣，面向21世纪即将迎来东方的文艺复兴，努力创造出属于世界文明不可分割的一部分的、更加辉煌的东方文明。

在这样的历史时刻，一个历史的任务就落在我们中国学者的肩上，也落在崛起的东方各国学者的肩上。我们的确要用自己的思想和自己的语言，编写出客观、公正、平等、科学的世界文明史、文化史，克服迄今以欧洲中心主义所编写的文明史和文化史所存在的问题，还历史的本来面目。

日本文明是世界文明的重要组成部分，它拥有千余年融合东亚大陆古代文明的悠久历史，又具有百余年调适西方近现代文明的新鲜经验。在对外交流中，日本文明有过自己光辉的时代，也交替地出现过两种极端乃至一度陷入文明的黑暗时代，有着正负两面的经验。我们编写世界文明史的时候，日本文明这一部分是应该占有它应有的位置的。同时，在日常的政治概念中，一般将日本划入西方的范畴，或者将日本近现代文明视作西方化的文明。那么，日本文明在世界文明史上如何定位，恐怕是首先要探讨的问题。

设计《世界文明大系》中的“日本文明”这个研究课题的时候，我首先想起了李大钊先生早前在一篇题为《东西方文明之异点》的文章中的一段话：

> 自间固有之文化，大抵因某民族之特质，与其被置之境遇，多少皆有所偏局，必有民焉，必于是等文化不认其中之一为绝对，悉摄容之，而与以一定之位置与关系，始有产生将来新文化之资格。若而民族于欧，则有德意志，于亚，则有日本。德人之天才，不在能别创新文化之要素，而在能综合从来之一切文化之要素。日本人之天才，亦正在此处。（中略）愚确信，东西文明调和之大业，必至二种文明本身各有彻底之觉悟，而以异派之所长补本身之所短，世界新文明始有焕扬光采、发育完成之一日。即介绍疏通之责，亦断断非一二专事模仿之民族所能尽。

我结合多年学习日本文化、文学，反复地学习先哲这段话。的确如此，日本文明是日本民族在自己赖以生活的自然风土和人情之中自发育成的，同时又是在与其他民族的文明的交流中丰富和发展起来的。所以，我在制订研究和编写计划时，试图把握两个基本因素，一是研究存在于日本民族在生活实践中自力创造的宗教、艺术和学术的成果，以及由这些成果凝聚而成的起伏流动的文明精神。我觉得正是这种民族的文明精神，在日本文明发展史和对外文明交流史中发挥着主导的作用；二是研究日本与外来文明的交流的冲突与调和中，消化和吸收外来文明的优秀分子，创造性地发展自己的文明的历史经验。也就是说，研究日本文明在内外因素的历史联系中，其内在发展的自律性和外在交流的主体性。这两者是研究日本文明不可或缺的因素。

我们回顾一下古代日本文明史就会明白，日本引进中国文明经过近千年的消化过程，至平安时代才完成了本土化。这里有许多注目的故事，可以举出从构成文明基础的宗教、学问和文学艺术上的许多具体的例子：

在宗教方面，从本土的原始神道信仰，摄取佛教，达到融合，构建了本地垂迹，出现了“本地佛”以及禅宗的日本化。

在学术方面，从引进儒学、朱学日本化，到老庄哲学的变种。

在文学方面，从最初无固有文字，与汉字邂逅，经过训读汉字、表记文字，进而造就了自己民族文字的假名和原初的文字文学；从艺术精神到审美意识的主体性的坚持到创造独特的民族文学形式——物语文学、浮世草子等等；从原始歌谣而习汉诗，最后完成了民族诗歌形式——和歌、俳句的创造。

在艺术方面，从原初的倭舞，经引进唐乐舞、高丽乐舞，而演进为民族艺能散乐、猿乐，最后发展为民族戏剧——谣曲、能乐、狂言、歌舞伎。

在美术方面，从模仿唐代佛教绘画到创造和风佛画，孕育了“大和绘”，进而产生“浮世绘”等等。

所有这些都在说明，日本文明有植于自己民族土壤上的牢固的根干，在历史上与大陆的文明交流，生发出繁茂的枝叶，拥有自己民族文明的灿烂与辉煌。

就近代日本文明史而言，明治维新以后近百余年，经过了两次文明开化，吸收西方文明至今仍处在不断消化的过程，还不能说已经完成本土化的任务。尽管如此，它对于日本现代化的成功已经发挥并继续发挥着积极的作用。

当然，日本与外来文明——无论是与古代的中国文明或近现代的西方文明的交流中，从冲突到调和的过程反复交替地出现过“汉风化”“欧化主义”的风潮和“国粹主义”的风潮，而且具有一定的周期性。这两种风潮反复出现的周期，古代长些，近现代短些；其广度和深度也不尽相同。不过，日本文明发展的唯一出路，就是摆脱了两种将某一种文明绝对化的极端倾向，建立以“和魂汉才”“和魂洋才”为导向的、与外来文明交流和融合的发展机制，在坚持外在交流的主体性的情况下，保持两者的平衡而达到融合。这种机制必须建立在对两种不同特质的文明都有自觉认识的基础上，彼此取长补短才能完成。

日本文明创造性的发展，既坚持本土文明的主体作用，又坚持多层次引进及消化外来文明。可以说，在世界文明史上，没有任何一种文明像日本文明如此热烈地执著本土文明，又如此广泛地摄取外来的文明；如此曲折的反复，又如此艺术地调适和保持两者的平衡，从而创造出具有自己民族特质的新的文明体系。我们学习和研究日本文明，力求透过日本文明发展的史实及其表现出来的纷繁复杂的现象，从整体上把握日本文明发展的关键问题，即把握对上述两个坚持中出现的碰撞与调适、冲突与融合的积极内容，并在这个基础上阐明东西方文明体系间发生碰撞与冲突的不可避免性和最终将走向更广泛更深入的交汇与融合的可能性，以及如何将这种可能性变为现实。这是世界文明不断发展的历史必然。

学习日本文明，也使我联想起美国学者亨廷顿提出的“文明冲突论”，曾引起我国学界的议论。就未来世界之间关系的构成来说，仍以政治、经济、文化（文明）三个主要因素为基础是不会改变的，这暂且不说。仅以文明因素而言，亨廷顿教授注意到在冷战结束后，未来世界之间关系中不同文明的冲突将会突现出来，且更为激烈，这是可能的，也是不可避免的。这一点不能否认，但不一定是以不可调和为终结。亨廷顿教授过分强调了冲突的一面，而没有注意到可能共存和融合的一面。日本的对外文明交流的历史经验，很好地证明：如果调适得当，是可以整合，达到并存与融合的最终目的的。

我想：在面对新千年的到来，东西方将会更频繁、更多层次地展开文明、文化的交流，并在冲突、并存、调和之中共同创造人类文明的光辉的未来。这样，我们这个世界不是将会更加和平与繁荣，更加绚丽与多彩吗？

传统与现代

——外国文学工作笔谈

经过长期锁国的非西方国家，一旦实行开放，发现西方的现代文明，就容易产生民族自卑感，对传统往往采取民族虚无主义的态度，欲图在整个文化价值取向上以西方文化为基础，以西化来解决传统的现代化问题。日本文学走过这样的道路。近一个时期，我国文坛也出现了类似这样的倾向。因此简单回顾一下日本文学传统走向现代化的历程，不无参考的价值吧。

明治维新以后，乃至第二次世界大战结束初期，日本文坛都出现过反传统的欧化主义（或美国化）的倾向。在门户开放后，大量涌入西方文学的各种主义和思潮，对于促进日本近现代文学的发展，无疑起过巨大的作用。但也一度以为追求西方文学新潮就是新，因而丢掉传统，盲目模仿，只停留在表面层次上囫囵吞枣地学习西方新文学，犹如硬要让习惯于穿和服的日本姑娘穿上了西服一样，适得其反，并没有给日本文学带来真正走向现代。而且在明治中期以后的政治环境的刺激下，担心全盘西化会丧失传统而又提出保存国粹，以国粹主义来对抗欧化，将“回归古典”作为规范日本文学的根本，将日本传统的保守性、封建性推向了极限。可以说，日本文学走向现代，是最终避免了以上的两种极端，在传统与现代、东方与西方的接合点上确立自己的位置，走上了新的进程。

日本文学的走向现代，首先是确立对传统的自信，建立在传统的根基上，实现对传统创造性的转化。一方面，从传统中汲取有益的营养，增加现代文学的深度和多样性；另一方面，大胆而善于吸收西方文学精华，特别是传统中所缺少的现代意识，在更高层次上对传统进行自觉的再创造。这样，传统才能发挥其内在的积极意义以及产生新的活力。

但是，这并不等于以西化来解决传统的现代化问题，更不等于需要全面破坏自身的传统。传统是植根于人民的生活和思想感情以及民族的土壤上，是一个民族在漫长的历史发展过程中形成的，有其自身的连续性和传承性，是不能割断的。如果全盘抛弃传统，就失去吸收西方文学思想的能力，失去建立自己的新文学的基础。反过来说，如果一味固守传统，拒绝外来的新东西，传统就得不到发展、丰富和补充，也难以产生适应现代社会的新的活力。传统在总体上不是完全不适合现代，在内涵上也是可以发生变化的，问题是要把握传统与现代产生新的整合的可能性，并把这种可能性变为现实。

这是日本的历史经验，似乎也可以作为我们的一面镜子。尽管我国和日本的国情不同，但是文学上从传统到现代所遇到的问题，特别是长期闭关、实行开放之后所出现的全面反传统、全盘西化的思潮，则是有其相似之处。从文学的因素来说，都是对自身的传统缺乏自觉的认识，对西方文学又缺乏足够的了解，因而对两种异质的文学及其传统未能进行深入的比较和历史的分析，不可避免地会产生上述的两种极端的偏颇。这是一个问题的两个方面，即只有最自觉地认识自身的文学传统，才能最客观地对待西方文学；反过来说，只有最全面了解西方文学，才能在与西方文学的比较选择中，将吸收的西方文学消化在传统的土壤上，来完成传统的自我完善。简单地说，是一个要解决对传统也对西方文学不断认识、再认识的问题。

基于以上的历史经验，笔者以为近十年来我国文坛陆续翻译介绍西方文学的各种主义和思潮，对于促进对我国传统的再认识以及对西方文学的深入理解，对于促进我国新时期文学的发展都起到了很大的作用，这是不能否认的。这种引进不是多了，而是运用马列主义的观点、立场、方法研究分析得不够，在吸收方面也出现了一些“消化不良”的现象。所以今后似乎还应该继续有选择、有计划、有步骤地加以介绍，同时注意克服批评跟不上介绍，以及比较研究落后的缺陷，并且加强介绍东方文学及其借鉴西方文学而又创造性地完善自身传统的经验教训，这不是也可以以资借鉴吗？东方的泰戈尔、川端康成、马哈福兹就是东方文学成功地以传统为根基，吸收西方现代文学的精华而实现传统与现代结合的范例。即他们既充分吸收西方文学思想和技巧的精华，又不脱离东方民族的生活习惯、思想感情和审美意识，致力于发挥传统文化创造的主体，使之民族化，而赢得世界的理解。东方作家在这方面做出贡献的，又何止他们三人呢？东方并不乏优秀的传统，也不乏优秀的作家和作品，问题是在“西方中心论”的影响下，在文化商品化的冲击下，这个角落被忽视了，没有被发掘、被开发罢了。可喜的是，《世界文学》孜孜不倦地译介了不少东方的优秀文学以及组织创作家谈外国文学，《外国文学评论》最近一期开辟了“东方文学”专栏，人民文学出版社计划出版《泰戈尔作品集》十卷等等，都是在努力“共同思考东西方文化‘融合’或‘桥梁’的位置”（川端康成语），这是很好的开端。当前批判全盘西化是必要的，但不能因噎废食，不能重新拒绝外来文化，而是应该更好地总结经验，在自我完善的传统的体系内更好地引进外来文化，以促进我国新时期文学事业的健康发展。

在结束这笔谈之前，笔者愿意引用泰戈尔的一句话，说明传统与现代的关系，核心是坚持传统创造的主体问题。泰戈尔在1916年访问日本时，就日本急于汲取西方文化而忘却了日本文化的传统而提出警告说："所有民族都有义务将自己民族的东西展示在世界面前，假如什么都不展示，可以说这是民族的罪恶，比死亡还要坏，人类历史对此也是不会宽恕的！"

《世界文学》1989年6期

我的研究方法论

过去我们从事文学研究，是很不重视自己的研究方法的，而且往往强调用某种观点和某种认识论和方法论，来代替其他研究方法论，乃至简单化地理解文学与政治的关系。这样，对文学仅从作品的内容做出历史的批评，而无视文学自身的规律和美学的批评，以及历史的批评与美学的批评的统一性。坦率地说，这样的文学研究方法，只不过是政治学或社会学的研究方法的变种而已。

我想：如果不建立一种新的文学研究方法，那么要在学术上有新的突破，恐怕是困难的吧。多年来我一直思考这个问题。我还就这个问题，求教过我的恩师刘振瀛先生，求教过在建立文学史研究体系方面取得巨大成就的加藤周一先生。在坚持科学的马克思主义的研究方法论的同时，在先行者丰富多姿的日本文学研究方法论的基础上，吸收他们现代的、先进的方法，包括曾视为“资产阶级的东西”的实证主义、文献学方法的合理内核——认知态度的科学意义，并结合总结自己长期以来在这方面研究的实践体验，包括经验和教训的体验，努力建立一种新的研究方法论，这是应该提上日程来思考的一个问题，也是应该身体力行去实践的一个问题。

还记得曾有一位友人善意地劝过我：“老叶，搞文学，评论小说中的好人和坏人，有什么好研究的，倒不如改研究社会文化算了。”这从一个方面说明友人对文学这样一门科学缺乏了解。不过，也难怪这位友人，因为长期以来，文学被视为政治学、社会学的亚流。在特定的年代，文学更是政治斗争的工具，是政治宣传的喇叭，始终未被作为一门独立的学科而得到承认。

但经友人这么一说，启示我应该如何对待文艺学这一门学科。文学研究者都知道，研究文学的学科，叫做文艺学，是一门特殊的综合科学，由文学创作史、文学理论史和文学批评史三部分互相联系和包容组成。它与其他人文社会学科，如哲学、美学、伦理学、宗教学、社会学，以及一些在思维空间上相距较远的学科，如医学、生理学、心理学、病理学、性科学，乃至某些自然科学，如进化论，有着多方面的内在的血脉联系，通过彼此复杂的相互作用、补充和融合而成为有机合成体，而这一合成体并非一成不变，而是处在不断流变的运动过程，形成关于文学世界最重要的思想。

从日本文学始源之一的神话及其所含文学意识的进化和演变历程来看，就可以发现其内含理性的、感情的、想象的、神秘的成分，混杂交织在一个合成的整体中，经过一个迟缓但不可抗拒的进程，神话中理性的成分同感情、想象、神秘的成分脱离开来，一部分融入哲学，最先是宇宙论哲学，然后是人文主义哲学和社会哲学，另一部分融入宗教、文学艺术。到了近现代，如今人们的思维更加发达，科技文明更加发展，尤其是“边缘学科”的出现，文学手段更加复杂和多样化，各学科的交叉发展更加强化，文学及其思潮与有关学科的联系更为密切。因此，展开跨学科的更加综合的研究是必要的。可以说，将“边缘学科”的理论与方法运用到文学的研究中，对其科学的理论进行最大限度的重新整合，才有可能建立一个更完整的研究体系。

文学的统一性根植于美学哲学，美的价值成为文学的内容与形式的统一的具体表现，即为人生的文学和为艺术的文学两大潮流。我们从日本文学思潮的发展可以发现，日本从古至今文学意识、文学思想、文学思潮的运作轨迹都离不开这两大潮流的范畴。比如日本古代的万叶派和新古今派、近现代的自然派与技巧派之争等文学论争，都是贯穿整个日本文学史、文学思潮史的艺术派与人生派这两大文学思潮之争。所以，对各种文学及其思潮追根溯源，就要研究它与涉及文学生存的美学哲学的关系问题。

在不少情况下，文学与美学哲学是没有截然的分界线的，尽管如此，也不能简单地将它归结为这单一层次，还得涉及它的伦理、宗教、理智、感情诸方面的表现价值，以及表现精神生活和社会生活功能的作用。在这里，我以为也可以将美学哲学视为“母系统”，将文学创作、文学理论、文学批评等等视为“子系统”，从而将两个系统的方方面面联结起来放在一个研究体系中。因此研究文学史，需要开拓综合视野，以系统论的方法来全面观照文学及其思潮的史的发展过程，将它们当做一个多层次的、高度复杂的并拥有自己特性的立体系统做宏观的、立体的研究。同时，从它们提供的思想、概念、思辨哲学等取得系统方法论的基础，作为中轴辐射性地跟踪各种文学思潮的发展，即看它们怎样生成和衰退，有哪些内部必然性和外部因素，将其放在更大的系统内的联系中思索它们的性质，并在发展的历史演变中来宏观把握它们的神髓，这样才能对纷繁的文学及其驳杂的思潮获得本质性的理解。这是第一个，也是最重要的交叉系统。

文学的发展还存在两个交叉的系统：一个是与时代、历史的交叉，一个是与他民族、地域的交叉。文学既然不断流动于社会整体的多层次上，它就与时代、历史的精神密切相连，又与他民族、地域的文化交流会合。它具有超历史、时代、地域和民族的生命力。而且作为其存在根源的美，如果离开本地域和历史、风土和民族性，就很难确立价值取向。也就是说，一方面，文学与历史、时代的发展既吻合又超越，研究文学既要结合产生文学的时代和历史，同时还要考虑文学超越那个时代和历史的作用和影响，以及与过去所具有影响的文学的历史联系。因此需要将它放在时代与历史的坐标空间，从宏观把握出发，将与之有关的历史资料和时代社会思潮之成长进行交叉比较，以揭示文学发展的道路和历史的方向。

另一方面，一地域、一民族的文学不可避免地与他地域、他民族的文学交流。也就是说，文学不仅在一地域、一民族内部自律地生成和发展，而且往往还吸收世界其他地域和民族的文学精神的精华，在本地域、本民族的传统文化氛围与世界种种文学思想的相互交错中碰撞、复合、融合而呈现出其丰富多彩，但它又是受到时代的一般要求和民族基本特征的交相制约的。时代、历史、民族形成一个交叉的系统。通过这个系统，既可以审视其独自性，也可以思考其在世界文学中的共通性。因此运用比较方法去评量，以探讨文学思想在以上各种交流中发展的历史脉络，也是必要的。

这几个交叉关系，需要一个立体的结构来维系，以保证彼此的交流畅通无阻，如果可以用立体交叉桥的结构来形象地概括的话，姑且把这种研究方法叫做“立体交叉研究方法论”。所谓“立体交叉研究方法”，是指研究日本文学需要构建一个全方位的综合研究机制，对诸方面的不同层次的立体交叉关系，比如对文学和与其相关的边缘学科尤其是美学哲学的相应性和互补性，文学创作和文学理论、文学批评的一体性和双重性，文学与不同时代、历史的共性与特殊性，文学和不同地域、民族的文学精神的对立性和融合性等进行总体宏观研究时，需要以翔实的材料作厚实的支撑，对大量创作实践现象进行微观分析，加以提升，使之综合体系化。

我将它称作“立体交叉研究方法论”。运用这种方法，需要宏观与微观相结合，实证与理论相统一，综合分析与比较研究兼顾，进行动态的分析和全景式的考察，辩证地把握上述诸方面有机结合中的质的关系和它们之间的内在涵容。因此探明文学研究方法论并加以运用，以期对文学研究获得完整的理论体系和严密的效果。也许这将是今后日本文学研究值得探索的重要课题，或者说是值得探索的一个发展的方向。

作为日本文学研究者，我用这种研究方法完成了研究《日本文学思潮史》的课题。现在同样运用这种“立体交叉研究方法”，研究《日本文学史》，研究《日本文明史》。这是一种新的研究方法的尝试，可能成功，也可能失败。但是，一分耕耘，一分收获。不懈地努力和实践，有朝一日，是一定会建立起自己的文学研究体系的。我这样相信着。

研究文学史随想

我萌生撰写《日本文学史》的念头，始于我决心从事日本文学研究工作之初。但是，在那个特殊的年代里，知识分子或自觉或不自觉都必须与工农兵结合，写作文学史也不例外。专业研究者是不能成为写作文学史的主体的，写作的主体必须是工农兵作者。我还记得在那个年代，某出版社组织几名专业研究者与工农兵结合撰写日本现代文学史时，早已失去自我而未完全摆脱作“驯服工具”的我，也是浑然地举双手赞同这种做法的。但是，就在如何落实与工农兵结合问题上，却与当时的管理者产生了歧见。我主张在专业研究者与工农兵作者共同讨论的基础上，有中译本的部分章节由工农兵作者执笔，其余由专业研究者撰写，而且作为组织者之一，我到工厂下连队组织写作班子——现在来看，这个主张和操作是极其荒谬的。但在荒谬的年代，比此更荒谬者有之。我们的管理者却认为这样体现不了工农兵作者的“主体性”，所以提出工农兵作者读不懂原作，由专业研究者给工农兵作者讲解，由工农兵作者执笔撰写。正在为此争论不休之时，时代的政治大闹剧落幕了，这场学术上的小闹剧才自然终了。

工农兵作者退出写作组，由专业研究者来承担，问题并非完全解决了。主要问题：一是长期以来，在“文艺为政治服务”的方针影响之下，在规范文学史研究的时候，多从社会学的批评出发，缺乏美学的批评，尚未完成文学观念的转变和文艺理论的准备。二是研究方法的简单化、教条化，忽视批判继承前人的文献学和实证主义研究方法等的合理内核。所以经过当时的专业人员之手完成的《日本现代文学史》草稿也出现不少问题，包括一些常识性的问题。比如有人将20世纪20年代末早已解体的新感觉派列为二战后的一章，且只论“川端康成的《雪国》及其他”等等，最后草稿也胎死腹中，未能变成铅字面世。

所以，我们虽下了写史的决心，但多年来不敢轻举妄动。况且日本海内外出版的同类专著实属不少，前贤时人早已取得非凡的业绩，我们要避免雷同，有所突破，有所创新。写出自己的特色，实非易事。然而，既下决心，就必须自己一步一个脚印地往前走。在我们动笔之前，长期思考了几个问题，或者做了几件实在的事：

研究文学史，重新认识文学、文学价值和规范是十分重要的问题。由于长期将文学作为政治的载体，未能全面理解文艺学是一个涉及许多“边缘学科”的特殊综合学科，文学的“教育、认识、审美”三种功能是辩证统一的，而且这种统一性根植于美学哲学，审美价值成为文学的内容与形式的统一的具体表现。文学主体的价值也确立在其中。只有这样，才能从文学发展的史的动态中，准确地把握文学本身的本质性的东西，才能判断作家和作品的价值。换言之，文学的发展有其自身的规律，应该尊重文学的规律性。

正因为如此，我们以研究日本的文化史、美学史、文艺批评史和文艺思潮史作为开端，并取得了中间成果，出版了专著《日本文学思潮史》《日本人的美意识》和主编、合著了《日本文明》《日本文明图库》和独著《日本文明史话》。在这一综合研究的基础上，我们才着手撰写《日本文学史》，从历史批评和美学批评出发，以各种文学的内容、形式、理论、批评、流派、思潮的产生、发展和演化的规律性以及重要作家和作品为对象，进行多向性的、相互联系的、历史的动态研究，以期避免孤立地、静态地分析各个作家和作品的通病，力图透过各种文学现象，深入揭示文学主体的价值，达到对文学史比较完整的、论证相结合的、体系化的认识。

更新文学观念的同时，建立新的文学史研究的方法论也是我们重点思考的，并努力在实践中亟待解决的问题。我曾在一篇文章中详细谈及建立“立体交叉研究体系”的必要性。也就是说，要构建一个全方位的综合学科研究机制，对诸方面不同层次的立体交叉关系，比如文学创作与文学理论、文学批评的一致性和双重性；文学与各“边缘学科”的相应性和互补性；文学与不同时代、历史的共性和特性；文学与不同地域、民族的文学精神的对立性和融合性等。这几方面的系统之间的交叉，足以立体式结构来维系的。唯有这样，才能做到立体地把握上述诸系统的有机结合中的质的关系和它们之间的内在涵容。

文学史研究方法论的另一个问题是，过去对事物认识的过程，强调了从感性认识到理性认识的飞跃，而忽视了认识事物的全过程是从感性→认知→理性的发展过程，将实证主义的合理的内核——认知的态度也作为唯心主义而加以批判和否定。认知，首先需要积累第一手资料。有鉴于此，我们对日本文学史研究，既重视文献学的方法，加强对新材料的挖掘和研究，恰当地引用有关学术文献、作家本人的论说，并提出自己的见解，力求立论有据，做出尽可能客观的“定性、定论、定位”；同时又力图避免陷入文献学的知性游戏和烦琐考证的泥潭，尽力做到实证与理论相统一。

在这里就存在一个理论的准备问题。如果一部文学史，没有文艺学理论的支撑，就很难从纷繁复杂的文学现象中梳理出一条清晰的发展脉络，也很难准确地把握文学发展中带本质性的东西，更难总结出文学历史发展的基本规律。因此基础理论研究是十分必要的。学习文艺学理论，是我们长期准备工作不可或缺的一环。有人提出“以应用研究带动基础研究”，这实是一种非学术规范的操作方法。我们需要遵守学术规范，对文学发展的透彻论述需要从文学史的基础研究和探明其方法入手。

学习先行者的既有学术成果，是一个不容忽视的问题。我们除了阅读作品原作外，尽可能多地学习各家文学史专著，阅读国内外多卷本或单卷本的专著凡数十种，研究他们的材料、观点和方法，博采众长，扬长避短。只有在先行者的实践基础上，经过自己的实证，并提升为理论，自己才可能有所发展和创新。因此我们不能忽视存在一种倾向，无视或否定前人的成果，甚或沿袭别人的成果来侈谈自己的创造性，这种学风不可长。因为学术的发展是有其传承性和连续性的，在沙滩上是不可能建成坚固的学术“楼阁”的。更有甚者，研究日本文学多年，不下功夫学习先行文献，常常出现印象式的批评，甚或“跟风”的随意性批评，乃至向非学术部门打小报告，以政治和行政干预正常的学术讨论等等。之所以造成这种怪现象，有其内在学术原因和外在气候原因。如果容许我们下个诊断的话，那就是缺乏做学问的严肃性，缺乏学术的尊严，丧失做学者的人格。这是做学问的大忌，我们应引以为戒。

我们在从事日本文学史研究的时候，是这样思考，也是这样努力去做的。从主观愿望来说，也是希望达到上述目的的。现在正在为了实现这目标而努力。

1998 年 7 月于北京团结湖衷士斋

未来文学猜想

在美旅居年余，从各种书刊获得了很多最新的信息，以及听到很多就21世纪文学发展大趋势的议论，联系到与文学有关“边缘学科”“语言学转向”“哲学诗学的转型”“互动式写作方法”等等新问题、新事物的出现，我就不由得涌起一股探索的欲望，莫名地产生了对未来文学的种种猜想。

我们展望未来文学的前景，可以回顾近现代文学发展的历程。近代文学观念——人学的新观念，是在西方工业化时代确立近代人道主义和近代自我之后，文学经过文艺复兴时期的分解和重新组合，才带来了伟大的变革。如今，现代由工业化时代转向以信息技术为中心的高科技时代，人类成功登上月球、太空船顺利登陆火星乃至复制生物的克隆技术的创造与发明，都是先从科幻作家的描绘开始，后经自然科学家、生物学家之手变成了现实。反过来，自然科学家、生物学家的创造与发明，也将促进文学家实现文学观念和方法的重大变革。当今科幻小说的流行并拥有广大的读者，恐怕可以从一个方面说明这一点吧。

事实上，当今自然科学也好，人文科学、社会科学也好，都出现“边缘学科”，更加强化各学科的交叉发展。文学已突破单纯作为人学的概念，它不仅与人文科学、社会科学如哲学、美学、语言学、宗教学、伦理学、社会学、心理学等存在密切的联系，而且与一些在思维空间相距较远的医学、生理学、病理学、生物学、性科学乃至自然科学等都有着直接的联系，彼此形成一个交叉系统，自然科学与人文科学、社会科学的相互交流、渗透和影响，不断地更新知识结构和思维方式，也不断更新现代的文学观念，现代文学也不可避免地不断分解和重构。

我还注意到，近年学界有人提出作为文学结构主体的语言学，在20世纪发生了“语言学转向”（Linguistic Turn）的重大学术事件，更给整个人文科学、社会科学带来“哥白尼式”的根本性的变革，确立了哲学的首要任务是对语言进行分析，这种语言分析，不仅对哲学，而且也对诗学文学产生了巨大而深远的影响。据有关学者研究分析：“语言学转向”使整个文化发展从过去的形而上学、终极价值、根本原理、方法意义、本质规律问题，进入到文本、语

言、叙事、结构、张力、语言批判层面。但这并不意味着语言学转向就成为20世纪哲学或诗学的“终点”，相反，它仅仅成为一个转向之后再转向的“中介”。因为到了20世纪后半叶，人文理论与社会理论又出现了语言学转向后的“新转向”——由“语言”转向了历史意识、文化社会、阶级政治、意识形态、文化霸权研究、社会关系分析、知识权力考察，甚至文化传媒、科技理性分析等，进入了一个所谓的人文科学“大理论”（Grand Theory）之中。于是，历史、政治、社会、文化等，在新的层面上成为语言学转向之后的新话题，不断出现在女性主义、西方马克思主义、后现代主义、后殖民主义、新历史主义，以及文化研究领域中。

根据这一“语言学转向”的理论的出现，我在遐想：这种“语言学转向”后是否会带来文化哲学诗学的转型呢？我觉得这一现象也将会出现在文学理论研究和创作实践中的，文学将会摆脱迄今狭隘的传统界定，与更广阔的历史文化背景发生更深刻的联系吧？现今我们不是可以看见在文学上出现女性主义、后现代主义、结构主义、后殖民主义、新历史主义了吗？我以为这就是这种“语言学转向”后再转向的延长，这无疑将对文本分析和语言解释产生根本性的转化，促使未来的文学在传承与创新方面做出更为立体的、多维多元的选择，重新重视文学的社会内容，进入一个新的历史整合阶段。20世纪末拉美魔幻现实主义文学的异峰突起，屹立于世界文学之林，不就从一个小的侧面印证了这一未来的发展趋向吗。

我思索着整个现代文学未来的发展趋势会是如何呢？

从世界政治经济与文学关系的范畴来看，在旧的政治格局和经济秩序中，20世纪中叶，以二战结束为转机，随着东方国家、第三世界的人民的觉醒，经过艰苦的奋起，甚至流血的斗争，结束了西方长期的殖民统治，在政治上走向独立，经济上相继崛起，在文学上，亚非拉第三世界文学脱颖而出，比较突出的例子是：从诺贝尔文学奖发展的历史来看，从20世纪初1901年至1965年以来，获此项奖的西方作家60人，占获奖者总人数的98.4%，而亚非拉获奖者仅印度诗圣泰戈尔1人，只占1.6%；从1966年到1998年间，诺贝尔文学奖获得者33人，其中西方作家22人，占66.7%，亚非拉作家11人，占33.3%。亚非拉作家获奖者的比例有了明显的提高，反映了在世界范围内亚非拉文学的自觉和提高，开始改变长期以来文学上欧洲中心主义的倾向。尤其是日本文学通过川端康成、大江健三郎两度获诺贝尔文学奖而走向世界，令世人刮目相看。这预示着东方和第三世界，面向21世纪，即将创造出属于世界文学不可分割的一部分的、更辉煌的文学，迎来东方文艺复兴的曙光。

我以为还有一个问题值得考虑的：20 世纪后半叶，苏联及东欧集团的解体，以意识形态来划分的世界两大阵营已不复存在，世界冷战局面基本结束，和平与发展取代意识形态的纷争成为人类共同追求的目标。世界文学也出现新的多元格局，世界各国、各地域、各民族的文学交流会在更广和更深的层面进行，彼此的渗透和融合会在更平和、更理性的情况下达成。也可以预期，为了适应这种新的变化，文学观念将会进一步更新，文学方法也将会以不同的方式，进一步分解与重构。因此在世界文学中以欧洲为中心的文学格局将会进一步被打破，在东西方文学交流的调和中，东西方将会共同创造出 21 世纪的世界文学的光辉的未来。

从时代科学与文学关系的范畴来看，我还发现集电子学多项发明于一身的国际互联网系统工程（Internet），于 90 年代下半叶开始的头三年，串联了全球一百多个国家的电脑网络的集合，各地的上千万电脑使用者都能借助这个网络，跨越国界，交流信息。目前集成电路，正由类比化转向数字化，集声音、影像、文字于一体的资讯超高速公路正在研发，一场以数字革命、资讯革命为中心的电脑网络时代已初露曙光。近读一篇书评，介绍美国未来学家萨佛在《Digirati》（未来英雄）一书中论述过去三年国际互联网络的变化，相当于人类走过印刷技术的发明、个人电脑的诞生，以及国际互联网络的出现与成长。如果我们回顾 17、18 世纪欧洲工业革命及文艺复兴以后的历史，便会知道其经历百余年才显露出真正的影响力，改变人类的社会关系和生活方式，乃至文艺复兴带来文学的彻底变革，从观念形态转向主义形态。缘此，我深信：目前这场探索数字化革命的大趋势，必将会在人类历史上掀起另一次比工业革命影响更大更深远的以信息技术为中心的高科技革命运动，更彻底地改变人类的社会关系、生活方式，带来更伟大的文艺复兴，带领人类跨人 21 世纪的新纪元。

21 世纪未来的文学将如何变革？主义形态是否能够续存？或者是否会超越主义形态转向什么全新的形态？国际互联网与文学将会形成一种什么关系？这一连串的问题不时地在我的脑海里涌现。

我惊讶地发现：近年某些国际互联网发展先进的国家，文坛上已经出现了一种“互动式写作”（Interactive Writing）方法。在国际互联网系统发达的国家，年轻一代的读者的阅读习惯正在发生变化，预料不久的未来，可能会带来新的阅读媒体和创作方式的变革，由“网络图书”逐步代替传统图书。事实上，美国不仅已经出现电脑书出版社，而且美国麻省理工学院已开设“互联网

互动式小说写作班”，尝试着一种“互动式写作”方法。所谓“互动式写作”方法，就是作家在互联网系统上创作，读者可以同时在互联网系统上分层次性地阅读，作家的审美理念和读者的感情倾向反馈可以在互联网系统上及时交流中调适和整合；读者甚至可以按照自己的审美理念、感情倾向续写，作者从中选出一篇自己认为最合适的续写，然后润饰，使它更加丰满。如此不断重复，最后完成的，就是一种“互动式小说”的新小说模式。这种模式突破文本的传统，利用互联网络作为创作的媒介，作家便有了更多的发展空间，同时也会催生新的审美价值取向。

据《纽约时报》的最新报道：最近美国电脑互联网上出现了以 18 世纪已驰名世界文坛的英国作家奥斯丁及其小说为主的网址，依照奥斯丁小说的内容和人物大胆地补充。比如，将《傲慢与偏见》的男主角向女主角二次求婚的含蓄描写情节，按现代人的求爱方式加以发挥。更有甚者将奥斯丁的小说人物放在其他小说来续写。据了解这类“互动式写作”以科幻小说为主，像奥斯丁这样的古典小说刚刚冒头，就有关统计数字来看，上网创作至今已结集了数百篇，某网址被访者的次数每周约三万人次。某网址的读者造访人数每年约达一百万人次。奥斯丁网上的“互动式写作”，已成为一股热潮。

我读过麻省理工学院教育电脑创新中心资深研究员珍妮特，穆利的新著《全方位哈姆雷特》（Hamlet on the Holodeck），她提倡这个文学世界是全方位互动的，并正致力于建立一套全方位的叙述和表达方式，以便在另一个架构内延续永恒的创作，在那里读者可以参与互动、参与故事的布局，可能出现很多不同的发展方向，很多不同的类型，一个单一线性发展的情节也许有多种版本。

同时，互联网语言转换技术的成功开发，通过一种中间语言——UNL 语言，可以将本国语言与他国语言转换，克服各国作家和读者在国际互联网上进行文学交流上的文字语言的障碍。这种互联网语言转换技术的发达与“互动式写作”方法的推广，将会更加快上述世界文学新格局交流中的渗透与融合。世界各国在国际互联网系统上的文学交流，由于互联网系统的呈现多元语言，与电视整合音像、电脑和传讯的数字化的发展大趋势结合，可以预期会给文学带来的变化是巨大的。

我们可以预期，它不仅已经带来了阅读方式和创作方式的变化，而且可能就像近代工业时代和生物学发现进化论给近代文学理念和文体带来革新一样，也将会给未来的文学带来新的理念和新的文体的变革，也会给未来的文学带来新的分解和重新组合的方式。我与一位在这方面颇有研究的朋友交换过意见，他认为在未来一种“全方位互动文学”的出现，并非完全不可能。

另据最新报道，美国科学家宣布研制出能够写作一篇完整小说的计算机软件系统，可以通过特定的小说主题转换成相应的数字化，对复杂的符号加以控制，更接近人类数据结构的本质，使计算机具有写小说所需要的叙述和组织故事的能力。可以预期21世纪高新科技时代，世界文学在上述诸因素的驱动下，正在全面冲击着传统的文学理念、价值、原理、意义、表现模式等等，超越传统文学以主义形态为中心的发展模式转向别种全新的形态，这也可能成为21世纪世界文学发展的主要路径。我们从中是不是可以窥见在世界文学新格局中科技时代文学的未来呢?

我做了如斯的猜想。但不是空想。上述“奥斯丁现象”是“新世纪的文学佳话”。恐怕新千年将会按新的文学发展规律来创造自己的未来，再不会像旧千年那样，为了文学上一个什么主义，一个哪个第一与第二而争论不休，甚至受牢狱之苦了吧?

我相信，历史将会给人们一个可能变为现实的答案的。也许时间就在这新千年中。

一封永远激励着我的信

中学时代，我喜爱文学，参加课外的文艺活动。比如，办墙报作文写诗，参与话剧演出活动，而且多次担纲了主角。课余阅读剧作成为我的爱好之一，其中曹禺先生的《雷雨》、《日出》，是我之最爱。正是这些作品把最伟大的人文胸怀同最深刻的对人性探索相结合所产生的艺术精神，几十年来一直在震撼着我的心灵，梦想有一天能与这位大师邂逅。

等待了几十年，机缘终于 1982 年 10 月的一天到来了。这一年，曹禺先生将率我国戏剧家代表团访日，他邀我和月梅到他府上介绍日本文艺界的情况。席间，我们谈日本文学，谈日本戏剧，也向先生试推荐了几篇当时流行的日本中短篇小说，其中有拙译川端康成的《雪国》。同时，我们也聆听了先生许多宝贵的教诲。先生谈到一个艺术家也好、学者也好，不要浪费自己有限的生命，要为社会挥尽自己的才智，死而后已……这句话感人至深。

近距离地与这位大师畅谈了近三个小时，进行心灵对心灵的交流，深深感受到了先生的人格魅力和艺术力量。当我们告辞时，先生家人已在餐厅备好了晚餐招待。盛情难却，我们一边用餐，一边继续谈似乎谈不完的话题。回家的路上，特别是那句“战士应该死在战场上，演员应该死在舞台上，作家应该死在书桌上……”的格言，不断浮现在我的脑海里，深深地潜藏在我的心间，一直激励着我不敢怠惰地走在求学求知的道路上。

令后辈意想不到的是，没隔几天先生来函，在我们读来，与其说感谢我们为他“讲解”日本文学戏剧情况，勿宁说继续激励我们奋进。先生在信中特别谈到“昨日始读川端康成的《雪国》，虽未尽毕，然已不能释手”，让我振奋不已。因为这部译作经过一段波折于此前一年出版后，就被人著文指责为《雪国》是“描写五等妓女出卖肉体”，译介者是“嗜痂成癖”，“被（译介者）蒙蔽眼睛的不在少数”，并且武断地说“川端小说只有少数两三种可以介绍过来”。

曹禺先生这封信函的话，这二十多年来一直激励着我排除杂音，不懈地翻译和研究川端康成，尽力做了自己应做的工作。可以说，这封信函的推动力，一直渗透在迄今我译出的200万字的川端康成作品中。

以书会友　以信函交感

几十年来，与文人学士交往，少不了以书会友，以信函交感，结下了不解的翰墨之缘。其中与刘白羽先生邂逅相遇，是在我任职国家对外文化联络委员会之时。对外文委经常与中国作协合作招待日本作家访华代表团，白羽先生是著名的大作家，又是先后担任文化部副部长、总政治部文化部部长，兼任中国作协副主席，经常参加中日作家的联谊活动，但我是小青年，为代表团活动做些打杂的工作，而先生是“高山仰止，景行行止”的大人物，对他只是景仰，无缘近距离交流。

我们的结缘在于刘白羽先生对日本作家川端康成和画家东山魁夷情有独钟，曾多次建议出版社出版他们的散文，于是中国青年出版社请唐月梅译出东山魁夷的《美的情愫》准备出版，时任责编特请刘白羽先生作序，责编将东山书稿送去先生府上，我特别拜托责编也将拙译《川端康成散文选》一起送上，想不到白羽先生高兴得说出“我像把美的世界一下都拥抱在自己的怀中了”这句动人的美言来。他还在序文《东山魁夷的宇宙》中深情地说：“我的确喜爱川端的作品，每读辄有一种清淡纯真的美吸引了我，那像影子一样内含的魅力怎样也拂它不去，溶化在我的心灵之中。”正是川端康成的文学之美，契合了我与白羽先生心灵对心灵的对话。也正是这种心灵的交感，让我们彼此有了书与信函往来的机会，拉近了我们的距离。我们经常彼此互赠书籍，先生出版了《刘白羽文集》（全10卷），还签名惠赠于我们。我谨呈川端康成的译作，他就来函盛赞“川端心灵中蕴藏的日本古文化之美有多么深，多么厚”，并鼓励我继续为译介和研究川端康成文学而努力，暖融融地温暖着我的心。

更让我终生难忘的是，当我们将一些新出版的日本文学、日本文化专著和译作谨呈先生雅正时，先生派他的秘书送来了先生新出版的精装成六册的《唐诗风貌》相赠于我们。这是先生晚年经历多年的辛勤耕耘，从全唐诗中精选出1322首，用清秀的小楷手抄出来的，集中反映了唐代各个时期诗的风貌。这部宝书激活了我更多的文学细胞。书中还附来信函云：“天虽然阴沉，但你们送给我的成堆贵著，在我的心灵里却闪耀辉煌，我摆在沙发前书几头，这是美的大山，这是你们二位的心血之铸，我如获至宝。……”如今先生已故多年，先生这封信函的字字句句都深深地刻印在我们的心间！

后　记

多年来，东莞市政协认真开展文史资料收集与整理工作，推出了一批有价值的文史资料，较好地发挥了人民政协文史资料“团结、育人、存史、资政”的作用，收到了良好的社会效果，受到了社会各界的好评。

城市历史文化是城市人民在历史发展进程中所留下的真实记录。以政协地方文史资料为载体，有选择、有重点地记录一座城市的历史文化，为地方的发展服务，这是人民政协文史工作的特色和优势。近百年来，东莞人文蔚起，名人辈出。2009 年，经市政协领导同意，为弘扬前辈之业绩，激励来者，决定征集出版人文社会科学莞籍学者文丛，名为“东莞学人文丛”。

“文丛”所收入的文集均为人文社会科学类论著。“文丛”所收入作者均为近百年来，在一定领域或学科内有一定成就，在省内外或全国有影响的东莞籍学人。

在征集、出版过程中，得到叶渭渠先生哲嗣叶健先生的支持和配合；得到北京东莞建设研究会张劳教授，中国社会科学院许金龙教授等单位和个人的帮助，谨表谢忱。

编　者

2018 年 11 月 18 日